山尾悠子作品集成

国書刊行会

1979年（撮影・沢渡 朔）

山尾悠子作品集成＊目次

掌篇集・綴れ織

夢の棲む街

夢の棲む街

1　〈夢喰い虫〉のバクが登場する

街の噂の運び屋の一人、〈夢喰い虫〉のバクは、その日も徒労のまま劇場の奈落から這い出し、その途中ひどい立ち眩《くら》みを起こした。

劇場が一切の活動を停止して以来、すでに数箇月たつ。他の仲間たちはとうに劇場に見切りをつけて別の河《か》岸《し》へ移っていき、ぶ厚く埃の積もった円形劇場の通路に足跡をつけるのは、今ではバクただ一人になっていた。複雑な浮き彫りに覆われた漆黒の硝子《ガラス》製円天井には、あちこちに灯とりの小さな穴が透かし彫りのように穿たれ、その無数の隙間から射しこむ薄い光線はドームのはるかな高みでジグザグに交差し、劇場内の空間に豊かな広がりを与えている。しかし最近はその光線も妙に埃っぽくなり、今日も地下の楽屋には数人の雑役夫が眠りこけているだけだった。そして何一つ新しい情報を得られないまま無人の客席の長い階段をバクは一人で登ってゆき、その途中で貧血を起こしたのである。——丸い躰を支えきれずに立ちどまると、階段状のシートや円柱はバクの目の前で急速に色を失って白黒《モノクローム》になり、四方から黒い霞が押しよせてくる視界の中央に白い斑《ふ》のようなものがちらついていた。耳もとでザワザワと血の引いていく音が聞こえて、バクは少し気が遠くなりかけたが、そのまま躰が重いのを我慢してゆっくり段階を登り、西向きの正面玄関の扉をあけると外は夕暮れ時だった。

街は、浅い漏斗型《じょうご》をしている。

その漏斗の底に当たる劇場前の広場に立ったバクは、夕暮れ時の街、まだ寝静まっていて人影ひとつ見えない街を、すり鉢の内側を底から見上げるようにしてひと目で見渡すことができた。劇場を中心として海星《ヒトデ》の脚のように放射状に走る無数の街路が、ゆるい傾斜で四方へ徐々にせり上がってゆき、漏斗の縁に当たる部分で唐突に跡切れている。街は、そこで終わりだ。そしてその丸い地下線の上では、魚眼レンズで集めた映像のような半球型の空の、東半分だけが暮れかけている。この時刻、街の中で目覚めて動いているのは〈夢喰い虫〉たちだけだが、バクを除いた他の仲間たちは、今頃は一匹残らず、集めてきた噂話を携えて街の漏斗の縁に集まっている筈だった。

〈夢喰い虫〉の仕事は、街の噂を収集しそれを街中に広めることである。街のあらゆる場所に散らばって、一日かかって自分の河岸《かし》の噂を集めた〈夢喰い虫〉たちは、日暮れ時になるとそれぞれ街の底に背を向けて、思い思いの方角に向かって石畳の斜面を登っていく。ドングリの実によく似た彼らの姿は、人気のない灰色の街路を影から影へとつたい歩きながらひそひそと登っていき、最後に街の最上部である漏斗の縁に着く。街の縁の円周上に大きな円陣をつくった〈夢喰い虫〉たちは、それぞれ街の底を見おろす姿勢で口の周囲に両掌をあてがい、やがて吹いてくる夕暮れの微風を背に受けて、ひそやかに街の噂をささやき始める。

……最初のうち、街の中に変化はほとんど感じられない。陽が斜めに射した人のいない小広場では罅《ひび》われた泉水盤が森閑と埃をかぶり、街角の時計台では古びた針が音もなく時を刻み続け、鎧戸を閉ざした家並は内に人の気配を潜ませたまま、森《しん》と静まりかえっている。そのうちにふと、その街角のひとつに主のないささやき声がひっそりと浮遊する。空中の声はしばらくの間蝙蝠のようにひらひらとあたりを漂っているが、いつの間にかその声が分裂して二つに増え、三つに増え、奇妙な抑揚のある口調でしきりにひそひそと街の噂を喋りたて始める。いつかそれは街路のあちこちに漂ってゆき、漂いながら徐々に流れ始める。声は次第次第にその数を増しながら街の噂を街路の傾斜に乗せて吹き流し、あらゆる舗道や路地を伝って水の流れのように街の斜面を滑り落ちていく。街の住人たちは、それぞれの寝床の中で、眠りながら薄く目をあけて、それらの声の語る噂話を聞く。バクはこの〈夢喰い虫〉の儀式にもう数箇月間も参加できずにいたが、この街において、儀式に加われない〈夢喰い虫〉ほど中途半端な存在はなかった。務めを果たせない〈夢喰い虫〉はすでに〈夢喰い虫〉ではなく、〈夢喰い虫〉ではない何者かになってしまうのだろうかと亀裂だらけの石畳に立ってぼんやり考えていると、ふと斜面のずっと上のほうで遠い声が聞こえたような気がして、バクははっと耳を澄ました。

劇場を中心とした円形の広場の四方には、市街にむかって放射状にのびる街路の口が、無数に開いている。その口の向こうに、四方からひしひしと押し包んでくるものの気配があった。海の沖から津波が押し寄せてくるように、街並の向こうから遠くザワザワと軍隊蟻の行進のような音をたてて広場に忍び寄ってくるのは、確かにあの〈夢喰い虫〉の声だったので、バクはひどくうろたえた。昨夜までは、バクは日が暮れてしまうまでしつこく劇場の中をうろつくのが日課だったため今まで気がつかなかったのだが、夕方漏斗型の街の斜面をなだれ落ちてくる〈夢喰い虫〉たちの無数の声は、必然的に最後にはこの街の底へ四方から流れ込んでくる。その頃になると噂を囁く声は無数に重複し、それらが漏斗の底の狭い空間にいちどきに堆積し凝縮されるため、その音量はほとんど破壊的であるとさえ言われ、広場の石畳の荒廃がひときわ激しいのは声の群に侵蝕されたためだという噂さえある。一度、ひどい不眠症にかかった劇場の老雑役夫が、街の不文律を破って日が暮れないうちに劇場前広場に出ていったことがあった。夜になって人々に発見された時、老人は石畳の真中で白眼をむき、両手で耳を覆って悶え苦しんでいた。駆け寄ってくる人々の声が耳に入るなり、老人は絶え入るような悲鳴をあげ、声が、声がという言葉を最後に舌を咬み泡を吹いて悶死したという。

その間にも見るみるうちに声の群は四方から輪を押し縮め、数万の羽虫が唸るような音の中に、切れぎれに言葉の断片が聞きとれるほど近く迫ってきた。流れてくる空気の中に無数の細かい震動が感じられ始め、バクはあわてて自分のねぐらめがけて斜面のひとつを駆け出した。

2 〈薔薇色の脚〉の逃走と帰還及びその変身

バクが最後に噂話を仕入れることができたのは、劇場の最後の公演となった〈薔薇色の脚〉の舞踏公演のあった日のことである。

夜の公演が始まる直前、闇に乗じて集団失踪した踊り子たち――その彼女たちが、ついに全員捕獲され連れ戻されたという情報をつかんでバクが劇場へ向かったのは、その日の真夜中近い頃だった。街の構造を模して設計されたという劇場の、円天井のあるオペラ劇場風大ホールの中央、すり鉢状の客席に取り囲まれて陥没しているように見える円形舞台まで、長い階段を幾つも下り、舞台中央の小さな上げ蓋を開くと、そこが地下の楽屋へ通じる入口になっている。この劇場では、控室や楽屋など付属的な設備はすべて地下に収納され、地上に現われているのは大ホールだけだった。ランプの点った狭い竪穴を下って納骨堂めいた地下の楽屋へ降りていくと、そこでは目を血走らせ一様にアマガエルそっくりの風貌をした〈演出家〉たちが、興奮して何か大声で議論していた。

今こそ我々が踊る時だ、と一人が叫んだ。

踊り子たちの〈脚〉はなくとも、我々のペン胼胝《だこ》のある手や運動不足でむくんだ脚を、コトバは覆い隠してくれる筈だ！

口々に賛同の声をあげて拍手喝采している演出家たちの横を擦り抜け、バクは雑役夫の一人に踊り子たちの居場所を尋ねた。老人は奥の扉を指さした。劇場前の広場には、真夜中からの公演を見ようと集まってきた群衆がすでにひしめきあって開門を待っているというのに、これでは開演はおぼつかないようだと思いながら扉をあけて覗き込んでみると、踊り子たちは暗い床の上に鮪《マグロ》のように折り重なって転がっていた。一瞬、〈脚の群〉という言葉がバクの頭に浮かんだのは無理のないことで、踊り子たちはまさしく骨盤と二本の脚だけでできているような体型をしているのである。その姿はバクにとって見慣れたものだった筈だが、それでも、見事に発達して脂ぎった下半身の、常人の二倍はある骨盤の上に、栄養不良のため異様に痩せて縮んだ上半身が乗っている畸型的な体軀は、見る者にある圧倒的な意志――この人工的畸型を造り出した者の偏執的な意志を、感じさせた。そしてその骨が曲がった畸型の上半身は今、一様に目を閉じ口を薄くあけた顔(幼児の顔ほどの大きさしかない、痩せしなびた大人の女の顔)を投げ出して死んだように横たわっているのだった。

劇場の踊り子たちは、〈薔薇色の脚〉と呼ばれている。それは全く見事な脚で、太めの腰から伸びている適度に肉のついた腿とふくらはぎ、よく締まった足首、そしてやや華奢な踵から爪先まですっかり薔薇色の絹のタイツで覆われているところからこの名がつけられている。その下半身とは対照的に上半身は全く無視され、筋肉は栄養失調と運動不足で萎《な》えたように縮み、さらに骨格までもがひとまわり大きさが縮んでいるため、飢餓状態の子供の躰ほどの大きさに干からびていた。手入れをされないため皮膚は垢じみ髪は縺れたままで、知覚がまだ残っているのかどうか、踊り子たちはいつでも一言も言葉を発しなかった。彼女たちをこういう状態の〈薔薇色の脚〉にしたてあげたのは、劇場の演出家たちである。

彼女たちの前身は、いずれも街の乞食や浮浪者または街娼であるという。演出家たちが時おり街に出て彼女たちを狩り集めてくるのだが、そのおおむねは畸型で、背中に瘤のある者や舌の長い者、毛髪のない者(眉も睫毛も無いので、その顔は卵そっくりに見える)、また、鳥の巣のように絡みあった髪の隙間から両眼だけを覗かせた小人女もいた。この畸型女たちを〈薔薇色の脚〉に創りあげる方法は演出家たちの秘密とされているが、街の噂によればこれはかれらが彼女たちの脚にコトバを吹き込むことによってなされるのだという。――黒びろうどの緞帳が幾重《いくえ》にも垂れこめた舞台裏で、毎夜演出家たちは踊り子の足の裏に唇を押しあてて、薔薇色のコトバを吹き込む。ひとつのコトバが吹き込まれるたびに脚はその艶を増していくが、下半身が脂ののった魚の皮膚のような輝きを持つにつれて畸型の上半身は徐々に生気を失ってゆき、舞台の上で猛々しい乱舞をする時も、その上半身はただ脚の動きに身をまかせて力なく振り回されるだけか、または異様に小さくなったコビトの手で巨大な腹にしがみついているかのどちらかだった。

その踊り子たちが脱走したことが知れるや否や、劇場の地下から四方に張り巡らされた通信線を伝令が走り、漏斗型の街の斜面を螺旋を描いて上昇していった。すぐに、たけだけしい〈脚〉の群が高笑いを残して路地の向こうを駆け抜けていくのを目撃したという情報が入り、ほどなく全員が捕獲され連れもどされたわけだが、一人の踊り子は脱走の理由を告白して、こう言った。（〈薔薇色の脚〉が人語を喋るということがすでに、演出家たちにとっては驚きだったが。）――コトバがひとつ吹き込まれるたびに、私たちの脚は重くなる。私たちとて踊り子の端くれ、コトバのない世界の縁を、爪先立って踊ってみたい気があったのだ、と。それを聞いた演出家たちは怒り狂い、踊り子たちの脚からコトバを抜きとってしまった（雑役夫たちの言うことによれば、踊り子の足の裏に唇を押しあててコトバを吸い取ったのだそうだ）が、そのとたんに脚たちは力を失い、死んだように動かなくなってしまったのだという。

その時、頭上に轟きわたる足音が反響し、それと同時に、開門して観客を中に入れたという報告が入った。踊り子失踪事件が前宣伝になったのか大ホールは大入満員で、すり鉢状の階段座席から円天井に近い天井桟敷までいっぱいになっているという。逆上しきった演出家たちは、引きとめる間もなく竪穴の階段を駆け登っていってしまい、同時に頭上の虻《アブ》の羽音のようなざわめきが静まって、演出家たちが何か演説しているらしい声が響き始めた。本当に踊るつもりなのかどうかはともかく、少なくとも時間稼ぎにはなるだろうと、バクは踊り子たちの所へ駆け戻り、扉を引きあけた。

薄暗い部屋の中に、〈脚〉の群は列をなして森《しん》と立ち並んでいた。廊下の光がわずかに射し込んでその足元をぼんやり照らし、上の方はひどく暗くてほとんど闇に溶け込んでいるように見えたが、やがて目が慣れるにつれて徐々にその輪郭が現われてきた。扉の取っ手を握ったまま、バクはぽかんと口をあけてその姿を見あげた。バクの目の前には薔薇色の膝頭が位置していたが、そこからさらに高みに向かって緩《ゆる》やかな曲線が徐々に広がり、その線は天井に近いあたりの暗闇に位置する生々しい巨大な腰に続いている。前のほぼ二倍の大きさに変身した〈脚〉の群は、陸に引きあげられた鯨《クジラ》の群のような威圧的な重量感を持ち、バクは思わずよたよたと後ずさった。その腰の上に寄生物のように生えている上半身は、今では完全に生気を下半身に吸い取られ、サルの躰ほどに縮んでいた。皮膚は水分を失って茶色に変色し、関節ばかりが目立つ骨と皮ばかりの腕は何かに摑《つか》みかかろうとする形に硬直して、長い爪を剝き出している。乾燥して筋肉が引きつったため口の穴をぽっかりあけたその顔は、すでに生きているものの顔ではなかった。

その時、突然大ホールから異様な喚声が幾重にも反響して響きわたった。劇場中の観客が中央の円形舞台めがけて押し寄せて来るらしい凄まじい物音が轟き、同時に、内部に空洞のある肉塊が押し潰される時の打撲音と悲鳴が頭上で炸裂した。物見《ものみ》に行っていた雑役夫の一人が竪穴を降りてきて、怒り狂った観客のひと打ちで演出家たちは全員撲殺され、ホールの中はもはや流血の惨事だと報告した。踊り子を出せ、〈薔薇色の脚〉を出せと、殺気だった観客たちは血に塗《まみ》れた両手を振りかざして口々に叫んでいるという。すると、直立していた〈脚〉の群が唐突にブルッと雌馬のように身震いした。はっと気づいて道をあけると、〈脚〉たちは次々に廊下に飛び出しはじめ、木の根のように硬直した上半身を乗せたまま狭い地下道を踏み揺るがして竪穴を駆け上がり、舞台中央に通じる穴の向こうに姿を消していった。

――その後舞台の上で起きたことを、バクは知らない。最後の〈脚〉が姿を消して上げ蓋が閉じられると同時に、観客はぴたりと沈黙した。後に街に流れた噂によれば、その時〈薔薇色の脚〉の群は、〈すり鉢状の客席の底、人々の視線のなだれ落ちる終点〉に、〈人々の夢の顕現として〉立ち現われたという。その夜、ひと夜かけて踊り狂ったという〈脚〉たちの踊りがどのようなものだったのか、それはいかなる言葉で説明されたところでバクには理解できる由もなく、ただその頭上で一晩中響きわたったたけだけしい重量のある足音から想像するしかなかった。舞台の石床を踏み轟かす〈脚〉の踊りは徐々にテンポを速め、次第に跳躍から疾走へと変化し、その速度は加速度的にはやまっていった。いつかその足音は微妙に乱れ、それは頭上の舞台の上で何かの変事が起きたことを暗示しているようでもあったが、竪穴の階段の途中に腰かけて舞台の音のみに意識を集中し続けていたバクはその時急にひどい睡魔に襲われ、時間の持続の中にぽっかり陥没した空白のような、奇妙な短い眠りに落ち込んでいた。

……唐突に目ざめて、最初に気づいたのはその異様な静けさだった。見まわすと、地下楽屋のあちこちで雑役夫たちが黒い口の穴を見せて眠りこけている。眠っていたのはごく短い時間の筈だったが、頭上の足音は完全にやみ、代わりに夥しい人の気配のみっしり立ち籠めた静寂があった。バクは足音をたてずに階段を登り、登りつめたところの天井に穿《うが》たれた穴の上げ蓋をそっと持ち上げた。とたんに、圧倒的な光の洪水がどっと溢れた。

そこは数十条の光の滝の谷底だった。はるかな円天井の高みから放射された光の束は、この谷底の円形舞台の中心に束ねられて一点に集中し、その他のすべての照明は消されて、真の闇がぶ厚く劇場の空間を埋めていた。そして、その闇の奥に数千の目があった。舞台を取り囲むすり鉢状の客席にびっしり並んだ数千の目、そしてその上部の円柱状の内壁に数十の層をなして、はるかな円天井めざして積み重なっている環状の客席の数千の目が、闇の向こうに見開いて光の底の一点を凝視している。バクはその圧倒的な視線の重みにたじろいで顔を伏せ、その時初めて舞台の上の惨状に気づいた。

〈薔薇色の脚〉たちは、上げ蓋を中心とした円形舞台の床に折り重なるようにして、完全に死んでいた。その上半身は下半身によって完全に吸収され尽くし、卵の殻のようになめらかな胴の断面にはその痕跡さえも残ってはいない。息絶えて間もない生々しいそれは光の熱気を浴びてまだ水分を蒸発させ続け、湯気のような白い水蒸気を濛々《もうもう》と光の中に立ち登らせていた。演出家たちの姿を求めてうろうろと目をさまよわせたバクは、突然血の匂いに気づいてはっとした。撲殺屍体は、巨人の脚と化した踊り子たちの轟く足の裏に踏み潰され、血潮にまみれたわずかな肉片となって舞台の石造りの床にこびりついているだけなのだった。

こうして、この夜を最後に劇場の踊り子は死に絶え、その製造方法を知っていた演出家たちも全員死亡したため、再び街に〈薔薇色の脚〉の姿が見られることはなかった。しかしその夜死に至るまで踊り続けた脚の群はあらゆる言葉を飛び越えて美しく、それはまさに光り輝くようだったという。

劇場前の広場を後にしたバクは、落日を背にうけながら娼館のある方向へ登っていったが――それがバクのねぐらである女たちの家の呼び名だった――、しかし娼館のある場所を正確に知っているというわけではない。迷路じみた様相を持つ街の舗道を行きあたりばったりに歩き続けるうちに、娼館（あるいは他の目的地でも同じことだが）は行く手にぽっかりと現われる。娼館やその他の家々、公共の建物等、この街のすべての建物は、それぞれが街のある固定した一点に個々の厳然とした場所を占めているのではなくて、街の〈ある任意の一点〉に存在すると言える。この〈街の法則〉にはずれるのは、街の中心をなす劇場ただ一つだった。

バクが歩いていく街には、放射状に走る数十本の大通りがあり、それらの間隙を埋めて縦横に絡みあった網の目状の無数の街路がある。眼の虚《うろ》のような窓が列をなす通りがあり、またひっそりと閉ざされた重々しい木の扉の続く街並がある。そして家々の灰色の外壁が連なる通りのあちこちには宿屋や居酒屋、料理店や公会堂、また地下の秘密めいた賭博場などが散在し、それらの建物の一つ一つにたいてい一人ずつの〈夢喰い虫〉が棲みついている。この、街の人々と〈夢喰い虫〉との共存関係はいつから始まったのか誰にも分らないのだが、しかし〈夢喰い虫〉たちは昼間人々が眠っている間にそれぞれの河岸《かし》で街の噂を集め、夕暮れにはそれを街中に広めるという日課を毎日忠実に繰り返していた。この日課はすべて人々の眠っている間になされるので、従って人々の知っている〈夢喰い虫〉の姿といえば、昼の夢の中に忍び込んでくる気配――白昼《まひる》、寝静まった街の通りや暗い室内を、かさこそと乾いた皮膚の擦《こす》れる音をたてて歩きまわる気配――と、夜になって人々が起き出し、街路に点在するガス灯に淡い灯が点る頃、儀式を終えてひそひそとねぐらに戻ってくる姿くらいのものので、人々が活動する夜の間は、彼らはほとんど眠っている。その中で、バクは夜の間あまり眠らず昼間仕事を怠けて仮眠したりするという変わり種で、従って娼館のマダムや女たちとも親しい口をきく仲だった。

坂の前方に娼館の木造りの望楼が突然現われ、やがてその全貌――巨大な木造の廃船、または流木で造りあげられた古代の箱船を思わせる——が見え始めた頃、街はほとんど暮れて、わずかに四方の地平線上の空に真紅の残光が消え残っているだけだった。まだ宵闇の色の残る藍色の空には、東の地平線からこの季節の星座〈女面鳥〉が半身を乗り出し、縞模様の羽毛に縁取られたその顔はすでに天頂近くまで登って、街の真上にさしかかっている。その北には斑点のある豹や没薬の壺を手にした錬金術師、南には天の鯨《クジラ》や心臓《ハート》を咥えた巨嘴鳥《ペリカン》などが街の夜空に登り、その下で街はすべての輪郭を薄れさせ闇に溶暗してゆき、家々は個々の特徴を失って、通りは何処《どこ》まで歩いても同じ街並が続くように見えた。

この頃になると、噂を吹き流していた無数の声は次第に拡散して散りぢりになり、それに代わって人の気配が街にひったり張りつめてくる。通りに面した硝子《ガラス》窓の内側を、小さな爪が引搔く音がし、空の高みから時おり蝙蝠《コウモリ》傘のようなものが一瞬視野の端をかすめて墜ちてきたりする。

そして遠い石畳の舗道の隅、煤けた街路樹の後ろ、背後の鐘楼の影などから囁き交わす声が聞こえ始める。そのボリュームが次第に上がり、平面上の影が蠕動してふと盛り上がったと思うと、中から飛び出すように人影が次々に現われ、忙しく路上を動き始める。

3　嗜眠症の侏儒はどんな夢を見るか

……うたた寝からふと醒めて、最初に目に入ったのは、広間の向こう端で後始末の指図をしているマダム——三重顎、白粉、宝石、襞の多い絹のドレス等々、要するに淫売宿の女将《おかみ》のイメージそのままの、この娼館のマダムだった。長椅子の上に起き上がってみると、ホールはすでに閑散として、マダムと七、八人の店の女が杯盤狼藉の中を立ち働いているだけだ。バクは欠伸の涙の滲んだ目をこすりながら椅子に坐り直した。

——今日も、新しい噂話が手に入らなかったな。

ふいに、頭上から甘ったるい声が降ってきた。長椅子の上の壁に取り付けられた金属製の鳥籠をバクが見あげると、中で膝をかかえた侏儒《コビト》は片手に齧りかけの砂糖菓子を握ったまま、半覚醒の様子でうつらうつらしている。娼館に戻ってきた時には指を咥えて丸くなって寝ていたのに、いつ目を覚ましたのだろうとバクが思っていると侏儒ははっと目をあけ、二、三度まばたきして今度は本当に目を覚ました。唇についた粉砂糖を舐めて口を開くと、意外なほど高くて柔らかい声が出てくる。

おまえは、今日でもう丸三箇月も儀式に参加していない。隠しても無駄だ。鳥籠の中にいても、何だって知っているのだからな。

一日中寝てばかりいるくせに、おまえに何が分るものか、とバクは言い返した。

毎日鳥籠の中で年寄り猫みたいに眠っているか、それともたまに目を覚ましては、自分の見た夢の話をしているかのどちらかじゃないか。

私はおまえが生まれた時のことを知っているのだ、と侏儒も言い返してきた。〈夢喰い虫〉特有の、カバのような顔をしたみっともない赤ン坊だった。鳥籠の中で暮らしてはいても、何十年も生きている間には街のいろいろなことが耳に入ってくるものだ。

一日中そこでじっとしているだけのおまえに、新しい噂話を求めて足を棒にしているこの苦労が分ってたまるか。これだけ苦労しても新しい話が手に入らないというのに、くだらない昔話なんぞ持ち出さないでくれ、とバクが怒って叫ぶと、侏儒は手で遮って事もなげに言った。

おまえは未練がましく劇場へ通っては毎晩手ぶらで帰ってくるが、劇場の舞台裏で今、複数の陰謀が進行しているという話を知っているか?

バクは驚いて口を閉ざした。侏儒は歯をむき出して笑い、縫い取りのある上着のポケットから角砂糖を取り出して、前歯で齧り始めた。

昔から出来の悪い〈夢喰い虫〉だったが、年をとっても同じだな。知らなければ教えよう。劇場では今、ある大きな公演のための準備が秘密裡に進められている。その公演がいつ行なわれるのか、その内容がどのようなものなのか、そういったことは誰も知らないし、第一その準備を一体誰が進めているのかも分らないのだが――（劇場の〈演出家〉たちは全員死んで、後には役に立たない雑役夫しか残っていないのだからな）、とにかくその裏に〈あのかた〉の手が働いていることは確からしい。噂では、〈あのかた〉はその特別公演に街のすべての住人を招くつもりらしいということだ。

と、侏儒は思いがけないことを言った。

侏儒はさらに得意気に喋り続けたが、その間にも手の方は忙しく動いて、砕いた氷砂糖や練粉菓子、型で抜いた砂糖菓子などを口に運び続けていた。酔っぱらったマダムや店の女たちがおもしろ半分に突っ込んだものらしく、古めかしい青銅製の大きな鳥籠には一面に糖蜜の固まりや、メレンゲ、ジャム、油のギラギラ浮いた濃いクリームなどが付着している。

侏儒が何処《どこ》で生まれ、どのようにしてこの館にやってきたのかは、誰も知らない。マダムに訊いても、あのコビトは誰も覚えていないほど昔から広間の壁の鳥籠の中にいたのだとしか言わない。噂によれば、蛆《ウジ》が汚物の中から湧き出すように侏儒もまた鳥籠の中に自然に湧いて生まれたのであり、鳥籠の中で生まれ成長し年老いた侏儒は、この檻から一歩も出たことがないのだというのだった。確かに、この時代がかった鳥籠にはやっと人の握り拳が通せるほどの扉が一つあるだけで、籠の底は取り外しがきかないのだから、格子を壊さない限り侏儒が外に出ることはできない。

……喋り続けていた侏儒は、いつの間にか口を半開きにしたままた眠りこんでいたが、ふと目をあけると片掌に一口分残っていた、糖蜜菓子を飲み込んで、こう締めくくった。

とにかく、その日は近づいている。その日をめざして幾つもの陰謀が進行しているというのに、その気配にさえも気づかないとは、それでもおまえは〈夢喰い虫〉かね。

その時、広間の中央で女たちに給仕させながら騒々しく夜食をとっていたマダムが突然猛烈な形相で振り向き、うるさい喧《やかま》しい、自分に養われている居候の分際で少しは静かにできないかという意味のことを怒鳴り散らした。その圧倒的な勢いにすっかり畏縮した侏儒は、虐待された小動物のような目に涙を溜め、バターでべとべとした小さな掌をしきりにしゃぶっていたが、やがて目をつむって動かなくなったところを見るとまた眠ってしまったらしい。

侏儒《コビト》、小さな佝僂《せむし》の小人、小さな赤ン坊の爪と襞《ヒダ》のある大きな頭を持つコビトは、鳥籠の中で夢を見る。

夢の中で、侏儒は水の中にいる。コビトは暗い水の中。暗渠の底で四肢を丸め、大きな泡に包まれてコビトは水中を上昇する。ごぼごぼと耳元で柔い音をたてながら無数の気泡がコビトの周囲で回転し、一緒になって無限に軽く浮かんでいく。――気づくとコビトは水のうえ。大きな泡が浮かんでは弾《はじ》ける淵の水面に浮かびあがったコビトは、夜の海の生ぬるい水をかいて泳ぎ出していく。暖かい暗黒の夜が過ぎ闇の密度が希薄になり始め、やがてうっすらと行く手はるかな水平線が明るさを増し始める頃、数条の水脈《みお》が水けむりをたてながら海の極めざしてたちのぼるのをコビトは見る。海面を奔る水脈はやがて水平線上の一点に向かって収束してゆき、その果てにおぼろげに何かの姿が現われるのが、コビトには見えたような気がする。

コビトがめざすのは、海の果て夜の果てに顕現する紅玉の岸辺。婚礼の夜がめぐり宴の果てる夜明け、はるかな曙光の射しそめた水平線上に立ち現われる、光明の向こう岸。

小さな侏儒は、夢を見る。

……突然起きたはなやかな嬌声に、侏儒がはっと目を醒ますと、天井の灯が揺れてホールの中は散乱する影でいっぱいだ。乾いた音をたてて床一面を真珠玉が転げまわり、その中を女たちが無意味な悲鳴をあげながら走っているのは、マダムの五連の首飾りの紐が切れたためなのだった。マダムはプリプリ怒りながら食べかけの夜食を押しやり（メニューは、ヒゲのある冷たい魚とエビ料理。魚の深皿の中にも、真珠が数個転がり込んでいる）、椅子を引いて立ち上がった。するとそのとたん、膝の大量の真珠玉がスカートの襞からみごとに弾け出した。

ホールいっぱいに大粒の真珠が飛び散って派手にはじけあい、マダムの罵声と女たちの金切り声が入り混じって、たちまち部屋中が収拾のつかない騒ぎになった。その混乱の真只中に、黄色い服を着た店の女の一人が階段を降りてきて、屋根裏の様子が変なので見に来てほしいとマダムに告げた。マダムは腹立ち紛れに真珠玉を蹴散らしながらその女の後に続き、それを見た女たちも後片付を怠ける口実ができたので、喜んで一緒にぞろぞろ部屋を出ていった。もちろんバクは女たちの先頭に立って駆け出してゆき、後には侏儒がひとり取り残されて、夢の続きを追い始めた。

4　屋根裏部屋の天使の群に異変が起きること

……白い翼の生えた天使たちは、薄暗い屋根裏部屋にぎっしり犇《ひし》めきあっている。最初ここへ連れてきた時には四、五匹しかいなかった筈なのに、いつの間にか数十倍に殖えて今では手もつけられなくなってしまったのだと、マダムは苦々しげに言う。灯をというマダムの命令に、女たちの一人がランプを差し出し、その光が移動して部屋の中を照らし出すにつれて、蜂の羽音に似たざわめきがあちこちから高まった。

目尻の吊りあがったオリエント風の天使たちの顔は、確かに若い顔なのに奇妙に皺だらけで、ホルマリン漬けの胎児を思わせた。それぞれ白い木綿の寝間着のようなものを着ているが、よく見ると洗濯もしていないらしい服は薄汚れて灰色じみ、また四肢や翼のつけ根には蜜蠟《ミツロウ》のようにねっとりとした分泌物が厚くこびりついて、濃い匂いをたてている。天使たちは互いに身振り手振りを混じえて夢中になって何か喋りあっているようだが、しきりに開閉する口から漏れるのは耳ざわりな風のような音で、声の気配とでも言うような掠《かす》れた歯音ばかりだった。

こいつらはね、人間のコトバが喋れないのさ、とマダムはダチョウの羽毛の下で重々しい乳房をゆすりながら言う。天使とはそもそも神から人間へのメッセンジャーの筈で、人間の言葉が話せないのではその役目も果たせまいにとバクが思っていると、コトバも話せないような低級な生物をこの館に置いたのが自分の間違いだった、案の条一人の客もつかず仕方なく放置しておいたらこの有様だ、とマダムは口をきわめて彼らを罵《ののし》り、そらこのとおりと一匹の腕を摑んで、よく見えるように引きずりあげた。たちまちそれは不潔な歯をむき出し、咬みついてきそうな様子を見せたが、同時にその背後から金属板を爪で引掻くような声をあげて、もう一つの頭が振り向いた。見るとその二匹の天使はシャム双生児のように背中合わせに癒着しあい、その隙間から四枚の畸型の翼がでたらめな方向にはみ出している。マダムが一匹ずつ指さして詳しく説明してくれたのでバクにもようやく分ったのだが、部屋中の天使たちは一匹残らず、接合して核の一部をやりとりしている最中のゾウリムシのように躰の各部分を癒着させあっていたのだった。中には半分以上互いの躰にめりこんでしまって、シャム双生児というより双頭児に近い姿になっているのもあったし、五、六匹が一つの塊になって、すでに個々の区別もつかないほどになっているものもあった。マダムの説明によれば、狭い場所であまり繁殖しすぎたせいだという。

マダムがまだこの事に気づいていなかったある時、物好きな客がこの屋根裏部屋まで上がってきたことがあったそうだ。案内についてきたマダムの熱心な売り込みに客はその気になり、いちばん顔だちのいい天使の一匹を選んだが、さてその天使を下の部屋へ連れて行こうとした時になって、この思いもよらない事態が発覚した。相手は一度に一匹でたくさんと、客はあきれて帰ってしまい、面目を潰されたマダムは以来エサも与えず天使たちをこの部屋に押し込めたままだという。

それでも死にもせず、勝手に番《つが》ってどんどん殖えてるようだがね、場所塞ぎだし、第一きたならしいったらありゃしない——おや！　とマダムが声をあげたのは、黄色い服の女が指さしてみせた一匹の天使に目をとめたためだった。マダムはそれを爪先で軽く蹴った。

へえ、こいつ死んでるよ！

よく見ると、下瞼を上に引き付け、四肢を硬ばらせて床に丸くなっている天使の屍体が他にもあちこちに転がっている。

エサがないから死ぬなんていう生やさしい連中じゃないよ。くっついたままであんまり殖えすぎたもんだから、お互いの毒が躰の中に溜ったのさ！

マダムは舌打ちして女たちに片付けさせようとしたが、一つの屍体を持ちあげると、その躰に半分めりこんでいる別の天使が二、三匹引きずられて悲鳴をあげ、連鎖的に部屋中の天使がどっと倒れて絡みあった。たちまち湧き起こる阿鼻叫喚の中で、一つの躰から五枚も六枚も生えている翼がいっせいに空《くう》を打ち床を叩いて部屋中の埃を吹きあげ、一行はたまらず全員外へ退散した。

ひどく軋む階段を一歩遅れて降りながら、番《つが》って殖えるといっても天使に雌雄の区別があるのかとバクが尋ねるとマダムはあきれ顔で振り向いて、

なけりゃどうやってあんなに殖えたとお思いだい！

続いてマダムはその見わけ方を微に入り細を穿って面々に伝授したのだが、その前後あたりからバクは侏儒《コビト》の嗜眠症が移ったように急激な眠気に襲われて頭に霞がかかり、その大半を夢うつつに聞き漏らしてしまった。悪いことにその話を他の〈夢喰い虫〉が盗み聞きしていたため、先を越されたバクは、結局その翌日も夕暮れの儀式に加わることができなかった。

5　街の噂・星の話

街の夜空、プラネタリウムの偽の夜空のように街を半球型に覆った夜空は、いつも降るような星空だった。

ここでは、星は星座を形造るためのみに在《あ》る。一個ずつが点として独立しているのではなく、数十個数百個が隙間なく連なりあって白い線となり、季節季節の星座、例えば人面花、天の海豚《イルカ》、番《つが》いの蜻蛉《トンボ》、笛吹き男、天の気流を計る風見鶏、等々の輪郭を形づくっているのだった。これらの腐蝕銅版画風獣人虫魚像は、フラムスティードの星球図譜に表わされたような星座群に比べるといずれも数倍から数十倍に及ぶ規模の大きさを持

っている。中でも最も大きい星座の一つである〈牧神〉などは、その全身が完全に登りきった時には、顎ひげのある顔は西の地平線に、そして蹴爪のある足は東の地平線に届き、半球型の天の湾曲面に沿って空いっぱいに長々と躰を伸ばすのだった。そして街の夜空は、このような白い線描きのヒトや獣の図形を一面に嵌めこんだまま、一夜かけて街の空をめぐるのである。

夜空一面に所狭しとたてこんだ無表情な星座群は、人々を不安にさせる。生き物ではないただの星座ではあっても、巨大なヒトや獣の顔が、それも複数の顔が一晩中頭上に見えているその情景は、人々にある種の強迫観念を与えるのである。すべての季節の星座はそれぞれ素気ない横顔を見せていたり、または放心した表情で空の一点を漠然と眺めていたりするものばかりで、一つとしてその視線が街を見おろしている星座はない。が、それでも人々は、ふと夜空を見上げた時、それらの顔の一つと目があうような気がして仕方がないのだった。

毎夜空に登ってくるたびに、星座群の姿が少しずつ違っているという噂は、かなり前からあった。例えば顔の角度が前の夜と比べてほんのわずか変わっていたり、表情が少し違っていたりするというのである。最初のうちその違いはごく微妙なもので、目のさとい〈夢喰い虫〉たちしか気づかない程度だった。が、それは次第に激しくなってきてそのうちに、何の飾りも無かった筈の処女神の腰に、ある夜突然幅広の飾り帯が締められていたりするようなことまで起きるようになった。最近では、前の夜には端正なギリシア風の横顔を見せていた女神の顔が、次の夜地平線から現われてきた時には思いきり皺苦茶の顰《しか》め面だったりするようなことは日常茶飯事となり、ひどい時には、天の北と南に離れた位置を占めていた筈の山羊飼い女と蟋蟀《コオロギ》使いの奇術師が、翌晩には山羊と蟋蟀《コオロギ》を放り出して、夜空の中央で熱っぽく絡みあっていたことさえあった。こうなってくるとさすがの人々も、彼らが単なる模様や図形ではなくてそれぞれの意志（天体的意志）や感情（天体的感情）を持って天体的生活を営んでいるのだと考えざるを得なくなってきたのだが、それにしても最近の星座たちの乱脈ぶりときては、地上の人間を莫迦にして軽く見ているとしか思えない、という批難が街では高まっている。

——そして、星座からこぼれ落ちた星は絶えず夜空のどこかを流れ続けた。くっきりと白い尾を曳いて流星は玩具の真珠玉のように墜ち続け、時には花火のように破裂した。闇に銀粉を撒《ま》き散らして炸裂した星の破片は、炎を曳いて次々に暗い地平線に吸い込まれてゆき、あとには白い水蒸気がひと筋、煙のように立ちのぼるだけだった。

　昼間地平線の下に沈んでいる間には生きて動いているかどうかは分らないにしろ、夜空に登っている間には、星座群は白い線で描かれた壮大な図型あるいは模様として、微動だにせず沈黙を守り続けたし、またその間隙を縫って、流星は天上の虫のように白い微細な点となってあちこちをせわしなく走った。街の天体の運行に関するこういった機構の裏に、何者かの意志が存在するのかどうか、それは街の人々に窺い得ることではなかったが、ただ、これらの星々や星座があくまでも宇宙に属するものではなくて、街を中心とした巨大な半球型の空の平面上に属するものだということは誰の目にも明白だった。この何となく不自然でうさんくさい天上の機構は、人々に機械仕掛けめいた天体の観念を持たせたが、その機械仕掛けの中心の滑車を回す見えない手の主は〈あのかた〉であるに違いないと、街の噂は言う。

6　街の噂・海の話

　街の外に何があるのか、街の人々は誰も知らない。

　浅い漏斗型の街は、四方を荒野に取り囲まれている。その平原を、どの方向に向かうにしても十日と十夜の間歩き続ければその果ては海だというが、それを自分の目で確かめた者は一人もいない。街の噂によれば、泡立つ紺青の大洋の中心に円形の平坦な大陸があり、その中央に臍のように陥没したところがこの街なのだという。

　平原の果てをきわめ、その噂の真偽を確かめようと街を出ていった者は何人かいたが、そのほとんどは二度と帰ってこなかった。旅の途中で引き返してきた数少ない者たちは、憑かれた目で人々にこう語った。街の漏斗の縁を越えて一歩外に踏み出せば、そこはただ目の届く限りの平坦な荒野――漏斗の内側の、見せかけの地平線に取り囲まれた狭い世界ではなくて、真の地平線の果てまで続く円盤状の荒野だった。その荒野を歩き続けるあいだ、目に映ったものはただ、野面《のづら》の果てまでなびいていくまばらな草の波と、地平線の端から端へと流れ過ぎていく七色の帯状の雲だけだったと。

――夕暮れになると、円形の地平線は炎をあげて燃えた。四方から押しよせる夕闇の中、日蝕時のコロナのように遠くちろちろと炎をあげる真紅い環の只中にひとり立って、旅人は野火に囲まれた獣の恐怖に捉われる。やがて荒野に夜が降り立ち、遠い炎の帯が徐々に立ち消えていく頃、風を孕《はら》んでわずかにどよめく大気の底で、恐怖にかられた旅人は狂ったように走り始める。いつか方角を見失って夜の平原を走り続けるうちに、ある者は運よく街に帰りつき、ある者はそのまま行方不明になった。もしかすると駆け続けた末に海岸線の白い絶壁に辿りつくことができたのかもしれないが、その時彼が泡だつ紺青の大洋の向こう、数億の砕ける波の咆哮に満ちた空間の向こうにはたして何を見たかは、誰にも分らないことである。

しかし、外から街へやってくる者が全くいないわけではない。皮膚の浅黒い蓬髪の商人たちは、荒野を越えて街へやってくる。貴重な香料や酒を運んで来るのが彼らの商売だが、荒野の外の様子を尋ねても、彼らは笑って答えない。商人たちは、仲間同士にしか通じない異国の言葉を話す。手まねで商売をすませると彼らはまた荒野を越えて帰っていくが、何処へ帰るのかは誰も知らない。一度、〈夢喰い虫〉の一人が後をつけたことがあったが、朝早く街を出発して数時間後の真昼間、荒野の途中で、隊商は燃え立つような陽炎の向こうにかき消すように見えなくなったという。

いつか〈海〉が平原を越えて街へ押し寄せてくる日が訪れるという伝説が、街には古くから伝わっている。その夜、闇の中で〈海〉は境界を越え、陸地を侵す。〈海〉は地平線上で燃える炎の環を呑み込み、四方から平原を越えて押し寄せ、そしてその輪を次第に縮めて最後に街に届くだろう。〈海〉は漏斗型の街を捉え、縁を越えてなだれ込み、街の底めがけて奔流するだろう。繁吹をあげ渦を巻いてなだれ落ちる怒濤の中で、その時街は一個の巨大な大渦巻《メールストローム》となる。——そして一夜かけてあらゆる物を押し流し荒れ狂った激流も、翌朝永遠の水平線から太陽が登る頃には静まりかえり、世界は沈黙の夜明けを迎えるだろう。膨張して半透明に濁った太陽は、太古の表情を取り戻した世界に白々とした光線を投げかけるだろう。そしてその陽が沈む時、茫々《ぼうぼう》と広がる水平線の彼方からはたして今と同じ星座群が登ってくるかどうか、それは〈あのかた〉にしか分らないことだと街の噂はいう。

7 〈禁断《あかず》の部屋〉の女

ある日バクが劇場に来てみると、正面の入口は閉ざされ内側から閂《かんぬき》がかけられていた。腹をたてたバクは扉を叩き、中にいる筈の雑役夫たちを大声で呼ばわったが返事はなく、耳を押しあてて様子を窺ってみても人のいる気配は全くない。翌日もその翌日も劇場の入口は閉ざされたままで、押しても蹴っても扉は微動だにせず無表情に静まりかえっているだけだった。それでもなお諦めきれずバクはさらに数日間劇場に通い続けたが、結局自分が閉めだされたことを悟ると後は新しい河岸《かし》を捜す気力もなく、一日中娼館の中をうろついて過ごすようになった。劇場が内側から締めきられて誰も中へ入れなくなったという噂は、もちろんその日の夕方には街中に広まったが、それが誰のしわざなのか、また中で一体何が行なわれているかということは、〈夢喰い虫〉たちにも分らなかった。ただ、〈あのかた〉が主催するという公演の日が近づいていることだけは確かであり、今度の措置もその準備のためだという噂はひそかに流れていた。

が、すでに劇場に対する関心を失ったバクは娼館から一歩も出ず、侏儒の鳥籠の下の長椅子に寝そべって居眠りをしたり、広い館の中を無意味に歩きまわったりというその怠惰な暮らしぶりは、バクの躰をますます丸くした。嗜眠症の侏儒《コビト》は、相変わらず広い壁の片隅でただ一人言葉を紡ぎ夢を織り続け、商売熱心なマダムは館の中の事にしか興味を持たず、目に見えない街の裏側に何かのからくりがあり何らかの意志がそこに働いているとしても、さしあたり館の中の日常には何のかかわりもないように見えた。そしてバクは怠惰な日々の中で体重を増し続けた。

娼館の中には、〈禁断《あかず》の部屋〉がある。〈あかず〉とはいっても、鍵もかかっていなくていつでも中が見られるのだから形容矛盾なのだが、それでも館の女たちは代々この優美な呼び名を使っている。

狭い木の階段を幾つも登り、折れ曲がった渡り廊下を越え、薄暗い廻廊を通り抜けた北西の突きあたりに、その部屋はある。部屋に近づくにつれて外界の物音はボリュームを絞ったように次第に小さくなり、やがて低いざわめきになり、ふっつり跡切れる。扉は音をたてずにゆっくり開く。中に広がるのは……粉っぽい、どこか蒼みを帯びた冷たい空間だ。

この空間は、こちらの世界とは違った次元に属しているらしい。部屋の中で、光は少しだけずれて進む。だから部屋の中の風景はすべて少しだけ歪んで見え、部屋の奥にある窓のあたりはほとんど完全にぼやけて、外の景色は全く見えない。そして、水の中の不純物が水底に沈澱するように、部屋の空気は密度の濃い部分が床の近くに沈澱して薄く濁っていた。そのむらのある空気には、一面に黴《カビ》が生えているらしい。古いパンの表面に青黴が生えるように、沈んだ色調の青緑の黴が暗くくすんで、所々まばらに鈍い燐光を放っている。そのため、戸口に立って眺める部屋の光景は、古びて色の褪せた一葉の写真のように見えた。

……女は、部屋の空中に引っ掛かったように静止している。踊る人のように両腕を宙に投げ出し、足は右の爪先が軽く床に触れているだけで、不自然に胴を半分捻っている。顎をのけぞらせた顔に長い髪が乱れかかっているので、弾丸に撃ち抜かれた額の丸い穴は戸口からは見えない。——十年前、女はこの部屋で撃たれた。十年前のその日、馴染の客が扉をあけた時、部屋の真中に立っていた女は振り向いて男に笑いかけた。撃った男はそのまま逃走、行方不明。そして弾が女の頭蓋骨を貫通した瞬間、部屋の時間は静止した。男に取り残された女とその部屋の時間は、流れるのを止めた。しかしマダムの話によれば時間は完全に停止したわけではなく、ほとんど目に見えない程度ではあるがわずかずつ流れているらしい。女の躰は、床に対して約四十五度の角度で後ろに傾いているが、十年かかってこれだけ倒れたのだという。最初の何年かは物珍しさから客や店の女たちがよく見物に来ていたのだが、今ではみんな飽きてしまってわざわざ見に来る者もいない。

それでも時々侏儒《コビト》が誘うので、バクは鳥籠を抱えて狭い木の階段を幾つも登り、折れ曲がった渡り廊下を越え、薄暗い廻廊を通り抜けてその部屋へ行った。扉をあけ、隣りに鳥籠を置いて床に坐り、二人は頬杖をついて女を眺めた。女の鼻と口からほとばしった一筋の血と粘液が、空中に糸を曳いてそのまま静止している。長い年月の間に、女の躰もその洋服も部屋の空気の色に染められ、十年前には黒かった髪も今では色褪せた粉っぽい青緑に変色してしまった。街の噂では、逃げた男は〈あのかた〉の手によって海の向こうへ渡ったという。女が床の上に倒れ伏すだろう十年後、彼女がその死を死に終えるだろう十年後に、男は再び戻って来るだろうか。その時、男を取り戻した部屋は再びその時間の流れをも取り戻すだろうか。

すべてはその時が来てからの女の気持ち次第だと侏儒は言う。なにしろ、撃たれた女が即死したとは誰にも断言できないのだから。

8　浮遊生物の下降と羽根の沈澱

そしてその夜、風のない真夜中に羽根は突然降り始めた。

娼館ではちょうど最後の酔客が無数の扉の一つによろめきながら吸い込まれていったところで、広間にはマダムと数人の売れ残った女たち、そして侏儒とバクが残っているだけだった。昼の間眠り続けていた侏儒は真夜中近くになってようやく目を醒まし、鳥籠の中で何かしきりにひとりごとを言っていた。

夜が更けて空気が重くなってきた、と侏儒は愚痴っぽくブツブツ喋り続けた。

特に今夜のような風の死に絶えた夜には、重い空気が躰の中に沈澱して血の濃度が少しだけ濃くなるから、その重さでもうすっかり疲れてしまった……若い頃には空気の重さなど感じたりはしなかったものだが……。

ろれつの回らない女の声を先触れとして、広間の反対側の大階段の上に、早帰りの客が見送りについてきた女と一緒に現われた。女は酩酊の様子で、尻尾でも握るような手つきで客の外套の裾を摑んでいる。踊り場まで降りて来るとふいに女は裾を離し、大股で窓によろめき寄って首を外に突き出した。

羽根が！　という声に、全員が踊り場を見上げた。窓の前で振り向いた女の顔の、目にも鼻の穴にもＯ《オー》の字にあけた口にも、白い羽毛がぎっしり詰まっている。一瞬後、糸が切れたように膝が砕けて女は大階段を転げ落ち、床の上にその躰が静止した時にはすでに息絶えていた。ひと目見るなりマダムは立って玄関の扉を閉ざし、閂《かんぬき》をして言った。

今夜は帰れませんよ。羽根が降り始めましたからね。

客は弱々しく抗議を始めたが、別の女に外套の裾をつかまえられて、再び二階へと引きずられていった。

風が凪《な》いで羽根が降り始めたのならば、と侏儒が小声で言った。

今夜街では、また人死にがたくさん出る……。

このような風のない真夜中、街に羽根が降ったことが何度かあったとバクは聞いていた。わずかに反りをうった純白の羽毛は、夜の空を垂直に、一糸の乱れもなく降りしきる。どこか遠い建物の一室で、破れた羽根枕の裂け目から夥しい羽毛が部屋いっぱいに乱れ飛び……ふとそれが虚空に森《しん》と静まり色蒼ざめて、やがて空一面を降ってくるのだ——そう言った者がいたが、街の噂によればこの羽根は、いつもは天の高みに浮遊しているある生物の群が、街の上空に下降してきて生殖活動を行なう時に落ちてくるものだという。〈鳥でもなく、人間でもない〉〈ブワブワ空中に浮遊し、直立して微笑するもの〉（と噂はいう）である彼ら、いかなる人間にも一度もその姿を見られたことのない彼らは、風のない真夜中、街からまっすぐに立ち登ってくる人間の熱気を吸収しながら、ほとんど無限に分裂を繰り返し自己増殖していく。その時震えながら抜け落ちてくる羽毛の微細さから推定して、彼らを鼠のような小動物と考えることもできるし、また鯨のように巨大な胴体一面に、鳩の胸毛のような羽毛がびっしり生えている様子を想定することも可能である。

白い羽毛は夜の街路と屋根屋根に降りつみ、街全体を養鶏場の床のように見せ、夜明けまでに街は羽根蒲団を解いた後のようになる。しかし数メートルの厚さに散り静まった羽毛は、翌朝最初の陽光が射すと同時に綿菓子のように溶け始め、黄昏どき人々が寝床から起き出してくる頃には糸屑のような繊維の固まりを残して消えてしまう。やがてわずかに残った残骸も跡かたもなく蒸発し、後に陽炎《かげろう》さえも立つことはない。

9　地下室の人魚の話

翌日、まだ消え残った羽毛が綿菓子製造機の中の白い綿屑のように市街を覆っている白昼《まひる》、人気のない娼館の一角をうろついていたバクは、薄暗い廊下の途中で突然床を踏み抜いた。あっと叫んだ時にはバクの躰は暗い竪穴に呑み込まれ、一瞬後、穴の下側の口から吐き出されて広い部屋に転げ落ちた。打った腰をさすりながら周囲を見まわしてみると、そこは今まで来たことのない大地下室だった。最初、薄闇の中に透明な壁が幾重にも重なりあって闇の奥へ続いているように見えたのは、よく見ると無数に積み重ねられた水槽なのであり、地下室の空間は、中央の細い通路だけを残して、水族館のように大小の水槽で埋まっているのだった。

この部屋は半地下になっているらしく、四方の壁の最上部、天井に接した部分には、横に細長い明り取りの窓が穿《うが》ってあり、そこから色の薄い陽光がわずかに射して、水槽を薄ぼんやりと照らし出している。その水槽の中を一つ一つ覗き込みながら、バクは通路を端から端まで歩いてみたが、淀んだ水の底に半ば泥に近い不潔な砂がぶ厚く敷きつめられているだけで、生物らしいものは見えない。その時ふとバクが振り向くと、中央の大水槽の水影に人の目が光った。近寄ろうとすると、その気配に人影はかすかに揺れて泡を吐き、泥煙りがわずかに立ってゆらりと尾鰭《ビレ》が現われた。突然気づいて周囲を見まわすと、無数の水槽の中で半分泥に埋まった顔が薄く目をあけている。水槽の中は砂ばかりと思ったのは、半魚人の砂色の躰が泥に埋まって眠っていたのに気づかなかったのだった。

地下室の人魚の噂は、バクも今までに聞いたことはあった。娼館のあちこちに人間ではないものを数多く置いているのがマダムの自慢だったが、人魚といえば下半身は魚体の筈で、それでどうやって客をとるのかとバクは前から不思議に思っていた。それでも、見ているると毎晩平均四、五人の客が地下室へ降りていく。一度マダムに尋ねてみたことがあったが、人魚はいつでも湿っているものだからという答えが返ってきただけだった。その地下室にバクは今偶然入り込むことができたわけで、何故か人魚を見せたがらないマダムの様子から考えても、今を逃せば人魚を見られる機会はないに違いない。

物珍しげにバクのほうを見ていた人魚たちもやがて飽きたのか、いつの間にかまた目を閉じて砂の中に頭を引っ込め始めていた。部屋の中が異様に静かなのは、人魚たちの大半が眠っているためらしい。白昼の大地下室の中、水槽の鉄製の縁が淡い縞模様の影を落としている水の底で、人魚たちは眠っている猫のように瞼に皺を寄せて砂にうずもれている。

人魚たちは、遠い海から商人の手でここへ送られてきたという。夜明け前、覆面の黒馬の曳く車に乗せられさみしい街道を通って館に着いた人魚たちは、ランプの光の中をこの地下室に運び込まれる。ことはすべて秘密裡に行なわれ、マダムの手から商人の手に海豚《イルカ》の紋章入り紙幣の束が渡された後、地下室に通じる重い扉は閉ざされ、人の口は閉じられる。しかし鉄の扉も街の噂を封じることはできない。噂によれば、人魚たちは狩られてきたのではなく、自ら進んで商人の手に身を委ねてここへ来たのだという。

——人魚たちは海を恐れる。海の碧を、その底の深みを、世界の果てこの世の果てまで続いていく摑みどころのない広がりを、人魚たちは恐れる。(遠い大洋の深みの底で、水平に広がる白い砂に背中を押しつけ、長い髪ばかりを海藻のように垂直に漂わせながら、瞬きもせず何千尋《ひろ》もの水の堆積を通して何かを見あげていたという人魚の話が、街に流れたことがある。)そして海の恐怖が頂点に達する満月の夜、人魚たちは海から逃げ出す。海流に乗って陸地に漂いついた人魚たちは、岸辺に立って呼ぶ商人の声に惹かれ、薄いぬめりに覆われた両腕を広げてその網の中へ滑りこんでいくのだという。

薄明るい通路の中央に、比較的小さな底の浅い水槽が置かれているのにバクはふと気がついた。覗いてみると、中には一匹の小柄な人魚が眠っている。時おりその眉が顰《ひそ》められるのは、その頭の中で遠い海の悪夢が発酵しているからに違いない。階上の物音に耳を澄ませてみたが、まだみんな眠っているらしく人の気配は全く感じられなかったので、バクは水槽の蓋をあけ、砂の中から人魚を引きずり出した。手が触れた時人魚は一瞬砂色の眸をあけたが、躰が水の外に出るととたんにぐったりして瞼を閉じた。青い鱗の匂いのするその躰を石の床に降ろし、明り取りから射し込む薄陽の下に引きずってくると、人魚が女であることが分った。トゲのある鰭《ヒレ》やビクビク脈打つ鰓《エラ》があちこちに生えた砂色の皮膚は、ごく細かい透明な鱗にびっしり覆われている。眼で見ただけでは滑らかに見えたが、指の腹で逆さまに撫で上げてみると鱗は逆らい、冷たい魚の感触を残した。

ふと気づくと、人魚の躰中の毛穴から分泌された半透明の粘液が、いつの間にか床を濡らして大きな円形のしみをつくっている。手を触れると、粘液は糸を曳いた。気味が悪くなってバクが立ちあがろうと床に手を突いた時、その腕に人魚の手がぬらりと絡んで吸い付いた。はっと顔を上げると、異様に近々と人魚の顔が黒い口をあけて笑っている。するとその顎が全く唐突にガクンとはずれ、胸まで垂れさがった。

きゃっと一声叫んで、振りはらっても離れないのをバクは数メートル引きずって逃げ、脚に絡みつこうとするのを蹴とばした。人魚は音をたてて床に頭をぶつけ、とたんに頭蓋骨が半分陥没した。同時に眼球《めだま》が裏返って眼窩に落ち込み、その時すでに魚体は半分以上溶解して、鱗が一面にずれ落ちていた。先刻落ち込んだ穴めがけてバクは逃げ出し、走りながら振り向いてみると人魚の屍骸は歯と爪を剝き出し、粘液の水たまりの中で魚の干物のように干からび始めていた。

人魚の躰は、水から出ると分解するらしい。すると毎晩この地下室へ降りてくる客は水中で人魚を相手にするわけで、ということはその客たちもまた人間ではないということになる。マダムが人魚のことを口にしたがらなかったのは、そのせいだったのだろうと考えながらバクは部屋の隅の階段を駆け登り、天井の穴に手をかけた。そのとたん、頭の上で蓋がしまった。

……気がつくと、バクは広間の隅のいつもの長椅子に横になっていた。もう夕方らしく、化粧まえのマダムや女たちが店をあける準備に追われてあたりを走りまわっている。まだ日暮れ前だというのに侏儒はもう目を醒まして、自分の掌のひらを眺めながら鼻歌を歌っていた。珍しいこともあるものだと、呑気なことを考えながらバクは鳥籠を見あげていたが、突然夕暮れの儀式のことを思い出し、クッションを蹴って飛び起きた。今なら、まだ間にあう！　と叫んで床に飛び降り、扉に突進しかけると誰かが後ろから呼び止めた。

行けないよ、今日も。

振り向くと、侏儒が顔をあげてニヤニヤしている。

聞こえていないからね……風の音が。

広間の向こう端の玄関のあたりで、小さなざわめきが起きた。扉の前に一団になった女たちがしきりに羽根、羽根、と騒ぎたて、その真中ではマダムが、一度開きかけた扉を閉め直している。マダムは音をたてて閂《かんぬき》をかけ、今夜も休業だよ、と不機嫌な顔で宣言した。

そしてその夜から風のない夜が続き、羽根は毎夜尽きることなく降り続けた。羽根は降りつみ、市街のあらゆる表面、放射状に走る大通り、その間隙を埋めて迷路を形づくるあらゆる路地、舗道、無数の傾いた屋根屋根を覆い尽くしてなお降りつもった。

街では毎夜死者が数を増した。娼館でも、ある夜二階の窓をあけはなして眠っていた一人の女とその客（羽根の降り始めた夜から居続けの客）が、うず高く積もって窓から崩れ込んできた羽毛の下敷きになって窒息死するという事件が起き、その頃から街では夜ごとあらゆる窓と扉がぴったりと閉ざされるようになった。しかし、それでも朝になると、溶け始めた羽毛の堆積の下から窒息死した人間の手足が現われてくる光景が街路のあちこちで見られた。やがて昼さがりになれば、すべての羽毛が消え去った路上には四肢を硬直させた屍体だけが残される。が、死の原因となった微細な羽毛がその口や鼻の穴から消えてしまった屍体は、少し滑稽に見えた。

無言の警戒令が街に布《し》かれているにもかかわらず戸外に出て窒息死する人間が絶えないのは、裏に何かあるからに違いないという噂が流れ、その噂の後を追いかけて〈あのかた〉の名前が口々に囁かれた。

（人が大勢死ねばそれだけ多くの熱気が上空に立ちのぼることになる）

（上空で繁殖を続けている生物の陰謀？）

（〈あのかた〉がその裏で……？）

（――劇場の公演の日が近づいている――）

……そして、陽光を浴びても溶けきらない羽毛が、万年雪のように夕暮れの路上に消え残る日が来た。日が沈み空が暗くなると同時に羽根はまた降り始め、消え残った堆積に新たな厚みを加えていった。そしてその上空では姿の見えない無数の生物が繁殖を続け、昼も夜も人々は戸を閉ざしたまま外へ出ないようになり、風の死に絶えた街を悪い噂だけが飛びかった。

10　カタストロフ・崩壊と飛翔

その夜、娼館の広間の片隅でバクが目を醒ました時、頭上のいつもの場所には侏儒《コビト》の鳥籠がかかっていなかった。見渡すと広間には人影ひとつなく、何処か廊下の向こうで、あけ放された扉が揺れて軋む音がかすかに聞こえるばかりだ。あわてて起きようとした時、バクの片手に硬い封筒が触れた。取り出してみると、白い大型封筒の中には、上等なアート紙に印刷された〈あのかた〉からの招待状――。

だだっ広い広間の対角線上を駆け抜けて、一気に玄関の扉をあけると途端にざわめき声が顔を打ち、灯の一面に点った館の正面ではもう迎えの馬車が出発するところだった。

街路に降りつんだ羽毛は、いつの間にか馬車が通れる幅だけきれいに取り除かれていた。舗道の両脇に残された羽毛の堆積の、その直角の断面ばかりが白々として、微動だにしない夜更けの大気が森《しん》と重く垂れ込めている。羽根は完全に降りやみ、久々に姿を現わした女面鳥が、地平線の端から端まで長々と夜空に伸びていた。

馬の後ろにつながれた大型の箱車には、館中の人間や人間でないものが詰め込まれているらしく、暗い小窓からひっきりなしに女の手足だの鱗のある尻尾だのが突き出されたり引っ込んだりしている。マダムの巨体が馬車の扉につかえて、女たちが大騒ぎしているのをぼんやり眺めていると、背後から数本の腕があわただしく伸びてきてバクは窓から馬車に押し込まれた。女たちのスカートの襞に転げ込むのと同時に馬車はひと揺れして、劇場をさして走り始めた。

相変わらず眠っている侏儒の鳥籠の上に登り、バクは小窓の覆いを少しめくって外を覗いてみた。が、街の家々も街路のガス灯も完全に灯を消し、ただ馬車のランプの灯が道々の白い羽毛を照らし出すばかりだった。やがて目が暗闇に慣れてくるにつれて、漏斗型の真暗な市街の四方から、無数の小さな灯が街の中心めざして移動しているのが見えてきた。そして、放射状の街路を四方から駆けくだり押し寄せてくる馬車、その一台一台に〈あのかた〉からの招待状を握った街の住人たちを満載した馬車の灯は、徐々にその間隔をせばめ、やがて市街の中央、漏斗型の街の底に位置する劇場前の広場でひっそりと一点に集結した。

最後の一人が入りおえて正面入口の大扉が内側から閉ざされると、たちまち場内に熱気と人いきれがむっと立ち籠めた。すり鉢の底からはるかな大ドームの高みまで、人々の吐く息が蒸気になって濛々《もうもう》と白く立ち登っていく。街中の人口をそっくりその内部に収容できる巨大な容積を持つ大ホールは、〈薔薇色の脚〉の最後の公演以来の、と言うよりそれ以上の超満員で、開演を待つ人々はそれぞれ少しでもいい場所を占めようとして互いに罵りあい、舞台を中心として同心円を成す階段席や、円筒状に層を成して円天井のあたりまで積み重なった桟敷席の各階、またそれらをつなぐ狭い通路などで、局地的な小ぜりあいを続けていた。時おり何人かが桟敷席の手すりから溢れ出してパラパラ墜落していったが、下はどこも身動きできない大混雑であり、その上に落ちこんだ連中は怪我をした様子もなく人の頭の上を這って、また円柱をよじ登っていく。それら無数のざわめきがドームに鈍く反響して、全体が一つの大きな波になり、場内は喧騒を極めていたが、その中にひときわ大きな声が幾つも混っているのは、〈夢喰い虫〉たちの必死の声なのだった。人々がその声の出どころを訝《いぶか》しんで場内を見渡すと、その疑問はすぐに解けた。円筒形の場内の周囲には数十本の円柱が桟敷を支えて林立しているが、その柱の途中に取り付けられた照明器具を足がかりに、〈夢喰い虫〉たちは羽のある甲虫のように柱から柱へ飛び移りながら大声で噂話を喚き散らしているのだった。夕方になっても路上に羽根の堆積が溶け残っている状態になって以来、誰一人戸外へ出られず、夕暮れの儀式も不可能になっていたのだが、そのあいだにも噂を街に広めるという使命に燃える彼らは高い窓から窓へ梯子を掛け、戸別訪問によって噂を流し続けていた。梯子が折れて羽毛の山へ墜落しそのまま窒息死するという事故も相ついだが、彼らは昼夜を問わず懸命の努力を続けていたのであり、今夜も深夜だというのに居眠りを始める者もなく、街中の人間が一堂に会するという絶好の機会に興奮した彼らは唾を飛ばし目を血走らせて、持てる限りの噂話を吐き出していた。

(地下楽屋では何が起きている？　円形舞台中央の上げ蓋は閉ざされたままだ)

(劇場の地下は大迷路になっていて、何処へ通じているのか分らない地下道がいくつもあるという)

(〈あのかた〉が今そこにいるのだ)

(そこにいるのは確かかもしれないが)

(問題は舞台の上で今夜何が行なわれるかということだ。誰が歌い誰が踊り誰が演じる？)

(劇場の踊り子はいなくなったし、演出家も死んでしまった。舞台に現われるのは誰だ？)

(〈あのかた〉自身が？　まさか！)

(劇場の雑役夫たちの話によれば……)

その雑役夫たちの話の内容を、実をいえばこの時、バクは他の〈夢喰い虫〉たちよりも早く知っていた。知っていながら彼らに加わってその話を広めようとせず、こうしてすり鉢状の客席の底、円形舞台に一番近い最前列でマダムたちと一緒に耳を傾けているのは、自分がもう〈夢喰い虫〉ではなくなってしまったからだろうかとバクは考えた。マダムたちとバクの馬車は劇場に一番乗りで到着し、マダムのノックに答えて中から大扉の閂を外したのは雑役夫たちだった。後からなだれ込んでくる群集に押されて、マダムたちはいい席をとるためどっと階段を駆け下ったのだが、その波に押し流されながらバクは雑役夫の一人を捉えたのだった。その老人の言うことによれば、彼ら雑役夫たちは、劇場の扉が締めきられたあの日、ある〈声〉を聞いたのだという。彼らはその〈声〉の命じるままに全員地下楽屋を引き払い、舞台中央の上げ蓋を閉じてそれを固定した。それから正面入口の大扉に閂をかけ、その日以来今日までずっと大ホールの埃を拭き清めることで日を過ごしてきたのだと老人は語ったが、そのあいだ蓋は固く閉ざされたままであり、時おりその底から野太い低音で哄笑するあの〈声〉が洩れてくるだけで、もちろん誰一人地下楽屋に出入りした者はないという。その〈声〉とは何だ、とバクが問いつめると老人はにわかにうろたえて視線を外し、中空に響き渡ったあの声は〈あのかた〉の御声に違いない、恐れ多いことだもったいないことだと繰り返すばかりで要領を得なかった。——すり鉢の底から見上げるドームの中は、光り苔の燐光のような色の薄い光に満ち、その中に白い埃が浮いてキラキラ輝いている。数十本の円柱に支えられた黒硝子《ガラス》製の円天井はやたらに複雑な彫刻や浮き彫りに覆われているが、その無数の細かい彫刻群が蠕動しているような気がして、バクは座席の上で顎を突き出すようにして真上を見上げた。あまりに高くて照明の光が届かず、最初よく分らなかったのだが、よく見るとそれは客席に入りきれなかった連中が天井にまでよじ登り、ありとあらゆる出っ張りにしがみついて蠢いているのだった。

ようやく席が定まり喧騒の静まってきた場内に、〈夢喰い虫〉たちの声は徐々に明瞭に響くようになり、人々は次第に聞き入り始めた。

(日ごと落日と共に、荒野を取りまく四方の地平線は遠い野火のように炎をあげて燃えた)

（一日も欠かさずにそれは続いた。それがこの世界の日常だった）

（でもそれは昨日までのこと）

（今日初めて炎は消えた。毎夕燃え続けた地平線の真紅の環が今夜初めて見えなかった）

（それは〈海〉の到来の伝説――？）

（浮遊生物の群は夥しい繁殖の末に、巨大な大きさに膨れあがっている筈だ）

（空は晴れて羽根もやみ、上空には影ひとつ見えない。天の高みへ帰っていったのでは？）

（それは違う。群はまだ街の上空を動いていないという情報を摑んでいる）

（あまり増えすぎて、その重みで上昇できなくなったのだ）

（では何故姿が見えない？　星座群は何の邪魔もなく見えているのに）

（浮遊生物は透明だからだ。羽根は、その躰を離れた瞬間可視物に変わる。透明生物の躰を透かして、星座群が見えているのだ）

（自己増殖の末重くなりすぎた透明生物の群が、その重みのため徐々に下降し始めている）

（下降の果てに街の漏斗の縁を過ぎ、街の内部にそれは下降を続け）

（沈み続けて街の底、漏斗の底へ）

（この劇場の丸屋根は）

（声の侵蝕で脆《もろ》くなっている筈だ！）

（しかしこれは偶然だろうか？）

（海の到来と浮遊生物の下降と〈あのかた〉の招待が重なったのは、偶然などではない）

（〈あのかた〉は何故踊り子も歌うたいも奇術師も道化役者もいない劇場へ我々を招待したのだろうか？）

（街中の人間を今夜この劇場に集めることが目的だったのか？）

（それより、〈あのかた〉とは一体何者だ？）

（誰一人気づかない間に、どうやって街中の街路の羽毛を掻きのけた？　どうやって街中の住人一人残らずに招待状を届けた？）

（その姿を見た者は？　その正体を知っている者は？）

（誰も知らない、誰にも分らない）

（どれだけ手を尽くして探っても、それだけは分らなかった）

（我々〈夢喰い虫〉の努力も〈あのかた〉の正体を明かすことはできなかった）

（〈あのかた〉とは何者？）

（わからない）

（わからない）（わからない）

（わからない――）

ワカラナイと呟きおえた一人が、力尽きたようにぽとりと円柱から墜ちた。続いて残りの〈夢喰い虫〉たちも、目を半ば閉じ口を薄くあけたままパラパラと墜ちてゆき、瞬く間に円柱の表面から全員の姿が消えていった。人々の頭上に墜落した彼らの躰は異様に軽く、これは声を出し尽くした抜け殻なのだと人々は悟った。

さて、その間バクは座席にじっとしていたわけではなかった。〈夢喰い虫〉ではなくなったものの、以前の縄張りだった地下楽屋の様子が気がかりで、自分の好奇心を満たすためだけにバクはこっそり席を抜け出したのだ。侏儒は鳥籠の中で眠り続けていたし、マダムたちは〈夢喰い虫〉に気をとられていたので誰にも気づかれずにその場を抜け出したバクは、客席と舞台との間に穿《うが》たれた環状の溝に滑り込み、そこから円形の舞台に這い上がった。丸い一枚岩でできた舞台の中央に、地下へ通じる竪穴の上げ蓋がある。取っ手を引いても蓋は動かず、見ると丸い蓋の周囲は漆喰で塗り固められ、わずかな隙間もすっかり密封されていた。叩いてみても中からは何の反応もなく、耳を押しあてても物音ひとつ感じられない。押しても引いても蹴とばしても何事も起きず、バクは次第に熱中して自分のいる場所を忘れた。いつの間にか劇場中の声が死に絶え、森《しん》と静まりかえっていることにも気づかず、漆喰を爪で引掻いたり蓋の上で足を踏み鳴らしたり、夢中になって蓋と格闘したあげく、バクは最後に大声で〈あのかた〉の名を呼ばわった。

中に、いるのか？

本当は、いやしないんだろう！

——その時、正面扉の上にかかった大時計が深夜零時をさした。時を告げる機械仕掛けの鐘の音が荘重にドームに響き渡り、十二回目が鳴り終わると同時にゼンマイの弾ける音がして、ぴたりと針が停止した。


わっと突き抜けるような喚声が反響して劇場全体が震動し、ぶ厚い距離を隔てた地の底で何かが崩壊した。にぶい地響きがして建物全体が激しく縦揺れし、地下で落盤が起きたらしく、土砂の崩れ落ちる音と爆発音が続けざまに響く。と同時に舞台中央の上げ蓋がポンと音をたてて吹飛び、その途端どっと夥しい白煙が噴き出した。一瞬空中に弾き飛ばされたバクの躰は、上昇曲線を昇りつめると今度は放物線を描いて落下してゆき、円柱のランプの鉤《かぎ》に引っ掛かって宙釣りになった。その時、悲鳴と叫喚が急に高まったと思うと、階段状の客席が底に向かって徐々にずり落ち始めた。球形に近い体型のマダムが、真先に舞台めがけて鞠《まり》のように転がっていくのが見え、続いて無数の人影が斜面を転げ落ちていく。濛々《もうもう》と立ち籠めた白煙の向こうに、異様にゆっくりと陥没していく舞台が見えた。

その時、二度目の衝撃が頭上から墜ちてきた。劇場中のすべての目が上を見あげ、鉤から服を外して円柱にしがみついていたバクも、下へ這い降りるのを中断して天井を見あげた。漆黒の硝子《ガラス》天井の頂点から発した白い亀裂は、円天井の周囲に向かって最初は静かに、そして徐々に速度を増してキラキラ輝きながら走っていく。葉脈状の細かい罅《ひび》は、見るみる広がって最後に大ドームの縁に達し、そして一瞬すべての動きが静止した。

颯《さつ》と光が溢れて、一時《いちどき》に天井が砕け散り、と同時にどっと銀粉をぶち撒けたように夥しい羽毛が虚空に舞った。一拍遅れて、硝子《ガラス》の砕ける破壊的な轟音が場内にとどろき渡り、軽い羽毛が舞い落ちてくるより速く無数の鋭い硝子片《ガラス》が雨のように降りそそいでくる。同時に、天井によじ登っていた者たち、翅《はね》の生えた者や尻尾のある者、爪や歯のある者、血の冷たい者、鱗のある者などありとあらゆる異形の影が頭を下にしてわらわらと墜ちてきた。上から降ってきた何かがぶつかって、バクは円柱から叩き落とされ、桟敷席の四階あたりから一番下まで、悲鳴の尾を曳いて墜落した。一階の手すりを摑もうとしたが、上からなだれてくる勢いが激しくてそのまま押し流され、硝子片《ガラス》で針ねずみになった観客の躰や桟敷の残骸、白い光を曳き音をたてて降ってくる硝子などとごっちゃになって、傾斜をなだれる渦に巻き込まれた。渦の底に沈みそうになったバクは、必死に足搔《あが》いて表面に首を出したが、血繁吹や漆喰の粉、黒硝子の粉末などが渦巻いて息もできず、苦しまぎれに何か摑んでふと見ると、それは無傷のままの鳥籠だった。拳《こぶし》大の扉はあけ放され、中は空《から》のように見えたが、一瞬後には離ればなれになった。さらに押し流されていくバクの目に、桟敷を支える無数の列柱が軋みながら崩れて内側に折れ曲り、観客たちがどっと空中に投げ出されるのが見えた。と同時に羽根の渦をまともに浴びて何も見えなくなり、口いっぱいに吸い込んだ羽毛が気管に詰まり息が止まった。目が眩《くら》んでもう何も分らなくなり、ひとかき足搔《あが》いて、これを最後に渦の上に顔を出したその時、鼓膜が破れるような衝撃がバクの顔面を直撃した。巨大な裸足の足が、一撃で大地を踏み割ったようなある〈音〉が中空に轟《とどろ》いて、がん、と反響した音がその瞬間凝結し、同時にすべてが静止した。

……人々は奈落の底へなだれ落ちようとする姿勢のまま凝固した。物の影は壁一面に散乱した一瞬のかたちに静止し、崩れ落ちる硝子の破片、また桟敷から墜ちてくる無数の人影が空中に静止した。煽りを喰って算を乱した羽毛は、乱れた動きの瞬間に凍結し、すべての光は流れるのをやめ、崩壊した場内の空間は粒子の荒れた微妙な薄明りに満たされた。

奈落の底に見開かれたバクの二つの目は、ギザギザに縁取られたドームの穴と、その上に茫々と広がる動かない虚空を、黒い鏡のように映していた。丸屋根を破壊した浮遊生物の群の、その透明な躰を透かして見る夜の空は色が滲んでかすかにぼやけ、天頂の幾つかの星座の姿も、微妙に歪《ゆが》んで見えていた。

――その中央、天の真上に、侏儒《コビト》の姿があった。白い線描きの星座となった侏儒は、目を閉じ指を咥えて胎児のように丸まっていたが、その姿はやがて徐々に回転し始め、次第次第に速度を増しながら虚空を遠のき始めた。天の半球の平面上に貼り付いた星座群の中央で、侏儒の姿はさらにその高みに向かって上昇し続け、いつかケシ粒ほどになり、微細な白い点となって、最後に見えなくなった。

そして後には、星の姿の欠落したひとかたまりの暗黒が、奥深い口を開《あ》けていた。

月蝕

叡里《えいり》——本名叡里《あきさと》通称叡里《えいり》は、その日は眼がさめた時からあまりいい機嫌ではなかった。

時計を見ると十一時過ぎで、クーラーのない部屋の中はもう真昼なみに蒸し暑い。昨夜寝苦しくてやたらに吹かしたタバコの煙と、湿布薬の匂いがむっと立ちこめ、窓をあけようと寝台から足を降ろすと、とたんに右足首から脳天めがけて火柱が立った。——ギャッとわめいてひっくり返り、しばらくそのまま不貞腐っていたが、仕方がないので不承無承起きあがり右足を浮かせながら東向きの窓をあけた。見おろすと、アパートの前の駐車場は階下のレストランに集まってきた車ですでに満車に近い。道ひとつ隔てた賀茂川沿いの桜並木が、熱気の中で埃をあびて白茶けているのをぼんやりと眺めていると、子供が泊まりに来るのは明日だということを突然思い出して、叡里はいよいよ気が重くなった。

その電話があったのは、前夜ゼミのコンパの三次会に流れていって、珍しく少し悪酔いしてアパートに帰りついた一時過ぎのことである。一、二階のレストランと喫茶店はともに十一時閉店で、灯はすでに消えていた。その脇にあるアパート専用の階段を三階までのぼり、北の角にある管理人室の前まで来た時、突然電話が鳴った。管理人は前日から法事のため自宅に帰っていることを思いだして、叡里は窓口の受話器を取った。

「——叡《あき》ちゃん？　十一時ごろから何度も電話してるのに誰も出ないんだもの、そのアパートどうなってんのよ！」といきなり早口でまくしたてたのは十歳年上の従姉で、今は大阪の帝塚山に住んでいる三輪子だった。

「なんだ姉貴かぁ」

「なんだとは何よ。午前様なんて学生のくせに生意気ねえ、ちっとはうちの旦那を見ならいなさい。デート?」

「ふん」

　この従姉は叡里が小学校にあがるころまで倉敷の叡里の家に同居していて、彼とは姉弟同様の間柄である。その後家を出て女子大の寮に移った十八の秋、十二歳上の今の夫と駆落ち同様の結婚をして一年たたないうちに子供が生まれたが、おめず臆せず大学を続け留年もせずに卒業したという経歴の持主で、叡里は種々弱味を握られていて頭があがらない。

「そんなのなら、もっと機嫌のいい声出してらあ。ゼミの爺様教授と顔つきあわせてたの。そっちこそ、こんな時間に電話なんかして旦那何も言わないの?」

「もう寝てるわよ、とっくに。もっとも寝てるのを見すまして電話してんだけど。ちょっと、聞かれてはまずいものでしてねえ……じつは、頼まれてほしいことがあるの」

　嫌な予感がしたら案の定、その頼みというのは子供を一晩預かってほしいというのである。

「なんだってえ」と声をあげると、三輪子のほうはいっこうに平気なもので、

「あんた真《ま》赭《すほ》とは気があってんでしょ? 映画でも見せて適当になにか食べさせて、あとは雑誌でもあてがってやっとけばいいの。必要経費プラスアルファ子供に持たせてやるから、ねえお願い」

「なんだって僕に頼んだりするんだよ」叡里はいささかむかっ腹をたてた。胃がむかついていたのである。

「親戚なり知り合いなりに頼めばいいじゃないか。だいたい、女の子のお守なんてやだよ、俺」

「それがあんたでなきゃまずい訳があるのよ」三輪子は少し声をひそめた。

「うちのがやかましくってねえ、あたしひとりじゃ泊まりがけの旅行なんて、出してくれないのよ。親類なんかに預けてごらんよ、その夜のうちに親族一同に話が広まっちまうから。たちまちうちのに筒抜けよ」

「誰か頼めるような友だちでもいるだろ？」

「ますます駄目よ。たとえば影子にしろ、志津枝にしろ」と叡里も知っている三輪子の女友だちの名をあげて、「そりゃあ頼めばその場はわかったような顔をして引きうけてくれるでしょうけどね、あとでどんな噂を流されるやら！」

「だってねえ、真赭といえばこの前会った時九つだったから、今はええと——」

「十一よ。小学校五年」

「小学生にしてもさ！」

「なによ、気にすることないじゃない。じゃ承知ね、これで決まった。真赭はあさって……じゃない、もう明日ね、明日の昼ごろそっちへやるわ。道は教えておくから出迎えは結構よ、ちゃんと言い含めとくから適当に遊んでやってよね」と勝手に決められてしまったので叡里はにわかにあわてた。

「ちょっと、ちょっと待ってよ、俺なにも——」と絶句したのは吃逆《しゃっくり》が出かけたからで、

「あら、叡《あき》ちゃんなら信用してますからね、あたし安心。ははは」

笑い声を残して電話は一方的に切れた。暗闇の中で階段を踏みはずして右足をねじったのは、実にその直後のことである。

——包帯を取ってそろそろと湿布をはがしてみると、足首の痛みもさることながら、血管が切れたらしく足の外側一面が青黒くなって腫れがひろがっている。医者に見せたほうがいいかなと思案しながらシャツとジーパンに着がえ、睡眠不足の眼をこすりこすり叡里は廊下に出た。

ビルの三階から六階までは学生アパートでいつもは騒々しいのだが、夏の休暇にはいってからはめっきり人数が減り、残っている連中もすでに出かけたあとらしく階下のグリルの人声ばかりが建物の中に響いている。叡里の部屋は調理場の真上でいちばん悪い部屋だが、このアパートの持主というのが彼の友人の父親で、敷金礼金はただ、部屋代は半額という条件ではいったのだから文句の言えた義理ではない。したがって八畳と六畳

の大きさの洋間にバストイレキッチン付きという学生の下宿にしては贅沢な間取りに、家具といえば机と本箱と冷蔵庫、病院払いさげの寝台にこれだけは金のかかった再生装置が点在し、扉のあけたてにつれて剝出しの床を埃が舞いちるという惨状である。友人が泊まりに来た時には、自分が寝台を使い客には薄いマットレスと毛布をあてがうのが常だったが、自分が逆の立場になるのは御免だった。

受話器を取って、管理人室の窓口のガラス越しに中の気配をうかがってみたが、まだ帰っていないらしい、叡里はアドレス帳のいちばん上の、水瀬曜子の番号をまわした。わけを話して、子供のことを頼むつもりだったが、コール五回目で出てきたのは聞きおぼえのある姥桜の姉の声で、妹は今朝から出かけていて留守ですと突慳貪に言う。二人目はまったく応答なし。三人目の番号を回してコールの音に耳を傾けていると、七回目まで数えた時、突然ガシャッとにぶい機械音が響いた。

と同時に混線音が入り乱れて複数の女の声が断続的に聞こえ始め、叡里はぎょっとして受話器を耳から離した。もう一度耳にあてると今度は声が消えて、テレビの雑音のような電波音がバリバリはじけている。と、ふとその音が遠のいたかと思うと突如急カーブを描いて音量が上がり、わっと叫んで受話器を投げ出した時にはすでに遅く、耳の奥までしびれていた。

——何日か後になって叡里はその時のことをはっきり思い出そうとしてかなり真剣に考えこんだのだが、急にひどい寒気を感じたのがその音を聞く前だったのか後だったのか、どうしても思い出すことができない。それは、冷房のききすぎた部屋に入った瞬間に感じるような不健康な寒気だったが、その時には急に日がかげって涼しくなったのだとしか思わなかったらしい。が、あわてて受話器を戻した時、背中がぞくぞくして思わず身震いしたことははっきり覚えている。

「……なんだあれ？」

無意識に両手で腕をこすりながらひとりごとを言った時、階段から軽い足音が響いてきた。受話器をとってもう一度さっきの番号を回している間に足音はゆっくり階段を登り、三階まで来たところで止まった。振りむくと、薄暗い廊下のむこう端から顔をのぞかせているのが件の子供だったので叡里は仰天した。

「真緒《ますほ》!?」

子供は身体をくねらせるようにして曲り角からあらわれた。見ると、紺地の井桁がすりの浴衣に赤い格子の帯を文庫に結び、赤い鼻緒の黒塗りの駒下駄をはいている。階段が苦しかったのか肩で息をしていたが、三輪子に生き写しのこましゃくれた顔が叡里に気づくなりぱっと明るくなって、小走りに駆けよってきた。

「――ああよかった、来られないかと思ったけど」とひどく興奮した様子で子供は息をはずませながら喋りはじめた。

「絶対に来るつもりだったんだもの、だからほらね、ちゃんと来たでしょ?」

乾燥したお河童頭をゆすって顔をあげた拍子にざわっと髪が静電気を帯びて、何本かが宙に逆立った。叡里のあっけにとられた表情に気づくと子供は一瞬落ち着きをとりもどした顔になり、一拍置いて身体中で笑いだした。

「あのね、ママがね――お世話になりますけどよろしくって」

「お世話に――」と絶句してから、まだ握りしめたままの受話器に気づいて、叡里は急にどっと吹きだした額の汗をぬぐった。

「来るのは、明日のはずじゃなかったの?」

え? と言いたげに、子供は笑い顔のまま首をかしげた。

「だってね、電話があったのが今朝の一時ごろで、その時明日って言ってたんだからさ」

叡里はひとりであせったが、子供はわけのわからない顔をしている。現に来てしまった以上はあきらめるしかないので、ひとまず子供を部屋へつれていくことにした。

「三階の、すみの部屋でしょ。ママがそう言ってた」

「お母さんから何かことづかってない?」

「？」

子供は後ろ手に持っていた叡里にも見おぼえのあるバスケットを差しあげてみせた。

「これ、歯ブラシとパジャマと着換えと」

叡里は、もういい、という手ぶりをした。

日にちを間違えたうえ、三輪子は約束の必要経費プラスアルファまで忘れたらしい。口止め料としてアルファにベータを加算させなければ割りにあわないと、叡里は心の中で歯がみした。ちょうど仕送りが届く直前だったので、懐具合が心もとなかったのである。

物珍しそうに部屋の中を眺めまわしている子供を残して、叡里は大急ぎで四、五人の女の子に電話をかけた。今度はうまく通じたが、どういうわけか今日に限ってひとりもつかまらない。

「あの子は朝から、お茶のお友だちとあの何に、着付教室に行ってますわ」と五番目にかけた電話で母親の狐婆あに言われるに及んで、叡里はついにあきらめた。厄日らしい。

お腹がすいたと子供が言うので二人がアパートを出たのは、日盛りの一時前だった。狭い階段を降りて一階の「雲母《きらら》」の脇を通りかかった時、叡里はふと思いついて銀色のガラス扉から首をつっこんだ。この喫茶店では、叡里の紹介で後輩の女の子が週に三日アルバイトをしている。

「加瀬さん！」

声をかけると、薄暗いカウンターの奥で鬚面の太ったマスターが振りむいて会釈した。

「彼女、いる？」

「えー？　聞こえへんわ！」

ジュークボックスの騒音の中で耳に手をあててみせるので、叡里は店の奥に入っていった。

「彼女、今日バイトじゃなかった？」

「ああ、あの子なあ、今日休みやねん。昨日から合宿で大津に行く言うてたで」

叡里は舌打ちした。

「ちぇっ、今日はついてないな」

「どうかしたの」

「それがね、親戚の女の子が泊まりに来てさ」

「へえ、艶聞やんか」

「子供子供。小学生」

二人は振りむいて外を見たが、ガラス扉の向こうに子供の姿はなかった。跛を引きひき走り出てみると、駐車場のむこう端で、浴衣の子供はひらひらと手を振っていた。


夏の宵闇の河原町界隈は、いつもながらの人波でごったがえしていた。

先刻まで燃えたつような西日を真横からあびていた大通りは、日が落ちた後もまだ熱気の余燼に包まれて、街全体がほの赤い色を帯びている。通りの西向きのガラス窓に映る残光がしだいに照り返しの力をよわめ、かわって鴨川をはさんだ両岸の燈が浅い川面に火影を落としはじめるころになっても、しぶとく地面に籠った熱気は道行く群衆の頬を火照らせた。店々の自動扉が開くたびに舗道に冷たい空気を吐きだし、汗の膜に覆われた顔に一瞬涼気を吹きつける。がそれも瞬間のことで、すぐにまた微風さえない熱気の中に包みこまれて、身体の芯を熱い火のかたまりが転げまわりだすのだった。

京都ホテル、ロイヤルホテルの立ちならぶ御池のあたりから三条を下って河原町通りを南におりてくる群衆と、烏丸通り方面から四条通りの繁華街を東に向かってくる群衆、そして八坂神社を起点として祇園を西へ向かい四条大橋を渡ってくる群衆とがぶつかりあう四条河原町の交差点は、歩道にビーズや彫金細工のアクセサリーを並べた露店や信号待ちの人ごみで、他にもまして混雑している。そこから少し奥まった路地にある目立たない造りの茶房の奥にも、その喧騒は時おり遠い海鳴りのように忍びこんできた。

冷房装置の低い音がゆるくかき回している店内の空気を肩で切って、ボーイが冷たいコーヒーとバナナボートを運んでくる。さっき京都書院で買ってやった漫画雑誌に鼻をつっこんでいた子供は、待ちかまえていたように勢いよく坐りなおし、グラスの上に頭をかがめるとスプーンを口に運びはじめた。

「一日のうちに、こんなにたくさんアイスクリーム食べるの、はじめて。お腹こわすって、ママはあんまり食べさせてくれないの。いちどでいいから喫茶店を何軒もはしごして、思いっきり食べてみたかったの、夢みたい」

「また夢の話？」

叡里はにやっと笑ったが、声に元気がないのは半日歩きまわったせいで足首の痛みがひどくなっていたからである。氷をひとかけら口に放りこんでセブンスターの最後の一本を銜えると、子供はすばやくライターを出して火をつけた。一口吸いこんで煙を吐くと、子供はライターを袂にしまいこんでまたスプーンに手をのばす。ライターをいじるのがうれしいらしく、上賀茂のアパートを出る時に叡里から受けとったきり返そうとしない。この半日の間に、セブンスター一箱全部に子供が火をつけた勘定になる。

「夢って言ったって、夜に見る本当の夢じゃないもの。アイスクリームの夢なんか、みない」

「真緒は昔から妙な夢ばかり見るもんな」と言うと子供はスプーンを銜えたまま一重瞼の眼をあげたが、一瞬鼻に皺をよせて喉の奥でククッと笑うと、すぐ澄ました顔でバナナを口に入れた。

昼の間は祇園会館の三本だて〈名画〉を二本みてすごしたが、これから後の時間をどうやって潰そうかと叡里は思い迷っていた。今からアパートに帰ったのではまだ七時過ぎで、子供ははしゃいでいるからなかなか眠ってくれるどころではなかろう。昨夜三時間ほどしか寝ていないので、叡里はひどく眠たかった。映画館ですこし寝ておくつもりだったが、眠気に反して眼は冴えるばかりで、退屈なミュージカル映画を三時間半眺めているうちに頭の芯が朦朧としてきた。それがまだ尾を曳いているようである。

――それにしても、子供はよく食べた。お寿司を食べたい、と言うので入った「ひさご」でちらし寿司をぺろりとたいらげたのを手はじめに、映画館でアイスキャンデーとポプコーン一袋、「ジャワ」で十二歳以上お断わりのお子様定食（ジュース・ハムライス・エビフライ・ミートボール・プリン）、次に入った「弥次喜多」で自家製の白玉入り蜜豆を食べたうえにマシュマロ入りのコーヒーアイスクリームを立ち食いした。

子供は上機嫌の様子だが、そうやって半日近く祇園や河原町界隈を歩きまわっていたのに、知人友人のひとりの顔も見つけられなかったのは、叡里にとっては奇妙なことである。「ひさご」で二度、祇園会館を出る時に一度、ＢＡＬの脇の公衆電話で二度あちこちに電話してみたが、相変わらず水瀬曜子以下唯のひとりもつかまらない。映画を見てから四条通りを河原町へむかう途中、四条大橋の欄干から首をのばして川原の夕涼みの群を目で捜してみたが、観光客らしい若い女のグループやお定まりの〈一メートル間隔のアヴェック〉ばかりで、誰も見つからなかった。

「――例の夢の話は、その後どう？　ノートがいっぱいになったから、新しいノートをつくるって言ってた、あれ」

オレンジジュースとドライカレーが銘々の前に運ばれてきた時、叡里は二年前最後に会った時の話の続きを切りだした。「ジャワ」の、籐衝立に片側の視野をさえぎられたテーブルのむかい側で、子供は大ぶりのコップを耳元で振って氷の音を聞いていたが、「え？」と手をゆするのをやめ、

「ああ、あのこと？　あれ、もうよしたの」

「どうして。もう飽きたの」

「そういうわけじゃないけど」子供は肩をすくめた。

「何だか、ものたりなくなったの。あんなものいくら書いたって、本当の夢の記憶を残してはおけないでしょ？　それに、このごろは昔のみたいに単純なんじゃなくて、すごく複雑な夢ばかり見る。……書くのがむずかしくて、面倒で」

「複雑ならなおさら、書き残しとけばおもしろいんじゃない？」

「その気になれば、書くことはできるとおもうの。でも」

「ん？」

「……夢の話なんて幼稚で――」と喉の奥でクッと声をたて、

「……子供っぽいじゃない！」

上眼使いに眼をあげると、髪をゆすって笑いだした。まいった、というそぶりで、「何だかむずかしいんだなあ」と冗談めかして叡里は席をはずし、電話をかけに行った。

レジの脇にひとりで突っ立って、誰も出てこないコールの音を数えているのは、かなり間の抜けたものである。片手で小銭をもてあそびながら何気なく子供の姿を眼でさがすと、名物のカレーを食べている客の頭越しに、うつむいた子供の後ろ姿が見えた。すこし背伸びしてみると、椅子の下に下駄をそろえて脱ぎ、裸足の足をぶらぶら振っているのが眼にはいった。頻繁に電話ばかりしているのを、自分のことに結びつけて気にしているのかもしれない。ここも留守らしいので受話器を戻し、バイト先の法律関係の事務所に電話を入れた。出てきたのは薹《とう》の立ちかけた女子事務員で、明日のバイトを休ませてほしいと言うと、「お忙しいことね」といやみを言われた。電話をぶち切って席にもどると、子供は足をゆすりながら顔をあげ、歯を見せて笑った。

普通、小学生の口にする話題といえば学校か家族のことぐらいに決まっているが、真赭は昔からそういったことをほとんど口にしない子供だった。が、無口だというわけではない。叡里が真赭と頻繁に顔をあわせていたのは彼が高校生のころのことで、当時真赭は小学校の低学年だったが、そのころふたりの間で主に話題になっていたのは夢の話だった。ひとりで下宿して大阪の高校に通っていた叡里は、ほとんど毎週日曜日ごとに帝塚山の三輪子の家へ遊びに行っていたが、子供はなぜか彼になつき、三輪子が留守の時にもひきとめて遊び相手をつとめさせた。手ずれのした一冊のノートが、秘密めかしたそぶりで叡里の前にさしだされたのは、そんなある日のことである。

それは鉛筆で丹念に書きこまれた奇妙な日記で、子供は全部夢の話だと言う。ノートの約二分の一を埋めた夢の記録のひとつ――小学校の教室がいつのまにかデパートの洋品売場に変わって、帽子や手袋の陳列ケースの間を、ボンネットをかぶり長いドレスを着た女教師たちがうろうろ歩きまわっていた、という話を読みながら、「ほんとにこんな夢見るの」と聞くと、子供は特徴のある兎のような前歯をみせてにやにやした。

「お兄ちゃんは見ないの……夢」

「見ないなあ。たまに試験の夢を見るくらいかな」

「ふん、つまんない！」と唇をとがらせて、子供は腕いっぱいにかかえていたトラネコの尻尾を乱暴に引っぱった。

その当時真赭は何度かひどい痙攣《ひきつけ》を起こして大騒ぎになったとかで、学校を休んでぶらぶらしていることが多かった。癇の強い子供で、三輪子も多少持てあましている気味があったが、頭は悪くないようである。ノートの内容は、いずれも七つか八つの子供の見た夢にしてはできすぎた話ばかりで、ほとんどが作り話らしい。育った環境の影響もあってか真赭は妙に大人に対してポーズをとりたがるところがあり、この手の込んだ夢の話もその一種らしかった。

「夢の話」の遊びはそれからしばらくの間続いたが、その後叡里が大学に入り、上賀茂のアパートに移ってからは帝塚山から足が遠のき、真赭とふたりきりで会うのはこれがほぼ二年ぶりである。子供にしては慣れた裾さばきで叡里と並んで歩く十一の真赭は、二年見ないうちに七、八センチ背がのびて、身長の伸びに体重が追いつかない、成長期のある不安定な一時期の身体つきになっていた。

「ジャワ」を出て、近くにある知人の経営するスナックに寄ってみたが、狭い階段を登りつめた突きあたりの黒い扉には臨時休業の札がぶらさがっていた。ここまで徹底してくると、腹をたてる気にもなれない。夕方の木屋町通りが珍しいのか、「いつもこのあたりでお酒飲むの？」と好奇心の色をうかべている真赭の手をひいて、叡里は高瀬川沿いに北へ歩いた。誰にも会えないまま先斗町の方へ曲がり、三条大橋西詰に出ると、河むこうのひらけた眺望の中に比叡山が黒く浮かんで見える。その山稜に小さい灯が一列に並んでいた。

「比叡山の叡って、叡里の叡？」

「生まれたところが比叡山の麓だからだってさ」などと喋りながら再び河原町にもどってくると、大通りにはもう灯がともりはじめている。腕時計を見ると六時半で、さすがにげっそり疲れてきた。

人は、健康を害している時にはいつもより五感が鋭くなるものらしい。脈打っている足首の痛みをかかえて歩いていると、街並の色や音や匂いが妙に切実に感じられる。京都に来てから二年半、ほとんど毎日うろついている河原町の大通りだが、いつもの仲間とまったく連絡不能の状態で真赭といっしょに歩いていると、入学当初見慣れない表情をみせていた京都の姿が、無意識のうちに眼の前の風景に重なってきた。靴屋の前を通りすぎる時に感じる冷気の中の革の匂いも、狭苦しい歩道にあふれる雑踏の人いきれも、行きかう路面電車の火花の色や、冷房の強い店内を一歩出た瞬間に身体を包みこむ盆地特有の圧倒的な熱気も、いつもと変わらないはずなのに、京都に来た最初の年にはじめて感じた〈京都の夏〉の感覚が、いつの間にか鮮明に蘇ってきたのである。

もっとも、誰にも出会わないからといっても、今日にかぎって彼ら全員がそろって方違《かたたが》えしたわけはなく、あちこちで〈すれ違い〉が何度も演じられたのにちがいない。まして狭い京都のことだからどこに誰の眼があるかしれず、知らないうちに目撃されている可能性も大きい。(——そういえばいつだったか、誰にも見られていないつもりでこのあたりを姉貴と歩いていたら、誰かニュートーキョー二階の「グレコ」から四条河原町の交差点を見おろしていたやつがいたらしくて、カネボーの前を俺が年増と二人連れで歩いてたって噂が広まったことがあったけど、あの時は参ったっけ)

が、この日に限ってはそんなことは起きないという確信が、彼の中に無意識に生まれていた。この子供といっしょにいる限りは誰にも目撃されることはない、という確信である。そして驚いたことにこの確信は正しかったのだが、それを叡里が知ったのは数日後のことである。

「……こちら、セブンスターでしたね？」

「あ」

と振りむいたとたん眼の前に火花が散った。

思いきりぶつけた右足を浮かせて絶句している間に、真赭はさっさと叡里の財布から金をはらい、箱をあけて一本取りだし叡里の手に押しつけた。油汗を浮かべながら受けとると、すばやくボーイの持ってきたマッチを擦り、両掌で覆いながら火をさしよせる。「うまいでしょう、火のつけかた」と自慢気に鼻をそらせて、テーブルに肘をついたまま、火が軸を伝いおりながら小さくなっていくのを見ていたが、

「パパの直伝なの。いちど、誰かにためしてみたかったんだ」

次々にマッチを擦りながら真赭はひとりで喋りつづけたが叡里のほうはそれどころではなく、タバコの味もわからない。マッチの箱を見ると、黒地に銀で〈黒麦〉と活字が浮かしてある。

この「黒麦」は、今年の祇園祭の夜、クラブの仲間といっしょに初めて入った店である。まったくの偶然だが、今ふたりがいるこのボックスは、その夜にすわったのと同じ座席で、ビュッフェの複製画を背にした椅子には、その夜は麻の葉絞りの白地の浴衣を着た水瀬曜子がすわっていたが、今は紺地の絣の浴衣の真赭がすわって、前歯をのぞかせた生意気な顔で、ひっきりなしに喋り続けている。そのうちにぶつけた足の痛みも徐々におさまり、バス停までなんとか歩いていけそうな状態に落ちついてきたので、

「もう帰ろうや」と叡里はタバコをもみ消した。

返事がないので顔をあげると、前髪の下で眼をむいた真赭の顔があった。

「――何？」

ぎょっとして背中を伸ばすと真赭は音をたててマッチ箱を置き、「だって――もう……なんて、つまらないじゃないっ！」

怒って顔が白くなっているので、叡里はあっけにとられた。

置いた。

「何怒ってんだよ。もう遅いだろ？」

「だって……！」と声をあげて一瞬口ごもり、急にぎゅっと眉根を寄せると叡里の手もとに眼を落とした。と、テーブルの上に置いた両手が唐突に伸び、なでるような手つきでするりと叡里の腕時計をはずす。手の中に握りこんでテーブルの影になった膝の上に隠したと思うとすぐに片手でベルトをつまんで、灰皿の脇にぽとりと置いた。

「？」

真赭が指先で押し戻した時計を見ると、どこをどういじったのか秒針が止まっている。

「何——これもお父さんの直伝？」

「直してやんないから。まだ八時まえじゃない！」

「子供はもう帰って寝る時間」

「まだ眠くないもん。いつも十二時ごろまで起きてんだから」

「そんな遅くまで何やってんだい」

「ママとポーカーや花札やったり、テレビ見たり、いろいろ。ママはいつも二時か三時ごろまで起きてんのよ。それに」と、言葉を切って、

「……せっかく来たのに、もう帰るなんて意味ないじゃない！　何のために苦労して——やっと来たのに——！」

しだいに声が大きくなり、興奮して髪をゆすった拍子にパチッと静電気のはじける音がして、数十本の毛髪が逆立った。レコードを取りかえていたボーイが振りむいてこっちを見るので、

「じゃあもう三十分だけ」と閉口して妥協案を出すと、真赭はようやく落ちついた様子になって椅子の背にもたれた。が、まだ怒っているらしく一重瞼の眼がすこし引きつっている。（ネコが毛を逆立ててふくれあがっているのにそっくりだ）と思いながら、叡里は心の中でやれやれと溜息をついた。

先刻までかかっていたＭＪＱがシングル・シンガーズに変わり、ブランデンブルグの五番が流れはじめた。冷房が強すぎるようですこし鳥肌がたつくらいだったが、身体の芯のだるい熱っぽさがかえって内に籠っているようで、特に右足がひどく熱い。そっと靴を脱ごうとしたが足が膨張したようでなかなか脱げず、左足で踵を踏んでおいて乱暴に引き抜くと、ギクッと足音が音をたてた。

「夢が複雑になったって言ってたけどね、どんな夢見るの」

油汗を流しながら機嫌をとってみたが、真赭はむっとした顔で、「夢の話なんかつまんない」

早口で言ったきり横をむいている。

「そんなことないよ。あのノートの話だってずいぶんおもしろいのがあったし、どんなのか聞きたいな」

真赭は不機嫌な顔で眼をふせていたが、やがてぽつりぽつり喋りだした。

「星の夢を、よく見るの」

しばらく間があって、

「……いつも、流れ星の夢。大きな海か河の向こう岸で、街が火事になって燃えているのを高いところから見おろしてるの。真暗な夜で、空をワラパラ星が流れるの。——海の夢も、よく見る」と唇を噛んでまばたきをして、「海の真中に長四角の壁が立ってて、その一面に短い草が生えてるの。その下に大勢人がプカプカ浮かんでて、胸まで水につかったままで手をのばして、黒板にチョークで算数の計算を書きつけるみたいに、チョークで壁にいっぱい数字を書いてんの」

「何、それ。浮かんでる人って、学校の友だち？」

「違う！　その人たちみんな、海で溺れて死んだ人なの。生きてる間に解けなかった問題の答を出さなきゃならないから、海で死んだあとも、計算をつづけてんのよ……」

真赭が手洗いに立ったすきに、叡里は急いでもう一度曜子に電話をかけてみた。例の姉が出てきて、少々お待ちくださいと言い残してからかなり長い間沈黙が続いた。やがて軽いスリッパの音が近づいてきて、妙に遠くから曜子の声が聞こえてきた。

「さっき帰ってきたところ。お風呂入っててん、話早《はよ》して」

「うん、今夜ひま?」

「今夜あ?　何や、もう八時半やないの。お姉ちゃん変な顔したはるわ」

「子供を一晩預かってほしいんだけどなあ、親戚の家の女の子。小学生でね、もう参ってんだ。頼むよ、何とかならない?」

「そんならそうともっと早《はよ》うに言うといてくれな、今からやったら遅いし」

そこを何とかと頼みこんでみたが、明日から友人と神戸へ行くので早朝家を出ることになっているとすげなく断わられた。

「そやから駄目やし。あ、お父さん帰ってきはったわ、いやあどないしよ、切るえ!」

今日は朝から徹底して電話代を損する日らしい。席に戻ると、真赭はもう椅子に坐って氷の溶けたコップの水を指先でかき回していた。立って歩いてる間に右足の痛みがぎりぎり増してきて、乱暴に腰かけたはずみにグキッとまた足首が音をたてた。

「――帰ろう」

冷汗を浮かべて思わず強い声で言うと、真赭は無表情な顔のままで眼をあげたが、あきらめた様子で何も言わずに立ちあがった。


勘定をすませて外に出ると、店にいた間に驟雨があったらしく、黒く濡れた舗道が雨の匂いをたてていた。そろそろ店閉いをした店が目立ちはじめ、潮が引いたように人の気配が薄れた街路のあちこちで、シャッターを降ろす音が響いている。

黙りこんだ真赭と並んで跛をひきひき四条通りに出てくると、叡里は高島屋の前でタクシーをひろった。どうせ三輪子に費用を請求するのなら、バスに乗ることはないと思ったのである。歩道に車をよせてドアをあけた運転手に「上賀茂御園橋」と行先を告げて振りかえる、と真赭の姿がない。

「……えっ⁉」

歩道に駆けもどってあわただしく見まわすと、四条通りの向こう側、富士銀行前の曲がり角に浴衣の後ろ姿が一瞬浮かんで、すぐ見えなくなった。

「ちょっとお客さん、どないしまんねんや！」

運転手が首を突き出して怒鳴っているタクシーの前にとびだし、市バスに轢かれかけながら信号無視で道路を駆けぬけ、柵をのりこえて歩道の角を曲がった。真赭の姿は、もう見えない。

（下駄の音も聞こえなかったのに？）

京都駅行きの路面電車が、河原町通りを南に向かって軋みながら走っていく。スパークを飛ばしながら電車が走りすぎていった時、通りの東側にお河童頭の浴衣姿が小さく浮かんだ。口をあけた顔がちらりと振りむいてこちらを見ると、背中をむけて角の向こうに駆けだしていく。

「――あのバカ」

口の中で言って、叡里はまた信号を無視して大通りに飛び出していった。いったん路面電車の安全地帯にとびのり、車のとぎれるのを狙って向かい側の歩道まで駆けぬける。角を曲がると、まばらな人通りのずっと先、四条小橋のあたりを小走りに駆けていく後ろ姿がもう小さくなっていた。

この時間に四条通りを駆けていく浴衣の子供と、数十メートル間をあけて跛をひきながら追いかけていく叡里の姿は、人目をそばだたせるものだったらしい。真赭が身軽に道路を横切って東華菜館のほうへ駆けていくと、その前にたむろして喋っていた十数人の学生風のグループが、さっと左右に道をあけ、脇目もふらずにその中を駆けぬけていく子供の姿を口をあけて見送った。片足ひきずって叡里がその後を追ってくると、自然とその注視をあびることになる。グループの脇を走りぬけた時背後で女子学生の忍び笑いが聞こえ、思わず頭が熱くなった。

月に照らされて明るい四条大橋を、真赭は時々振りかえりながら走っていく。しだいに距離が縮まってくると振りむいた顔が笑っているのがわかり、叡里は急に走るのがばかばかしくなった。駒下駄の音が近づくにつれて、息をきらした笑い声もいっしょに聞こえてきはじめる。橋をすぎて京阪四条駅の前にさしかかったころから、二人は自然に走るのをやめて歩いていた。

南座の前の、バス停の人ごみをかきわけて、真赭は十メートル間をおいてついてくる叡里を振りかえり振りかえり歩いていく。叡里が足を速めると真赭も小走りになり、追う足をゆるめると追われるほうも速度をおとす。それでも協和銀行の祇園支店の前あたりで追いついて、

「ばか」

声をかけると、振りむいた真赭は喉の奥で笑い声をたて、するりと角に駆けこんだ。

後を追って角を曲がると、真赭は薄暗い銀行の壁にもたれて、息を切らして笑いこけている。

「すこしは、こっちのことも考えろよ——捻挫してんだぞ」

息をはずませて近よると真赭はするりと身をかわし、

「ああおかしかった——一生懸命走ってさ……」

「ばか、人が見たら何と思うか」

「そんなこと気にしてんの！——ねえ、もっと歩こうよ、帰るのなんかつまんないよ」

「駄々をこねるんじゃない」

つかまえようとすると真赭は眼を光らせながら後ずさりして、ひらりと背をむけるとどんどん大和大路の奥へ歩いていく。

「いちど、夜遅くこんなところを歩いてみたかったんだ」

「こら、怒るぞ」

「何よ！」と振りむくと真赭は叡里の腕に手をからませた。

「ねえ、お酒飲みに行こうよ」

叡里はげっそりしてきた。

「花見小路に出て、そこでタクシーをひろってアパートに帰る。それで今日は終わり。あとは、あした！」

「――あした」

真赭が妙な声を出した。

料理屋の塀の続く細い道におれると、まばらな人の姿もおぼろにぼやけて、影が薄くなる。大通りのざわめきがふっと遠のいて急に自分の靴音が大きくなったが、駒下駄の音には力がなくなった。

「そうあしたね、比叡山に登ってもいいな。誰かの車を借りられたらそれで――」と言いかけた時、一本道の行手にどやどやと人影がさして、同時に腕にからんでいた真赭の手がすっと引き抜かれた。

「……言わはるし、もうどないしよ思てな」

「影子あんた諦めることないがな、そのくらいなことで」

「そやかて」と大声で喋りながら先頭を歩いてくるふたりがふとこちらに眼をとめたかと思うと、

「うわあ、ちょっと叡里君やないの！」

「いやあほんま、こんなとこで珍しい、久しぶりやねえ！」

「わっ」

とっさに隠れる暇もなかった。ふたりの後から、帝塚山の家で何度か顔をあわせたことのある三輪子の女子大の友人たちが、ぞろぞろ現われてくる。万事休す。

「見覚えあるねんけど、誰やった？」とひとりが影子の肩をつつくと、

「ほら三輪子の従弟やないの、なあ叡里君？」

「え！　ええあの」

うろたえて棒立ちになっていると、ふと真赭がいつの間にか姿を消しているのに気づいた。

(姉貴に言い含められてたんだな)叡里はほっとして気が軽くなった。

「こんなとこ、ひとりで何歩いたはんの?」

「そっちこそ何事ですか、お歴々がずらっとそろってますね」

「クラス会やねんわ。関西方面にいる人ばっかりで集まって、一晩どまりでな」

ほろ酔い機嫌の三十前後の女たちが口々に笑いさざめいている中から、眼の中まで赤くなった影子が顔をつきだし、

「叡里君も来いひんか、おごったげるし!」

「残念だなあ、ぼくは用事があって」

「かまへんやんか、男っ気抜きで淋《さみ》しいなあ言うてたとこやねん、なあお志津?」

「そうや、若い子はみんな歓迎するえ。心配せんかて取って食べるわけやあらへんし、三輪子の手前かてあるしなあ?」と髪をほつれさせた志津枝もいっしょになって、ふたりで手を引いていきそうにする。通りかかった会社員風の女連れが、にやにやしながら振りかえった。

「残念だけどほんとに人を待たせてあるんです、もう時間だから」

「あかんあかん、三輪子の代理や。欠席の穴埋めの義務があるえ」

「あの人旦那様べったりで付合悪いわなあ、今度のクラス会もそれで欠席しゃはったんやろ?」

「え? あんたが三輪子に電話しゃはったん違《ちゃ》うのん?」

「あたしと違《ちゃ》うえ……!」

ふたりは顔を見あわせた。清住院の荒れた土塀の前で立ち話をしている一群に、影子が大声で呼びかける。

「ちょっと幹事さん! 帝塚山の三輪子には誰が連絡しゃはったん?」

「あの人にはあなた連絡するって言ってたじゃない」と派手造りの夜会巻が眼をまるくする。

「嘘お、そんなこと言わへんえ」

「いいえ、言いました。じゃ誰が三輪子に連絡したの！」

「あたし、てっきり誰かが――」

急にしんとなった。

「さて、まずい事んなったえ」と腕組みをした影子がふと振りむいて、

「――叡里君、あんた口は堅いわな？」

視線が集中し、叡里はぎょっとした。

「……よけいなことは喋りゃしませんよ！」

「分ったはるわな、わざっと仲間はずれにする気いと違《ちご》てんえ。今日ここで会ったこと三輪子に喋らはったら、承知せえへんえ」

「ほんまえ、あとが恐いえ！」

「恐ろしさは、身にしみてます」

答えると女たちはにわかに濃い息を吐いて、乱れた声でさざめきはじめた。

「よしよし、そんなら今日は特別に許したげるわ」

「人待たせたはんにゃろ、はよお行き」

「こんな時間に女の子長いこと待たせたら悪いわなあ」

紅の濃い口を闇に浮かせながら、女たちはようやくぞろぞろ歩きだした。

「この次は逃がさへんえ」

「きっと付合わさせてもらいます」

そろそろ旅館に戻って生ビール飲もか。今夜は飲むえ！　と草履の音を乱れさせて女たちの後ろ姿が遠ざかると、路地に再び夜の空気がもどってきた。最後のひとりの影が角のむこうに消えると、叡里は小声で真緒を

呼んだ。

「——もうみんな行ったよ」

ちょうど人が通りかかったので、何気なくやりすごしてからまた声をかける。

「真赭？　もう出てきてもいいぞ」

返事がない。

「どこに隠れてんだ？」

隠れていると思った料理屋の門の中をのぞいてみたが、誰もいない。狭い一本道で、他に姿を隠せる場所はなかった。

名前を呼びながら大和大路までひきかえし、もう一度戻ってきてみたがやはり真赭の姿はない。花見小路に出て電車通りの方までくまなく捜しまわったが、閑散とした大通りには人影もまばらで、飲屋やスナックの多い通りからの人声やタクシーの音ばかりが耳についた。

(迷児になったとしてもアパートの場所はわかっているはずだけど、あの子帰りのタクシー代持ってるだろうか？)

わずかに濡れていた路面も動かない熱気の中で生乾きになり、足もとから頭までのぼせるように蒸し暑い。迷児以外の可能性が頭に浮かび、叡里はほとんど胸が悪くなるようだった。

結局八坂神社の赤い門柱にもたれていた真赭を見つけたのは、それから小一時間もたったころだった。ぼんやり祇園の灯を見おろしていた真赭は、叡里を見ても表情ひとつ変えず、すぐそっけない横顔をむけた。神社の石段の下でタクシーをひろって上賀茂のアパートに着くまで、何を聞いても結局真赭は黙ったままだった。
一、二階はもう店じまいしたあとで、管理人もまだ戻らず、アパートの学生たちはもう寝てしまったのかそれとも全員留守なのか、灯のついた窓はひとつもない。薄暗い階段を登っていく叡里のあとを、真赭は黙ってついてくる。部屋の鍵をあけて灯のスウィッチを押すと、その腕の下をすり抜けて真赭は寝台のある六畳の部屋の扉を押した。ふとその顔が泣いているように見え、叡里は罪悪感にかられた。

「御免な。明日はもっとおもしろい所へつれてってやるよ。いっそ奈良まで足を伸ばそうか、ドリームランドあたりへ」

真赭はノブに手をかけたまま振りむいた。泣いてはいなかったがすねたような眼つきで、一重瞼がむくんで見えた。

「……だって、どうしても来たかったんだもの」

ひとりごとのように言い残して、真赭は扉のむこうに姿を消した。軽い足音が遠ざかり、しばらく布のこすれる音が続いたあと、寝台のきしむ音がしてすぐに静かになった。その時になって叡里はマットレスもシーツも全部六畳に置いてあったのに気づいてあわてたが、何となく今からは入っていきにくい雰囲気だった。八畳の造りつけの簞笥からセーター類を取りだして床の隅に並べ、タオルを枕に横になると、カーテンのすき間から満月が見えた。

その夜上賀茂の空にかかった満月は、重苦しく淀んだ大気にさえぎられて輪郭もぼやけ、心なしか熱っぽく潤んでいるようだった。


……数年ぶりで、夢を見た。

帝塚山の三輪子の家らしい。南に面した濡縁のある居間の奥に蒲団が敷いてあり、真赭が仰向きに寝ている。どうやら死んでいるらしく、三輪子が経帷子を着せようとしているのだが、何度着換えさせても片端から汚れてしまう。色はわからなかったが、どうも血に染まって汚れるらしい。あれでは何度やっても同じことだと思いながら見ていると、三輪子はあきらめる様子もなく繰りかえし繰りかえし着換えさせつづけている。叡里はその光景を月あかりの庭の木影から見ているのだが、自分の隣に誰かが立っていっしょにそれを見ているらしい。どうも真赭らしいのだが、振りむいて見ることができない。ここに生きている真赭がいることを教えてやれば三輪子はあの無駄な作業をやめるだろうかと思っているうちに、眼がさめた。

起きあがると、朝の陽光がまともに顔にあたる。はめたままの腕時計を見ると、まだ止まったままだった。目覚し時計も電池がきれてここ数日来動いていないが、日ざしの加減から見て九時ごろらしい。

首を振り続けている扇風器をとめて隣室に耳をすませると、まだ眠っているらしく物音ひとつしない。妙な格好で寝たせいで硬ばった身体をのばし、叡里は身仕度をした。痛む右足を引きずりながらドアの外に落ちている新聞を取りに出て、戻ってきても真赭はまだ起きていない。隅から隅まで新聞を読み、三面記事の囲みの欄まで読みおわっても隣室はしんとしている。空腹に我慢できなくなり、叡里は扉を叩いた。

「もう起きろよ。朝はトーストと牛乳でいい？　下からハムエッグスでも取ろうか？」

——。

「真赭？」

……叡里はドアを薄くあけてみた。そっと覗くと、カーテンをひいたままの朝の部屋は薄暗く、むこう端の壁につけた寝台の上は影になっていてよく見えない。叡里は中に踏みこんだ。

「——真赭」

子供の姿は、どこにもなかった。脱ぎちらしたはずの紺の浴衣も、手ずれのした籐のバスケットもみんな消えている。

一瞬、自分に黙って朝早く出ていったのだという考えがひらめいたが、すぐその間違いに気づいた。廊下に出る扉の鍵はボタン式ではなく、外から鍵をかけるにはキイを使わなくてはならない。新聞をとりに扉をあけた時にはたしかに鍵がかかっていたが、その鍵は今ジーパンのポケットにはいっている。突然、何を想像したのか叡里は窓にとびつき、カーテンを引きあけ下を見おろした。——下に子供の墜屍体がころがっているわけはない。

冷汗をぬぐって振りかえると、朝の陽光をうけて白く浮かんだ床の埃の上に、叡里の足跡にまじって子供の裸足の足跡が小さく点々と刻まれている。

その時、ふと叡里は異臭を感じた。

生臭い、胸の悪くなるようなその匂いはさっきから部屋中にかすかに籠っていたのだが、今初めて気がついたのである。寝乱れたあとのある寝台の掛布に叡里は手をかけ、そっと端をめくった。……あたり一面、血の海だった。

そのあと、何を考えて自分が行動したのか彼自身よく覚えていない。逆上した叡里はとっさに血塗れのシーツを丸め、紙袋に押しこむと廊下に走り出てダスターシュートに投げこんだ。穴の底からにぶい落下音が聞こえてくると、あとはしんとして誰もいない。その時、電話が鳴った。


「もしもし叡《あき》ちゃん？　あたし！」といきなりはなやかな声をあげたのは三輪子だった。

「あの、ごめんなさいね。真緒のことなんだけど。それがもうよくなったのよ」

「え？」

叡里は機械的に聞きかえした。

「ほら、今夜預けるって頼んであったでしょ、あれね、もういいのよ。旅行やめることになったもんだから、勝手を言ってごめんなさいねえ」

「今夜？」

「あらやだ、きのう電話したのにもう忘れてんの！　ははん、相当まわってたのね、あの時……とにかくね、旅行は中止。実はあの子ちょっと具合が悪くてね、たいしたことはないんだけど、一応ついてやってるほうがいいから」と言ったあと三輪子はからかうように付け加えた。

「あんたの所へ泊まりに行くんだって、あの子もずいぶん楽しみにしてたんだけどね、きのうからずっと寝てるんじゃ仕方ないわね。もう拗《すね》てしまって、なーんにも食べようとしないの！」

「寝てる？　きのうから？」

「あんた声が上ずってるわよ、どうかしたの？——まあね、病気ってほどでもないの、心配いらないわよ」

「——」

夢で見た、血で汚れた白い着物が眼の前に浮かんだ。

「もしもし！　もしもし聞いてんの？　あんた今日ちょっと変よ。エ？　ナアニ？」と声が遠ざかって、

「アア何デモナイノヨ、ハイスグ行クワ——あのとにかくそういうわけでね、旦那様が呼んでるから。また会ったら何かおごるわよ、じゃあね！」

電話は一方的に切れたが、その直前、遠くからざわざわと聞こえてきた男の声にまじって、一瞬別の声が耳に入った。半泣きになりながら怒ったように何か小さく喋っていたのは、たしかに子供の声、女の子のかん高い声だった。

のろのろと受話器を置いた時、「十一の夏か」と無意識に言葉が口をついて出、叡里は自分で愕然とした。


私が彼からこの話を聞いたのは、その三日後のことである。

昼ごろ神戸から帰ってくると、留守中何度も彼から連絡があったと姉が言うので上賀茂のアパートに電話してみたのだが、話があるというので夕方キャラバン・サライで待ちあわせることにした。約束の時間に現われた彼は、右足にぶ厚く包帯を巻いてすこし跛をひいていた。

「——本当にあの時は笑うどころじゃなかったよ、曜ちゃん」

話を聞いている間中私がケラケラ笑っていたので、彼は困ったような顔で苦笑いした。

「足は痛むし、あの日に限って誰にも連絡がとれないし、被害甚大だ。時計はあれから壊れっぱなしで、ライ

ターにしても部屋中捜したけど結局見つからなくってね……姉貴に被害額請求しても、弁償してくれないだろうからなあ――」

「お腹のすくような声、出さんといて！」

私にしてもこの話が全部でたらめだと思うわけではないが、本気で信じるには証拠がまったくない。彼の話によれば、その子供を見た人間は彼以外にひとりもいないのだ。もっとも、「ジャワ」なり「黒麦」なりで聞いてみれば浴衣姿の子供を覚えている可能性はあるので、私はおもしろがってそそのかしてみたが、彼はいやだと断わった。

「とにかく、証人はいないけど僕の財布がカラになったってことは、厳然たる事実だからね」と彼は真面目な顔で言い、そういうわけだから仕送りが届くまでこれだけ貸してくれないかと、指を五本曲げたり伸ばしたりしてみせた。私を呼びだした本当の目的はどうやら借金の申し込みだったらしく、これではますます信じるわけにはいかないと、私は思うのである。

一九七六年夏　京都

ムーンゲイト

水蛇に出あうまでの、その名もない子供の世界は、混乱と殴られた時の痛み、そして涙の味だけだった。

自分の身の上に起きた急激な変化を理解できるほどの年ではなかったし、無理に何か考えようとすると頭が激しく痛んだ。なぜ自分がこんなところにいるのかまるでわからず、周囲の男たちの言葉はひとことも理解できなかった。めまぐるしく移り変わっていく風景に見覚えのあるものは何ひとつなく、自分の今までいた場所のこともまるで思いだせない。――そこに帰りたくて、子供はよく涙を流した。泣いているのを見つけると、男たちは意味のわからない罵声を放って身体中を蹴ったり殴ったりしたが、その痛みと恐怖でますます涙がこぼれた。あてがわれる食べ物は、舌に異質な味を残すものばかりでどうしても喉を通らず、無理に飲みこんでもすぐに全部吐いてしまった。

そして子供は本当に病気になり、一日中床の片隅に横たわったまま動けないようになった。もはや誰ひとり死にかけた子供に気をとめる者もなく、子供は甲板に耳を押しあてて波の音を聞きながら、行きかう奴隷商人の足越しに、川面を流れる靄をぼんやり眺めていた。自分がもうじき死ぬのだということはわかっていたが、自分の故郷――少しも思い出せないが、でも懐しいあの故郷に、もう一度帰れないのだけが心残りだった。

しだいに眼がかすみだしてきた時、ひとつの光景がまなうらに浮かんだ。夥しい羊歯《シダ》の葉影から見あげた、中天に浮遊する球型の光。毎日身近なものとしてその光景を見ていたのだという気がしたが、その光が何なのか思いだす前に意識が薄れてきた。

そして眼がくらんで、あとは何もわからなくなった。

靄の季節のある朝まだき、船は〈千の鐘楼の都〉に到着した。

なかば崩壊しかけた水上都市は、早朝の脆弱な陽光を受けて、水面に不眠の影を落としていた。睡眠不足の頭を寝床に埋めたまま、半覚醒のなかで昨夜の疲労のあとを反芻している、年老いた大都。長い年月の間、地盤の沈下と水の浸蝕との絶間ない抗争を続けたあげく、都はすでにすべての抵抗を放棄し、怠惰の淵に身を沈めていた。

月の季節が去り、再び長い靄の季節をむかえようとしている今、一年中上空を覆っている厚い靄の層が下降してくる前触れとして、針の林のような尖塔群がうすい暈《かさ》を着はじめている。船がその中へと侵入していくにつれて、朝の眠りをかき乱された水鳥の群の、水を蹴って飛びたっていく羽音が、あたりに満ちた。

——領主の館へ。

東の大門から都に入った船は、船長の命令で、都を東西に横断して流れる大水路に漕ぎ入った。

長びくいくさに疲弊して、なかば廃墟と化した無人地帯がしばらく続く。そのうちに、水路を行きかう小船の数が徐々に多くなりはじめ、やがて行く手から、群衆のざわめきが水面を伝わってくる。無数の平底船がもやって水上の朝市をひらいている円形広場に船が入っていった時、朝を告げる無数の寺院の鐘の音が、湿った空気を震わせて殷々と響いてきた。

広場の一角で声があがった。

と同時に、その頭上にそびえる伽藍の鐘楼が、ほとんど音をたてずに崩れはじめた。石造りの尖塔全体が異様にゆっくりと崩壊し、夥しい水柱をたてて瓦礫が広場の水面を割る。垂直に落下していく石壁の中に、青銅の大鐘とひとりの僧侶の姿が一瞬見えたが、またたく間に水煙の中に消えていった。

広場の群衆は、影絵芝居を見るような眼つきで、この無言劇をあおぎ見ていた。が、やがて水音が徐々に静まっていくと、たちまち関心を失って、そそくさと仕事に戻っていく。

——毎日絶え間なく続く崩壊の一端が、今また眼の前にあらわれただけのこと。

——都の名となった千の鐘楼も、今では半数に減ってしまった。

——残りが水中に呑まれてしまうのも、いつの日のことか。

腹をたちわった水鳥、魚の臓物、大蛙の干物、得体の知れない水棲動物の卵の山などからたちのぼるかすかな腐臭をかきわけて、奴隷船は都の中央部めざして流れを漕ぎくだっていった。

領主館を四囲する胸壁の大門を抜けた船は、たちまち数人の女のけたたましい声に取りかこまれた。

——遅い、遅い、遅すぎる。お嬢様が、お待ちかね！

館の敷地内にめぐらされた運河を進む船と並んで、黒衣の女たちは同じことを口々に叫びたてながら、驚くほどの速さで狭い歩道を駆けていく。やがて、領内の一角に建つ孤立した小館の正面に船が横付けされ、橋板が降ろされるやいなや、女たちは旋風《つむじ》を巻く勢いで甲板に駆け登ってきた。

——注文の品、注文の品は？

今運ばせる、と船長が止めるのも聞かず、たちまち女たちは船艙へ駆けこんでいった。水夫とやりあうけたたましい声が船底で響きわたり、やがて静かになったと思うと、足音もたてずに次々と木樽をかかえて飛びだしてくる。全長で五個の樽がめまぐるしく甲板に並べられていくのを、いつものことながら、船長は呆気にとられて眺めていた。またたく間に作業は終わり、常軌を逸した勢いで走りまわっていた女たちは、一瞬の内にぴたりと一列に並ぶと、息も乱さず小館にむかって深々と頭をさげた。

——これは、お嬢様。

背後に人の気配を感じてふりむいた船長は、驚いて声をあげた。腕組みをしたまま橋板を登ってきた女は、甲板の様子を一瞥すると、片手で頭巾を後ろにはねた。その下から、領主の娘、水蛇と呼ばれる館の世継ぎの顔があらわれた。

――すぐに、中を見る。

即座に、女たちは樽の梱包を解きはじめた。しきりに話しかけてくる船長を無視して、水蛇は熱心に女たちの手もとを覗きこんでいたが、しまいにその手をはたいてどかせると、自分ですばやく縄を解き、膝をついて蓋を取った。

――これかい、川上の淵に棲んでいるとかいう……。

――正真正銘のそいつですよ、兇暴なやつでしてね。

あわてて船長が答える。

――網は切られるわ喰いつかれるわで、生け捕りにするには苦労したものでして――。

水蛇は、ひどい臭気を発する泥水に、無造作に手を入れた。船長が声をあげた時にはすでに、激しい水音をたてて暴れる大鰻《うなぎ》に似た魚をつかみ出していた。

――無茶なことを！　それは肉食ですぜ、歯を御覧になってくださいよ！

――だからおもしろいんじゃないか。

両手で鰓をつかまれた魚は苦しがって歯をむき出し、鱗をさか立てて身体を巻いたりほぐしたりしていた。が、空気の漏れるような威嚇音はしだいに低くなり、急に身体を柔らかくすると、手首に巻きついてきた。

――愛嬌がある、気に入った。

魚を水に戻すと、身振りで樽を積みおろすように命じる。

同様にして樽の中味が次々に改められ、五個全部が女たちの手で小館へ移されていった。

――次は海をまわるんだろう？　深海魚の珍しいのがあったら、買うよ。

――そのことですが、お嬢様。

船艙の奴隷の群を覗きこみながら歩いていく水蛇の背中にむかって、船長がおそるおそる言った。

――いい商売をさせて戴いてまいりましたが、この次の御用ばかりは、はっきりした約束はできかねます。

飼い犬が急に人間の言葉を喋りだしたのを見るような眼つきで、水蛇が振りむいた。

——と申しますのは、情勢がいよいよ悪くなって、いくさの場がこの都へ近づいているという噂がひろまっているおりですので——。

気のない様子で、水蛇がまず背中をむけた。その後を追って、あわてて船長も歩きはじめる。

——これから、奴隷売買の本業のほうが今以上に忙しくなります。それに戦闘が激しくなった場合、ここまで無事に来られるかどうか。

——それはあたしの知ったことではない。そこをうまくやるのが商売の腕だろう？　それに——。

何かにつまずいて、水蛇は言葉を切った。足もとに、十歳くらいの男の子供の、痩せた身体が転がっている。

——これは？　皮膚が白い。上流の原住民かい？

——これは拾い物ですよ、お嬢様！

にわかに熱心な眼つきになって、船長が言う。

——ずっと川上の方から流されてきたのを拾いあげたんでしてね。どこの人間だか、こういった種類のものは初めて見ますが、血の色が違うところを見ると、ただの代物じゃあないようで。

失神している子供の腕をとると、船長は小刀の先でその皮膚を少し切った。子供は悲鳴をあげ、薄眼をあけて泣き声をあげた。

——どうです、血の色が白っぽい。

——珍しいね。

水蛇は膝をつき、猟犬の品定めをするような手つきで子供の身体を調べはじめた。鳥の眼のように、上下の瞼を引きあわせて閉じている眼をこじあけ、中を覗きこむ。

……その時、子供は焦点のあわない眼で、初めて水蛇の顔を見た。薄茶色の顔のまわりを白い綿毛に似た編み髪がとりかこみ、耳につけた飾り石が血の色を滲ませている。その顔が近々と眼の奥を覗きこんできた時、表情がかすかに変わった。

——眼の奥に銀砂が沈んでいる……おまえ、月の門の人間かい？

言葉はわからなかったが、子供はあいまいに頷いた。水蛇の湿った手が離れると、子供はまた気が遠くなって眼を閉じた。

——話しかけても無駄ですよ、言葉がわからないんで。でも、もちろん仕込めば喋るようになりますよ！

それには答えず、水蛇は黙って立ちあがった。船長は次の言葉を期待して待っていたが、そのまま振りむきもせずに橋板を降りはじめたのを見て落胆した。

地面に降り立つと、水蛇は口を開いた。

——次は深海魚だよ。月の季節の最後の朝、いつものようにこの時刻にね。それから、おまえ。

とそこにいた女たちのひとりを眼顔で指して、

——代金を支払っておおき。それから、あの子供をきれいに洗って着換えさせてから、あたしの部屋につれておいで。

子供は水蛇の居室の隅に寝床を与えられ、〈銀眼〉という呼び名を付けられた。

最初のうち、どんな食べ物を与えられても銀眼は吐瀉をくりかえすばかりだったが、そのうちに生の魚なら喉を通ることがわかり、病気はみるみる快復した。銀眼が床を離れられるようになると、水蛇は暇をみて言葉を教えこもうとした。が、水蛇のむら気のせいでことはなかなかはかどらず、銀眼のほうもそれほど熱意を示さなかったため、この試みはあまり成功しそうになかった。この光景を見た館の下僕のひとりが、動物に芸を仕込む様子にそっくりだと言ったが、この評は水蛇の銀眼に対する態度全般にも当てはまるようだった。

銀眼にとってそんなことはどうでもいいことで、水蛇のいない時には何をするでもなく、膝をかかえて何時間でもぼんやりしていた。頭の中をさぐってみても、断ち切られた記憶の断面が白々とした切り口を見せているだけだった。その切り口の向こうをなんとか覗き見ようと銀眼は努力したが、眼を宙にすえて考えこんでいるうちに眠りこんでしまうのが常だった。

　ある日銀眼は、厚い石の壁をくりぬいた窓に坐って、眼下にひろがる館の領内を眺めていた。数十艘の船が小館の前を通りすぎ、曲がりくねった水路を遠ざかって館の中央広場の方角へ消えていくのを眼で追っていると、戸口のとばりをはねて、水蛇が入ってきた。黒衣の侍女たちの姿は、珍しくひとりも見えない。

　無造作にサンダルを蹴り脱ぐと、裾をさばいて床の上に胡座《あぐら》を組み、結いあげた髪を乱暴にかきこわす。綿の繊維そっくりの、縮れた白い髪の束を手に巻きつけてしばらく眺めていたが、ふと顔をあげた。

　——おまえ泳げるかい、銀眼？

　——エ？

　水蛇が両手で水をかく動作をしてみせたので、銀眼は少し驚いた。この都では、泳ぐという行為が都びととしての威信を傷つけるものと考えられていることを、その頃には銀眼も知っていた。船を使わずに水を泳いだりするのは、都の周囲の湿地帯に棲息する下等人種だけで、都に住む者は、最下層階級の船上生活者でさえ、決して水には入らない。

　——月の門には湖があると聞いている。都の人間と違って、おまえなら泳げるだろう、ついておいで。

　ほぐした髪をすばやく一本に編みあげて頭に巻きつけると、水蛇は臙脂色の寛衣の下から鍵束を取りだして立ちあがった。

　……埃にまみれた隣りの小部屋に入り、壁にかけられたとばりをめくると、その影から石の扉があらわれた。鍵をあけて戸をくぐると、中は真暗で、狭い階段がどこまでも底にむかって続いているのだけが見える。扉を締めて内側から鍵をかけると、完全な暗闇になった。

　——この通路は、あたしひとりしか知らない。もちろん、侍女たちも気づいていない。

　水蛇は慣れた様子で、銀眼の前に立って石段を降りていく。三十段ほど降りると道は行き止まりになり、そこから横手にむかって水平な石床の通路がのびている。小館の裏に接した小高い丘の底を貫いて、隧道をうがってあるらしい。

昔、都がまだ島の上に建っていた頃、領主館は島の高台にあったらしく、そのため、都の建物のほとんどが一階の天井まで水中に没した今でも、館は、外壁の底部あたりまでしか水に侵されていない。広い敷地内にも船が入れるように、石を敷きつめてあった道々を掘りかえして水深を深くしてあるが、小館の一帯はその内でも特に高い場所にあるので、この地下道にも水は入ってこないらしい。

しばらく進むうちに、湿った空気の中に魚の匂いが混じってきた。水面に近づいているらしく、どこかで魚のはねる柔らかい音が、壁に反響して聞こえてくる。そのうちに、急に足音の響きが変化した。広い場所に出た感覚がある。下が階段になっていることを銀眼に注意してから、水蛇は手さぐりで火打ち石を取りだし、ほくちに火をつけた。

——そのあたりにカンテラが置いてあるだろう。

火に照らしだされたのは、固い土をけずって造られた、天井の高い洞窟だった。荒く掘られたなりの壁と天井には、青緑色の苔が幾重にもびっしり貼りつき、その底に静かな水面がひろがっている。奥はどこへ通じているのか、暗闇がどこまでも続き、そのむこうから生暖かい風が、薄い靄を含んでゆるく吹きつけてくる。

——ここは昔、地下の抜け穴だったらしい。長い間忘れられていたのを、あたしが見つけた。

声が洞の中に反響する。

——今では半ばまで水が入って、水路になっているけれどね……おまえ、聞いてるのかい？

言葉のわからない銀眼の、表情のにぶい顔を見ると、水蛇は癇症に眉を寄せ、ひったくるようにカンテラを取った。

——もういい、そこで待っておいで。

石段の下にもやわれた小船に飛びのると、水蛇は身体をのりだすようにして、手のひらで水面を数度叩いた。

……妙になまめかしく反響する水音がしだいにおさまってくると、カンテラに照らしだされた丸い水面に変化が起きた。濁った水の中から、水底全体が持ちあがってくるように、真黒なかたまりが湧きあがってくる。泥煙を巻いてうごめく影のかたまりが、やがて背中から水面に浮きあがってくると、一匹一匹鱗を濡れ光らせた、夥しい魚の姿があらわれた。

皮袋から取りだされたひとつかみの大海老が水面にざっと撒かれる。と同時に、たちまち湯がたぎるように水の表面が湧きかえり、餌を奪いあう魚の鳴き声が岩室に響きわたった。人身大に近い大鱓《うつぼ》に似た魚が、身体を波うたせて群の背の上をのりこえていく。歯を鳴らして海老の殻を噛みくだく、なかば爬虫類に近い大魚の群の中から、鰻《うなぎ》に似たたけだけしい頭部がのびてくると、海老の頭をむしりとってすばやく沈んでいった。

突然水音が響いて、魚の群の騒ぎがやんだ。夥しい魚の眼が、いっせいにそちらを向く——水中に潜っていた水蛇の白い頭が、水面を割ってぽっかり現われると同時に、無数の尾鰭が水を蹴った。

水を掻いて水路の奥へ泳ぎだしていく水蛇の身体は、またたく間に数百匹の魚群に取りかこまれた。群はけたたましく鳴き声をあげながら、争って鱗の荒い胴体をすりよせていく。真黒に水面を埋めた群を従えて、水蛇は岩道の奥へむかって泳いでいった。白い頭は、やがてカンテラの灯の届かない暗い水面へと消えていき、魚の群も一匹残らず見えなくなった。柔らかい水音がしだいに遠ざかっていくのを、銀眼は石段の上で膝をかかえて、じっと聞いていた。

しばらくたって、水蛇はひとりで戻ってきた。

——魚を全部、奥の囲いに入れてきた。そうしないと外の水路へ逃げ出してしまうからね。

小船に飛びのると、濡れた身体のままくるくると服を着てしまう。

——館の外壁の下水口に通じているんだよ。見せてやろう、こっちへおいで。

小船に移ろうとした時、銀眼は足をすべらせた。一瞬重心を失い、声をあげて水に落ちる。その腕をすばやく水蛇がつかんだので、銀眼は水中で宙吊りになった。

——おまえ——。

言いかけた言葉がとぎれた。薄く口をあけた水蛇の顔を、銀眼は眼を見ひらいて水中から見あげた。

——おまえ、水の中で息をしてるじゃないか！

小船の上に助けあげられた後、銀眼は板の上に坐りこんでぼんやりしていた。水蛇はその様子を首をかしげてまじまじと見つめていたが、しばらくすると、いつもよりわずかに穏やかな声で言った。

——おまえ櫓《ろ》が漕げるかい、銀眼？

銀眼は首を振った。

——では、教える。これからはおまえが、あたしの船を漕ぐんだよ。


それからほとんど毎夜のように、水蛇と銀眼は抜け穴から館の外へ船を出した。

靄の季節が闌けるにつれて、乳色のぶ厚い靄の層は、日ごとに降下してきた。伽藍の尖塔群に届き、家々の石屋根を、次に窓を覆って、最後に水面に接すると、靄はそのまま動かなくなった。

真夜中になると、靄のぶ厚い層に濾過されて貧血質になった薄い月の光が、街々の水路にたちこめた。船の舳先が水を切って進むと、濃いガスがわずかにかき乱されて、船腹をなでるように後ろへ流れていく。髪も服もじっとり湿って皮膚にはりつき、吐く息にも水蒸気が多くなったようで、唇のうえの産毛に細かい水滴が光った。


——水の中で息ができるのなら、泳げるはずだろう。

人気のない廃墟地帯に船を漕ぎいれさせては、水蛇はよくそう言ったが、銀眼は水に入るのを嫌がった。都の、すえた匂いのする生ぬるい暗緑色の水には、どうしてもなじめそうになかった。

それでも、わずかずつではあるが言葉はわかるようになりはじめ、銀眼は自分の周囲に興味を示すようになってきた。その頃から水蛇は、小館を出て領主の住む中央の館へ行く時に、銀眼をつれていくようになった。

高い胸壁にとりかこまれた館の中には、渡り廊下で連結された無数の建物があり、その合間を縫って縦横にめぐらされた水路がある。慣れるにしたがって銀眼は、部屋ごとに焚かれた虫よけの香が、鉱物質の重い匂いをたちこもらせている館の中をひとりで歩きまわったり、召使い溜りの噂話に耳をかたむけたりするようになった。

そうして、銀眼はしだいに館の生活に慣れていったが、水蛇がなぜ館の片隅の小館などに住んでいるのかはよくわからなかった。領主が一度も人々の前に姿をあらわさないことも不審に思っていたが、それには複雑な話があるのだと、館に古くからいる老人が昔話をはじめたところにある時たまたま行きあわせることになった。

――水蛇のせいなのだ、あの水に棲む本物の水蛇のな。

石柱の立ちならぶ広間の片隅で、老人を取りかこんだ発育不良ぎみの若い召使いたちは、膝をかかえて話に聞きいっていた。後ろに立って聞き耳をたてている銀眼には、気をとめる者もいない。

――今では都の中には水蛇は一匹もいないが、昔はまわりの湿地帯から、大人の腕ほどもある大蛇が、よくまぎれこんできたものだった。蛇は昼の間水路の底に沈んでいて、月の光が射す頃になると水面に浮かんでくる。浮き巣の中で寝ている水鳥の群がよく狙われ、真夜中の時ならぬ時刻に、水路のあちこちから、襲われた水鳥の引き裂かれるような悲鳴が聞こえてきたものだった……。

聞く者のまなうらに、肉が白く鱗の透明な大蛇の姿が浮かんだ。肉がゼリーのように半透明で、骨格や内臓が透けて見える、水棲の蛇。ある時、腹を卵型に膨らませて動けなくなっていた一匹を捕えてよく見ると、中に呑みこまれていた人間の幼児の身体が黒く透けていたという話の伝わっている、なかば伝説上の大蛇――。

――それは今の世継ぎが生まれた日のことだ。いくさはその頃にも、ずっと昔から続けられていた。いったいいつから、どんな理由でこのいくさが始まったのかすでに誰も覚えていなかったし、敵がどこの何者なのかも忘れさられてしまっていた。それでも、戦場がどこにあるのかもわからないまま、定期的にいくさ船の船団がしたてられては大勢の若い男が狩りだされて都を出ていった。そのほとんどはそのまま帰ってこなかったし、時には、いくさの相手にめぐりあえないまま、長い放浪を続けたあげく乗組員全員が老人になってしまった船が戻ってくることもあった。今でも、これと同じことがずっと続いているわけだが……。

老人は愚痴っぽく嘆息し、頭を振って話を続けた。

——とにかくその日のこと、胎児がゆっくりと産道をすべりおちはじめた夜更けに、遠国から流れてきた女占師の一団が館を訪れた。そのかしらである老婆を老領主はただひとりで奥まった一室に迎え入れて、予言を請うた。その予言の内容は、領主とその女占師のふたりだけしか知らない。私はその部屋の扉の外にひかえていたが、領主が驚きの声をあげたのをただ一度漏れ聞いただけだ。

老人は言葉を切った。

——その時、産室の窓の下で大きな水音が起き、同時に大勢の女たちの悲鳴が聞こえて、領主は事故を知ったのだ。後でわかったことだが、幼なすぎる産婦は陣痛に耐えきれず、寝台から飛びだすと、女たちの手を恐ろしい力で振りもぎって窓の外へ転げ落ちたのだという。……母体は、じきに、鉤のついた棹を使って救いあげられたが、その時すでに息絶えていた。そしてその足もとには、水中で産みおとされた白い髪の嬰児が臍の緒のつながったまま蠢めいていたのだ——。

そしてその日を境に、都中から水蛇が一匹残らず姿を消したのだ、と老人は続けた。その未明、都を東西に流れる大水路を、数千匹の白い蛇が東へむかって泳ぎ去るのを見たという噂がたったが、これは確かなことではなく、伝説のひとつにすぎなかったのかもしれない。

女占師の予言の内容については、さまざまな風説が乱れとんだ。結局、畸型の世継ぎの誕生が、すなわちこの都の滅亡の前兆だという予言だろうということに落ちつき、都の人々はこれを信じた。そうなると、予言を受けて生まれた嬰児の名は当然〈水蛇〉以外にあり得ず、正式の名はいつの間にか忘れさられた。生身の水蛇の姿は、都を覆う厚い靄にも似た伝説の彼方に消え、人々の夢想の中で、伝説の主は濡れひかる銀鱗に鎧われた蛇身に変化《へんげ》した。眠たげに眼をなかば閉じ、とぐろを巻いた、龍のような巨大な大蛇。それは水に呑まれかけた都を七重に巻き、その身体に締めつけられて都は崩壊する。湧きたつ水の中に没していく、夥しい石の尖塔群——。

——そしてその日から嬰児は小館に移され、女占師の残していった十人の黒衣の女が、その侍女としてそばにつけられることになった。以来老領主は館の尖塔の中にこもり、誰の前にも姿をあらわさなくなったのだ……。

老人が語りつづけている時、広間のむこう端に人影が射した。侍女たちの特徴のある声が廻廊を近づいてきて、やがて黒衣の一群に囲まれた水蛇が姿をあらわした。老人は唐突に口をつぐみ、一瞬その場に沈黙が流れた。

話が耳に入ったのか入らなかったのか、水蛇はそのまま広間を大またに横ぎって、小館につづく渡り廊下の方へ出ていった。全身黒ずくめの年齢不詳の侍女たちもその後につづいたが、中のひとりが振りむいて召使いたちに一瞬眼を向けたのを銀眼は見た。巫女めいた女の視線を受けると、彼らは一様に身体を硬ばらせ、そそくさと立ってその場をはなれていった。

水蛇の後を追って広間を出る時銀眼が振りかえってみると、誰もいない石の空間は、妙にひえびえとした空気に埋められたかに見えた。

——月の門は、この地の東の窮《きわ》みにある。……その先には、何もない。ただ、濃い靄が混沌として渦を巻いているだけだ。

話の切れめごとに、僧侶は手に持った鐘を叩き鳴らした。そのたびに聴衆はかすかに身動きし、琥珀、臙脂、濃紫、金、青緑、とりどりの寛衣がゆれる。昔は寺院の二階の露台《バルコン》だったこの場所も、今では、鳥の糞にまみれた石の床と水面とが、ほとんどすれすれになっている。

——このあたりの地方を流れる数十の河は、すべてその源を月の門に発している。そこには、人間の眼では頂上を見きわめられないほどの高い山脈がある。そして、その山塊に南北をはさまれた谷あいの地を、月の門と呼ぶ。

鐘の音。群衆の低いざわめき。

——その谷あいには、西に面して垂直に切りたった断崖があり、その途中から一条の滝が流れおちている。滝壺の縁には小さな集落があり、皮膚が白く眼の底に銀砂を沈ませた少数の民が、古くから住んでいると言われる。だが、彼らが人の眼にふれることはほとんどない。

壁を背にした僧侶を、半円型に取りまいた群衆の最前列に、水蛇と銀眼はすわっていた。夜も更けた都の水路には、深い靄が沈んで一筋の風もなく、群衆の温気《うんき》の中に羊歯の匂いが重くたちこめている。頭巾を目深くひきおろして顔を隠した水蛇は、先刻から熱心に聞き入っていたが、その隣りで膝をかかえた銀眼は、退屈してうつらうつらしていた。

——断崖の上には、清水の湧き出る深い水源の湖がある。その水には色も匂いも味もなく、また魚や虫も棲めず藻も生えないほど冷たい。……その湖の水中から、毎夜月が登ってくる。残酷な月、水面を上昇させ、樹木からは樹液を、人間や獣からは血と粘液を吸いあげていく、あの残酷な月だ……。

鐘の音と共に、群衆の口から低い声がもれる。僧侶は、背後の壁面に蠟石で描かれた図を指し示しながら話を進めた。

——この月の門から登った月は、靄に覆われて見えない上空を西へめぐり、ひと夜の運行のつとめを終えると、西の果ての海中に沈む。そして、海底の巨大な吸水口に吸いこまれていくのだ。

西の海底から東の月の門まで通じる地底の水路の図を、僧侶は指先でなぞってみせた。

——この水路の流れに乗って、月は昼の間中かかって東へと運ばれていく。水路は月の門の湖底の穴に通じている。そして翌日の夕刻、再び月は湖の水中から姿をあらわすのだ……。

再び、鐘の音。聴衆のざわめきに、銀眼はふと眼をさまして顔をあげた。水蛇がそれに気づいて、低い声で耳うちする。

――よく聞いておくんだよ。おまえに聞かせようと思ってつれてきたんだからね。

欠伸で涙の溜った眼をしばたたいて、銀眼は頷いた。

しばらく前から、銀眼はわずかずつ昔の記憶を取り戻しつつあった。膝を抱いてうたた寝している時など、眼覚めぎわにふと記憶の断片が蘇ってくることがある。それはぼんやりした光景の一部分とか、感覚や感情の一片などばかりで、筋道のたったものではなかった。が、銀眼がそのことをおぼつかない口ぶりで訴えると水蛇は興味を示し、どんな瑣末なことでも熱心に聞きたがった。

――月のことを思い出さないか。

廃墟地帯へ水鳥を狩りに行ったある夜、水蛇はそう尋ねた。

――月の門にいたのなら、月のことを覚えているだろう。

――……。

銀眼はあいまいにかぶりを振った。

――月だよ、言葉がわかるかい。この光が月の光なんだよ。

水蛇は腕をひろげて周囲を示した。小船を取りまく傾いた列柱の間を濃いガスが流れて、薄い微光の中に、濃淡の縞模様を浮きあがらせている。

――違う。こんな光では、なかった。

銀眼は、考え考え答えた。

――もっと濃い、強い光。肌ざわりのなめらかな……水のような光。

突然、近くで水音がたった。鳥の翼が空気を叩きつける。振りむいた水蛇が矢をつがえると同時に弓弦が響き、見えない中空《なかぞら》を鳥の声が引き裂いた。続いて、水面の割れる音。

矢尻に結んだ麻糸をたぐっていくと、やがて靄の中から、水脈《みお》を曳いて白い水鳥の死骸が姿をあらわしてくる……。

——空気も、こんなに暖かくはなかった。ずっと冷たくて、乾いていて、何の匂いもなかった。

一心に喋りつづける銀眼の言葉を、水蛇は器用に鳥をさばきながら聞いていた。

——水も同じこと。この都では、何もかも暖かすぎて、匂いが濃くて、邪魔なものが混じりすぎている。

——住んでいる人間は？

——都の人間は、皮膚の色も濃いし、血や肉が熱すぎる。それに、面倒なことを考えすぎる……。

やがて焚火がつくられ、水蛇が焼き肉を、銀眼が生の肉を食べてしまうと、水蛇はひとりで泳ぎだしていく。その帰りを待つ間、銀眼は膝を抱いて、火を見つめながら短い眠りに落ちこんだ。しばらくすると、いつものように記憶の底からひとつの光景が浮上してくる。——羊歯の葉裏から見あげた、巨大な光球。しだいにその輪郭が大きくなり、四方に濃密な光が満ちる。そこかしこに浮遊している無数の影。いくつかの影が銀眼に近づき、また遠ざかっていく。忘我の内の、至福感……。

その影がいつの間にか、靄のスクリーンの上に異様に長い影を曳いて近づいてくる水蛇の姿になる。夢うつつで眼をひらくと、雫のたれている白い髪が本当の水蛇の蛇身めいて見える。無数の濡れひかる束になって色の濃い皮膚にはりつき、膝のあたりまで流れおちている白い光沢。同じ綿花の色が脇のしたと下腹に滲んで見え、やがて濡れたはだしの足音が近づいてくる——。

——月は、滅《ほろ》びをもたらすものだ。

突然、僧侶が声をはりあげた。

——月の姿は、人間の見るべきものではない。月の領域は、人間の侵すべきものではない。

激しく鐘が叩き鳴らされる。

——この都では、月の姿は見えない。靄の季節がすぎて月の季節になり、靄が空の高みへと立ち去っても、月はさらにその高みにあり、暈《かさ》をかぶった円形の光のかたまりとしか見えない。しかし、月がその姿を人の眼にさらす時が来れば、何が起きるか。経典の言葉を聞くがいい。『月がその面から覆いをはらい去る時、光は水に、水は光になる。その中で鳥と魚が交接し、滅びの道がひらかれる』……。

鐘の音。群衆はいっせいに身体を動かし、口々に唱名をはじめた。

——すなわちこれは、人心の乱れを戒めるための比喩であり、その意味するところは——。

後は聞かずに、水蛇は布施を投げて席を立った。

——では、昼の光はどこから来るのだろう。昼の間、月は隠れてしまうのに。

館へ帰る船の上で、銀眼が尋ねた。

——天の高みに、月よりもはるかに大きい〈陽《ひ》〉というものがあるそうだ。

水蛇が答える。

——前に、別の僧の話を聞いたことがある。『月は地に属し、陽は天に属するもの。月は地より登り地に沈むが、陽は天の高みをめぐるのみ』とね。陽はその姿を見ることもできず、地に棲む人間には触れることもできないが、月ならばその両方がかなえられる。……でも、この靄の底にある都にいるのでは、どちらにせよ同じことだがね。

それから水蛇は、急に黙りこみ、その日は最後まで一言も喋らず、ずっと口を閉ざしたままだった。


その頃から、都の内部に変化が見られるようになった。

最初に、水路を行き来する船の数が目だって増えだした。次に、交易船の運んできた香料や酒、果物などが、市場に大量に出まわりはじめた。水路の周囲では、水桶をかかえた女たちが大量の羊歯を刈りとる光景が見られるようになり、また、都のあちこちに点在する廃墟地帯に多人数の狩人が船を漕ぎいれ、夥しい数の水鳥を射落とした。

水蛇は騒ぎを嫌い、ほとんど小館を出なくなった。たまに館の外へ漕ぎだすと、家々の厨房で香辛料を加えた鳥の臓物を煮こむ匂いが、水路にまで流れだしていた。人々は仕事を投げだし、街角で顔をあわせてはしきりに立ち話に興じていたが、漏れ聞く話し声の中に祭りという言葉が多く混じっているようなので、銀眼は水蛇に理由を尋ねた。

——年に一度の、靄の季節の祭りが近づいているんだよ。

素気なく答えて、水蛇は船を館へ戻すように命じた。浮き足だった様子の若い男たちの船が傍若無人に水路を走りまわり、卑猥な声をあげて舳先をぶつけてきたりするので、機嫌をそこねたらしかった。

その夜から水蛇が完全に小館に閉じこもってしまったので、銀眼も外に出られなくなり、都の様子はまったくわからなくなった。黒衣の侍女たちは、相変わらず湯桶やら食事の盆やらを手に、一時も足を休めることなく忙しげにあたりを走りまわっていた。仲間同志で喋る時のものすさまじい早口は銀眼には理解できず、試みに話しかけてみても、女たちは眼をくれようともしない。そして、夜になると自室にこもって、底ごもった祈禱の声を響かせていたが、日を追ってその激しさは増していくようだった。そうした日々が続く間、水蛇もなぜか不機嫌そうに黙りこんでいるばかりなので、銀眼はひとりで退屈していた。

祭りが翌日にせまった日の夕方、館の中央の円形広場から、何かの騒ぎが聞こえてきた。水蛇は眠りこんでいたので、銀眼はひとりで渡り廊下づたいに出かけていった。

二人乗りの小船なら優に一千艘は漕ぎいれることのできる広場の中央では、数十艘の船が集まって水上に木の足場を組んでいた。

広場に面した露台へ銀眼が出ていった時、濃い靄に包まれた水路のむこうから、数艘の船の影がちょうど広場へ入ってくるところだった。小船の群が左右に別れて、道をあける。靄の中を船団が近づいてくるにつれて、その後ろから巨大な影が浮かびあがってきた。水面を綱で曳かれてあらわれてきたのは、数十本の巨木の、鱗に覆われた幹をたけ長くつらねて造られた、祭りの塔だった。

数十人がそのまわりで騒ぎたてたあげく、ようやくその根もとが足場の中心に固定された。先端に結びつけられた綱を引いて、無数の小船が広場中に散っていく。

徐々に巨大な柱は頭をもたげていき、最後に、領主の居室のある館の尖塔よりはるかに高くそそりたって、静止した。柱は一面に羊歯の葉と鳥の羽毛で飾りたてられ、大量の魚の油が浸みこませてあるらしく、ひどい臭気をたてている。先端には、人の顔をかたどった巨大な彫刻が、ほどこされてあるらしかったが、靄にへだてられて、ほとんど表情も見定められない。

——あれは領主の顔をかたどってあるのだ。

先刻から細々と続いていた声が、ふいに高まった。見ると、露台の向こう端で、羊歯をつめた水桶を手に、数人の下僕が立ち話をしている。

——その領主の部屋から、昨夜遅くあの黒衣の女たちが出てくるのを見た。

ひとりの老婆が、ことさらに秘密めかした口ぶりで言った。

——あの部屋から、

——あの女たちが！

数人が声をあげると老婆は、

——そうあの部屋、扉ごしに命令を聞くだけで、誰ひとり入ったことのないあの領主の部屋に、あの女たちが時おり出入りするところを見た者は、今までにも何人かいた。ただ、昨日は特にその様子がいつもと違っていた……。

そこまで言うと急に声をひそめた。

——今度の祭りは、ただの祭りではないらしい。仕掛けも今までよりずっと大がかりだし、それに——。

後は聞こえなくなり、銀眼はその場を離れて小館に戻った。

部屋に入ると、ちょうど午睡から覚めた水蛇が着換えをしているところだった。侍女たちが部屋からさがると、ふたりは地下道へ降りていった。そしてその夜は一晩中そこで魚を相手にすごし、昼過ぎに部屋へ戻って寝た。

……浅い眠りの中に、戸外の気配がしのびこんでくる。

最初に、夜の水をかき乱す無数の櫓の音。船板のきしみ。解けおちたもやい綱が、水面を叩く音。——まだ、全部がかすかで、遠い。

ひとつの手のひらが、おぼつかなく船べりを叩いて拍子を取りはじめるが、じきに気おくれしたようにやめてしまう。

しばらくの沈黙。

唐突に、数人の手が正確に船べりを叩きはじめた。単調なリズムはすぐ四方に伝播した。拍子を取る手は無数にふえ、しだいに力強く、大きくなっていく。魚の皮を張った胡弓があちこちで掻き鳴らされだすのと同時に、人々の口もほぐれだし、たちまち喧騒が高まっていった。

……ふいに、銀眼は眼をさました。

夢うつつの頭の中に、館を遠まきにした夥しい人の気配が流れこんでくる。——すえた匂いのこもった真暗な部屋の中。窓から脆弱な光線が落ちて、部屋のむこう端だけがわずかに薄明るんでいる。……その中で、魚の匂いのする生乾きの髪をまきちらして眠っている水蛇の顔。いつもの癖で、うつぶせに寝ている。

遠い喧騒の中に、いつの間にか低い女の話し声が混じりはじめていた。

——……道案内の子供もあらわれたし……。

——すべて……予言どおり……。

——……今夜。

小館の門のあたりで綿々と続く話し声は、時おり波のようにふと高まったかと思うと、また低く細々とした調子に戻る。侍女たちの声だろうかと思いながらうつらうつらしていると、ふいに何かあわただしい気配が走った。

——……!

高い声が響いた。門の扉が大きくきしむ。

——どうやってここまで。

——人に見られては……!

侍女たちの声に混じって、聞き覚えのない声が唸った。ものすさまじい早口で喋りあう声と、なだめるような低い声がもつれあう中で、痰のからんだその嗄れ声はしだいに高まった。

気づくと、水蛇は寝台から降りて手ばやく服をつけているところだった。眼顔で銀眼を促すと、地下道に通じる扉のほうを指さしてみせる。その時、女たちの悲鳴じみた声があがった。

——船を出す。はやく用意を。

水蛇が叫んだ時、戸外の祭りの喧騒がどっと高まると同時に、数人の声が混じりあいながら小館の中へなだれこんできた。ふたりが隣りの小部屋へ近づきかけた時、階下で石瓶の砕け散る音がして、数人の足音が階段を駆け登ってきた。

——はやく、はやく、お嬢様!

黒衣の侍女たちが、すべるように部屋へ駆けこんでくる。

——もうすぐここへ、やってくる。

——あの姿は、人間の見るべきものではない。塔の部屋にこもったまま、人間の寿命を越えて生き続けてしまったあの姿は。

口々に言いながら、女たちはふたりの背を押すようにして部屋を横切り、小部屋の扉をひきあけた。階下でどさっと重いものの倒れる音がして、獣じみた喘鳴とともに、何かが芋虫のように階段を這い登ってくる。

肩にかけられた手を振りはずそうとする水蛇の腕を押さえて、数人がそそくさと壁のとばりをはねた。

——今夜は、予言に定められた旅だちの時。

――行くべき道は、おのずから見出されるでしょう。

ひとりが、黒衣の下から合鍵を取り出した。扉が開くと、その両脇に全員がぴたりと列をつくる。水蛇は戸を背にして口を開きかけたが、女たちの視線に出あうと、思わず気圧《けお》されて後ずさりした。

――では、お嬢様。

――滅びの道を開くために、

――今この一歩から。

声に押しやられるようにして、ふたりはいつの間にか戸をくぐっていた。その後ろを押し包むように、女たちが垣をつくる。

――長い旅路へ……。

ふたつの影が闇に消えると、女たちは扉を閉ざして鍵をかけた。

階段の音はいつの間にかやんでいた。人の気配の絶えた小館の中で、役目を終えて黒子《くろこ》のように顔を見あわせると、黒衣の女たちは扉にむかい、深々と最後の一礼をした。

水路は、羊歯の強烈な芳香と火薬の匂いに満ちていた。薄明るい靄をかき乱して、船の灯が行く手に現われては、背後へ流れすぎていく。

――東へ。東へ!

水路のわかれ目ごとに、水蛇が叫んだ。銀眼は眼がくらんで、夢中になって漕ぎ続けた。

水路には夥しい小船があふれていた。船べりはいちめんに羊歯の葉と鳥の羽毛で飾りたてられ、無数の松明がその上で炎をあげている。人々は、水鳥の白い羽毛や、茶に緑と朱の斑点のある夜鳥の尾羽根を混ぜて編んだ羊歯の冠を頭にかざり、胡弓を手にして、陰気で単調な旋律をかなでていた。時おり、あちこちの寺院の尖塔で、貝殻がぼうぼうと吹き鳴らされる。そして、船べりを叩いて拍子をとる、無数の茶色の手。

混雑の激しい路地を縫って、東の大門へ通じる大水路に近づくにつれて、空気中の火薬の匂いが強くなった。何かの破裂する音が続けざまに響き、石の棟々が一瞬逆光を浴びて黒い輪郭を浮かびあがらせる。

最後の角を曲がったとたん、顔面に強烈な白光を浴びて、銀眼は思わず顔を覆った。

大水路を埋めつくす船の灯が、領主の館をめざして流れを漕ぐくだっていく。そのあい間を縫って、仕掛花火の火の筋が水面を縦横に走り抜け、あちこちで唐突に破裂していた。柔らかい爆音とともに、水面すれすれで、球型の光塵が寺院の大鐘ほどの大きさに膨れあがる。靄の中に光の粉をまき散らす花火を避けようとして、あちこちで小船同士が船腹をぶつけあい、そのたびに罵声が飛んだ。

同じような光景が大水路いっぱいに繰りひろげられる中を、銀眼の漕ぐ船は、船群の流れに逆らって東へむかった。頻繁に行く手をさえぎる火の筋を恐れて、銀眼が前進をためらうと、水蛇は船べりを叩いて先を急がせた。空中に漂う火薬の匂いと、押しつぶされた草の汁の匂いの中で、羊歯の葉と鳥の羽根の焼け焦げる匂いがしだいに強まっていく。

突然、後方でわっと声があがった。

たった今すれ違っていった十人乗りの船が、炸裂した花火の火だまりに突っこんでいた。バラバラと黒い人影が水中に飛びこんでいくが、泳ぎを知らないため、ほとんどが二度と浮いてこない。焔に包まれた船上では、逃げ遅れた人影が光球の中心で四肢をよじっていたが、それも一瞬のうちに船影に呑みこまれ、たちまち見えなくなった。

東へ向かおうとする小船は、しだいに混乱に巻きこまれ、いつの間にか大水路の中央付近まで流されていた。喧騒の真只中で立ち往生した船の上で、火に煽られた長い白髪がざわっと逆立ち、吹き乱された靄が船のまわりで渦を巻く。

——点火シロ、点火シロ、火ヲツケロ——。

はるか後方から、無数の声が水面を這うように流れてきた。振りむいた時、突然後方の空が一箇所薄明るんだ。と同時に、天を圧する火柱が都の中央部に立った。

——祭りの塔に、火が放たれた！

数十の花火が、一度に炸裂した。その時すでに狂騒は最高潮に達し、夥しい数の爆音の中に人々の声さえかき消されていた。大小の球型の光が、靄を透かして膨れてはしぼんで消える。あちこちで悲鳴と叫喚が湧き、船板がぶつかりあい、櫓がへし折れ、火に包まれた人間の身体が次々に水中に消えていく。

混乱の真只中に落ちいった都の中央では、火柱のつくる上昇気流に攪拌されて、靄が白い渦を巻いて上空へ吹きあげられていた。わずかに晴れた靄のあい間に、無数の尖塔や鐘楼の群が、影絵のように浮きたって見える。

その時、にわかに火勢を増した火柱の焔と黒煙の中に、口の裂けた異形なものの顔が浮かびあがったのを、人々は見た。畏れの声をあげる群衆の前で、その口がかっと開いた。

瞬時の内に、火龍のような焔の帯が大水路を東へ走り抜けた。数千艘の船が吹き飛ばされ、塔の群がなだれを打って崩れ落ちる。一瞬、あたりは昼のように明るくなった。

……轟音の中で水に呑まれていきながら、ごく少数の人間がその時ある光景を目撃した。熱風による靄の幅広の断層が、東へむかってひと筋の道のように開かれ、そして焔の帯が通りすぎたあとの水面を、風に乗った一艘の小船がすべるように走っていた。行く手の大門の扉が爆風で左右に飛び散り、小船は吸い込まれるようにその間を走りぬけた。

船影は見るみる遠ざかって視野から消え、そして後には、焔の中で暗く輝く水面に、消し炭のような人間の身体が声もなく浮き沈みしているばかりだった。

小島と沼地の点在する湿地帯を抜けるのに、四十日あまりかかった。その間に靄の季節はゆっくりと過ぎていき、船が東方の山岳地帯にさしかかった頃には、視界はかなり遠くまでひらけていた。流れを溯るにつれて集落を見かけることもほとんどなくなり、風が冷たくなっていた。山あいの夜は特に冷えこみ、湿地帯で狩船と出あった時に買いとった毛皮が、役にたった。

——上流地帯が、こんな寒いところだとは知らなかった。

首から下を毛皮で包みこんだ水蛇が、焚火をかきたてながら言う。銀眼は答えず、膝を抱いた姿勢のまま、うつうつと眠りこんでいた。火の爆《は》ぜる音と、流れの速い水音だけが、耳の奥をくすぐり続けている。

……川幅が狭まってくるにつれて、両岸の景色は徐々に険しい深山の様相を見せはじめていた。最後の分岐点を過ぎて、月の門へ通じる狭い峡谷に分け入ったころから、両岸は、切りたった断崖になった。ゆるく蛇行する深い流れをさかのぼるに従って断崖はほとんど垂直に近くなり、光の射しこまない谷底からはるかな高みを見あげると、空は、黒々とした岩壁にはさまれた、細いひと筋の白い帯としか見えなかった。

昼の間、幽谷の重い静寂を破るものは、流れを漕ぎのぼる船の櫓の音しかない。時おり、鋭い鳴き声を残して、黒い山塊の狭間を白い鳥が翔けのぼる。一瞬後、白い軌跡を追って、矢尻に結んだ麻糸が宙をよぎる。高《たか》空《ぞら》の白い点を縫いとめると同時に、伸びきった麻糸は急激にゆるみ、やがてうねうねと落下して、水面に叩きつけられた。

夜になると、小さな入り江を見つけて船を漕ぎ入れ、ふたりは狭い岩場に火をたいて野営した。黒々と屹立する絶壁の根かたに燃された焚火は、深い峡谷を埋めつくした暗闇の膨大な容積に比べて、あまりにも小さく心もとなかった。

——まるで胎内めぐりのようだ。月の門に近づいているはずなのに、光がまるで射してこない。

昼夜たがわず薄明りに満たされた都で育った水蛇には、この完全な暗闇が神経にこたえるようだった。夜更けに時おり銀眼が眼をさますと、そのたびに、焚火の中へ枯れ枝を投げこんでいる水蛇の姿があった。

——月のことを思い出さないか。

水蛇はよくそう尋ねたが、銀眼は半ば言葉を失ったように、暇さえあれば眠りつづけていた。射落とした鳥の生肉を与えられても、二口三口頬張ったまま、いつの間にかとろとろと眠りこんでしまう。

銀眼の頭の中に浮かぶ光景は徐々に明瞭さを増した。立ちこめた光はますます濃くなって、粒子のひとつひとつが帯電したように輝きはじめていた。その中を漂う影は、しだいに人のかたちを取りはじめ、中の数人の顔だちまでがおぼろ気に見えるようになってきた。そして夜が明け、再び櫓を握って漕ぎはじめても、その光景は脳裏から消えることはなかった。

舳先にともしたカンテラの灯は、来る日も来る日も、闇に閉ざされた峡谷の底を、すべるように進んでいった。灯に照らし出される水面は透明度を増し、光に驚いて淵の底を八方に散っていく小魚の背鰭まではっきり見えた。空気は急激に冷たくなり、水蛇は毛皮を内側からかき寄せて、鼻先を埋めていた。

峡谷に入りこんで二十日目の夕方に、変化が起きた。

——船をとめて！

銀眼が櫓を漕ぐ手をとめると、あたりに沈黙が満ちた。流れの水音の中に、低く空気を轟かせる遠い響きが、かすかに混じっている。

滝の音だった。

船は足を速めて流れを前進した。最後の大きな曲がり角を越えると、流れは完全に直線になった。はるか前方に、迷路の出口のように白い亀裂が見える。近づくにつれて滝の音が高まり、むこうから射しこむ光線が強まった。

……いきなり、視野がひらけた。

そこは、黒い峰々に左右をはさまれた、豊かな広がりを待つ円形の盆地だった。流れの両岸には、羊歯に似た葉群を持つ黒い森がひろがり、そして正面いっぱいに白々とそびえ立つ断崖の中ほどからは、豊かな量の水が吹き出し、幅広い大瀑布となって滝壺へ落ちこんでいる。

そしてその上空に、断崖の端から端まで届く大きさの巨大な光球が、靄に包まれて低く浮かんでいた。それが、月だった。

水蛇は船の上に立ちあがり、顔を月光に薄明るませて、呆然とこの光景を眺めていた。峰々の山腹をすれすれにかすめる高さに浮かんだ月は、よく見るとわずかずつ高度を増しながら、西へ向かって動きつつあった。靄にへだてられてはいるものの、人間の法《のり》を越えた間近で眺める月は、見る者に畏怖にも似た被威圧感を抱かせた。それは何よりも、地上を圧倒する膨大な容積を持つ〈塊《かたまり》〉だった。今にも地響きをたてて頭上に落下してこないのが不思議だった。

やがて船は森の中へわけ入っていった。頭上を半ば覆いかくすように生い茂った羊歯の葉群は、葉の表を月光に薄明るませていた。黒ずんだ葉裏の網目模様のすき間から水面に落ちた光線が、澄んだ水底に揺れ動く光の文目《あやめ》をつくっている。その光の模様をかき乱して船が滝壺へ近づくにつれて、黒い木立ちの間から、水辺に点在する屋根屋根が見えてきた。やがて船は森を抜け、耳を聾する瀑布の轟きに満ちた滝壺に出た。

湯煙りのような水繁吹にかすむ水辺に、数十人の白い人影が静かに立ち並んでいた。近づくに従って、全部の顔が、船の到着を待ちうけていたかのようにそろってこちらを向いているのがわかった。

その一群の前に船が横付けされると、完全に静止しないうちから立ちあがっていた水蛇は、ひとりで岸に飛び移った。物言わぬ一群をひとわたり見渡すと、長老と覚しい中央の老人にまっすぐ歩み寄る。

——川下の都から来た。あたしと、おまえたちの仲間であるこの子との世話を頼みたい。

銀砂を眼底に沈ませた老人は、一歩前へ進み出た。

——船が今日ここに到着することは、数日前からわかっておりました。用意はすべて、整えさせてあります。

都の言葉で言うと、深々と頭をさげた。

月の門を南北にはさむはるかな峰々のつらなりは、その頂を、天を覆う靄の層の中に没していた。植物らしいものの影も見えない黒々とした岩肌は、急な勾配で湖の両岸へとなだれ落ち、湖面に深い影を落としている。

その上には、飛ぶ鳥の影も射すことはない。向こう岸の見えそうな気配もない、海のような水の広がり。小屋の窓辺に立って外を眺めている銀眼の眼に、生命あるものの棲めないこの光景は、鉱物的なイメージとして映っていた。

――私も若いころ、都に迷いこんだことがあります。言葉は、その時に覚えました。

翌日の午後だった。真新しい小屋を訪れた長老は、むき出しの床に坐ってこう語りはじめた。

――この子供は、この前の月の季節に姿を消したのです。流れに落ちて川下へ流されたのだと思っていましたが、月に憑かれて森の奥へ迷いこんでしまったのだと言う者もありました。その後しばらくして、都の領主館にいることがわかったのですが、記憶をなくしていることまでは知りませんでした。……とにかく、月の季節にはいろいろなことが起きます。われわれにはとても理解できないようなことが、起きるのです……。

毛皮で身体を包んだ水蛇は、窓を背にして長老と向きあっていた。床に胡座を組んで、頬杖をついたその表情は、背後に立っている銀眼からは見えない。

――この子供はふた親を早くになくし、村で水汲みの役目をつとめておりました。もう気づかれたことと思うが、この月の門の水は、飲料水にはなりません。虫も魚も棲めず、微細な水藻さえ生えることのないこの水は、月の光が溶けこんだ水だとも言われています。峡谷を下るにつれて、地熱を帯び、泥を溶かしこみ、木々の呼気を吸って普通の水に変わっていく流れが、この上流では純粋すぎるのです。

長老は言葉を切った。

――われわれは、森の奥に湧く井戸水を飲料水にしていますが、この子供は井戸から水を汲み出して村まで運んでくることを、日々の努めとしていたのです。……いずれ、その井戸へも御案内しましょう。お見せするものがあるのです。

――月は、湖のどのあたりから姿を現わすのだろう。

水蛇が、初めて口をはさんだ。

――そこは遠いのだろうか。

――泳いで行かれるつもりなら、少しむずかしいかもしれません。

と長老。

――湖は、東へ向かうに従って広くなっています。ずっと沖の、月が姿を現わすあたりは年中靄に覆われ、月の季節の真中の日になっても、完全に晴れることはありません。第一、そこまで泳いでいくのはとても無理でしょう。……それでも、行かれるつもりかな。

水蛇は黙って耳につけた飾り石をいじっていた。長老は首を振り、立ちあがって頭をさげた。

――邪魔だてするつもりはないが、しかし無駄なことだ。……ではまた、のちほど。

西向きの扉をあけると、そのむこうから、滝壺へ落下していく瀑布の轟きが、低くかすかに響いてくる。老人は、短い階段を降りて足首までの遠浅の水に立つと、そこで待っていた村人ふたりを従えて、湖の西の縁へむかって歩み去っていった。後ろ姿はしだいに遠ざかり、やがて湖の緑の低い岩場を乗りこえて、見えなくなった。

――そろそろ、出かける用意を。

水蛇が立ちあがったので、銀眼は炉の中で火をあげている焚火を、ゆっくりもみ消しはじめた。

船の到着を数日前から知っていたと言う長老は、やがて訪れる旅人のために、崖の上の湖の岸近くに、一軒の小屋を建てさせていた。

ほとんど垂直に切りたった断崖の片隅には、岩を切りだして穿たれたジグザグの石段が、頂上まで細々と続いている。崖の根方から見あげると、天の高みまでうねうねと続いているように見えるこの数千層の階段を、前夜、水蛇と銀眼は村人に導かれて登っていったのだった。滝の吹き出している黒い口が真横に見えるあたりまで登ってくると、眼下の集落の屋根屋根は、滝壺の水煙りにかすんでほとんど識別できなくなった。時おり、毀《こぼ》たれた石の破片がからからと乾いた音をたてて、はるかな闇の深みへと逆落としに落ちこんでいく。その音だけが、異様にいつまでも一行の耳の奥に尾を曳いて残った。

崖の上にひろがる湖の水は、氷点ぎりぎりの冷たさだった。その冷水に覆われた遠浅を二百歩ほど沖へ進んだところに、高床式の簡素な小屋が、水面に影を落としていた。中には、西に向いた扉のほかに吹き抜け窓が東側にひとつあるだけで、床の中央に炉が切られている。その炉に火を起こして、ふたりは最初の一夜を過ごしたのだった。

長老が崖下の村へ帰っていった後、月の出の数刻前に、水蛇は銀眼をつれて湖の中央へ向かった。

足首までの遠浅がどこまでも続く湖の玻璃《はり》のような水面は、西に衰えかけた薄い陽光を背後から受けて、夢のように眼前にひろがっていた。時おり微風が吹きぬけていくたびに、湖面にわずかな皺が寄り、無数の光の斑点が煌《きらめ》きながら散乱する。その中を歩きだしてしばらくすると、足が痺《しび》れて感覚がなくなってきた。

四つの裸足の足裏が踏み渡っていく遠浅の岩棚は、磨いたようになめらかな乳白色の光沢を持ち、ゆるやかな凹凸を示しながら一様にひろがっている。湖面にひろがる波紋が、その浅い水底《みなそこ》いちめんに揺れ動く淡い影を落とし、その透明なゆらめきは、見る者の眼底に映じて軽い眩暈《めまい》に似た感覚を引きおこした。

沖へ向かって歩き続けるうちに残光はみるみる凋落していき、湖に宵闇がひろがった。見わたすと、はるかな両岸に黒々とそびえたつ峰々はすでに薄闇に溶けこみはじめ、沖の行く手には何があるのか、濃い靄にさえぎられて何も見えない。

そのうちに、唐突に遠浅が終った。そこから岩棚は、底の知れない深みへと垂直に落ちこんでいる。ふたりは、淵の手前で立ち止まった。

――はやく行かねば、月の出に遅れてしまう。

水蛇が苛立った声を出した。銀眼は背伸びをして、すでに闇にまぎれはじめた沖あいを眺めた。

――ここからでは、とても見えない――。

言いかけた時、突然柔らかい水音がたった。見ると水蛇の姿はなく、足もとの水面が大きく揺れている。

……淵の底深く、足を下にして垂直に沈みこんでいった人影は、やがてゆっくり手足を丸めると、淵の岩壁を一気に蹴った。髪が白く水中になびいて、四肢が大きく水を掻く。水中の影は一直線に水を切って遠のいていき、やがて前方の暗い水面が割れて、白い頭がぽっかり浮かんだ。

ゆっくりと水脈《みお》を曳いて泳ぎ出しながら、水蛇は器用に服を脱ぎ、丸めた布を銀眼にむかって投げつけた。次々に濡れた布のかたまりが飛んでくるのを、銀眼が空中で受けとめると、最後に水蛇は片手で泳いでいきながら、何か小さなものを手の中に握って投げる身振りをした。――薄闇をよぎって、真紅い石がふたつ、宙を飛んできた。

――ア。

手の中で石が転げて、一顆がこぼれ落ちた。

水の割れる音がして、真紅い玉は昏い淵をゆらゆらと落下した。やがて真紅い色は水底に滲んで、波間にゆらめき、そして見えなくなった。

……水蛇が戻ってきたのは、靄に包まれた巨大な月が頭上を低く通過して、西の峡谷の上空へ登っていったころだった。

それまで銀眼は、浅い水の中に腰をおろし、膝をかかえてじっと待機の姿勢をとっていた。銀眼が待っていたのは、水蛇だけではなかった。他に何か待つべきものがあるような気がしきりにしていたが、それが何なのか自分でもわからなかった。

やがて行く手はるかな靄の底から、蒼白い光が音もなく湧き出してきた。湖面から浮上してきた光は、やがて空中で円形のぼやけた輪郭をとり、その光を浴びて、湖全体の水面が鏡のように微光を放ちはじめた。靄のベールを透かした月の光は、水のように流れだすことはなく、光の粒子となって周囲に拡散している。ぼんやりした曖昧な陰翳を投げあう空間に溶けこんだあたりの光景は、夢と現実のあわいに立ち現われたような、瞑想的な静けさにあふれていた。

空中に浮遊した月は、地鳴りに似た低い響きを発しながら、ゆっくりと運行を開始していた。それにつれて、左右の峰々の亀裂に覆われた岩肌に淡い影が生まれ、刻々と変化していく。が、あの記憶の中の至福感は、銀眼の中によみがえってはこなかった。突然、銀眼は自分の待っていたものがそれであったことに気づいた。

疲れた様子で戻ってきた水蛇は、身動きもせず宙に眼を据えている銀眼には一瞥も与えず、濡れた服をかかえて、岸に向かって歩きだした。小屋に着くと、銀眼に火をおこさせて髪を乾かしはじめたが、そのころから急に瘧《おこり》病みのように震えだし、夜明け近くまで火のそばを離れなかった。

同じことがそれから毎夜続いた。毎夕、月の出の数刻前になると水蛇は沖へ泳ぎだしていき、数時間後、徒労のままに、全身に鳥肌をたてて戻ってくるのだった。

——いつも、もう少しのところまで行くと、そこから先へ進めなくなる。水の手ごたえが妙に軽くなって、身体が沈みはじめてしまう。

水蛇は苛立っていた。

——月は、靄に包まれた光の塊にしか見えない。これでは、都で見るのと同じことだ。ただ、大きさが違うということだけでしかない。

眼の下には薄い隈ができ、微熱を発しているような眼の色をしていたが、銀眼はこの毎夜の苦行を思いとどまらせようという素振りも見せなかった。ただ、最初の夜水蛇に与えられて以来胸にさげている真紅い石を漠然ともてあそびながら、何かが起きるのを待ちつづけていた。

月の季節は、もうじき盛りをむかえようとしていた。湖をはさむ門のような連峰の山腹を、靄が徐々に這いあがりつつあった。毎朝目覚めると同時に、水蛇と銀眼はそれぞれの期待を胸にして、この靄の上昇度を小屋の窓から目測するのだった。

ある夜、夜半過ぎに小屋へ戻ってくると、長老の使いが階段の下で待っていた。ふたりは数日ぶりに崖を下って村に降り、そこで待っていた長老とともに森の奥へ入っていった。

……いちばん冷えこむ時刻だった。時おり背後から、風が数万の筋になって森を吹きぬけていく。その筋にそって、羊歯の枝々がざわざわと音をたてて葉裏をひるがえしていくのが、一行の眼に白い波のように見えた。レースの織り目模様に似た、ゆれ動く葉影を踏んで森の奥へ進むうちに、銀眼は、その影の輪郭が前に見た時よりもずっと明瞭になっていることに気づいた。

深い森の中にはいくつもの丸い空地が点在し、それぞれの中央には、いずれも似たような石の古井戸があった。そのかたわらにはひとりずつ、井戸守りの巫女《かんなぎ》が坐っていて、その白塗りの横顔が、木立ちの遠近《おちこち》にぼんやりと浮かびあがっている。

——井戸にも、いくつかの種類があります。

散り乱れる葉影を全身に受けて、白衣の長老が言った。

——飲み水を汲むための井戸、枯れ衰えて死んだ井戸、亀の湧き出てくる井戸、見えないものの見える井戸……そのひとつに、昨夜変化が起きました。あれに見えてきたのが、それです。

一行は、長老の指さした井戸に近づいていった。揺れ動く大樹の深い影の中で、顔の半面を月光に蒼白ませた太り肉《じし》の巫女が、憑かれたように井戸の中を凝視していた。

水面は、油のように黒く光っていた。女は忙しく手を動かして、水面をとりかこむ石組みの周囲に、固い蠟燭を立てはじめた。石組みに規則正しく穿たれた亀裂から、蠟燭の灯が水面に落ちていく。浅い水中で数条の光線が微妙に交錯し、見る者の眼に奇妙な錯覚を与えた。

光の交差の中心に、淡い影がちりちり踊りはじめた。影はゆらめき、分裂して、水面いっぱいに広がっていく。その中に、上空から見おろした石の尖塔群が、靄の間からおぼろ気に姿を現わしてきた。

——今、月がこの位置から都を見おろしているのです。

長老が、静かな声で言う。

画像が明瞭さを増すにつれて、都の周囲を点々と取り巻く光の輪が見えてきた。光のいくつかは都の外壁にそって移動しつつあり、中の水路にまで入りこんでいるものも見える。時おり、その光の中から発射された数条の火の筋が、尾を曳いて都の内部へ飛びこんでいく。都の一箇所から小さな火の手があがりかけたが、じきに消しとめられたと見えて、すぐに暗闇が戻ってきた。しだいに眼が慣れてくると、都のあちこちの尖塔群が、以前よりずっと崩壊の度を加えているのがわかってきた。

長老の合図で、女は灯を消しはじめた。またたく間に薄れて消えていく都の画像を、水蛇は少し顎を突きだしたいつもの無表情な顔で、下眼使いに見おろしていた。

——敵のいくさ船が都の近くに姿をあらわしたのは、靄の季節の終わりのことでした。

長老が口をひらいた。

——それから長い間、湿地帯のあちこちで局地的な小ぜりあいが続いていたのですが、いよいよ都が完全に包囲されてしまったのが、昨夜のことです。都が落ちるまで、あと二日もかからないでしょう。

——月！　滅びの印！

と、突然、巫女《かんなぎ》が眉を落とした顔をふりたてて口走った。

——月は数多《あまた》の滅びを見おろしてきた。月は数多の人の血を吸いあげてきた！

——そう言えば、

と女には眼もくれないで水蛇が言う。

——『月がその面から覆いをはらい去る時』とか言うのは、何のことだろう。

——私も都で聞きました。『水は光に、光は水になる。その時鳥と魚が交接し、滅びの道がひらかれる』

並んで村への道を歩きだしながら、長老が後をつづけた。

——古い経典の、予言の書の一節です。都の僧侶の講釈も聞きましたが、あれはもともと都びとに理解できるものではない……しかし、月が本当の姿を人の眼の前に現わすことなど、ありはしない。それは、あの都でもこの月の門でも、同じことです。

——でもあたしは、見るつもりだ。

長老が、穏やかな声で問い返す。

——それは、どうやって？　靄が完全に晴れることはあり得ないのに。

——靄は、晴れる。

事もなげに水蛇は答えた。

——あたしが、それを望むのだから。

突然、一陣の強風が吹き荒れて森全体が咆哮し、長老の次の言葉をかき消した。樹々が生き物のようにどよめき、その高みから漏れた光の斑が荒々しく四方に散り敷いて、森の内部の表情がめまぐるしく変化する。

——ふたりの後を歩いていた銀眼は、ふと胸もとで石の触れあうかすかな音を聞いたような気がした。何気なく首からさげた糸の先をさぐると、指先に冷たい感触がふたつ感じられた。

その時、大きく立ち騒ぐ葉ずれの音の中を、複数の人の気配が動いた。

——……蛇。

——蛇。蛇！

葉影の深い闇の中に、巫女《かんなぎ》たちの白塗りの顔が次々に浮かびあがった。

——水棲の蛇身が、光の中を泳いでいく。

——滅びの道をひらく者は、自らを最初に滅ぼすもの！

仮面めいた顔の群は、黒い亀裂に似た口から笑い声を漏らしはじめ、声の輪に押しつつまれて三人は三様に立ち止まった。

その時、散り乱れる光がさっと蒼ざめ、女たちの高笑いの渦まく森の中は、一瞬水底の光景に似た。

……長いる夢を見ているようだった。

その日、銀眼は朝から落ち着かなかった。二個の耳飾りは、水蛇に気づかれないように服の影に隠してあったが、胸もとで石の触れあう音がするたびに銀眼はうろたえ、ますます落ち着かない気分になった。

いつの間に自分が淵の底から耳飾りの片割れを拾ってきたのか、まるで記憶がない。自分が水中で呼吸できるということは知っていたが、しかし無意識のうちに水に入って石を拾ったにせよ、その後で身体が濡れているはずだから、自分で気づかないわけがない。が、確かにそんなことは一度もなかった。

落ちつかない気分のまま時間がたって、水蛇はいつもより早目に小屋を出た。

――今日は月の季節の真中の日だから、

と泳ぎ出していく前に水蛇は言った。

――今夜こそ、月の門まで来た目的が果たせるだろう。

そして、いつものように遠浅の先端に坐って水蛇を見送っているうちに、銀眼は眠りこんでしまったらしい。

……夢の中で、銀眼は自分が立ちあがって岸へ歩き出していくのを見た。それを見ながら、あの真紅い石を拾った時も、こんな状態だったのかもしれないと、漠然と考えていたようだった。

崖ぎわに立つと、谷間の光景がパノラマのように眼下にひろがった。黒く静まりかえった羊歯の森も、向かい側の峡谷も、すべてのものが暈《ぼかし》のかかった淡い陽光の中に、茫漠と溶けこんでいる。

それから、気づいてみるといつの間にか滝壺の縁に立っている。滝の音は、妙にたよりなく間を置いて、耳の奥を流れていた。その音を耳にしながら、水の底を歩くような足どりで、銀眼は集落の中を歩きまわった。一軒一軒を覗きこんでみたが、誰もいない。そのうちに、急に自分の行くべき場所が思い出された。森の入口の、丸い空地――。

……白衣の一群は、空地の中央に輪を描いて、ひっそりと端坐していた。見るまでもなく、彼らがそこで月の出を待っているのだということが銀眼にはわかっていた。

近づいていくと、彼らはいっせいに声もなく振りむいた。全部の眼が虹彩を失って、眼球全体が銀泥の色に塗りつぶされている。巫女のひとりが音もなく立って、流れから一椀の水を汲んでくる。椀は輪の中心の長老に手渡され、長老から銀眼の手に渡された。銀眼はしばらくためらい、それから一息に飲みくだした。

氷のような水が喉を切り裂き、身体の芯を流れおちる。血のにおいに似た金属臭。銀眼は涙をこぼして咳込んだ。取り落とした椀が音をたてて砕け散る――。

……。

突然、夢が覚めた。輪になって自分を見あげている銀の眼の一群が、現実の意味を持ってそこにあった。自分と同じ色の血を分け持つ人々。そして自分自身の眼も、今彼ら仲間たちと同じ変化を遂げていることを銀眼は悟った。

――血の記憶というものは、これでなかなか濃いもののようだ。

長老の深々とした声が言った。

そして、すべての記憶が蘇った。


月の出が近づいていた。

銀眼はひとり群を離れて、崖の頂にむかって数千層の階段を駆けのぼっていった。二、三度足をすべらせかけ、石段に腹這いにしがみついて、転げ落ちていく落石の音に耳を澄ませた。それから起きあがって、また駆けた。月の出の後ならば、わざわざ駆けて登る必要がないことは知っていた。が、しかしそうなれば同時に、水蛇のことも何もかも忘れてしまうということも知っていた。

息をはずませて湖の縁にたどりついた時には、陽は完全に落ち、あたりは暮色に包まれていた。銀眼は遠浅の水を蹴って、沖へむかって駆けた。

茫々とひろがる水面いっぱいに透明な波紋がゆれ、ゆれ動く淡い影が銀眼の身体を押しつつむ。ゆらめきに包まれているうちに見ている頭までが揺れはじめ、気が遠くなりそうだった。――あの時もそうだった。月の面を覆った靄が、一瞬わずかの部分だけ晴れて、遠浅に坐って気が遠くなりかけていた自分の上に、数条の光線を落としたのだ。その光線は、淵の底へも射しこんだ。だから、水に濡れることもなく、淵の底から石を拾ってくることができたのだ。

行く手はるかな空と水との境目に、うっすらと水平線が浮かびあがった。その薄墨色の線にむかって、波間に白い光芒を曳いて遠ざかっていくひとつの影が、見えたような気がした。銀眼は淵の手前で立ちどまり、その名を呼ぼうと口をあけた。

一瞬、舌がこわばった。名前が出てこない。

うろたえて言葉を捜そうとしたが、湿った砂のようにもろく崩れて、見るまにすべての言葉が消え去っていく。頭が混乱し、突然時間の流れが極度に遅くなったような幻覚におそわれた。薄れていく意識の中で、銀眼は何か大声で叫んだようだったが、その声は自分の耳には届かなかった。遠い水平線が大きく傾き、回転する――。

……月。

奇妙に焦点のぼやけた視野の中央に、しらじらと丸い。最後の薄物、といった風情の希薄な靄がその表面にまつわりついて、かすかに這いまわっている。――頭蓋の内側で、血管が脈動している。心臓の鼓動の音。ゆがんだ月も、脈打っているように見える。

そのうちに、月は本当に膨らみはじめた。放射される光が強まって輪郭があいまいになり、ほとんど直視できない――。

その時、月が殷々と鳴りわたった。

刹那、湖の表皮が消滅した。一瞬にして蒸発した水は宙で分解し、夥しい光塵となって湖底に湧きたった。湖全体が、ふつふつと煙をあげるドライアイスの海のように揺れ動き、その底から白い粉に似た光芒を放っている。——その光景を、銀眼のふたつの眼は高みから見おろしていた。空中に充満した光は、水のように重く濃密で、その光を通して見る地上の光景は、水底に沈んでいるようにゆらめいていた。

底深い唸りを発しながら月が高度を増すのにつれて、銀眼の身体も宙を上昇し、眼下に谷間の光景がひらけてきた。崖ぎわから光が下界へ射しこむと同時に、滝口から吹き出す大量の水流が、一瞬のうちに夥しい水蒸気となって空中で消散した。と見る間に、燦く光の微粒子となって、渦を巻いて滝壺へなだれ落ちていく。水煙りは光の煙幕となっていったん宙に吹きあがり、再びゆるゆると舞いおりた。滝壺からあふれ出した光塵が、重い煙のように地面を這って、森の中へと広がっていく様子が、つくりものじみて小さく見えた。

その時、光の滝の底から、鳥の啼き声に似た声が湧きあがってきた。崖ぎわの空中を、声をあげながらパラパラと浮かびあがってきた無数の白い点は、やがて近づいてくるにつれて、直立した白衣の人影のかたちを取った。中の数人が、浮上してきながら滝の中をかすめて再び外に出てくると、身体の後ろに、銀粉に似た光の粒子が煙のようにたなびいた。

銀眼はいつの間にかその一群に混じって、光の中を浮遊していた。はるか下界の、帯電したように蒼白んだ谷間の底では、水中になびく藻に似た羊歯の森がのたうっていた。ゆれ動く夥しい葉先が、放電を起こしたように蒼白い光をあげ、そのあい間を縫って、水底をのたうつ一条の銀の泥流のように、河が燦く渦をあげて流れていく。いつか、西の峡谷の狭間に迷いこんでそこから墜落した時の記憶が、遠い昔のできごとのように銀眼の脳裏をかすめた。その時、光の射しこまない影の地帯に入りこんだとたん、身体が浮遊力を失って谷底へ落ちていったのだった。その後の、記憶を失っていた長い期間、自分は何をしていたのか？　靄に包まれた水路、髪の白い女の顔——切れぎれの記憶は見るみる薄れ、虚空に消えた。同時に、身体の奥から熱い塊が湧きだし、歓喜に似た恍惚感が堰を切ったようにあふれ出して、全身を貫いた。

そして、銀眼は銀眼ではなくなった。

……忘我の状態に落ちいって月の周囲に群れている一群の中で、井戸守りの巫女《かんなぎ》たちだけは意識を保っていた。月が谷を出て西の峡谷の上空へ登っていく前に、人々を率いて地上へつれ戻す役目が待っていた。

——この前の時のように、影の地帯へ迷いこむ者が出たりしないように。

——月が上空の靄の層に入ってしまう時になっても、まだ高みに残っている者がいたりしないように。

——また、月の表面にあまり近づきすぎる者がいないように。

口々に言いかわしながら、女たちは、頭上にのしかかるような光の球面に沿って、水中を動く人間の動作で動きまわっていた。

その時ふと、ひとりがはるかな谷底の様子に気を止めた。水底にゆれ動く砂塵に似た光の湖面を、ひと筋の光芒がよぎったようだった。続いて、ひとつの影が群を離れてふらふらと湖の上へ漂いおりていくのが見え、一瞬その後を追おうとしかけたが、同時に群の中にざわめきが起きてそちらに気をとられた。

何かの異変が起きているようだった。巫女たちの白塗りの顔があちこちで忙しくひらめき、白い腕で四方を指さしては口々に叫びあっている。急にその指さす方角が一点に集中して、声が悲鳴に変わった。

湖の北側にそびえ立つ連峰の頂が、異常に近々と眼前にせまっていた。やがて異変に気づいて正気づいた人々の叫び声の中を、軌道を踏みはずした月は、蒼白い燐光を発する峰のひとつにゆっくりと接近していき、にぶい衝撃音とともに接触した。

頂の岩壁に亀裂が走った。裂けめは見るみる広がり、こぼたれた岩塊が、湖側へゆらゆらと崩れ落ちはじめる。と同時に、わずかに震撼した月は、球体の内部から異様な地鳴りを発した。

——靄が！

長老の声が叫んだ。

人々の見る前で、蒼白い球面にベールのようにまつわりついていた薄靄がかき乱され、渦を巻いてたなびき、そして散りぢりに薄れはじめていた。

声をあげて、人々はいっせいに地上へ戻ろうとしたが、靄の消えていく速度のほうが速かった。直立したまま斜めに下降していく人々の頭上に突如強烈な光が流れ、一瞬、青みどろを流したようにあたりが真蒼になった。振りあおいだ人々の真上に、覆いかぶさるようにして、圧倒的な重量感を持って月がのしかかっていた。蒼い光を発するその表面には、あらゆる微細な亀裂、わずかな凹凸の明暗、環状にひろがる紋様などの地形が、隈々《くまぐま》まで明瞭に姿を現わしていた。

一瞬後、突如月は怒濤のような水流を放射した。

直撃を喰って、人々の身体は西へ吹き飛んだ。空一面に渦巻く激流に押し流されながら、人々は一瞬その水源の姿を見た。ねじれた水流の中心で荒れ狂う蒼い正円の月は、またたく間に遠い水中に消え去っていく。木の葉のように舞い乱れ回転する彼らの身体は、すでに蒼白んだ山並の上空にあった。

……その時、一群のはるか高みに、ひとつの白い光が浮かんだ。光はしだいに明度を増し、やがて蒼ざめた人の顔になった。眼球が突出し、口から肉棒のような舌をはみ出させたその顔は、じきに藻のように乱れ散る白い髪に隠れて見えなくなったが、その髪はしだいに一本の太い綱のようにより合わせられ、丈長く後ろへなびいた。

人々はその時、濡れ光る銀色の蛇身が、一条の光芒のように西方めがけて泳ぎ去るのを見た。蛇身の頭部には、銀の光を反射させたふたつの眼が浮遊して、流星のように二本の光の尾を曳いていた。――空を行く銀の眼の蛇は見るみる高度をあげ、高みへと遠ざかりながら速度を増していった。やがてはるか西の空をはしる一条の濁流に近づいていき、最後に小さく明滅して、そしてかき消えた。

後にはただ、灰汁《あく》を流したような空一面の水の中で、西へ押し流されつづける無数の銀の眼が無意味にまたたいているばかりだった。

月の門に端を発した大洪水は、その夜のうちに西の大洋までのすべての領域を手中におさめた。

無数の支流を苦もなく吸収して膨れあがった大津波は、貪欲な奥深い口腔をあけて、行く手のあらゆる丘陵や森林、湿地帯などを際限もなく呑みこんでいった。すべてが舌と歯で丸くならされ、唾液の膜に包まれたのち、蜜のように溶かされていく。〈水〉は嬌声に似た小さな声をあげ、身体をくねらせながら、地上のあらゆるものを呑みこんでとめどなく膨張しつづけた。

前方に、何か巨大なものの気配が現われた。〈水〉は顔をあげ、薄く眼をひらいた。瞼のすき間から、荒々しい粘液質の大洋が見えた。月光の直射をあびた海は、糸を曳く粘ついた飛沫をあげて咆哮していた。

(これが長い旅路のはて)

〈水〉は小さく興奮し、わき腹を波うたせた。そして全身の穴を閉じ、極限まで膨張していた身体を思いきり収縮させると、一気に最後の距離へと身を投げた。伸びきった広い腹のしたで、石の建築群が押しつぶされる感触があり、同時に全身を激しい衝撃が襲った。

……咬みあい、爪をたて、荒々しい声をあげて立ち騒ぎつづけていた水も、長い時間が経過するうちにいつか柔らかくまじわりあい、溶けあって、徐々に静まっていった。時おり思い出したように痙攣《けいれん》していた水面も、やがて皺ひとつないなめらかな顔を取りもどした。ゆったりと身体を伸ばすと、平和な長い眠りが忍びよってくる。

やさしい微風に似た、満足の溜息。瞼が閉ざされ、そしてすべての意識が溶け去っていく——。

……。

＊

水面下の蒼い世界は、今も昔も魚の領域だった。

高みから射しこんでくる光が波間にゆれて、淡い縞模様を水中に描く。すると、その深みに針の林のように林立する塔の屋根屋根が、時おりわずかに照り返して、夢のようにきらめいた。魚群がその中を通りすぎるたびに光の縞はかき乱されて拡散し、夥しい斑点となってあたりに散乱した。

静寂に満たされた蒼い世界を浮上して、なめらかな光の膜を頭で割ると、そこには水蒸気をみなぎらせた低い空がある。魚の群が波間に浮かんで鳴き声をあげると、それに答えるように海鳥の群が低く降下して、水上を旋回しながらかん高く啼きわめいた。

年に一度、厚い靄が晴れて月がおぼろ気に姿をあらわす季節がめぐってくる。夜になると、領主の娘の残した手飼の魚たちは水面からわずかに頭を出した石柱に登り、月にむかって哭き声をあげた。魚の眼から水滴が水面にしたたり落ちると、水は一瞬、眠っている女体のうねりに似たかすかな痙攣を見せるが、またすぐに深い眠りに落ちこんでいく。

そんな時、行く先を失って放浪する船が、この水没した都の上を通りかかることがある。舳先が水面の月影を千々に砕いて行きすぎると、驚いた魚は次々に水に飛びこみ、波間から顔を覗かせて船の航跡を見送った。

やがて船影は遠い水平線のむこうに消え、魚群は鱗をきらめかせて、無限に広がる水中へと舞い戻る。そしてしばらくの間群をなして水面近くを遊泳していたが、月がかげると同時に八方に崩れ、尾鰭の一閃を残して、底知れぬ深みへと算を乱して舞い散った。

堕天使

Kは堕天使であり、そしてひどく疲れていた。

疲労はその日だけのものでなく、すでに慢性化しつつあった。繰り返すが、Kは堕天使なのである。そのもと天上的生物が、慣れない地上で、日々の生計《たつき》に追われる形而下的な生活を送っているのだ。疲れるのも当然だろう。ともあれそういったわけで、その日の夕方、指定された駅で電車を降り、雑踏の中にマネージャーのセリの顔を見出した時、Kが憔悴しきった様子をしていたのに不思議はなかったのである。

以下は、そのKがいかにして堕天使から人間に変身を遂げたかという顚末――。


「――――」


Kの顔を認めると、セリはいつものように無言でKをうながし、ヒールの音を響かせて歩き始めた。そこでKも、その自信にあふれた足どりに遅れないよう、あわてて後を追うことになる。その行く先はといえば、海鼠《なまこ》のように肥大したビルの中を裏へ通りぬけたり、地下街の迷路を裏道づたいに歩きまわったりしたあげく、洞窟じみた酒舗にたどりつくのがいつものことだ。

どうしてセリはこんなにも、全国の街々のあらゆる裏通りに通暁しているのか？　Kはいつも不思議に思う。が、セリの機械じかけめいた顔に面とむかうと、とても個人的な質問など言い出せたものではない。優秀なマネージャーとしてのセリを信頼して見知らぬ街を黙ってひきずりまわされるしかないのだ。

その日も《ARKADIA《アルカディア》》という名の店まで三十分も歩かされ、真紅《あか》い照明の下のボックスにおちついた時には、Kは疲れはてて眼を落ちくぼませていた。

「あなたがたは歩く習慣があるから平気なのでしょうけれど」

契約書の束を調べているセリに、Kは弱々しく抗議した。

「ぼくは《歩く種族》ではないのですからね——慣れない靴に締めつけられた上、歩行などという反本能的行為を強いられるせいで、ぼくの足は最近疲労がひどいのです」

Kは右の靴を脱ぎ、酷使されて血の気の失せた足を膝にのせた。哀願するような視線をセリにむけてみたが、セリは複雑な書類の束にかかりきりで、Kの言うことなど少しも聞いてはいないのだった。Kは赤面し、あわててテーブルの下で靴をはこうとし始めたが、その時突然、鼻先に一枚の契約書がつきつけられた。

「今度の仕事はここ、雇い主の性別は男、会社社長です。今——七時十八分ですから」

セリは驚くほど小さな腕時計を見た。

「あと四十二分以内にここへ行ってください」

Kは悲鳴に似た声をあげた。

「それはひどいじゃありませんか？　ぼくはこんなにも疲れているんですよ、わかるでしょう？」

とKはとっておきの哀れな眼つきをしてみせた。

「今のぼくのように大量の人間と接触して、その視線にさらされ続けている状態は、ぼくにとっては大変異常な事態なのです。サンドペーパーで皮膚をじかにこすられているような気分だ……このままでは、きっと何かまずいことになるような気がするんです——」

でも、いつもこうなのだ。突然セリが金縁眼鏡《きんぶちめがね》をはずし、奇妙な恐ろしい眼をあげてKを見る。Kは泣き声をあげんばかりにセリに哀願するが、それはいつも聞き入れられず、結局泣きごとを言いながら観念して立ちあがることになる。

「あと、三十六分です、急いでください」

「それでセリ、あなたは？」

「あたくしは、朝までここにいます」

再び眼鏡の後ろに表情を隠したセリが、真紅い照明の下で静かに言う。Kは右足の靴紐をからませたまま、足をひきながら《ARKADIA》を出た。

天井の低い地下街の迷路は、草食動物の腸のように、Kの前にうねうねと伸びていた。Kは少し眩暈《めまい》を感じながら、足をひきずって歩き始めたが、その時ふいに横あいから人影が飛びだし、思いきり足を踏んだ。Kは悲鳴をあげ、あまりの痛さにこぼれおちた大粒の涙をぬぐいながら、セリの顔を思い浮かべた。ぼくは流竄の孤独な身で、その上もう疲れはてているのだ——なぜセリはその身体をやわらかく開いて、ぼくを包みこんでくれないのだろう？

セリの書いた地図は、蛇の胴のように曲がりくねって、どこまでも続いている。地上に登り、また地下にもぐり、再び地上に出て歩き続けるうちに、気違いじみた街の騒音はしだいに単調な波の音になってKの内部に浸透していき、Kはその波に半ば溺れかけながら長い間夢遊病者のように歩きまわっていたようだった——。

……気がついた時、Kはビルの中の、閑静なロビーの片隅に立っていた。眼の前にエレベーターの扉があり、セリの地図はここで終わっている。扉に取りつけられた金属板には、

ミクロコスモス株式会社 社長室専用エレベーター

契約書の記載事項と同じだ。

Kは外套のポケットから手鏡を取りだし、顔の各部を点検してなんとか疲労の色を消し去ると、エレベーターに乗りこんだ。

異様な速度で数十秒間上昇を続けた後、唐突に箱が静止し、Kは自動扉から吐き出された。最初、異常に明

るい照明に眩惑されて何も見えなかったが、眼が慣れるにつれて、自分が何の装飾もない真四角の部屋の中に立っていることがわかってきた。窓もなければ扉もなく人のいる気配もない。その時、あっけにとられて突っ立っているKの腕に、何かが触れた。

「——!」

声をあげてKは飛びすさった。見るとKの真横には受付のデスクがあり、人形のような顔の娘が手を伸ばしてKをつついていたのだった。「これは失礼」とあわてて用件を説明し始めると、セネカという名札をつけた娘は快活な態度でそれをさえぎった。

「いいえ、お名前はけっこうですわ。社長がお待ちかねです、そちらへどうぞ」

指さす方向を見ると、今までまるで気づかなかったのに、そこには確かに社長室と明記された扉がある。

「ああ……どうも」

Kは照れかくしに笑窪をうかべて笑いかけセネカもそれにつられて笑いだしてしまった。実際のところ、Kの無垢な〝要するに天使的な〟笑顔に好感を持たないような人間など、まずいないと言っていい。

「おかしな方ね」

とセネカはまだ笑い転げながら言った。

「《好感を持たせる人間》を絵に描いたような人だわ。あなたならきっと、社長のお気に召すでしょうよ——社長はね、この世のありとあらゆる贅沢にあきて、少しでも変わった楽しみを得ることばかりを追い求めているの」

セネカは少し声をひそめた。

「その楽しみを与えることができると称する人たちは、もう何百人やってきたか知れやしないわ。でもその人たちはみんな例外なく、五分もしないうちに、羞恥で全身を赤くほてらせながら、その扉から転げだしてくるのよ」

「つまり、社長さんのお気に召さなかった時には、さんざん恥をかかされて放り出されるわけですね」

Kは自信に裏打ちされた声で言った。今までにもかなり手強い雇い主とわたりあったことがあるが、失敗は一度もないのだ。

「そうなの、でもあなたなら大丈夫よ。ただはやく行ったほうがいいわ、もう時間よ」

セネカは眼くばせをして、舌の先で社長室の扉を指し示した。部屋を横切っていきながらKはセネカに手を振ってみせたが、その時にも彼女のピンク色の舌の先は、口のはたから少し覗いたままだった。

重厚なカシの扉の上には、骨董美術店に並んでいるような巨大な柱時計がかけられていたが、奇妙なことには、振子のあるべき位置に古びた天球儀が嵌《は》めこまれ、一分間に一回転の速度でゆっくり回転しているのだった。Kが扉の取手に手をかけた時、時計の針はぴたりと八時を指し、同時に機械仕掛けの鐘の音が荘重に響きわたった。

「——また新しい道化が来たな」

中に入るなり、だしぬけに頭上から声が降ってきた。声の主の方へ眼をあげたKは、意表をついたその場の様子に眼を見はった。

そこは、体育館ほどの容積をもつ円筒形の部屋だった。そのはるか高みに、プラネタリウムのような円天井《ドーム》が、銀白の光沢を見せている。初めての訪問者を威圧する目的で設計されているらしく、円形の床がウエディングケーキのように層をなして円錐形に積み重ねられているため、部屋全体が劇場の円形舞台めいて見えた。

「君が《天使》かね?」

円形舞台の頭上から再び声が発せられ、ドームに深く反響した。部屋の超近代的な様子に似合わない黒皮の応接セットの中央、Kを正面から見おろす位置に、巨大な体軀のKの雇い主が坐って、葉巻の煙を吐いている。その背後を取り囲むように、五、六人の黒服の男たちが半円を描いて立ち、そろって大量の葉巻の煙をドームの高みへと立ちのぼらせていた。

「ええ、ぼくが《堕天使》です」

Kはとっておきの笑顔を社長にむけ、ウエディングケーキ状の床の段を登っていったが最上段まで来ると、その場の全員の視線が自分の足もとに集中しているのに気づいた。

困惑して立ちどまったKの右足を、

「《天使》が足が悪いというのは初耳だ」

と社長がまじまじと見つめる。見ると右足の靴紐がもつれたままで、Kはまだ足をひきずって歩いていたのだった。

「ぼくは靴紐のせいでその、よく歩けなかっただけです」

それだけ言うと、Kはほとんど毛穴の中まで真っ赤になって靴紐に取りくみ始めたが、その時社長の太い腕が伸びてKの首筋をつかんだ。

「君が足の悪い《天使》であろうが、ただの人間であろうが、それはたいした問題ではないが」

社長は、その太鼓腹の前に猫の仔のようにKをぶらさげ、無遠慮にねめまわした。

「とにかく、君のマネージャーの言うことには、君は《天使》で、君ならわしを楽しませることができるそうだ。今までにわしの所へは魔術師や錬金術師が来たこともあるし、本物の悪魔と称する人物が来たこともある。が、《天使》というのは君が初めてだ」

首を絞められて物も言えずにもがいていたKは、次の瞬間、突然の落下の衝撃に盛大な悲鳴をあげた。

「君はどんな芸でわしを楽しませてくれるのかね？　そんなところに這いつくばっていないで、さっさと何か始めたまえ、君」

「待ってください。こんな侮辱的な扱いを受けたのは初めてです」

Kは本気で腹をたてていた。

「この侮辱に対して、相応の謝罪をしていただきたい。いくらぼくがあなたに雇われているからといっても、これではぼくの面目が立たないじゃありませんか！」

社長は平然として新しい葉巻の端を嚙みちぎった。即座に、男たちの一人が火を差しだす。

「すべては、君がわしを楽しませることができるかどうかにかかっているわけだ。もし満足できる結果になれば謝罪もしようし、謝礼もたっぷりはずもうというものだ」

黒服の男たちが、社長の背後で自動人形のようにそろって頷いた。Kは一瞬、煙のむこうでにやにやしている社長を無茶苦茶に罵倒して出ていってやろうかと思ったが、自分の正体を知った時の社長の表情を思い浮かべ、そこにとどまることにした。

Kの正体――要するにKは堕天使なのであり、その前身は天使だったわけである。地上に堕《お》とされ堕天使となった今でも、生理的な面だけをとってみても人間とは所詮異質の存在であり、その最も大きな差異はというと――Kはそれを証明するために、ゆっくりと外套を脱いだ。

外套の下に隠されていたそれが一同の前に現われ、微妙に震えるのを見ると、社長は一瞬頰をひきしめた。眼を細めて葉巻を一服吸い、音をたてて煙を吐く。

「な、なるほど、君は確かに《天使》というものであるようだ」

社長は二重顎の肉を震わせ、喉を鳴らして生唾《なまつば》を飲んだ。

「それで君はその、つ、翼で空を飛べるのかね？」

「ぼくの正式な呼称は、《天使》ではなくて《堕天使》です。先刻申しあげたとおり」

とKは丁重に訂正した。

「御質問の件についてお答えしますと、勿論ぼくは飛ぶことができます。御希望ならば、あなたを背中にのせて飛ぶこともできますが」

「そ、それはすごい！　さっそく、そ、そうしてもらおう」

社長は、その巨体からは想像できないほどすばやい動作で、机の上の複雑な機械を操作した。銀白のドームの中央に黒い筋が走り、見る間にその幅が広がって五メートルほどの帯になっていく。覗いてみると、そのはるか上に星がまたたいているのが見えた。

「君、用意はできたが、本当に、わしが乗っても、い、いいのかね?」

社長は期待と不安で身体中の肉を震わせながら、Kの顔を覗きこんだ。Kは愛想よく微笑《ほほえ》んで、円形の床の中央に四つん這いになった。

「どうぞ」

社長はあわててその背中に乗ろうとしたが、異様に脂太りした短脚はなかなか言うことをきかず、部下たちに助けられてやっと目的を果たすしまつだった。

「わしはしばらくこの《天使》、いや《堕天使》君と出かけてくるからな、留守は頼んだぞ」

忠実な部下たちは、一様に同じ動作で頭をさげた。Kは思いきり翼を広げると、空気を叩きつけ、ドームにむかって一直線に上昇した。そして穴の手前でなめらかな円弧を描いて旋回すると、そのまま一気に夜の大気の中へ飛びだしていった。

——上空で、社長は一時失っていた自信を再び取りもどした様子だった。幾何学熱に浮かされた中国人の妄想の光景めいた市街の鳥瞰図を見おろしながら、

「ほう、これはすごいじゃないか——大通りが、ビルの灯が、街がみんなわしのはるか下にあるぞ」

社長はKの背中の上で、巨大な尻のすわり具合のいい位置を捜しながらつぶやいた。

「やはり自力で飛ぶのは、機械の力で飛ぶのとは違うな。今わしは、この街の人間どもすべてを凌駕しとるわけだ……ホッホッホ!」

Kは少し気を悪くした。

「あなたが飛んでいるのではなくて、ぼくがあなたを乗せて飛んでいるのです! それにあなたは約束しました。ぼくがあなたを楽しませることができれば謝罪するとね。あなたが今楽しんでいるのは確かです。約束を

守ってください」

「うん……それはまあそうだな、わしが悪かった、あやまる」

社長は悪びれた様子もない。

「君はたしかに、《天使》としてわしを充分楽しませているよ」

「ぼくは《天使》ではなくて《堕天使》です」

Kは不機嫌に訂正した。社長はやたらに動きまわる上に、ひどく重いのだ。

「君はやけにそれにこだわるね。どちらでも大した違いはないだろうに」

「違いがない？　とんでもない！　ぼくにとっては重大問題です」

夜気の中に鋭く突きだした尖塔のひとつをよけるためにKは少し言葉を切った。

「……《天使》にも階級があります。熾天使・智天使・座天使・主天使・力天使・能天使・権天使・大天使とそして一般の天使で——ぼくはまあ、その最下級に属していたのですが、この全部を合計すると大変な人数になるわけです。ぼくが天上にいたころには、ぼくはその中の一人にすぎなかったけれど、《堕天使》になった今、ぼくはこの地上でただ一人の希少価値のある存在なのです。希少価値があるからこそこの商売が成りたつわけで、だからぼくは《天使》ではなくて《堕天使》だと、あれほど言い続けたのです」

「どうして《堕天使》は君一人だと言えるのかね？」

——素手で心臓を鷲づかみにされたようなショックだった。その激しさに、Kは思わずバランスを失いそうになった。そんなことは、今まで一度も思ってもみなかったのだ。

Kはあえいだ。

「でもまさか！　そんなことはありえない——！」

だしぬけにKは悲鳴をあげた。社長が思いきりKの脇腹を蹴とばして、「やや、あれを見ろ！」と怒鳴ったのだ。その脂ぎった指のさし示す先では、高層マンションの窓のひとつから女が一人頭を突きだし、こちらを指さして何か喚いている。Kはあわてて高度を上げようとしたが、社長が翼のつけ根を押えて邪魔をした。

「あれはクラブ《シャングリラ》に新しく入った娘だ！　このあいだの夜は、肝心のところで逃げおって——おい、もっとあの近くを飛べ！」

社長は興奮し、Kの上で飛びはねた。

「おーい見えるか、わしは空を飛んどるのだ、わしは偉いのだぞお」

窓の女が、くやしげに手を振りまわす。

「やめてください、人に見られると困ります」

Kはうろたえた。

「契約書にも、この商売が秘密保持を要することは記載されているはずですよ。そんな無茶をするのなら、もう降ります！」

「なに、この若造が！」

いきなり、社長の異様に膨張した両脚がKの首にからんだ。Kは窒息して咳こみ、その結果さらに高度がおちた。

「わしの命令に従うんだ。さもないと、もっと絞めるぞ！　おーい見たか、わしの偉大さがわかったかあ」

マンションの屋上すれすれをかすめながら社長は大声で叫びたて、女も金切り声で何か喚き返した。Kは息をつまらせながら必死に首をひねり、社長のぶ厚い手首に嚙みついた。が、生ゴムのように弾力のある皮膚にはかすり傷さえつかず、かえって首を絞める圧力がまして、Kはあわれな悲鳴をあげた。

「よし、これから街中を飛びまわって、わしを白痴《こけ》扱いにする女房や、ライバル会社の低能どもに、この姿を見せつけてやる！　さあ飛べ、もっと飛べ！」

社長の眼は完全に吊りあがっていた。

「飛べっ、飛ぶんだ!!」

あまりの苦しさに悲鳴をあげながらKはよろよろと飛び続け、その上で社長は、病室の中で浮かれまわっている躁病患者のようにけたたましく笑い、怒鳴りちらし、よだれをたらし続けた。常軌を逸したその騒ぎに、街中のビルというビルに灯がつき、その窓のひとつひとつから間抜け顔の人間たちが首を突きだした。社長の重量と脚力に痛めつけられながら、Kはその視線の束に刺しつらぬかれて、ほとんど貧血しそうになった。この一晩の間に、いったい何万の眼が彼らを目撃したのだろう？

瘦身のKがその数倍の重量のある気違いを背にのせて、よろめきながら飛び続けている姿を、Kは想像上の鏡に映してながめ、その光景のなさけなさに涙をこぼした。いつのまにかビル街の道という道はすべて群衆に埋めつくされ、そのすべての眼が彼ら二人に集中していた。体力を消耗しきったKには、その圧倒的な視線の重圧に耐えるのはとても無理だった。ぼくにはセリのなぐさめが必要なのだ。ああ、セリはこのことを知ったらいったい何と言うだろう——？

——半死半生のKが《ARKADIA》の扉を肩で押しあけ、力つきてその場に倒れたのは、翌朝のことだった。しばらくの間声を出す気力もなく、Kはじっと耳をすませていた。早朝の酒舗の中は静まりかえって人影もなく、白茶けた夜の空気のなごりだけが、床のあたりに沈澱《ちんでん》している。

不健康に膨張した太陽が地平線上に現われ始めたころ、やっとのことでKはあのドームの穴をくぐって円形舞台の部屋に帰りつき、まだ腹部を痙攣させて笑い続けている社長から解放されたのだった。駆けよってくる黒服の男たちの間をすりぬけ、セネカがまつわりついてくるのも振りきって、Kはエレベーターに倒れこみ、その場を逃げだしてきたのだ。ただただ、セリのところへはやく帰りたかった。

——耳をすませても、セリの近づいてくる気配はない。不安にかられて、Kは上半身を起こした。

「セリ……」

名前を呼びながら、倒立した椅子の並ぶ店の中をKはゆっくり捜し始めた。人の姿はどこにもない。ほとんど絶望しかけた時、裏口の扉があいた。

「セリ」

Kは床を蹴り、現われたセリの胸に飛びこんでいった。

「セリ、ぼくはもう見捨てられたのかと思った——夜中にぼくは、何万人もの人間たちに姿を見られてしまったのです」

セリの腕の中で、Kは安心して涙腺をゆるめた。セリがKのこんなふるまいを許すことは、今までには考えられないことだった。

「セリ、ぼくのことを許してくれますか——」

「黙って、こちらへ」

セリに手をひかれて、Kは《ARKADIA》の裏口を出た。するとその向かい側にホテルのフロントがあり、昆虫に似たボーイが数人整列して、深々と頭をさげている。

部屋に通されると、セリはすぐにKを毛布にくるんで、寝かしつけた。

「ぼくは失態をしでかしたというのに、どうしてこんなに親切にしてくれるんです？」

「今日だけは特別です……今日だけはここにいてあげます」

眼鏡の向こうでセリが言った。

「今日だけはね——」

「セリ」

Kはセリにむかってそろそろと手を伸ばした。セリは枕元の椅子に腰かけたまま、まばたきもせずにKの手が近づくのを見つめている。Kの指先は眼鏡に触れ、かすかな音をたてて跳ねかえった。セリは何も言わない。

Kは寂しい気持ちでシーツの下に手をもどした。

あの、一年前の夜からずっと同じことだった。《天使》の一人として天上から地上へのメッセンジャーボーイを務めていたころ、ある時Kはメッセージの文句を間違えるという失態を演じた。そしてその罰として地上に堕とされ、路地の片隅で途方にくれて震えていたあの夜、通りかかったセリに拾われたのだ。それ以来、セリはKのマネージャーになり、Kが接触を試みても、ガラスの感触に似た冷たい拒絶があるだけ――。

Kの枕元で、セリは呪文めいたつぶやき声を漏らし続けていた。

その単調な声音はKの頭蓋を厚くとりまいて外界を遮断《しゃだん》し、そして耳朶の中へわずかずつ侵入してきた。それはKの内部に迷路に似た網の目を織りあげていき、その迷宮の中で、Kは長い間ゆらゆらと出口を捜し続けていた――。


長い夢の底から浮上して眼をさますと、薄暗い夕方の部屋には誰もいなかった。

「セリ」

ベッドから出ると足がもつれた。胴の内部に、奇妙な感覚が広がっている。

バスルームの中にもセリはいなかったが、取り残された不安よりも強力に、記憶にない妙な感覚がどんどん強まっていく。寝室に戻ったKは、突然わけのわからない強い衝動にかられ、備品の小型冷蔵庫をあけた。大量の肉と野菜がある。セリが入れていったのだ。

気づいた時、Kは夢中で肉片を喉に押しこんでいた。ろくに嚙まずに丸飲みし、呻き声をあげながら野菜にかぶりつく。この覚えのない感覚は、空腹感だったのだ。Kは恐ろしい勢いで詰めこみ続け、食糧の山は見る見る減っていった。今まで、少量の水以外何も口にしたことなどなかったというのに、この変化は――ふいにKは手をとめた。

バスルームにとびこんで食べたものを全部吐きながらも、Kは悟っていた。ぼくは、腹をへらし、食べ、消化し排泄する人間になってしまったのだ。それを知っていたから、セリは食糧を残して、去っていったのだ――。

眼の前の鏡には、色を失ったKの顔と、埃っぽくつやのない翼が映っている。少し動かしてみると、大量の羽根がごっそり脱けおちて床に散乱した。あの数万の人間たちの視線が限界まで体力を消耗していたKから、《堕天使》という呼称を剝ぎとってしまったのだ。そうなった以上もう飛ぶことはできないし、セリに見捨てられるのも当然のことだ。

ふとKは、社長から謝礼を受けとるのを忘れていたのに気づいた。もともと、こんなことになったのはあの社長のせいなのだ。責任をとらせて、生活の保証をさせることができるかもしれない。

Kはのろのろと外套を着こみ、何の役にもたたなくなった邪魔な翼を隠した。そしてホテルを出ると、群衆に埋められた街の迷宮の中心、あの円形舞台の部屋をめざして歩き始めた。

エレベーターの扉が開くと、異様に明るい部屋の隅では、昨夜と同じくセネカが人形のようにとりすまして坐っていた。

「社長さんに、昨夜のことでお目にかかりたいのですが――」

声をかけると、セネカはKに気づいたのか気づかないのか冷ややかな眼をむけ、顎で社長室の扉を示した。弱々しく礼を言って扉の取手に手をかけると、天球儀の大時計は昨日と同じくぴたりと八時を指し、驚くほど仰々しい鐘の音を鳴り響かせた。

円形舞台の上では、昨日と同じ顔ぶれがそろって、葉巻の煙をドームの高みへ吹きあげていた。

「おや、君かね」

社長の眼はいかにも愉快気で、Kは悪い予感を感じた。

「たった半日会わないだけで、ずいぶんやつれたもんだ……何か用でもあるのかね」

「あの……昨日の謝礼を」

Kは口ごもった。

「謝礼かね？　よし！　やろう」

社長はニヤニヤしながら肘掛椅子に埋まりこんだ。

「ただし、その前にもう一度わしを乗せて、街の上をひと回りしてほしい。その後で、昨夜の分とあわせて二倍の料金をはらおう」

Kは青くなった。

「――それは」

「飛べないと言うのかね？」

押しかぶせるように社長が言う。

「君は飛べないと言う。しかし昨日わしのところへ来た《堕天使》君は、飛ぶことができたぞ。つまり、君は昨日の《堕天使》君と同一人物ではないということになる。謝礼は昨日の《堕天使》君のものであって、君のものではない。そうだな？」

社長の背後を取りかこんだ男たちは、一様に無言の賛意を示した。

「でもぼくは確かに、昨日あなたを乗せて飛んだ《堕天使》と同一人物ですよ！」

Kは狼狽して叫んだ。

「あれは確かにぼくです！　あなたはぼくの上で、喚いたり飛びはねたり、よだれをたらしたりしたじゃないですか。それにあの《シャングリラ》の女の子が――」

「いやわかったよ、もういい、やめたまえ」

と社長は苦笑してさえぎった。

「わしにも慈悲の心があるところを見せてやろう。ほら、これは《堕天使》君にやるはずだった謝礼だ。彼は取りに来ないようだからな、君にやろう」

一枚の封筒がKの足もとに投げだされた。

「それを持って帰りたまえ……わしはもう、君など必要としないのだよ。君がいなくても、飛ぶことはできる」

「それはどういうことです？」

Ｋはうわずった声をあげた。突然、セリの顔が眼の前に浮かび、そして見るみる遠ざかっていった。

「わけ……知りたいかね？」

遠くで社長の愉快げな声がした。

「ところで、君のマネージャーは女ながらなかなかのやり手だな。君という商品を廃物にした件についての賠償金の請求書がさっき届いたのだが、今ごろは次の商品を見つけていることだろう。いや、案外すでに、複数の商品を手もとに押えていたのかもしれん。そんな様子は今までになかったかね？　君、メッセージを間違えるメッセンジャーボーイなど、いくらでもいるものだよ……」

そして次の説明を聞き終わった時、Ｋの翼はトカゲの尻尾のように根元から切れ落ち、Ｋは人間への変身を終了したのだった。

「そう推測したわしは、彼女の手を借りる必要はないと考え、さっそく自分で手を打ったのだ。結局この推測は当たっていたのだがね……君、わしが全国の新聞社をすべて配下に置いていることを知らんかね？　今朝、あの後わしはすぐ朝刊の配達を一時おさえさせ、第一面に全面広告を刷りこませたのだよ——『《堕天使》を求む』とね！」

遠近法

ここに、未完に終わった小説の草稿がある。草稿は複数の断片によって成りたっているが、正確な構成は与えられていない。予定されていたいくつかの節は手をつけられないまま欠落している。この原稿が完成した時には「遠近法」という題が与えられる予定だ、とその作者である人物はあるとき私に言った。

彼について、私はほとんど何も知らないと言っていい。私が週に一度彼に会って話をしていた期間は、ほんのひと月少々のことだったし、話の内容はその時進行中だった彼の小説のことに限られていた。（その間、私は完全な聞き役に終始していた。）彼の本名や住所等も知らないし、彼が小説を書くことを職業とする人間であるかどうかも知らない。要するに、彼は「遠近法」という進行中の小説の作者としてのみ存在したのであり、それ以外の現実の具体的な顔というものを持ってはいないのである。

月並みな言い方だが、以下に掲げる草稿こそ、彼の顔なのだと言っていいのかもしれない。

＊

《腸詰宇宙》（とその世界の住人は呼んでいる）は、基底と頂上の存在しない円筒型の塔の内部に存在している。その中央部は空洞になっており、空洞を囲む内壁には無数の環状の回廊がある。回廊は、一定の間隔を置いて、円筒の内部に無限に存在する。どの層の回廊も完全に一致した構造を持っており、この秩序は、塔の上下いずれの方向にむかって仔細に検討していっても、変化することはない。

*

回廊および円筒の内壁（宇宙の内壁）は、すべて、古びて表面の摩滅した濃灰色の石組みで構築されている。回廊には、ひとつの層につき約百人前後の人間が住んでおり、彼らは一生をこの石造りの宇宙の中で過ごす。回廊と回廊の間は、欄干から垂らされた縄梯子によって連絡されているが、長い年月を補修されないまま放置されているために腐りかけたものが多く、層の間同士の交流が行なわれることは滅多にない。

*

《腸詰宇宙》において、人々の視覚は遠近法の魔術によって支配されている。

朝、自分の回廊の石床の上で眼ざめた人々が最初に眼にするのは、奈落を隔てた同階の回廊の反対側——その欄干越しに、起きだした人間たちの姿が小さく蠢《うごめ》いている様子である。奈落に浮遊するおびただしい埃が朝の曖昧な光の中に浮かびあがり、それを透かして見る向かいの回廊の奥には、夜の空気のなごりが澱《おり》のように沈澱している。

毎朝の日課に従って、人々は欄干のきわにぞろぞろ出てくる。回廊群の狭い面積に比べて、圧倒的に巨大な空洞の空間には、人々のざわめきが奥深く反響し、圧縮された群衆の熱気が犇《ひしめ》いている。欄干から身を乗りだして奈落を見渡せば、そこに展けるのは眩暈《めまい》をひきおこす大光景——石の大建築の持つ、虚無的な意志が極限にまで達せられた大俯瞰図だった。無限に積みかさねられた石の回廊群と、その欄干に蝟集した蟻の群のような群衆の姿。世界は上方と下方にむかって涯てしなく存在し、合わせ鏡の反映像めいた尻すぼまりの繰り返しの像を無限に増殖させている。この幻想的な遠近法の魔術に魅入られて、欄干を越えて投身していく無数の人影が、毎朝のように人々の眼を驚かせる。

そしてはるか上方の、合わせ鏡の反映像の極点に、微細な光の点が出現するのを人々は見る。異様な光量を増しながら光球は見るみる大きくなり、やがて人々の前に威圧的な量感を持つその姿を見せはじめる。日に一度、奈落を垂直に上から下へと通過していくその天体を、人々は太陽と呼んでいる。

奈落の直径の約半分の大きさを持つ太陽は、物体の落下速度を無視した緩慢さで、群衆の視線の中心をゆっくり下降していく。回廊から回廊へと、瞼を貫きとおす輝きと熱風を送りこみながら通過していくその姿を、人々は能うかぎり長い間直視しようと努力する。が、巨大な光球が間近にじりじり迫ってくると、懼れに惑乱した人々は手すりから後退し、物影を求めて回廊を逃げまどうのだった。その恐怖に満ちたどよめきと石床を踏み鳴らす足音とで、回廊の奥に伏せる病人たちも、太陽が今どのあたりの層を通過しつつあるかを知ることができた。

太陽が一日の運行を終えて遠近法の深みへ姿を消していくと、世界には局地的な夜が訪れる。そして、今度は月が人々の前に姿を現わす。

太陽と完全に一致した直径を持つ月は、水めいた奇妙にゆらめく微光を回廊群に放射する。太陽が恐怖ならば、月は狂気を表わしていた。満十三歳に満たない子供はこれを眼にすることを禁じられており、月が太陽と同一の軌道上に姿を現わす前に、回廊の奥の寝床へと追いやられるのだった。

……子供たちの眠りの中にも、水の流れに似た月の光はひめやかに侵入してくる。月の領する夜の時間は、交合と死の儀式の行なわれる時間だった。蒼ざめた光の瀰漫する回廊の各階では、無数の人影がひそやかに蠢き、そして老人たちは水気のない枯れた指を精妙に動かして死者の顔に化粧をする。やがて林立する円柱越しに月球の本体が現われると、人々の影は床を這って長く伸びていき、奥の内壁に散乱しはじめる。ゆらめく影の群を踏んで、老人の足音が子供たちの耳元から遠ざかっていくと、降下していく月球めがけて投げ落とされる屍体の軌跡が、空洞に交錯し、そして死者を悼む女たちの声が長い尾を曳いて奈落に響きわたる。その時、子供たちの夢の中で月は青い水底に沈んでいく。屍体の群は、静かな水流を巻きおこしながら手も脚もばらばらに解きほぐされていく。ゆらめく光の縞の中、遠ざかっていく月球を追って、子供たちも一緒に沈む。裸形の人影の蠢く数知れない回廊群の間を、不安な恍惚感を抱き、子供たちは無限に落下しつづける。

翌朝、夢の深みから浮かびあがってきた子供たちが眼をさます頃、月はすでに遠近法の魔術の彼方へ姿を消している。そして大人たちが起きだす頃になると、半日前に世界の底へ降下していった筈の太陽が、正反対の高みの極から再び現われてくる。このことは、《腸詰世界》の構造に関するある暗示を人々に示しているが、それを口にすることは暗黙の内に禁じられている。そして夜になると、月が再び高みから出現する。しかし、昨夜欄干から投げ落とされた屍体の群が再び上方から落下してくるということは決してない。

＊

環状の回廊を支える柱は、すべて人像柱だった。その数はひとつの層について正確に五十本であり、一本おきに女像柱と男像柱が繰り返されている。柱と柱の間には腰までの高さの石の欄干があり、ここにもまた薄肉彫りの花綵《はなづな》の装飾が施されている。人像柱の巨大な石の顔はすべて回廊の奥にむかって背を向けており、円周を描いて直立した顔の群の視線は、すべてその円の中心点に集中しているのだった。

ここで奇妙なのは、すべての人像柱が、柱の高さの中央部を対称軸として完全な上下対称になっていることだった。柱の中央から上の部分は人間の直立像の上半身でできており、中央から下の部分はその上半身の倒立像になっているのだ。――ちょうど、絵に描いた人間の腰の部分に鏡を垂直に立てて眺めた時のように。

この上下対称性をさらにきわだたせるためか、床側の欄干とまったく同じつくりの欄干が、人々の頭の上、天井の側に、逆様に取りつけられていた。床の石畳と石の天井とは完全に同一の様式で石が組まれていたから、この人工の《合わせ鏡に封じこまれた世界》は、鏡世界の構造を完璧に模していると言えた。

ある朝眼ざめた時、砂時計を逆様に置きかえるように世界の上下が入れ替わっていたとしても、人々がそれに気づくことはないだろう。欄干から乗りだして、上方を見あげても下方を見おろしても、眼に映るのはただ、合わせ鏡の両極の内奥へと収斂していく上下対称の世界ばかり――。

その時、太陽は鏡世界の底から姿を現わし、数知れない回廊の層のひとつひとつの空間内におのれの残像の分身を増やしていきながら、限りない高みにむかって緩慢に墜落していくことだろう。めぐりゆく天体の狭間を縫って奈落へと投げ落とされる屍体の群は、鏡の無限の深底にむかって、一直線に飛翔することだろう。

＊

《腸詰宇宙》は、幾つかの異名を持っている。すなわち、《合わせ鏡の宇宙》、《遠近法魔術の宇宙》、《飛翔と落下の一致する宇宙》、等々。

＊

また、これらの異名に加えて、《内臓宇宙》という呼び名が人々の間に秘かに浸透していた。口腔と肛門とが癒着した一本の肉質の円筒型宇宙、考えられうる限りもっとも単純な構造を持つ、出口のない迷宮――。

＊

《腸詰宇宙》においては、数知れぬ層をなした回廊の空間のみが人間の領域であり、空洞の空間は天体の領域だった。この領域を侵すことは、死を意味する。

通常、空洞の空間を支配するのは太陽と月のみだが、時おり雲に乗って《天の種族》が姿を現わすことがある。雲は天体と同じく高みから降下してくるが、その出現はまったく気まぐれでいかなる法則性も持たず、一日の間に何度も現われることもあれば、数百日にわたって一度も姿を見せないこともあった。

雲は、遠い雷音を前触れに姿を現わす。音と共に空気が帯電する気配を帯びはじめると、人々は回廊の奥に退避するのが常だった。滅多にないことだが、時おり《天の種族》の気まぐれから、雷光が人々の上へ向けられることもあるからだ。

純白のぶ厚い巨大な雲は、天体と同じく緩慢な速度で降下してくる。天体との違いは、その速度の加減が自在であり、空中に静止したり、途中で降下をやめて上方へ引き返したりできるということだった。ただしその動きは上下運動のみに限られ、その他の方向に動くことはできない。雲の降下につれて、絶え間ない稲妻の閃光で大気は蒼みを帯び、《天の種族》の咆哮と短い雷鳴が空洞に幾重にも響きわたる。やがて、回廊の奥にうずくまった人々の前に現われるのは、密度の濃い雲の中に下半身を没したひとりの老人の姿である。

白衣を翻《ひるがえ》した長髭の老人は、筋肉の盛りあがった両腕をもたげ、片手に白熱する一条の雷光をかかげて何ごとかを呼ばわりつづける。その声は空気を切り裂く稲妻に似て荘厳に響きわたるが、人々はその言葉をひと言も理解することができない。額の血管を怒張させて叫びつづける老人は、そのうちに唐突に雷光をとり落とし、黒眼を真中に寄せて黄色い涎《よだれ》を流しはじめることがある。すると雲の中から丸裸の太った幼児が飛びだし、忙しくその背の翼をはばたかせて落ちる雷光を追いかけていく。体重に比べて翼が小さすぎるためか、雷光を摑えて再び雲まで飛び戻っていく時、幼児は顔を赤くして力みながら慌ただしく翼を上下させるのだった。

寄り目の老人をはじめとする《天の種族》の正確な人数は、誰にも分らない。《天使》と呼ばれる幼児四、五人のほかにも、雲の内部からしきりに肥え太った女の腕や汚れた少年の足首などが突き出てくるのが見られるが、その全身を確認したものはいない。雷光を持つ老人は《神》と呼ばれているが、この名の意味を知る者もまた一人もいないのだった。

雲が通り過ぎていったことを確認すると、人々は回廊の奥から駆けだし、空洞に顔を突きだして、眼下の雲の上に繰りひろげられる見せものを見物しはじめる。歯車と発条《ゼンマイ》、ブリキと青銅で出来た機械仕掛けの人形を眺める眼で。雲は渦巻きながら刻々とその形を変え、緩慢な膨張と収縮を繰り返していた。それにつれて部分的な密度も変化するらしく、《神》や《天使》たちは時おり希薄な部分にずり落ちそうになり、そのたびに懸命の努力で雲の表面に這いあがろうと努めている。

速度をあげた雲が、軌道の行く手を降下していく太陽または月に追いついてそれ以上進めなくなると、雲は唐突に停止し、それから再びゆっくりと迫上《せりあ》がってくる。あちこちの隙間から稲妻を八方に閃かせながら、雲は咆哮する《神》を乗せて見るみる空洞の高みへと上昇していき、やがて遠近法の魔術によって人々の前から姿を消す。

そんな時、《神》が気まぐれに雷光をどこかの層に投げつけたらしい音が、かすかに響いてくることがある。合わせ鏡の反映像の極点で小さな光球が膨れあがり、遠い叫喚が奈落を転げ落ちてくることもある。

＊

回廊の内壁すなわち宇宙の内壁は、一面に彩色画で飾られていた。長い年月が絵具を剥落させているため、壁画のほとんどはその意味を見る者に伝えることが不可能になっている。とりわけ壁画の大部分を占める男女神の交歓図は、代々の住人たちの手で撫でまわされたため剥落がひどく、内側にたわめられた足指や不可解な微笑を浮かべた古拙な表情などが、わずかに消え残っているだけだった。

それらの壁画群の中で、どの層にもひとつずつ、代々手を触れることを禁じられている彩色画がある。古くからの言い伝えで、その絵は小宇宙《ミクロコスモス》とその造物主の図だと説明されている。しかし、この図に表わされた小宇宙像の構造を人々は理解することができなかった。宇宙とは一本の円筒の内部なのであり、この図のような平らな円盤状の宇宙などはあり得ないのだ。

その小宇宙の中央には鋸歯《のこ》状の海岸線に四囲された大陸があり、山脈と平野、森と河のある箱庭風の世界の中に、種々の番《つが》いの獣と人間の姿がある。大陸の周囲を縁どる大洋の波間からは奇怪な海の怪獣が顔を覗かせ、そしてこれらの円形の地表の四方を帯状の空が丸く囲んでいた。海面の周囲を鳥の群が飛び、その外側を雲が流れ、さらにその外側には六芒型の星々があった。昼の部分の空には男の顔を持つ太陽が、その反対の極である夜の部分には女の顔を持つ月がめぐっている。そしてその空の周囲をさらに帯状の渦巻く混沌がとりかこんで、この円盤状の小宇宙の縁をかたち造っている。

造物主は、この小宇宙の上部に巨大な半身を現わしていた。後光を戴き、長衣を翻《ひるがえ》した白髭の造物主は、円形宇宙の上部に両腕をひろげ、自分の創造した世界を覗きこんでいるのだった。

円形宇宙の構造こそ理解できなかったものの、この造物主の姿は人々の《種の記憶》の中にも存在しているようだった。石造りの人工世界である《腸詰宇宙》を創造し、定められた法則に従って規則正しく運行する天体および機械仕掛けの繰り人形である《天の種族》を司る、造物主の姿。蟻の巣を覗きこむ子供のそれに似た表情で、造物主は次元を異にする空間からこの《腸詰宇宙》を覗きこんでいる筈だった。

人々は、その造物主の姿を反対に覗き見ることを夢想した。たとえば或る日、奈落の何もない空間の一部分が、突如見えない窓のように開くこと——。そしてその矩形の欠落部分のむこうから、巨大な血走った双眸が彼らを見おろすこと——。

その貌を反対に覗きこもうとした人間の眼球は、たちまちその場で火箭《ひや》に撃たれ、瞬時の死がその上にもたらされることだろう、と古い言い伝えは予言している。

以上で、草稿の約二分の一である。

「遠近法」のイメージの芽が彼の内部に胚胎したのは、ある美術書に所収されている一枚の天井画の写真を見た瞬間だった、と彼はある時私に言った。私ものちにたまたまその本を手にする機会があったのだが、それはジウリオ・ロマーノの手になるマントゥアのテー宮殿の天井画だった。その円形の天井画は騙し絵《トロンプ・ルイユ》風の極端な遠近法を用いたものであり、たぶん宮殿の広間の天井に、内部が吹き抜けになった円筒形の塔がさらに続いているかのような錯覚をもたらすことを狙ったものなのだろう。

広間の中央に立って頭上の天井画を見あげる時、人々はそこに、渦巻く雲の上で雷光を振りかざした神々の咆哮するさまを見ることになる。雲を取り囲んでいる塔の内壁には環状の回廊があり、その手すり越しに群衆が神々の戦いを見おろしている。塔はさらにその上方にむかって尻すぼまりに伸びているが、奇妙なことに、カーテンのような波うつ布が遠近法の極点を覆い隠していて——ちょうど襞のたっぷりしたスカートを真下から見あげたように見える——見る者の視線をそこで遮っている。私の見る限りでは、この天井画が「遠近法」のイメージの出発点となっているという彼の主張は、確かに納得できることのように思われる。

が、彼の話を聞き始めた時から、彼の《腸詰宇宙》の構造とボルヘスの「バベルの図書館」の図書館宇宙の構造とが、細部を除いてほぼ完全に一致していることに、もちろん私は気づいていた。気づいていながらそれを口にしなかったのは、口にする理由が何もないように思われたからだということ以外にさして意味はない。両者の類似は表面的なものであり、双方の創造物に付与された意味あいは大きく異なっているようだ。が、この両者を比較する気は私にはなかったし、この場合ボルヘスの名が特別な意味を持っているということもないように思われた。問題となるべきなのは、彼の〝作者〟としての存在が許されるか否かという点だろう。

しかし、これが意識的な盗用なのか、それとも偶然の一致なのかということに対する関心は、私の中にはまったく生まれてこなかった。口を閉ざしたまま、私は彼の小説が進行していく過程を単なる傍観者として眺めつづけた。完全に無関心に、終始一貫した平静さを保ちながら。

要するにそれは他人の小説であり、それ以上のものではなかったのだ。ただ、自分の度を越した関心の欠落の意味に気づく余裕は、その時の私にはなかったようだった。

＊

草稿は、さらに続いている。

《腸詰宇宙》では、二十八日目ごとに《蝕》が見られる。

《蝕》の夜に蝕まれるのは、太陽と月の両方だった。このふたつの天体は、互いに影を投げあって見せかけの日蝕や月蝕の現象を起こさせるなどという手ぬるい干渉の方法はとらない。同一軌道上でじかに接触し、互いの実体そのものを喰いあうのだ。

《蝕》の夜、空洞の高みに月球が姿を現わしはじめる頃になると、人々は起きあがって欄干のまわりに集まってくる。欄干から乗りだして真上を見あげると、そこには闇にわずかな燐光を滲ませながらゆっくり下降してくる月球の遠い輪郭がある。そしてその反対側、暗黒に充塡された円筒の底を覗きこむと——合わせ鏡の消失点から、先刻沈んでいったばかりの太陽が徐々に上昇してくる光景がある。

この時ならぬ時刻に、太陽が軌道を反対に折り返してくるというのも不可解な話だったが、太陽が姿を現わしても世界は夜のままで決して昼にはならない、ということも人々には理解できないことだった。《蝕》の夜に姿を現わした太陽は、闇の中の松明、夜の底に煮えたぎる円形の噴火口に似ている。黄金《きん》のコロナを燃えさからせているにもかかわらず、夜の闇を昼の明るさに変えることはできないのだ。

やがてふたつの天体は、空洞のある一点にゆるやかに接近してくる。数知れず連鎖する回廊の欄干に、鈴なりになった観衆の間を、月と太陽は互いに吸い寄せられるように一直線に歩みより、そして一定の速度を保ったまま接触し——。一瞬、人々はそこで何が起きたのか理解できない。三秒か四秒で《蝕》は終わり、今、太陽と月は何事もなかったかのように軌道上を遠ざかっていくところだ。太陽は上へ、月は下へ。

この《蝕》の数秒間——完全に同じ直径を持つふたつの球体の輪郭が、互いにめりこみあい、一瞬ぴたりと一致し、相手の表皮を通り抜け、そして離れていくこの数秒間の現象を、何度目撃しても人々は納得することができない。《月と太陽とが同一空間に同時に存在するあの一瞬》と人々は考える。《月光と陽光とが完全に同一のものとなって闇の中に燃えあがる、あの至福の瞬間——》。

その至福の永続を、人々は夢想する。ふたつの光球を直視しつづけた眼の中で、《蝕》の一瞬の光景は陰画《ネガ》に逆転する。群衆と人像柱群に埋めつくされた猥雑な背景は、黒く充実した光球の吹きあげる炎によってかき消され、その黒い輝きだけが、人々の記憶の中に永遠に固定される。

その一瞬の残像をまなうらに焼きつけたまま、人々は眠りもやらず、欄干に凭れて一夜を明かす。やがて太陽と月が遠近法の魔術の両極に姿を消し去るころ、人々は空洞の高みが白々と明るんでくるのに気づく。そしていつもどおり太陽が朝の運行を開始し、半日がかりで空洞を通過してあたりに闇が訪れると、今度は月が降りてくる。

こうして、二十八日後の《蝕》の夜が再び巡ってくるまで、天体が日常の運行を乱すことはない。

＊

《蝕》の時に太陽と月が合体する地点の真横に位置する回廊は、《中央回廊》と呼ばれている。そして当然、この《中央回廊》こそ《腸詰宇宙》の中心点であると言える。とすれば、その日の夕方太陽が運行を折り返す地点が世界の《底の極》であり、その翌朝同じく太陽が折り返す地点が世界の《頂上の極》であると言えよう。しかし奇妙なことに、太陽が折り返すところを目撃したという者はこの宇宙の中にひとりも存在しない。どの層の住人たちも、太陽は遠近法の彼方に消え去った後、視線の届かないはるかな深淵から再び姿を現わしてくると、口をそろえて言うのだ。

まず太陽の運行速度を測定し、そして《蝕》の日の昼間に太陽が《中央回廊》の真横を通過してから再び真夜中にそこまで折り返してくるまでの時計を計れば、《中央回廊》から折り返し地点までの距離を算出することができる筈だと人々は考える。しかし、計算上の折り返し地点の付近の住人たちもまた、太陽が折り返すところなどを見たことはないと証言するのだった。

目撃者を求めて、《蝕》の地点から無限に遠ざかっていってみても、人々のこの証言に変わりはない。

《腸詰宇宙》にもし涯てというものがあるとすれば、それは鏡でできている筈だ、と古老たちは語る。直立した宇宙の最上部と最下部に水平に嵌めこまれた、二枚のむかいあわせの鏡。と同時にその二枚の鏡は、背中あわせにぴったり貼り付けられている。ほとんど無限に近い距離をあいだに置いて、一枚の鏡の表と裏が位置しているというのだ。

*

たとえば宇宙の《底の極》付近に住む人々は、奈落の底を巨大な一枚の円形の鏡が塞いでいるのを見るはずだった。その鏡には、数知れず連鎖した回廊群の倒立像が映しだされているはずだから、一見したところその鏡の下方にもさらに宇宙が伸びているように見えるだろう。

たとえば一日の運行を終えた太陽が鏡にむかって下降してくる時、鏡の底からも映像の太陽が姿を現わしてくるのを人々は見ることになる。そのふたつの太陽のどちらが虚像であるかを、人々はほとんど見分けることができない。ふたつの太陽は徐々に接近し、最後に鏡面の上で接触する。そして人々は、太陽が鏡面にめりこんでいきながら徐々に姿を消していくのを見るだろう。と同時に《頂上の極》付近の住人たちは、頭上の鏡の表面からおびただしい量の光が滲み出しはじめるのを見るだろう。微細な切断面の中に虹色を乱反射させる、一顆の宝石のように鏡は燦《きらめ》きわたり、やがてその中心から太陽の球体の底部が盛りあがってくる。一枚の輝く鏡の表面から、その輝きの源である巨大な光球は奇跡のように抜け出してくる。

そしてその鏡が打ち砕かれる時、と古老たちは予言者の口調で人々に語る。眼に見えない巨大な手のひと打ちで二枚の鏡が微塵に砕かれ、底知れぬ暗黒の虚空がそのむこうに顕現する、その時。

その時、大気の罅《ひび》割れる音と共に、無数の亀裂が宇宙全体に生じるだろう。回廊群の、人像柱の、壁画の、人々の身体の表面に、一瞬にして数万数億の亀裂が走りぬけ、と同時にすべては鏡の破片となって砕け散るだろう。落雷とともに、億万の板硝子《ガラス》を使って構築された城が一挙に崩れ落ちる時のような音をたてて、世界は暗黒の深淵にむかって崩壊していくだろう。燦《きらめ》く針の雨となってなだれ落ちながら、人々は最後に、この宇宙も、そしてその内部に住む自分たちも、すべては鏡に映しだされた映像にすぎなかったことをその時初めて理解する筈だった。

しかし無論、その二枚の鏡の存在を自分の眼で確かめた人間は、一人もいない。

＊

《腸詰宇宙》の涯てを見きわめようという試みは、はるかな昔から何度も企てられていた。縄梯子を伝ってどこまでも登っていくこと、あるいは下っていくこと——この一番単純な方法を実行に移す人間は、半年に一度、一年に三度の割合で現われたが、彼らはことごとく行方不明になり、二度と戻ってくることはなかった。そして人々はついに、天体を利用することを考えはじめた。太陽あるいは月の上に乗って一日の運行を共にすれば、世界の涯てを見きわめた後、丸一日で自分の住む回廊に戻ってくることができる筈だった。

太陽がその高熱のゆえに、そして雲が《神》の雷光のゆえにこの冒険行の伴侶にふさわしくないとすれば、残るのは月しかない。というわけで、ひとりの男がある時この思いつきを実現させることを思いたった。

月の上に飛び移るには、何らかの方法を案出することが必要だった。欄干から月の軌道までの距離は、人間の跳躍力の限界をはるかに越えていたからだ。男は女たちの屍体から髪を刈りとり、一本の綱を編みはじめた。人々は、死人の髪で縄を編みつづける男の周囲に円を描いて座りこみ、その作業を黙って見つめた。男たちは畏怖と嫉妬のこもった眼で、その後ろにうずくまる女たちは何の感情も現わさない眼で。そして遂に、空洞の直径の長さを持つ丈夫な綱ができあがった。

決行の夜、噂を伝え聞いた上下あわせて約五十層の五千人あまりの見守る中で、男は長い髪の綱を手に、月が降下してくるのを待った。水めいた光が空洞に充満しはじめ、合わせ鏡の奥から姿を現わした月が次第に大きくなってくると、男は綱の一端を一本の女人像柱の根もとに固定し、一方の端に拳大の敷石の破片を結びつけた。円周を描いて直立した人像柱群の影が床に長く伸びはじめ、やがて奥の石壁に奇怪な影絵を濃く投げかける頃、月球は男の待つ欄干の真横に並んだ。月球の上端が欄干の水平面を通過した瞬間、男は石を投げた。石が放物線を描いてむかい側の回廊に落ち、黒髪の縄が奈落に架け渡されると同時に、男はすばやく欄干を乗り越え、両手で綱にぶらさがって空洞の中心へむかった。

合わせ鏡の中央、遠近法の両極の狭間に男が辿りついた時、月球はすでにその真下約三頭身あまりの位置まで下降していた。奈落に宙釣りになったまま、男は真下を遠ざかっていく月を、そしてその下方の恐ろしい深みを一瞬見おろした。そして、手を離した。

数千の眼がその放れわざを目撃し、人間と天体との無謀な結びつきの一瞬を同時に体験した。月球の上端に墜落した男は、そのまま球面を滑り落ちかけたが、爪を立ててかろうじてその姿勢を保った。やがて徐々に身体をずり上げると、男は球体の頂上に膝をつき、そして立ちあがった。

——その後に起きたことについて、後になって人々はこう説明した。すなわち、回廊の空間のみが人間の領域なのであり、天体の領域である空洞の空間を侵すことは人間には赦されないことなのだ、と。男が月球の上に立っていたのは、ほんの一瞬のことだった。だしぬけに男の顔に苦悶の表情がよぎったと見たとたん、電流が走ったように身体が硬直し、男は横ざまに倒れた。

恐ろしい絶叫が奈落に響きわたった。男は奇怪なかたちに四肢をよじらせ、断え間ない叫喚をあげながら月球の上をのたうちまわった。その業苦の原因が月面との接触であることは誰の眼にも明らかだったが、奈落へ投身することによって苦痛を縮めることは不可能だった。躰が球面に貼りついてしまっているのだ。

正視に耐えないその阿鼻叫喚のさまから、人々もまた呪縛されたように視線を逸《そ》らすことができなかった。鼻腔と口から血を吹き、弓なりに硬直して痙攣している男を乗せたまま、月はいつもの緩慢な速度でゆるやかに運行を続けた。おびただしい視線を一点に集めて、月が遠近法の彼方へ微細な点となって消え去っても、すでに人間のものではない叫喚は、かすかに尾を曳いて人々の耳の奥に消え残っていた。

その翌晩高みから降下してきた月球の上に、男の姿は見られなかったという。

＊

《腸詰宇宙》の創造の現場に立ちあった人間たちの唯一の生き残りである老人が、《中央回廊》から約九万階上方の層に住んでいる、という噂がある時誰言うともなく人々の間にひろまった。

噂の内容は多岐をきわめており、ある説によれば、その老人はこの宇宙の歴史を通じての完全な時の記憶および宇宙の構造上の謎に関する知識のすべてを有しており、この宇宙の内部での全知に達しているという。ただしその全知は、この宇宙の外に存在する造物主その人のそれには及んでいない。また別の説によれば、その老人には《時》に関する理解というものが完全に欠落しており、自分の年齢さえも知らず、宇宙が創造された丸一昼夜の間の記憶の中にのみ生きつづけているのだという。この場合、老人の知識はその一昼夜の間に得た体験的な知識のみに限られており、宇宙の結構に関する体系的な理解には達していない。が、どちらにしても、その老人の存在を捜し出すことこそ、この《腸詰宇宙》のあらゆる謎を解く鍵であることは確かだと人々は考えた。

とりわけ、自らを《選ばれた人間》と称している《中央回廊》の住人たちは、この噂の真偽を確かめることに熱意を持っていた。そしてある日、約百名の住人の中から二十人の男たちが選ばれ、九万階の高みにむかっての旅に出発した。

百の層を登るのに、約半日を要した。朝出発した地点から百階分上方の回廊に夕方になって辿りつくと、翌朝まではそこで過ごした。旅に出て何日もたたないうちに《中央回廊》は遠近法の深みに消え去り、《蝕》の現象を見ることはできなくなった。そうなると、いくら登りつづけてもそこに現われる光景には何の変化もなく、男たちは次第に距離と時間の感覚を失っていった。ただ腰に下げた石盤に刻まれていく、走破した層の数だけが旅の進行状態をあらわしていたが、彼らの眼に、その刻み目さえもただの無意味な爪痕としか映らない時があった。

　昼の間の登攀は、太陽と雲の通過に行きあう時にのみ一時的に中断された。欄干の外に垂らされた縄梯子の途中で太陽の接近を迎えることは危険であり、太陽をやりすごす短い間、男たちは手近な回廊の奥に退避して、見知らぬ人間たちと共に巨大な光球の下降を見守った。雲の通過に伴う、狂った《神》の雷光を避ける場合も同様だった。また夜の間の旅も、別の理由による危険のために避けられねばならなかった。人を狂気に導く月球の光が夜の大気に満ちはじめると、悲鳴に似た女たちの叫びの谺《こだま》が空洞に交錯し、無数の屍体が奈落に青い軌跡を描いていく。その光景を縄梯子の途中で眼のあたりにしたとすれば、自らの躰をその屍体の軌跡の中に投げこみたいという誘惑に抗しきれなくなるに違いなかった。そして、こうした日々の繰り返しは、男たちの顔に次第に苦行僧の風貌を与えていった。

　石盤の刻み目が、行程のちょうど半分である四万五千に達した時、一行の人数は二十人から七人に減っていた。縄梯子が切れたことによる墜落死が六名、《神》の雷光による感雷死が二名、逃亡者が三名、投身自殺が二名。しかし、残った男たちの行く手に宇宙の謎の鍵を握る老人が存在していることは、さまざまな回廊の住人たちの証言によって確かめられつつあった。《中央回廊》から五万階上方の層に住む古老は、その老人はここから四万階上方に住んでいると言い、六万階目の層の古老は、三万層の上方に住むその老人の噂を男たちに告げた。そして旅に出て九百日目の夜、ついに男たちは目的地まであと数階という地点にたどりついた。

　その夜までにさらに四名の脱落者が出ていたため、一行の人数は三名になっていた。三人が八万九九九九階目の回廊に達した時、日はすでに暮れて合わせ鏡の奥から月が姿を現わしはじめていたが、一行はその夜のうちに旅を終えようと決意していた。九百日の旅の疲れで力の失せた手で、男たちは最後の縄梯子を握り、登りはじめた。その時、先頭を行く男の足の下で、腐った縄が切れた。悲鳴の尾を曳いて、遠近法の深みへ呑みこまれていくふたつの人影を、最後の一人になった男は無感動に見送っていたが、すぐに視線を上に向け、切れ残った梯子をよじ登っていった。

男がその回廊の欄干を乗り越えると、遠来の客を迎えるために群衆の中から古老が進み出て、男の求めるものを尋ねた。男は腰の石盤に最後の刻み目を入れ、黙って古老に差し出した。男からその刻み目の数を聞いた古老は、その意味を悟り、驚きの色を示した。同時に群衆の間をざわめきが走り、その中から伝説の老人の存在を男に向かって問いかける声が幾つもあがった。男がその意味を古老に問い返すと、古老は不可解そうな顔でこの回廊に伝わる言いつたえを男に聞かせた。ここから九万階下方に、宇宙の創造に立ちあった老人が住んでいるという言い伝えを。

古老が語り終えないうちに男が石盤を叩き割り、欄干に突進していくのを人々は見た。人々が駆けよった時、男の姿はすでに暗黒の淵に沈んでいこうとするところだった。

その後しばらくの間、その回廊付近ではこの旅人の不可解な言動の意味を憶測する噂が取り沙汰されたが、その噂は《中央回廊》にまで届くことはなかった。

＊

《腸詰宇宙》のすべての回廊では、年に一度《秘法伝授》が行なわれる。

その夜、その年に満十三歳に達した子供たちはいつものように寝床に追いやられはせず、長老の前に集められる。黄ばんだ長衣に身を包んだ老人は、己れの知る限りの宇宙の構造を子供たちに語り聞かせる。天体の運行を司る法則について、壁画の造物主について、宇宙の涯てに関するあらゆる仮説およびその仮説を立証しようとしたさまざまな試みの結果について。

あらゆる修辞を用いて語りながら、真実の意味での秘法を子供たちに伝授できる日が訪れることを長老たちは夢想する。真実の宇宙の秘法を知ろうとした試みの歴史とは、すなわち失敗の繰り返しの歴史であり、今だかつて真実の《秘法伝授》を行なうことのできた長老は一人もいない。この宇宙に満ちた人工の不条理のすべてを、長老たちは造物主の気まぐれとしか説明できないのだ。

その年の《秘法伝授》の夜が近づきつつあった頃、奇妙な男の出現を伝える噂が人々の間にひろまった。遠近法の深みの極から現われたというその男は、人々に宇宙の構造の真実を説き聞かせながら現在層を溯《さかのぼ》りつつあり、次第に《中央回廊》に近づいているところだという。これを聞いた《中央回廊》の住人たちの意見は、真二つに分かれた。すなわち、この男こそ造物主の秘密を探りあてた人間であり、《腸詰宇宙》の主となるべき存在だという説と、単なる誇大妄想狂の偽者にすぎないという説のふたつだった。前者の見解を主張する者たちは、遂にはその男こそが造物主その人かもしれないとまで言いはじめ、後者の主張者たちと真向から対立した。ともかくもこの論争の結着はその男が《中央回廊》に出現してからのことに延期されることになり、人々は口を閉ざして謎の男の到着を待った。

《秘法伝授》の当日の昼、ついに男は《中央回廊》の真下の階に辿りついた。その夜にいよいよ《中央回廊》に登場することが伝わると、長老はいつもの伝授の儀式を中止して男を迎えることを決めた。その頃には男に関する噂もかなり詳細をきわめて伝わっており、真偽のほどは別として、男が只者ではないらしいことは人々にも感知できていたのだ。その言によれば男は《腸詰宇宙》の外の世界からやってきた人間であり、その世界は《開いた世界》——すなわち、円筒形の内壁に囲まれた閉じた世界ではなく、外皮の表面に広がる世界なのだという。

その夜、月球が空洞を降下しはじめる頃になると、おびただしい回廊群のざわめきが空洞の壁に反響し、熱気を孕んだ空気は波のように膨張と収縮をくりかえした。その波の周期が次第に短くなり、緊張が極点にまで達した時、《中央回廊》の下の階から興奮した群衆の声があがり、縄梯子が揺れはじめた。そして遂に、異邦の男はその姿を《中央回廊》に現わした。

欄干を越えて回廊に足を踏みおろしたその壮年の男は、右手に長い杖を持ち、左の小脇に青銅の天球儀をかかえていた。その蓬髪の陰の奥深い双眸の前に長老が進み出て来訪の意図を問うと、男は深々とした声で答えた。《おまえたちは内臓に巣喰う寄生虫、井戸の底に棲む盲いた白子の蛇だ。おまえたちの眼を外の世界に開かせるために私はつかわされてきたのだ》と。

　周囲に群れ集まって耳を傾ける人々にむかって、男は語った。男は東方の都に住む学究の徒であり、ある日地下倉で発見した古文書の中にとある《塔》に関する記述を見出し、その実在の真偽を確かめるために都を出たのだという。そして辺境をめざしてただ一人天地の狭間を一千日の間さまよい、一千と一日目、古代の湾口に面した溶岩の荒野にたどりついた。瘴気に覆われた海辺には、下は大地の芯まで根を降ろし、上は星辰の領する高みにまで枝を張ったひとつの《塔》があった。窓もなく入口もない石の塔の根かたで眠りについたその夜、男はひとつの夢を見た。その夢の中で男は《腸詰宇宙》のすべてを知った。そして眼ざめると、男はこの宇宙のはるか深みの回廊のひとつに横たわっている自らを見出したのだという。

　証拠が欲しければ壁を壊せ、と男は言った。——自分の測定によれば、《腸詰宇宙》の回廊の直径と《塔》の直径とは正確に一致している。回廊の内壁をうがち、石組みをはがして壁土を掘り進めば、外の世界に通じる穴が生じるだろう。その穴のむこうには、蒼穹を真の太陽と真の月がめぐる、開かれた真の世界が展けているのだと。

　男の言葉に動かされた群衆は、手に手に敷石の破片を握って回廊の内壁を打ち壊しはじめた。少数派の老人たちの制止もむなしく、壁の石組みはまたたく間に取りはずされていき、あちこちに瓦礫の山が嵩を増していった。石組みの下からは新しい石組みの表面が現われ、それを剝してみるとさらにその下から三層目の石の壁が現われた。回廊の壁には隧道に似た深い穴が幾つもできていったが、いくら掘り続けても穴の奥には石の壁の層が続くばかりだった。

　男の計算では、《塔》の直径から考えて壁の厚さはせいぜい腕の長さほどのはずだったが、すでに穴の深さは大人の背たけを越えていた。人々は次第に掘る手を止め、男の前に集まってきた。言葉を失った男はじりじりと後退し、欄干に尻をぶつけた。《しかし外の世界は存在する》と叫びながら、男は青銅の天球儀を頭上にかかげた。《それは人造世界ではない、真の宇宙だ。この人工宇宙の創造者は、その似姿である〝神〟と同じ

く狂っているに違いない》
その時、大気のはり裂ける音と共に、天球儀が一瞬にして灼熱するのを人々は見た。真紅に溶け崩れる天球儀を支えた男の四肢はその形のまま硬直し、がくがく痙攣しながらわずかな黒煙を上げていた。その背後に降下していた雲の存在に、気づいていた者は一人もいなかった。驚愕に顔を引き攣らせたままの男の屍体が、のけぞりざまに奈落へ吸いこまれていった後も、《神》はいつもに増した大音声で意味のない言葉を叫び続けていた。涎《よだれ》を流す《神》を乗せたまま雲は一晩中空洞を往復しつづけ、無数の回廊から響いてくる落雷の轟音が人々を狂乱させた。
その夜ほど多くの回廊に雷光が打ちこまれたことはなかった、とその《秘法伝授》の夜のことを人々は後々まで語り伝えている。

ここまでで、草稿は中絶している。

中絶の原因は、当然、私が「バベルの図書館」のことを口にしたこと以外にはあり得なかった。その日、タバコの煙で煙幕を張った私の前で、彼は《腸詰宇宙》に訪れるべきあらゆる形態の終末について熱心に喋りつづけていた。私の口からふとそのひとつの名が漏れたのと同時に、その声はとぎれたのだ。
その前から私は、それを口にする理由がないのと同様に黙っている理由もない、と思い始めていたようだった。が、その名は私の意志とは無関係に、無意識のうちに歯を舌で割って漏れ出たのだ。その瞬間、それは私と彼の間の空間に強固な存在として結晶した。
その時、彼は一瞬意味が理解できない様子を示したように思う。私はかすかに苛立ちを感じながら、意味を説明した。説明すること、これは全く無意味なことだった。最初のひと言が重い存在物として結実した時、すでに彼の〝作者〟としての存在、すなわち彼の存在そのものに決定的な罅が生じていたのだ。喋り続けている間、私の視線は自分の内側にめくれこんでいた。〝彼〟の存在はそこではほとんど感じとれないほどに希薄なものでしかなく、そのかすかな残像さえも見るみるうちに薄れて溶け崩れていった。〝彼〟の容貌や声さえすでに思い出せず、〝彼〟とどのようにして知りあい、なぜ小説の話などを聞くようになったのかという記憶も消えうせていた。〝彼〟が本当に存在したのかどうかという記憶も。

——気がついてみると、〝彼〟の姿はなかった。というより、私の世界から〝彼〟の姿だけが完全に欠落してしまっていたのだ。そのことを、予期していたことのように平静に受け入れている自分に、私は気づいた。と同時に私の耳の遮断膜が開き、外界の騒音が一時に私の中へなだれこんできた。そこは街角のありふれた喫茶店で、店内の空気を攪拌している冷房装置の低い唸りと他人のざわめきとが、稠密に私を取り囲んでいた。その中に、私はただひとり、テーブルの上の草稿と共に取り残されていた。そして、その原稿の束に私は初めて直面したのだ。

私の内部から〝彼〟が欠落してしまった今、その小説を書いたのはこの私なのだと言うべきなのかもしれなかった。

蛇足かもしれないが、「遠近法」の結末をここに記しておくことにする。結末の節の概要は、最後に〝彼〟に会った時〝彼〟の口から聞いたものである。

ある《蝕》の夜、月と太陽が闇の中を徐々に歩みよりつつある時、空洞の高みから一匹の巨大な蛇が頭を下にして一直線に落下してくる。その胴はふたつの天体の直径と同一の太さを持ち、その眼は盲目である。胴体は遠近法の極点から伸びており、その彼方の尾は見えない。太陽と月が《中央回廊》の真横で合体した瞬間、蛇はその二重の球体を呑みこむ。と同時に世界は薄闇に閉ざされ、回廊の内壁に附着した光り苔の燐光のみが空洞に拡散する。太陽＝月を嚥下しながら蛇はなおも落下しつづけるが、その頭部が深みに見えなくなっても、その尾は高みから姿を現わさない。

　丸一昼夜が過ぎ、ようやく尾の先端が上方に見えてくる。が、その尾の後を追うようにして合わせ鏡の奥から蛇の頭部が現われてくるのを人々は見る。正確に《中央回廊》の真横で蛇の頭は自らの尾に追いつき、口をあけ、呑みこむ。

　その後、いつまでも空洞を落下し続ける蛇の胴体のみが時間の経過を人々に示す。日に一度、自らの胴体を尾の方から着実に嚥下しつつある蛇の頭部が人々の前に現われ、すぐに見えなくなる。今や人々の考えることはただひとつ、すなわち、蛇が自らの胴体をすべて呑み終えた時、この宇宙ははたして崩壊するか否かということのみである。

　と、〝彼〟は語った。

シメールの領地

——島はそこ、ぼくの眼の前にありました。

火口湖に似た正円の動かない水盤の中央に、倒立した影を落として黒々と静まりかえっている、人のいない島。それは彫りの荒い岩石でできた、人の接近を容易には受けつけないような急な傾斜を持つ、ほぼ半球型の島でした。その内部には巨神の神殿の廃墟を擁しているはずでしたが、ぼくの立つ岸辺からは遠すぎて見えず、ただ船着き場と大門を結ぶ急な石段の直角の面だけが、闇に白々と浮きたってそれとわかるだけでした。

その時、中天に傾きかけた月球がその光景を照らしだしていたのか、それともそれは新月の闇夜のことであったのか、今ぼくは思いだすことができません。岸辺の平たい岩の上にうずくまって、時刻《とき》の移るのにも気づかないまま、ぼくは長い間放心していたようでした。……十三になるまでの間眺めて育ったソロモンの尾根が、微妙な光芒を稜線にたたえて、その時再びぼくの眼前におおどかな姿を現わしていました。国境守備の少年兵の一団に加えられてこの地を離れ、行軍の途中で脱走し、そしてソロモンの麓にひろがるこの故郷の土地に帰ってくるまでの間、いったい何日の、あるいは何年の時が経過したのか、ぼくには見当もつきませんでした。その空白の期間に、ここでは何が起きたというのでしょうか？

ぼくの頭上でじりじりと爆ぜる炎の音だけが、見えない地平に取り囲まれたこの静寂の天地の間に聞こえている、ただひとつの物音でした。その時ぼくが右肩をもたせかけていたのは、人の背たけほどもある木の台座で、その上部では樹脂をたっぷり呑んだ太い松明が、ゆらめく炎を天に向って垂直に燃えあがらせていました。

二十歩ほどの間を隔てた左右にも、同じ木組みの台座の上で揺れる炎が闇に浮かびあがっており、そして何百とも知れない松明のあかりが、正円の水盤の周囲に等間隔を置いて、黒い水面に点々と火影を落としているのでした。

不毛な行軍がもたらした狂気と絶え間ない飢え、そして完全な孤独から生じる錯乱と時間感覚の喪失、そういった長い逃亡の果てにぼくが見出したものは、動くものの気配の死に絶えた無人の市街《まち》でした。侵略者による破壊や殺戮の形跡も、あるいは疫病の流行による荒廃や遺棄の様子もなく、ただ時の流れがふっつり跡断えて、すべての生命が静かに退場してしまったかのような、黄昏の石の街路。風さえもその上を渡ることをやめてしまった石畳を踏んで、ぼくは放射状のすべての大通りの集結点である円形への湖へと憑かれたように進んでいきました。そして落日の残光を受けて複雑な陰翳の移り変わりを見せていたソロモンの尾根が、やがて無言の闇の集積へと姿を変えたころ、かつて一度も見たおぼえのない松明の群がひっそりと林立しているこの岸辺に、ぼくは立っていたのでした。

……長い放心のあいだ、ぼくの逃亡の原因でありまた同時に目的地でもある島は、そこ、ぼくの視野の中央に、たしかな重さを持って居すわりつづけていました。炎の円陣は、この島を守護するためのものなのか、それとも監視するためのものなのでしょうか？　日没前に、松明の群に点火して立ち去っていったはずの何者かの意志を測りかねたまま、ぼくは真夜中を過ぎてもまだその場を動こうとはしませんでした。長い旅路の距離を埋めることへの悪い予感や不安を感じたためではなく、単にひどい脱力感に支配されて、その場から立ちあがる気力さえ失っていたからだったように思われます。――ぼくの正面に、ソロモンの山塊はその岩肌に闇の色を集めて重厚に座し、その山裾の黒いひろがりを背景にして、松明の円陣は夜をこめて廃墟の島を遠く照らしだしていました。たぶんその時、ぼくは何かの病気のために、悪い熱に浮かされていたのでしょう。

ぼくと初めて会った時のことを、〝あんたときたら、まるで病気持ちの、宿なしの野良犬みたいだったもんよ〟と、後になってシメールはよくそう言ったものでした。

〝同じ病気持ちでも、野生のケモノならばもっと毅然としたところがあるでしょう。だから、飼い主にはぐれた宿なしの野良犬。すっかり自信をなくして、眼の前に現われた人間なら誰でも、まずその足もとに鼻をすりよせて匂いを嗅いでみようとしかしないような――〟

そう言うシメール自身にしても、たとえば高貴な野生の四足獣を飼い慣らして服従させ、いつもその何匹かを後ろに従えて歩いている、といったふうな様子からはほど遠い身なりをしていたのでしたが。

ぼくが初めて島に足を踏み入れたその夜、石段の上からぼくのほうへ降りてきた少女は、明らかにもと寝台の覆いか壁掛けだったと思われる古びた布地を、でたらめに身体中に巻きつけて衣《きもの》の代用にしていたのでした。よく見るとその布地は豪奢な綴織りで、禽獣やいくさ船を織り出した地紋が沈んだ代赭《たいしゃ》や黄金《きん》の色を見せていましたが、ひどく色がさめて一面に瘡《かさ》のような汚点がおい茂っていたし、その中でもいっとう大きく花ひらいた汚点の上を、少女の左手は無意識に覆い隠そうとするように爪繰りつづけていたものです。でも最初にぼくの目に飛びこんできたのは、その裾から顕わになった素足のきびしい白さでした。

その時、船着き場に小船を乗り捨てて斜面を登ろうとしかけていたぼくは、急角度の傾斜のはるかな高みにぽつんと冷たい灯が浮きだすのを見たのでした。長い長い石段をゆっくりと尾を曳いて降りてくる灯は、途中の大きな曲がり角の岩壁まで近づいてくると、ふいに隠れて消えました。

〝――あたしに会える時期は昼のあいだだけよ、知ってるでしょ〟

いきなり声が降りかかり、ぼくはうろたえて頭上を見まわしました。すると、石段をはさむ荒い岩棚の一角に、意外に近々と白いふたつの足――夜霧がうっすらと白く結晶しはじめた岩肌の上に並んだ、水面に漂う夜気よりもひえびえと冷たそうな裸足の両足が見えたのです。

〝どうせ夢占《ゆめうら》か、予言をしてもらいに来たんでしょう。でなけりゃ、死人の口寄せ？〟

右手のランプの光を片頬に受けて、意地悪そうに鼻の穴を膨らませた少女の顔が、ぼくを見おろしていまし

た。〃とにかく、決められた時間に出直すことよ。仲介もなしにあたしに直接会おうなんて、子供のくせに生意気ね〃

なんだ、そっちこそ子供じゃないか、とぼくは少し苛立って叫びかえしました。

〃それに、ぼくはおまえなんかに用があって来たんじゃないんだからな。邪魔していないでどこかへ行っちまえよ、ぼくは神殿へ行かなきゃならないんだから〃

〃ふん、この島はあたしのものなんですからね。言いわけしたって駄目よ〃

三角形の顔をゆがめると、少女は身軽に岩棚から飛び降り、ぼくの行く手に立ちふさがりました。〃この島へ来たっていうことは、あたしに会いに来たってことよ。親に名前もつけてもらえない貧民の子のくせに、あたしによくそんな口がきけたもんね。あたしをいったい誰だと思ってんの?〃

〃知らないね。聞いたこともない。第一この島は昔から、人間の近づくべきものじゃない、禁忌の場所になってるんじゃないか。おまえの着てるそれは、神殿の庫裡《くり》かどこかから盗みだしたんだな? 廃墟に棲みついているこそ泥の浮浪児のくせに、主人顔がよくできたもんだ〃

ぼくが言うと、汚点《しみ》の上を爪繰っていた左手の動きがぴたりと止まりました。息を鋭く吸いこむ音がして、

〃あたしはね——〃と少女は言いかけ、急に首筋をまっすぐ立て直しました。その時、ぼくの正面の闇に白く抜けあがった顔の上を、一瞬不可解な驕《おごり》の色がよぎったのにぼくは気づきました。

〃シメール〃

〃半蛇怪《シメール》?〃

〃そう。上半身が牝獅子で下半身が大蛇の伝説の怒獣《キマイラ》。あんたの名は?〃

〃——ソロモン〃

口疾《くちど》に、ぼくは言いました。

——だしぬけに、けたたましい高笑いが響きわたりました。眼の前で、少女はぼくの顔に指を突きつけて笑

いころげていたのです。身体の奥から湧きあがってくる笑いの波の合間に、〝嘘……嘘〟と譫言のように言いながら、少女はなおも新たにこみあげてくる嘲り笑いをぼくに投げつけてくるのでした。

〝ソロモン！　あんたがソロモンですって？〟

とその少女――シメールは、喘ぎながら叫びました。〝すると、あんたは三つめのソロモンってわけね！ひとつめがあのソロモンの尾根で、ふたつめはあの死んだ領主、百の都市を征服して百人の敵将の首を刎ねた、英雄のソロモン。それで三つめが、垢だらけの男の子だっていうんだから〟

〝そこをどけよ、おまえなんかにかまってる暇はないんだからな〟

首からうえに熱い血が登ってくるのを感じて、ぼくはわざと乱暴に言いました。

〝ふん、わかった、あんた国境守備に狩り出されていった連中のひとりなんでしょう。それも脱走してきたんだわ、守備隊はまだ国境地帯にたどり着いちゃいないってヴィンたちが言ってるもの〟

おもしろそうにぼくの顔色をうかがいながら、シメールはじりじりと後ずさりしていきました。

〝こっちへ来ないでよ。あんた熱があるのね、白眼に血管が浮いてる〟

――ぼくが飛びかかるのと灯が吹き消されたのとは、ほとんど同時でした。厚布の下の胴をつかんだと見えた両手は空を切り、ぼくは霜の浮いた石段に膝をつきました。

〝生意気ね、生意気ね〟

声といっしょに、石段のずっと先をひらひらと遠のいていく二枚の足のうらが見え、ぼくは物も言わずにその後を追い始めました。

見た眼にも重そうな厚織りの裾をたくしあげて、シメールは身軽に岩影から岩影へと駆けあがっていきます。五十段おきに立つ御影石の門柱をくぐるたびに、ぼくがついて来ていることを確かめるように白い顔がかすかにふり向くのが見えました。神殿の大門までうねうねと続く数百段の石段の半ばにも達しないうちに、ぼくは息がきれ、栄養失調の膝ががくがく震えだすのを感じました。気味の悪い冷汗で下着がべったり皮膚に貼りつき、荒い呼吸のたびに喉を鳴らす喘息だけが、ぼくの耳に聞こえるすべてです。——いつの間にかシメールの姿は消え、よろめきながら執拗に走り続けるぼくだけがそこにいました。左右の岸壁は途中から大人の背たけほどの石垣に変わり、気づかないうちにあたりは真昼のような明るさになっていて、角を曲がるたびに次々と眼の前にたち現われる奇怪な岩棚の影は、熱に浮かされたための幻覚かと思われました。

——ヴィン！

ずっと遠くで、細い声が高くひと声叫びました。

その子を、つかまえて。あたしから、逃がさないで——。

声が尾を曳いて消え去らないうちに、ぼくの手足を数本の冷たい腕がつかんでいました——体温のない、しけった両棲類の肌の感触。いくつもの息づかいが耳もとで聞こえたと思った時、ぼくはわけの分からない喚き声をあげながら空中にかつぎあげられていました。

その時ぼくが、その腕の主の姿を直視することを拒んだのは、今自分が人間ではないものに触れられているのだと本能的に悟ったからだったのでしょう。眼を閉じたままぼくは金切り声をあげて暴れ、石段に転げ落ちた拍子に後頭部を強く打ちました。眼がくらんで見えなくなる寸前にぼくの眼に映ったのは、砂岩のような肌をした顔——毛髪のない、鈍い眼をした男たちの砂色の顔の群でした。

天空いっぱいにばらまかれた星々が奇妙な図形を描いて一回転し、ぼくはそのまま昏倒してしまったようでした。

〝島へ行って、尋ねてみるしかないよ。自分が何者で、何をすべきなのか——〟

そこまで言いかけた時祖母は最後の痙攣に襲われ、涙とよだれを流しながら黒い死の漏斗型の穴に落ちこんでいきました。日よけを降ろした部屋の中には老女の死の床のすえた悪臭が静かに沈澱し、それは領主の死を告げる黒衣の使者たちが不吉な影をひろげて街中の大通りという大通りを走り抜けていった午前のことでした。

自分はいったい、何者なのか。

それは、〈寡婦たちの通り〉と呼ばれる娼婦街に住む、父のないすべての少年たちの、そしてまた街中のすべての少年たちの疑問であり夢でもあったのでした。火山の地鳴りが続いて街中の人間たちが闇に不安な眼を見開いていた夜ふけ、ソロモンの尾根に黄金と深紅の噴煙が天にむかって花開くと同時に生まれおちたという領主ソロモンは、血と女を好む野蛮な英雄でした。長征につぐ長征のたびに、領主の騎馬軍は血糊のにおいの漂う異国の財宝や女たちを携えて凱旋し、街の人々は地平の向こうにひろがる見知らぬ土地での荒々しい行為の物がたりに耳を傾け、刃物の一閃に続く血けむりの幻影を夢見ては胸を騒がせるのでした。——破壊され、炎をあげる異教の神殿。青い瞼の女祭司長と宦官たちの首が騎馬隊の砂塵の中に打ちおとされ、龍のようにうねる大河は敗軍の血で見るみる染めあげられていきます。また、神託を受けてただひとり溶岩の斜面をよじ登っていく領主の姿も、そこにはありました。その頂上には、まだ生まれない神の胎児を宿した一頭の牝牛が若々しい頭《こうべ》をもたげて座し、その金泥の口から雷《いかづち》のようなひとつの声が発せられます。英雄と未生の神との問答は、一夜をかけて続けられ、そしてその果てに大刀のひと突きで牝牛の陰部が切り裂かれ、降りそそぐ雷光の中で領主は串刺しにした胎児を天にむかってさし上げるのでした——。

凱旋の華やいだ夜、主《ぬし》のある女もない女も、ひとりとしてある胸騒ぎを感じないものはいませんでした。眥《まなじり》と爪に朱を差し、宝石で肌身を飾って街頭の雑踏の中へ消えていく女たちを、男たちは誰もひきとめることはできませんでした。通りという通りには、異国の金貨や砂金を皮袋につめこんだ荒けた兵士たちがあふれていました。その中に、酔いにまかせて一兵卒に身を窶した領主がまぎれこんでいないと、いったい誰が言えたでしょう。

〝おまえの母親は、おまえを産みおとすためにこの世に生をうけたんだよ〟

ぼくを産んですぐ産褥熱で死んだ母のことを、祖母はよくそう言ったものでした。娼家街に生まれた父のない娘は、やはり父のないぼくを産みおとして死んでいったのです。ぼくが母親の腹の中に宿った日は、領主の二年におよぶ東方への長征の、凱旋の時期と一致していました。窓々の曖昧な色の闇の奥で、女たちが面紗《ヴェール》の影にひっそりと薄眼をあけているこの寡婦たちの通りに、その夜皮の頭巾で顔を隠した好色な領主が訪れはしなかったと、誰が言えるでしょうか？——女たちの胸を叩いてその答えを尋ねてみても、それは無駄なことでした。父のない息子を産みおとした女たちは、代わりにその腹の中に沈黙の卵を孕んでいたのでしたから。

いつか街では、産まれた息子に名をつけるのは女たちの役目になっていました。街のすべての男たちは自分の息子の父であることを放棄し、その時街の少年たちはすべてが父なし子になっていたのです。

——遠国への大長征の道半ばにあった領主の訃報が届いたその日、街ではすぐさま国境守備の軍隊を八方にむけて派遣することが決定されました。領主がその死までに手中に納めた領土の国境線を定めて、これを維持する必要があったし、また領主の死の真相をも確かめねばならなかったのです。全身に傷を負いながらただ一騎で訃報を持ち帰った兵士は、領主の死を口にすると同時にその場で息絶えたので、それが戦闘のさなかの死か暗殺か、それとも旅の病によるものなのか、さらにはその知らせの真偽さえも分らなかったのでした。

祖母の屍体を後にして、人ごみの流れにひとり逆らって大通りを島へと走っていたぼくは、突然眼の前に突き出された槍の柄で行く手をさえぎられ、わけの分らないうちに少年兵たちの一員に加えられていました。皮の面当ての下で怒号する騎馬兵たち、そして興奮した少年たちの汗のにおいと女たちの泣きわめく声、その混乱の中でその日のうちに八つの国境守備隊が結成され、翌日の夜明けがたぼくたちは長い影を曳いて街を出発し、八方へ別れていったのでした。

領主館に残されていた兵士たちは、街の守備のためにもこれ以上数を割くことができなかったため、国境守備隊のほとんどは街で狩り集められた少年たちでした。ソロモンの尾根を背にして、行く手にひらけた黎明の地平に向かいあった時、ぼくはほとんど島のことを忘れていました。縁を薄薔薇色に染めた朝あけの雲の彼方には、巨大な父の幻の姿が立っていました。そこへたどり着くことによって、ぼくは自分が何者であるかを自らの力で知ることができるのかもしれなかったのです。——その時、ぼくたち街の少年たちはすべてがソロモンの息子なのでした。
ぼくたちは母親に与えられた名前から抜けだし、名のない少年たちの群と化していました。この時ぼくたちは、いつかソロモンの名を名のるべきさだめを自らに課していたのです。父の名を与えられなかった息子たちは、おのれの力で父の名を奪い取る以外になかったのですから。

……夢見がちな眠りがとぎれた時、いつも最初に眼に映るのは、とほうもなく高い円天井のほの昏いひろがりだけです。

しだいに眼が闇になれてくるまで、ぼくは冷たい石の寝台でじっと身体を丸めています。そこに見えてくるのは、継ぎ目のない平らな石床の、どこまでも続いていくつかみどころのないひろがり。視線の届かないその先は曖昧な薄闇に溶けこみ、その闇はまるでこの世の果てまでさえぎるものもなく続いているように思われて、ぼくは荒い掛布の下でいっそう身体を小さくするのでした。

〝人が眠るためには、外の得体の知れない闇からその空間を守護してくれるような、低い天井とかしっかりした扉とかが必要なものよ〟

ある時シメールがそう言うのを、ぼくは夢うつつに聞いたことがあります。

〝こんな空っぽであけっぱなしの空間の真中に、ぽつんと寝台を置いて寝るなんていやなこと。前に街に住んでいた時のあたしの小部屋に帰れたら、悪い夢を見ずに眠れるに違いないんだけど。こんなところで寝なきゃならないと分ってたら、あたしここへ連れてこられたりはしなかったはずよ。ヴィンたちのやることときたら、まるで気がきかないったらない……〟

枕もとで続くシメールの声を聞きながら、ぼくはとりとめのない混乱した夢の中へずり落ちていきました。そこでは闇の底に仙人掌の花が七彩の花弁を開き、昏い洞《うろ》のような口をあけて死んだ祖母の顔や国境守備隊の少年たちの顔が、声もなくひしめきあっているのでした――

高熱を発して昏睡していた間、ぼくの世話をしていたのは、シメールがヴィンと呼んでいたあの砂色の肌の男たちでした。衰弱してすっかり軽くなったぼくの身体が、時おり悪夢の海から浮上してきて寝台の上で眼を開くと、列柱の間から湿った足音が近づいてきて、冷たくしけった手が額の濡れた布をとりかえるのです。——いつも前かがみに物影から物影へと伝って歩き、決してこちらと眼をあわせようとはしない、岩のような骨格の男たち。ぼくがようやく寝台の上に起きあがり、木の椀に盛った雑穀のお粥や、生タマネギと山羊の固いチーズなどの貧しい食事がとれるようになっても、彼らはただ遠く壁ぎわに立ってぼくが食べおわるのを待っているだけで、食器を受けとりに近づいてくる時もその泥人形のような動作の中に意志や感情を読みとることはできないのでした。

彼らは何者で、どこからやってきたのか。

その疑問をぼくが口にしたのは、ぼくがなんとか歩けるほどに回復して、この神殿の廃墟の大門まで初めて出ていった夕刻のことでした。

〝国境守備隊が街を出発するまで、あんなやつらのことは見たことも聞いたこともなかったんだ。それにあの、誰もいなくなった街——。まさか、あいつらがこの街を征服して何万人もの人間をみな殺しにしたんじゃないんだろうな?〟

〝——ヴィンたちがあの松明の台座をこしらえて、毎晩ああやって火をつけるようになったのは、あんたたちが街を出ていった日のことよ〟

対岸の闇に大きく弧を描いて点々と浮かぶ炎の列を、シメールは顎で示しました。ぼくが寝こんでいる間は数えるほどしか姿を見せなかったのに、その日は珍しく外への散策にぼくを連れだしてきたのです。

〝ヴィンたちが街に現われたのも、あたしがこの島へ連れてこられたのも、やっぱりその日のことよ。街の人たちがみんないなくなったのも同じ日だったんだろうと思うけど、よくは分らない——〟

ぼくたちの背後には、帆船の一隻でさえ優に呑みこめそうな大門が、黒々と口をあけていました。その奥には、伝説に現われる巨人の身体に合わせたような容積の石の空間が、島の地層の中心部まで無数に連なっています。十人が手をつないでようやく周囲に手が届く太さの、石柱のアーチが連鎖した柱廊を二人で歩いてきた時、ぼくたちはまるで自分の身体がアリほどの大きさに縮んだような錯覚にとらえられたのでした。列柱の、ぼくたちの背たけよりも高い御影石の台座。長い柱廊に沿って、その台座の根かたから根かたへと歩くうちに、ぼくたちはいつか走り始めていました。シメールの持つランプの光が駆けぬけていくにつれて、列柱の背後に巨大な影が生まれ次々に壁を流れ過ぎていきます。その影さえ届かない頭上の円天井にひそむ膨大な闇の中には、千の声の喧噪より重い太古の静寂《しじま》が凝固していました。――そこはたしかに、人間の踏み入るべき場所ではありませんでした。顔も見合わせずに走り続け、ようやく松明の輪の見える大門へ同時に駆け出した時、ぼくたちはしばらくの間荒い呼吸で胸を波うたせながら、その場に坐りこんでいたのでした。

〝――もちろんあたしは、ここに長くいるつもりじゃないのよ〟

最初に口を開いたのはシメールのほうでした。〝あたしがこれからどこへ行こうとしているのか、いつかはあんたにも教えるかもしれないけれど――〟

……でも結局その夜には、シメールからはほとんど何も聞きだすことはできませんでした。岩場の影のあちこちにヴィンたちがひっそりと立っている気配に気づいた時、シメールは黙ってランプを取りあげ、再び大門の闇の奥へと戻っていきました。その後に続いて背中を丸めたヴィンたちの姿が闇に吸いこまれていくと、ぼくもやはり後を追うよりないのでした。――大門をくぐる前に、荒く浮き彫りされたアーチの先端を見あげると、その深い亀裂ごしに、ソロモンの暗い尾根の稜線がかすかに白く照りかえしているのがうかがわれました。

シメールは、街の裏通りにある巫術師たちの住む一角で生まれたのでした。巫術による病人の治療やさまざまな占い、死者の霊の口寄せなどを生業《なりわい》とする世襲巫女の家系で、いつかはひとつの精霊による召命を受けて入巫すべき娘として育てられたのです。

〝その、召命を受けた日というのが、どうも領主の死の知らせが届いた日のことだったらしいのよ。らしいと言うのは、なにしろあたしはその時ひどい熱病で、ほとんど意識がなかったんだもの。それでも時々は頭がはっきりして、あたしが熱に浮かされながら口走った言葉に恐れて騒いでいる大人たちの声とか、窓の下を通りすぎていく守備隊の行列の騒ぎ声とかが聞こえてきたものよ〟

そんな話を、シメールは時おりヴィンたちの姿の見えない隙をねらってはぼくの耳に吹きこんでいきました。

〝頭のなかで、小さな太陽ほどもある炎の塊が転げまわっているみたいで、ほんとうにからだ中の穴という穴から火を噴きそうにあつかった。その時、血のいろの壁のむこうから、冷たい闇のような影が近づいてきたの。あたしの炎を鎮めてくれるのはこの闇の塊なんだと分ったから、だからあたしはその影があたしの身体を押しひろげてお腹の中に入ってこようとした時、必死にそれを呑みこんでしまおうと努力したんだわ。それがあたしの中に完全に入りこんでしまった時、あたしは何か大きな声をあげたようだったけど、その後のことはわからない。――それ以来、あたしの足はこんなに冷えてしまったのよ〟

それだけをひと息に囁くと、シメールはついと身をかわしてぼくから離れていきます。すると同時に、ぼくの視野の片隅をヴィンの白眼の多い剃刀のような眼が鋭く引き裂きます。その姿を視線の中央にとらえた時には、ヴィンはすでに表情のない顔に戻ってうっそりとぼくの前を横切っていき、そしてぼくたちは三方へ別れていくのでした。

ヴィンがいったい何者なのか、シメールにもよくは分らないようでした。領主の訃報が街に不吉な影をひろげたあの日、ヴィンたちは街のあらゆる物影から音もなく湧いて脱けだしてきたのだ、とシメールは言いましたが、熱病が癒えて正気に戻った時にはシメールはすでにヴィンたちの手でこの島に移されていたのですから、本当かどうかは分りません。姿を消した街の人間たちのことにしても、シメールは何も知らないようでした。

〝それでもその後しばらくの間は、時々何人かが船で渡ってきて、あたしのところへ占いや口寄せを頼みにやってきたものよ。ほかの人たちの行方を尋ねてみても、まるで言葉が分らないみたいな顔つきで、何も答えてはくれなかったけど。その人たちもそのうちに姿を見せなくなってしまって、最後にあんたがやって来たんだ

わ――〃

そこまでの話を聞きおえた頃には、ぼくの身体はすっかり回復していました。わずかな距離を隔てて、瞼の影からぼくの顔色を盗み見ているシメールの顔。その顔は、明らかにまだ何かを隠していました。――ぼくは、それを知ろうと決意しました。そして、知ったのです。

……神殿の中心部へ降りていくゆるい傾斜の大階段が、数本の円柱ごしに見えていました。三頭だての戦車が、十台横に並んで閲兵式の行進をすることのできる街の大通りより広い柱廊を奥へ進むにつれて、左右の列柱の頭部には奇怪な鳥獣や人面の彫刻が多くなっていきました。時おり、円天井のどこかから崩れ落ちたらしい人身体の石の頭部などが、行く手に半眼微笑の面を見せて転がっていることがあり、そのたびにぼくは足音を忍ばせて道を迂回しなければならないのでした。

ランプの灯は、柱廊のずっと先を見え隠れしながら進んでいきます。その灯を受けて黒く浮きあがった十人ばかりの後ろ姿が、そこにはありました。深夜から夜明けにかけての時間、シメールがどこで過ごしているのかぼくは知りませんでした。シメールの隠しごとはこの時間の内にあると見当をつけて、その夜それとなく回廊のあたりを見張っていたぼくは、ヴィンたちを従えたシメールが神殿の奥へむかっていくこの光景にぶつかったのです。

整然とした列柱の遠近法の果てに、松明の灯の漏れるアーチが見えてきたのは、ぼくが一行の後をつけて七つめの大階段を降りた時のことでした。それは縦に細長くのびたアーチで、左右を支える石柱には解剖学の比率を無視した丈長い姿の二体の男神が彫られ、胸に両腕を交差させて向きあった横顔の輪郭を部屋の内側からの灯に仄白く輝かせています。その彫像の足もとをすり抜けるようにしてシメールは中へ消えていき、ぼくはすり足でそっとアーチの根かたに身を寄せました。

そこは八角形の、太古の祈禱場だったと思われる部屋でした。ほとんど島の頂上部に位置していると思われる高い穹窿《ドーム》を八本の石柱が支え、その表面に浅く彫られた縦溝がこの地底の石床まで垂直に流れおちています。

それぞれの柱の根かたには松明が斜めに取りつけられて炎をゆらめかせ、そしてその中央に位置する御影石の祭壇を囲んで、百人あまりのヴィンたちがひっそりと無表情に坐っていたのでした。

〝ソロモンの山上の都市《まち》の進みぐあいは？〟

シメールが言うと、輪の中からひとりのヴィンが立ちあがりました。

〝あなたの、口寄せの言葉どおり、進んでいます〟

初めて聞くヴィンの声は、深夜人気のない場所で石の彫像の口から漏れだすかもしれないような、底ごもった岩の軋《きし》りに似た声でした。〝今夜は、都市《まち》の中央に位置すべき、寺院の設計について、口寄せしてほしいのです〟

そして、シメールの汚れた素足が、ヴィンたちの円陣を横切って祭壇へ近づいていくのを、ぼくは厚い壁に覆われた石柱の影の中から見たのでした。

……その夜ぼくが盗み見た光景は、ただひとつのことを除いてはぼくにとって何の意味も持ってはいませんでした。――石棺に似た祭壇に横たわり、胸の上に手を組んで眼を閉じたシメールの横顔。しばらくの沈黙の後八本の松明の炎がふっと宙に伸びあがり、同時にその白い顔を隈取っていた影が微妙に交錯して、次々に表情を変化させていきました。

〝寺院の、位置は？〟

とヴィンが問いかけます。

〝――中央広場に面した……西の正面〟

シメールの血の気のない唇がわずかに開き、苦しげな切れぎれの声が漏れだしていました。

〝会堂の北隣りで……市場の南側〟

〝その正面の門のある方位は？〟

〝北西と……東にもひとつ。大門に立ってソロモンの麓が見渡せるように……位置を高くしなくてはならない〟

〝寺院の階数は、そして階段の数は？〟〝四階建ての上に十の望楼を……そして三十段の階段を全部で十二……〟〝寺院の屋根のかたちは、そしてその石の種類は——？〟

問答は一晩中続けられ、シメールの口から発せられた言葉はすべてひとりのヴィンの手で紙片に書きとられていきました。この光景に百人あまりのヴィンたちは畏れに満ちた視線を集めていましたが、でもその畏れがシメールの身そのものへ向けられているのではないことにぼくは気づいていました。まっすぐに仰臥して、いつもは幾重もの厚布に隠されている身体の線をあらわに見せたシメールの姿。痩せた顔や四肢に比べて、その腹部は明らかに不自然な盛りあがりを見せていたのです。

——シメールは、孕んでいました。

何を？

領主の死の知らせと同時にシメールの体内に降りたったという異形の精霊の姿を、その時ぼくは見えない胎児の上に重ねあわせていたのでした。

ぼくが加えられた守備隊は、西方へ向かう中隊でした。領主の最後の遠征は、偶然にもやはり西方へむけてのことだったので、ぼくたちは行方知れずの領主の後を直接追うかたちをとることになったのです。この僥倖はぼくたちの上に落ちた一条の恩寵の光とも思われ、ぼくたちは選ばれたものの誇らかな昂ぶりを胸に街を出発したのでした。

街の西の大門を出て三日後には、ソロモンの尾根は薄紫にけむる地平の背後に没していました。西の地平から湧きだす鰯雲の群が、季節風に乗って蒼穹の一面を水平に流れ過ぎていきます。ゆるやかな起伏のつらなる台地には、まばらに点在する刺のある灌木の茂みが目路の果てまで続き、ぼくたちは小さな集団となってこの光景の一点をアリのように移動していきました。

〃七たびに及ぶ西方への長征の行き帰りに、騎馬隊の大軍が残していった道がある。この道をたどって行きさえすれば、その果てに領主はいるのだ。それがありし日の力に満ちた姿であるにせよ、遺体であるにせよ〃

銅版刷りの領土地図と行く手とを見比べながら、隊長である初老の騎馬兵は言うのでした。たしかに街の西の門からは、蹄に踏み固められた幅広い一筋の道が荒野を越えてどこまでも伸びていました。それはほとんど道とも言えない、裸の地面の露出した埃っぽい筋目にすぎなかったのでしたが、みごとな着色銅版画の地図に記入されたそれはいかにも頼もしい黒々とした線となって西の土地を貫通しており、ぼくたち一行のたしかな前途を示しているように思われるのでした。

地平の果てに楕円に歪んだ落日が見られる時刻になると、ぼくたちは足を止めてそこで野営しました。一行の数は、三十一人。隊長と、二十歳《はたち》を過ぎたばかりの領主館勤めの従卒を除けば、あとの全員が十歳から十五歳までの少年ばかりでした。隊長は、騎馬兵であるとはいえずっと街の守衛だけを司っていたので、街の外には今まで一歩も出たことがないと言い、ぼくたち少年たちは、自分たちこそがこの一行を行く手へと導く力なのだと思い定めていました。

〃隊長の地図をのぞいてみたら、西へ二十日間進めば最初の属領の都市《まち》へ着くと書いてあったんだ。毎年一度の、貢ぎ物を運んでくるあの使節団の行列は、みんなも見てるだろうな?〃

隊長が天幕の中に引きとった後も、ぼくたちは焚火を囲んで夜ふけまで低声《こごえ》で話しつづけるのでした。〃あの、眼もあやな細工物を山と積みあげた馬の行列が、大通りをねり歩いてから領主館へ次々に入っていくのを、毎年ぼくたちは見てきたんだ。あの山のひとつは、この先の都市《まち》から差し出されたものなんだから、そこはきっと我々の街にも劣らない豊かなところに違いない〃

金銀瑪瑙玻璃を鏤めた、女部屋用の象嵌細工の衝立だの、異教の神々の戦を織りだした錦紗織りの敷物だのの記憶が、ぼくたちの脳裏に浮かんでいました。そして、肌の色の濃い異国の舞姫たちや、血紅色の染料で星のめぐりを表わす図形を額に描きだした遊女たち。——そういった女たちと、領主館の中庭や小暗い望楼の一室でひそかな交渉を持ったことがあると、副隊長である従卒あがりの若い男は自慢気にぼくたちに言うのでした。

〝子供には分らんだろうが、言葉の話せない奴隷女のはかない媚というやつは、街の女にはない味があるもんだ〟

真紅の舌を見せてそう囁く副隊長の妙に脂気のない青白い顔に、ぼくたちは蔑みに満ちた沈黙で答えたものでした。この若い男は隊長の身のまわりの世話を主な仕事としていたのですが、時たま妙に慣れなれしい口調でぼくたちの話に割りこんでくることがありました。こちらの動向を探ろうとするような様子が感じられなくもなかったので、ぼくたちはこの男を隊長のスパイと見なしていましたが、ぼくたちの沈黙に動ずる気配もなく副隊長はひとりで女の話を喋り続けるのでした。

街を出発して二十一日目の朝、ぼくたちは前方の地平線上に、城壁らしい薄黄色の隆起のつらなりを発見しました。

〝見ろ、地図にあるとおりだ〟

片手をあげて隊長が叫び、ぼくたちは隊列を整えて急ぎ足に進んでいきました。

――でも、そこへ近づくにつれてぼくたちは奇妙な困惑を感じはじめました。最初城壁と見えたものは、間近に立って見あげてみると、すっかり風化して石組みの間で草のなびいている廃墟の壁だったのです。累々と絶壁のように積みあげられた石垣は、すべて角が摩滅し、明らかに数世紀の時の侵蝕を受けて黄褐色の土くれと化していました。その頂上のあたりにわずかに残った銃眼からのぞく鮮やかな蒼天の群青を、ぼくたちはただ声もなく見あげるばかりでした。

この困惑は、一行が都市《まち》の内部へ侵入してからも続きました。この都市は岩山の亀裂の間に発達したものと見え、ぼくたちの進んでいく峡谷の道の両側にはほとんど天まで続くかと思われるような急な斜面があり、その傾斜面に沿って黄褐色の石垣が数十層、階段状に積み重なっていました。その壁に穿たれた窓々の奥には動くものの影もなく、ただ強い陽光がしんと照りつけているばかりです。地割れのひどい道には数十年も前に崩れ落ちてきたらしい壁の瓦礫が散乱し、なかば土くれと見分けがつかなくなっていました。――そこでは、すべての人間の営為が黄褐色の土へと還っていきつつあったのです。

昼すぎ、ぼくたちは岩場の急な小道を山羊の群を追って下ってくる二人の遊牧民に出会いました。隊長の問いに対して、まるで風景の一部と化したかのような黄褐色の顔のその男たちは、ここは数世紀も前に大旱魃のために滅びた王朝の廃都だと答えました。

〝征服軍の噂なんか知らないし――いいや、そんな名の領主のことは聞いたこともないね〟

面倒くさそうに言うと、男たちは臭いたてる山羊の群を追ってまた小道を下っていきました。そして後には、眼もくらむばかりの陽光に満ちた群青の蒼穹の下、黄褐色の廃墟の底に立ちつくすぼくたちがいるばかりなのでした。

その夜の野営はみじめなものでした。

〝でもたしかに、蹄の踏み固めた道はこの都市《まち》に通じているし、地図にもそう記されているではないか〟

隊長だけが、同じことを繰り返し喋りつづけていました。〝この都市《まち》からの使節団は、毎年ここの特産物だという縞瑪瑙や黄檀を持ってきたし、騎馬兵たちもここの皇帝の横顔が彫られた金貨を持ち帰ってきたのだ。無知な山羊飼いなどに、何がわかるという――〟

でもぼくたち少年たちは不安気に押し黙ったままで、ただ唇の真紅い副隊長だけが、隊長とぼくたちの顔を見比べては薄笑いを浮かべていました。

翌朝、ぼくたちは再び西へ向かって出発しました。歩きはじめて数刻後、ぼくたちは大きな曲がり角のむこうで峡谷の道が跡切れているのに気づきました。廃都の出口に立ったぼくたちが見たのは、開けた視野いっぱいにひろがる、ゆるやかな起伏とまばらな灌木の茂みを持った荒野でした。そして蹄の跡の残るひと筋の道の果てには、地平線に横たわる薄黄色の城壁が、はるかに遠望されたのでした――。

それから先の日々は、ただ果てしのない反復があるばかりでした。隅々までまぶしく晴れわたった鮮やかな紺碧の空、峡谷の狭間にひろがる廃都、黄褐色の石垣、時たま出あう山羊をつれた遊牧民たち、そして荒野に伸びた道の果てに見出される次の廃墟――。覇者の栄光をたたえる群衆の歓呼も、豊饒な稔りに満ちた市《いち》の殷賑も、ぼくたちを出迎える都市《まち》の代表者たちの慇懃な挨拶の言葉も、そこにはありませんでした。階段状の廃墟の一角には、山羊飼いたちの集まる売春窟が時おり見られました。夕暮れなどにその前を通りかかると、薄闇の中にそこだけ灯のともった戸口から数人の女たちが姿を現わし、ぼくたち一行にみだらな合図を投げてよこします。痩せこけて頬骨の突き出た、赤茶けた髪のその女たちは、使節団が領主への捧げものとして伴ってきたあの貴《あて》やかな女たちと、何とかけはなれていたことでしょう。

〝潰走する敵軍の血潮の跡もなければ、岩山の頂きで流謫の神が打ち倒された時の落雷の焦げ跡もない。せめて、傷口からしたたり落ちた一滴の凝血でも見ることができたなら、信じることができるのに――。信じることができたのに――〟

夜ごと繰り返された少年たちの呟きもやがて聞かれなくなり、いつかソロモンの名も国境のことも、誰の口からも漏れなくなっていました。行く先々の属国で物資の補給ができると考えられていたため、一行は最少限度の食料しか持っていませんでした。それが完全に底をついた時、隊長は一頭の馬と引き換えに五匹の山羊と数個の岩塩の固まりを遊牧民たちから譲りうけました。そして三頭の馬が次々に消えていった後、ぼくたちは荷馬の代わりに交替で天幕の包みを背負い、もはや口をきく者もなく、ただ蹄の跡のある道を黙々と西へ進みつづけたのでした。

――そんなある夜、月あかりの中でふと眼ざめたぼくは、廃都の崩れた岩場の道を四つの人影が小さく動きながら下ってくるのを見たのでした。その岩場の頂上には小さな窓あかりが見え、その中を数人の人影が時おりよぎっていました。四つの影がしだいに大きくなりながらこちらへ近づいてくると、副隊長とその後に従ういちばん年かさの少年たちの顔が見わけられました。天幕へ戻っていく副隊長が、別れぎわに少年たちの腰をつついて何か卑猥な言葉を囁くのが聞こえ、やがて眠ったふりをしているぼくのかたわらの毛布に彼らがそっともぐりこんできた時、月影に隈どられた少年たちの顔の上には、最初に生えそめたうぶ毛のような口髭がかすかにけむっていたのでした。——ぼくはそのことを誰にも話しませんでした。翌朝、白茶けた陽光の下に青黒く浮腫んだ顔を見せてのろのろと起きだしてきた彼らの横顔を盗み見た時も、ぼくは口を閉ざしたままだったのでした——。

不毛な行軍は、なおも続きました。最初にぼくたちが山羊飼いのテントを襲って食料と燃料を奪ったのがいつのことだったか、また副隊長と三人の少年が一行の備品のほとんどを持ったまま姿を消したのがその前のことだったか後のことだったか、ぼくはもう思い出すことができません。とり残された隊長はしばらくの間呆けたような様子でいましたが、これも数日後にはいなくなっていました。一行の頭数は一人減り二人減り、最後には十数人になっていたように思います。何人かの少年は女たちのところへ行ったまま帰らなかったし、また落日が廃都の峡谷を血のいろに染めた恐ろしい夕暮れ時、発狂したひとりの少年が化鳥のような叫び声をあげながら断崖を転げ落ちていく光景を、遠くから逆光の中に見たこともありました。

地図はいつの間にか黄色い砂塵の中に置き捨てられていました。行方知れずの領主の幻は廃都の城壁のように風化され崩れて消え去っていましたが、ぼくたちはただ惰性で西への移動を続けていたのです。悪い水による熱病と飢餓とが、ぼくたちの正気を徐々に蝕んでいたのでしょう——。

島へ。

ひとり仲間から逃げだして道程を逆に走りつづけた日々の間、ぼくの頭にはその言葉だけがありました。正常な思考を失った頭はその言葉の意味さえも忘れはてていましたが、ぼくは自分の中にただひとつ残された言葉の力に身をまかせて動いていたのでした。

——島へ。

そして今、一匹の女怪《シメール》の領地であるこの島で、ぼくは何を見出したというのでしょうか……。

ひとつの決意が、ぼくの内で確かなかたちを取りはじめていました。

〝ヴィンたちは、千年王国《ミレニアム》の統治者を求めているのよ〟

ぼくがあの儀式を盗み見た日の翌朝、シメールはいきなりぼくの前に立ちふさがってそう言い放ったのでしたが、それはぼくには何の意味も持たないことでした。

〝千年の至福を閉じこめるための堅牢な都市《まち》、それを地上に完成するにはこの世の外から降りたった絶対の統治者が必要だったんだわ。ヴィンたちは何世紀もの間その出現を待ちつづけて、そしてあたしの中にそれを見出したと言うの。――あたしの、おなかの中から産まれ出てくるものの中に〟

〝この街では、ぼくたちすべてがソロモンの息子だったんだ――みんな幻にすぎないことではあったけれど。おまえが孕んだものがその幻の中のひとつだったからと言って、それがなぜ千年王国《ミレニアム》の実現を導くことになる？〟

〝あんたたちの勝手な夢の中に、あたしまで巻きこむのはよしてちょうだい。領主のことなんて、あたしたちの王国には何の関係もありやしないじゃないの。あんたたちとも、領主とも街とも関係なく、王国の夢はあたしの上だけにいきなり降りたってきたんだわ〟

〝でも、この島がある。おまえのものだというこの島で、ぼくの夢だったひとつの疑問の答えが得られるはずだったんだ〟

〝あんたにとってはそうかもしれないけれど、それはあたしの知らないことよ。あたしの王国は今夜にも完成するはずだって、ヴィンたちが言ってたわ。あとひとつ、都市《まち》の中心の寺院さえできあがればそれで終わりよ。そうしたらあたしはこの島を出て、そこへ移るんだわ……〟

ぼくの決意を決行に移す機会は、その夜しか残されていないわけでした。円柱の台座の間を抜けて遠ざかっていくシメールの後ろ姿を、ぼくはたぶん険悪な眼つきで見送っていたのだろうと思います。みるみる充血して堅固な重さをそなえていくひとつの決意だけが、その時ぼくの空虚な身の内でうごめく唯一の力だったようでした。

——外は、夜でした。

この時刻、無人の岸辺には松明の円陣が炎をあげて廃墟の島の沈黙を押し包んでいるはずでした。その外部に声もなくひろがっているのは、ひとつの強大な幻が千々に打ち砕かれたあと、支配者を失って箍《たが》がゆるんだように希薄に拡散してしまった、見捨てられた街の脱け殻です。動かない沈黙《しじま》に満ちた天球とこの荒れた地平の間には、ただ黒々と凝《こご》った大気の層があるばかりでした。そしてその暗黒の一角で、ソロモンの尾根の頂に完成した姿を見せようとしているのかもしれない、ひとつの王国。

ぼくがシメールをつれてあの八角形の部屋へと大階段を降りていく間、ただひとりのヴィンの姿さえ見かけなかったのは、彼ら全員がその王国の完成のために最後の一夜をソロモンの頂で過ごしていたからだったのかもしれませんでした。

〝あたしに夢占や口寄せをしてもらおうとしてやってきた街の人間は、その代価に琥珀玉や縫いとりのある切れ地なんかを持ってきたものよ。あんたは何をくれるというの?〟

最初、ぼくの決意を告げられたシメールは、鼻を鳴らしてそう言ったのでした。〝ふん、どうせ夢以外には何も持っちゃいないくせに。そんなものに誰がつきあわされるもんですか〟

そしてその手をなかばひきずるようにして柱廊を進んでいった時、シメールは金切り声をあげて暴れ、何度も爪を立てようとしました。〝莫迦、ほんとに莫迦な子ね、国境線なんてどこにもありやしなかったというのに、まだ夢が忘れられないの——!〟男神を形どったアーチが見えてきた時、ぼくはそう口走りかけたシメールの利き腕を思いきりねじあげました。シメールはひと声鋭い叫び声をあげ、そして唇を噛んでやっと口を閉ざしたのでした。

……うつむいて立ったまま、八本の松明の炎がじりじりと爆ぜる音に、ぼくはじっと耳を澄ませていました。

正しく仰臥し、八方から落ちる火影に隈どられたシメールの顔は、ぼくの見知らぬ厳しさをあらわしてそこに眼を閉じていました。頭上の、灯の届かない穹窿《ドーム》に立ちこもった闇の中には、先刻から見えない翼の群が無数に羽ばたいているような気配が充満していました。時おり八つの炎がひらりと伸びあがると、その群から一対の翼の音が離れてひらひらとシメールの頭上に降りたち、また高みへと戻っていきます。そのたびにシメールの顔は次々に面変りしていき、眼窩や鼻翼を隈どる影はいよいよ濃くなりまさるように思われました。名もない精霊の群がその上に降りたっては、拒絶されて再び闇へと帰っていくのでした。その夜シメールが招きよせようとしているひとつの霊は、まだ姿を見せていないようでした——。

その時、ぼくは変化に気づきました。ひとつの実体のない翳《かげり》がシメールの顔の上に生まれ、波紋のように次々に繰りひろがり始めたのです。そして突然八方の炎がひらりと伸びたと思うと、宙に吸いあげられるように一直線に翔けあがりました。伸びきった炎は糸のように細くなり、一瞬かすかに明滅するとふいにかき消えました。

……闇に朱を描きだす炎の残影がぼくの視野から徐々に薄れていくと、そこは完全な暗黒です。その底で、シメールの身体は衣《きもの》を透かしてわずかな燐光を発していました。にぶい鉛色の、死者の肌。やがて乾ききって罅割れた二枚の唇がゆっくりと割れ、そしてぼくはひとつの声を聞いたのでした。

——暗い。……暗くて何も見えないぞ。行く手の地平を常に見定めていなくてはならぬ私の眼が役に立たぬとは、これは何とすればよいのだ。

〝——あなたは……領主ソロモンですか？〟

からからに干からびたぼくの喉からようやくのことでその問いが漏れだしましたが、声は気づかぬふうに繰り言めいた言葉の糸をたぐり続けていました。

——私は前へ進まねばならぬ。たとえ眼は見えずとも、私は地平線をめざして進み続けねばならないのだ。国境線？　そうだ、征服者はおのれの手で国境線を定めねばならない。だが、国境線とは常に、行く手に遠く見はるかされる地平線のことなのではないか？……その地平にたどり着いてみれば、さらに前方に新たな次の地平が見出される。休みなく侵略の進軍を続け、次の地平を、さらに次の地平をと追い続けるうちに、私の両眼はこの私自身の姿を見失ってしまったようだ――。いつの間にこの闇の中へ来てしまったのか、私は知らぬ。だが、闇路の行く手にも地平はあるのだろう。私は進み続けねばならぬ……。

鈍色の唇は、小止《おやみ》なく開閉しつづけていました。燐光の中心で二重三重にぶれて見えていたシメールの姿が、ふとひとつの姿にかたちを静めた瞬間をねらって、ぼくは問いを発しました。

〝あなたは街の女たちの中に、いったい何を残していったのでしょうか？〟

――誰だ？　今何者かが私に問いかける声が聞こえたようだったが……空耳なのか？　女たち――私はたしかに、領地のすべての女たちの腹の中に、おのれの印を残してきたぞ。すべての女たちの閨《ねや》の闇には、私の姿があったのだ。しかし、私は地平をめざして進み続けねばならないのだ。女どもの生暖かい胎内《はら》の中に私の印を封じこまれては、その印から尾を曳く糸に絡められて、先へ進むことができないではないか。

唇の動きはしばらくとだえ、そして再び始まりましたが、その声はわずかずつ後退していく気配を見せ始めていました。

――私が女どもの中に残していったのは、生命《いのち》ある印ではない。それはひとかたまりの闇、ひと握りの空虚だ。それを見まちがえて夢を見る者があろうとも、それは私の知らぬことだ――。

――私は行かねばならない。……次の地平をめざして、私は進み続けねばならぬ――。

――。

〝……ソロモン！〟

ぼくは叫びました。そしてその叫び声が伽藍に反響して消えた時、領主の気配は遠くへ過ぎ去っていました。燐光はいつの間にかしぼんで薄れ、そこにはただ凍てついた空気の底に取り残された、脱け殻のようなシメールの冷えきった身体があるばかりなのでした。

石の祭壇に熱い額を押しあててじっとうずくまっていたぼくがやがて立ちあがった時、シメールは繊《ほそ》い手足を投げだして死をまねたような深い昏睡に落ちこんでいました。

その代価に、あんたは何をくれるというの——。

そう言う声が聞こえたようでしたが、気のせいだったのかもしれません。——シメールの皮膚は魚のように冷えきっていて、長く触れているうちにぼくの体温がみるみると吸いとられていくのが分りました。竪棺に似た石の祭壇の表面より冷たいその胴はどんな熱にも決して溶けることはないように思われ、その時ぼくが腕の中に抱いていたのは、なめらかな一枚の皮膚に覆われた冷気に満ちた暗黒だったのかもしれません。心臓の鼓動さえ感じられないその身体の中にすべりこんだ時、ぼくはひと握りの虚空に接木されていたのでした——。

とうとう発せられずに終わったひとつの問い、〝自分はいったい何者なのか〟

その答えの聞けるはずもないなめらかな腹の表面に耳を押しあてて、ぼくはそれから長い間じっと虚無の気配に耳を澄ませていました。

……そしてぼくは、ひとつの夢を見ました。

ぼくの眼下にひらけているのは、星ひとつない新月の闇夜の光景でした。足もとのはるかな闇の底には、眠っている獣の背骨に似たソロモンの尾根の稜線が四方に裾野をひろげ、そしてその闇の一角に指輪ほどの大きさの炎の輪が小さく浮きたっていました。なかば瞼を閉じたぼくの両眼は、上空に浮遊したまま長い間その小さな輪を見おろしていましたが、夜の大気と同化してしまったらしいぼくの身体の内には、かすかな感情の漣《さざなみ》さえ湧きだす気配はないのでした。

いつの間にかぼくの両眼は闇を斜めによぎってソロモンの尾根に降りたち、その平らな頂にひっそりと静まった石の都市《まち》を眺めていました。切り出されたばかりの薄灰色の石の面が、正確な幾何学的交錯を見せて都市の内部をぎっしりと埋めつくしています。一点の欠如もなく完成されたその都市の碁盤状の街路を、ぼくの両眼は静かに移動していきました。

眼前に次々に開けていくすべての通りには、都市の礎石から彫りあげられたような灰色の人影が、二、三人ずつ身を寄せあってひっそりと動きまわっていました。物影から物影へと伝って歩くその人影は、時おりぼくの脇すれすれをかすめて通り過ぎていきましたが、絶望に蓋をされたその鈍い眼は決してこちらと視線をあわせようとはしないのでした。

——駄目だ、駄目だ、失敗だ……。

溜息に似たかすかな呟きが、歩み去る彼らの背後にまつわりついて尾を曳いていました。

都市《まち》を支配する秩序は、明らかにその体系のどこかを大きく狂わせていたのでした。堂々めぐりの迷路を内に閉じこめた出入り口のない家々、祭壇に背をむけ壁に額を押しあてた神像、上水道の貯水池の上に末端の口をあけた下水口、集会所の平屋根の上に重複して建てられた寺院——。ひとかたまりの闇から一人の巫女の口を通じてここに出現した都市は、無意味な結実の姿を見せて完成しているのでした。

……どこにも階段のない物見台の屋根の上に浮遊したぼくの眼は、街路から次々に吐き出されて都市の出口に集まってくる灰色の影の動きを静かに見守っていました。百あまりの影は声もなく石の外壁の門をぬけ、白く浮きあがった尾根づたいに、列を作って細々と道を下っていきました。わずかにうごめいていたその遠い後ろ影が、やがて視野の果ての岩場を越え、ふいに闇に呑みこまれて見えなくなると、もうそこには誰もいないのでした。

眼をとざすと、ただ闇があるばかりです。誰もいなくなってしまった後、ぼくはただ一人この暗黒の檻に捉えられているのでした。でもここを出て、どこへ行けばいいというのでしょうか？　ぼくには分りません、ただ答えるもののない静寂が残るばかりです——。

＊

少年が船出したのは、暁闇にはまだ間のあるいちばん冷えこむ時刻だった。長い石段を下って船着き場に降り、舫《もや》い綱を解いて小舟の舳をそっと水面に押し出す間、眼には見えるものもなく耳には聞こえるものもなかった。ただ、背後の膨大な闇の迷宮の中心で、ひとつの寝息がひっそりと凝固しているばかりだ。――もしこれがひとりの英雄であったなら、闇の中で一匹の女怪《シメール》に出会った時彼はその胎内に潜む謎をひと言のもとに説き明かし、相手をおのれの足もとに踏み敷くかあるいは死を与えていただろう。が、少年はただ眼を閉じてやみくもに逃げだすしかできないのだった。

少年は櫓の先端で岸辺を押しやり、舟を漕ぎだした。対岸に毎夜燃えていた炎の円陣は、ひとつ残らず消えていた。闇の中で目印となるものは何もなかったが、島から顔を背けて櫓を漕ぎつづけていればいつかは岸に着くだろうと少年は思った。

これからどこへ行けばいいのか、それは分らない。でも、それは向こう岸に着いてから考えればいいことだ。ゆっくりと背をたわめ、そして一気に水をかく。――今は何も考えず、ただこの単調な繰り返しに身をゆだねていればいい。櫓がかき乱す静かな水の音と頬を撫でていく水上の鋭い夜気、それだけを感じながら今はただ何も考えないでいるのがいい……。

少年は舟を漕ぎ続けた。天地を埋めつくしたぶ厚い闇はいつの間には味爽《よあけ》へのうつろいの予感を内に潜め始めていたが、それにも気づかず少年はただ漕ぎ続けていた。

――闇の中で、少女は眼ざめた。

〝莫迦な子、ほんとうに莫迦な子〟

冷えきった足を床にすべり降ろすと少女は小走りに部屋を横切り、手探りに床のランプを捜した。

〝ここを出て、どこへ行くっていうの。それは分っているはずなのに〟

手が震えて、二度石を取り落とした。火屋《ほや》の中に小さな炎が踊りだすと、少女はあわただしく左右を見回し、柱廊へ走りかけて、立ち止まった。

〝ヴィン、あの子を追って。あの子を行かせないで〟

石の空間のどこにも、答えるものの気配はない。

〝あたしから逃げだして、あの子は行ってしまうつもりなのよ。ヴィン、あたしからあの子を逃がさないで――〟

誰もいなくなった伽藍の底を、少女は走った。ひとり取り残されたことが分った今、頭上の膨大な闇はあまりにも重く少女の身体を押し包み、圧倒的な力で行く手をはばんだ。足がもつれ、少女は前のめりに身体を投げ出すように倒れた。音をたてて火屋が砕け、炎がひらりと揺れてかき消えた。

――闇の底で、少女は石床に頬を押しあててじっとしていた。この冷えきった石の、平面のひろがり。視覚を呑みこんでしまう完全な暗黒の底、ぎしぎしとひしめきあう静寂に押しひしがれたこの平面のひろがりは、少女の身体から滲み出す同心円の波紋のように島いっぱいに広がり、さらにはその外の水面を伝わってどこまでも果てしなく続くもののように思われた。

対岸なんて、本当にあるのかしら。本当に、あったのかしら。

眼を閉じると、体内の隅々まで闇が押しよせてくるのが感じられた。その時、今まで体内に封じこめられていたひとかたまりの闇と外の闇とが、初めて一致した。すると、もうその場を動く必要はなかった。

……逃がしは、しない。

あたしの眼の届かないところまで逃げていったところで、決して逃がしは、しない。

あんたが逃げれば逃げたぶんだけ、あたしの地平はどこまでだって広がっていくのだから。

――。

眠りに落ちこんだ一匹のシメールの姿を内に潜めて、島は動かない水盤の上に影を落としていた。最初の曙光が東の空から花弁のようにほぐれだしてくるのは、もうじきのようだった。そしてその時少年の行く手には、ほのかに明けそめていくはるかな水平線が見出されるだろう。そして少年は、波のうねりさえない永遠の水球の上にただひとり小舟を浮かべている自分の姿に気づくだろう。

が、夜明けまでにはまだほんのわずかな時間が残されていた。その時が訪れるまで、今はまだ、闇はその広大な顔の背後に全世界を包み隠して、残されたあとひと時の眠りを貪《むさぼ》っている――。

ファンタジア領

PART1　O氏《オー》と鍵番

街の住人たちが《城》と呼んでいる会社でO氏《オー》がひとり暮らしを始めたいきさつについてはさまざまな憶測が乱れ飛んだが、そもそものことの始まりはO氏が言葉に憑かれたことだった。

と言っても、O氏は言語学者ではないし、まして詩人だったわけでもない。O氏にとりつき、数年間にわたって悩ませ続けているのは、たったひとつのある言葉だった。——そのきっかけはO氏の記憶にはない。いつか夢の中で聞いた言葉なのかもしれないし、嬰児のころ母親の胸の中で聞いた子守唄の中の言葉だったのかもしれない（もっとも、その言葉にとりつかれて以来O氏は母親の顔さえ忘れてしまっていた）が、しかしO氏にとってそんなことはどうでもよかった。問題は、それが何という言葉なのかどうしても思い出せないということなのである。

「《卵》——《不妊病》、《癲癇》！」

O氏の部下である娘たちの一人が、自分の紙片を読みあげた。

「《幾何学》、《涅槃》、《ウオノメ》」

「《燻製ニシン》？」

ともう一人。

「《割礼》」

「《お歯黒》」

「《受胎告知》」「《媚薬》」「《女装趣味》」「《腸詰》⁉」

「やめてくれ」

自分の紙片を投げだしながら、O氏が怒鳴った。「そんな言葉はとっくに私のボキャブラリーに入っている！　私が捜しているのは、宇宙全体をも凌駕する意味を持ったある言葉だ——《愛》より《死》より、《夢》よりも豊饒なひろがりを持った……ああ、おまえたちがいるとますます思い出せなくなる！」

見失った言葉のイメージは、夜ごとO氏の夢の中で、見えないものの形となって跳梁した。たとえば記憶を失って自分の名前を思いだせなくなった男のように、O氏は苛立ち、胃を悪くした。精密検査の入院のと騒ぎたてたすえ、O氏はこの責任をすべて他人に転嫁してしまった。

「他人こそすべての元凶だ。あの言葉を思い出せないのも、全部他人のせいなのだ！」

そういうわけで、O氏は《城》に入って下界と切り離されたひとり暮らしを始めたのである。

「——時間だ、もういいから帰りたまえ。その前に、スクリーンをみがくのを忘れないように」

いっせいに意味のないざわめき声をあげると、とりどりの花の色の服をつけた娘たちの一団は散乱した紙片をかき集め、スカートをひるがえして次々に廊下へ飛びだしていった。巨大な《城》の一角にそれぞれの私室を与えられているのだ。

最後のひとりが無造作にスカートの裾をつまみあげ、壁のスクリーンの埃をぬぐってから出ていくのを見届けると、O氏は部屋の片隅の簡易ベッドに腰をおろした。部屋のただひとつの窓からは、百二十階の外の何もない夜空が見えるだけで、ただ空白のみを映しだしている壁のテレビ画面の外には、外界とのつながりを示すものは何もない。

Ｏ氏が《城》に入って以来、このスクリーンは一度も映像を映しだしたことはなかった。噂では、《城》の主《ぬし》と呼ばれる管理者がそれぞれの部屋の住人たちに指示を与えるための伝達器だというが、どの部屋の画面もその機能を停止したままで、主の姿を見たことのある者はひとりも存在しないという話だった。入社時にＯ氏に与えられた仕事は、他の数千の部屋の男たちと同じく、思いつく限りの言葉を紙片に書きだしていくというもので、それがどういう意味を持っているのかは知らなかったが、Ｏ氏にとっては好都合だった。部下の娘たちにはいっさいの私語を禁じておいたので、その存在をなんとか我慢できないこともない。「他人に邪魔さえされなければ、なくした言葉も見つかるに違いない……」

Ｏ氏は《城》の生活に満足し、言葉さがしに没頭した。そしてある夜、鍵番がやってきた。

その夕方、娘たちの一団がとめどもなくうわずった様子で部屋を駆けだしていった後、Ｏ氏はいつものように紙片の束を壁の差し込み口に押しこんだ。狭い口にくわえこまれた束が自動的に《城》のどこかへ送り出されていくと、ボーイと呼ばれている白い制服の男たちが夕食を運んでくる。Ｏ氏は盆を窓ぎわに移して食事を始めた。百二十階の窓の下は、張り出した下の階の屋上で、そこに庭園がしつらえられている。

――べつにこの屋上庭園を美しいなどと思うわけではないが、とＯ氏は考えた。ここなら下界の人間どもが眼に入る心配はないからな。時々ボーイどもが眼隠し鬼めいた様子で繁みの中を走りまわるのが難だが、部屋の中ばかり見ているのはもう飽きた。人間、何か見るものでもなくては退屈だ……おや、ニガヨモギがあるな。《苦艾》、《苦艾》――いや、この言葉も違う。

「いい女でも見えるかね」

――Ｏ氏は振りむいた。背後にひとりの奇妙な小男が立って、にやにや笑っている。

「何だ、おまえは？」

小男は莫迦にしたように宮廷風の一礼をし、その拍子に身体中にびっしりぶらさげられた鍵束が派手な音をたてた。

「立っていると疲れる。椅子ぐらい勧めてくれてもよさそうなもんじゃないかね？」

「それは私の椅子だ！」

叫ぶO氏にかまわず小男はクッションの上に納まり、短い脚をぶらぶらゆすった。

「それでどうだったね、どんな女が見えた？　美人か？」

「女など見てはいない！」

O氏は正直に赤くなった。「他人の顔を見ると気分が悪くなるというのに、女など……それよりおまえは何だ、《城》の人間か？」

「おれは鍵番だよ、見てのとおり」

小男は両腕をひろげ、また耳ざわりな鍵束の音をたてた。「すべての鍵をおれが握っているというわけさ」

「《城》の小使いか。勝手に合鍵を使われては困る。――しかし、扉のあく音はしなかったはずだが」

「些事にこだわるのはよしたほうがいい。それよりあんた、こんなところで何をしているのかね」

「おまえの知ったことか。さっさと出ていけ、胃が悪くなる！」

「神経症だな」

と鍵番。「さっきの質問だが、なぜこんなところに一人で暮らしているのかね？」

「他人がそばにいると身体の具合が悪くなるのだ」

O氏はかろうじて声を押し殺した。「特におまえの顔を見るとな。今すぐ出ていかないと……」

鍵番は歯をむいて笑った。

「こっちだって、あんたの顔なんざ見たくもないね。ただ、凡人の分際でよりによって言葉に憑かれるとは小《こ》賢《ざか》しい、というわけで好奇心を起こしてね」

「なれなれしい口をきくな。おまえは何者だ？」

「おれはあんたの妄想だよ」

Ｏ氏は黙って壁の呼び鈴を押した。何の手ごたえもない。

「人を呼ぼうというのかね、あんたらしくもない。とにかく」と鍵番は短い手足をもがいて椅子の上に身体を起こした。「他人に責任を押しつけようなんざ悪い了見だよ、あんた。言葉にこだわるなんて分に過ぎたことはさっぱり忘れちまえば胃の具合だってよくなるに——」

「うるさい、出ていけ！」

Ｏ氏は灰皿を投げた。鍵番は消えた。


二度目に鍵番が現われたのは、部屋付きのボーイをテレビのことで怒鳴りつけた直後のことで、Ｏ氏はいつもに増して頑固になっていた。

その日の夕方、娘たちが帰っていった後の部屋に自動的に灯がついた時、ベッドの上で思いつく限りの言葉を羅列していたＯ氏は、どこからか流れてくる人声と音楽に瞑想を破られた。

「何のために完全防音の部屋を特別にまわしてもらったんだ！」

見ると、壁のスクリーンが白く光っている。Ｏ氏はベッドを降りた。

それは何かのテレビショーのようだった。ピンクの胴着と網タイツで腰のくびれと長い脚を強調した三匹の人間大の縞猫が身体をからませあい、ねとつくような笑いをこちらに向けたまま、ジンタにあわせて身体をゆすっている。スイッチを切っても画像は消えず、いつまでたっても同じジンタ、同じ雌猫の媚笑い、同じ変化のない踊りが続く。画面の隅では燕尾服の寄り目の司会者がしきりに何かしゃべっているのだが、時々左右の黒眼をくるりと裏返してはまた中央よりに戻したりしている。

「下界のテレビ局の電波がまぎれこんでいるんだな。故障だ、おい誰か！」

屋上庭園を走りまわっているボーイたちにむかってＯ氏は叫んだ。呼び鈴が壊れたままだったのだ。

部屋に入ってテレビを調べたボーイは、専門家を呼ばねばならないと言った。

「修理屋をこの部屋に入れるというのか？　テレビごと持っていって、捨ててくれ。他人の顔の映る装置など不愉快だ」

「上から禁じられていますので、それだけは――」

「もういい、この役たたずめ！」

O氏は声を荒げた。「出ていってくれ。それから、窓の下で眼隠し鬼などされては眼ざわりだ」

「あれが唯一の楽しみなのです」

「私の命令だ！」

ボーイが出ていった後も雌猫は踊りをやめず、アクロバットのように人体ピラミッドを作っては、時々O氏にむかって鮮紅色の舌を出してみせる。蹴とばしてみたが、何の変化もない。O氏はジンタをかきわけるように苛々と窓に近づき、首を突きだした。その時、庭園灯の下を影がよぎった。

「私の命令を――！」

怒鳴りつけようとした時、その人影が顔をあげた。奇妙な薄ら笑いを浮かべた小男の顔――。

叩きつけるように窓をしめ、鍵をかけるや否やO氏はドアに駆けより、錠を確かめた。息を切らして振りむくと、椅子に腰かけた鍵番と眼があった。

「その後気を変えたかね？　言葉といちゃつくことなんざ、いいかげんによしたらどうだね、猥褻じゃないか」

「……私の望みは」

とO氏は必死に息を整えた。「すべての他人が眼の前から消えていなくなることだ。出ていけ！」

「あんたの役にたつ情報を持ってきてやったのに、それはないだろう」

鍵番は肩をすくめた。「だいたいあんたは、自分の仕事がどういう意味を持っているのか知ってるのかね。

《城》の主がいったい何をしようとしているのか知らないんだろう?」

「そんなことはどうでもいい。私の目的に干渉しさえしなければそれでいいのだ」

眼ざわりなテレビを横眼で見ると、雌猫の一匹が淫蕩な流し眼をO氏にむけた。たじろいで胃を押さえたO氏を見て、鍵番が膝を叩いてはやしたてる。

「うるさい。さっさと消えろ!」

「この部屋であんたが毎日吐きちらしている言葉がどうなっているのか本当に知りたくないのかね? あの紙片の束が、送り出されていった先で何に使われているのか?」

「――」

O氏は憮然とした。

「《本》だよ。たった一冊の《本》」

鍵番は言った。「世界を包含する完璧な一冊の本――同時に当然、すべての言葉を含んだ完璧な辞書でもある、そういう《本》を《城》の主は創りだそうとしているのさ」

「すると」

O氏の顔に徐々に理解の色が浮かびはじめた。「――その《本》の中に」

「そう、あんたの捜している言葉も入っているはずだな。その《本》が本当に完成すればの話だがね」

「その、その《本》はまだ未完成なのか? いつ完成する?」

「今までに何度も、《本》が完成したという噂は流れた。しかしそのたびに何らかの欠陥が発見され、すべて《城》の主の手で燃やされてしまったそうだ。今新しく創られているのは、何百冊目かの改稿本だよ……」

O氏は夢中になって部屋中を歩きまわっていた。

「そうか、それさえ完成すれば私の言葉が見つかるんだな、ついに! 長い間どうしても思いだせずに苦しんできたが、とうとう――」

「分ってから案外がっかりするんじゃないのかね」

「何だ、まだいたのか」

Ｏ氏は振りむいて眉根を寄せた。「どういうことだ？」

「他ならぬあんたのことだからな、あんたの言葉とやらもたいして出来のいいしろものじゃないだろうよ」

鍵番は耳ざわりな鍵束の音をたてて椅子の上に起きあがった。「言っただろう、おれはあんたの妄想だと。おれをこんな見ばえのしない姿として視覚化したのはあんたの主観なんだからな。あんたの言葉にしたって、その姿を見ればおれみたいなもんさ」

「私の言葉に文句はつけさせない！　私の主観がおまえのような寸足らずの姿をつくりだしたとでも言うのか？」

「もちろんさ。自分がそれほど健全な人間だとでも思っていたのかね、かわいい人だ」

「妄想の分際で大きな口をきくな！」

Ｏ氏は灰皿をつかんだ。投げつける前に鍵番は消えた。


それから数日間、鍵番は現われなかった。胃の具合も少しよくなり、Ｏ氏は再び娘たちを使って言葉さがしに没頭する毎日を送りはじめた。《本》の完成を気長に待っている気には、やはりなれなかったのだ。ボーイたちが屋上庭園に出入りするのをやめたので、夜の間は窓辺で作業をつづけた。テレビが相変わらず壊れたままなので、その騒音から逃れるためには、どうしても興味を窓の外に向けざるを得ないのだ。

「《球体》《酢》《子宮》《遠近法》でもないし、《狂信者》《挽肉器》《下痢》《合わせ鏡》、これも違う――」

円盤状に《城》を取り囲む街の灯は、地平線上までびっしりと繁殖していた。《斑猫》《鳥兜》《迷宮》《円環》――。言葉の糸がもつれだし、無数の光の斑点が膨張しながら遠のいていくと、Ｏ氏はいつのまにか揺れ動く水面に似た眠りの膜を通りぬけて、夢の廻り舞台へと忍び足ですべりこんでいた。

ジンタの音はそこでも続いていた。舞台の上に吊り下げられたスクリーンの中では、三匹の雌猫が網タイツの太腿あらわに、たがいに画面の中央の位置を占めようとしてつかみあっている。

何という騒ぎだ！

Ｏ氏が思ったとたん、画面の四隅から放水が始められ、ずぶ濡れになった雌猫たちはようやくもみあいをやめた。Ｏ氏は機嫌をよくし、雌猫たちを左右にまねきよせると舞台の中央に立った。見回すと、舞台を囲む階段状の客席には数千の顔がある。初めて見るはずなのに、どの顔にも奇妙に見覚えがあった。

おれたちあたしたちはあなたの言葉です。

観客がいっせいに立ちあがった。Ｏ氏は、無数の顔がせめぎあいながら舞台にむかってずり落ちてくるのを見た。最前列のひとりの女は《卵》だった。隣りの男は《燔祭》、その後ろは《逆児》――Ｏ氏が今までに唾液の膜でくるみこむようにして吟味してきたすべての言葉がそこにあった。

やめろ、来るな。おまえたちは私の言葉だ、私の命令を聞け。

雌猫の姿はいつのまにか消え、舞台の上にはＯ氏ひとりだった。

来るな、消えてしまえ！

近々とせまっていた数知れない顔の群は、そのとたん蠟のように溶け崩れはじめた。粘液をしたたらせながらなおも肉迫してくる無数の顔――。

「……！」

はじかれたようにＯ氏は顔をあげた。

廊下の端で騒ぎが起きていた。無数の足音が入り乱れて、若い女たちの声と共にこちらへ近づいてくる。同時に幾つもの扉があわただしく開閉する音がして、数人の高い声が壁に反響した。

――《本》……終ワッタ――。

立ちあがったＯ氏の眼の前で扉が乱暴に開き、数人の娘たちが興奮した小動物のような様子で駆けこんできた。廊下の熱気がむっと顔を打つと同時に、あたり一面、夥しい紙片の束がぶちまけられた。

「《本》」

「《オワリ》」「《オワリ》！」

「《本》が完成したのか、完璧なのが？」

乱れ飛ぶ紙片をはらいのけながらO氏は叫んだが、娘たちは顔を寄せあって呻くような笑い声を漏らすと、たちまち背をむけて飛びだしていった。その間にも、数十人の娘たちの集団が、大量の紙片を投げ散らしながら次々にドアの外を駆けぬけていくのが見えた。

O氏は息を切らしながら、紙屑に埋まった長い廊下を走った。

「私の言葉！《本》の中に見つかるはずだ。今夜こそ捜しだせる！」

どのドアの中からも同じジンタが流れだしていた。スカートの下に若い腿の動きを見せて飛びはねていく娘たちの後ろ姿は、廊下のずっと先にもう見えなくなっている。O氏はふと気づいて、走りながら幾つものドアの中を覗きこんでみた。他の男たちの姿はどこにも見えない。

「娘たちと一緒に行ってしまった様子も見えなかったが——とにかく、《本》を最初に読むのは私だ。先を越されてたまるか！」

廊下の端の階段にたどりつくと、はるか高みから若い笑い声がかすかに反響しながら降ってくる。突然、O氏は立ちどまった。男の低い哄笑が同時にどこからか伝わってきたのだ。それは《城》中の無数のスクリーンの中から響いているのだった。

手近な部屋のひとつに飛びこんでみると、画面の中では三匹の雌猫と寄り目の司会者が、笑い声の主を捜すように四方を見回しているところだった。

「——《城》の主の声だよ、今のは」

鍵束の音がして、画面の中央にだしぬけに鍵番の姿が現われた。雌猫たちは驚いて画面の隅にひとかたまりになった。

「おまえか。それより完成した《本》はどこにあるんだ?」

嚙みつくようにO氏が怒鳴ると、鍵番はいつもの薄笑いを浮かべた。

「その前にいいものを見せてやろう。《城》の様子をな」

声と同時に画面が消え、《城》の全景に変わった。暗闇の中に、百数十階建てのビルの窓の、四角いガラス面のつらなりだけがくっきりと明るく浮かびあがっている。地上に近い方から順に大きく映しだされていくのを見ると、ガラス窓の内側に水が満々とたたえられているのが分った。どの窓も内側から発光して金の輪をゆらめかせている水ばかりで、今まで働いていたはずの男たちの気配もない。

「下の階から順に水が上がってきているところだ。今にこの階にも届いてくる」

声がして、今度は屋上を下から見あげた画面になった。屋上の無数の人影の中で白い腕が忙しくひらめき、夥しい紙吹雪が夜空に撒きちらされている。上空の風に吹き乱される白紙の渦の中で、数十人の娘たちは一団になって踊り狂い、転がるように屋上の端までたどりつくと、急にくるくるとひとかたまりにもつれあった。と同時に白いかたまりは数万の紙吹雪に分裂し、闇も八方に舞い散った。

「——あの娘たちの役割はもう終わったのだからな」

背後で鍵束の音がして振りむくと、そこに立っていた鍵番が、どうだ、と言わんばかりの身振りをしてみせた。

「それより《本》だ。《本》はどこにある!?」

「あわてなさんな。《本》が完成したと誰が言ったのかね?」

「完成していないと言うのか?」

O氏は鍵番につめよった。「では、これはどういうことなんだ?」

「《城》の主が自分の《本》を完成することを断念したんだよ。《城》を捨てて新しい場所へ移っていっただけのことさ——と言っても、それには理由がある」

　と鍵番はその場に坐りこみかけたO氏の腕をとって廊下に出た。

「《本》はすでに完成していたんだよ、この世の始まりからな。《城》の主はそれに対抗して、さらに完璧な新しい《本》の完成をもくろんだのだ。どだい無理な話だったのだがね」

　話しながら鍵番は階段を登っていった。最上階に達して階段が行き止まりになると、鍵束のひとつの中から小さな銀の鍵を取りだし、突きあたりの壁の鍵穴に差しこんだ。壁と見分けのつかない小さな扉が開くと、その中には螺旋階段がさらに上へと伸びていた。

「これは塔に通じる階段だよ」

「そんなはずはない。この建物は屋上までで終わりだ。塔などあるわけはない」

「最初に言っただろう、おれはすべての鍵を握る鍵番だと」

　先に立った鍵番は薄笑いを浮かべ、螺旋階段を登りつめたところに現われた銀の扉を押した。

　そこは銀白の円天井《ドーム》を持つ、円筒型の部屋だった。丸い床の真中に円形舞台があり、そしてその中央のテーブルの上に、《本》があった。

「あれが完璧な《本》だ。読むかね」

「——」

　磁石に吸いよせられるようにふらふらと円形舞台に登っていくと、O氏はテーブルの前に立ち、一瞬息を整え、そして《本》の表紙に手をかけた。

　——《本》を読み終えるまでに、数年間、あるいは数世紀の時が過ぎたようだった。しかし、混乱して重い頭を最後のページからあげると、表紙に手をかけた時と全く変わらない姿勢を保ったままの鍵番の姿があった。

「どうだね？」

　O氏はかすかに頭を振った。

「――嘘だ」

急に顔をあげると、真向から鍵番の顔を見すえた。「嘘だ、これは完成した《本》ではない。おまえが隠しているんだな、完璧な《本》をどこへやった！」

鍵番は笑いだした。

「隠してどうしようというのかね、まったく。だいたい、そんなにあんたの言葉は大事なものかね？　あんたも見ただろう、その正体がどんなものか。あのできそこないの群を――」

「できそこないではない」

Ｏ氏は激昂した。「私が消えろと命令したから崩壊しただけだ」

「いいや、そうじゃない。あんたのあの言葉の群はもともとできそこないだったんだ」

「嘘だ！　おまえが何か妙なまやかしをしたんだ。いくら邪魔をしようとしても無駄だぞ、私はあの言葉を何としてでも捜しだしてみせる！」

「強情な人だね、あんたも。あんたが捜している言葉にしたって、あの連中と似たようなもんだがね」

「どうしても捜しださなければならないんだ。我慢できない！」

かん高く裏返ったＯ氏の声が、円天井《ドーム》に響きわたった。

「――それほどまでに言うのなら」

と鍵番は背伸びをした。「……その言葉の姿を見せてやろうか。どうしても見たいというのならな」

「本当か！」

鍵番は背後の空間からひょいと三脚付きの天体望遠鏡をとりだし、筒先を天井にむけてセットした。上にむかって指をはじくと、円天井《ドーム》の尖端に黒い筋が生じ、それは見るみる幅を増して帯状の星空になった。

「覗いてみろ」

レンズに眼をあてると、あばたの浮かんだ正円の月が視野の中央に定まっている。

「月が見えるだけだぞ」

「月が見えるんじゃない、あんたが月を見ているんだ。あんたの言葉の月だ」

「あれも言葉か」

「そうだ。もっとよく見ろ」

月球の上に女の姿が現われた。片肘をついて長々と寝そべり、一方の手で月の面をなでている。

「——女だ」

「それがあんたのなくした言葉の姿だよ」

気の狂ったような色彩の布に包まれた女の姿を、O氏は凝視した。が、そこからは何の言葉のイメージも浮上してこない。まばたきもせず、乾いた眼球の表面が痛みだすほど見つづけても、女の姿からは何の意味を読みとることもできなかった。

「駄目だ」

O氏は膝を折った。「——どうしても思い出せない。喉のところまで登ってきてちりちりしているのに、それを吐きだして言葉にしようとすると舌がこわばってしまう」

望遠鏡をテーブルに叩きつけると《本》が床に落ち、綴じ糸が切れてページが舞台いっぱいに乱れ飛んだ。

「《本》の中には、確かにすべての言葉があった。でも私の言葉だけは見つからない！　あの言葉、どうしても思い出せないあの言葉を見つけださなければ、私の世界が完結しないんだ。でもどうしても思い出せない！」

「いい年をして喚きなさんな」

振りむくと、舞台の向こう端に鍵番と並んで月の女が立っていた。ネジの切れた人形のように眼を見開いてあらぬ方向を凝視している女の身体を、小男の鍵番が必死に支えている。

「まだいたのか！」

O氏は怒りを爆発させた。「何もかも、全部おまえのせいだ。そんな女を連れこんで、私をたぶらかそうというのか？」

「言っただろう、これがあんたの例の言葉だよ」

斜めに傾いてくる女の身体を下から押しかえしながら、鍵番が言った。「手で触ることだってできる。試してみるかね？」

Ｏ氏にむかって、鍵番は女の背を軽く押した。女は視線を空に泳がせたまま前のめりに近づいてくると、いきなりＯ氏の胸に倒れこんだ。重みによろけるＯ氏の身体に、女はたちまち四肢をからめて抱きついた。

「苦しい、放せ！　何だこの女は？」

Ｏ氏は悲鳴をあげた。「この女、体温がないぞ。冷たい、さわるな！」

Ｏ氏の抵抗にかまわず、女は万力のような力で絞めつけてくる。身体の自由を奪われたＯ氏は長椅子に倒れこみ、その上に女が馬乗りになった。

「やめろ、消えてしまえ！」

「無駄だよ、その女は消えない」

鍵番はにやにやしながらその様子を眺めている。「その女はあんたがいちばん強く思いをかけた言葉だからな。完璧な人間の女にはほど遠いが、それはあんたのせいだよ……では、おれは行くよ。もう会うことはないだろう」

「消えないでくれ！」

下敷きになったＯ氏が叫んだ。「こんな女はいやだ、どうにかしてくれ。それに、いったいこの女は何という言葉なんだ？　私には見当もつかん！」

「消えるのはやめておくよ。あれをやると疲れていけない。ドアから出ていくよ」

「待ってくれ――！」

その時、女がＯ氏の顔を両手ではさみ、機械人形のような正確さで悲鳴を押しつぶした。

「この先一生かかってその女に可愛がられれば、いつか思い出せるかも知れんよ……」

幼児に似たたどたどしい足どりで部屋を横切ると、鍵番は銀の扉をあけてそっと首を突きだした。

――外にあるのは、冷気に満ちた一面の虚空。上下左右のコンペイトウ型の星がまたたき、闇のかなたを光塵の尾をひいた箒星が斜めに墜落していく。

ドアの前で振りむいて、懸命の攻防を続けているO氏と女の姿を最後に一瞥すると、鍵番は虚空に踏みだした。

後ろ手に鍵をかけ、虚空のただ中を二足三足歩きだすにつれて、鍵番の顔に笑いがひろがった。足どりが無器用なステップに変わり、腕が拍子をとりはじめ、やがて鍵番は奇妙な踊りを踊りだす。

お嬢さんがた、御機嫌はいかがかね。

声をかけられたコンペイトウ型の星々は、エコーのかかった若い娘の笑い声を虚空にさざめかせ、角と角をかちあわせて氷のような音をたてた。踊りながら星々の間を飛びはねていく鍵番のまわりを、箒星がロケット花火のように左右に飛びかい、螺旋を描きながら輝く虹の粉末をふりまいていく。

間違ってもコトバに思いをかけるもんじゃない
血も肉も暖みもない
コトバの女は深情け
嫉妬深さも天下無類
コトバのない夢の世界へ
飛んでいくことさえ許しちゃくれない……

……やがて歌声と鍵束の音が遠ざかって聞こえなくなると、虚空に絶対の静寂がおりた。星々は堅く凍りつき、箒星も暗黒の深みへと消え去った。

そして後には、虚空の真只中に取り残された一枚の扉の鍵穴から、わずかな光が漏れだすばかり——。

PART2　シャングリラ

その土地はすでに年齢《とし》をとりすぎているようだった。

長すぎる年月の浸蝕を受けた土地がしだいに太古の相貌を取り戻しはじめたのは、あるいは時の流れがゆるやかな弧を描いて巨大な円環を閉じつつあったせいなのかもしれない。大洋はすでに潮の流れを続ける力を失い、波のうねりさえ昔の荒々しさをなくして、ただ塩分の濃度のみを増しながら音もなく泡だっていた。疲れはてた月球の運行につれて海は緩慢な膨張と収縮を繰りかえし、時おり瘴気を含んだ水泡を油のような海面に吐きだしていた。

その瘴気の混じった海霧が絶えず薄く流れこんでくる低い土地に、人々は小さな王国を造っていた。

「このまま時の流れを放置しておけば、宇宙は再び一匹のアメーバの姿に戻ってしまうだろう」

千々の枝を張りめぐらせて連綿と続いてきた王家の血筋の末裔が、ある時月見の塔に主だった家臣たちを集めた。「すでに、すべての生物が進化の樹を徐々にずり落ちつつあるようだ。世代を追うにつれて、人の姿もまた時の流れに蝕まれている。男も女も皮膚のきめが荒くなって眼と眼の間が狭くなり——辺境の蛮族などは、四足獣の体型に近づいていると聞いた。王たるものがこの事態を見すごすことはできない」

しばらくの間声がとぎれ、老いた家臣たちは床に伏せていた顔をそっと上げた。が、そこには厚い垂れ幕越しに動く黒い影しかない。王国の中で最も古い血筋の、血族同士の交配がもたらしたという驚くべき自然の造形を、最長老の重臣でさえまのあたりにしたことはないのだった。その時人影が再び声を発し、老人たちは額を床にすりつけた。

——その夜のうちに伝令が発せられ、脚の短い斑馬《まだら》を駆った使者たちが王国の四方に散った。「この王領内にあるという、時を内に封じこめた《館》を捜しだし、時の構造を解き明かすことに成功した者には——」

その褒賞の意外な額に、人々は色めきたった。

「王の言うのは、あの言い伝えの《館》のことに違いない」

老人たちはしたり顔に頷きあい、それまで年寄りの昔語りなどには耳を貸そうともしなかった若者たちまでが、それを遠巻きにして聞き耳をたてた。

「月《つき》の曜日から土の曜日までの間だけ、そこへ至る道は開かれているという。あらゆる時を内に有しているその《館》は、ひとつの名を持っている。その名は——館の守り番以外には知る者はいない」

「そこへ行く道は？　その館はどこにある？」

押さえきれなくなった若者の一人が叫んだ。萎びた老人は声の主に傲慢な眼をむけた。

「自分で捜すんだな。たとえ捜しだせたにせよ、おまえに時の構造など理解できるわけはない」

不満気にざわめく群の中からKは一人抜けだし、広場のはずれにむかって歩き始めた。

次第に家並みがまばらになると道の敷石がとぎれ、前方の台地へつらなる斜面に出る。遠い死火山の稜線のあたりでは、退化しかけた翼を重くひろげて、数羽の鳥が風に流されていた。

「どこへ行くの」

広場からずっと後をついてきた軽い足音が横に並んだ。「あんたも行くんでしょう、《館》を捜しに。だって、あんたにはその理由があるんだものね」

「知るもんか——おまえには関係ない」

他の女たちと同じく、Iの顔は浅黒くて毛深く、脚は短かった。Kにしてもそれは同じことだったが、Kはその姿からことさらに眼をそらした。それを見てIは意地悪く嘲笑した。

「誰だって知ってるよ、あんたが小さい頃神隠しにあって、月が三度満ち欠けする間姿を消していたってことは。森から戻ってきたあんたはその時、自分は《館》に行ってきたんだと大人たちにむかって言ったそうね？」

「それが何だっていうんだ？　用がないんならどけよ、眼ざわりなんだよ、おまえは」

「この話が本当かどうか聞きにきただけよ」

上眼使いに鼻に皺をよせると、Ｉは逃げだすかまえを見せた。

「――だって、誰にもわからないことじゃない、あんたが嘘をついてるのかもしれないってことは！」

笑い声を残して、Ｉは斜面を駆けおりていった。日没の間近い荒地の中央には、Ｋとその長い影だけが取り残されていた。


膨れあがった月が王領の上に登っていた。

高みから見おろすと、平地に集積した家並みの四角い壁のつらなりは、すべて月の光に呑みこまれて輪郭をぼやけさせている。そのむこうの湾口の外にひろがる大洋では、小さな竜巻が音もなくゆれ動きながら水平線上を走っていた。

海に背を向けて、ひねこびた灌木が点在する台地をしばらく進むと、前方の死火山の裾野に、年古びた森が黒々と姿を現わしはじめる。葉ずれの音がしだいに近づいてくるにつれて、小さな石の道標のある森の入口が薄明るく浮かびあがってきた。首をたれた斑馬はその暗闇の裂けめにむかって吸いこまれるように進んでいき、その手前で急に立ちどまった。

「あたしは馬を持ってないの、知ってるでしょう？」

道標の上から腰をあげたＩが、馬の前に立ちふさがった。「街の連中はまだ一人も来ないわ。あんたが最初よ、思ったとおりだけど」

「最初に来たのは、おまえの方だろう」

考えを見すかされた腹立たしさで、Kは不機嫌な声を出した。

「ならばさっさと行けばいい、おまえが《館》に一番乗りできるだろうさ」

「だって、道を知ってるのはあんただけだもの」

Iは素直に道をゆずって馬を通したが、その脇にぴったり並んでどこまでもついてくる様子を見せた。Kは何度も馬の脇腹を蹴ったが、長い荷役に疲れはてた老馬は、そのつど申し訳のように速足になるだけで、十歩も行かないうちにまたのろのろした足どりに戻るのだった。

深い夜が森を押しつつみ、森はさらに深い闇をその胎内に封じこめていた。闇の中には細い道が白々と曲がりくねってどこまでも伸びており、それぞれ石の道標を有する無数の分岐点からは、流れの支流に似た数えきれない道が枝わかれしていた。

「道は分ってるんでしょうね？　この森で迷ったら二度と外へ出られないって言うじゃない」

「恐けりゃ、帰ればいい。誰も一緒に来てくれなんて頼んじゃいない」

「あたしだって、砂金入りの皮袋は欲しいもの。本当にこの道で大丈夫なんでしょうね？」

「さあね、道なんて知らないんだからな」

「え？」

Iは眼を見ひらいた。「じゃどうやって《館》へ行くのよ！」

「道は知らないけれど、そこへ行く方法は知っている……つまり、道しるべのない道を捜しだして行けばいいんだ。人の行かない道を選んで行きさえすれば、《館》にたどり着くことができる」

「本当に行けると思ってるの？　何故？」

行く手に何十番目かの分岐点が現われた。Y字型の分かれ道の根もとにすりへった石の道標が埋めこまれ、両方の道の行く先を示している。Kは、今までの無数の繰り返しと同じように、馬に道を選ばせた。

「どの道にもみんな道しるべがあるじゃない……何だってあんたは《館》へ行くの？　他人と同じように、砂金のために？」

「――予言を受けたんだ。昔、あの《館》で」

Kはかすかに眉をひそめた。沈黙の隙間に、馬の蹄の枯枝を踏み折る音が耳に伝わってくる。

「……十年前だった。《館》がどんなところで、そこで何があったのか、何も覚えちゃいない。ただ、そこでずっと年上の女に会ったことだけは記憶に残っていて……あなたはもう一度ここへ来ることになるだろう、とその人が言った。他のやつらとは訳が違う」

「本当はどうなんだか――疲れたわ、あたしも乗せてよ」

「おまえを連れていくわけじゃないぞ、予言を受けたのはおれ一人なんだからな。だいたい――」

その時、突然前方に二人の長い影が走った。と見る間もなく背後からの光はかき消え、同時にずっと後方から低いさざめきが伝わってきた。松明の灯をうっかり漏らした者への、叱責の声だった。

「街のやつらだ！」

すばやくIが馬の背に飛び乗ると同時に、皮膚が裂けるほどの蹴りを受けて、老馬は闇の中へ飛びだした。背後の一団は、すでに姿を隠そうとする努力を捨てていた。無数の炎が馬の行く手を照らしだし、四方に走る樹々の長い影が互いにからみあっては後ろへ流れすぎる。複数の蹄の音が繁みを踏み荒らし、いつのまにか背後を半円に囲み始めていた。

「霧が出てきたわ」

「黙ってろ！」

あぶくを吹きはじめた老馬の喘ぎに混じって、背後の荒い嘶き声が耳もとにせまってくる。

「だって、このままじゃ追いつかれてしまうじゃない！――あ、見て、分かれ道よ」

「道しるべは？」

「ないわ――分らない、よく見えないんだもの！」

馬は、乳白色に流れるもやの中心へ走りこんだ。ほとんど間を置かずに先頭の一団が馬の鼻先を変え、居丈高な声が二人に静止を命じた。

「トンネルよ」

行く手のガスの中から切りたった崖が現われ、その壁に隧道が黒々と口をあけていた。中を透かすと、出口のもや明りがおぼろげに浮かんで見える。

斑馬は一気に黒い口の中へ走りこんだ。急に背後でいくつかの悲鳴に似た声があがったようだったが、その意味を確かめる暇もなく出口へ飛びだした時、馬が前脚を折った。衝撃があり、そして後は何もわからなくなった。


「――K！」

夢の中で涙を流して、Iは眼をさました。頬が濡れているのに驚き、あわてて掛け布の端で顔をこする。見回すと、隣りの寝台の中にKがいた。

カーテンをあけると二階の窓の外は昼近い様子で、あいかわらず霧が深い。庭の隅の、半ばから上が霧に隠れた大木の根かたには、奇妙な方向に首をねじった斑馬の死骸が、しっとり露に濡れていた。

「――ここは《館》か？　着いたのか？」

いつのまにか後ろにKが立っていた。

「どうだかね。それより馬、どうするの？　困るんじゃない？」

「馬鹿」

Kは床を踏み鳴らした。「馬が何だ、この時に。問題はここがどこなのか、本当に《館》なのかどうかだ」

「そんなこと、待ってればそのうちに誰か来て教えてくれるわよ」

Ｉは裸足で部屋中をはね歩いた。「旅宿みたいな部屋だけど、あの臭い窖《あなぐら》みたいな街の家とは比べものになりゃしない——あんたが昔来た時も、こんな部屋だった？」

「覚えていないと言ったじゃないか！」

「間が抜けてんのね。それじゃ、手がかりも何もないじゃない」

「本当にここが《館》ならば、何か思い出すさ。この中にすべての時があるというのなら、何かそのしるしがあるはずだし」

「それが眼に見えるしるしかどうか、分ったもんじゃないわ。あたし、お腹がすいたみたい」

すると扉が開き、ひとりの女が食事の盆を手に入ってきた。

「——ここは、どこなの？」

食べ物の屑を膝にこぼしながら、Ｉが最初に口を開いた。「《館》というのは、ここのこと？」

「あなたがたが《館》と呼ぶのが何なのかは知りませんが、ここは旅の宿です」

厚い化粧で顔を塗りこめた女は伏し眼がちに給仕を続け、Ｋはその顔を横眼で見つめていた。

「ああ、やっぱり。すると、隊商宿なんでしょう。隣りの国との間を行き来する商人の？」

「お客はめったにありません。特にここ最近は、もうずいぶん長い間人がここを訪れることはありませんでした」

「ここの主人はあなたですか」

唐突にＫが口をはさんだ。女は曖昧な微笑を浮かべた。

「私は使われている者です。主人という者はここには住んでいません——ではどうぞごゆっくり」

皿を集めて立ちあがると、女は盆を手に背をむけた。

「十年前の客のことを聞きたいんだ。その頃のことを覚えている人はいませんか」

「人の顔を見ないで長い間暮らしていると、年を数えることも忘れてしまいます。十年前というのがいつのことだったかも、もう覚えてはいません」

　と女は扉の前で振りむいた。「お代はいただかないことになっていますから、どうぞ御自由にしてください。ただし、この宿が開いているのは月曜から土曜までの間だけ――昨日は月曜、今日は火曜日です。そのことだけを頭にとめておいてくださいますように」

　静かに扉が閉ざされ、二人は顔を見あわせた。

「――どう思う？」

　馬の死骸の前で、Iが言った。

「まだ分らない。何か隠しているのかもしれないからな」

「だってここ、本当にただの宿屋みたいにしか見えなかったじゃない。《館》には見えないわよ」

　Kは答えずに死骸を調べつづけていた。

　食事の後、部屋を出た二人は建物の中を見てまわった。その結果分ったことは、二階に彼らの部屋と同じつくりの二人部屋が全部で十室、同じく階下に五室あり、客は他に誰もいないこと、そして一階の奥は女の住まいになっているらしく、その他に正面に面した大きな食堂があること、等だった。女の姿はどこにも見えなかった。

「《館》の眼に見えるかたちがどんなものなのかは、おれも覚えていないし、誰も知っちゃいないんだ。正しい道をたどってここに着いた以上は、当然ここが――それに、月の曜日から土の曜日までという符合もある」

「それだけでは、決め手とは言えないわよ。寒いわ、ずいぶん高いところなのね、ここ。あたしたちが来た方向は、こっち？」

　二人は建物の前庭を横切って歩いていた。木立ちの間を濃い霧が縞模様をつくって流れ、冷えた空気が鋭く肺を刺す。

「視界がきかないからな」

Kは馬の死骸の方を振りかえったが、背後はすでに一面の霧だった。「とにかく、この道は行きどまりだったわけだ」

「あ、トンネルよ」

深いガスの中に、隧道の口が黒々と浮かびあがってきた。奥から、水滴のしたたる音が反響して聞こえてくる。

「——待って！」

何気なく中に入ろうとしたKを、Iがひきとめた。振りむくと、Iは少し鳥肌をたてていた。

「え？」

「——分らないけど、行かないほうがいいと思う……足がすくんで」

Kは鼻先で笑った。

「真暗だから恐いってわけじゃないのよ」

Iは真剣だった。「何だか、高い崖っぷちに立っているような感じがして」

「むこうにまだ連中が残っているかもしれないな。たぶん、この入口に気づかないんだろうが……」

穴の口から離れると、二人は道をそれて林の中に分け入った。「意外に平坦なのね」「霧が出ているから、あまり遠くまで行かないほうがいい」「迷ったら大変ね、幹に目印をつけていこうかな——」

喋っているうちに、前方に大きな影が現われた。木立ちがとぎれると、二人は建物の正面にむかって立っていた。

「霧にまかれて、迷ったんだ」

もう一度、全く別の方向にむかって林に入ってみたが、結果は同じだった。二百歩も歩かないうちに、また建物の前庭に出てしまうのだ。三度目も同じことだった。

「どうなってんの？　化かされてるみたい」

「霧のせいだよ。まっすぐ歩いているつもりで、円を描いてもとの場所に戻ってきてしまうんだ」

Kが断定的に言った。「よくあることさ――」

夕食は、食堂に用意されていた。

「――当地へようこそ。外はいかがでした？」

テーブルを前にして、女が言った。あけ放した窓から霧が流れこみ、椅子は少し湿っていた。

「昼食はあれでよろしかったでしょうか。何か注文がおありでしたら、どうぞ御遠慮なく」

「今朝も聞いたけど、ここはどこ？　本当に旅宿なの？」

Iが白眼を光らせて女を見あげた。

「昼間うかがったのは、妹の方です」

女が静かに言うと、同じ服の女が料理の皿を持って現われた。二人並ぶと見わけがつかない。

「双生児よ！」

眼を丸くしてIが耳打ちする。それにかまわず、Kは二人の女の方へ皿を押しやった。

「こんな森の奥で、どうやってこの食物を手に入れられるのか分らないな」

「週に一度外へ出ますから。妹が説明したはずですが、ここではお客を入れるのは月曜から土曜までの間だけで、土曜の夜から月曜の朝までは休みなのです。その時に――」

「客の来ない宿を続けていくために？　ここが旅宿だと言われても納得できないね、どう考えたって」

「現にあなたがたがお客として今ここにいらっしゃるじゃありませんか。お客のいない時でも、宿は宿です。宿を守るということのために、私たちは暮らしを続けているのです」

「十年前にも？」

Kが言った。

「十年前というのがいつのことだったか忘れてしまいましたが」

と女は静かに続けた。「覚えていないほど昔から私たちはこうしていたようです」

「それはこの後も変わらないでしょう」

もう一人が横に並び、二人の女は白塗りの顔に相似形の微笑を浮かべた。「部屋を整えておきました。夜の間は冷えこみますから、お気をつけて……」

翌日から、女たちは二人の前にほとんど姿を現わさなくなった。食事はいつのまにか食堂に用意されていたが、女たちのどちらも給仕には出てこない。ただ、女たちの立ち働く気配や物音が絶えず建物のどこからか伝わってくるばかりで、時おり掛け布や水差しをかかえた無人の客室から出てくる姿を遠くから見かけることはあったが、そんな時軽い目礼を送ってくるだけで、女たちは二人に近づこうとはしなかった。

「考えられることはいくつかある」

とKが口を開いたのは、木曜日の夜のことだった。

「ここが本当にただの旅宿で、《館》などではないという場合――それから、あの女たちがここが《館》だということを何かの理由があって隠している場合だ。おれは《館》に戻ってくることを予言されているのに、なぜ隠すんだろう？　もしかしたら、戻ってくるのが遅すぎたのかもしれない。《館》に戻ってくるには年を取りすぎたのかもしれない」

「《館》に戻ってきて、その後で何が起きるかということは予言されなかったんでしょう？　単に戻ってくるだけで、後は何も起きないのかもしれないじゃない」

Iは胡座を組んでKを横眼で見あげていた。「そう考えたほうが、あんたの分に合ってるわよ」

「何だって？」

「それに最初の時、ここには主人は住んでいなくて、あの人たちは使われているだけだって言ってたじゃない。あの人たちには、自分で事を起こすことはできないのよ、きっと。時を封じこめた《館》の単なる守り番――土地を守る巫女みたいなものね。だから、占いや予言の力だけは持ってるのよ」

「巫女？」

歩き回っていたKが、ふと足を止めた。

「街にも何人かいたわよ。あの人たちのお化粧、見たでしょう。白塗りの、一種の仮面ね。共通してると思わない？」

「確かにここは女臭いな——下の奥の部屋の匂いがここまで登ってきている」

「ふふ、女の館、ってとこね」

Iが笑い、Kは嫌な顔をした。

女たちがそろって食堂に姿を現わしたのは、二人が食事を終えて立とうとしていた金曜日の夜のことだった。

「何もないところで、退屈でしょうから……」

奥まった部屋の中にはテーブルがしつらえられ、その上に古びた石盤と銅の平たい香炉が置かれていた。正方型の小卓の四つの角にそれぞれが座を占めると、女たちの一人が口を開いた。

「私たちは簡単な占いをやります。なぐさみに、何か占ってあげましょう」

「ここへ来た客には、みんな同じことをやるんだな？」

その白塗りの顔をKが正面から見た。「これが予言というわけか」

「予言などという大げさなものではありません。単なるつれづれのなぐさみ事、一座の余興です」

女は手を伸ばして石盤の上に香炉をすえた。「あなたは、何を？」

「あたしは願い事がかなうかどうかを。いい印が出ますように」

Iが横から身体を乗り出し、女は頷いて香炉に張られた何かの油に火を入れた。たちまち部屋中に臭気に似た芳香がたちこめる。

小さな炎の上にかざされた女の両手が、内側から照らされて半透明に肉が透けはじめると、Iは落ち着かなげにあたりを見回した。

「……ずいぶん凝ってるのね、この部屋」

正面の女と眼が合い、Ｉはうろたえたように微笑を浮かべた。

「それに、その衣装もすてきだけど、お化粧も変わってるわね」

「別に意味はありませんけれど、私たちの趣味なんですわ……そう、自分自身に対する尊重の気持ちの現われ、といったところでしょうか」

「分るわ、その気持ち。そうして誰かが来るのを待つのね、運命の人が現われるのを……」

「いいえ」

女はほほえんで首を振った。「私たちは何も待ちません。ただ、来るものを受け入れるだけです」

「それは――」

言いかけた時、炎が揺れて隣りの女が顔を上げた。

「吉兆が現われています」

Ｉは小さな声をあげ、女は隣りのＫにむかって首をかしげた。

「あなたは？」

「十年前の予言が正しかったかどうかを」

Ｋは答えた。

――林に立ちこめた霧は、土曜の午後になっても動く気配を見せなかった。建物の中では、宿のしまい仕度を急いでいる女たちの気配があちこちを動きまわっている。

「――ねえ見てよ、どう思う？」

叫びながら、霧の中へＩが駆けだしてきた。Ｋの前に立ちどまると、裾をつまんでポーズをとってみせる。

「何て格好してるんだ？」

「貸してもらったの、どう？」

濃いうぶ毛を丹念に剃ったIは、荒い皮膚を女たちのように白く塗りつぶしていた。退行した種族の血がもたらした姿勢の崩れを、長い衣裳が覆い隠している。

「何とか言ったらどうなのよ」

「それどころじゃない」

Kは顔色を変えていた。「この林、やっぱり変だ。何度試しても同じところへ戻ってきてしまう」

「あんたが抜けてるからよ」

「霧のせいだけじゃない。幹に一本ずつ印をつけて歩いているうちに、全部の木が印だらけになっちまったんだ」

「――どういうこと?」

「つまり、いくら歩いても印のない木に行き当たらないんだ」

KとIは建物の横手を迂回し、裏の林の奥をめざして歩き始めた。霧の中から次々に現われる木立ちのどの幹にも、石を擦りつけた跡が真新しい白い口をあけている。二百歩ほど真っすぐに突き進んだ後、二人は行く手に食堂の灯を認めた。

「――やっぱりだ」

Kの声は喜色を含んでいた。

「どうしたのよ」

「建物は一見ただの旅宿のように見えても、その領地であるこの空間は、やっぱりただの林じゃなかった。《館》以外のものが、こんな奇妙な林をまわりにめぐらせていると思うか?」

Kは大股に庭を横切りはじめた。「あと一ヵ所だけ確かめれば、完璧だ」

「待ってよ!」

Iがあわてて後を追った。「待ってよ、駄目よ。あの岩穴、危険な気がするのよ」

「あそこを通って来たんじゃないか。後をつけてきたやつらも、もういなくなっているだろうからな」

「そんなことじゃないのよ、本当に悪い予感がするんだから！」

隧道の昏い口が見えてきた。KはIを振りきって中に踏みこもうとした。

「せめて、試してみる間だけ待って」

Iは小石を拾い、暗闇の奥へ投げこんだ。白い石は、放物線を描いて闇に吸いこまれた。

「……」

「音がしないわ」

「聞こえなかっただけだ」

Kが拳大の敷石の破片を投げた。軌跡が闇に消えると、後は何の気配もない。

「――きのうの占いが気になったのよ」

しばらくして、Iが口を開いた。

「印が何も現われなかったということか？」

「つまり凶兆よ」

「ああ言う以外に答えようがなかったからさ。あの予言はあの女たち自身のものなんだから、ここが《館》ではないと言いはる以上、何も答えられない」

「ここが《館》だと思うの？」

「時のしるしは、あの女たちの部屋のどこかに隠されているはずだ」

Kは言った。

――抽斗を引っくり返すと、色褪せたレースの束が散乱し、古い香が闇に立ちのぼった。華奢な小卓が倒れ、床に乱れ敷いた布地をKの足が踏みにじる。

「よしなさいよ！　あの人たちが戻ってくるじゃない！」

Ｋの後について歩きながら、Ｉは小さく床を踏み鳴らした。「どうしてそんなにまでして予言にこだわらなきゃならないのよ？　今のままで充分じゃない……！」

「予言は、絶対のものだ」

衣裳櫃を床に転がすと、どこかで布の裂ける音がした。「いつか《館》に戻るということ以外に、たどるべき方角がふさがれてしまったんだ、十年前のあの時に」

どの抽斗もどの棚も、古びた衣裳や布地、香水のあき壜ばかりだった。たちまち床いっぱいに、泡立つレース、白絹、チュール、繻子や羽毛の波が散乱し、真暗な部屋に息もつけないほど濃いにおいが充満する。

扉をあけ放して次の部屋に移ると、そこもまたたくまに撒き散らされた衣裳類でいっぱいになった。

「時のしるしが、《館》のしるしがこんな中にあるのか？」

「もうよしてよ、あたしこんなこと嫌よ」

「うろうろしてないで手伝えよ。真暗で何も見えやしない、灯、そこのランプ！」

「駄目よ、見つかる――」

「シッ」

廊下から灯が射しこみ、二人は動きを止めた。ほのかな衣ずれの音と共に、濃密な匂いの塊――建物中にたちこめた匂いの主が、ゆっくり近づいてくる。香水というのは、本来獣臭さを隠すためにあるんだわ――何の脈絡もなく、Ｉはふいにそう思った。

扉が音をたてずに開き、明るい戸口に女たちの影絵が浮かんだ。

「――何をしてほしいと言うんです」

ランプに火が入り、白塗りの顔がふたつ並んで浮かびあがる。

「ここを《館》と呼びたいのなら、そう呼べばいいでしょう。考えてみれば、ここは本当に《館》なのかもしれませんから」

「眼に見えるしるしが欲しいんだ。時のしるしが――」

「形のあるしるしなど、私たちは知りません」

「それがなければ、納得できない」

Kは一歩踏みだした。「信じられないんだ。だとすれば、しるしを持つ別の《館》をもう一度捜さなくてはならないことになる」

「信じられないのなら、それでかまいません。あなたの《館》――予言の主と時のしるしを持つ別の《館》を捜しに行けばいいでしょう」

ひとつの白い顔が微笑した。「私たちにしても、自分の言い分が絶対だと主張する気はありませんから……」

もうひとつの顔が横に並んだ。

「同時に、あなたがたに何かを強いるつもりもありません。ここにとどまるのも出ていくのも、あなたがたの自由です。私たちにとっても、どうでもいいことです」

「……あなたたち、何なの?」

Kの後ろから、Iが案外落ちついた声で言った。「この場所を守る巫女?」

「ここにいらした方たちは、たいていそうおっしゃいます。そう見えるのなら、そうなのかもしれません……ただし、月曜の朝から土曜の夕方までの、時間ぎめの巫女ですけれど」

ふたつの顔は、いつのまにかわずかに後退し始めていた。「時間がきましたから、私たちは行きます。逗留を続けたいのなら、自由に部屋を使ってください」

「――ここから出る道はあるのか?」

Kが口を開いた。

「誰でも来た道を戻っていくようです。どこへ出られるかは、私たちにも分りませんけれど……」

ランプの灯が消された。

静かな衣ずれの音が遠のき、濃密なにおいの水脈《みお》がわずかに薄れていくと、外の灯も消えた。後を追うことも思いつかないまま、強い残り香のただよう暗闇の中に、二人は取り残された。

「……寒くない？」

テーブルにただひとつ点ったランプの下に、Ｉが化粧を落とした顔を見せた。二階の片隅の部屋は、白々として冷えきっている。

「カーテンしめようか」

「ああ」

「――明日、夜が明けたらどうする？」

「……女臭いんだ、ここは。頭が痛くなる」

「あたしのこと？」

「いや違うさ――とにかくここは嫌なんだ」

「行くのね？　《館》を捜しに」

「行くんだ。きっと見つかるさ」

「こんな湿っぽいところじゃなくて……」

「蒼い空さ。いいところなんだ」

「明日ね？」

「うん。トンネルを抜けて……」

「抜けられるかしら……？」

「――明日さ。明日になってから考えよう」

「そうね、明日ね……」

「――うん」

「……ねえ」

「――」

「寝たの……？」

……。

しばらくして、Ｉが欠伸《あくび》まじりの声で言った。

「雨の音がしてるわ――」


奥まった窓のない一室で、女たちは着換えをしていた。

時代遅れの服を脱ぎ、髪を解いて丹念に梳くと、小さな洗面台にむかって白塗りの化粧を落とし始める。化粧水の壜が触れあって音をたて、水がタイルの肌をひめやかに流れおちる頃には、新しく塗り直されたふたつの顔が鏡に並んでいる。

スーツのボタンを嵌《はめ》ている最中の相手の背中に手をのばしてスカートのジッパーを上げてやると、その顔がわずかに振りむき、口の中で何かつぶやく。真新しい靴の皮のにおいの中で、耳たぶにイヤリングをつけ、ルージュをもう一度強く引きなおすと、もう準備は終わっている。

そして、マニキュアされた指が壁のくぼみに並んだスイッチのひとつを押した。

一瞬、頭蓋骨の容器の中で脳が浮かびあがるような感覚があり、部屋全体が垂直に下降し始めた。女たちはパフで鼻を叩き、スカートの襞をなでつけ、最終の点検に余念がない。部屋が静止すると、棚の裏に隠されていた扉が左右に開いた。

――シャンデリアの光の中に、すべるように歩み出してきた二人の女を見て、まずボーイ長が慇懃に頭を下げた。続いて支配人が目礼を送り、ロビーの全員の視線が女たちに集中する。中二階のカクテルラウンジから漏れてくるピアノの音をかきわけるようにして、女たちはフロアを横切り、低頭したドアボーイの前を抜けて玄関に出た。

外の大通りには、風のない垂直の雨が降りしきっていた。土曜の夜の雑踏が傘の波をつくり、水を蹴たてて疾走する車のヘッドライトの渦を背景に、間断なく続いている。

正面玄関の石段の上で、女たちは同じ臙脂《えんじ》色の雨傘を開いた。

「では、月曜日の朝にまた」

「よい週末を……」

臙脂の傘が左右に別れると、急に雨足が強まった。またたくまに、街全体が豪雨の煙幕と激しい雨音に包みこまれていく。

水の膜に覆われた舗道は、忙しく行き来する車の波と人ごみの倒立図を鏡のように映しだし、さらに繁華街の街あかりの点滅を反射して濡れ光っていた。大通りに面したビル群の壁面は地上の灯を映して淡く明滅しているが、四十階五十階の高みへと眼を移していくにつれて、下界のにぎわいは薄れていく。街の上空に林立する高層ビルの群は、豪雨の中に黒々と沈黙し、その中央、ひときわ高く天にむかって突出したホテル《シャングリラ》の頂上のあたりは、地上の群集の眼の届かない高みに孤立しているように見える。

……その屋上に、黒い森は水繁吹に覆われてうずくまっている。強い雨のにおいに包みこまれて、森は眠っている孤独な獣のよう。濡れた毛皮をけばだたせて夢の中に閉じこもっている、大きな黒い獣のよう。

そして、その森の奥に取り残された館の一角に、消し忘れられた灯がひとつ――。

PART3　星　男

この世の果てにいちばん近い荒野に、星男が住んでいた。

樹齢一千年を越すという枯れた巨木の上に、星男のねぐらはあった。東にむかって一本だけ張り出た太い枝に寝そべって木の頂上を見あげると、髭のように絡みあった枝々は天を支えているように見える。

〝これは星の生《な》る木なのだ〟

と星男は考えていた。〝今はまだひとつも生っていないが、いつかは枝もたわわに実るだろう。なぜなら、この私、星男の住む木なのだからな〟

星男の見あげる空には、夜になっても星の輝くことは一度もなかった。

西の地平線上にうねうねと広がる邑《まち》の外壁が灰色にかすんでいる昼さがり、

〝何をしている、星男〟

邑と巨木の中間にある湧水の水番の少年が、星男を訪れた。

〝――おまえか〟

〝いつも木の上に瘤のようにとりついているくせに、今日は下に降りているな。また女のところへ行くのか〟

〝子供のくせに生意気なことを言う〟

星男は自分の腰のあたりにある水番の顔を見おろした。〝おまえは湧水だけを見ていればいいのだ。脇見ばかりしていると、水を涸らしてしまうぞ〟

〝おれは眼がいい。ここからでも湧水の様子くらい見とおせる。反対に、夜も眠らないこの眼で水を守り続けている時など、おまえが木を降りては女のところへ通っているところがみんな見えてしまう〟

〝地上のことは見えても、地の底のことまでは見とおせまい。なぜ女などと言いだすんだ？〟

顔を赤らめた星男を見あげると、水番は肩にかついだ若木の杖をゆすって嘲笑した。

〝地下の廃墟に残っているのがあの女一人だということは、誰でも知っている。疾病の巣窟に住む女のところへ通うとは、おまえも物好きなやつだ〟

〝おまえに何が分るものか〟

笑い続ける水番をやっとのことで追いはらった後、星男はやはり女に逢いに行かずにはいられなかった。

巨木の幹のめぐりは、星男の足でちょうど二百歩分あった。地底に通じる穴の入口は、その根かたの一角、裂けた幹の奥に暗い口をあけている。亀裂をすりぬけて奥に進むと、しだいに通路が下り坂になり、やがて左右の壁が途切れて唐突に視野がひらける。そこにあるのは――果てしなく地の深みへと増築されていきながらついに完成されることのなかった石の地下聖堂、未完のまま放擲された、祭壇のない大聖堂の廃墟だ。

巨木の根によって毀《こぼ》たれた頭上の亀裂から、数十条の光線が射しこんで星男の行く手を薄く照らしだす。女のところまであと幾つもの階段を降りていかねばならない。今日こそあの人は、自分のものになってくれるだろうか。いやせめて、その顔を間近で見ることを許してくれるだろうか――。星男は溜息をつき、重い脚を運び始めた。

この地下聖堂には、壁も床もない。地面を穿って創られたのではなく、垂直にどこまでも続く空洞の中空に創られたのだ。無数の吊り橋と廻廊、空中に組まれた石の足場や林立する円柱とアーチ、円蓋、そして夥しい浮彫りの巨人像――それらの間を、複雑に入り組んだ階段の群がつないでいる。彫刻された欄干からのりだしてその底を見おろすと、冥府まで続くかと思われる暗黒がうかがわれるばかりだ。

〝――一度そこから飛びおりてみせてよ。噂どおり、その底が虚空に続く奈落なのかどうか、知りたいわ〟

ふいに声がして顔をあげると、奈落に隔てられたはるかな廻廊のむこうに、人の気配があった。

〝顔を見せてください。あなたに逢いに今日も来たのです〟

〝本当にうるさい人だこと。私がこの闇と静けさを愛しているのが分らないの？〟

そして、厚い塵を踏んで女が闇の奥から近づいてきた。

……それは、嵩高《かさだか》な動く布地のかたまりだ。頭から爪先までを覆い隠す、燻銀と黒の厚い縫い箔を煌めかせた真紅の厚布の堆積。鳥獣紋様の緑と紫紺の糸がわずかな光を放ち、枯れた花弁のすれあうような音をたてながら、女は露台に姿を現わす。

〝下種《げす》な地上の住人が、なぜこの場違いなところへ毎日やってきては私を苛立たせるの？〟

〝あなたの顔を見るために。一緒に来てほしいという願いを聞き入れてもらうために〟

衣裳の隙間にほの見える三角形の白い顔に、星男は手をさしのべた。〝――今日こそ願いをかなえてください。一緒に地上へ来てください〟

〝眼をさまして自分の場所へお帰り。私は選ばれた女、おまえのような粗野な男の言いなりにはならないわ……〟

嘲笑いながら女が遠ざかる様子を見せると、それを引きとめようと星男は必死に言葉を並べるのだった。

女が本当に癩を病んでいるのかどうか、星男にはわからなかった。昔、この大聖堂は癩疾を病んで西の邑を追われた者たちの棲み家になっていたが、今では女以外に誰もいない。女の衣裳の下で、膿みただれている身体を思い浮かべてみても、いやそれだからこそ、星男は、自分のものになってくれと女に懇願せずにはいられなかった。しかし、女はそばに近づくことさえ許そうとはしなかった――少なくとも、体臭が星男の鼻に届く距離以内には。

〝行かないでください、せめてもう少しの間話をさせてほしい――〟

星男が廻廊にむかって走りだすと、女はすばやく闇の奥に消えた。間を隔てる奈落の縁を大回りして露台に駆けこむと、女はすでに吊橋を渡って下の階へ逃げる途中だった。そこまで追っていくと、後ろ姿はさらに空間を隔てた螺旋階段を駆け降りていく。脚の動きも見せず、白い素足の先さえのぞかせずに女はなめらかに身をひるがえし、竪穴を降り、巨神像の裏にまわり、礼拝台から階段へ、さらに下の列柱の影へと姿を消していく。

星男は女を呼びながら広大な空間の中を追い続けるが、女の足音さえすでに聞こえず、地上の光も届かない真の暗黒の底へとどこまでも――

……男は眼をさました。

顔をあげると、腕が痛む。机につっぷしてうたた寝していたのだ。外は夕方で、窓の下の駐車場から子供の叫ぶ声が聞こえてくる。

いつのまに眠ってしまったんだろう？　男は顔をこすった。最近、失神するように唐突に寝こんでしまうことがしばしばあるのには気づいていたが、こんな奇妙な夢を見ていたとは知らなかった。この様子では、この一連の夢をかなり前から見続けていたのに違いない。

立ちあがると、脚がもつれた。考えてみると、この二日間ほとんど何も口にしていない。金の貯えはまだ少し残っていたが、部屋を出てアパートの階段を降り、角の食料品店まで出かけていくというそれだけのことが、考えるだけで耐えられないのだ。最後に他人に会って話をしたのはいつのことだったか——一週間前か、十日前か？

——うるさい、まったくうるさい餓鬼どもが！

男は窓枠で身体を支えた。四階の窓の下、駐車場の狭い空地で、十人ほどの子供が口々に金切り声をあげながら走りまわっている。追われているのは、一匹の汚れた孕み犬だ。けたたましく哭きながら逃げまわる雌犬と、それを追う子供の卑猥な顔——その様子を眺めながら、一人だけ離れて立っている子供がいる。十二、三の男の子、この陽気にアノラックを着てフードをかぶり、むこうを向いてポケットに両手をつっこんでいるので、顔は見えない。

笑い声に似た犬の悲鳴と、子供の喚声——。

「——窒息しそうだ」

声に出して言うと、急に眼球が充血した。女？　そんなことじゃない、これは——。

すると、突然窓枠が眼の中に飛びこんできた。

「さっき救急車が来てたわ。隣りの部屋の人、運ばれていったんですって」

「……自殺か？」

「あらなぜ、そんな？　ただ倒れただけだって、大家のおばさんが」

「自殺でもしそうな様子だったよ、あれは——女、ってとこか」

「いやな言い方するのね。でも確かに、前によく来てたきれいな女の人、最近顔を見ないわ」

「どうせそんなところだ、世の中ってのは」

「……そういう独断的な言い方って、私きらい」

「自分だけは違うと言いたいんだな。だからいつも窓の外ばかり見ている」

「——」


〝星をひとつ、私に持ってきて〟

奈落を隔てた欄干にもたれて、女が言った。

〝ひとつ持ってきたら、この露台に一緒にすわらせてあげる。ふたつなら、この顔に触れてもいい。三つなら……〟

〝私のものになってくれるんですね！〟

星男は叫んだ。クレルンデスネ、クレルンデスネ、デスネ、デスネ、デスネ——声が幾重にも反響しながら虚空へ転がり落ちていく。

〝そう、星を持ってきたらね〟

白い三角形の顔がかすかにゆがみ、揶揄《からか》うように揺れた。〝太陽の光のような下品な色あいではない、黄銅鉱のように煌く星を持ってきたならば〟

〝きっと持ってきます、いちばん綺麗に輝く星を〟

〝何も持たずに来たのでは駄目よ。おまえが本当に星男だと証明できなくては駄目。星男ではないただの男などに、身をまかせることはできないわ〟

〝証明します、私が星男だということを〟

〝では、もう行って。今度からは、手ぶらでやって来ても逢ってあげないわよ……〟

そういうわけで、その夜水番が巨木の根もとにやってきた時、星男はいつもの枝の先端で、天を仰いで嘆息していた。

〝星がいるんだって？　自分が星男だというあかしに？〟

話を聞いた水番は、膝を叩いて笑い転げた。

〝どうしても星がいるんだ。この木に、星を実らせなくてはならない〟

枯れた繁みの先端を仰いで、星男は再び嘆息した。〝星など持っていかなくても私が星男であることに違いはないが、眼に見えるあかしがなくてはあのひとは承知してくれない……〟

〝確信ありげに言うけれど、おまえが本当に星男だという確証はあるのか？〟

虚をつかれて、星男は振りむいた。水番はずるそうに眼を輝かせて杖にもたれていた。

〝なぜ自分が星男だと言えるんだ？　誰がそう言った？〟

〝しかし、私は生まれた時から星男だった……〟

〝生まれた時から？　両親は星だったとでも言うのか？　天の上で、星に囲まれて生まれ落ちたのか？〟

〝私は——私は気づいた時にはこの木の上に住んでいた〟

星男は額に手をあてた。〝その前のことは何も知らない——〟

〝あやしいな。自分で思いこんでいただけなんじゃないか？〟

〝違う！〟

やみくもに星男は幹をよじ登り始めた。〝私は星男だ——！〟

薄笑いを浮かべた水番が、その背中に声をかける。

〝自分のためにも、証明しなくてはならなくなったな。自分が星男だということを〟

答えはなく、天の高みにまでおい茂った細い枝群が、ひとしきりざわめいただけだった。

西の暗い地平線に細くのびる邑の外壁では、無数の炎が燃えあがって夜空を薄明るませている。

〝今夜から、雨乞いの祭りが始まるんだ。乾期が長びいて、邑では水に困っている〟

〝――おまえの湧水はどうした〟

遠くから、声が降ってくる。

〝おれの水は涸れやしないよ。けれど、邑全体の水をまかなうには小さすぎる〟

根もとから歩み去りながら、水番は上にむかって叫んだ。〝風がこちら向きになれば、祈禱の声や祭りの騒ぎが、ここまで流れてくるだろうよ〟

〝私は星男だ――きっと証明してみせる――！〟

〝夜っぴいて見ていてやるよ。おれは一度も眼をつぶったことなどないんだ。全部見ていてやるよ……〟

水番の影が荒野の西へ遠ざかっていくのを見おろしながら、星男は呟き続けていた。

〝私は星男だ……もし星男ではないというのなら、私は何者でもない人間になってしまうのだろうか……〟

レースの織り目に似た小枝の群が星男の周囲でざわめき、西の地平線上では、数千の篝火が夜をこめてちらちらと移動し続けていた。


「――寝てるんですか？　注文は？」

頭の上で声がした。顔をあげると、角の食料品店の二階の喫茶室だ。表に面した窓ガラスに、眼の上に絆創膏を貼った自分の顔が映っている。

「注文を待っているんですがね」

眼の焦点があうと、店の女主人の苛立たしげな顔があった。にわかに食欲が減退し、コーヒーを注文する。

女主人は、垂れぎみの尻をゆすってそそくさと奥へ入っていった。――アル中か、浮浪者を見おろす眼つき。

ここに入ってきて、窓ぎわの椅子に坐るなりそのまま眠りこんでしまったらしい。テーブルにつっぷした姿勢のまま、男は思い出す。原因不明、治療は不可能。――情動性緊張消失を伴う睡眠発作だと？　ナル……何とかレプシーとか医者は言っていた。

「夢の中で生きるのも、悪くないか」

ブツブツ呟いている男に、周囲の視線が集まる。が、男は顔もあげない。

指の間から覗くと、窓の下を見覚えのあるアノラック姿が通りすぎていく。相変わらずフードをおろしているので、顔は見えない。あれも、夢の登場人物の一人か？

「――おれは星男なんだ。それを証明しなきゃならない！」

店中の人間が、今度は本当に振りむいて男を見た。その視線の中で立ちあがると、コーヒーを運んできた女主人の盆に勘定を投げつけ、男は店を駆けだした。

「一日中窓の外を見ているつもりかい」

「ここからでも、いろんなものが見えるのよ」

「何が？　広い世間の移り変わりが見渡せますかね？」

「駐車場で子供が遊んでるわ。鴉の死骸よ、あれは。みんなで棒の先でつついてる。一人だけ、離れたところにアノラックを着た男の子が立ってるわ――あら、むこうから隣りの人がやってくる。男の子の後ろを通りすぎた……急いでるみたい」

「あの男、まだ生きてたのか」

「大家のおばさんに聞いたの、妙な病気なんですって。怒ったり悲しんだりすると急に身体の力が抜けたり、それに突然所かまわずコトンと眠りこんだりする病気だって――ナルコ――ナルコレプシー？」

「要するに眠り病だ。便利な病気もあったもんだ」

「違うの、いわゆる嗜眠病とは別のものですって。どう違うのかしら」

「君の話は何だか要領を得ないね。そら、何かの集金人が玄関に来てるよ」

「あなた、出てくれない？　私、他人《ひと》と顔をあわせたくないの……」

眠りは空白の落とし穴だ。それは行く手に待ちかまえる罠、一歩踏みこむなりすべてを呑みこんでしまう。男はその瞬間を意識することができない。

椅子に腰かけて時計の文字盤を凝視しているうちに、いつのまにか男は地上数百メートルの巨木の上で、天にむかって叫んでいる。声は風に吹き散らされ、天まで届くことはない。暗黒の天球を濃藍の雲が流れる。喉の痛みと深い絶望――。眼をあけると、時計の針がコマ落としのように二十分か三十分の経過を示している。そのうちに、奔流のような秒針の音が再びとぎれると、彼は時間の概念さえ知らない星男になっている。そこは地の果ての荒野、西の邑の上空を炎が焼き、遠い叫喚が風に乗って流れてくる。

深い絶望の果てに、星男は地下聖堂へ降りていったが、女は顔さえ見せようとはしなかった。

〝星の光が見えないわ。私をだますつもりね、贋者の星男！〟声だけが空洞に響き、罅割れた石の破片が乾いた音をたてて奈落へ落ちこんでいく。

〝どうした星男、星は実りそうか？〟

数日後の夕方、水番が巨木の下にやってきた。〝今夜は祭りの最後の晩だ。松明行列が荒野を越えて、湧水まで来ることになっている〟

鳥の巣のような枯枝の間に、星男はうずくまっていた。何も聞いてはいなかった。

〝今夜がいい見せ場だ。祭りの最高潮に星を実らせれば、女だけでなく邑の人間たちも、おまえが星男だと認めるだろうよ。おい、聞いてるのか？〟

〝あっちへ行け。顔を見せるな！〟

水番は嘲るように笑った。

〝なるほど、物思いにふけっているわけか。考えることが多いんだろうな、大きな図体していいざまだよ、まったく〟

水番の声が遠ざかって聞こえなくなったころ、西の炎の列が崩れ、一ヵ所に集まり始めた。外壁の大門をあけ、行列をつくって湧水に向かってくるのだろう。すでに陽は落ち、再び空白の天球を暗黒が押し包み始めていた。どよめく大枝の群の中で星男は――


――だしぬけに、街の空が眼前に現われた。窓ぎわにすわったまま眠っていたのだ。

夜。オレンジ色に濁った満月が低く登り、都会の狭い空に数個の星が素気なくまたたいている。

「おれの意志で、じゃない」

男は真暗な部屋の中を歩きまわった。床に山積みになった何かにつまずき、埃が舞いあがる。数日間閉じこもったままの部屋の空気は、濁ってひどい臭気がこもっていた。

もう一度だけ、電話してみようか――。

窓ガラスに顔を押しつけていると、ふとそんな考えが浮かんだ。

〝駄目よ、あたしをだまそうっていうのね、贋者のくせに……!〟

駐車場に、車のライトが射しこんだ。一台のクーぺが、狭いスペースに尻を割りこませようと苦心している。断続するエンジン音がようやくとだえると、疲れた靴音がアパートの門のほうへ消えていく。子供の群は家に帰って、もういない。いや、一人だけ残っている。

窓の真下、十数メートルの闇の底に、アノラックの子供が背をむけて立っていた。ズボンをはいているので男だとばかり思っていたが、よく見ると女のようでもある。違う、やはり男の子か？　男は窓をあけた。

ふと男の視線を感じたように、子供が振りむいて窓を見あげた。男と眼があうと、フードに包まれた白い顔が、花のように微笑する——。

「隣りの人が何か怒鳴ってるわ」

「女の名前でも?」

「違う……オレハ、ホシオトコダ——」

「ついに、きたか。完全なノイローゼだ」

「必死な声よ——まだ叫んでる」

——オレハ、星男ナンダ——。

その顔が昔の女の顔に似て見えたのは、男の気のせいだったのかもしれない。無意識下で、その顔の上に奈落の女の白い顔が一瞬だぶったのも、闇の錯覚だったのだろう。しかし、男は叫んだ。あけ放った窓の縁をつかんで叫び続けた。

その時、眼の前に空白が降りた。

……湿気を含んだ大気が、ぴりぴりした気配を伝えてくる。東の地平線のあたりにわだかまった鉛色の雲の中では、小さな稲妻が音もなく光っていた。

荒野の中央に一人腰をおろしていた水番は、そちらへ眼をむけた。断続する閃光を背景に、もつれあいながら炎のように天へ燃えあがる巨木の枝々が、くっきり浮かびあがっている。東にむかって張り出た大枝の先端には星男の影が黒々とうずくまり、どよめく枝のゆらぎにつれて、わずかに揺れていた。奈落の女は、今ごろは地の底で眠っているのだろう。

反対の西の地平線からは、大蛇のような松明の群が、荒野を越えて徐々に近づいてくるところだった。この湧水のまわりで、一晩中祈禱の踊りを続けるのだ。しだいに近づく銅鑼の音と、数千の人々の合唱する単調な祈りの声——。

閃光がひらめき、ふいに水番は立ちあがった。

瞬間、天をつんざいて一条の白光が走った。突き抜ける雷鳴と同時に、背後で群衆が咆哮する。

巨木は、根もとまで真二つに裂けていた。黒焦げの枝々が炎を吹き、その先端で数個の球雷が転げまわっている。一瞬後、根の周囲の地面が陥没しはじめ、樹齢一千年の巨木は崩壊した巨大な空洞に垂直にずり落ちていった。奈落の底を逆落としに落ちていく女の白い顔——。

その時、水番は見た。沈んでいく巨木の亀裂が大音響と共に大きく裂け、その中から太い光の滝が噴水のように天頂めがけて吹き出していくのを。そして、地面に投げ出された星男が仁王立ちになって、腕を広げて叫んでいるのを。

オレノ意志ジャナイ——!

光の滝は轟音と共に天頂にぶつかって粉々に砕け、八方にむかって天球を流れ落ちはじめた。それは数億の星だった。星は、ばらまかれたビーズ玉のように天球を転げまわり、互いにぶつかりあっては忙しくはじけ飛んだ。その音は数万の落雷に似て世界を覆いつくし、砕け散って火箭《ひや》のように落下してくる星々の光芒が、しばし夜を明るませた。

オレノ意志ジャナイ……!

気づいた時、星男の後ろ姿は東の地平線めがけていっさんに駆けていくところだった。叫びつづけながら逃げていくその行く手にも、星は白熱しながら次々に流れつづけ、白い焔を噴いてあざやかに燃えあがり——

——アパートの中の十数人が叫び声を聞き、さらにその内の数人が窓の外を落ちていく人影を見た。

男は落ちた。落ちながら一瞬の間眠りに落ち、その一瞬の間に無限に長い夢の中を生き、一瞬の後に覚醒した。そして――

……深夜。

水番はひとり眼をあけて、湧水のほとりで水を守っていた。

世界は再び沈黙を取り戻していた。星々の狂乱もようやくおさまり、それぞれの軌道に乗って静かな運行を始めている。湧水の周囲では、疲れはてた人々が打ち重なるように倒れて眠りこんでいた。最後の松明もしばらく前に消え、音のない世界の底で、水番は杖をかかえてじっと何かを待ち続けている……。

その時、夜の中に変化の気配が起きた。

東の暗い地平の起伏がわずかに震え、やがてゆったりと隆起し始めた。大地から生えたような黒い影は、地平線を踏んで音もなく立ちあがり、星空を背景に天まで届く巨人の姿になった。

筋肉の隆起をくっきり見せて、巨人の影絵は両腕を天にさしのべた。顔の輪郭が天頂をあおぎ、顎の線がゆっくり引き伸ばされる。

……声のない咆哮……。

一瞬後、巨人の影絵が天球の湾曲面に沿って背を伸ばし始めるのを水番は見た。天を切りとった巨人の影は、身の内に絶対の暗黒を封じこめたまま、みるみる膨張して、西の地平に手を届かせた。影はさらに成長し続け、またたくまに満天の星の光を喰いあらしていく。無感動に膨張し続ける星男の影と、それを見あげながら荒野の中央で花のように微笑する白い顔――。

……やがて、最後に残った数個の星の姿も消えた。再び暗黒を取り戻した天の下には、動くものの気配もない。

静かな闇を映しだす湧水の水面には、若木の杖が浮かんで波紋を繰りひろげていた。主をなくした水は尽きることなく湧き続け、あふれだした細い流れが、眠っている人々の頭髪をわずかに濡らしている――。

「……男の子が道を走っていくわ。こんな夜ふけに、どこの子かしら」

「窓の外ばかり見るのはよしなさい、外聞が悪い」

「だって、部屋の中には何も見るものなんてないもの——ああ走っていく、どこまで走っていくのかしら、あんな勢いで」

「カーテンをしめてくれないか。窓ガラスに自分の顔が映っているといらいらする」

「他人の顔だとなおさらでしょう。あら！……真暗よ」

「停電だろう。蠟燭を取ってこよう」

「行かないで、こわいわ——外も真暗よ、窓の灯も街灯も、車のライトもみんな消えてしまった」

「——」

「あなた、出ていったの？……どうしたのかしら空も真暗、さっきまで月が明るかったのに星も見えない。急に静まりかえって……あなた、どこにいるの？」

……。

「こわいわ、私どこにいるの？　手を伸ばしても何も触れるものがない……窓ガラスも壁も、何もないわ。みんな真暗で音もしない……。

支えてくれないと私倒れそう。お願いここに来て、どこなの、みんなどこへ行ってしまったの？」

PART 4　解　逅

凍りついた星々の間を、鍵束の音を響かせながら痩せた小男が飛びはねるように駆けぬけた。

街の灯を片頰に浴びて、二人の女がビルの狭間を駆けぬけた。

凝固した暗黒の世界を、素足の足音をたてて少年が駆けぬけた。

そして――

四人の男女が、踊りながら夢の地平でめぐりあった。鍵番と時間ぎめの巫女ふたり、それに水番の少年の四人。

一瞥のもとに互いの正体を了解しあうと、

「意味なんてものは、どこにもありゃしない」

踊りながら、鍵番が言った。

「それさえ分れば、誰でもこうして踊ることができるのに」

踊りながら、二人の女が言った。

「でももちろん、そんなことはどうだってかまやしないんだ」

踊りながら、少年が言った。

手と手が触れあい、四人の影が輪になった。

小男が踊る。

女たちが踊る。

少年が踊る。

爪先立って回転しながら、世界の縁《へり》を飛びはねていく――。

ふと、地平線が色を変えた。

一気にあふれた光芒の中に、四つの顔が呑みこまれた。踊る姿がゆらめいて逆光に溶けこみ、手と手がほどけて見えなくなる。

――溶明《フェイド・イン》。

薔薇色の朝あけが、地平にひろがる。

耶路庭《えろにや》国異聞

耶《え》路《る》庭《にや》国異聞

宇宙館・1

地上を襲った終末の大洪水がすでに過去の出来事と化していたその頃、〈宇宙館〉と呼ぶ建物の中に九千九百九十九人の生き残りが住んでいた。

住んでいた、と言うより幽閉されていたと言うほうが私たちの身の上にはふさわしいのかもしれなかったが、私たちにはその判断をくだす手がかりがなかった。私たち九千九百九十九人をこの〈宇宙館〉に送りこんだのが何者なのか記憶している者はいなかったし、そもそもこの建物に入る前の記憶を持っている者さえ一人としてなかったのだ。光と闇、地表の混沌と天界の静謐な秩序との狭間に立つ〈宇宙館〉の中にいつとも知れぬ頃から幽閉されて、ただ外界を眺めることのみに私たちは日々を費してきたのだ。

地表のあらゆる山脈の峯々をはるかに凌駕しているというこの建物のガラス壁に寄って下方を見おろすと、地表は常に厚い雲海に覆われていた。その渦巻く雲が晴れて下界が覗いたことは、私たちの記憶する限り一度としてない。たとえばある夜、もしひとつの眼が〈宇宙館〉の建つ一帯を外部から眺めたとしたら、そこには地平の果てから果てまでを覆う翳った真珠母色の雲海の一角から、内部から発光する総ガラスの尖塔が暗黒の天球にむかって垂直に突出している情景が見られるはずだ。

〈宇宙館〉を形造る各階の構造はすべて同一で、それぞれが五十メートル四方の床と高さ五メートルの窓のない壁を持ち、その北東の隅に位置する螺旋階段が各階を連結している。そしてその壁も床も天井も、階段の手すりや踏み板にいたるまで、すべてが完全な透明度を持つ純粋な板ガラスでできていた。夜の間は、それらのガラス面全体に備えられた発光装置が作動し、建物全体がひとつの発光体となって私たちの視覚を十分に保証する。その時自分の立っている足もとの厚板ガラス越しに下方を見おろせば、そこには鏡面のように日光を放つ無数のガラス面が数十階数百階の深みまで数知れず続いていく光景が見られる。金剛石《ダイヤモンド》の切り子面にも似た無数のガラスの平面は、互いに光芒を反射しあって夥しい輝きの集積を散乱させ、この光景を長く見つめていれば必ず深い眩暈《めまい》を起こすことになる。各階に小さく蠢く人間たちの躰は、この光の直方体の内部ではまるで発光する水の中に浮遊しているようにも見え、もしこの光景を大洪水以前の人間が眼にしたならば、彼らはたぶん深夜の水族館の、照明を浴びて水中に縞模様の影をゆらめかせている大水槽を連想することだろう。

晴れることのない雲海の下の地表については、私たちは知ることはできなかった。ガラス製の螺旋階段をどこまでも降りていけばその底には地表への出口があるのだろうが、私たちはこの試みを行動に移そうとはしなかった。外界の光量が一定以下になると自動的に壁面が発光し始めるという装置が備わっているのは建物の最上部の約二百層あまりだけで、そこから下は夜になると完全な闇になる。総ガラスの閉鎖空間に封じこめられ、見ることのみを運命づけられている私たちにとって、視覚のきかないその闇の層へ降りていくことは、おのれに定められた法《のり》に背くことを意味したのだ。そしてまた、それはこの〈宇宙館〉を創り私たちをこの中に送りこんだ者たちの意志でもあったのだろう。――〈宇宙館〉の構造の持つ秩序に身をゆだね、その秩序の許す範囲内においてすべてを見ること。

地上の大洪水を自分の眼で目撃した記憶のある者は一人もなく、また厚い水蒸気の層に隔てられているため洪水伝説の真偽を確かめることもできなかったが、下界の滅亡は確かな事実として私たちの間に根を降ろしていた。昔、来たるべき破局を予知した一群の人間たちが上空にこの〈宇宙館〉を建造し、私たちの中から下界の記憶をすべて消し去った上でここへ送りこんだのだろうと私たちは考えていた。そして地上は滅び、〈宇宙館〉の創造者たちも共に消滅したが、私たちは残った。生き残りの私たちに見ることを定めとして課した彼らの意志は、私たちに世界の究極の滅びを見届けさせることにあったに違いなかった。地上から乖離した場にあって、地上の人間たちから乖離した存在である私たちの眼によって、地上だけの滅びだけではなく全世界の滅びを見届けさせること。――おのれの身に課せられたこの定めが、私たちを呪縛していた。〈宇宙館〉の透明な空間の中にあって、ただひとつ視線を遮る不透過物である自分の躰を、私たちは不必要な邪魔者と見なした。いつか私たちの肉が建物の壁と同化してガラス質に透きとおり、白い光芒の中に溶けこんで、純粋な水晶球に似たふたつの眼球だけが残ることを私たちは夢想した。

……下界を厚く覆ったまま動く気配もない一面の雲海、影ひとつない蒼天を渡っていく黄金《きん》の光環に包まれた太陽、そして正確な満ち欠けを繰り返しながら天に軌跡を描いていく月と無数の星座群。地上の滅びとは無関係に精緻な秩序を保っている天体だけが私たちの前にあった。数えきれない日々の間この変化のない世界を見続けているうちに、〝見ること〟はいつしか〝待つこと〟に似始めていたようだった。この世界の秩序の中に何らかの異変が介入するのを待つこと。世界の滅びが何らかの形をとって私たちの前に出現するのを待つこと。

そして、〈影〉がやってきた。

それはある真夜中のことだった。それまでの数えきれない夜々と同じように、その時も私たちは不眠の眼を見ひらいて動かない闇の静寂を見守っていた。視線をふと床の板ガラス越しに下方へ移してみれば、そこには各階の床に裸形の躰を投げ出して、累々と折り重なったまま頭だけを鎌首のようにもたげて外界を凝視している者たちの姿が建物の底へと連鎖しているのが見通せる。ずっと以前にはそれぞれが下界で織られた布の衣服を身につけていたこともあったのだが、不透明なもの、視線を通さないものの忌まれるこの〈宇宙館〉においては衣類は不用なものと見なされるようになり、いつともなく布類は各々の手で螺旋階段の垂直の竪穴へ放棄され、建物の底の底へ消えていったのだ。

窓もなく継ぎ目もないガラス壁のむこうには、中天にかかった弦月があった。天体の領域である音のない世界の底、地平の果てから果てまで拡がった雲海は仄暗く沈みこんだままゆるやかに波打ち、時おり気流の筋目に沿って白い裂目を走らせていく。

その時ふと、ひとりの腕が天の一角を指した。

月の面に、黒い点が生じていた。九千九百九十九対の眼の見守る中、その影は弦月の鈍い輝きを背景にしてわずかずつ大きさを増していき、馬を駆る一人の男の姿になった。馬は〈宇宙館〉最上階と正確に一致した高度を保ったまま、一直線に近づいてくる。その四肢が水中を走るような異様に緩慢な動きで宙を蹴るにつれて、騎乗の男の外套が大きく風を孕んで膨らむのを、私たちの瞬かない眼は凝視し続けていた——。

そして、男はガラス張りの輝く建物の内部に立っていた。馬は壁の外に残されて、虚空を踏んで四つ足を休め、痩せこけた首をたれて時おり蹄を踏みかえている。一点の隙間もない壁を男がどうやって通り抜けてきたのか、私たちは知らない。黒い鍔びろの帽子を目深に引きおろし、黒い袖無し外套の襟もとを金のピンでとめたその男は、気づいた時にはすでに建物の内部に身を移し、床から首だけをもたげた私たちの中央にひとり立っていたのだ。

男は一杯の水を望んだ。ひとりが手渡したガラス杯を男が干すのを待って、私たちは男が地上から来た者であるのかを尋ねた。

——私は〈影〉という名を持つ百人の男たちの中のひとりだ。

と男は答えた。

——私たちは耶路庭《えるにや》と呼ばれる国から皇帝の命を受けて旅立ってきた。そこはここから遠いが、どれほど遠いのか私は知らない。

男はさらに続けて言った。

――私たちは世界の果てを探すために耶路庭《えるにゃ》を立った。なぜなら、皇帝はこの世界に果てなどないことを証明しなければならなかったからだ。

私たちは次々に質問し、〈影〉はそれに答えて語り続けた。四方の壁面の発する白光がしだいに薄れ、雲海の東の果てが仄白んで曙光がほぐれだしてくるまでの間〈影〉は語り続け、そして私たちはその周囲を取り囲んで、遠い国に翼を拡げた悪疫の物語に耳を傾けていた。

耶路庭《えるにゃ》・1

さて、旱《ひでり》の続いたある日、乾ききった野面の一角にひらりと朱の炎の舌が踊りあがるのを発端に、野火は豊かな台地を舐めつくしていくものだ。（と〈影〉は語り始めた）耶路庭《えるにゃ》に蔓延することになった悪疫の最初の焔は、皇帝の宮殿の奥深くから、蛇の舌にも似た火の手をあげたのだった。

ここに、宮殿の後宮付きの一人の小姓がいた。後宮の棟々のつらなる丘の地底に皇帝の唯一の後継ぎである皇女の居室があり、小姓はこの皇女の世話を役目としていた。耶路庭《えるにゃ》では、帝国の世継ぎは成人の日を迎えるまでは外気に身をさらすことを厳重に禁じられている。初めて地表を踏み、いつかは自分の領土となるべき世界を眼にするその日まであとわずかな日々が残されている皇女のもとへ、小姓は飲食《おんじき》の盆やその日の衣類、湯を湛えた大甕などを運んでいくのだった。

その春の宵、彩色された甍の群が淡くかすんだ丘のなまめく大気に背をむけて、小姓はいつものように夕餉を運んで小暗い隧道へ入っていった。何代もの小姓たちの足裏に擦り減らされた岩穴の床は、鈍い光沢を見せて前方へ傾斜している。現在の皇帝も、またその先代の皇帝も、歴代の王たちはすべて産まれおちたその日にこの隧道を奥へ運びこまれ、十数年の後成人の儀式の日に武官たちに囲まれて地上へと登っていく時までは一度としてこの岩床を踏むことはなかったのだ。

隧道の突き当たりには狭い岩の小部屋があり、鏡の仕掛けで頭上の皇女の居室を見渡すことができる。見ると夕方の講義が思いのほか長びいたらしく、白髭の天文学者と肩を並べて室内を逍遙する皇女の姿が小さく見わけられた。首に下げた鍵で天井に嵌められた落とし戸をあけると、小姓は盆を片手に上へ登り、目立たぬよう隅に控えた。

小姓にとって、〈庭〉と呼び慣らわされているこのひとつの空間の大きさを言い表わすことはむずかしかった。荒く刳《えぐ》られたなりの岩床はほぼ正円で、その周囲を昼間でも底の見えることのない垂直の奈落が取り囲んでいる。円型の床のめぐりを一周してみると約二千歩を要し、これは帝国一の屋外闘技場の面積にほぼ等しい。しかし、ひとたび頭上を見あげてみると——。何代か前の皇帝がこの〈庭〉の天井の高さを測量させたことがあったが、その時技士たちは、円丘の頂上の高度とその地下に位置する岩床の高度から計算して、〈庭〉は大きく見積っても五百尺以上の高さの天井を持つはずはないと結論を出した。しかし、〈庭〉の岩床に立って頭上を見あげる者の眼には、その高さに位置するはずの天井の岩肌を認めることはできない。見えない天井に仕組まれた照明装置がそこに人工の蒼天の光を放射しているため、〈庭〉の天蓋《ドーム》は正しく外界の天空を模倣しているのだった。

——今朝は数学者に、昼には法学者に尋ね、そして今おまえに同じ問いを三たび発した。三人とも各々の学識を根に据えて三様の答えをなしたが、私はそのいずれにも満足できない。

——幾度となく申しあげたとおり、この岩室の結構は王朝初代の皇帝が考案し造営したもの。以来十数代の王たちがこの〈庭〉で定められた期間を過ごし、〈庭〉で得た宇宙の精緻な秩序の知識を正確に踏まえた政《まつりごと》を行なってきています。

皇女と老学者の姿が岩床を横切って近づいてくるにつれて、二人の問答が小姓の耳にも入ってきた。白髭の天文学者は、胸に厚い書物を抱いたまま重い声音で語り続けている。

——〈庭〉の設計者たちの作成した図面は残っていないものの、その後歴代の学者の観察と研究によって、この場が一点の狂いもなく外界の全宇宙と正確に照応していることが判明しております。ここは言わば宇宙の完璧な雛型、宇宙の秩序が純粋に縮小され凝縮された場なのです。

皇女は苛々と老学者に背を向け、人工の夕映えに向きあった。地上で見る日輪の見かけの大きさにあわせて造られた機械仕掛けの太陽が、岩室の西端の空中に浮遊したままじりじりと降下しつつある。人工太陽を宙に支えているはずの吊り綱も支え棒もそこにはなく、その球体は太陽の運行の速度を正確に模した速度で空中を動きつつあるのだった。

——その話ならばもう倦《う》みはてるほど聞いた。今また繰り返したところで、先刻の私の問いに答えることにはなるまい。

——いいえ、これは何度でも繰り返して申しあげるべきことですし、また同時に貴女の問いに間接に答えることにもなりましょう。たとえばこの太陽、これがいかなる物質をもって造られいかなる機械の力によって動いているものか今となっては分りません。今われわれに分っているのは、この人造物が、〈庭〉の尺度に合わせて容積を縮小されているという点を除けば正確に太陽の形成物を模倣した物質で造られ、太陽の動く原理を正確に模倣した力によって動いているということです。同様に〈庭〉に在るすべての物が宇宙の姿の完璧な模倣であり、〈庭〉そのものが宇宙を複製した小宇宙であると言えましょう。宇宙の原理の大根《おおね》をまず見据えることが、王者の道、王道であるからこそ、初代の皇帝はこの〈庭〉を造営し、代々の世継ぎにこの場の示す原理を会得することを義務づけたのです。

——しかし、私の問いは〈庭〉のめぐりを囲んでいるはずの壁もまた外の宇宙を模倣したものかということだ。この岩室が地下の岩盤を穿《えぐ》って造られたものである以上、眼には見えなくても壁は確かに在るはずではないか。

——〈庭〉は人の手によって成ったものです。地上の宇宙は混沌の中から自然に生じたもの。人工宇宙は造物主を持ちますが、自然の宇宙はそれを持ちません。人工宇宙の創造主は、自分の位置する空間と人工宇宙の位置する空間との境として壁を造ることを必要としますが、創造主を持たない宇宙には壁を有する必要はないのです。外の宇宙には壁などなく、また〈庭〉の壁は眼に見えずその位置する場所も定かには分らないという点で、宇宙の姿を伝えているると言えるのではありますまいか……。

……老天文学者が黄金の鍵で落とし戸をあけて地下道へ姿を消していった時、〈庭〉には夜が訪れていた。正円の岩室の中央部に建つ簡素な四阿に夕餉の卓を設えると、小姓は皇女が逍遙から戻るまでの間、〈庭〉にめぐっていく夜の刻《とき》のうつろいを眺めた。

人工太陽が西の奈落に沈んで姿を消すと、こればかりは人造物ではなく地下の岩室に自然に存在する闇が〈庭〉の空間を領した。円型の岩床の四方を囲む垂直の断崖から数個の遊星と無数の恒星群が現われ、見えない壁を背景に正確な軌道上を歩み始めている。壁のいくつかの噴出口が作動したのか、水蒸気の固まりが闇の一角に音もなく湧きだし、やがて人工の雲は頭上を西から東へと流れて四阿の円天井をすれすれにかすめた。

——ここを訪れた学者たちは、一人残らず私にただ信ぜよと言う。

気づかぬ間に四阿の石段を登ってきた皇女が、背後から言った。それが長年の習慣となった一人言に過ぎないことをわきまえている小姓は、眼を伏せたまま卓の脇にひかえた。

——たぶん、あの者たちの言うことは正しいのだろう。天地の法《のり》を見きわめた歴代の学者たちが、数世紀にわたってこの〈庭〉を調べ、そのすべてが同じ結論に至ったというのだから。……しかし、それでも私は疑わずにはいられない。

ふとある気配を感じて、小姓は眼をあげた。油皿の炎に半顔を隈どられた皇女の面が、真向からこちらを向いていた。

——おまえは地上を知っている。おまえの見知っている地上には、本当に天を覆う壁はないのか？　見えはしないが確かに存在するはずの壁は、地上の世界においては存在しないと、おまえは知っているのだろうか？

この数年間で初めて声をかけられたことに狼狽して、小姓は眼を伏せるとあわてて何度も頷いた。

――もういい。いくら他人の言葉を集めてみても、私は自分の眼に映ることだけを信じるほかはない。

声が遠のき、小姓は四阿の階段を降りていく白衣の後ろ姿を見た。東に登りかけた正円の月が裸の岩床を照らし、その水平の月明りを受けて岩肌の凹凸は無数の影を宿している。その上に長い影をすべらせていく皇女の姿を見送った時、小姓はふと不穏な心の騒だちを感じ、いつになく後を追う気になったのだった。

……その後に起きたことを、小姓は数日後に宮殿の一室で拷問を受けるまでは誰にも明かさなかった。その時、口端から血の泡を噴いた顔を松明の炎に向きあわされ、力のない指に石筆を握らされた小姓は、石板にようやく幾つかの言葉を書きつらねた。崖端の一角で立ちどまった皇女に追いついた時、小姓はひとつの試みをためすよう命じられ、その命に従ったのだ、と。

皇女がその突端に裸足の片足をかけた崖のむこうには、その幅が何尺とも知られていない底なしの奈落があった。奈落の底は地軸まで続いていると言われ、その闇のどこかには円丘の中腹から庭の真下へ通じている隧道が位置するはずだったが、それを自分の眼で確かめた者は一人もいない。

その奈落の上方、皇女と小姓の立つ崖端から五十尺と離れていない空中に、球型の月が静止していた。太陽と異なって長く正視することのできる人工月球の面の模様を眺めていた時、小姓は布の裂ける鋭い音を聞いた。袍衣の裾を細長く裂くと、皇女は布の先端に四阿から持ち出した硝子の盃を結び、奈落の上方を指し示した。その意を悟った小姓は、争《あらが》う術もなく命に服したのだった。

布の一端を右手に巻きつけると、小姓はゆっくり盃を振り回し始めた。その勢いが強まり、きりきりと布が掌に喰いこむ力が最大になった瞬間、小姓は手を離した。

皇女が声をあげた。白布の尾を曳いて一直線に飛んだ盃は、月球をわずかに外れ、その背後の闇に消えた。と、硝子の煌きがちらと眼を射た時――、玻璃盃の砕け散る音が中空に響いた。

闇の中から落下してきた硝子の破片がかすかに輝きながら奈落に吸いこまれていった時、小姓は皇女の声を聞いた。

――私が地上に出るまで、あと三日だ。その時が来れば、私の問いに真実の答えが返ってくるだろう。

小姓は不安を口に出したかったが、声は出なかった。世継ぎに対して小姓が自分の卑賤な体験から得た地上の知識を伝えることのないように、代々の小姓たちはすべて舌を抜かれていたのだった。

祭典の前夜に、事は起きた。

世継ぎの成人の儀式の日には、国をあげての盛大な祝典が催されるのが常だった。翌日の未明〈庭〉の扉があけられ、目隠しをされた皇女が両手を引かれて隧道から姿を現わし、宮殿の東の露台で皇帝の手によって眼の覆いをはずされるという儀式に先立って、その夜都は前夜祭の騒ぎに浮き立っていた。〈庭〉には深夜から夜明けにかけて学者たちが集まり最後の奥義伝授が行なわれることになっている。それまでに、最後の食事を出して着換えを手伝わねばならない。小姓は長年通い慣れた地下道を、これを最後に下っていった。

扉の鍵は、昼間飲み物を運んだ後に鎖していった時と変わりなかった。首から下げた鍵で落とし戸をあけ、盆と衣類の包みを運びあげると、小姓は再び上から鍵をかけた。立ちあがって見渡すと、数世紀の間狂うこともなく〈庭〉の天をめぐり続けてきた太陽は、奈落へ沈んでいくところだった。橙黄の光芒が西から水平に射し、石の四阿の西面を灼いて背後に長い影を生んでいる。ちりちりと伸びていく影の他に、そこには動くものの姿はどこにも見えない……。

ふいに視野が灼けた。眼が眩《くら》み、続けて頭蓋の罅割れるような衝撃が二度三度と後頭部を襲った。前のめりに崩折れながら、小姓は首に巻いた細い金鎖がきつく肉に喰いこむのを感じ、そして鎖の輪が切れてふいに躰が自由になると同時に、その場に昏倒した。

……外界は緑の息吹に充《み》ちた春の夜だった。隧道の出口まで這い出た時、小姓は額を割られて倒れている守備兵の姿を見た。まだ息はあるようだったが、小姓はかまわず脇を擦りぬけ、丘の傾斜を駆け下った。中天にかかった満月に照らされて、円丘はくっきりした明暗に隈取られている。窓々に一人ずつ女の影を宿した後宮の棟々の甍は、木立ちの落とす深い翳に包まれ、そしてその合い間を縫ってうねうねと伸びる白い小道の先には、逃走した皇女の姿を内に潜ませた宮殿の奥深い鳥瞰図が開けていた。月光を受けて白んだ屋根屋根のめぐりを祭りの松明の灯が蠢き、桃花の香を含んだなまめく大気が、時おり波うつざわめきを伝えてくる。声にならない叫びを喉いっぱいに膨らませて、小姓は雑踏の渦巻く広い庭内を走った。酔気を含んだ衛兵は、額に凝血をこびりつかせたまいっさんに駆け抜けていく小姓の姿に気づかなかった。生まれた日から地底に籠ったままの皇女の顔を、彼らは見知ってはいない。逃走者の行方を尋ねるべき者の見当たらないまま、小姓は血走った眼を四方に泳がせ、そしてふいに気づいた。儀式の前夜に禁を犯して逃げだした皇女の行くべき場所は、そこしかなかった。

——あの〈庭〉に暮らす間私でさえもそれに気づいたものを、皇帝も、その先代も、歴代の皇帝たちが気づかなかったとは思えない。

……足音をひそめて小姓が登っていく階段の先から、その押さえた声音は先刻から連綿と続いていた。

——それぞれが〈庭〉にいる間にそれに気づき、気づきながらもそれを胸に納めたまま皇帝の座に着き、何も知らぬげにこの世界を治め、そして死んでいったのだろうか。私はその答えを聞きたい。

見えない相手にむかって皇女の声は訴えかけたが、答《いら》えはなかった。そっと柱の影にすべり寄った小姓は、露台を背にして立つ皇女の姿を見た。部屋に灯はなく、中央の玉座の周囲は深い闇に閉ざされ、ただ階《きざはし》を流れ落ちる豹文の礼服の裳裾と、その隙《ひま》に覗く気高い黄金の靴先とがわずかに窺われるばかりだった。

——その答えをひとこと聞いてから明日の儀式に臨むつもりだったが……、では、どの道を採るのも私の自由、私の心のままにと？

玉座の人影はやはり身揺ぎもせず、宝玉の光を底籠らせた厚い闇は沈黙を封じこめている。その時ふいに戸外の喧騒が高まり、皇女は振りむくと宙に張り出した手すりに歩み寄った。

翌日の未明に儀式の行なわれる場であるその露台の外には、皇女の眼には見慣れた天球の秩序があった。天心に登った満月と、冷たい軌道を守る星座群。眼を下方へ転じると、閲兵式の行なわれる広い中庭の石畳をぎっしり埋めて、無数の顔が露台を見あげている。その中には白髭の学者たちの顔が入り混じり、多くの腕がこちらを指し示しては口々に叫び声をあげていた。隧道の守備兵の証言とあけ放たれた〈庭〉の岩戸から、今やそのすべての者たちが、今露台に立つ人影こそ逃亡した世継ぎであることを知っているのだった。

——私は、すべてを知ることを選ぶ。

再び顔を天にむけた人影から発せられた声を、数千の耳が聞いた。

——初代皇帝の手によって成った〈庭〉と等しく、この世界もまた見えない壁で封じ込まれているのか否かを。

白衣の影から黄金《きん》の鍵が現われ、右手の一閃と共に闇を切るのを小姓は見た。そして同時に数千の眼が、黄金の光芒を曳いて直線に翔《た》ちのぼる鍵を見た。

……その時、宮殿の外壁をめぐる祭りの最中《さなか》の辻々に、ふと小暗い影が射すような一瞬の静寂が落ちた。額に花輪を飾り手に手に松明をかざした人々の間をふいに荒涼とした気配が通りすぎ、賑わう楽の音と人声が跡切れ、期せずして同時に街中の人間の心を不穏な翳が覆ったのだった。

辻々に動かない影を落としたまま、その時耶路庭《えるにゃ》のすべての人間が、宮殿の上空を翔《か》けあがる一個の黄金《きん》の鍵を見た。鍵は何者かの自在な力に引かれるように、勢いを弱めることなく垂直に飛びつづけ、そして黄金の光輝がふと翳ると同時に闇に呑まれた。

遠くかすかに、しかし精緻な反響を伴って、玻璃の砕け散る音が虚空から零《ふ》ってきた。地表に立ちつくす人々の肩に、やがてさらさらと砂の零《ふ》るような音をたてて微細な粉が震え積もり、そこに手をやった人々はそれを黒硝子《ガラス》の破片と知ったのだった。

いつの間に時間《とき》が移り、いつの間に露台の人影が倒れ伏したのか、小姓は気づかなかった。やがて我に帰った侍臣の群が部屋に駆け込んで露台の人影を助け起こした時、高熱を宿したその両の眼の眼底が白濁し全身に夥しい薔薇疹が顕われているのを彼らは見た。なおも零りつづける硝子片を畏れて逃げまどう人々の叫喚が遠く近く大気をどよもし、入り乱れる数多の松明の反映がこの塔の部屋まで射しこんでいたが、玉座の上なる人は深い叡智に倦み疲れた故か静かな諦めの故か、身動きもせず闇に身を沈めているばかりなのだった。

〈影〉はさらに語り続ける。

耶《え》路《る》庭《にゃ》・2

前夜祭の夜、宮殿の一角に蛇の舌にも似た姿を閃かせた疫病の最初の焔は、翌晩のうちに帝国の数箇所に飛び火し、次いで野火のような勢いで燃えひろがっていった。

病に冒された世継ぎの命は、儀式の日の夜明けまでしか持たなかった。その未明、数人の手で背を支えられ露台で昇る日輪に向きあった時、皇女はそれまで強《きつ》く閉じていた眼を薄くあけた。白濁した眼に赫奕と地を照らす陽光が射しこんだ時、やはり我々はこの〈庭〉に閉じこめられているのか、と呟いて皇女は瞼を落とした。侍臣たちの腕に亡骸《なきがら》の重みが加わり、それと同時に薔薇疹に覆われた躰は豊かな白光に巻かれて色を変え始めた。眩《まばゆ》さに耐えられず後ずさった侍臣たちの前で、溢れだす光に浸された亡骸の皮膚からは見るみる薄紅の瘡《かさ》が消えていき、いよいよ眩く透明に透きとおっていった。すべての変化が終わった時、そこには全身ことごとく無色の玻璃に変じた一体の躰が残っていた。玉座を振り返った彼らは、そこで夜を明かした皇帝の無言の姿を見た。瞬かない両眼に静かな水のように漲る無量の叡智に気づくや、彼らは畏れから思わずその場に平伏したのだった。

天から零る微塵の硝子粉は夜明け前にやんでいたものの、次の夜の訪れを国人たちは穏やかな心で迎えることはできなかった。地底の〈庭〉を造った初代皇帝と等しく、この地上世界という〈庭〉にも創造主があるのだとすれば――。人々は、前夜黄金の鍵によって生じた天球の亀裂から造物主の巨大な眼が〈庭〉を覗きこむ情景を夢想して戦慄した。

しかし落日の余燼が西の地平から薄れはじめる頃になると、人々は辻々に出て不安な眼を天に向けずにはいられなかった。白昼の間は空を灼く陽光の眩しさに妨げられているが、夜になれば天球の果てを形造る硝子の壁が見分けられるかもしれないと思われたのだ。世継ぎの死を悼む弔旗が宮殿の外壁にうなだれ、大門の梁《うつばり》から下がった隧道の守備兵と小姓の首のない屍体がやがて闇に紛れ始めた頃、街路を埋めつくした群衆の中から、数人が天を指して叫んだ。影が、天の壁に人の影が、と叫ぶ声を聞いて人々は空に眼をこらしたが、そこにはただ夜の兆していく色褪せた天蓋がひろがるばかりだった。畏れて叫び続ける少数の人間たちはやがてその場に倒れ、気づいた者たちが背を抱き起こした時には、すでにその眼底には白い澱《おり》が生じ、薔薇疹の薄紅が点々と躰中に浮き始めていた。

次の夜には天球に人影を見る者はさらに数を増し、悪疫は野火よりも速く国中に翼を拡げた。皇女の時と同じく、罹病した者たちはすべて翌朝の曙光を浴びると同時に眩《まばゆ》い光背に包まれ、全身の肉を硝子質に透きとおらせてこときれたのだったが、彼らは一晩中高熱に身を灼かれながら譫言のように自分の見たものについて語り続けた。――彼らが見たのは、黒硝子製の半球型の椀を伏せたような天の壁越しに動く巨人の影だった。透明な黒硝子を透かして、天の外に立つ巨人たちはあるいは右から左へと歩き過ぎて消え、あるいは硝子の天球に近寄り両手を天頂にかけて近々と玻璃椀の内部を覗きこんだ。湾曲した硝子面にぴったり貼りついた両掌のかたちが見え、そしてこちらをさし覗く巨大な顔の口が哄笑するように左右に裂けた時、自分の法《のり》を越えて見るべきでないものを見てしまった彼らは火箭《ひや》に撃たれたように斃れるしかなかったのだという。

――我々はこの世界に封じこまれ、閉じこめられていたのだ。ここもまた〈庭〉の内だったのだ。

――閉ざされた世界は恐ろしい。それと知った以上、我々は世界の壁を形造る硝子に同質化し、硝子に還っていくしかない――。

口々にそう言い残して透明な玻璃の屍体に変じていく者たちの数は次々に皇帝のもとへ奏上されていったが、皇帝は何故か無量の叡智を双眸の内に堰止めたまま終始沈黙を守っていた。身罷った皇女と同じく生まれてより十数年を〈庭〉で暮らし、〈庭〉の内での全智に達している皇帝ならば、今ひとつの〈庭〉であるこの世界においても造物主たちと対峙するすべを見出すことができるはずではないか、と宮廷の学者たちは考えたが、皇帝の口からは依然として何の命も下されなかった。世継ぎの亡くなった朝彼らは隧道を下って主のなくなった〈庭〉を訪れたのだったが、その時彼らが見たものを奏上した時にも皇帝はやはり口を開かなかった。――学者たちがそこに見出したのは、狂った〈庭〉だった。外界には朝が訪れていたにもかかわらずそこは依然として夜のままで、彼らは夜の闇に燃えさかる太陽が軌道を離れて地平線上を東から北へと動いていくのを見た。頭上では、天心に浮遊した月球を中心として無数の星座群が肉眼にもそれと分るほどの速度で回転していた。彼らが見守るうちにその速度は徐々に速まり、天の一角からひとつの渦状星雲が目まぐるしく自転しながらじりじりと空中をずり落ち始めた。頭上五十尺ほどまで降下してきた時星雲はふいに閃光を発して爆発し、と同時に天心の月球がぐらりと傾《かし》ぐのを彼らは見た。

あわてて四方へ飛びすさった学者たちの輪の中へ、直径三尺あまりの月球は一直線に落下し、四阿の丸屋根を割って四散した。鈍い地響きがして石の丸屋根は左右に割れ、岩床に崩れ落ちると同時にわずかな火の手が上がった。逃げ帰った学者たちは、前夜を境として〈庭〉と地上世界との照応関係の糸は絶ち切られ、〈庭〉の秩序を保っていた見えない機械仕掛けの歯車は大きく狂い始めたのだと皇帝に告げた。世継ぎはすでに絶え、次の世継ぎを育てるにしてもあの精緻な秩序を封じこめていた〈庭〉はもうない。その間にも新たな死者の数を告げる侍臣たちの姿が次々に塔の部屋へ駆けこんできていたが、皇帝はただほのかな笑《えまい》を口辺に刻んだままで、静かなその両眼にはかすかな波紋さえ生じる気配はなかった。

……そして国民《くにたみ》の過半数が疫病《えやみ》に斃れた頃のある夜、玉座の部屋へひそかに百人の男たちが呼び入れられた。

――おまえたちはそれぞれ今宵初めて互いに顔を見あわせたわけだが……。

上意を服して国中から彼らを狩り集めてきた密偵が部屋から下がった後、玉座の上の人影が静かにそう話しだすのを男たちは聞いた。

――おまえたちにはひとつの共通した目印がある。私は密偵にその目印を教え、辻々に立つ者たちの間からおまえたちを選びだしてこさせたのだ。

壁の一隅でちりちりと焔をあげる灯心以外に灯はなく、玉座から流れ落ちる裳裾の瘡《かさ》にも似た褪せた金箔ばかりが闇に鈍く浮きたっている。声が跡切れて沈黙が続き、背後の露台から断続して切れぎれに流れてくる遠い悲鳴ばかりが一同の耳の底に漂ったが、男たちは互いに眼をそむけあったまままだ沈黙していた。

――国民《くにたみ》は畏れている。いつの夜か自分にも天の人影が見える時が訪れるのを。

ややあって声は再び言葉をたぐり始めた。

――それが見えることを畏れながらも、彼らは日暮れと共に辻に立って天と向きあわずにはいられない。……しかしその中にあって時おり、群衆の背後をただひとり眼を伏せてひそひそと行き過ぎる者があるという。一様にあおのいてまだ見えぬ造物主の姿に眼を凝らす群衆から、その者たちのみは眼をそらせ、物影から物影へと闇に身を紛らせて歩く――その目印に当てはまる者が、おまえたちだったのだ。

続いてひとつの命が彼らに下され、翌朝日の出と共に彼らは街を出発することになった。男たちはその命を聞いた時にも何の反応をも示さず、部屋を退出する時にも伏せた眼を上げることもしなかった。塔の階段の途中で彼らに行きあった一人の侍臣は、思わず羊皮紙の束をとり落とし壁に背を貼りつけた。その眼の前を黙々と行き過ぎていく百人の男たちは、全員がひとつの胎《はら》から同時に産まれた同胞のように、完全に一致した顔と姿を持っていたのだった。

〈影〉と名づけられた男たちには、それぞれ一頭の黒馬が与えられ、百の方角に別れて出立することになっていた。その夜明け皇帝は玉座に沈みこんだまま、露台に立った若年の衛兵が眼に映るものすべてを逐一声に出して報告するのを聞いていた。衛兵の言葉が耳に流れこんでくるにつれて、皇帝のまなうらには黎明の地平が拡がっていった。長い影を曳いてその地平をめざして点々と散っていく黒衣の男たちの姿。——この世界の果てを形造っているという硝子壁をめざしてどこまでも進んでいくこと。壁は存在せず、この世界に果てなどはないということを証明するために。これが、皇帝の下した命だった。造物主の姿を畏れて悪疫に斃れていった者たちは、まこと造物主によって造られた被造物だったのだろう——初代皇帝の手で成った〈庭〉の人工の月や太陽のように。しかし、造物主の姿を見ずその姿を畏れない百人の〈影〉たちは、造物主の眼をのがれて物影の闇から生まれでた影の化身であるように皇帝には思われた。この世の影として存在する彼らはこの世の造物主を畏れる理由を持たず、造物主の存在を否定するための旅を命じるにはふさわしいと皇帝は考えたのだ。

露台の衛兵が、〈影〉たちの姿がひとつ残らず視界から消えたことを告げた。皇帝は疲れた眉間を片手で支えた。彼らの旅がいかなる結果をもたらすか皇帝には予測できなかった。〈庭〉に見えない壁があることに、皇帝もまた皇女と同じく成人の前に気づいており、それを黙したままこの帝王の座についていたのだ。ふいに、皇帝の心に自分にも造物主の姿が見えるだろうかという疑惑が浮かんだが、軽く頭を振ると皇帝は室内に淀む薄闇に顔を向けた。人を足元にも寄せつけない深い叡智の故に誰ひとりそれに気づいた者はいなかったのだが、かつて儀式の早朝武官に手を引かれて隧道から一歩踏み出した時若い皇帝は両眼に鋭い痛みを覚え、そして露台で昇る日輪に向きあう頃にはすでに眼の前の明暗を弁じることさえできなくなっていたのだ。

地上に身を移した日以来、皇帝は晴盲《あきじい》であったのだった。

そしてその日以来百人の〈影〉たちはそれぞれの道を一直線に進み続けた。大洋の轟く青い潮《うしお》や峨々と切りたつ険しい死火山などが、道の行く手に現われてはすぐ背後に見えなくなっていった。街を出立した時には地を踏んで歩いていたはずの黒馬が、いつのまに中空を蹴って走るようになっていたのか、彼らは知らない。前進を始めて幾つの日々が過ぎ去ったのかも忘れ去られた頃、ある夜百人のうちの一人が、地平の果てから果てまでを覆う雲海の上を走っている自分に気づいた。その行く手はるかに、雲海の雲間から闇に突出した輝くガラスの尖塔が見え、そして〈影〉は宇宙館を訪れて、私たちに耶路庭《えるにや》なる遠い国の物語を語り聞かせたのだ……。

宇宙館・2

宇宙館が地上のいかなる位置に基底を置く建物なのか、私たちは知らない。肥沃な平地に広がる都市の一角に建っているのか、それとも万年雪を戴く連峰の頂に建っているのか、それさえも厚い雲海に隔てられて確かめることがかなわないのだった。

それでもいつ果てるとも分らない日々の間に、時おり地表の一部が雲間から頭を覗かせることがあった。ある時は美しい輪郭を持つ成層火山の先端が雲海の果てに姿を現わして、数条のかすかな噴煙を天にたなびかせていたことがあったし、またある時は醜怪な白茶けた岩肌を見せる嶺が意外な間近に現われたこともあった。しかしその岩山を見た日の翌朝、私たちはその嶺が昨日とは正反対の方角に頭を覗かせているのに気づき、そしてさらにその次の朝には同じ嶺がはるかな目路の果てに特徴のある奇怪な輪郭をかすませているのを見たのだった。

私たちの見たものがいかなる意味を持つのかも分らないままに日々が過ぎ、ある時私たちはふと山々の姿を見なくなってから異常に長い期間が過ぎていることに気づいた。今まではほぼ四、五十日の間を置いて雲間から現われるさまざまな峰々を目撃したものだったが、あの白茶けた岩山を遠くに見て以来少なくともその倍以上の日々が過ぎているはずだったのだ。……そしてその夜、輝きわたる板硝子に腹を押しあてて思い思いに横たわっていた私たちは、雲海の平らな拡がりの一角からふと鈍い光が湧きあがってくるのを見たのだった。わずかに渦巻く雲間から湧きだす光は徐々に円型の輪郭をとり始め、そして雲の表面がふいに隆起して煙のように吹きあがりながら四方に崩れたかと思うと、その源はその上端を現わした。私たちが眼下の雲海の中に見たのは、月だった。クレーターの模様さえはっきり見せているその月は、それ以上高度を上げることなく雲間を分けて水平に進み始めた。その動きにつれてドライアイスの煙に似た水蒸気が月球の面を這うようにまつわりつき、ゆるい動きで噴きこぼれては四散する。私たちの見守る中、月は緩慢な動きで雲海を斜めによぎって遠ざかり、そして夜明け前にはもう見えなくなっていたのだった——。

宇宙館という名のこの建物は、いつか地表に降ろしていた錨綱を断たれて宇宙を放浪していたのかもしれない。最初に訪れた〈影〉が一夜をこめて語り続け、夜明けと共に再び黒馬を駆って出立していった後、次の夜にも私たちは雲海の果てから近づいてくる〈影〉の姿を認めた。その顔も姿も前夜の〈影〉と全く同一だったが、それは百人の〈影〉たちの別の一人なのだった。そしてその〈影〉が一夜の間物語り続けて去っていった後、次の夜にはまた新たな〈影〉が宇宙館を訪れた。そしてその次の夜も、さらに次の夜も——。

百の方角へ散っていったはずの〈影〉たちの行く手に、この宇宙館は次々に立ち現われたわけだが、この建物が宇宙を自在に放浪し続けているというのならばそれに不思議はあるまいと私たちは思った。宇宙館がいかなる空間に位置するものなのか私たちは知らない。耶路庭《えるにゃ》なる国がいかなる空間に在《あ》るものか私たちは知らない。そうしてみれば、各々異なる方角を目ざして前進する百人の〈影〉たちの行く手に、耶路庭《えるにゃ》もまた自在に立ち現われることになっても、それは不可解なことではあるまいと私たちは思うのだ……。

耶路庭《えるにゃ》・3

〈影〉たちがひそかに出立して数十日後、衛兵の姿もほとんど見かけられなくなった宮殿の後宮の丘に一群の男たちが姿を現わした。硝子の屍体が転がる棟々を声もなく取り壊していくと、男たちは酢が真珠を蝕していく勢いで円丘の頂を掘り崩し始めた。その地底に拡がる〈庭〉の天井を崩して埋めるためだった。

〈庭〉と地上世界との精緻な照応関係は国民《くにたみ》のすべての知るものであり、そしてその頃誰言うとなく、天球の黒硝子の外を動く人影は〈庭〉の造物主である初代皇帝とその眷属に違いないという噂が拡まっていた。〈庭〉の機械仕掛けが狂って照応関係の糸が切れたことも彼らは夙に知っていたが、初代皇帝の幻影を消し去るためには〈庭〉を埋めるしかないと彼らには思われたのだ。万一〈庭〉を埋めたためにこの世界もまた崩壊するようなことになっても、いつ自分にも見えるかもしれない天の人影を待ち続ける日々の恐怖よりはましだと思われた。

黒色火薬の爆発音が二度三度と宮殿をゆるがし、濃い煙と土埃が晴れていくと、そこには大きく姿を変じた円丘の姿があった。続けて数回の爆破が行なわれ、夕方までに丘は跡形もなく姿を消していた。かつての測量によれば、〈庭〉の天蓋は円丘の斜面に接しているはずであり、従って今〈庭〉は丘と共に完全に崩壊したはずだった。その時、ひとりの男が土砂と瓦礫の間に口をあけた隧道の穴に気づいた。数人の男たちが中に入っていき、そして彼らは無傷のまま〈庭〉の上空に拡がっている偽の夜空を見出したのだった。

円丘の跡地は平らに均され、さらに深く抉られていったが、爆薬の噴煙が静まるたびに彼らは土砂の合間に埋め残された地下道の入口を発見し、そしてその奥に五百尺あまりの高さの天蓋を戴いた〈庭〉の姿を見出すのだった。〈庭〉の中央には月球の落下に撃ち崩された四阿の焼け跡があり、そしてその上空には儀式の日以来ずっと続いている狂った人工の夜空があった。岩床に立って呆然と暗黒の天球を見あげた男たちは、ふと瘧《おこり》病みのように激しく震えている自分の躰に気づいた。

——見られている！

悲鳴に似た叫びがあがり、誰かの腕が天井を指さしたが、彼らは夢中で眼と耳を覆ったままその場に倒れた。もし今夜空を見あげたら——もしそこにあの天の人影があったら——。しかし見えない力に操られるように、いつか彼らの顔は徐々に腕の間からもたげられ始めていた。きつく閉じている眼を今もしあけてしまったら——そしてもしそこに——。

……ちょうどその時、計算ではとうに岩室の底まで達しているはずの穴を夢中になって掘り続けていた男たちは、いつのまにかあたりに夜が訪れているのに気づいた。今ごろは、めっきり数の減った人影が辻々にまばらに立って、不安な眼を夜空にむかって見開いているはずだった。

——行って、知らせてやらねばなるまい。我々が〈庭〉を崩し、同時に初代皇帝の姿をも埋めてしまったことを。

一人が言った。

——しかし、地下道へ入っていった者たちはまだ帰ってこないではないか。やはり〈庭〉はまだ崩されずにいるのかもしれない。

——計算では、もうとうに〈庭〉はこの世にはないのだ。数字の正確さを信じ、我々は行ってもう天の人影を待つ必要はないと告げるべきなのだ。

男は叫び、穴の傾斜を登り始めた。残りの男たちも後を追い、じきに彼らは穴の縁に立った。

遠い叫喚が、大気を斜めに切り裂いて男たちの耳に届いた。

見られている……天の人影が我々を覗きこんでいる……。

——莫迦な、初代皇帝の幻影は地底に埋まったはずだ。

先頭の男が叫び、宮殿の外壁にむかって走りだした。とその時、彼らの視野の上部を大きく影が流れた。

……裂けるほどに見開かれた男たちの眼は天球の黒硝子に近寄せられたひとつの巨大な顔を映しだし、また同時に地底の数人の眼も同じものを見ていた。特徴のないその顔はしばらくの間天蓋の内部を覗きこんでいたが、やがてふと躰を起こすと壁から離れた。その顔が初代皇帝のものか否か、男たちには判じる術もなかった。その背後を行きかう数人の遠い人影の中へ最初の人影は入り混じっていき、しばらくの間天球は意味もなく行き過ぎる人影に充たされていたが、その時地表と地底に倒れ伏した男たちの白濁した眼には、すでに何も映ってはいなかった。

限りない前進の果てにひとりの〈影〉が耶路庭《えるにや》の上空に姿を現わした時、〈影〉が見たのはそのような状態の街だった――。

ひねもす露台に立って眼に映るものすべてを皇帝に語り聞かせ続けていた若い衛兵の声は、その早朝以来完全に跡絶えていた。人気の絶えた国土を見はるかす塔の部屋の玉座に、晴盲《あきじい》の皇帝はただひとり座して晴れやかに両眼を見開いていた。

――天に人影が動いています……暗い洞窟の中央に燃された焚火を囲んで踊る人々の影が、四方の壁に映って流れるように。天まで届く巨人の姿が、天球を形造る黒硝子の壁に近寄っては遠ざかるのが見えます。かつて耶路庭《えるにや》の低地の一面に拡がっていた窓灯は、今は数えられるばかりに減っています――明日の夜にはさらに減るでしょうし、あるいは今夜を最後にすべて消えてしまうのかもしれません……。

一晩中そのようなことを呟き続けていた衛兵の躰は、今は固く透きとおった硝子となって露台に転がっているはずだった。その声が跡切れると同時にすべての物音は死に絶え、千の喧騒より重い死の静寂の中で、皇帝には夜明け以来幾許の時間《とき》が経過したのかも分らなくなっていた。手を鳴らして人を呼んでみなくても、応える者のないことはそれと知られる。室内の空気がやや冷え冷えとした感触を伝え始め、皇帝は夜の訪れを知った。先刻から執拗に続いている鈍い耳鳴りに意識の外皮を喰い荒らされながら、皇帝はなおも玉座に身を預けたまましいつまでもその場を動こうとはしなかった。

……手さぐりに塔の階段を降りてきた人影が荒れた宮殿の中庭に姿を現わしたのは、真夜中過ぎのことだった。あたりに転がる硝子の屍体に時おり躓きながら、盲目の皇帝は蹌踉と石畳を横切り、後宮の丘へ向かっていった。――〈庭〉の外の世界は、本当に在るのだろうか。かつて〈庭〉を出ると同時に失明したその日から胸の奥底深く沈んだままの疑惑が、今再び翳の翼を拡げつつあった。儀式の朝露台に立った皇帝の前に在ったのは、暗黒の闇、光のない虚無だけだった。〈庭〉で得た知識をもって皇帝はこの虚無の世界を造作もなく治めることができたが、それも最初の疑惑を晴らすに足る手ごたえをもたらすものではなかったのだ。円丘の跡に生じた穴へすべり降り、手さぐりで地下道の奥へ進み入りながら皇帝は思った。世界の果てにあるかもしれない壁の有無など私にとってはすでに問題ではなかった。〈影〉たちを遣わしたことも、私には虚無の彼方へ一本の矢を射こむことに等しかったのだ。国民《くにたみ》が一人残らず造物主の幻影を見て斃れても、私の眼には虚無しか映らず、疫病《えやみ》は私ひとりを残して行き過ぎてしまった。今はこの世界を捨てて〈庭〉へ帰る以外あるまい――。

あけ放されたままの岩戸をくぐって〈庭〉に立った皇帝は、見えない眼を四方へ向けた。この岩床を踏むのは、儀式の朝以来数十年振りのことだった。狂った機械仕掛けの歯車はすでに錆びついてすべての動きを止めたのか、あたりには物の動く気配はない。〈庭〉はすでに亡んでいた。かつて皇帝は、〈庭〉に戻ればこの眼の闇が晴れるのではあるまいかとふと夢想したことがあったが、今はその願いも空しいことを知った。

その時ふいに皇帝は、今自分の眼の前にある闇は実は〈庭〉の暗黒の天球の姿なのではないかという疑いにかられた。〈庭〉に入ると同時に知らぬ間に眼が癒えて真の暗黒に閉ざされた天球が見えていたのに、それを晴盲の眼球に封じられた闇と思い違えていたのではないかと思われたのだ。と同時にその闇の彼方に何者かの気配が生じた。

皇帝は声をあげた。いくら眼を凝らしても、盲いたままの眼には何も映らないのか、あるいは癒えた眼にも闇に紛れてそれと分らないのか、そこには何の姿も見出せない。皇帝を頭上から圧倒する姿のないその気配は、地上世界の造物主とも〈庭〉の創造者とも分らず、虚空の彼方からここに在るものすべてを意味もなくさし覗く無名の存在の気配と思われた。

その視線が自分の上に落ちるのを感じると同時に、皇帝の口から生まれて初めて知る畏れの悲鳴があがった。今自分の眼底が白濁し全身に薔薇疹が浮き始めているのか否か、皇帝には確かめるすべもなかった。が、それでも皇帝は夢中で叫び続けながら眼を覆って後ずさった。何かに足をとられて転倒し、後頭部に岩角の衝撃を感じた時にも、頭上の気配は消えなかった——。

……夕暮れ時ひそかに宮殿の中庭に降りたち、皇帝の後を追ってきた〈影〉は、皇帝が頭上を指さしながら倒れて動かなくなるまでを物影から見守っていた。皇帝の指した虚空の彼方は、闇に紛れて〈影〉の眼にも何も見えなかったが、その時〈影〉は遠い複数の囁き声を聞いた。〈庭〉の天球の向こう側に立つ人の気配は、動かない皇帝の姿を見おろしながら何かを囁きかわし、やがて衣擦れの音を残してその場から遠ざかる気配を示した。複雑な柔らかい足音はしばらくの間ざわざわと入り混じって天球の近くに残っていたが、やがて一人ずつ壁を背にして立ち去っていき、ふと奥深い虚空に呑まれると同時にすべての気配は消えた。

彼らが本当に造物主だったのかどうか、〈影〉は知らない。皇帝の躰に疫病の徴候が現われたのか否か、全身を覆う長衣の影に隠れて〈影〉には見えない。やがて皇帝の屍体は腐敗し始めるか、あるいは硝子の亡骸《なきがら》に変じるだろう。そしていつか、死に絶えた〈庭〉の天蓋はほろほろと砂のように崩れ始め、塵となって形をくずし、〈庭〉はこの世から姿を消すだろう。それまでを見届ける必要もないと思われ、〈影〉は踵を返した。地下道の出口に待っていた黒馬は、〈影〉を背に乗せると軽く地を蹴って中空《なかぞら》へ駆けだした。

今眼下に拡がる亡びた国の名を、〈影〉は知らない。それは無数の国々のひとつに過ぎず、その名を記憶の中から探りだしてみたところで何の意味もないように思われた。やがて他の〈影〉たちも次々にこの場を訪れ、そして去っていくだろう。前進を続ける間に見た他のくさぐさの事どもと同じく、この場にも何の意味をも見出さないまま、再び前進を続けていくことだろう。

〈影〉は黒馬の背に身を委ねたまま、ただ前方を見据えていた。


そしていつか百人の〈影〉たちは、自分の在る場所を見失っていった。そこに光があり闇があり、物のかたちがあるのが見えても、彼らの眼はその風景を正確に映し出す鏡に過ぎず、その鏡の背後にはもう何もなかったのだ。常に前方ばかりを見続けているうちに、彼らはその視線の起点であるおのれの眼の存在を忘れ去った。

彼らは自分が風景を見ている眼の存在であることを忘れ、その眼に映る風景の中にいつか自分を見失っていったのだ——。あるいは彼らは、自分ではそれと気づかないうちに、壁を越えて前進し続けていたのかもしれなかったのだが。

私たちは、次のような情景を夢想する。すなわちある日の白昼、あるいは深夜に、ひとりの〈影〉が黒馬を駆ってある風景の中を前進している。その風景の中には自然の陽光かまたは人工の照明、あるいは星月夜の仄明りがあり、同時にそのいずれかの光によって生じた物の影がある。私たちが夢想するのは、そのような風景の一点をひとりの〈影〉が蟻のように小さく前進していく鳥瞰図である。

一直線に動いていく〈影〉の前方に、ひとつの物影がある。〈影〉は進路を変えることなくそのまま影の領域に踏みこんでいき、そして私たちの夢想する視界から姿を消す。〈影〉はそのまま出てこない。後には光と翳に限どられた風景が残るのみだ。眼に映る風景の中から自分の姿を見分けられなくなった〈影〉がこのようにして風景の中に呑みこまれていく情景は、考えられる限りでいちばん自然な帰結ではなかったかと私たちは思う。

そしてすべてが同一の存在である百人の〈影〉たちは、時間の前後はあってもそれぞれ異なる場所において、これと同じ情景の中で次々に姿を消していったのではあるまいか。私たちは、そのように夢想するのだ……。

宇宙館・3

そしてすべてが終わった後に、最初の曙光がガラス壁の一角に淡く反射した時、そこには九千九百九十八の屍体があった。

宇宙館最上階に立つ〈私〉の足元を見おろすと、幾重にも連鎖した板ガラスの床に累々と屍体の群が折り重なり、はるかな深みまで続いていくのが見とおせた。九千九百九十九人のこの世の末裔たちのうち、〈私〉を除く九千九百九十八人の屍体。彼らはそれぞれ二人ずつ愛しあうかたちで絡みあい、行為の最中にこときれたままの姿で、今、朝の陽光に晒されているのだった。——この光を曙光と呼んでいいのかどうか、〈私〉には分らない。時は昨夜を最後に終焉を迎えたのだから。今のこの光はあるいは昨日の落日が時を折り返して残光を投げかけてきたものかもしれなかったし、また太陽ではなく他の何者かの光なのかもしれなかったが、それも〈私〉には分らない。〈私〉はただそこに立って、一枚のガラス面が輝きを増し、その白光が対面に反射してみるみる増幅していきながら溢れだし、氾濫し、屍体の群を包みこんでいくのを見守っていた。まばゆい白光に浸蝕され、喰い荒らされていく彼らの躰は、今こそ建物と同化してガラス状に内臓の輪郭を透かせていくのではないかとさえ見えた。

そのすべてを見届けた〈私〉の足は、いつのまにか自然に螺旋階段を下っていき始めていた。昨夜何の前触れもなくその時が訪れた時、ふいに私たちは互いに腕を差しのべあい、手と手が触れあうと同時にその場で互いの躰を喰いあう激しさで愛の行為に移った。行為の相手を選ぶ余裕はなく、その時が訪れた時点での一人一人が占めていた偶然の位置がすべてを決定した。九千九百九十九という数が奇数であった故に、ただ一人が取り残された。その時たまたま一人だけ孤立した位置に立っていた〈私〉が、その一人だったのだ。

その時の訪れと共に何故彼らが死ぬことになったのか、その理由を〈私〉は知らない。何故一人だけが生き残ることになったのか、その理由を〈私〉は知らない。私たちの人数を九千九百九十九という奇数に定めた何者かの意志を思いやってみれば、このすべてがあらかじめ予定され仕組まれたことだったようにも思われるが、今となってはその解答を得ることは不可能である。〈私〉が誰なのか、それは問題ではない。〈私〉の性別も名も個体の記憶も意味を持たない。九千九百九十九人の中の任意の一人、それが〈私〉である。

そして〈私〉は宇宙館を出て外に立っていた。その場はあるいは未だに出水のひかない大洪水の水中世界だったのかもしれないし、または地上を遠く離れた宇宙の虚空だったのかもしれないが、〈私〉にはその区別をすることさえできない。〈私〉の前には、ひとつの姿があった。それは生物で、かつて馬と呼ばれていたものの姿を持っており、色は黒だった。〈私〉を背に乗せると、馬は急ぐ様子もなくひとつの方向にむかって走りだした。同時に後を追っていくつかの気配が動き始めた。見るとそれも黒い馬で、その群は当然のことのように音もなく先頭の馬に従ってくる。数えてみればあるいは群の数は百頭だったかもしれないが、〈私〉は指をあげてみることもなく行く手に視線を戻した。

……そして光と影の中を前進し続けるうちに、いつか〈私〉は行く手に小さな黄金《きん》の輝きを認めることがあるかもしれない。馬を降りてそれを拾いあげた〈私〉は、手の中に一個の黄金の鍵を見出すだろう。と同時に〈私〉は眼の前にある継ぎ目のない半球型の黒硝子の物体に気づくだろう。肩ほどの高さを持つその物体の表面をまさぐるうちに、〈私〉の手は半球の先端近くにある罅割れた小さな穴に触れるだろう。

それに気づいた時、〈私〉はそのまま黒馬の背に戻り物体のめぐりを迂回して再び前進を続けていくかもしれない。しかし、もしその小さな覗き穴の磁力に捕えられてしまったならば――。

そして〈私〉は思うのだ。両手を黒硝子の表面に当ててひとたび覗き穴に片眼を寄せてしまったら――。そこには蟻よりも微細な〈私〉の後ろ姿が、やはり半球型の黒硝子の覗き穴に眼を当てているのが見えるだろう。と同時に〈私〉の背後の彼方からやはりひとつの視線が〈私〉の背を刺し貫くだろう。その時あらゆる空間は〈私〉の視線で充ち、〈私〉は呪縛されたようにその姿勢のまま永劫に動けなくなり、そして無数の〈私〉は無数の空間に視線のこだまを増殖させ続けていくのではあるまいか。

黄金の鍵の光芒を行く手に見出すその時を、〈私〉ははたして待ち望んでいるのか否か、それはその時が訪れるまで分らないことなのだが――。

街の人名簿

M商会の客

新しいアパートに越してきたその日の夜、まだろくに紐を解いてもいない、ダンボール箱の山の真中にテレビを据えて、深夜劇場で見るのはこれが二度目の「現金《げんなま》と女」に見入っていると誰かがドアを叩いた。返事も待たずにふらりと入ってきたのを振りむいて見ると、先輩のNさんが立っていた。

「あんた、今どき白黒なんかよく見てられるね。最近の餓鬼は白黒を見ると、故障してるって騒ぐそうじゃない」

床に投げだしてあるマットレスに腰かけて、Nさんは脂ののり始めたお腹を波うたせながらひとしきり時代物のテレビの悪口を並べ続けている。件の走査線の荒れて見づらいモノクロームの画面では、銀行強盗をもくろむ身だしなみのいい侏儒が、相棒の伊達男と口論しながら自分のキチンでベーコン・エッグとコーヒーをこしらえている、という彼の好きな場面をやっているところなので、

「このチキって名の侏儒の吹き替えがいいんですよ。ほら、『クリスチーヌ』って名を呼ぶ時のあの言い方」

つられてNさんも画面を見直した時場面が変わって、ひょろりと痩せて前歯の長い彼の好みの女優が現われた。蝶ネクタイにタキシード姿のチキが、悪漢らしい職業意識の中に含羞をひそませた眼付きでこの小娘を見あげて、「くりすちーぬ……」と呼びかけている。

「この女の子を銀行強盗の共犯に巻きこんでいるわけなんですよね。で、女の子が詐欺の相手の情にほだされて裏切ろうとしていることが分った時、チキが逆上するんです。じかに会って確かめようとして、ピストル片手に真昼間の南仏の海岸通りを人混みに逆らってよたよた歩いていくシーンが、すごくいい。眼のすわった侏儒が、黒光りのする大きなピストルを片手に振りまわしながらどんどん歩いていくのに、大通りの観光客たちはあっけにとられて誰も引き止めようとしないんですよ……」

「女の子の吹き替えの声がカマトトすぎるんだよねえ」

いつのまにか台所に入りこんで何かかき回していたNさんが、カシューナッツの罐を片手に戻ってきた。

「で、この映画何時まで?」

「あと五十分」

「駄目、時間だよ」

「せめて、その大通りの場面まで」

Nさんはナッツを嚙みながら首を振り、黙ってスイッチを切ろうとした。

「あ、切らないで下さい」

彼はあわてて腰を浮かせた。「帰るまでつけっ放しにしときます。見ることができなくっても、消してしまうのは惜しいから」

「そりゃいいけどね、あと十五分しかないよ。とにかく遅刻ってわけにはいかないからね」

Nさんは部屋の灯を消して先に立った。後に続きながら、彼は最後に真暗な室内を振り返ってみた。闇に白っぽく浮きあがったフレームの中では、無人の地下金庫室のデスクにおさまった例の女優が、入ってきた客を案内して冷蔵庫のような室内を横切っていくところだった。

誰が名づけたのか〈頌春館〉というめでたい名のアパートを出て、対岸に城跡の公園が黒々と沈んで見える堀ばたをしばらく西へ歩くと、道は空襲を受けなかった旧道沿いの一角に突き当たる。二十年前から少しも変わらないその住宅街の裏道を近道して通り抜けると、前方が明るくなって二人は電車通りの三叉路に出た。

「こんな時間に行って、本当に受付はまだ開いてるの」

「ええ、指示書にちゃんと書いてあったでしょう。夜間の仕事って条件なんだから、面接もその時間帯に合わせたのかもしれない」

彼が言うと、ヘッドライトの列の切れ目を窺っていたNさんは、掛け声をあげて歩道橋の下を駆けだした。タクシーのクラクションに追われた勢いのまま、正面の歩道に口をあけた地下街の入り口に駆けこむと、名店街のどこかから漂ってくる強烈なドライカレーの匂いが鼻を打った。

すっかりシャッターの降りたデパートの食品部を左に見ながら歩いていくと、厚い壁越しに最終の地下鉄の轟音が近づいてきた。同時に反対の方角へ発車していく車両の警笛が響き、二重の轟音が二人の真横で擦れ違って床が揺れた。その震動がまたたくまに遠ざかって聞こえなくなると、後に残るのはふたつの靴音の固い反響ばかりだ。

「——その職種の内容、あんた本当に何も知らないの」

「ええ、僕が時々注文をもらって出入りしている部署とそことは、セクションが違いますから」

見ると、Nさんはポケットから取り出したナッツを少しずつ口に入れては咀嚼している。

「顔見知りの人に先輩のことを話してみたら、別の部署で欠員を補充しているからって、それで今日の段取りになったんですよ。その人も問題のセクションのことはほとんど知らないようだったし……」

「まあ、書類で見るとバイトにしては条件がいいんだから」

とNさんはある金額を口にした。「こっちもたいていのことには驚かないけどね。受付ってのは、あそこに見えてるあれ?」

地下街はそこで行き止まりだった。通路はその少し手前で左手に折れ、突き当たりの左右には地上へ出る階段の登り口がある。正面には短い下りの階段があり、ギャラリー入口と書かれた電飾が蒼白く発光していた。

「ええ、正面玄関はもちろん地上ですけど、今日はこちらから入ってほしいという指示なんです」

五段の階段の下には狭い踊り場があり、正面の壁には何のディスプレーもないガラス窓が嵌まっていて、

ミクロコスモス商会

と隷書まがいの白い文字が表面に浮きたっている。その左手の消火器が取り付けてある壁に、本日の催しもの、と刷りこまれたビラが貼ってあり、黒いマジックの下手な字で、現代絵画三人展と書かれていた。

「時間厳守ですね」

ふいに右手から声がかかった。見ると、あけ放されたガラス扉の脇にスチールの机が置かれていて、ほとんど少年と呼べるほどの若い男がこちらに流し目をむけていた。

「僕のほうですよ、面接を受けるのは。こいつはまあ、紹介者といったところで」

Nさんが彼の前に立ちふさがるようにして言うと、少年はデスクの上で組みあわせていた指を解いて立ちあがり、机の向こう端をぐるりと回って二人の前に出てきた。すると、明るいチェックのボタンダウンのシャツに続く白いコットンパンツの下半身が現われ、いつも正面玄関で見るヒヤシンス色の制服の受付嬢に比べて言うなら、こっちは受付少年だ、と彼は思った。

「あなたの顔は知ってますよ」

受付少年は相変わらずNさんの肩越しに彼の顔に眼を当てたまま言った。「時々ロビーで見かけることがある。企画の＊＊さんのところへ来る人でしょう」

「面接はどこであるんです。すぐに始めてもらっても、こっちはかまいませんよ」

Nさんが一歩進みでて少し不機嫌な声を出すと、受付少年は初めてその太った顔に視線をむけた。

「ああ、あなた、そうですね。用意はすっかりできてます、どうぞ」

背を向けて先に歩きだした受付少年はそれきり口をつぐんでしまい、二人も黙ったまま明るいギャラリーの中央を進んでいった。客の来る時間ではないというのに、室内の四十点ほどの額にはすべて最良の採光が保たれたままで、彼は歩いていきながらエッチングの連作に付された題名を読んでいった。〈土地の精霊〉作品一、作品二、作品三……。ふと前を歩いていく受付少年の腰の動きに眼をやると、尻ポケットの商標のリーバイスの字が読めた。

ギャラリーの隅にある従業員用出入口と書かれた扉から廊下に出ると、三人はエレベーターに入った。受付少年が肩で二人の視線を遮るようにしてボタンを押すと降下の感覚が生じ、箱が停止して扉が左右に開くと、正面に伸びる長い通路の先に二基のエレベーターの扉があった。

「まず、面接をかねた簡単な口頭試問を受けていただきます」

二基のうちの右側の箱に乗りこんで上昇し始めると、受付少年が口を開いた。「それから二次試験があり、それを通過したら日を改めて三次試験ということになります」

「二次と三次？」

Nさんが声をあげた。「バイトを雇うだけだっていうのに？　どんな大層な仕事をさせようってんだ」

「バイトと言っても、たいていは昼間の勤めを持っている人たちばかりで、中にはかなりの役職についている方も何人かいますからね」

「一流企業の管理職の人間が、夜のバイトにここへ来てるっていうわけ？」

「あなたの想像する以上の人も二、三人いますよ。だから手当ても、御存じのとおりの額になっているわけです。このセクションは会社でも最も重要な位置を占めているし、要員には特殊な才能が要求されます」

箱が止まった。ドアが開くとそこは今までとは全く異なる様子で、壁は渋い色調の板張り、通路の中央にはカーペットが走っている。その絨毯をテニスシューズの底で惜しげもなく踏んでひとつの扉に近づくと、受付少年は軽くノックした。

「お連れしました」

「……ふん、こっちもだてに就職浪人やってるわけじゃない」

すっかり狼狽した様子のNさんが、彼の耳元で囁いた。「場慣れしてるからな、面接だって試問だって」

「どうぞ、お入り下さい」

薄く開いた扉の前で、受付少年が振りむいて言った。ドアの隙間からそっと中を窺うと、二十畳見当ほどの重厚な部屋の向こう端に細長いテーブルが三つ並べられ、七、八人の重役タイプの男たちが一列に座っている。向いあう位置にパイプ椅子がひとつ、ぽつんと置かれていた。受付少年が目顔で促すとNさんは顎を震わせ、強いて背筋を伸ばすと中へ入っていった。その背後で、重い扉が閉ざされた。

「試問は十分ほどで済みます。それまであちらの部屋を見ませんか、おもしろいものがあるんですよ」

受付少年の笑顔に向きあってふと気づくと、彼は受付までついていくだけですぐ帰るつもりだったことを思い出した。今ごろは頌春館の無人の部屋の中で、海岸通りを歩いていくチキの姿が画面の中を動いていることだろう。

「家に用事を残してきたので——」

「二次試験はこっちの部屋であるわけなんだけど、この装置が動いているところなんて滅多に見られるもんじゃないですよ」

隣りの扉へむかって受付少年に背を押されていきながら、

「悪いけどもう帰らなきゃならないんでね」

言いかけると、手の中に二つ折りにした紙片が押しつけられてきた。

「試問の質問条項のコピーですよ」

受付少年は片眼を閉じてみせ、紙片を開くのに気をとられているうちに彼は室内に引き込まれていた。

「ほら、これが**オーム**測定器ですよ」

紙から眼を上げると、そこは保健室のような白い壁に天竺木綿のカーテンの仕切りのある部屋だった。中央に歯医者の治療器に似た装置が据えられ、複雑なコードを四方に伸ばしている。その脇に立って、受付少年は得意気に片手を装置に触れながら彼の顔を見ていた。

「え、**オーム**?」

「そう、これが**オーム**測定器」

黒い皮張りの座席を中心にして、素人の眼を惑乱させるような物々しい付属品を無数に備えたその装置は、見れば見るほど歯科医の治療器に似ていた。電源が入っているらしく、十数本の金属義肢の台座にあたる部分が、重々しい唸りを発している。あたりには紛れもなく病院特有の消毒薬の匂いが漂い、もしそこにうがい用の小さな陶器の洗面台と紙コップがあったとしたら、彼は虫歯のうろをドリルで削られる激痛を思い出して逃げ出していたかもしれなかった。

「いいですか、ここにこう腰かけて」

と受付少年は急にはしゃいだ声をあげて、黒皮のクッションに勢いよく腰を落とした。

「手首と足首にこれを付けて、それからこれは口の中にね」

心電図をとる時とそっくり同じの、ぎざぎざの歯のあるコードの尾を引いた金属クリップを手足に取りつけると、受付少年は冗談のように頭上の義肢の先端を引き寄せて軽く咥えた。歯科医療器ならばドリルが付いているべきところに、イヤホンの差し込み部分のような銀の突起がある。

「で、ここの五つのスイッチをONにすれば、三十秒後にこっちの口から**オーム**の測定数値がパンチされて出てくるわけです。十三・〇以上なら合格、以下ならお引きとり願います。一次試験なら本人の才覚しだいで何とかなるけれど、この二次の結果の数値は冷酷ですからね」

口の隅に義肢の先端を咥えたまま手元のレバーを引くと、背もたれが大きく倒れた。受付少年は長々とシートに躰を伸ばすとコットンパンツの肢を組んだ。

「オームというと、オームの法則のあれかな」

彼は困惑して受付少年を見おろした。

「とんでもない。**オーム**といえば当然あの**オーム**のことですよ、ほかに何があります？」

「その**オーム**とかいうものが、採用の条件として重要な意味を持つわけ？」

「はい」

受付少年は仰臥したまま表情たっぷりに両手を拡げた。「この人が、と思うような人が意外にも高数値の**オーム**の持ち主だったりしますね。だからあのNさんにしても装置にかかってもらうまでは何とも言えないけれど、僕のカンではまあ駄目ですね。男であるという条件を満たす人ならば、誰でも**オーム**の測定を受ける権利はあるわけですけれど」

「何故男だけ？」

「何故って、女が**オーム**を持ってるわけがないじゃありませんか——」

受付少年が片手をあげて頭上のライトの角度を変えると、襟もとで何かが小さく反射した。目立たない色なのでそれまで気づかなかったのだが、ボタンダウンの右の襟に、長さ三センチほどのバッジが止めてあった。メタルクロームの台に気泡を含んだ肉厚のプラスチックが盛りあげてある、土星のかたちのバッジで、土星の輪の部分は銀色の不透明な帯になっている。

右手の壁で、何かが動きだす気配が生じた。見ると、柱の脇の赤いランプが音もなく明滅している。彼が気づくより速く腹筋の勢いではね起きた受付少年は、またたく間にクリップと義肢をもとに戻していった。

「試問が終わったんです。僕はこの装置の担当なんだけれど、五分で終わりますよ。それまで廊下で待っているか、それとも下のギャラリーにでもいますか？」

〈くりすちーぬ……〉と呼ぶ声がふいにまた頭に浮かんだ。

「残念だけど、本当に急いでるもんでね。一週間くらい先に企画の仕事で来る用事があるから、その時またオームの話でも聞きたいね」

「でも、今夜はですね、これは二度とない——」

眼を見はって受付少年が言い始めた時、ドアがあいて重役の一団が黒々としたかたまりになって入ってきた。その中央に挟みこまれるようにして、Nさんのやや紅潮した顔がある。先頭の一人が受付少年と何か話し始めたのを見すまして、彼は廊下にすべり出た。

二基のエレベーターの右の箱に乗りこんでみると、壁のボタンには八階から地下三階までの表示がついていた。いちばん下のボタンを押すと、彼は先刻のコピー用紙を拡げた。

・史上有名な暗殺者の名を三人以上あげて下さい。
・直接間接の強制を伴わない方法によってある人間が他のひとりの人間を完全に支配している場合、そこに働く力学的な要素を三つ以上あげて下さい。
・呪縛、という言葉から何を連想しますか？
……


二十ほどの質問を読み終えた時、箱が止まってドアが左右に別れた。紙片から眼をあげると、正面に伸びる廊下の先には白々と明るい壁があるだけだ。とまどいながら二、三歩踏み出すと、とたんにぴしりと扉が閉じた。振りむいた時には、ドアの上のランプが左から右へと点滅していくところだった。——左隣りにある筈のもう一基の扉は、何故かこの階にはない。通路の先の右手に階段の登り口が見え、彼は諦めてそちらへ歩きだした。

上の階まで登ってみると、今度はどこを見渡してもただひとつのエレベーターさえ見あたらなかった。ただ、扉ひとつない不愛想な灰色の壁だけが、常夜燈の灯の下を左右に伸びている。あたりにはその場所の位置を示す表示ひとつなく、気づいてみると、地下二階だとばかり思っていたその通路の突き当たりに、灯を反射した白いガラス窓があった。

自分の姿を小さく映している窓にむかって歩きだすと、彼は突然フライを揚げる匂いに気づいた。足を速めて窓の前まで来ると廊下は左手にむかってコの字型に曲がっていて、その先から今度は明らかに油のはじける音と人声が流れてきている。ほっとすると同時に、彼は急激な空腹を感じた。

一時をとうに過ぎた社員食堂の中では、それぞれアルミの盆を前にした男たちが十数人談笑していた。戸口の脇の黒板を見ると、

和定食（かき揚げ、酢のもの、汁）
フライ定食（春雨サラダ付き）
ソーメン、冷奴、タコの黄味噌あえ
カレーライス

フライ定食というのを窓口で注文すると、何故か警備員の制服を着た五十がらみの男が欠伸を嚙み殺しながら飯をよそい始めた、背後のざわめきの中からあの呼び声が耳に飛び込んできたのは、その時だった。

「Christine……」

盆を手に即座にテレビの正面に陣取ると、その時には映画はもう最後の五分間だった。人のいないいつもの浜で泳いでいるクリスチーヌのところへ、身の破滅を覚悟したチキが逢いに来たところらしい。

「Christine……Où est que tu vas?……」

「くりすちーぬ……どこへ行く?……」

吹き替えの筈だった映画がここではスーパーインポーズになっていることに気づいた時には、クリスチーヌ

の黒い水着姿は徐々に沖へ歩み去り、逆光の中をさらに泳ぎながら遠ざかっていくところだった。

「Je t'aime……Je t'aime」

浜に一人取り残された侏儒のチキが呆然と呟き、その姿が大鳥瞰の中に呑みこまれていくとエンドマークが現われた。彼は溜息をついて肩の力を抜き、そして初めて周囲の男たちの姿を見渡した。ほとんどがもう食事を終えた様子で、紺地に白い水玉の飛んだ厚い湯呑みから番茶を啜っている。全く手をつけていないフライの盛りあわせに気づくと、彼はあわてて口につめこみ始めた。

「そろそろバスを出す時間ですよ」

賄場から声がかかり、先刻の警備員が仕切りをくぐって姿を現わした。左右で椅子を引く音が起き、男たちは盆を持って三々五々立ち始めた。

「さて、仕事か」

「最近の客筋はどうです……骨のある相手が少しはいますかな」

「いや、ご同様で」

テレビの真下に置かれた銀色の大型ワゴンに盆を運んでいく数人の男に、彼は声をかけた。

「地下のギャラリーへは、どう行ったらいいんでしょうか」

「ギャラリー？」

和定食の盆の男が振り向いた。紺地に細い白の縦縞の入ったスーツに臙脂と焦茶のネクタイを締めていて、どう見ても白いカバー付きの肘掛け椅子に座っているタイプだった。

「それならここの出口の脇にあるエレベーターで一階下へ降りて、正面の廊下を右へ折れたらすぐ出入口が見えるけど」

ベージュのワイシャツに黒いニットのネクタイを巻いた若い男が口をはさんだ。「なんなら一緒に送迎バスに乗っていけばいい、帰るところでしょう？　家はどのあたりですか」

彼は頌春館の番地を答えた。

「それならすぐ近くをバスが通りますよ」

カレーの最後のひとすくいを口に運びかけていた男が、脇のテーブルから言った。「今日の私の客は、その隣りの三丁目に住んでいますからね」

「ならばちょうどいい、君、乗っていったらどうですか」

「駄目だよ、あんた」

ワゴンの前で背伸びをしてテレビのスイッチを切ろうとしていた警備員が、急に振り向いて言った。「バッジがないね、あんたここの人間じゃないな」

「いいじゃないの、ほんのちょっとの距離なんだし」

「いや、規則だからね。バッジのない人間は、バスに乗せるわけにゃいかん」

ニットタイの男が警備員と押し問答を始めた時、タイピンが光を反射して鈍く光った。——クロームの台の、土星のバッジが見えた。

「僕はいいんですよ。歩いてもたかが知れてるし、急ぐわけでもないですからね」

「だってあんたね、こんな頭の固いやつの言うことなんか聞くことはないよ。第一——」

「いえ、やっぱり遠慮しておきます」

なおも言いつのろうとする男に軽く目礼すると、彼は食べかけの盆をワゴンに置いて食堂を出た——紺のスーツのボタン穴に、ボウタイを結んだカラーシャツの襟に、アロハシャツの胸にクロームの土星を光らせた男たちに背をむけて。**オーム**十三・〇以上の数値を持つ男たちの集団……。

意外なほどあっけなくギャラリーに出ると、そこには相変わらず柔らかい照明がみなぎっていた。エッチングの連作の列、〈土地の精霊〉作品三、作品二、作品一。そしてその先に、スチールのよく光るデスクの上で両手の指をからみあわせて、最初に見た時と同じ姿勢の受付少年が横顔を見せて座っていた。

「Nさんは」

近づいていきながら声をかけると、受付少年は軽く振り向いて笑顔を見せた。

「十五分ほど前、帰っていったようです」

その言い方で、二次試験の結果が分った。

「やっぱり、**オーム**のせいで?」

「ええ。二けたどころか四・〇でしたよ」

「それじゃあ仕方がない、残念だけれど」

「本当に残念でした……でも」

踊り場へ出ていこうとすると、受付少年はなめらかな声で続けた。「あの装置の電源はまだ切っていないんですよ。一度切ってしまうと、もう一度電圧を高めるのに七時間以上かかるんですけどね」

「ならば、大変な電力を消費しているわけだ。無駄金を使わずにすむように、はやく電源を切ったほうがいいね」

「え、何故?」

弾かれたように姿勢を崩すと、受付少年はあっけにとられた表情でまくしたて始めた。「せっかく動力が入っているのに、こんな機会はまたとありませんよ。一回使うだけのために七時間もかけて電圧を上げていかなきゃならないっていうのに、それを今ならすぐ使えるんですよ、五分もかかりゃしないのに——」

腕を振り回すとその動きにつれて襟のメタルクロームがちらちら光り、今にも後を追ってきそうな勢いを振り切るように彼は五段の階段を駆け上がった。常夜燈だけが灯った地下街には、もうドライカレーの匂いはなかった。

地上のオフィス街に出て歩道橋の真下を駆け渡り、古びた住宅街から堀ばたの道へ抜けて頌春館の三階の部屋に戻ってみると、真暗な室内の中央では放送を終了したテレビ画面だけが静かに発光していた。腕時計を見ると、午前〇時十七分で止まっている。彼は段ボール箱の山を押しのけて場所をあけ、マットレスの上に転がった。

荷物も一応片付いた一週間後の夕方、Nさんから呼び出しがかかって彼は私鉄でふた駅先の中央通りへ出かけていった。指定された喫茶店はCLCの二階のクラシック専門店で、ここ五年ほどの間に続々とできた有名ブティックの出店や自動車販売店のショールームなどに挟まれながら、彼が物心ついた頃と全く変わらない外装を保っている。伝道書や聖母子の立像の並んだショーケースを横目で見て狭い階段を登っていくと、薄汚れたガラス扉のむこうにNさんの屈託のない顔があった。

「僕が母親に連れられて初めて来た時と、ここの内装、まるで変わってませんね。昭和三十五年だったかな」

「俺、おととい職を決めたよ」

アイスクリームの上にチョコレートと木の実と罐詰の果物を盛りあげたものを食べながら、Nさんはいきなり言った。自家焙煎のコーヒーしか出さない店なのに、ここの三階の屋根裏部屋に長らく下宿していた関係で我儘がきくらしい。

「民音のね、K＊＊って男あんたも知ってるだろう。そいつの口ききで最初はまあバイトだけれど、いずれは正社員になれるさ。企画関係の仕事で、呼び屋みたいなことをやるんだ」

「M商会へは、ついさっき三時間ほど前に寄ってきたんですけどね」

「M？　ああ、ミクロコスモス……」

Nさんは嫌な顔をすると、わずかに残ったチョコレートシロップをカップごと傾けて啜りこんだ。午後四時に彼が注文の仕事をしあげて商会の正面ロビーまで持っていった時、あたりを見回してもあの受付少年らしい人影はなかった。カットの仕上がりにOKが出て、いつものように中二階の喫茶室でコーヒーを前にした時、彼はさりげなくそのことを尋ねてみた。

「チェックのシャツに白いコットンパンツ？　見かけませんねえ、それにうちでは今学生のアルバイトは使っていないし……」

ベルリオーズが静かに終わって、カップの触れあう音だけが店内に取り残された。ハイヒールサンダルの足音がかたかたと板間を横切っていき、階下の集会室から一本調子の講話の声が漏れてくる。——突然ピアノが一閃し、黒人の肉感的な声が喉をふりしぼるように溢れだした。

「マスター！」

窓ぎわの席で岩のように腕を組んでいた初老の男が、声をあげて立ちあがった。片脚を引きずってカウンターに近寄ると、ジャケットを胸に抱いた若い女の子が振りむいた。

これは冒瀆だ、すぐやめなさい——あら、ゴスペルくらいいいでしょう——二十年来この店に来ているが、先代の時にはこのような不祥事は——今マスターは留守です……あっやめて、傷がつくじゃない！……針が飛んで、苦渋を訴えるマヘリア・ジャクソンの肉声が不規則に音階を飛びはねた。てんでに抗議の声をあげながら客たちが席を立ち始めた。

「ふん、くだらん。腹がへったな」

Nさんに続いて階段を降りていった時、背後ではテーブルを叩いて叫ぶ男の声と無責任な野次馬の掛け声が入り混じっていた。

串カツと雑炊を食べさせる店を出た時、腕時計を見るとまた八時過ぎで止まっていた。冷《ひや》の地酒を飲み続けていたNさんの今の酔い方からすれば、店に二時間以上はいた筈だった。

「ゾームが何だ、人をコケにしやがって。大体そのオーマってのは何だってんだ、いやノーマだったか、ノームかな、おい」

「オームですよ。先輩、駅まで送りましょうか、それともタクシーひろいますか？」

「いや、歩く。ね、歩こうじゃないの、歩け歩けってんだ。人間はゾームだけで生きてるんじゃない。やさしくなけりゃ男は生きていけない、タフでなけりゃあ生きる資格がないんだよ」

「反対ですよそれ。あそこのタクシー乗り場まで歩けますか？」

柳の並木通りの先に、市民会館の正面入口が四角い光を舗道に落としていた。石柱のひとつには、今夜六時からの外人ヴォーカリストのコンサートを告げる看板が立てかけられている。ふと四角い光の中央に数人の細長い人影が落ちて入り混じり、自動ドアが開くと同時にざわざわと人声が流れだしてきた。

「コンサートが今終わったんだ。はやくしないとタクシーがひろえなくなりますよ」

「歩くって言ってんだよ俺は。付きあおうじゃないの、そうだ、この先に知りあいのボトルを勝手に飲んでいい店があったんだ……」

よろめくNさんを支えてタクシー乗り場の列まで来た時には、正面玄関の混雑は見るまに激しくなって、左右の非常口からも続々と群衆が溢れだしていた。広い階段と煉瓦敷きの車寄せは、たちまち時ならぬ数百人の雑踏でいっぱいになった。この時刻をねらって次々に集まってきたタクシーはたちまち奪いあいになり、客を乗せた車は夜の市街の八方へ散っていく。が、上気した一群はまだなかなか散り崩れていく気配はなく、アーク灯の下に固まってはその夜の興奮を反芻しあっている様子だった。——そしてその時、彼はその光景を見たのだ。

……柳の並木に沿って伸びる市民会館の石垣の曲がり角から、人影がふたつ姿を現わした。風の中で大きく立ち騒ぐ柳の葉ずれの音の中を、人影は舗道の枝影を踏んでしだいに近づいてくる。ほぼ十メートルおきに立つアーク灯の下を過ぎるたびに、しっかり腕をからみあわせた二人の男の顔が浮きあがってはまた翳り、そして彼らは煉瓦敷きの広場の雑踏の中へ一直線に分け入ってきた。

ふたつの影が通り過ぎていくにつれて、その周囲に目立たない小さな沈黙の陥没地帯が生じた。あたりには相変わらず数百人の群衆の熱気が火照っているのに、二人の男が脇をかすめて通過していく一瞬、その場の数人は理由も分らないまま無意識に口をつぐんでしまう。その間彼らの眼は決して二人の上には向けられず、漠然とホールの屋上を見あげたり、かすかに居心地の悪そうな眼付きで自分の足元のアーク灯の灯影を見おろしたりしている。そして二人が通り過ぎてしまうと同時に彼らの顔からは当惑した表情が消え、その間のことは何も覚えてはいないかのように再び心地よい静かな興奮の熱気の中へ戻っていくのだった。

二人が雑踏の中心を横断してタクシー乗り場の行列に近づいてきた時、彼は街燈の灯を片頬に受けたふたつの顔を間近に見た。濃紺のネクタイを締めてシャツの袖をまくりあげた若い男が、異様に痩せ細った背の高い老人の肩を支えている。薄い髪を振り乱してシャツの裾がズボンからはみ出しているのにも気づかない様子の老人は、ひどくとりとめのない視線を夢見るような虚空に据えて、若い男に抱きかかえられてやっと歩いているような様子だった。

二人が彼の眼の前を歩き過ぎていこうとした時、老人の手から何かがすべり落ちて煉瓦の舗道に固い音をたてた。若い男はすばやく身をかがめて手を伸ばし、そして彼はその肩に光るメタルクロームの輝きを見た。呆然と眼を据えてぼんやり突っ立っている老人の手に拾いあげたものを再び握らせると、男はその肩を支えて歩みを促した。老人は——細い涎の糸を垂らした陶然とした表情で、黒光りする、手にあまるほど大きい自動拳銃を玩具のように無造作に握ると、ふらふらと歩き始めた。

「……お客さん？」

声がしてふと気づくと、ドアを開いたタクシーが彼の前に止まっていた。後部シートでは、皮袋のように丸くなったNさんが鼾に移行する寸前の鼻にかかった寝息をたてている。M商会の男と、男を雇ったその夜の客である老人の姿は、すでに市民会館の前を過ぎて下り坂の先の証券会社の角を曲がって見えなくなっていた。——翌日の新聞で、彼はその夜のコンサートが立ち見まで出る盛況で観衆は千二百人を越えていたことを知った。しかしその千二百人の中に、あの自動拳銃を片手に下げた老人の姿を目撃した人間は、確かに一人もいなかったのだった。

そしてメタルクロームの台に厚い気泡入りプラスチックを盛りあげた土星のバッジは、驚くほどのはやさで街頭に氾濫するようになった。それはあのスマイル・バッジと同じく最初はアメリカで流行し、それが数箇月遅れで日本に上陸したもので、若い女の子たちだけでなく男たちも襟や胸ポケットにつけて街を歩いた。ハイティーンから会社員までが土星のバッジを身につけるようになってしまうと、彼はその中からM商会の男たちを見分けることができなくなってしまった。従って、真夜中にバッジの男をつけていって物影でいきなり刃物をつきつけ、彼があの夜目撃した光景の謎ときを強制してみたとしても、それは無駄なことであるに違いなかった。

オームの力に支配されてM商会の夜の客になっている人間たちは、昼の間はこの街のいったいどこに隠れ潜んでいるものか、彼の眼にもそれと見分けられることはない。

紅

真夜中に灯をつけて低空飛行しているヘリコプター、……それも目の前のビルの屋上すれすれからいきなり現われたヘリコプターというものは、場合によってはかなり衝撃的な光景になりうるものだ。――しかも彼の場合、ヘリの爆音が全く聞こえなかった。その夜のかなり強かった風のせいで聞こえなかったのか、それとも彼がぼんやりしていて気づかなかったのか今となってはよく分らない。が、とにかくそのヘリコプターは何の前触れもなく突如眼前に出現し、心臓が一拍鼓動すると同時に音もなく物影に入って視界から消えた。そして後には異変のなごりもない闇空が、つかみどころのない表情を残しているばかりだったのだ。

その夜――彼が頌春館に移る前、市の南部のR＊＊荘というアパートにいた頃のこと――、空腹を感じて机から顔をあげてみると、柱時計はちょうど十一時半を指していた。三時間ぶっとおしで机にかがみこんでいた背中をぎしぎしと伸ばすと、彼は定着剤の罐を上下に振って仕上がったカットに薄くスプレーし、トレーシングペーパーを断ってイラストボードを丁寧に覆った。セロテープで端を止め、紙袋におさめて棚に置くと、もう一度腹が鳴った。カットは翌朝一番にデパートの外宣部へ持っていく約束になっているので、あと九時間ほど暇がある。台所を捜してみるまでもなく何もないことは分っていたので、彼は気軽にジャケツをひっかけると鍵はかけないまま非常階段へ出ていった。

R＊＊荘のある通りからふた筋南へ下った商店街では、三日前二十四時間営業の食料品店がオープンしていた。その時、色とりどりの花輪やビラや立看板で飾られた店の前を通りかかった彼は——まだ完全には乾ききっていないペンキとシンナー、新しい木材の匂いを肺いっぱいに吸い込みながら——この店にはまず真夜中に来てみることにしよう、と思ったのだった。すっかりシャッターの降りた深夜の商店街の真中で、冷たいブリキの罐や派手な色のラベルやヴィニールで密封された無機質な食べ物の山を、ぶらぶら見て歩いたりちょっと触れて調べてみたりしながら買物をするのは、きっと悪くないだろう。そう考えて先へ延ばしておいた楽しみの機会が、今夜ようやくめぐってきたわけだった。それから、タバコを十個買うのを忘れないこと。夜道を歩いていきながら、彼は用心深く買物のリストを頭に刻みこんだ。

その商店街へ出るまでの道のりは五分ほどだったが、ビルに挟まれた幅十メートル足らずの裏通りには街燈もほとんどなく、真暗と言っていい。建物を一列挟んで道の左手を並行に走っている私鉄のライトが、時おりビルの側面に巨大な光の輪と鉄柱の影を一瞬投げかけてはまたたくまに走り去っていく。轟音が尾を曳いて過ぎ去っていく後には静寂と暗闇が残るばかりで、行く手の銀行の壁面に取りつけられた夜間窓口の常夜燈だけがぽつんと舗道を照らしている。二十メートルばかり前方を彼に背をむけて歩いていくアベックが見えるだけで、あたりに人気はなかった。

突然、視野の上方を大きな光がかすめ、彼は反射的に空を見あげた。窓もないビルの壁に挟まれた狭い闇空を、直径三メートルほどの球型の発光体が音もなく右から左へ横切り、そして唐突に消えた。

それだけだった。

一瞬、彼は逆上した。ＵＦＯ、という言葉が反射的に頭に浮かび、同時にその言葉を打ち消そうとする力が作動して全身が混乱した。そして瞬間的な努力の後、彼はふいに〈ヘリコプター〉という言葉にぶつかった。なんだ。

彼はおかしいほど急激な安堵を覚え、躰の力を抜いた。

馬鹿にしてやがる。

ふん、と鼻を鳴らしてふと気づくと、彼はいつのまにか足を止めてその場に突っ立っていたのだった。彼は昔から自分がＵＦＯとか超自然現象とかには完全に無縁な人間だという絶対的な確信を持っていて、たとえそういったものが実在するにしても自分がそれらを目撃するようなことは決してないと固く信じていた筈だった。前方の二人連れがやはり足を止めて空を指さしながら何か言いあっているところを見ると、彼らもあのヘリコプターを見て驚いたのに違いない。彼は苦笑して足を速め、アベックを追いこした。十メートルほど行き過ぎた時、女のほうの忍び笑いがかすかに背後から伝わってきた。

マーケットの中にいる間中、彼はこの小さな出来事をすっかり忘れていた。ペンキとシンナーと木材の少し湿っぽい匂いはまだ薄れてはいなかった。夕方受けとったばかりの封筒に入った一万円札七枚の手ざわりに勢いを得て、彼は紙箱入りのビーフサンド二包みにコールドチキン、米国製のベジタブル・スープ、罐詰のボロニアソーセージや貽貝のソース煮、トマトジュースなどをきりもなくワゴンに投げこんでいった。明るすぎるほどの照明を浴びた幾何学的な罐詰の山やコーンフレークスの商標が眼の前でちらちらし、耳にはレジスターのパンチの音や低い話し声が心地よく流れこんでくる。レジの前まできて、彼は急に思い出してハッカタバコを一カートン追加した。釣銭を渡してくれた男と二言三言ことばを交して店を出ると、背後で自動ドアが閉じると同時にＢＧＭのユニゾンのコーラスが遮断された。そして夜気の中へ一人歩き出した時、彼は不意に軽い驚きを感じた。

この真夜中にヘリコプターが飛んでいること自体が少し不自然だった。この方面に関して彼はほとんど知識を持っていなかったが、人家の密集した地域でヘリコプターが真夜中にあのような低空飛行をすることに対しては当然規制があるに違いない。すっかり人影の絶えた裏通りをアパートにむかって歩いていきながら、彼は先刻の数秒間の光景を確かめるように反芻した。

球型の風防ガラスに封じこまれた、直径三メートルの操縦席。操縦者を含めて四人が乗りこめるタイプのヘリだ。内側から光を溢れさせたその透明な球体だけが闇に浮きたっていて、回転翼もテールブームも見えなかった。四階建ての屋上すれすれから現われ、ビルの狭間の十メートルの空間を水平によぎって消えた、ガラスの発光体――。

最終電車の轟音が、ビルを隔てた高架から降ってきた。十一時五十分に中央通りを発車した特急電車が、隣りのO＊＊市へむかって南下していく途中、十分後にこの付近を通過するのだ。建物の隙間から一瞬閃光が射し込んで路上に散乱し、麻痺的なスパークがビルの壁面を明滅させる。またたくまに高架を流れ過ぎていく光の帯を、彼は銀行の駐車場の金網越しに横目で見あげた。

レールをゆるがす震動が南へむかって尾を曳いて消えていった時、彼の視野の上部、闇をつきぬけたはるかな高みで、微細な光の点が動いた。持ち重りのする紙袋を両手でかかえたまま、彼は顎を突き出すようにして頭上を見あげた。

……裏通りに面した四階建ての電話局の屋上に、電話塔は黒々と天にむかって直立している。星もない闇空の暗黒を背景にして、塔の頂上の避雷針の根元に、ひとつの人影が腰かけてタバコを吸っていた。道路側に足をたらして、人影は時おりタバコの火口を点滅させながら、広い盆地の底にひろがる市街の彼方をぼんやり眺めているようだった。

ヘリコプターの追跡を逃れてそこで休んでいたらしいその人影は、ふと火のついたタバコを投げ捨てると小さく動いて立ちあがった。両肩の後ろから平たい二枚の影が左右にひろがり、空気を叩きつけると同時に足が塔の縁を離れて、人影はそのまま水平に滑空した。下を見おろしもしないまま黒いシルエットが塔の影から分離して街路の真上を横切り、反対側のビルのむこうに見えなくなった時、タバコの吸殻が闇に赤い線を曳いて、彼の目の前にほとりと落ちた。

口紅のついた吸殻を、彼は今でも持っている。

彗星の尻尾

その橋を歩いて渡るたびに、彼はいつもずっと昔に目撃したひとつの情景を思い出してしまう。――たぶん彼が十二か十三だった年の夏、その橋の西詰めにある河に面した老舗の西洋料理屋が、夜中に失火を出して半焼したことがあった。その翌日の夕方、河むこうの私鉄の駅に出入りする人の流れで混雑し始めた橋の歩道を歩いていた時、彼は川の中でひとりの仕事着姿のコックが釣をしているのに気づいたのだ。

市の北部をほぼ一直線に縦断しているその河は、幅は五十メートルほどだが流れは浅く、半ズボンの子供が歩いて渡っても脹脛《ふくらはぎ》より上まで濡れることはない。その河の中央部、橋の真下から二十メートルばかり上流で、コック帽に白い上っぱりのその男は橋に背をむけて悠然と釣糸を垂れていた。その左手に視線を移すと、半ば焼けおちた料理店の無惨な姿が川面に影を落としている。日暮れ時の雑踏が橋の上からこのふたつの光景を見比べているのに気づいているのかいないのか、そのコックは流れの中央に逆さまに伏せた真赤な子供用のバケツに腰をかけ、左膝に肘をついて頬杖をし、釣竿を右手に持って、落ち着きはらっているように見えた。

彼の立っている歩道の少し先で、もう一人の同じ仕事着姿のコックが立ってやはりこの光景を見おろしていた。こちらは河の中のコックよりはずっと年配のいかにもシェフらしい恰幅の持ち主で、やや身を斜交《はすかい》に欄干にもたせかけて、憮然とした面持ちで部下の背中を見つめている。その脇に、黒い書類鞄と扇子を持った溝鼠《どぶ》色の背広の小男が寄りそっていて、河の中のコックとシェフの顔を見比べながらしきりに何か囁いている。が、シェフは怒ったような顔で、小男には全く取りあおうとしていない様子だ——。

後になって思い出してみても、四十格好のやや太ったコックの背中に表われていた不貞腐った様子と子供用の真赤なバケツとの取りあわせが何ともおかしくて、だから彼はこの橋を渡るたびにいつもこの場面を思い出してしまうのだ。市の中心地をやや北にはずれたこのあたり一帯には、これに類した子供時代からの思い出のまつわる場所が無数にあった。

河には古くからの橋が幾つもかかっているが、この上流地帯にはそれぞれ月見橋とか宵待橋とかいった紛らわしい名の橋が多く、彼はいつもごっちゃにしてしまう。が、この真赤なバケツとコックの背中に結びついた橋だけは特別扱いにするために、彼は自分でこれを〈月門橋〉と秘かに命名していた。

彼が最初に〈足音〉に出会うことになったその日の夕方、彼は雨の来そうな低い空を見あげながら頌春館から出かけた。真夜中近くに月門橋からほど近い丘の上にある友人の家を出た時には、垂直の激しい雨が眼下の植物園の森をざわめかせていた。

「傘って、余ってるのなんかないよ、それに危いよ、雷の音が近づいてるから」

「いいじゃないの、その雨合羽、けっこう似合ってるよ」

式を二週間後にひかえたカップルを中心にしてまだ飲み続けている友人たちの声を後にして、彼は庭木の多い家並みの間の小道を一人で下り始めた。ゆるい傾斜の先では、何千坪かの薔薇園を擁する植物園の敷地が深い闇を身内にひそめ、時おり激しい雨足の中で大きく揺れ動いている。森の北側に沿って月門橋へ続く植物園通りの広い車道には今はほとんどヘッドライトの縞模様も見えず、道の北側に点々と連なる一戸建てのレストランや喫茶店も、もうほとんどが灯を落としていた。

彼の行く手に張り出した泰山木の枝群が、突然かっと蒼白く浮きあがった。十秒も間を置かずに、激しい放雷音が空を切り裂いて消える。どこかに落雷したのか、左右の街燈の列がふっと暗くなってまたもとに戻った。

急激に雨足が強まり、膝まで水繁吹をあげる土砂降りの中でまた二度三度家並みのむこうの空が白んだ。丘の南端に位置する団地の中に見覚えのある一棟を認めると、彼は足早に小公園を抜けてそちらへ向かっていった。

——そのアパートの階段は、複雑な構造を持っていた。例えばデパートの上りと下りのエスカレーターのように、ふたつの隣りあう階段が互い違いに交差しているのだ。五階建てのそれぞれの階には北側と南側に通路があるが、ふたつの通路を水平につなぐ廊下はない。従って、仮りに三階の北側の通路に面した部屋へ行こうとした人物が間違って南側の通路へ出てしまった場合には、その人物は今登ってきた階段を二階との間の踊り場まで一旦降りて、そこで左右に連絡している隣りの踊り場に出てから今度はそちらの階段を登って初めて三階の北の通路に出ることができる。彼は小公園の側に戸をあけた入口から入ると、正面の階段を登り始めた。屋上に行くつもりなのだから、どちらの階段を登っても変わりはなかったのだ。

最初の踊り場までの十二段を登っていくうちに、彼は反対側の階段を登ってくるもう一つの足音に気づいた。ここはどこかの商事会社の独身寮だから、この時間に歩いていても見とがめられる心配はまずないだろう。そう思いながら踊り場に足をかけた時、同時に左手の踊り場に人影が現われた。黒いエナメルのレインコートを着た女だった。右手をポケットに入れて脇にバッグと男物の蝙蝠傘をきつく挟みこみ、立てた襟もとを左手でしっかり押さえてその内側に顎を埋めている。その眼がふと動いて彼を一瞥し、一瞬視線がかち合った。

何事もなく擦れ違っていった後、遠ざかっていってまた折り返してくる女の足音を耳で追いながら、彼はその足音がどこかの通路で階段から離れて数十の扉のひとつにむかっていくことを漠然と予想した。が、足音は確実に再び近づいてきて、踊り場で一瞬彼と擦れ違ってはまた階段を登っていく。無意識に歩調が合ってしまったのか、四回とも踊り場で同時に姿を見た後、屋上へ続く最後の踊り場で顔が合った時、空の半分を切り裂くような長い雷鳴が轟いた。

「稲妻を見に、ですか」

女の眼がちらりと上方を見あげるのに気づいて、彼は声をかけた。女の視線が軽く動揺し、気のせいか一瞬背後に眼を走らせてから、女は曖昧に頷いた。

「ここは丘の南端だから、絶好の場所ですね。前にも一度来たことがあるんですよ、こんな夜に」

女は黙って俯きかげんに最後の階段を登り始め、彼もそのまま擦れ違っていった。屋上のふたつの出入口から同時に雷雨の中へ出ていくと、女は傘を開いて東側の鉄柵に歩み寄った。彼も合羽のフードを上げると東へ歩いていき、二人は長い鉄柵の北端と南端に立ってそれから二十分余り市の上空に荒れ狂う稲妻をじっと眺めていた。

かっと天が白むと同時に、よじれた雷光が地平まで届く。一瞬、数万の雨の糸がストロボの一閃を浴びたように白く浮きあがったと思うと、また豪雨の闇に埋没する。その光の筋目の残像が網膜から消える間もなく、雷音が天地の狭間に轟いて頭蓋の中で反響する。再び、稲妻。雷雲に閉ざされた天空の、薄紫を帯びた蒼白な一瞬の光の膜。数条に分岐した稲妻の刹那の亀裂が天を駆け抜け、そして一拍遅れた轟音の襲撃——。

夥しい稲妻の軌跡の残像がまならうらに貯えられ、気のせいか体内の静電気まで最大量まで蓄積されたような気分で鉄柵に背をむけると、あのエナメルのレインコートの女が同時に踵を返して階段の降り口へ向かっていくのが見えた。ようやく衰え始めた雷鳴を後にして、彼も自分の出てきたほうの扉にむかって歩きだした。

下りの階段でも、いつの間にか自然に歩調が合ってしまったようだった。隣りあわせの踊り場で、二メートルほどの距離を置いて擦れ違う数秒間、女は最初と同じコートの襟もとをしっかり片手でつかんだ姿勢で、伏し目がちに行きすぎていく。互いに交差する階段を、ふたつの靴音は五回すれすれに交わりあった後離れていき、彼は小公園の側の出口を出た。ふたつの足音がコンクリートの三和土から別々に激しい雨足の中に踏み出していった時、彼は頭上の階段をもうひとつの軽い靴音が降りてくるのに気づいた。それまでは女と自分の靴音ばかりに気をとられていたので、三つめの足音は耳に入らなかったらしい。第三の軽い足音は中二階の踊り場まで来るとふとためらうように足を止め、そして最後の十二段を降り始めた。それが女のほうの階段かそれとも彼のほうの階段か、敷石を叩きつける水繁吹の音にまぎれて、どちらとも分らなかった——。

小公園の縁のヒマラヤ杉の並木道へ出た時、彼はふと独身寮のむこう側の道を振り返った。街燈の円錐型の灯の中に白い垂直の雨足が浮きあがり、その底の丸い光の環を踏んであの女が立っている。先刻までの自閉的な姿勢は崩れ、コートの襟もとが大きく開くのもそのままにして、女はあわただしく四方を見回しているようだった。狼狽しきった顔が蒼白い光の中に浮きあがり、女はアパートの三和土のほうへ二、三歩走りかけたが、急に足を止めるとそろそろ後ずさりして光の環の中心に戻った。薄く口をあけた顔がまた豪雨の闇の底に浮きだし、女は呆然とした眼つきで五階建ての垂直の壁面を見あげている。

声をかけるのも面倒で、彼はそのまま並木の樹陰に隠れて歩きだした。

——植物園を突っ切って南の大通りまで歩いてみよう、という考えがふと浮かんだのは、彼の身体に大量に蓄積された静電気のせいだったのかもしれない。ゆるくカーブした長いだらだら坂を下ってきた彼の前には、水の流れる広い車道を間に挟んで、灯の消えた植物園の正門があった。高さ四メートルほどの鉄柵を嵌めた扉はもう閉じているが、料金所の脇から続く大人の背たけほどの石垣をよじ登れば、タチバナモドキの植込みを分けて簡単に侵入できそうだった。車道のヘッドライトの列が跡切れたのを確認した時には、彼の身体はすばやく動いて園内の芝生に飛び降りていた。

……散歩道をしばらく歩くうちに、塀の外から切れぎれに聞こえてくる遠いクラクションの音は、激しい繁吹と森のどよめきに呑みこまれていった。数千坪の森を襲う豪雨の音が厚板のように耳を封じ、頭上で枝を差しかわした橡の木立ちの底で、彼は完全な暗黒の中に自分の足の動きさえ見失っていった。水溜りに踏みこむたびに彼の身体は不安定に揺れ、借りもののレインコートの縫い目から水が染みこんでくる。シャツが気味悪く背中に貼りつき始めた頃、案内板らしい物影が前方に現われてふいに砂利を踏む自分の足音が耳に届き、彼はようやく膨大な空間の中から自分の居場所を識別することができた。

ここは、敷地を南北に貫く幅五十メートルほどの砂利道の筈だ。そう思った時、ふと彼はある気配に気づいた。——厚板に似た土砂降りの煙幕が彼の知覚の範囲を極端にせばめ、そこにはただ砂利を踏み崩す自分の足音しかない。が、知覚の届く距離からわずかに後方へ逸れたあたりに、確かに何かの気配があった。

振り向いてみても、自分の眼球の存在する位置さえ感じられないほどの深い闇があるだけだ。彼は大またに砂利道を横切り、靴裏が芝生の縁の敷石を踏む感覚をとらえるとその上を伝って歩き始めた。砂利を踏む彼の足音が消えると、もうひとつの軽い足音がざくざくと砂利を蹴る音がはっきり後に残った。遊歩道を横断して彼の真後ろまで来ると、その足音は花崗岩の縁石を踏む湿った靴音に変わった。彼の歩みにつれて、それは十メートルほどの間隔を保ったままひたひたと後についてくる。

つけられているのだ。

そう気づいた時、植物園の管理人の姿が頭に浮かぶと同時に、一瞬、エナメルのコートの女の顔がその上にかぶさった。が、誰何もしないで黙ってついてくるその足音は、耳に残っているあの階段でのハイヒールの靴音とは確かに違っていた。女物の靴音ではないが、男にしては身が軽すぎるようだった。

砂利道の突き当たりに、欅の大木の連なりが黒々と空に浮きたって見え始めた。芝生の縁石はその手前でとぎれている。砂利道へ大またに踏み出した時、突然強い風が荒れ狂って二十メートル近い古木の群が身をよじり、水繁吹が彼の顔面を叩きつけた。狂いたつ森の枝群越しにかっと南の地平が光り、続いて頭上を襲った雷鳴の中で彼は背後を振り返った。が、その時には天の光の膜は消えて、そこには闇と雨足を封じ込めた奥深い空間があるばかりだった。

——その夜、彼の夢の中には網膜に感光した筈の無数の天の亀裂は現われず、そのかわりに彼をどこまでもつけてくる姿のない尾行者がそこにいた。車をひろって逃れようとしても、背後の足音は歩調も乱さずに車の後をついてくる。そして彼が夢を見ている頌春館の窓の下で、尾行者は闇に身を沈めてひっそりと足を休めている筈なのだった。

タチバナモドキの生垣を無理やり押しわけて舗道に飛び降りた時には、彼にもその足音が丘の上のアパートで聞いた第三の足音なのだと分っていた。たぶん、それは彼のレインコートのせいだったのかもしれない。丘の上の家で借りてきた、女物の薄いグリーンのコート。それに気づくと、彼は手近な街燈の下にわざとゆっくり歩みより、小公園で見たあの女のように円錐型の光の中央に立って振りむいた。生垣のむこうに身を潜めている筈の尾行者によく見えるように顔を現わして、彼はしばらくの間見えない足音の主にむきあってそこに立っていた。タチバナモドキの生垣は、やや小降りになり始めた雨の中でひっそりと動く気配もないようだった。すぐにタクシーがとまって彼が乗りこんだ時にも、バックミラーの中の生垣には何の変化もなかった。これでもまだ尾行者が彼を追うことをやめなかったとしたら、それは彼が彼自身であることを認めた上でのことになる。だから、走りだした車の中で、舗道に飛び降りた靴音が再び静かな歩調で後に続いてくる気配を彼が感じたのは、幻聴だったのに違いなかった。


翌日の昼さがり、中央通りのテレビ局まで出かけてそこの番宣の副部長と仕事の打ち合わせをした後、角の画材店で買い物をして出てきた時に再び彼はあの足音を耳にした。

「パステルは絶対オイルのがいいのね、塗り重ねていく時手応えがあるから。でなけりゃ、鉛筆の柔いやつ。エアブラシとかそれにロットリングとかって、好かない。自分の手で直接描いてるって手応えがないみたい」

信号待ちで立っている間、店で偶然一緒になったデザイン科の同期の女の子が彼の脇できりもなく喋り続けるのを彼はじりじりしながら聞いていた。今、背後の足音は人混みにまじって立ち止まっている。信号が変わって歩きだしたら――。

「線よりは面の表現が好きなわけよ。陰影や、それに明暗の調子で画面の空間に奥行きが感じられるのがね。だから今のところI＊＊の絵なんかいいと思う、最近よく装丁なんかやってるでしょ」

青い灯がともり、陽ざかりの四つ角へどっと人並みが動きだした。無数の靴音の中に、ためらいがちに彼を追って歩きだしたあの軽い靴音を、彼は確かに聞いたような気がした。振り向いてみたが、鈍重な群衆の顔だけが彼の視線を遮っている。青い灯が点滅し始めて人並みの靴音はあわただしく路面を駆けだし、その足音は群に呑まれてわからなくなった。

「このあいだ出してた絵本なんかね、あれどう思う」

「――ああ、あれね」

向かい側の歩道に着くと人並みは左右に散り、右手へ歩きだした彼の後についてくる尾行者の足音がまた聞きわけられるようになった。「……あれなんか、確かに好きそうな感じ、するね。じゃあ、まだ風景画をやってるわけ？」

「まあね。昔に比べるとずいぶん変わってきたけど。今、風景の中のヒト、ってシリーズをやってる」

遅れぎみの彼の歩調にかまわず、彼女はどんどん歩いていく。

「ああ、リトグラフをやりたい！　一緒に工房を作る人を捜してんだけどなあ、おたくは駄目か。そらここよ、四回生の子たちがやってんの、夏季展」

壁を平手で叩く音で、彼は背後に集中させていた注意から引き戻された。印度更紗の裾が風にひるがえり、彼女は和風喫茶と旅行代理店との間の階段を登り始めた。眼の前には階段を遠のいていくゴム草履の裸足の足があり、そして背後の十メートルほど後方には、ひっそりと立ち止まっている人の気配――。ふいに、最後に見た時の黒いレインコートの女の姿が頭に浮かんだ。円錐型の街燈の光の真下に立って、なくしてしまった何かを捜し求めていた、うろたえきった姿。

「何？　来ないの」

印度更紗の後ろ姿が、階段の途中で振り返った。

「あれ、先輩も御一緒ですか。もう大勢集まってんですよ」

「はは、景気づけね。そらおいでよ、早く」

「うん、ちょっとね。今行く」

画学生たちの姿がざわざわ立ち混じる受付の扉にむかって彼が階段を登っていく間、歩道に取り残された気配はそのまま動かなかった。画廊から出てきたら、その後のことはその時に決めればいい。

彼は、賭をしてみるつもりだった。

――一時間後、彼は中央通りの人の流れに混じって一人で歩いていた。夏の大作映画のかかったロードショー劇場の前を過ぎ、アーケードのある繁華街に入ってふたつの信号を渡るまでの間、彼はしきりに背後を振返ってみたが、そこには自分の眼の前にしか興味を持たない他人の群があるばかりだった。画廊から出てきた時、そこには物影に立って彼を待っている筈の人影は見当たらなかった。信号が変わって、横断歩道から押寄せてきた買物客の塊りに押されるようにして彼は南へむかって当てもなく歩き始めたのだったが、今ではもう耳に馴染み始めたあの軽い足音を彼は一度もつかまえることができなかった。

取り残されたのは、尾行者のほうではなくて自分のほうだ。彼はふいにそう気づいた。

商店街の南端まで来ると、人の流れは左右のアーケード街にむかってふたつに別れた。幅十メートル余りの横断歩道の手前に残されたのは、彼ひとりだった。四車線の車道の向かい側には地下鉄の降り口があり、そのむこうにデパートの大ガラスを連ねたショーウインドウが左右に続いている。

信号が変わって陽射しの中へ歩きだすと、黒い布地を背景にしたディスプレーのガラス面に、白い縞模様を踏んで歩く彼の姿が映し出された。その背後には、高級紳士服の渋い木造りの店構えと眼科のクリニックのドア、それに西洋雑貨と洋菓子の並んだウインドウなどが左右逆転した姿に並んで明るく浮かびあがっている。縞模様の上にいるのは、画材店の紙袋をさげた彼一人だ。――そして、彼はあの足音を聞いた。

理由のないカンが働いて、彼は振り向かなかった。黒い布地の張りめぐらされたガラス窓の中には、彼の姿がただひとつだけ。その彼の靴音に続いて、紛れもなくあの足音が縞模様の上を歩いてくる。ポケットに入れた指先に何かが触れて取り出してみると、頌春館を出る時に書いた買物リストのメモだった。

ケントボード、B2、3

黒インク、ホルベイン、1
ヘルベチカ・ミディアム
ペーパーセメントソルベックス

歩道に達する直前、彼はメモを丸めて注意深く足元に落とし、黒いショーウインドウの手前を左に曲がった。ウインドウを横目で見ると、誰もいない横断歩道の縞の上に丸めた紙屑だけが転がっている。十歩ほど行き過ぎた時、かさ、と小さな音がして、見えない靴の裏が正確に紙屑を踏み潰したのを彼は知った。

結婚式は、市を見おろす北部丘陵地帯のホテルで行なわれた。

月門橋に近い私電の駅からG＊＊山の西の麓まで行き、そこからケーブルとロープウェイに乗りかえて山頂の展望台まで登ってからバスで南へ下る、というのがホテルまでの観光コースだったが、南側のハイウェイからまっすぐ行けば市街から二十分足らずで着くことができる。仲間と一緒にオレンジ色のビートルから吐き出されると、二週間前丘の上の家で薄緑のレインコートを貸してくれた今日の新婦が、二階の控え室から鬘の頭を突き出して手を振っていた。

「へええ、なるほど鬘と角隠しさえ着ければ誰でも一応それらしい型にはなるもんですねえ」

「決まった型だもんね、あれ。一旦型に嵌めこまれてしまえば、本人も条件反射的にその気になってしまうのよね」

「いえいえ、あの人はですね、式が終わるまで禁煙しなきゃならないのを気に病んでらっしゃるわけですよ」

紋付や留袖姿が右往左往しているロビーの隅で、仙台平の新郎だけが何故か暇そうな顔でおっとりと喋っている。「先刻お会いした時に、禁煙が終わるまであと四時間もあると愚痴をこぼしておいででしたからね……」

受付へぞろぞろ動いていく一団の最後について歩きながら、彼は丸めたメモ用紙を手の中からそっと落とした。大理石の円柱の脇を通り過ぎ、二本目の円柱の前まで来た時、誰もいない背後のカーペットの上で紙屑の押し潰される音が耳に入った。振りむいてみると、平たく潰れたメモ用紙がゆっくり皺を伸ばしながら起きあがってくるところだ。円柱の影で何か打ちあわせていた新郎が彼の様子に気づいたらしく、仲人の肩越しに笑顔を見せた。彼も曖昧な微笑を返すと、受付の一団に混じっていった。

どうやってかは分らないが、彼が車を使って移動する時にも尾行者は遅れることなく後を追ってくる。そのことは、この二週間の間に何度となく試してみて実証済みだった。最初の夜の夢のように、もし車の中でよく耳をすましてみたなら、普段の歩調を崩さないままのあの足音が車と同じスピードで後ろをついてくるのが聞きとれたかもしれない。——二週間、彼は植物園通りを中心とした市の北部の閑静な通りを毎日歩きまわり、忠実な尾行者がどこまでも従ってくることを確かめた。植物園の中を、月門橋の上を、丘陵地帯の住宅街の中を当てもなく歩きながら、彼は時おりポケットに用意したメモ帳から一枚を破り取り、小さく丸めて足元に落としていく。十歩ほど行き過ぎると、見えない靴の裏が正確に紙屑を踏み潰す音が耳に届く。振り返ってみても、誰もいない。再び歩き始めると、立ち止まっていた背後の足音も後を追って続いてくる。しばらくして、彼はまた紙片を落とす。尾行者が、それを踏み潰す——。

十四日間で厚いメモ帳を一冊使いきってしまった彼にも劣らず、尾行者のほうもこの遊びに熱中しているようだった。眼に見えない尾行者がどのような姿をしているのか、彼は一度も想像してみたことがなかったが、少なくともそれがほんの子供といっていいほどの幼なさの持ち主だということは確かなようだった。群からはぐれた子供が彼の軌道上にふと迷いこみ、犬のようにすっかりなついて彼の引力圏内に身をまかせてしまったのだ、と彼は思った。彼が寝るために頌春館に帰った時だけは、尾行者はアパートの入口で立ち止まって中まではついてこようとしない。彼の窓の下で一晩を過ごしているのかどうかは分らないが、彼が翌朝アパートを出るとすぐ足音は後を追い始め、それは一日中離れることはなかった。あの画廊の時には建物の中まではついてこなかったが、最近では店で買物をする時も仕事の打ちあわせで事務所などへ入る時も、尾行者は売り場の通路やビルの階段を彼を追ってくる。そして今、彼がテーブルスピーチを聞いているこの披露宴の会場でも、尾行者は背後にひっそりと佇んで彼がまた歩き出すのを待っている筈だった。

スピーチの途中で、一張羅の振袖を着こんだ画学生が袖をたくしあげてギターの弾き語りを始めた頃から宴はしだいに活気づき、しまいには新郎新婦までが肩を組みあって歌いだした。騒ぎの終わる頃には二人とも感きわまって滂沱と涙を流し始め、彼らが顔中を涙で光らせながら騒々しくハイヤーで行ってしまうと、後には同窓会まがいの顔見知りばかりの一団が残った。

「今頃は、新幹線の中で必死にタバコ吸ってる、彼女」

「あの子はいいわよ、もう禁煙が終わったんだから。こっちはまだこの格好なんだから、駄目なのよ、苦しいよもう」

「吸えばいいじゃない」

「まさか。卒業式の時もこうだったね。振袖で街に押し出したのはいいけど、サ店に入ってもタバコ吸えないもんね。想像してみてよ、振袖で髪結い上げてタバコふかしてるところ……」

「結婚式のお帰り、でしょ」

何軒目かに入った植物園通りの店で、U字型のカウンターの中からバーテンが声をかけた。「ダークスーツに訪問着で、それに花束と引き出物の包みときてるんだから……」

「あ、分る、やっぱり……」

「いいですよね、こういうお客さんはまわりがぱっと明るくなって。それ、お替りいきますか、今度は着物の色に合わせたのなんか」

「合わせた色って」

「赤なんかいいでしょう、紺地の着物だから……」

バーテンは、ワゴンからトマトジュースとジンの罎を取り出した。

「ウォッカのほうがいいんじゃない、ブラッディ・メアリー」

はしゃいでいる女の子の隣りで、彼はそっと肩越しに視線を投げた。馬蹄型のカウンターの、一方の直線部の中ほどに彼は座っていた。彼の背後には通路のスペースがあり、一段低くなったところに四人掛けのボックスが七、八個並んでいる。カウンターとボックス席の間を頻繁にボーイや客が行き来していて、そのたびに彼の背後の空間を無神経に踏み渡っていった。

今、彼のスツールから五歩ほど離れた背後で、忠実な尾行者の足音は立ち止まっていた。今は聞こえていない足音の位置する場所を、無神経な他人の足が踏みにじっていくたびに彼は苛立ちに似た感情を覚えた。もし、その中の一人がたまたまその位置で立ち止まって立ち話でも始めてしまったら——。

彼が立ち上がって再び歩きださない限り、尾行者はその位置から動くことはできない。誰かが背後を通り過ぎるたびに彼は神経質に振り向き、その人間が問題の場所で不必要に歩みを止めたりはしていないかと監視せずにはいられなかった。

こんなことを、いつまでも続けてはいられない。

同じ動作を何度目かに繰り返した時、彼はふいにそう思った。

いつまでも続く筈がない。きっといつか、何かが起きる。そしてたぶん、それは悪い方向への変化であるに違いない——。

「……キイワード、というものがあるわね……」

どこかで低く続いていた女の声の断片が、ふと彼の耳に入ってきた。

「——キイワード。それとも、状況の均衡を破る原因になる微妙な要素。……分る？　鍵なの、それが。何故それが鍵になってしまったのか、分らないけれど」

「何、何のこと」

連れの男のものらしい、舌の絡まった声。「知らないよ、何言ってんの——」

眼を上げると、朦朧とし始めた視野の正面に、焦点のぼやけた女の顔があった。

「星の話をしてんの……衛星の話。ふたつの惑星が偶然街角で擦れ違った時、軌道から軌道へ、衛星が飛び移ってしまったという話。――その転換の一瞬に、鍵になったのは何だったんだろう。均衡が破れたのは、あれは何故だったのよ?」

「何、よしてよ分んないよ、何のこと……?」

「ねえ、あれ何なの?」

得体の知れない薄赤い飲物を舐めていた女の子が、向かい側のカウンターに乗った皿を指さした。「おいしそう、あれ」

「あれ、エビよ。エビの春巻き。一皿、いきますか?」

「ほしいほしい、食べる、私」

「あたし食べきれないの、これ」

女が言った。「よかったら、これ、一緒にどう?」

陰気な眼つきのまま、ばかに陽気な笑い声をあげた。

「ねえ、お手洗い、どこ……」

バーテンがボックス席の通路の端を指さすと、女は一見しっかりした足どりで立ちあがった。店の床は薄茶のカーペットで、馬蹄型のカウンターを回ってくる女の靴音はあのアパートの階段でのようには響かない。彼の真後ろまでくると靴音は立ちどまり、ハイヒールの踵がきりきりとカーペットを踏みにじった。

「何、何のこと……分んないよ、そんなこと知らないよ――」

どこかで舌のもつれた男の声がした。振り返ってみても、すっかり焦点のずれてしまった視野の中で、女の顔を見定めることはできない。黒いワンピース。輪郭がぼやけて、黒い色だけがそこにある……。

ドアが締まると、店内に充満していたフォンテッサのシンバルのさざめきが跡絶えた。一人で飛び出してきた彼の正面には、下りの薄暗い階段が伸びている。そして踊り場の高いガラス窓には、植物園の森を背景にくっきりと浮きあがった彼の姿があった。壁にもたれるようにして階段を降り始めた時、この十四日間の習慣で自分の手がいつの間にか丸めた紙片を落としていたことに、彼は気づいていなかった。

踊り場を折れて正面玄関のレジへ続く階段を降り始めた時、かすかな音をたてて紙片が上の階段から転げ落ちてきた。振り向いた彼の眼には、踊り場まで転げ出してまだわずかに動いている紙屑と、上の階から長く射しこんだ細長い人影しか映らなかった。手すりをつかんだまま後ろ向きに段を降りていくと、姿のない尾行者の足音も一緒に動きだした。そして、段から紙片を蹴落としたもう一人の尾行者の靴音も。

踊り場の背の高いガラス窓に、女の姿が映っていた。後退していく彼の歩調に合わせて、女も一歩ずつ降りてくる。女のハイヒールは、見えない尾行者の足音の上を正確に一歩一歩踏みにじっていた。

——女がもう追ってこないことが分っても、彼は息を切らせて暗い植物園通りを歩き続けた。……影踏み。足音踏み。踏まれ続けたら、尾行者はどうなってしまうのだろう。

いつの間にか、彼は右手でシャツの襟元を押さえ、左手をダークスーツのポケットに突っ込んでいた。左の小脇には、何故か置き忘れもせずに引き出物の風呂敷包みをしっかり抱えこんでいる。箱入りのスプーンセットの重みが、妙に現実的で頼もしいような気がしていた。

「婚礼の果つ夜小暗き森を出《いで》て……」

尾行者の足音を従えたまま、月門橋を渡って駅の東の大学通りまで行き、そこから引き返してまた植物園通りに戻ってくるまで、彼の頭の中には何故かその一連の言葉が脈絡もなく浮かんでは消えていた。それと一緒に、ずっと昔に見た幾つもの光景が眼の前に浮き沈みする。——赤いバケツに腰をかけていた白いコック帽の男。いつだったかずっと小さい頃に見た植物園の光景。雨あがりの夕暮れ時、湿った大気が豊かな奥行きを見せている砂利道の行く手に欅の古木の森が黒々と沈まり、その黒い堆積の底にむかって一人の男が駆けていくのを見たことがあった。奥行きの深い空間の果てにむかって男の背中は駆け去っていき、黒い森の根方に白いワイシャツの背がふいに浮きたったと思うと、闇に呑まれてかき消えた。その光景をずっと昔、砂利道の中央に突っ立って見送ったことがあった——。

男なのか女なのか、性別があるのかどうかも分らない、まだほんの子供なのだ。

植物園の石垣に沿った歩道を歩き続けながら、彼は繰り返し考えていた。

ほんの子供なのだ、これは。軌道上に迷いこんできた、彗星の尻尾。婚礼の果つ夜小暗き森を出《い》で——。

背後の足音はおとなしく忠実に、どこまでも後を追ってついてきていた。

……その男が行く手から近づいてくるのを見た時、自分自身が正気だったのかどうか、後になって考えてみても彼にはよく分らなかった。その時、彼は二週間の間何度となく覗きこんでは通り過ぎてきたショーウィンドウの鏡面のひとつを、今再び眼の前に見ているような錯覚に落ち入っていたのだ。

道路側にまで張り出た欅の大木の影になって、その時歩道は深い闇に包まれていた。彼と男との中間地点には一本の水銀灯が立っていて、水っぽい蒼白な光の環をぼんやりとあたりの空間にひろげている。時おり足の速い雲間から二日月が顔を覗かせ、色の薄い光を浴びた頭上の枝群が歩道の敷石に葉影を散り乱れさせた。

——男は、淡い葉影を顔の半面に受けながら彼の正面を近づいてくる。その時右手の植物園通りにはヘッドライトの縞模様は、完全に跡断え、彼は森のざわめきの中で自分の完全な鏡像を形造っている男の姿を見た。彼とほぼ同じ年格好で、同じ型のダークスーツ。左手でシャツの襟元を押さえ、右手はポケットの中。右の小脇には、引き出物らしい包みをしっかり抱えこんでいる。

水銀灯の手前まで来た時、二人の眼が合った。

「——婚礼の果つ夜小暗き森を出《い》で——」

無意識に、そのリフレインが彼の口をついて出た。

「結婚式の帰りですか？　分りますよね、やっぱり」

男は言い、水銀灯の真横で二人は擦れ違った。立ち止まってしまった彼を置いて、男の姿は彼の視野から消えた。彼の眼の前に残ったのは、人気のなくなった歩道だけ――左手から垂直に伸び立って頭上を圧する森の闇と、正面に一直線に続く小暗い敷石の連なり、そして自分の足元に散らばった蒼白な水銀灯の灯影だけだった。

立ち止まった彼の背後を、鏡像の男の足音はしだいに遠ざかっていく。彼の尾行者の足音も、彼にならって足を止めたまま動こうとしない。そして男の足音が正確に二十歩目を踏み出した時、背後の闇の中でもうひとつの靴音がそっと踵を返した。真夜中の植物園通りを、ふたつの足音はわずかな距離を保ったまま遠のいていき、やがて角を曲がって聞こえなくなった。

最後に振り返ってみた時、誰もいなくなった歩道の上には構う者のいない紙片が丸まったまま置き忘れられていた。そして脇を走り過ぎたタクシーの風にあおられて、溝に転げて見えなくなった。

歌のおわりに

彼がその招待状を受け取ったのは、市を出ていくまであと六十時間しか残っていない金曜の夜のことだった。頌春館に引っ越してきてからもう季節がひとめぐりして、窓の外には早い秋の風があった。床に座って窓を見あげると、奥行きの深い初秋の六時半の夕空を背景にして、灯のついていない向かいの屋根が黒く浮きたっている。後に残された週末の二晩は、友人たちが送別会や荷物の片付けの手伝いにやってくる予定だから、一人で過ごせる夜は今夜が最後だった。

二十数年の間で、これが五回目の引っ越し。

手に入りにくいのを苦労して集めたカラーインクのセットを、彼はビスケットの空き罐にきっちりと詰めこんでいった。この前に南部のR＊＊荘から引っ越してきた時にも、インク壜はこの罐に詰めて運んできた。その前は北の大学通りの下宿に三年半住んでいて、ザルマのカラーインクはその頃に集め始めたものだった。大学の一年の半ばまでは中央通りの裏手の父親の家にいて、家族たちは今では隣りのO＊＊市に住んでいる。そしてその前、彼が生まれてから七年間を過ごした家は、市の北端の丘陵地帯にあった。今では取り壊されて、団地だか製薬会社の寮だかが建っている筈だ。

鍵と財布をポケットに入れて頌春館を出ると、彼は歩いて五分ほどの私鉄の駅へ向かっていった。プロパンガスは昼間湯を沸かしている最中に切れてしまったので、アパートを出ていくまでのあと何回かの食事は外で取らなくてはならない。電車でふた駅先の中央通りまで出て誰かを呼び出してもよかったし、今夜を一人だけの時間と決めて自由に過ごしてもよかった。その金曜の夜は、彼に与えられた最後の白紙の時間であり、その上に気の向くままに時間割りを書きこもうと、また空白のまま軽く丸めて道端に無為に投げ捨てようと、選択権はすべて彼自身の手に委ねられているのだった。

電車から降りると彼は手近な店で軽く夕食をすませ、橋を渡って中央通りの交差点まで出た。公衆電話のボックスに入って暗記している番号のひとつを回してみたが、呼び出し音を三回まで数えると急に気が変わって切った。人と一緒に気を紛らせてこの時間を使ってしまうのは、もったいないような気がした。

ボックスから出ると、そこにはショーウインドウの水のような照明の交錯の中に半透明の人影が入り乱れて動いている、九月の夜の市街があった。ふいに幸福感に似た甘い感覚が生暖くひろがり、彼は息がつまるのを感じた。

――中央通りをゆっくり一往復して最後に入った書店の二階には、彼の他には一組のアベックとレジの若い男がいるだけだった。美術書のコーナーの前に立ったままぼそぼそと喋り続けている二人連れの声だけが、八時に近い店の中を低く流れている。

「……図書館のはもう誰かが借り出してるから……買わないと」

「だって、高価《たか》いよ」

女の声が少し高くなった。「たかが十枚のレポートに……」

店内を一巡してバックナンバーのコーナーまで来ると、窓の下を赤い灯が横切った。運転席の窓の上部に最終の赤いランプを点した、路面電車。

市を出ていく前に、もう一度あれに乗ってみるのもいい。彼はぼんやり考えた。――今夜はもう駄目だから、明日と明後日のぎっしり詰まった時間割りの中に、それだけの時間がとれるといいんだけれど。運送屋の手配はもう済んでいるし、いらなくなった机と整理棚は明後日の夕方隣りの部屋の学生にゆずり渡す約束になっているし――。レジの男が、小さな欠伸を漏らした。

「あ、火事」

女の声がした。見ると、屋根の連なりの一箇所が闇空を背景に薄く明るんでいる。

「あれは川岸のへんだな。T＊＊屋の北隣りみたいだから、何とかいうレストランかもしれない」

「行ってみる?」

レジから出てきた男が、窓ぎわの彼の隣りに立った。

「お客さん、見に行かれますか。勤務時間外だったら、僕も走っていくけど」

「どうしようかな、たいした火事でもなさそうだけど……」

生返事をしながらポケットに手を入れると、固い紙片の角が指に触れた。取り出してみると、金縁の葉書大のケント紙に明朝体の活字が緑色に刷られている。

本日午後九時よりの集まりに、御招待申しあげます。

差出人の名はなく、一軒の家の場所を示した簡単な地図の後に、彼の名が宋朝体の黒縁金文字で刷り込まれている。

サイレンの音が近づき、手前のビルの屋上越しに、炎の先端がひらりと伸びあがった。炎の残像が鋭い痛みに似た感覚を彼の網膜に走らせたその時、彼はふいに静かで強力な既視感にとらえられた。いつだったかずっと前、引っ越しを数日後にひかえた夜に、やはりこのような招待状をポケットの中から見つけたことがあった。四回の引っ越しのうちのどの時だったかは分らないが、その夜も川岸の火事に出会い、炎を眺めながらこれと同じ文面を読んだことが確かにあった……。

その時、ゆるい傾斜面を流れるともなく流れていた彼の時間が、ふと流れの速度をわずかに変えたようだった。

――橋を渡ってしばらく東へ行くと、道が六車線になって山越えのバイパスの入口に出る。雑草の生えたバイパスの路肩をゆっくり登っていきながら、彼は自分の昔の行為を今再び繰り返しているという強い感覚の中にいた。……弥次馬でごったがえす橋の上から見た、火事の光景。壁に沿って白煙の帯がどんどん這いあがっていき、真赤に照りはえた数個の窓だけがくっきりと川面に映っている。その時消防車が背後を通り過ぎ、群衆に押されて彼は欄干に張りつけられた。いつかも、この橋のこの擬宝珠に胸を押しつけて、川面に映る火事を見ていたことがあった……。そして、次々に彼を追いこしていく車のテールランプが登り坂の先の角を曲がっていくのを、その時もこうして歩きながら見送ったのだ、と彼は思った。

路肩の左手には浅い溝を間に挟んで芝の植わった斜面があり、数十メートル置きに白いコンクリートの急な階段がついている。曲がり角のむこうに幾つめかの同じ階段が見えてきた時、彼は迷うことなくそこへ近づいていった。ポケットの招待状を調べてみなくても、自分が以前にたどった道順をそのまま忠実になぞっていくだけで確実に目的地に着けるのが分っていた。

……さわやかで深い夜気を通してその家の窓明りが前方に見えてきた時も、彼は自分を支配する静かな感覚の持続の中にいた。なだらかな低い丘を背後にひかえて、白木をふんだんに使ったリゾートハウス風の窓明りが四つ、くっきりと浮きたっている。高床式の玄関の階段にふたりの男女が並んで腰かけ、室内からの照明を受けて前庭の芝生に長い影を落としていた。

その時、彼の足は急に歩みを止めた。わけの分らない逡巡が彼の決意をにぶらせ、きちんと並んで彼を待ちうけている二人の姿を闇の中から見つめながら、彼はしばらくその場を動けなかった。気づいた時、彼の足はいつのまにか生垣に沿って左手へ回り、低いフェンスを乗りこえて横手の窓へ忍びよっていくところだった。

「……招待状、ちゃんと届いたんですね」

「少し不安だったんですよ、あんな方法でだったから」

玄関のほうから、あの二人の声が小さく聞こえてきた。すると彼の耳は、芝生を踏んで近づいてくるもうひとつの人の気配をとらえた。

「ここへ来るのは、二度目のような気がします」

と、少し不安定な第三の声が言った。「前に、僕はここへ来たことがあるんでしょうか。僕を知っていますか?」

「我々はあなたを知っていましたけれど、あなたがここへ来るのは初めてですよ。とうとう、やってきましたね」

話し声が玄関の中へ入っていき、彼は壁に張りついて窓明りの中にそっと片眼を出した。

そこは、二十畳見当ほどの細長い部屋だった。木目の浮き出た白木の板が壁一面に張りめぐらされ、その四方にベンチがわりの厚い一枚板が低い位置に取り付けられている。向かい側の壁だけが総鏡張りになっていて、カーテンの影から覗いた彼の片眼が遠くからこちらを見返していた。

三人が右手の扉から入ってきた時、第三の人物の顔はちょうどシュロの鉢植の影になって見えなかった。彼らを迎えるように立ち上がった二十人近い男女の姿がたちまち三人の姿を覆い隠し、再びその男が視界の中に現われた時には、クッションに腰をおろしてこちらに背を向けている薄緑のサファリシャツの背しか見えなかった。

三十分近くそこに立って室内の光景を覗いているうちに、彼は不快感を伴う急激な眠気の幕が降りてくるのを感じた。壁にもたれて芝生に脚を投げ出すと、九月の夜の大気の底には、バイパスの南側の低い山並みがなだらかな稜線の連なりを見せている。丘のひとつの影にはゴルフ練習場のグリーンのネットが投光器の照明を受けて蒼白く浮かびあがり、斜面の四方にひろがる住宅地の虫の音の中に時おり遠いクラクションが断続的に忍びこんできた。

背後の室内からは低い雨音のようなジャズピアノが静かに流れ出していた。レコードに合わせて誰かが人差し指で叩いているおぼつかない鍵盤の音が、いっそう眠気を誘うようだった。——彼らの低い話し声は、完全な調和をそこに示していた。暗黙のうちに仲間同志であることを認めあった集団の、完全な幸福の中に円環を閉じた美しい調和。床のあちこちにじかに置かれた照明具の光を受けて、ゆるやかに踊る無数の人影が床から壁を流れすぎ、芝に落ちた窓明りの中をかすめては消えていく。サファリシャツの男の影も、今では集団の中からそれと見分けることができないほどに、調和の中に溶けこんでいた。

気分の悪さが急激に増し、彼の背はいつのまにか壁からずり落ちてねじれたかたちに地面に投げ出されていた。これが最後に与えられた機会だったのに、途中で道を踏みはずしてしまったのだ。彼を待っているあの二人の姿を認めた、あの時に。この街を出て遠く離れていってしまう直前になって、ようやく与えられた最後の機会。このまま街を出ていってしまえば、彼らは二度と彼を見つけだすことはできないだろう。

大洋の海底に仰向きに沈みこんで遠い水面を見あげるように、彼の眼は膨大な夜気を通して天頂を凝視していた。低い話し声とピアノの音がわずかに遠のき、時間の流れがとろりと間のびしたようだった。

——いつのまにか彼の前に、アップライトピアノの鍵盤があった。今までに一度も触れたことのない、白と黒のキイの列。そっと両手を降ろしてみると、思いもかけず美しい音階が流れ出た。指を動かしてみるとそれは今まで長い間縛りつけられていた鉛板から解放されたかのようになめらかに鍵盤の上を走り、左手がその後を追って的確にリズムを叩きだした。

まわりを取り囲んで、彼の仲間たちがそこにいた。彼らの静かな微笑を浮かべた顔を見渡すと、自分が彼らによって完全に理解されていることが分った。長い前奏が終わり、二十数年間の重い時間からふいに彼の力が解放され、そして彼は口を開いた。

彼の喉から溢れだしたのは、彼が今まで知らなかった言葉でつづられた歌だった。今まで一度も自分の歌を歌ったことなどなかった長い長い時間から解き放たれて、彼は歌った。それは彼の、彼自身の歌だった。

――この先どこへ身を移そうとも、あなたはもう我々の仲間ですよ。

仲間たちの一人の声が聞こえた。

……重い瞼を押しあけて身体を起こすと、南の空の星座が狂ったように回転した。脈搏が異常に亢進していて、無理に立ちあがるとひどい眩暈がしてどっと冷汗が吹き出した。悪寒がして左胸がきりきり痛み、脇に抱えていた薄緑のサファリシャツを無意識のうちに重ねて着ると、彼は壁づたいに玄関のほうへよろけ出していった。

芝生に四角く落ちた玄関からの明りの中に、ひとりの男が立っていた。蜉蝣に似た白い光の斑点が視野に飛散し、こちらを正面から見つめている男の顔は見え分たない。たった今仲間と別れてそこへ出てきた男にむかって、彼は前のめりに近づいていった。二重三重に輪郭のぶれた男の顔はわずかに後ずさりする気配を示したが彼は構わず前進し、四角い光の縁に足を踏み入れた。すると膝が砕けて気が遠くなり、そして彼はその男の姿のあった空間の中へ倒れこんだ。

芝生に落ちた明りの中で、ふたつの影がひとつになった。その影が眼の前いっぱいにひろがり、軽い衝撃と共に視野が暗転した。

その夜、金曜から土曜へと日付けが変わった直後の零時十分過ぎ、自分の歌を歌いおえて仲間たちの家から十歩歩きだしてきたところで、彼は死んだ。

巨人

夜の時刻が真夜中の折り返し点を過ぎてしばらくたった頃、夕方から一度の休みもなく走り続けていた列車はようやく目立たないほどに速力を落とし始め、最後に大きくひと揺れして停止した。その気配にふと眼ざめたKは闇の中で身じろぎし、そのとたん後頭部に鈍い衝撃を感じた。

暗黒の中でぎごちなくあたりを手さぐりしてみると、四方の板壁は眠りこむ前に確かめた時よりもひと回り小さくなっているように感じられる。頭が天井につかえて腰を伸ばすこともできないと悟ったKは、わずかにうろたえた。すると尻の下を硬い片肘で突きあげられる感覚が生じ、その位置から激しい抗議の声があがった。「眼がさめたのならば好加減にこの重い躰をどけたらどうだ。それに早く降りなければ停車時間が終ってしまう。ここが指定された駅なのだ」

Kの躰の下から這い出てきた仲介人はかん高い早口でまくしたて、何も見えないながらもそこに自分の立つだけの床の面積さえ残されていないらしいことを悟ると、Kの膝に踏み登ってきた。「おまえは眠っている間にまたひと回り大きくなってしまったな。おかげでこちらは窮屈すぎて満足に眠ることもできなかったのだ」

仲介人は不機嫌を声に現わして言い、なおも口小言を続けながらKの躰を遠慮なく踏みつけて手さぐりに扉を捜しはじめた。Kもあわてて手伝おうとしたが、何故か眠っている間に天井の裸電球が消されてしまっていたために窓もない箱の中は完全な闇で、四足獣用のサイズではないかと思われる小さな扉のありかはなかなか見つからない。その間にも前後の車輛では乗降客の移動がしきりに行なわれているらしく、そのざわついた気配と共に発車が近いことを告げる不明瞭なアナウンスが壁越しに洩れてくる。ようやく扉が見つかり、間断ない仲介人の叱咤の声に押し出されるようにしてKの躰が箱から転げだした時、列車は大きく身震いしてすでにホームを離れ始めようとしていた。

「何故あのような小さすぎる箱を特別に誂えたりしたのですか。他の普通の車輛ならばもっと楽に躰を伸ばせただろうし、同じ誂えるならば大きな箱を注文すればよかったのに」

後から飛び降りてきた仲介人の躰を軽く胸で受け止めながら、Kは首を伸ばして数時間の自分の容器であった空の車輛を見送った。Kを内に封じこめて眼には見えない距離をここまで移動してきた夜汽車は、客車の連なりの間に特別の家畜運搬用らしい正方形の箱を挟んだまま再びどこことも知れぬ場所へと夜の中を遠ざかっていく。――前日の夕方、Kにはその名さえついに知らされなかった前の街の駅でその正方形の廃車めいた箱が客車の間に連結されて腰を折るようにして中へもぐりこんでいくと、裸電球に照らされた殺風景な空間には種々の家畜のすがれた体臭が四隅から立ちのぼっていたし、また膝をかかえた仲介人と顔を突きあわせて揺られていく間中、隙間風に煽られた獣毛がしつこく鼻腔に忍びこんできたものだった。しかし、今空の箱を連結したまま二本のレールの遠近の消失点へと消えていくあの列車の行く手には、もしかすると〈海〉があるのかもしれなかったのだ。

が、仲介人はKの愛惜に似た気分を打ちはらうように、普通の車輛だなどとはとんでもないと毒づき、Kを陸橋の階段へと促しながら一人言めかした小声で間断なく罵りつづけた。

「眠っている間にこいつの正体が乗客たちに暴露されてしまったりしては、こいつの商品価値がなくなってしまうというものだ。そのためにわざわざ特別の車輛を仕立ててやったというのに、大きさに文句をつけるとは！　不自由な思いをしているのはこの自分とて同じことだというのに」

「でも、あなたと旅を始めたばかりの頃はもっと広い箱で充分なサービスを受けながら街から街への移動ができたものでしたが」

「自分の非を棚に上げて、人を非難しようというつもりか？」

ふいに仲介人は外套の裾を蹴たてるほどの勢いで振りむいたが、周囲の螢光燈の灯の下にちらちらと立ち混じる旅客の人影に気づくと声をひそめ、もっと背をかがめるようにとKに命令した。

「そもそも会社から与えられた旅の予算というものは限られているのだからな。おまえの異常な食費のために経費を切りつめざるを得なくなったところで、非をこちらに押しつけようとは筋の通らない話というものだ。この自分とて最初は旅がこれほど長びくとは思わなかったからこそ布張りの大型専用車輛などを奮発したりしたのだったが、今では自分の食いぶちの心配までしなくてはならなくなっている。まったく、おまえほど売りにくい商品はこの商売を始めて以来初めてだ。充分な売りこみ文句になるほどの芸もないうえに人の倍も寝て喰いたがるとは、まったく無芸大食とはこのことだ」

「しかし、本来今の季節は私にとっては冬眠期間にあたっているのだから眠いのは当然でしょう。不自然な覚醒を続けながら会社の命令で辛い旅を我慢しているこちらの苦労も察してほしいものです。それに私の買い手と目される顧客のリストは会社側の手で作成されたと聞きますが、その作成方針に間違いがあったために顧客めぐりの旅がこのように長びいているのではないでしょうか？」

「それはどういうことだ？」

と仲介人は皮鞄を抱え直しながら鋭く問い返し、Kは八方に階段を分岐させている陸橋の行く手の窓を指さした。

「この街も、昨日までの街々とまったく変わらない外見をしていますね。大陸の内部に無数に点在する平たい窪地に繁殖した街。このような街の内部に、私の買い手となるべき客が存在するとはとても思えないのです。何度も繰り返したことですがもう一度言うならばつまり――」

とKは言葉を切って、かすかに赤面しながらうなだれた。

「私の躰の容積に見あうだけの空間を持つ場所、すなわち〈海〉へ行かなければ、私の買い手は見つからないでしょう」

「こちらも何度も繰り返したことだが、〈海〉などという言葉は聞いたこともない」

仲介人は鼠に似た鼻尖を振りたてるようにして断定し、無知を哀れむ眼付きになると頬を紅潮させた大男の全身をねめまわした。

「〈海〉とは何だと聞き返してみても、おまえは自分も見たことがないから分らないと言うだけだ。そんな話を誰が信じられるものか」

仲介人はさらに言葉を続けて罵倒しようとする体勢になったが、その時Kがふいに、ああ、と呻くような声をあげたのに気づくと顔を硬直させた。Kが背骨を伸ばして長い欠伸の動作を始めるにつれて、汚点だらけの通路の足元に八方に落ちたその半透明の影がじわりと嵩を増し始めたのだ。影はさらに欠伸の膨張運動に加速をつけて見る見る輪郭を押しひろげ、壁から天井へと大きく這い登っていく。

「他人の眼がある、箍《たが》を締めるのを忘れるな！」

押し殺した早口の囁き声に気づくとKは驚いたように欠伸を中断し、自分の腰骨あたりの位置にある仲介人の顔を見おろした。

「早くしろ、おまえの唯一の商品価値を忘れるな！」

……仲介人は、螢光燈の白い暈に縁取られたその大きな顔の中央で薄い涙をためた両眼がまたたくのを見、そしてその眼がうろたえたように不安定な視線を自身の躰へ走らせるのを見た。事態を初めて了解したらしい表情がその顔に現われると、巨大な二枚の手がすばやくその口を覆った。そして不自然に長い苦しげなぶ厚い吐息が指の隙間から洩れはじめると同時に背骨が内側に湾曲し、その動作と共に両肩の稜線の位置が下降してくると、最後に仲介人より頭ひとつ分だけ高い最小限度のKの躰が後に残った。

「——この苦痛、これは常に持続しているものなのですよ、眠っている間も起きている間も」

両手を離したKの顔は、粘土に似た厚い肉を備えているにもかかわらず陰惨に憔悴しているように見えた。

「眠っている時や欠伸の最中に、躰がこの苦痛に耐えられずに無意識に少しばかり箍をゆるめてしまうことがあっても、責めないでほしいものです。——ああ、こんなに自分の本質に反することばかり続けていれば私は駄目になってしまうに違いない。今に、巨人という自分の容積を失ってただの人間になってしまうのではないかと時々思うことがあります」

「その言葉を、他人のいるところで不用意に口にするのではない」

仲介人は短く言い、正面の階段の降り口が矩型にその輪郭を切りとっている窪地の街の夜景と、擦りきれた指示書の地図とを忙しく見比べはじめた。

「この街の連絡員の事務所はここから歩いて三十分ほどだ。これから急いでも指定時間ぎりぎりといったところで、勿論特別誂えの車などを雇う費用はない」

そして矩型の断面をなす駅の出口をくぐったKと仲介人は寒気が鉱物質の固さに凝結した夜の中へと吐き出され、その姿はたちまち微細な二つの点となって網の目状の街の迷路に呑みこまれていった。自分の前にその迷路のかたちをして伸びている三十分という時間線の中に食事の時間が含まれていないことを予想したKは、体内に残されたわずかな溜息を寒気の中へ白く吐いた。

街は、その土地の表皮よりもその裏側により広大な表面積をもつタイプのようだった。駅を中心とした地下商店街を過ぎると、そこはどうやら街のすべての住人を内部に収納した地下居住区らしく、清潔な通路を挟んだ白銀の壁と扉の連なりには何の表示もない。無数に分岐した通路が一定の間隔を置いては集結している多角型の広場に出るたびに仲介人は地図を調べなおしたが、無意味に明るい白銀の空間は冷却された地下金庫室の無表情さで見る者の視線をはね返してしまう。三十分という時間によって限定的に切りとられている筈のその立体的な人工の迷路は、しかし偏執的な幾何学パターンをどこまでも行く手に増殖させているように思われ、その規則正しい反復は無秩序な混乱よりもいっそうたちが悪かった。

この無数の白銀の扉のむこうには、白銀の立棺に収納された街の住人たちが冬眠期間の眠りに落ちているのかもしれない。繰り返し眼前に立ち現われる同じ光景の反復の中でKが半ば眠気の波に呑みこまれかけていた時、先を行く仲介人の背がふいに背骨を立て直して角のひとつを曲がった。反復のリズムを乱すその動きにKがふと気を取り直してみると、仲介人が何の躊躇もなく入っていくその路地の先端の扉は、どうやら店仕舞いした後の簡易食堂の裏口らしく思われた。

「会社の中心機構が世界の裏側にむかってだけ口を開いたものである以上、その末端機構である街々の連絡員が表面を他の表向きの職業で塗布していたところで不思議はあるまい」

仲介人は自分の立場をも弁解するような口調でKの顔を睨み返したが、その気配に気づいて二人を出迎えた連絡員は油じみた前垂れ姿のまま残飯のにおいを纏わらせて調理場から現われ、空腹ならば自分が何か残りものを調えようと気軽な口振りで椅子を進めた。

「今、午前二時二十分ですが」

と二枚の深皿を手に戻ってきた連絡員は仏像に似た眼を細めて柔和に切り出した。「午前三時に出頭するようにと客からの連絡が入っています。このように昼夜の区別もなく急がせるところから見ても、客は――我々はこの人物を〈帝王〉と呼んでいますが――この取り引きにかなり乗り気だと考えていいでしょう」

それは本当か、と仲介人はにわかに皿から眼を上げて叫んだ。

「信じられないことだ。この商品についての曖昧な売りこみ文句を聞いた客はたいていうさんくさそうな様子を示すだけで、面会の約束さえなかなか取りつけられないほどだったというのに」

「巨人であるというこの商品の特徴が、それほど魅力のないものだとは思えませんね。今までの客は、その魅力を充分把握できなかったために気乗り薄だったというよりは、巨人という商品を買いとって自分の所有物とするだけの柄が自分に備わっていないことを感じていたのでしょう。〈帝王〉は、そうではないわけです」

「自分もそれを期待していなかったわけではないが」

仲介人は、明快に言葉を並べていく連絡員のコック帽から視線をそらせると疲労と寒気とで慢性的に潤んでいる齧歯目めいた両眼をしばたたかせ、再び料理の薄い湯気に鼻尖をうずめた。「この商品の価値を認める立場に与するわけではないが、なにしろこの街の顧客はどのような難物を持ちこんでも引きとってくれるという伝説の持ち主だそうだからな。今回の顧客めぐりの旅にしても、行程の最終目的地としてこの街を残しておいたのはその伝説をあてにしていたわけなのだ」

「私もずいぶんいろいろな商品を持ちこんでくる社の仲介人たちを相手にしてきましたが、巨人というのは初めてですね。でも見たところ私とたいして身長が違わないようですが、これはどういうことですか」

連絡員は組み合わせた指の上に乗せていた顎を回して、さめかけた肉と野菜をまたたく間に食べ終えてしまったKを眺めた。

「充分に食べさせていないから縮んでしまったというのではありますまいね？　なんならここでもっと食糧を与えておくことにしましょうか？」

「一皿で充分というわけではないのですが」

Kが初めて口を開くと、とたんに連絡員は驚愕の色を顔に走らせてテーブルから肘を離すと視線をそらした。商品が人間の言葉を喋るということはこの連絡員にとって初めてなのだろうとKは気づき、あわててこの料理は炒め直し方が不充分だったため芯が冷えているのが難点だが味付けはなかなかのものだったと愛想よく言い、さらに言葉を続けて追加の皿を辞退した。

「もっと食べたいのはやまやまですが、これ以上いくら食べ続けても私にとって充分ということはあり得ないのですからどちらでも同じことなのです。本気で食べ始めたならばこの店の食糧貯蔵庫が空になってもまだ足りないということになるでしょうし、私の質量から言っても私の充分な食事とは龍の成獣を丸ごと屠って食べつくすというくらいでなくてはまにあわない筈ですから」

すると横顔をむけて指先で椅子の背を叩いていた連絡員はにわかにうろたえ始め、そろそろ商品を送り出さねば間にあわない時刻だと仲介人をせき立てた。

「出頭時間は厳守されねばなりません。〈帝王〉を待たせて機嫌を損ねてしまったりしては、せっかくの見通し有望な商談がまとまらなくなるでしょう」

「この厄介な商品をつれてもう三箇月近くも旅を続けている苦労が、少しは察しられたのではないかね」

仲介人は貧しい頬に皺を寄せて冷笑を浮かべながら二人の様子を見比べていたが、連絡員の次の言葉でその表情はたちまち硬ばった。

「〈帝王〉は商品が一人だけで出頭することを希望しています。あなたはここで待機して結果の連絡を待って下さい」

とんでもないことだ、と仲介人はその言葉が終わるのを待たずに叫んでいた。「商品を一人歩きさせることは社の方針に背くし、第一それでは自分の仲介人としての立場がなくなってしまう。客と面談して商品の売り込みに努めるのがこの自分の役目だし、万一この商品が自分一人で売りこみに成功したりしてはこの三箇月の自分の苦労というものが無視される結果になりかねないではないか」

「客の希望は絶対と見なすべきだし、第一この〈帝王〉は特別な客ですからね。裏側の世界の権力者としてどうやら会社の中心機構にまで勢力を伸ばしているらしいという信ずべき筋の噂さえあるほどですよ。まさかそれを知らないというわけではないでしょう」

先刻の自分の劣勢を回復させるつもりなのか連絡員は断定的な口調で言ったが、仲介人はそれを無視し、Kの腕をつかんで出口へ突進する構えを見せた。

「たかが間に立っての口ききの言うことなどを、社の中心機構に属するこの自分が唯々諾々と聞き入れるいわれはないのだ」

すると連絡員は足を組んだまま手を打ち鳴らした。それに答えてたちまちばらばらと調理場から複数の足音が駆け出して三人を取り囲み、いずれも調理師見習い風のその若い男たちは連絡員の合図で即座に仲介人を取りおさえてしまった。

「何だこの連中は?」

痩せてへこんだ下腹にゴム引きの前垂れを固く巻きつけた男たちを睨みあげながら、その足下に這いつくばったまま仲介人が叫んだ。

「街ごとに置かれた連絡員は一人ずつの筈で、勝手に協力者や配下の人間を増やすことは厳禁されている。おまえは社命に背いて何か企んでいるな?」

「必ずしも社の利益に背く行為とは言えないでしょう、なにしろこの部下たちは社の最大の顧客である〈帝王〉の意向で私につけられているのですからね。あなたには、改めて奥で飲みものでも差しあげることにしましょう」

連絡員は仏像めいた微笑で眼の表情を隠しながら部下たちに合図し、蓬髪の若い男たちは喚きながら暴れる仲介人を抱えあげると逆様に脚を並べた椅子の列を縫って衝立の奥へと運び始めた。このまたたく間のなりゆきの急変に呆気にとられて突っ立っていたKは、男たちの一人が擦れ違いざまに一枚の紙片を手に握らせていったのに気づいた。見るとそれは、仲介人が持っていた地図の矢印の先端であったこの店から、さらに次の地点へと矢印が伸びている一葉の新たな地図だった。

「この矢印の先には、もしかすると〈海〉があるのではないでしょうか」

男たちに背を押されて出口へよろけ出していきながらKは首をねじって必死に声を放ったが、腕組みをした連絡員はあわてて視線を何もない壁の一点へとそらせて片手で追いたてる素振りをした。

「出頭時間まで、あと十五分しかない」

「待て、この自分を差し置いて勝手なまねをするな!」

遠ざかっていく仲介人の喚き声が殴打の音と共に跡切れた時、Kの躰は最後のひと押しで荒っぽく地下通路へ突き出され、同時に音をたてて扉が閉ざされた。

――そのとたん、Ｋの出現が合図だったかのように突如その場に巨大な秒針の機械音が弾けだした。前のめりによろけだしながらＫはうろうろと頭上に眼をさまよわせたが、見えない無数の拡声器に仕掛けられた時限装置は容赦なく作動しつづけ、奔流のように時を刻む秒針音はたちまち怒濤となって通路から通路へと反響を増殖させた。そして眼が眩んで何も分らなくなったＫは、その波に攫われるようにしていつのまにか全力疾走していたのだった。

夢中になって走り続けていく間Ｋの右手には皺苦茶になった地図が握りしめられていたが、その矢印の方向を確かめてみるまでもなく進むべき道は自然に前へ前へとひらけていった。出頭時間までに残された時間を正確に刻んでいく見えない秒針の音がＫの体内の時間の流れと同化して、限られた時間の最終点めがけて駆ける矢印と化してＫの足を動かしていたのかもしれない。走りぬけていくにつれてたちまち背後へと流れ過ぎる左右の銀白の壁はただ二筋の光の筋としか見えず、Ｋの眼は次々に眼前に立ち現われる新たな直線の通路の先端だけを見すえていた。すべての迷路は常にその中心の一点にむかって収束する。Ｋの足が突き進んでいく道はその原則に従って今はまだ見えないその一点へと傾斜をつけてなだれ落ちていくようだったが、最後の瞬間が間近にせまり始めた頃にはＫの足は痙攣し、心臓の鼓動は耳を聾する秒針のリズムにほぼ近づくまでに切迫していた。

そしてついに、最後の一直線の通路がそこに現われた。流れる汗が染みて奇妙に歪んだ視野の中央で、突き当たりの銀白の扉が見る見る大きくなっていく。Ｋの足はほとんど自動的に最後の距離を一気に駆け抜け、そしてそのままの勢いで扉に体当たりした。その瞬間、刃物の一閃のように秒針音の奔流がかき消えた。

――扉をはね飛ばしながらＫの躰がそのむこうへ倒れこんでいった時、Ｋは一瞬の間失神していたのかもしれない。一瞬の後異様に冷たい床の感触に意識を取り戻したＫは、じんと腹の底まで凍《し》みいる完全な静寂に初めて気づき、同時に眼の前の光景が正常な輪郭を取り戻してそこに立ち現われるのを見た。

秒針音の持続の急激な断絶が後に残した低い耳鳴りを聞きながら、腹這いのままの姿でKは眼下から自分を見あげているもうひとつの顔を見つめていた。耳鳴りの音が衰弱していく遠い送信音のように消えていくにつれてKの乱れた呼吸も静まっていき、荒い息に吹き乱されていた眼下の水面の波紋がなめらかに静まると、そこにK自身の顔の反映像が残った。視線を前方に移していくと、Kの顔の下から端を発して左右へ曲線を描いて伸びていく白銀の回廊の縁ははるかな前方で再び一致し、そこに巨大な一枚の鏡面にも似た正円の水盤を擁している。――戸口からうつぶせに倒れこんできたKの躰は、円型闘技場ほどの容積を持つ室内の床のほぼ全面を埋めた円型の水盤の縁に、首から上だけを突き出す形で腹這いになっていたのだ。

「……巨人というのは、おまえのことか」

静かな声が、はるかな前方から水面を伝って届いてきた。Kは躰を起こし、その眼の視点が平面の視座から立体の視座へと上昇するにつれてそこに開けていく異様な光景に眼を奪われた。

正円の水盤を四囲する白銀の回廊の水ぎわには無数の円柱が規則正しく林立し、静かな水面に正確な倒立像を落としている。あたりの空間を埋めた奇妙な明るさはその数知れぬ円柱や床の白銀の面自体が発光しているためなのか、巨大な室内には物の影さえ生じず、その明るさは上方へ行くほどますます眩さを増して頭上はすでに互いに反映しあう白銀の光環が充満しているとしか見えない。水面を伝ってきた声が見えない天蓋に反響することもなく虚空に吸いとられたように聞こえたのは、もしかするとこの円筒型の部屋の上部がそのまま天球の奈落へと通じていたためなのかもしれなかった。

「おまえは巨人なのか、それとも自分が巨人だと信じこんでいるだけのただの人間なのか」

再び声が水面を伝って届き、Kは視線を水盤の対岸へと移した。ほぼ遠近法の消失点に近いと思われるほどのはるかな前方に一箇所列柱の間隔が開いた場所があり、そこから水面へと裾を没している階段の途中にケシ粒ほどの人影が立っている。

「あなたが〈帝王〉なのですか」

「こちらの正体はここでは問題とはならない。この面会によって明らかにされねばならない問題は、おまえの正体だ」

対岸からの声は、居丈高に断じた。「おまえは自分の身をもって、自分の正体が巨人であるということを証明しなければならない」

Kは周囲の光景に眼を奪われて四方に拡散していた意識の方向を自分の身へと向け直した。あの狂乱じみた全力疾走の間に無意識に躰の〈箍〉がはずれて、今Kの躰はいつの間にか人間界の基準をはずれた大きさに膨張しかけているのかもしれなかったが、それを点検しようにも周囲に基準となるべきものが何もない。するとその考えを読みとったかのように声が対岸から届いた。

「相対的な巨人などというのはいかがわしい商品は必要ではない。こちらが望んでいるのは、絶対的な巨人なのだ」

「私が面会を許された客たちは、誰もがあなたと同じことを望みました。その望みを私が充たすことができるという証明の機会を私に与えて下さい」

Kは答え、〈箍〉をはずした。

一呼吸で、Kの両足は水盤の両端の縁を左右に踏みしめていた。たちまち円柱群の上方に充満した白銀の光環を頭が突き破り、眩さに眼がくらんだKは背を曲げた。片手を降ろすとそこには水面に裾を没した階段があり、Kの躰は今や正円の水盤をまたいで対岸に肘をついているのだった。

「――荒野の地平線からいきなり身を起こした巨人が、野面を越えてふいに顔を近寄せてきたといった風情だな」

Kが階段に鼻先を寄せると、その眼の正面で棒立ちになりながらも男は顔中を覆う鬚の後ろに表情を隠して口を開いた。「遠近法の消失点に位置する一個の点でしかなかったおまえが、今この私の顔を近々と覗きこんでいるという事実は確かに認めよう。しかしただ四つ足で這いつくばっているばかりが能ではあるまい？」

「勿論です」

Kが手のひらを差し出すと、男はそこから肩へと飛び移った。そしてKは立ちあがり、眼を閉じて一気に光のぶ厚い膜を突き破るとさらに高く暗黒に充塡された天球へと身を伸ばしていった。

……星々をくまなく象嵌した天球を背景としてそこから地上を見おろしてみると、異様に引き伸ばされたKの躰が作りだす遠近の彼方にその両足は小さく取り残されて見えた。その周囲を同心円状に取り巻く平坦な街灯の市街図は四方へ広がるにつれてわずかにせり上がっているが、その輪郭は山稜や台地の起伏へと連なってはいかずそのままほとんど凹凸のない平らな地平線の闇へと続いている。

「この土地も平坦な内陸の一部でしかないわけですね。私が今までに旅してきたどの街々の風景も、すべてこと同じく平坦な土地の表皮を平たく這うものばかりでした。この世界にはすでに、地表を見おろす高みやその反対の深淵というものは存在しないのでしょうか？　地上には今や人間たちの躰の基準に準じた尺度の風景しか残されていないというのでしょうか？」

「確かに、他の街々と同じくこの街もまた鳥瞰の視点というものを持たない。塔やあるいは飛行を目的とする機械類の建造をこの私が禁じたのだからな」

Kの肩の上で都合のいい位置を捜して躰を動かしながら、男が言った。その声は、人間の侵犯を許さない天の領域の静まりかえった空白にたちまち吸いとられ、後には身を震わせる寂しさだけが残った。

「鳥瞰の視点とは、絶対の権力を持つ支配者だけに所有を許されるものなのだ。たとえば今のこの私のようにな」

「私が言うのは塔や飛行機械のことではなく、自然の風景のことなのです。人間の躰の基準をはるかに凌駕する風景、つまり山々やあるいは〈海〉のような――」

海のような、と口にのぼせる端から言葉は吸音性の奥深い闇に消えていき、この心細さにKは思わず口走っていた。「だから〈海〉のことなのです。私が本当に聞きたかったのは。あなたの支配する土地に〈海〉の名で呼ばれるものは存在しないのでしょうか？」

　すると上の空で下界の光景に熱中していた男は初めて顔を上げ、「おまえは今〈海〉と言ったのか？」と首をねじってKの横顔を覗きこんだ。

「そのような聞き慣れない言葉をここで耳にするとは意外なことだ。連絡員の口上ではおまえは山を追われてきたということだったが、そのおまえが何故自分の元の住処ではなく〈海〉とやらを捜したりする」

「われわれ巨人族は、たしかに山々を住処として人間の眼に触れないようにひっそり生きていました」

　Kは眼を伏せて語り始めた。「そこに住む間、眼に映った光景といえばただ自分たちの躰の尺度に正しく照応するものばかりだったし、さして精を出さなくとも胃袋の大きさに見あうだけの食物が手に入ったものです。――私がどのようにしてその山々の間で生まれて育ったのかはほとんど覚えていません。気づいた時には、私は一人で陽の当たる谷間から山腹へと長々と躰を伸ばしてうたた寝などをしながら日々を送っていたようでした。だからその頃は〈海〉を捜したりする必要はなく、その言葉は単に幼い頃誰かの膝の上で聞いた昔語りの記憶のひとつに過ぎなかったのです」

　稀薄な大気の層へと言葉を紡ぎだしていきながら、Kの中には遠い記憶の中の土地の光景が浮上しはじめていた。――慎み深く互いに距離をとって一人一人で深山に棲みついていた同族たちの姿。もっとも近い隣人の姿でさえ、数箇月かあるいは数年に一度光景の一端に現われてはすぐに通過していくだけだった。遠い昔の夕暮れ時、斜めからの陽光を受けた峰々の稜線越しに、逆光の暈《かさ》をかぶった巨人の頭部がゆったりと歩み出してきた時の記憶。沈黙の横顔を見せたままその姿は原生林をまたぎ越し、深い山影へと音もなく没していった――。

「私をも含めて、彼らはその頃自分たちが巨人であることを知らなかったのかもしれません。でもそれは、人間たちの姿が我々の住む風景の中に侵入してくるまでのことでした」

　Kは言葉を切り、大気を震わせる風に似た溜息を洩らした。

「その人間たちは、先端に鋸歯や鎌に似た光る刃を備えた機械に乗って、蟻の群のように下界から這い登ってきたのです」

「その機械類をよく調べてみたならば、私の支配する組織の商標が見分けられた筈だがね」

肩の上の男が言った。「先刻も言ったとおり、私以外の人間が鳥瞰の視点を持つことは許されない。たとえそれが眼を持たない峰々であろうともだ。均等に平らに均された一枚の土地の中央で、唯一人それらすべてを鳥瞰することが私の目的なのだからな」

「たしかに、その時の人間たちは我々の住処を一枚の平らな土地に均すことに成功したようでした。混乱の後でふと我に帰った時、私は円形の地平線の見渡せる平野の中央に一人取り残されていたのですから。その時、夕陽の中を地平の八方へと駆け去っていく仲間たちの後ろ姿が見えたように思ったのは私の幻覚だったのかもしれないし、またその後ろ姿が見る見る収縮して風景の一点と化していくように見えたのも気のせいだったのかもしれません。——そして人間たちの姿が私の風景へと今は覆い隠すべくもなく侵入してくると共に、私もまた彼らの風景の中へと入っていき、そして私は自分の身に〈箍〉を嵌めることを覚えたのです」

「そして会社の末端機械の手に掬いとられたというわけだな？」

「巨人には生きにくい世の中でしたから」

Kは再び溜息を洩らした。「自分の住むべき風景を失った私の中に最後に残されたものは〈海〉という言葉だけでした。それは私にとって単なる言葉に過ぎず、それが何を意味するものなのかも分りませんが、ただそれが私たちの新たな住処となるべき風景を有するものに違いないという確信だけがありました。私の仲間たちは私と同じく〈箍〉を嵌めるすべを覚えて人間たちの風景の中に埋没していったのかもしれませんが、あるいはやはり〈海〉を求めて立ち去っていったのかもしれないと思われるのです。それ以来私も〈海〉を捜し続けているのですが、それが見つからない以上自分の身を商品として買い手に売り渡す以外に巨人が生きていくすべはあるまいという会社側の言い分には、納得するしかなかったのでした」

が、反響を伴わず片端から声がかき消されていくこの会話の途中で、肩の上の男はすでにKの言葉への興味を失っていたようだった。突然踵の一蹴りを受けたKは、追憶から醒めると首をひねって横眼で男の顔を覗きこんだ。

「突っ立って長広舌をふるうばかりが巨人の商品価値ではあるまい。少しは歩いてみたらどうだ」

「それは困ります」

Kはあわてて口をはさんだ。「一歩でも動けば地上に破壊をまねくし、こうして戸外で顧客以外の人間たちの視線に身を晒すことさえ本来は厳禁されていることなのですよ。あなたが特別の客だと見なしたからこそこうして特別扱いしていたわけで、じっと身動きせずに立っているのは相当な忍耐を必要とすることなのですからね。そろそろ足が痺れてきたようだから、元に戻らなければ――」

「空に担ぎあげられて綿々と愚痴を聞かされただけでは、商品価値を認めるわけにはいかない。動けないというのならば、せめてもっと大きくなってみせるとかしたらどうだ」

頰の線の影になってほとんどその顔さえ見ることのできない男は、肩の上で苛立たしげに足蹴を続けた。

「この高さではこのひとつの街の鳥瞰図しか得られないではないか。私が望むのはすべての土地の鳥瞰図だ。この大きさがおまえの躰の限界だと言うのか？　限界つきの巨人など、私の求めるものではない！」

「巨人であるということは、巨人であろうとする意志の形態です。その意志の伸びる方向を反対に押さえつけるものがすなわち〈箍〉なのですから、逆に言えば――」

「言葉は必要ではない。身をもって示せと言っているのだ」

「それは勿論可能です。しかし〈帝王〉、私がそれを実行に移した時あなたの視点はもはや地表のすべての鳥瞰図だけでなく、全宇宙の星図の鳥瞰図を獲得してしまうことになるのではあるまいかという不安があるのです」

その時、Kはふいに声を跡切らせた。……それは〈帝王〉ではない、偽者だ。そう叫ぶ仲介人の声が地表からこの暗黒の天の高みまでどうやって届いたものか分らなかったが、声が耳に入ると同時に反射的に〈籠〉が絞まり始め、その意味を正しく判断する暇もなくKの躰は加速度をつけて地上へ撤退しつつあったのだった。

「水盤に踏みこむな、あの水は底無しなのだ！」

目前に白銀の光の渦が迫った時、耳元で男が叫んだ。とっさにKは躰の平衡を保とうとしたが痺れた両脚はかえって平均を失い、膝が砕けて円柱群に接触した。悲鳴のかたちに口を開きながらKは回廊へと腕を差しのべ、男がその傾斜をつたって滑り降りていくのが一瞬眼に映ったが、その時Kの躰は最後の加速をつけて一気に収縮した。盛大な水繁吹をあげて水面が割れ、一瞬後二人の躰は絡みあったまま水中に投げだされていた。

——一拍遅れて水面に崩れ落ちてきた銀白の瓦礫が次々に水を湧きたたせ、煽りを喰って大波の中に浮き沈みしながらKは必死に岸をめざそうとした。深山に棲む巨人であったKが泳ぎを知っている筈もなかったのだが、気づいてみるとKの四肢は不格好ながらも水を掻いて騒ぎたつ繁吹の上に首を出していたのだ。最後の瓦礫が水底に沈みこんであたりの波がしだいに静まってくるとそこには数人以上の人声が聞きわけられ、岸の方向を求めて周囲を見渡したKは、冷気に覆われた水面に十数人の頭が波紋をひろげているのに気づいた。

「おまえはこっちの頭の上に落ちてきたのだぞ。決死の思いで後を追ってきて偽者に騙されていることを教えてやったというのに、これは何という忘恩だ！」

見ると、すぐ脇で無器用に水を飲みながら喚いているのは、乏しい頭髪が頭蓋に貼りついてますます鼠に似たあの仲介人だった。

「見ろ、あれが〈帝王〉その人だなどと、無知とはいえよくも騙されたりしたものだ」

凍りつく寸前の水の冷たさに間断なく歯を鳴らしながら指さす方向には、激しく咳こんで浮き沈みしている見慣れない顔がある。その顔が何か叫びながら水面を叩くと、水盤の四方で立ち泳ぎをしていた数人の人影がたちまち抜き手を切って、八方から放射状の水脈《みお》を曳いて馳せ集まってきた。

「あれはあの連絡員だったのですね？」

Kは叫んだ。水に濡れて付け鬚が取れた男の顔は、コック帽を脱いだあの仏像めく顔だったのだ。

「あいつは裏切り者だ。組織の人間であるにもかかわらず、たとえ相手が重要な顧客であるとはいえ組織外の人間の側へ寝返ったのだからな。私に対する不当な扱いがその証拠と言えるが、しかし〈帝王〉の偽者になりすますとはいったいどういうことなのだ？」

「私は確かに今や組織側の連絡員などではない。しかし〈帝王〉の偽者などと言われるのは心外なことだ。私は自分が〈帝王〉その人だとは一度も口にしなかったではないか」

物を言わない蓬髪の男たちの一団に躰を支えられてようやく正常な呼吸を取り戻した男は、二人との間の距離を目測しながら用心深く言った。「私のことは今から、〈帝王〉の代理人と呼んでもらおう。すなわちこの資格において私の口にした言葉は、文字どおり〈帝王〉が私の口を借りて語った言葉だったのだ」

「では〈帝王〉はどこにいるのです？　代理人と称する以上あなたはそれを知っている筈でしょう」

「たかが商品の分際で直接〈帝王〉に会おうなどと甘い考えを起こすのはよしたほうがいい。所有物のコレクションがひとつやふたつ増えようが減ろうが、〈帝王〉はいちいち気にとめたりはしないのだ」

「たとえその商品が巨人であってもですか？」

Kは思わず声を高めた。配下たちに肩車された元料理人兼連絡員の代理人は、どうやらこの不安定な場所での議論の応酬に乗り気ではない様子で、退却の気配を見せ始めていたのだ。

「巨人という商品を扱うのは初めてだとあなたは言った筈です。それでも〈帝王〉は私に商品価値を認めないだろうと言うのですか」

「確かに、私が巨人という商品を扱うのは初めてだ。しかし、〈帝王〉は私以外にも無数の代理人たちを持っている。その代理人たちもまた私と同様巨人を取り扱ったことがないとは、言いきれないではないか」

その言葉の意味を悟った時、Kの躰は水を蹴って前方へ飛びだした。が、同時に代理人の合図が下っていたのか蓬髪の男たちもすばやく方向転換して水を切ると、一気に水脈を曳いて彼方の白銀の岸へと逃走しはじめていた。「待って下さい。すると〈帝王〉はすでに別の巨人を所有しているというのですか?」と上ずった声をあげたKは、その時肩をつかんで引き止める仲介人の声に気づいた。

「これは困る、自分は商品を売りつけるのが商売なので、プールの中で競泳や殴りあいをすることまでは義務づけられてはいないのだ」

見ると、一人取り残されることに恐慌をきたしたらしい様子の仲介人は顔面を引き攣らせ、鼻先まで水に沈みながら焦点のあわない視線を水底へと向けている。「それにこのプールは何だ? 底無しだという話だが、水源はちゃんと制御されているのだろうな?」

「離して下さい、〈帝王〉に会わなければ。〈帝王〉の所有するもう一人の巨人に会えれば、きっと〈海〉の正体とその在処が聞きだせる筈です!」

仲介人の躰を突き離したKは、しかしたちまち必死の力でしがみつかれて一瞬水に沈んだ。透明な水の層に入り乱れる光の縞が視野いっぱいに溢れた時、Kの耳は水底から伝わってくる異様な気配をとらえた。水面の白光を反映して幾重にももつれあった光の縞が、今その中央部から大きく崩れて八方へ盛りあがり、その後を追うように底から浮上してくる豊かな水流が見る見る水面へと迫ってくる。

「水を制御していた力が、今の騒ぎでバランスを崩したのだ!」

矢のように水を吹いて踊りあがった仲介人が叫んだ時、鉱石の切断面に似た動かない正円の水盤は一挙にその表情を崩していた。だしぬけに水面いっぱいに皺が生じて白光の斑《ふ》が散乱したと見たとたん、水面が倍に膨れて、豊かな水柱がそこに立った。円柱群の円陣の中央に垂直に踊りだした水柱はやがて先端から砕けると繁吹をあげて八方に崩れ、たちまち津波となって一気に走りだすと同時に、Kと仲介人は波に呑まれて離れ離れになった。喉を切り裂く氷に似た鉱物質の水を飲みながらKが波間に顔を出した時、階段を登りかけていた数人の人影が津波につかまってたちまち列柱群の彼方へと押し流されていくのが一瞬小さく視野の片隅に映ったが、その時Kの耳は怒濤の間を縫って伝わってくる哄笑を聞いた。

〈卑小なやつめ〉

列柱の彼方の見えない向こう岸から響いてくる野太い哄笑は、最後に千々に反響しあうひとつの声となって言った。〈おまえたちがいくら足掻こうが私に近づくことなどできはしない。そういう約束がこの世界にはすでに出来あがっているのだ〉

「〈帝王〉！」

ひと声叫ぶと、Kは煌く水流の波頭に踊りあがって一直線に泳ぎだした。が、吐く息がたちまち霜となって唇に凍りつく寒気の中で四肢はすでに自由な動きを奪われ、にわかに水勢を増した流れに乗って水没した階段の上を越えると、白光の暈に頂きを没した列柱群の向こうには闇の中へと連なっていく暗い水面がさらに拡るばかりだった。

おまえ一人、行かせるものか――。

いつか再び豊かな低音の哄笑と変わった声が鳴り響く無数の鐘の音のように頭上に交錯しはじめた時、はるかな後方から最後の泡を吐きながら沈んでいくひとつの声が伝わってきたようだったが、Kはもはや凍えた四肢を水の意志に委ねて行方も知らず押し流されていくばかりなのだった。


無言の大洪水からどのようにして脱けだすことができたのか、K自身にも確かな記憶はない。気づいた時、Kは乾燥した銀白の床を踏んで再びあの迷路の反復の中を歩いていた。そこが一般の地下居住区の通路なのかそれとも広大な〈帝王〉の邸内の一角に当たるのかKには分らなかったが、確かなことは今Kの上に進むべき方向を示す矢印が与えられていないということだった。あのきびしく痩せた蓬髪の男たちや白蠟製の仏像に似た代理人の姿も、今は見えない。ましてその上に立つ〈帝王〉自身の口からはっきりと拒絶の意志を伝えられた以上、Kの足が迷路の中から正しい進路を選び出して〈帝王〉の元へと招きよせられる筈はなかったのだった。

だから、遠近法の消失点まで連なっていく直線の通路のひとつで、Kが唐突に足を止めてその扉の把手に手をかけることになったのは偶然のことに過ぎなかったのだし、その時Kが覗き見というかたちでしか扉のむこうの光景に参与することができなかったのは当然のことと言えた。

〈――これは今夢を見ているのだろうか。眺めたりさわったりすることはできても、これが見ている夢までは所有できないというわけだろうか〉

連綿と続く一人言の断片が、扉越しに洩れてくる。が、手の中の把手は力まかせに捩っても微動だにせず、Kは銀白の床に膝をついて鍵穴に片眼を当てた。

〈しかし、私がこれの所有者である以上私はこれの見ている夢ごとこれを所有していると言えるのではあるまいか?〉

鍵穴のかたちに限定された視野の中には、最初銀白の光芒が瀰漫した奥深い空間があった。眼の位置をずらせて視線を動かしたKは、その時とほうもない遠近を備えた人体の一部――蛇のようによじれて横たわった裸の背の、背骨の一関節分――を見た。

〈巨人の夢の所有者！　しかし、巨人は何の夢を見るものなのだろう?〉

「もう一人の巨人――これは女だ！」

Kは叫んだ。弾けるように飛び起きて把手を揺ってみたが頑丈な鍵は動かず、あわてて左右を見まわして隣りの扉に飛びついてみてもやはり同じことだった。そしてKは次に同じことを繰り返しながら扉から扉へと体当たりしていき、そのたびに冷たい金属製の拒絶が返ってくるのを確かめた。どの扉の鍵穴から覗いてみても、そこには鍵穴のかたちに切りとられた眠っている巨人の女の躰の一部分が窺われるばかりで、一人言の声の主の姿は見当たらない。「あの巨人が〈帝王〉に所有されながらも死をまねたような眠りの中で夢を見ているのだとすれば、それは〈海〉の夢に違いない」

人間の視覚が備える遠近法の出発点から消失点まで伸びている白銀の通路をKは狂ったように走り抜け、突きあたりからさらに直角に曲がって伸びる新たな扉の連鎖がそこに開けているのを見た。同一の四本の通路によって口の字型に囲まれたその部屋は、内いっぱいに長々と横たわった一人の女の躰を封じこめたまま無数の扉の口を閉ざしてKを拒絶し、Kがその無数の覗き穴を通して得たものは右肩を下にして息もたてずに眠っている女の姿の数百に寸断された断片だけだった。豊かな髪に覆われた頬の一部、銀白の床に押し潰されて形の至んだ半球型の乳房、軽く折り曲げられている膝、堂々と張りきって真珠色の照りを放っている肩や尻の丸み――。悪夢的な寸断屍体に似たその数百の断片がKの眼の中に堆積していくにつれて、そこにあるのはもはや部屋を埋めた一人の巨女《おお》ではなく、ばらばらに分解されて投げ出された無数の屍体の破片としか思われなくなった。突然、言われのない直覚の閃きによって、Kはその部屋が洪水がすっかり引いた後のあの水盤の底に位置しているのだと悟った。底無しの水の水源地に、〈海〉の夢を見ながら眠っている女がいたのだ。

〈水源というものは常に正しく管理される必要がある。それが所有者の務めというものだ〉

細々と続いていた一人言の声がふと高まった。四本目の通路の途中でついに息が切れて座りこんでいたKは、脇の扉に飛びついて中を覗いた。中空に高々と突き出た左肩の一部分がそこにあり、見守るうちにその稜線をよじ登ってくる一匹の蠅に似た人影が視野の中央に現われた。――〈帝王〉の姿は、その声だけが独立していた時の圧倒的な威厳に比べれば見る影もなく矮小に思われ、痩せ干涸らびて猿人の骨格をさらけだしている気の触れかけた老人としか見えなかった。

〈ふん。巨人が冬眠するものだとは聞かされていたが、その間に夢まで見るものだとは思いもよらぬことだったな〉

〈帝王〉は無遠慮な視線で足元の巨人の姿を眺めまわすと、片手に下げてきたものを前に取り出した。Kは、扉の口が開かれたままゆらゆら揺れている空の鳥籠を見た。

〈夢を見るだけの巨人ならば、それにふさわしい姿になってもらうことにするとしよう〉

言葉と共に〈帝王〉の手が籠の扉をつかみ、大きくあけ放つのが見えた。と同時に、突如Kは〈帝王〉の意図を知った。

「駄目です、やめて下さい。その人を起こして〈海〉の夢のことを聞かなければ！」

悲鳴に似た声をあげるより速く、〈帝王〉は鳥籠をつかんだまま見えない床へと滑り降りていた。Kは悲鳴をあげ、飛び起きると同時に隣りの扉へ突進した。が、その鍵穴からも次の鍵穴からも〈帝王〉の姿は見通せず、女にむかって叫びかけてみたところで、千の鍵穴によって千に分断されたばらばらの断片にKの言葉が通じる筈もないのだった。

最後の扉にとりついた時、Kは女の腰の後方の床に立って鳥籠の扉を突き出している〈帝王〉の姿をとらえた。

「駄目だ！」

Kは鍵穴から飛びすさると両足を扉に押し当て、通路に腰を落とすなり〈箍〉をはずした。一呼吸でKの背は対面の壁に突きあたり、腕を天井と床に突っぱるとKはさらに〈箍〉の力をいっぱいに解放しながら扉を押した。筋肉の震えと共に天井から壁に亀裂が走って塗料が剝落しはじめた時、鈍い音がして扉がたわみだした。そして突如扉はむこうへ倒れ、障害物のなくなったKの躰はそのまま一気に部屋の内部にむかって膨張していった。

「〈海〉の正体は？　その在処は？」

叫びながらKが眼を見開いた時、空の鳥籠はすでにその効力を発揮していた。女の躰は腰を曲げる動作と共に見る間に収縮し、その腰の後ろに口を開いた鳥籠にむかって四肢の蝶つがいを折り畳みながら吸い寄せられていくと見たとたん、尻から扉にたぐり込まれるとくるりと丸くなって白い固まりと化した。

「〈海〉が――！」

叫びながらも〈箍〉を締め忘れられたKの躰はさらに膨張しつづけ、銀白に湧きたつ光芒の氾濫がたちまち視野を巻きこんだ。そのはるかな足元で白い固まりを封じこめた鳥籠を持つ人影はすでに微細な点としか見えなかったが、そこからとめどなく湧き起こってくるからからと哄笑する声はKの躰の成長速度をさらに超えて頭蓋を取り囲んだ。その万の反響の中で四方の壁がもろくも崩壊しはじめる気配を感じたと思った時、Kは長い失神の中へと落ちこんでいた。

——Kが眼をさましたのはそれから数秒後のことだったのかもしれないし、あるいは失神と同時に本来の冬眠期間の眠りに落ちこんでいて春の訪れと共にようやく眼ざめたのかもしれなかった。が、Kの躰が横たえられていた銀白の通路には時間の経過はおろか季節の推移を示すものなどは何もなく、ただその光景と自分の躰の大きさとを見比べていつのまにか〈箍〉が嵌まっていたことだけが分った。

その後何日かの間、Kは立体の地下迷路を目的もなくさまよい続けた。どの扉もKを拒絶することなく容易に開かれたが、そこには一様に銀白の壁と床を持つ空の立方体の空間があるだけで、たとえそのうちにあの水盤を擁した部屋に通じる扉にめぐり会えたところで、そこにもやはり同じ銀白の色をした空虚しか見出せない筈なのだった。

何日目かに、Kは数人の人声が洩れているひとつの扉に出会った。近寄ってみるとわずかに開いた扉の隙間から銀白の室内の壁が見え、その上に入り乱れて動いている十数個の人影があった。

〈これは、夢の卵なのだ〉

ひとつの声が言い、一人の人影の腕が壁を動いてそこに大きく伸びた鳥籠の影を指さすかたちを取った。

〈夢の卵。これは、《海》の夢を見ている巨人の夢を見ている卵なのだ〉

鳥籠をいっぱいにふさいだ一個の卵のかたちの影がそこにあった。声に続いて数人の低い忍び笑いが起き、その中に代理人や溺死した筈の仲介人の声も混じっているように思われたが、それも確かなことではなかった。

〈同じ巨人を所有するとはいっても、なんと独創的な方法であることか〉

〈なんという贅沢な所有！〉

〈しいっ〉

ひそひそと囁きあう声はふいに跡切れ、壁の人影が大きく床に流れて視野から消えた。が、Kは中へ踏みこんでいこうとはせず、そのままひっそりと背をむけた。

その時、Kの体内に息を潜めていた底深い空腹感はたちまち胴の表皮に内接する一本の空洞にも似た空虚となってそこに大きな位置を占めた。人間の風景の中へと降りてきて以来人間の基準に合わせた食事でしか補充されていなかったその空虚は、今や食物であるか否かにかかわらず外界のすべてを吸引しつくしてしまうばかりに奥深いものと化し、それは空虚のかたちを取った巨人の寂しさとも思われた。

それに、〈海〉を捜しに行くという目的もまだ残されている。

——すると、その考えに感応したかのように〈箍〉の鍵がはずされた。たちまち肩に背にはらはらと零《ふ》りかかる砂塵に似た金属片の雪崩が生じ、頭部が最後の障壁を破ってKが半眼の眼を正しく見開いた時、そこには薄光る午後の天球があった。その時街の人間たちは、街の稜線の一角から音もなく立ちあがった一個の巨人の姿が静かに風景を侵蝕して盛りあがっていくのを目撃し、そしてその口からひとつの風に似た声が洩れだすのを聞いた。

〈さしあたり、地上に出てから自分のなすべきことはまずその場のすべてのものを喰いつくすことだ。たとえそれが食物であろうと風景であろうとも〉

巨人は奇妙に明るい空のへりを行く雲へと首をめぐらし、地上への第一歩を踏みだした。

蝕

月蝕の夜、メッセンジャーのガラが油漬けの燻製卵の輪切りを齧っているとメッセンジャーのメッセンジャーが店の扉をあけて入ってきた。女たちが追加注文の深皿を手に走りまわる中、その黒衣の男が近づいてくるのに最初に気づいたのは店の主人で、総鏡張りの調理台の壁の中に男の姿が動くのをいちはやく発見したのだった。

今夜は卵の輪切りに倉庫で少し腐敗させた葡萄、それから真珠玉をそえたコップ入りの酢の注文が多いようだ。月蝕の夜にはいつもあることだが。

という意味のことを主人は言い、鏡張りの壁にむかって酒を調合しながら肩越しに来訪者を指さしてみせた。ガラは振りむき、メッセンジャーのメッセンジャー——すなわちメッセンジャーを仕事に呼び出すためのメッセージだけを運ぶメッセンジャーの姿を認めた。

市長からメッセンジャーへのメッセージ。

男は規定どおりにメッセージの発信者からの伝令を復唱し、固く巻かれた羊皮紙をガラに手渡した。見ると、羊皮紙の筒の中央を正確に五巻きした皮紐の結び目は、規定どおり一かけらの赤い蠟で封印されている。規定が正しく守られていることにガラは満足し、脇に直立したまま待機している男にねぎらいの言葉をかけた。男は——鍔広の帽子を眼深にひきおろしているのでその表情は明らかではなかったが——顔の下半分を紅潮させたが、しかしなおも退出しようとはせずにじっと立っている。鍔の影からの視線がこちらの手元を一心に窺っているのに気づき、ガラは封印を破ろうとしていた手を止めた。

メッセンジャーのメッセンジャーという使い走りの分際で、メッセージの中身を盗み見ようとするとは何事だ。渡されたメッセージの中身を運搬の途中で読むという特権は、この自分、市でただひとりのメッセンジャーだけに許されているのだからな。

ガラは声を荒げて罵り、男がわずかに後退する気配を示しながらもまだ羊皮紙の筒から眼を離さないのを見てさらに罵倒の声を放った。

最近のおまえたちの反抗的な態度は眼にあまる。メッセンジャーのメッセンジャーであるおまえたちは、この自分に奉仕することだけが役目だというのに、自分あてのメッセージの中身に分を越えた興味を持つとはどういうつもりだ?

つめよるガラの勢いに押されて男は一歩ずつ後ずさり、店の板間に林立する柱のひとつに背中をぶつけて平たくなった。すると鍔広の帽子の縁が震え、男は必死の抵抗の構えを見せた。

面とむかっての反抗は予期しないことだったので、ガラは驚くと共に思い出したことがあった。市庁舎の奥にあるメッセンジャーのメッセンジャー用の控え室がこの頃奇妙な活気を示しているという報告を受けた市長とその補佐官が、ある夜ぶ厚い名簿を片手にその部屋へ忍んでいったことがあったという。が、名簿には百と七人の名しか登録されていないにもかかわらず何度も数え直してもそこには百と八人の人影があり、以来毎夜一人ずつ人影の数が増え続けているというのだ。床に円陣を描いて座った彼らは夜ごと深夜を過ぎるまで激しい議論を戦わせているといわれ、その大きな身振りを伴う彼らの影が窓に映るのを目撃した市の住人たちは、メッセンジャーのメッセンジャーたちの間で進行している陰謀は百と八人目以後の人影に関係しているに違いないと噂しあっているのだった。

おまえたちの陰謀にこの自分が気づいていないとでも思ったか。

ガラは咀嚼された茹卵の黄身のかけらを男の帽子の鍔まで飛ばしながら難詰した。

——陰謀とはいっても、おまえたちが自分自身でそのようなことを思いついたのではあるまい。街の噂どおり潜入者たちに分を越えたことを吹き込まれてのことなのだろうが、その潜入者とはさだめし街路に巣喰うあの警官たちだろうな？

が、警官という言葉を聞くなり男は昂然と背筋を伸ばし、ガラの憶測を否定した。

メッセンジャーのメッセンジャーともあろう者が、卑しい警官たちなどを陰謀に荷担させる筈があるまい。この陰謀は、あくまで、我々メッセンジャーのメッセンジャーたちとおまえとの間のものなのだ。

と男は鍔から卵黄のかけらを振り落として、ガラに指を突きつけた。

市でただひとりのメッセンジャーという地位がいつまでもおまえだけのものだと考える根拠はあるまい。おまえがメッセンジャーとしての任務にただ一度でも失敗すればとねらっている者は多いし、もともとメッセンジャーのメッセンジャーなどというものになるような人間はみんなおまえの地位をねらっている者ばかりなのだからな。

すると、百と八人目以後の人影というのはいったい何者だ。おまえがその潜入者なのではなかろうな？

ガラが叫んだ時、板間いっぱいに溢れた店の客たちの喧騒が突然倍に高まった。あちこちでコップの砕け散る音と小さな破裂音が続けざまに起き、女たちの悲鳴の中に真珠が、と叫ぶ声が複数に重なりあった。

今夜の真珠は欠陥品だ。酢に溶けるどころか、これはいったい何事だ。

口々に叫ぶ客たちの間を見回すと、蠟燭が倒れてすべての灯が消えた店内のテーブルの上で次々に柔い爆発音が起きては半球型の光が湧きあがっている。その時ガラの脇のテーブルで一人の客が真珠玉を酢のコップに投げこみ、周囲の客たちが引きとめる暇もなくいきなりそれを攪拌した。酢の底で微細な気泡を肌にまつわらせた真珠玉が突如激しい沸騰を始めたと見たとたん、閃光と共にコップは爆発した。四散したガラス片の中央には人の頭ほどの湧きたつ半球型の光が残るだけで、溶けた真珠を含む液体の蒸気が瞬時に光の粒子と化したものらしい。

真珠が爆発しては、飲物にならないではないか。

客たちは口々に怒りの声をあげ、女たちは意味のない悲鳴をあげながら盆を抱いて走りまわっている。テーブルごとに半球型の輪郭を見せた真珠母色の光球は内部にめまぐるしく飛びかう羽虫に似た光の粉を封じこめたままいつまでも発光しつづけ、その光を下方から受けた人々の影が入り乱れながら床から壁へと大きく流れると共に、天井には水面の波紋の照り返しに似たゆれ動く影が淡く繰りひろがっていった。その様子を呆然と眺めていたガラは、ふとあの鍔広帽子の男の姿が見えないのに気づいた。

今、月蝕が始まっている。

騒ぎに背をむけたままコップを磨いていた店主が、急に落ちついた声をあげて総ガラスの壁を指さした。見ると、店内の無数の光の半球を映しだした大鏡の上方にひろがる闇の一角に、欠けはじめた白い月球がくっきりと浮きたっている。後方を見渡してみても半地下の店内に窓はなく、重い木の扉も閉ざされているとあっては戸外の月球がこの鏡に映るはずがない。そのガラの様子に気づいたのか店主は鏡の中のガラにむかって重々しく頷いてみせ、鏡がすべてのものを増殖させる機知を持つものだとすれば見えないものの姿を増殖させたところで不思議はない、と説明し、裏に水銀を塗られた板ガラスでさえその程度のことはできるのだから市庁舎の奥の一室で人間たちが自己増殖したからといって驚くほどのことはない、と付け加えた。

まして今夜は月蝕の夜なのだから、酢の中の真珠玉が爆発するくらいのことは当然起きておかしくはない筈だ。もともと月蝕というものは、腐敗する葡萄とか酢に腐蝕される真珠玉、あるいは固く茹でた鶏卵やすべての女たちに大きな影響を与えるものなのだから。

するとそれを聞いた客たちは騒ぎをやめ、次々に酢と真珠と葡萄と卵の追加注文を出し始めた。殺到する注文をさばこうとして飛びはねるように走りまわる女たちの姿を鏡の中に眺めながら、ガラは店主に市庁舎の奥の出来事についての詳しい解説を求めたが、店主はもしかすると月蝕とはすべての地上の陰謀にも影響を与えるのかもしれない、だいたい月が欠けるなどという不合理な出来事は天上の陰謀によるものとしか思えないではないか、としか答えようとはしなかった。

ただ三十分ほど前、尾行の警官たちをぞろぞろひきつれた鍔広帽子の男が街路を歩いてくるところがこの鏡に映った。その片手には羊皮紙の筒が握られていたようだったが、今は警官たちが物影にひそんで見張りでもしているのか一人も姿が映らないようだ。

店主に言われてガラはあわてて四方を見渡したが、あいかわらず爆発し続けている真珠玉の閃光に眼を射られて客たちの正体を判別することはできない。まだ片手に握ったままの羊皮紙の筒に気づいて、ガラは急いで封蠟をはがし始めた。

その後に続いて起きた出来事の全体については、ガラ自身も完全に説明することはできなかった。一人の女が近づいてきて、コップがもう全部破裂してしまってこれ以上酢の注文に応じることができないと店主に訴えた時、店主は左手の壁の全面を埋めた切子ガラスの杯のコレクションを指さしてあれを使うようにと指示したのだったが、その時、ちょうど皮紐をほどいて羊皮紙を広げたガラの背後に、誰にも気づかれないうちに百と七人をはるかに越えるメッセンジャーのメッセンジャーたちがいったいどうやって隠れていられたのか、それは誰にも説明のできることではなかった。

羊皮紙を肩越しに覗きこもうとわっと殺到した人垣に押し潰されて、ガラの躰はひとたまりもなく店主の背中へと弾き飛ばされていった。振りむいた店主の胸にガラの頭が正面衝突し、その勢いで店主の背が大鏡にぶつかった。続けざまに起きた真珠の爆発の閃光と羊皮紙を奪いあう百数十人の黒帽子の男たちの姿が一瞬大鏡いっぱいに映し出され、と同時に店主の背の影から端を発した亀裂が見るまに鏡面を覆いつくし、欠けた月球の映像を分断した。

落雷に似た大音響と共に壁一面の鏡面がくずれ落ちたのと、乱闘の中で羊皮紙が粉々に引き裂かれたのとはほとんど同時だった。無数の腕が奪いあう羊皮紙の切れ端のひとつをガラも一瞬だけ奪いかえすことができたが、重要な仕事、詳しくは会ってから、という文字が読みとれた時にはその切れ端さえもう手の届かないところへ消えていた。客と女たちをも巻きこんだ乱闘の渦の中心からガラの躰はいつのまにか扉の前へ押し出されていき、夢中になって叫び声をあげ続けるガラはその時視野の片隅にある合図に似たきらめきを感じた。店の左手の壁全面を埋めた棚がゆっくりと人ごみの頭上へ傾き始め、閃光を浴びて切り子面をほのかに輝かせた数千のガラスの杯が危い均衡を崩そうとするところだった。

——風圧で木の扉が街路へ吹き飛ばされ、真珠と鏡とガラスの破片と共にガラの躰はマリのように扉の後を追って転げ出していった。冷たい石畳に肘をついてなんとか起きあがりかけた時、ガラの眼は店の二階と三階の窓から次々に転げ落ちてくる無数の人影を見た。店の女たちの白い顔や黒い鍔広帽子の男たちがほとんどだったが、その時蝙蝠傘に似た警官たちの外套が一瞬たしかに視野の端をかすめ去ったようだった。——街路の真上に照る欠けた月球を見あげたガラの胸の内に、今夜の地上と天上との複数の陰謀の裏には街に住むという魔術師の影があるのかもしれないという疑惑が初めて浮かんだ。

深夜の市庁舎は意外にも灯を煌々と点した窓を闇に無数に浮きたたせていたが、玄関に入ってみると中に人気は全くなく、市長は不在だった。明るいホールでガラを出迎えた補佐官は眠りの足りない陰惨に浮腫んだ顔で、市長は待ちきれずにおまえを捜しに行った、市庁舎へ出頭すべき時刻はメッセージに明記されていたというのにこの遅滞はどういうことだ、と腫れぼったい瞼の影からガラの全身をねめつけるのだった。

今夜は異例の重要なメッセージを運んでもらう仕事がある。仕事にかかるのが遅れれば遅れるほど警官たちの妨害を受ける可能性が増してしまうではないか。

そこでガラはメッセンジャーのメッセンジャーたちによる妨害をすぐに受けていることを報告し、異例の重要な仕事というのはやはり魔術師に関係があることなのかと尋ねた。

その言葉を軽々しく口にしてはいけない。

と補佐官は浮腫んだ顔をあわてて引き吊らせ、そのような重要なことについて説明する権限は自分にはないのだから一刻もはやく市長に会って直接聞くがいい、とガラを追いたてた。背中を押されながらガラは、メッセージの発信人かあるいは受取人かのどちらかが魔術師なのではあるまいかと尋ねてみたが、補佐官はもう何も喋るまいと決心したらしく無言のままガラを玄関先の石段に追いたてると音をたてて扉を閉ざしてしまった。市庁舎前広場の石畳の空間はひえびえとして月の奇怪な影に隈どられ、見渡したところ鍔広帽子や蝙蝠傘に似た警官たちの外套は見えない。広場の八方に口をあけた街路のどのひとつに入っていけば市長にめぐりあえるのか見当もつかず、ガラは溜息を漏らしながら再び市庁舎の壁を見あげた。そのとたん、後頭部を石畳にぶつけそうな衝撃を受けてガラは叫び声をあげた。

ガラの眼の前に垂直に切りたった五階建ての市庁舎の壁が、視野いっぱいをふさいで、大きく頭上に傾きかけてくるように見えたのだ。が、よく見るとそれは上空を背後から前方へと幻惑的な速さで水平に流れていく夥しい雲の群が建物の背景になっているための眼の錯覚にすぎず、何者かの陰謀で市庁舎が破壊されようとしていると思ったのはガラの気の迷いだったのだった。不覚にも速まった心臓の鼓動を静めようとしながら、ガラはわざともう一度正面の尖塔を見あげ、その突端にかかった月球が先刻よりずっと欠けているのに気づいた。

それも、予兆だ。

背後から聞き慣れない声がかけられ、ガラは振りむいた。つい先刻まで誰もいなかった筈の石段の下に、寝巻じみた白い長衣を身につけた人影が立っている。ガラの真正面からの凝視を受けてもその人物は憶する様子もなく取り澄まして、小指を反らして服の裾の皺を伸ばした。

予兆というと何が？　月蝕か、それともこの壁が傾いてくるように見えることが？

すべてが予兆だ。私には分かる。

とその人物は言い、おまえに分らないのは無理もないことだが、と付け加えた。腹をたてて罵り返そうとしたガラは、ふと奇妙なことに気づいて声を呑んだ。相手の足元を中心とした石畳の敷石がその八方へと放射状に長い影を宿し、その身動きに従ってちらちらと揺れ動いているのだ。市庁舎の窓灯を背後から受けて前方に伸びていた筈の自分の影がいつのまにか後方に移っているのを発見したガラは、眼の前の人物の躰が発光して周囲の物の背後に影を生じさせているのだと気づいた。

おまえは、＊＊という名の人間では——ないだろうな。

とその奇妙な人物は耳慣れないひとつの名を口にし、自分がガラから見おろされていることに不満を持ったのか急にあわただしい羽音をたてて中空にせりあがってきた。自分はその名の人間ではないしそういう名に心当たりはない、とガラはあわてて口早に答え、中空の発光体がいきなりこちらへ水平に突進してくるのを見て石段に尻餅をついた。が、相手はそれにかまわず前のめりの姿勢で勢いをつけるとガラの頭上を越え、少しよろけながら玄関の扉の前に降りたった。灰色じみたニワトリの翼そっくりの背中の代物は地上での平衡を保つにはあまり適していないらしく、腰をかがめて平均をとりながら羽づくろいをして邪魔ものを畳みこもうとするその様子をガラは座りこんだまま眼を見開いて眺めていた。

私は、メッセンジャーだ。

異形の人物は、少しばかり左右が喰い違った形で折り畳まれてしまった翼を気にしながらようやく口を開いた。

メッセンジャー。つまり、この天と地との間でこの言葉が唯一の意味しか指し示さない筈の、その真の意味でのメッセンジャーなのだ。

それを聞くなり、嘘だ、と叫んでガラは飛び起きた。抜けた羽根が夥しくあたりに散乱しているのを多少居心地悪そうに見つめていた異形の人物は、驚いたように顔をあげた。

おまえは余所者らしいが、この市に来た以上そんな口はきかないほうがいい。メッセンジャーという呼称はこの市ではこの自分だけに与えられたものなのだからな。名誉あるその名を、みだりに使わないでもらいたいものだ。

待て、私の言う意味が分らないのか？

と異形の人物はあわてて片手を突きだした。

——メッセンジャーという職業がある種の名誉を獲得している土地は私も今までに幾つか見たことがある。そしてもちろん、メッセンジャーという職業に課された行為の本質から考えてもその名誉は当然のことといえるが、でもそれは私たちの真の意味でのメッセンジャーの光栄がおまえたち地上のメッセンジャーの上に少しばかり付与されているに過ぎないのだ。

光に覆われたその人物は尊大な眼つきで鼻腔をひろげた。

——つまり、私は造物主その人から人間界へのメッセージを託されたメッセンジャー……端的に言えば、〈天使〉とおまえたちが呼ぶ者なのだ。

ふん、とガラは鼻先で笑った。これは予期しない反応だったらしく、天使は一瞬気の抜けた表情をした。

造物主というのは、つまり魔術師のことだな？　その魔術師ならば自分はまだ会ったことはないが、今夜は魔術師のメッセージを運ぶ仕事がある。魔術師と人間との間のメッセージを運ぶのだから、おまえがたとえ本当に天使であったとしてもこの自分とてひけを取るものではない。

それは違う。造物主とはつまり〈神〉なのであって、魔術師だなどとはとんでもないことだ。

天使は必死に反駁し、この自分のことを不当に何も知ってはいないというのか、と上ずった声で悲鳴に近い叫びをあげた。

この私、つまりただ一人の人間を捜し求めて地上を放浪しつづけている旅の天使の話は、すでに伝説と化して地上のすべての土地に知れ渡っているというのに。

そして天使は最後に、その証拠であるこれを見るがいい、と言い放って懐から一巻きの羊皮紙を取り出した。その手にかざされた羊皮紙の筒は皮紐で正確に五巻きされ、その結び目は一かけらの赤い蠟で封印されている。が、ガラが叫び声をあげるより早くひとつの人影が疾風のように石段を駆け上がって、二人の間に突っこんできた。――広場の石畳を一直線に駆けぬけてきたらしいその人影が、そのままの勢いで二人の間を擦り抜けてから市庁舎の扉を突き飛ばして中へ消えていくまでは、ほんの一瞬の出来事だった。その顔を判別する暇もなく扉は激しい音をたてて閉ざされ、たちまち市長の名を呼ばわる大声が扉のむこうで響きわたった。

市長か、それともメッセンジャーはここにいるのか？

足を踏み鳴らして呼びたてる声に答えて、補佐官のうろたえきった声が扉を通してガラの耳に伝わってきた。市長はメッセンジャーを捜しに外出し、メッセンジャーもその後を追って出ていったあとだ、と吃りながら説明する補佐官の声を押さえて、先刻の大音声が再び扉を震わせて響きわたった。

市庁舎のメッセージ運搬組織を信用して今夜の重要な仕事をまかせたこの自分が馬鹿だった。今夜中に自分のメッセージが相手に届かなかったら。この市の秩序は夜明けを待たずに狂い始めてしまうというのに、このありさまはいったい何事だ！

その時になって、ようやくガラもその人物の正体に気づいた。メッセンジャーはここにいる、とひと声叫んで扉に突進しかけた時、ガラの躰はだしぬけに無数の腕に突き飛ばされた。

魔術師だ！

魔術師がそこにいる！

――ふいに耳元でラジオのスイッチが入ったような喚声があがると共に背後から出現したその群衆は、先刻の地下酒場での出来事に即して考えればガラ一人の背の影に数百の姿を潜ませていたのかもしれない。口々に叫びながら石段を駆けあがっていく数百の靴に踏みにじられてガラは悲鳴をあげながら丸くなって転げまわり、ようやく最後の靴が背中を蹴って通過していった時にはガラの全身は靴跡だらけになっていた。恐る恐る顔をあげたガラの視野の中央にはあけ放された市庁舎の玄関の戸口が明るく浮かびあがり、その矩形の光の中に渦巻いてもみあう数百人の男たちの姿がそこにあった。蝙蝠傘に似た外套の男たちは、魔術師をどこに隠したと怒鳴りながら人垣の中心に分け入ろうと互いにつかみ合っている様子で、その中央で揉くちゃにされているのはどうやらあの補佐官らしい。

メッセージを運ぶ仕事を日々の生業としているガラにとって、その仕事のたびに尾行の警官たちをぞろぞろ引きつれて歩くのはメッセンジャー業を始めて以来毎日のことだったが、その警官たちの姿をはっきり視野の中央にとらえるのはこれが初めてのことだった。尾行者たちを後に従えて歩いている時、だしぬけに振り返ってみても彼らの姿は視野の端を一瞬かすめてすぐに消えてしまう。蝙蝠傘に似た外套がひらりと翻って物影に消えた後にはただなめらかな秩序を取り戻した明るい街路がそこにあるだけで、外套の裾の一閃がもたらした空気の亀裂などはもう跡形もなく埋められているのだった。市庁舎のように公に認められた組織を持つわけでもなく、またその具体的な顔や正確な人数さえ知られていない彼ら警官たちは、いつのまにか〈塒《ねぐら》を持たず、一日中街路に生息する〉〈視野の端を一瞬かすめ過ぎる蝙蝠傘に似た外套の持ち主〉として人々に認められるようになったのだったが、彼らがどのような目的でメッセンジャーやメッセンジャーのメッセンジャーたちの執拗な尾行を続けているのかは誰にも分らず、ただそれは市ができて以来秘かに進行している何かの陰謀の表われに違いないとだけ、言われているのだった。――それにしても今夜の彼らの行動は異常と言え、これまでの彼らの目標だったメッセンジャーには見向きもしないで魔術師の後を追っているところを見ると彼らの陰謀の中心にはずっと魔術師の影があったのに違いない。今や五階建ての市庁舎中の窓々に入り乱れている警官たちの乱闘の影を見あげながら、奇妙に取り残されてしまった姿のガラは呆然と石畳に突っ立っていた。

その時、一階の右手の窓が割れて、ひとつの人影が転げ出してきた。その後を追ってガラスの割れ目から数本の腕が突き出されてきたが、新たな殴りあいの渦に巻きこまれたらしくすぐに見えなくなり、植え込みの中に落ち込んだ人影は這うように石畳によろけ出してガラにむかって手を上げた。

〈あのかた〉はもういない。警官たちの最初の一人が駈けこんだ時にはすでに〈あのかた〉は市長の後を追って出ていった後だったのだ。

駆けよったガラにむかって、もはや襤褸に近い市庁舎職員の制服をわずかに胴体に残しただけの補佐官は息も絶えだえに言った。〈あのかた〉とは魔術師のことかとガラが尋ねると補佐官は頷き、メッセージは〈あのかた〉が持っている、一刻も早く後を追ってそのメッセージを受取人の手に渡さねば、と広場の一角に口をあけた街路を指さした。

市長はおまえを捜しにあの道へ入っていき、〈あのかた〉もその後に続いた筈だ。今、警官たちは陰謀の進行方針をめぐる内輪揉めに気をとられて〈あのかた〉の行方を見失ってしまっている。今のうちに事を運ばねば、今夜市のあちこちで同時に進行している複数の陰謀の騒ぎにまた巻きこまれることになりかねない！

補佐官に背を押されて、ガラは弾みをつけてその方向へ駆けだしていた。度重なる騒ぎにすっかり混乱して眼が眩んだ状態になって広場を駆けぬけながら、ガラはふとあの旅の天使の姿がいつのまにか消えているのに気づいたが、最後に市庁舎の尖塔を振り返ってみるとその上空の中天で白い暈を持った月球がさらに大きく欠けているのが眼に映っただけだった。

天上の陰謀も、刻々と進行している。

そう思った時、これも予兆だ、と宣言する天使の声がふとどこからか零《ふ》ってきたようだった。


動く者の影ひとつ見ないまま一直線にさみしい街路を駆けつづけるガラが最初に出会ったのは、意外にも市長その人だった。予想していたほどの困難もなく呆気ないほど簡単に相手が見つかったことだけでも素直には納得しにくいうえに、その市長が実に屈託のない上機嫌の様子に見えることがさらにガラの言葉を失わさせた。

手ぶらでいるところを見ると、メッセージは無事に受取人の手に渡ったと見えるな。

口をあけたまま突っ立っているガラにむかって市長は眼を細めて言い、さらに肩を叩きながら労をねぎらう言葉を口にした。

市の偉大なるメッセージ運搬機構！　たとえめざす相手が発信人自身にさえも分らないメッセージでも、メッセンジャーがその内容から判断して正しい受取人を見つけだす！――この宣伝文句が正確であることは、今夜の異例の仕事が成功したことからも立証されようというものだ。

と市長は語尾を震わせて満悦の表情になり、ふとガラの様子に気づいて表情を凍結させた。

市庁舎からメッセージの発信人である魔術師が市長の後を追っていった筈だがもう会えた後なのか、とガラはやっとのことで口を開いた。すると市長はようやく怪訝な顔つきになり、それは何のことかと問い返した。

続いて市長の語ったことによれば、ガラを捜しに市庁舎を出ていった後市長はすぐにガラに出会い、連れだって仕事の依頼人である魔術師の家へ行ったのだという。自分の見ている前でおまえはその魔術師からメッセージを手渡され、その足ですぐに受取人の家にむかって出かけていったではないか、と市長は言いはり、ガス燈の円錐型の灯の中に突っ立ったガラの全身をうさんくさそうにねめまわすのだった。——市長が喋り続けるのを聞いている間、ガラの頭の中には陰謀に巻きこまれた、という衝撃だけが渦巻いていた。ガラの様子からようやく事態の異常を呑みこみ始めた市長にむかって、それは偽者のメッセンジャーだったのだ、とガラが叫んだ時、同時にもうひとつの声が頭上から降りてきた。

おまえは、＊＊という名の人間では——ないだろうな。

——天使は、止り木のフクロウのようにガス燈の火屋《ほや》の上に止まっていた。膝をかかえこんだ姿勢で足元を白衣の裾で包み、相変わらずきちんと畳まれていない両翼の先端が火屋の縁からさらに下へ垂れている。ガス燈の円錐型の光とその上の天使の躰からの光が一緒になっていたために、周囲に生じた物影の位置から天使の存在を察しとることができなかったのだ。魚の眼のように決して瞬かないその正円型の両眼が今度は市長にむかって一直線に視線をそそいでいるのを見たガラは、突然あるひらめきにとらわれて叫んだ。

偽者のメッセンジャーとは、おまえだったのに違いない！

怪訝そうな顔の市長にむかって、ガラは天使と自称するこの余所者の偽メッセンジャーが自分をさしおいて魔術師のメッセージを横取りしたに違いないと言いはったが、案に相違して市長はそれを否定した。自分が出会ったのはこのような異形の人物ではなく正しくこの市の唯一のメッセンジャーガラと同一の人物だったと市長は言い、ガラの口走った天使という言葉の意味について説明を求めた。

先刻あの異形の人物が口にした名に心当たりはないが、天使という言葉の現われる噂についてならば自分も多少は知っていることがあるのだが。

するとガス燈の天使は、それも予兆だ、と荘重な声音で宣言し、横目で睨むガラを無視して市長にむかってだけ話の続きを促す優雅な身振りをしてみせるのだった。火屋の上に立ちあがった天使が騒々しい羽音と共に石畳に降下し、一連の面倒な手順を経て両翼を背に納めるまでの間に市長は天使に関する街の噂をガラにむかって説明したのだが、それによればその噂の中には一人のメッセンジャーの姿が中心となって現われているのだという。（いくつかの地方の噂ではメッセンジャーという言葉の代わりに天使という言葉が用いられているが、と市長は付け加えた。）そのメッセンジャーは、この世界に光が生じた最初の日に世界の造物主からひとつのメッセージを託され、ある名を持つ一人の人間にそれを伝えることを命じられたまま未だに地上を放浪している。そのメッセージの内容は（メッセンジャー自身は、メッセージを密封された封書として与えられたためにその中身を知ってはいないのだが）世界のある隠された秩序に関する真理のひとつを明かしたものであると言われ、造物主はそれを地上の人間の一人に伝えることによってその人間にその知識に基くある行動を命じているのだという。が、噂ではそのメッセンジャーが未だにメッセージを正しい受取人に伝えることができないでいるために造物主が必要としているひとつの行為が行なわれないままに放置されており、従ってこの世界の正しい秩序にいつの頃からか少しずつ狂いが生じ始めているというのだった。

語り終えた市長がこの噂の真偽を問いかけると、天使は正円型の眼の縁が硬ばるほど重々しい表情で右手の闇を指さして、予兆だ、と言い放つなり今度は左手の中空を指さして、予兆だと再び宣言した。その態度はどうやら肯定を表わす天上的なやり口らしいと推測され、反感をさらに煽られたガラはこの余所者の身柄を拘束するようにと市長にむかって要請した。

この余所者は、市の規定に基くメッセージの羊皮紙を隠し持っている。時間的に見ても、この余所者が自分に化けて魔術師に会いそのメッセージを横領しているという仮定は充分立証される筈だ！

ガラは市庁舎前広場での出来事を説明して市長を説得しようと努めたが、市長はしかしおまえが天使のメッセージを見た直後メッセージを所持したままの魔術師が現われたというではないかと言いはってそれを聞き入れようとはせず、自分はおまえの主観的推量よりは噂のほうを信じる、と断定した。

というのは、具体的な顔を持たない無名の見物人たちの口が語る噂はしばしば真実を含んでいるという俗説を、この自分とて信じないわけにはいかないからだ。

——でもそれでは、この自分のメッセンジャーとしての立場はどうなってしまう？　ただでさえメッセンジャーのメッセンジャーだの警官だのが暗躍しているというのに、天使などという要素まで介入されてしまっては複雑になりすぎる。自分の立場からこの事態にどう対処すればいいのか、誰に決めてもらえばいいというのだ？

するとその時、予兆だ、と呼ばわる天使の叫びが二人の間の空気を分断した。見ると、今までガラと市長との間の地上的平面上の議論にキジバトに似た横顔をむけて拒絶の意を示していた天使が、天上をしか指さないその天上的な指先を今初めて地上の一点にむかって突き出している。その横顔の只ならない様相に驚いた二人は、すばやくその〈予兆〉の方向へ視線をめぐらせた。

——月下の石畳の街路が夜の遠近法の消失点にむかって一直線に溶暗しているその先端を、夥しい人数の人影が続々と横断しては路地のひとつへと駆けこんでいっている。影絵のあやつり人形めいたその集団は遠眼には鍔広帽子の男たちとも蝙蝠外套の男たちとも分らなかったが、足音もなく三人の視野に現われては消え続けるその流れはいつまでたっても跡切れず、その人数は明らかに千の単位を超えていた。

市長と魔術師がそこを逃げていく！

流れの前方を指さしながら口々に叫ぶ男たちの声がかすかに耳に届いた時、市長とガラの足はすでに街路を駆けだしていた。その時になって走る人影の流れはようやく跡絶え、前を追って路地の角を曲がった二人の眼前にはさらに新たな遠近法の消失点へと収束する街路が現われた。その先端で溶暗した石畳のあたりに、列の最後尾の人影が遠のいていくのが見えている。

メッセンジャーのメッセンジャーたちが自己増殖し、警官たちが視野の中央に現われ、加えて複数のメッセンジャーが出現した以上市長の数が増えたところで不思議はあるまい。

喘ぎながらガラが跡切れ跡切れに口走ると、それも予兆だ、と言う声が頭上から追ってきた。自分の足元に奇妙に輪郭のぶれた影が生じたのに気づいてガラが背後を見あげると、前のめりの姿勢になった天使が中空を従ってくるのが眼に入った。

予兆予兆とばかり口走るが、いったい何を示す予兆だ？

息を切らせながらガラが叫ぶと、すべての予兆がこの夜を指し示し、すべての予兆がこの方角を指し示しているのだ、と天使は前方を指さした。眼をあげると、波のように走る雲間に半分近く欠けた月蝕中の月球が不吉な顔を見せている。

すると、今夜は街のあらゆる陰謀や人間たちが勝手に増殖しているのだろう。月蝕という負の要素を持つ夜の出来事にしては理屈に合わないことだが。

喘鳴まじりに市長が言うと、

それはきっと、天上の条理と地上の条理とが均衡を保つための結果に違いない。天上が負で地上が正というわけなのだから。

とガラは答えたが、中空の天使はもはや地上の二人には眼をむけず、すべて予兆だ、と繰り返すだけだった。

三人の姿が冷えこんだ市の一角を移動していく間に、夜の時間は真夜中の折り返し点を過ぎて擦りきれた傾斜面をすべり落ち始めていたようだった。もしその時一対の眼が彼らの姿を追っていたとしたら、その眼の持主はこの深夜の長距離走の途中から追跡に困難を覚え始めたことだろう。いっこうに差の縮まらない列の後尾との距離を見つめながら駆け続ける間、一行はいつのまにか周囲に靴音が増え始めているのに気づいた。四つ辻にさしかかるたびに左右の街路から合流してくる人影が増し、いつかそこには歩調を合わせて駆け続ける数知れぬ群衆の姿が出現していたのだ。三人の姿はもはやその群衆の流れに押されて運ばれていくに過ぎず、市長とガラは不可解ななりゆきに落ちつかない視線を走らせながら無数の無名の口が語る言葉を聞いていた。

——酢の中の真珠玉、葡萄と卵と女たちが最初に今夜の異変を身の内に感じとったという説は正しい。今夜市全体に繁殖した無数の爆発事件の初めに真珠玉が爆発し、そして葡萄と卵と女たちがその後を追った。今夜市全体に繁殖した無数の爆発事件の音を聞いたか？

——敏感すぎる物たちは異変の最初の振動に共鳴運動を起こして爆発するしかなかった。が、我々無名の見物人たちはあくまでこの異変の震源地を見きわめ、我々の強靭な口で事の真相を言いひろめることに努めねばならない。

——我々を先導していくあの一群の列の正体は何だ？　そしてその列の前方に立って導く者は？

——あの列は、今日の夕方まではメッセンジャーのメッセンジャーあるいは警官たちと呼ばれていた者たちだ。しかし、その二つの集団が今は同じ物を一緒に追っているにしても彼らの間に何らかの協定ができているか否かは今のところ明らかではない。また、彼らの追跡している人間たちもまた何者かの後を追跡しているところだという説があり、この説の真偽を確かめるには今のところこのまま走り続けていくしかないようだ。

——それにしても、もういったい何粁走り続けていることだろう？　この血路の遠近の消失点はいくら追いかけていっても無限に先へ先へと遠のいていくばかりで、一直線の迷路の上を複数の群が互いに後を追跡しながら、永久に走り続けなければならないと思えるほどだ。

——いや、いかなる迷路や迷宮も常に中央の一点にむかって収斂するという原則を忘れてはならない。が、一説によれば見えない地平線に四囲された今夜の街は天上の月蝕に負の照応をして無数の街路を反復的に増殖させているともいう。

――ともあれ、我々は真相を追って前に走り続けねばならない。真相が常に事の背後にあるものだとしても、この直線上の迷路にあっては真相は走る我々の後を追ってやってくるに違いない！

ガラと市長は夥しい群衆の中にその姿を紛れこませたままそれらの声を聞いたが、その中には今ここにいる市長とメッセンジャーについて語りあう声はなかった。頭上を見あげると相変わらず抜け毛を撒き散らしながら前のめりに進む天使の姿があったが、地上のあらゆる噂を呑みこんでいる筈の周囲の無数の口はその異形の余所者に関する噂をそれ以前に吐き出しおえた後なのかもはや何ひとつ語り出そうとはしないのだった。この完全な無視が腹に据えかねたガラはついに手近な一人の人影を引き寄せ、おまえたちは真相という言葉をしきりに口走っているが何についての真相を追っているつもりなのかと問いただした。するとその人影は、今夜ひとつのメッセージの受け渡しがこの市で行なわれることになっていて、そのメッセージが魔術師に関係しているという説がある以上は、今夜の複数の陰謀はそこから端を発しているに違いないではないかと言い、我々がその真相を追っているということさえ知らないでどうしておまえは我々と一緒になって走り続けているのかと腹立たしげに付け加えるのだった。

やがて、その夜街中の路地から吐き出されて四方から押し寄せてくる無名の群衆がその前方で互いの遠近法の消失点が交差しているのを見出だす時が訪れた。街中を覆う放射路の蜘蛛の巣を束ねる中心地であるひとつの石畳の広場へと群衆は八方から流れこみ、ガラたちの姿を呑みこんだ一群もまた同時にそこへ到着したのだったが、その広場が何故か背後に残してきた筈の市庁舎前広場であるように見えたとしてもそれはこの夜の街の迷路を支配する奇怪な条理のせいに過ぎなかったのかもしれない。予兆だ、とひと声叫ぶなり天使が珍しく敏捷な動作で広場の中心へと飛び去ったのは、その時だった。

広場の中央付近では、同心円状の輪を描いた乱闘寸前の議論がすでに始まったところだった。天使の後を追って周囲の顰蹙を買いながら人垣を押しわけていったガラと市長は、そこに鍔広帽子の男たちと蝙蝠外套の男たちの輪に取り囲まれた無数の市長たち、そして正体不明の数人の男たちの姿を見出だした。議論は主に市長たちと正体不明の男たちの間で戦わされている様子だったが、隙を見つけてはその間へ力づくで割り込もうとしている鍔広帽子と蝙蝠外套のグループの存在が事態をいっそう紛糾させているらしい。

肝心のメッセンジャーはいったいどこにいる？　自分はもうメッセージをメッセンジャーに託したが、それが正しい受取人に伝わったという様子は全くない。

見慣れぬ姿の男たちは異口同音に言いたて、メッセージを持ったままメッセンジャーが姿を消したのはその後見であるおまえたちの命令によるものなのかと市長たちに詰め寄っている。すると十数人に姿を増殖させた市長たちはそろって怯えたように後ずさり、自分は何も知らない、メッセンジャーが姿を消したとすればそれは自身の考えによるものに違いないし第一メッセンジャーは逃走したわけではなく現在正しい受取人を捜して奔走中なのかもしれないではないか、と弁明に努めた。

いや、そんなことは信用できない。

と急に声をあげて割り込んできたのは鍔広帽子を眼深に引きおろしたメッセンジャーのメッセンジャーたちだった。

おまえたちは、今夜同時進行している複数の陰謀はすべてメッセンジャーをめぐるものだとばかり考えているようだが、案外メッセンジャー自身の陰謀がその中心となっていたのかもしれないではないか。今夜メッセージの発信人である魔術師はここに見られるとおり十二人に増殖し、その手から十二のメッセージの羊皮紙を受け取った十二人のメッセンジャーたちはそのまま行方を晦ましたものと思われる。今はその行方を捜すことにより新たにメッセージを書き直して後を我々に任せるべきではなかろうか？

すると百と七人をはるかに上回るメッセンジャーのメッセンジャーたちが口々に賛同の声をあげ、その後を追って警官たちの数知れぬ声がそれに同意した。人垣の中からガラがその方向へ視線をめぐらせてみると、今夜初めて人々の視野の中央に姿を現わした警官たちはそれでもまだ尾行の習癖が抜けきらないらしく、一人ずつ蝙蝠外套の背を丸めては、鍔広帽子の男たちの背後に隠れてしゃがみこみ、影踏み遊びのように影の動きに従ってあわただしく位置を移動させているのだった。

メッセンジャーのメッセンジャーたちの言うとおりだ。その点については彼らと我々警官たちとの間に協定ができあがっている。彼らが新たにメッセンジャーに昇格しメッセージ運搬の途中でその中身を盗み読むという特権を手にしたならば、我々も背後からそれを覗きこんでもいいという密約もまた同時に取り交されているのだ。

としゃがみこんだままの姿で警官たちは口々に叫び、魔術師のメッセージを読むことさえできれば我々はもはや影のように街路に棲息するだけの負の存在ではなく街の正の秩序に組み込まれることができる筈だ、と感きわまったように声を震わせた。

だから、新たなメッセージを我々に！　そしてその受取人の名を！

声を合わせて要求する数百数千の輪に取り囲まれて、十二の姿に増殖した魔術師たちはじりじりと後ずさり、最後に互いの背にぶつかりあって退路を断たれた。

しかし、メッセージというものは常に一回性のものである筈で新たな書き直しなどというものはあり得ない。また正しい受取人の名というものを我々は知らないのだ。メッセージの中身を盗み読むことによって、発信人自身にさえ分らない正しい受取人の存在を察知し、その手に受け渡すというのがこの市のメッセンジャーの役割ではなかったのか？

進退きわまった魔術師たちの答えを聞くなり数十層の人垣の輪から怒りの声が湧き起こった。新しいメッセージの書き直しができないというのならば力づくででも口頭でその内容を聞かせてもらおう、と鍔広帽子と蝙蝠外套の群は輪を押し縮めだし、その中心へ割け入ろうとする人の流れがあちこちで衝突して無数の小ぜりあいが発生しかけた時、額を集めて密談していた市長たちがふいに片手をあげて一同を制した。

逃走したメッセンジャーたちはさておいて、ここに唯一人自分の職務に忠実なメッセンジャーが残っている。

この場を収拾するにはやはり、そのメッセンジャーの存在が必要とされるのではあるまいか。

——見物人たちの中に紛れこんで、なりゆきを見守っていたガラは、その時市長たちの一人が自分を手招きしているのに気づいた。自分の分身たちがどうやら自分の知らない間に陰謀を押し進めていたらしいことを知ってから、自分がいちばん遅れをとっていることに気遅れしてずっと名のり出るきっかけを失っていたのだったが、手招きしているのが先刻まで一緒にいた自分の後見の市長らしいと悟るなりガラはあわてて駆けだした。が、ガラがその両手に何も持っていないことにいち速く気づいた周囲の群集が、不信げに騒ぎだし、その声の波がまたたく間にあたり一帯に拡がった。

メッセージは？　自分が渡したメッセージの羊皮紙はもう受取人の手に渡ったのか？

輪の中央に進み出たガラの姿を見るなり魔術師たちが口をそろえて叫んだ。ガラはうろたえ、自分はまだメッセージを受け取ってはいない、増殖した十二人の自分の分身たちとは違って自分はまだメッセージを持たないメッセンジャーなのだと口早に弁解した。

メッセージを持たないメッセンジャー？　発信人の手からはすでにメッセージが離れているというのに？

その場のすべての口が同時に開いた。狼狽したガラはあわてて四方に視線を走らせ、その場のすべての指先が自分の上に突きつけられているのを見た。メッセージを持たないメッセンジャーなどというものはあり得ない、と異口同音に言葉を続けながら八方からガラを指弾するその数知れぬ指の群だけがガラの視野いっぱいに膨れあがり、そしてそのむこうに隠れて見えない数知れぬ顔の群が最後の断罪の言葉を発した。

おまえはもう、メッセンジャーではないのだ！

……天使の声が静かに零ってきたのは、たぶんその時だったのだろう。その声がはたして何をかたるものだったのか、ガラは知らない。ただそこには夜の広場にひしめきあう群衆の姿があり、そして一巻きの羊皮紙を胸に抱き白い燐光の暈の中心に直立した十二人の天使の姿がいつの間にかその頭上に静止していた。広場の中央で静かに発光する天使の光を受けて、それを幾重にも取り囲んだ群衆の顔面は松明の焔を浴びたように白く照りはえているが、その光は中心から離れるに従って急速に闇に溶けこみ、同心円を描く群衆の外縁部のあたりは黒々と動かない影の堆積としか見えない。――天使たちの声が低い水の流れのように、ガラの耳の底を通り過ぎていく間、ガラの眼は奇妙なことに、複数の視点からこの情景を眺めていた。唯一人弾劾されメッセージを渡されないままにメッセンジャーの地位を失った時、ガラの躰は輪の中央の一群の内部に属しながらその眼はすでに無名の見物人たちの視点を獲得していたのかもしれない。ガラの眼は広場を埋めつくした無数の無名の群衆たちと共通の視野を分かちあい、数百数千の視点から、内部から発光する人垣の輪を静かに見つめていた。

たとえメッセージの発信人が姿を増やしメッセージとメッセンジャーが増殖しようとも、正しい受取人というものは常に唯一人しかいない筈だ。

と無数の無名の口が言った。

自分の捜しているひとつの名の持ち主もまた唯一人。

と天使たちの声が答えた。

その二人が、同一人物である可能性もあるという説があるようだが、するとふたつのメッセンジャーの発信人もまた同一人物だという可能性があるものだろうか？　ともかく魔術師のメッセージの正しい受取人を知っているのは行方を晦ましたメッセンジャーたちだけだ。

ひそひそ囁きあう声がそう告げた時、魔術師たちの一人が口を開いた。

今、月蝕が終了した。

その言葉が終わったとたん、だしぬけに十二の爆発音が同時に起きた。魔術師たちの姿は消え、後には湧きたつ微塵の光の粉を封じこめた十二の半球型の発光体が石畳の上に残されている。と同時に人垣の輪の背後に放射状の長い影が生じ、人々はまばゆさに手を翳しながら天使たちが叫ぶのを聞いた。

おまえは、＊＊という名の人間――だろうな？

——わっと声があがって群衆が奔流を開始したのと一陣の強風が広場になだれこんできたのとはほぼ同時だった。十二の光球の輪の中心にいつの間にひとつの人影が立っていたのかガラは知らなかったし、またその姿は光球のまばゆい放射光にさえぎられて直視することさえできないのだったが、天使たちの問いに対してその人影が肯定の様子を示す様子だけは人々の眼にも見てとれたのだった。横なぐりの強風に叩きつけられるようにして群衆が輪の中央へと殺到していく中、石畳にはたき落とされた天使たちが夥しい羽毛を風に撒き散らしながら人混みをかきわけていくのが一瞬ガラの視野に映ったが、その時ガラの耳は風に混じる無数の声を聞いていた。

メッセージの正しい受取人がそこにいるようだな。

メッセージの中身を読んだ我々には、今やそれが分っているわけだ。

しかしもちろん、我々は、メッセージを受取人に渡したりはしない。それが我々の陰謀だったのだからな。

広場を埋めつくす大混乱の中で人々は頭上を見上げ、風に乗って中空に弧を描く十二のメッセンジャーの影を見た。

今やメッセージの中身を知るのは我々だけとなった。今こそ我々の陰謀が実を結ぶ時。

我々自身がメッセージの発信人であり受取人となるのは今。そしてさらにメッセージそのものと化するのは今だ！

切り紙細工の影絵めいた十二のメッセンジャーの姿は旋風に巻かれてくるくると渦を巻き、八方に散ったと見る間に十二の羊皮紙の筒と化した。頭上を舞い飛ぶ羊皮紙にむかってたちまち無数の腕が伸び、その中に天使たちの手から離れたさらに十二枚の羊皮紙が加わって、罵声と悲鳴、散り乱れる白い羽毛と鍔広帽子と蝙蝠外套の中で紙片は手から手へとまたたく間に奪い去られて四方へ散った。光球の中央に立っていた人影がいつの間に見えなくなっていたのかガラには分らず、また揉くちゃにされながら偶然視野の中に入ってきたメッセージの断片がはたして造物主からのものなのか魔術師からのものなのかもガラに判別できる筈はなかった。

『——を創造しおえて気づいてみると、出口を造っておくのを忘れていた』

ガラの口が開いて中空にむかってひとつの問いが発せられたのはその時だった。天使の口にしたひとつの名は地上ではどのような意味を持つ名なのかというその問いは、ガラ一人の問いではなく数知れぬ無名の口から同時に発せられたものだったのかもしれない。

——その名は、十三人目の魔術師、そして十三人目の造物主をも意味する名だ。

中空から答えが返ってきたのと、さらにもうひとつの羊皮紙の断片が一瞬ガラの視野に入ってきたのとは同時だった。

『助けてくれ。閉じこめられた』


声の反響の最後の尾が消えていくと共に、その場のすべての音が跡絶えた。もはや文字を読みとることもできないほど粉々に裂けた羊皮紙の切れ端を手にしたまま、人々は風のやんだ頭上をふり仰いだ。すべての予兆が最終的に指し示すものは常に天上にある。そう語る無名の口の声のない声が、頭上を見あげたまま凝固したすべての人々の胸の中にあった。

——天上の負の条理は、すでに月球の輪郭をはみ出しているようだった。月蝕を終了して円型の暗黒となった天の影はしだいにその輪郭をひろげていき、人々はその正円の亀裂からかすかな断末魔の声が洩れてくるのを耳にしたような気がしたが、それは気のせいだったのかもしれない。

すると夜の中枢から、からからと歯車のから回りする音が零ってきた。人々は天頂の円型の影がしだいにひとつの物の形を取りはじめるのを同時に目撃し、そしてその影が徐々に降下してくるのを見た。

地上の分身たちからついに救いを得ることのできなかったその巨人の影は、横ざまに吊るされたまま見えない鎖の擦れあう音と共に降下しつづけ、やがて地平から地平へ届く巨大な影となって人々の頭上を覆った。そして錆びた鎖の軋む音がして、見えない歯車ががりりと何かに引っ掛かって静止した。——東の地平が薄明るんで最初の曙光が斜めに射しこんできたのは、たぶんそれと同時だったのだろう。天と地との中間の虚空に宙吊りになった巨人の影絵はふいに薄明るい輪郭に隈どられて恐ろしい遠近を備えはじめ、人々は微動だにしないその巨人がすでに屍体であったことを知った。

そしてたちまち、出口のない閉ざされた世界に激しい屍臭が満ちあふれた。

スターストーン

夜空を這いまわる探照燈の交錯に覆われた島、南の沖に孤立したあの監獄島に送りこまれて以来、今日までに十年の歳月が確かに経過した筈だった。船は緑の海峡を過ぎ、内湾の港に入ろうとしている。甲板に立ったまま、十年前の宝石泥棒、今はもう若くはない詐欺師は、空白の歳月が一気に埋められていく異和感に馴れることだけを考えていた。

宇宙の沖から帰還してくる飛行士は、現実の外側に経過した時間を一気に飛び越え、見知らぬ未来の岸辺へ戻ってくるのだという。彼もまた、いま時間の海の島流しから帰還しようとしていた。その行く先が、時間線を折り返した出発点の時の岸辺だと錯覚するような気の迷いは、早く捨てたほうがよかった。十年の歳月は、確かに彼の肉体に印を残していったのだ。が、それでも風は頬にまぶしくて、行く手に透かし見る港町の光景は十年前と同じ大量の光を孕んで輝いていた。

海の断片を見通せる正午の駅前広場で、詐欺師はしばらく空のまばゆさに放心していた。その視野の遠く近くに、最前からしつこく見え隠れする複数の人影がある。それがふと、むかし身に親しいものだった厭な直感を呼び醒ました。

尾行者。そう気づいてみると、見えない糸で束ねられたように動く男の姿が数人、確かにそれと認められる。襟に挿すミモザの花を買い、十年前から決めていたとおりの手順で切符を買った。暗い構内に入ると、とたんに身辺が涼気に包まれた。北行き列車の席に納まり、葉巻の帯を切りながら眼の端に外を見ると、そろそろとプラットホームをよぎってくる律義な尾行者の影が窺われた。窓の外で、売り子の娘が鳩のような笑い声をあげた。……そして日没から夜にかけての平原を走りつづける列車の右手には、赤い月が登った。長い車中、詐欺師はその月だけを頬杖をついて眺めていた。

まだ若かった十年前のあの夜にも、窓の外には赤い月が眺められたのだった。

獲物の邸宅では、骨牌の会が続いていた。

——次々に封を切られていく新品の瀟洒なカードは、磨きぬかれた卓上に散乱して互いに光沢を映しあい、鋭利なその縁は時に人の指を傷つけた。きりもなく賑やかに掌を埋めて繰られていく持ち札の列は、眼くらましの奇術のように赤や黒のエースになり、双頭の女王になった。そしてジョーカー。

道化師の嗤いは、華やかな飾燈の火影を集めて、一瞬強く眼を打ったものだ。

後ろ首にくびれのついた、退役軍人の一群。ハートのカーブに胸もとを刳った夜会服、その胸もとの白さと唇の赤さばかり見せて笑う御婦人連。烏賊胸の釦穴にはひと房ずつのミモザの黄色、庭の暗がりに浮かぶ提燈の列。

長い下準備の手数を重ねて、彼の仕事の大詰めはその夜が舞台となっていた。——仕上げは切れ味よく、汗の滲みなど表には出さないで。それでも満足に顔は紅潮し、眼は必要以上に輝いていた筈だ。その視野の端に、しきりに人の足元を縫って歩きまわる巻毛の子供の姿が何度も見られた。不満顔のまま、何回追われても寝に行くのを嫌がっていた、この家の幼い娘。今日が誕生日なのに、大人の楽しみに加えてもらえないのが不満なのだ。

そしてひと粒の青白い炎、五十八面に巧緻にカットされた一顆のダイヤモンドは、ついに彼の手の上へと居場所を移した。この時、自分を詐欺師と呼ぶ気には彼はなれなかった。今夜までに払ってきた多大な苦労の結実、それだけの当然の報酬として、この掌のひらの正確で可憐な重みを得たのだ。

厭な気配の気流。暗い風のように、飾燈の明るさの蔭を縫って走りぬける猜疑の眼まぜ。

スター、あるいはエトワールと名づけられたこの貴重な逸品の宝石を、何があろうと失う気はなかった。逃げだす途中、彼は夜の芝生にむかって灯を落としたフランス窓を見た。あけ放されたガラス扉の、カーテンの隙間の向こうには、まだ寝ないで不服げな眼を見ひらいている巻毛の子供がいた。

今日の誕生日で、齢はいくつ。

九つ、と子供は答えた。

――そして翌朝、彼は捕えられた。続く十年間、宝石の行方については口を閉ざしつづけた。

今日の誕生日で、齢はいくつ。

九つのお祝いに。これは星《スター》のかけら。

子供は、青白い炎の石、五十八面にカットされた大粒のブルーホワイトダイヤを手に、相手を見上げた。真夜中に、窓のカーテンの隙間から入ってきた誕生日の客は、同じカーテンの隙間から夜の向こうへ、時間の海の沖へと行ってしまった。その子供にしてみても、今までの誕生日の刻々にはあらゆる種類の贈り物をもらっていた。光沢のある包装紙とリボンに包まれた玩具、ドレス、いい匂いと賑わしい色彩の群。それでも、星《スター》を贈られたのはそれ一度きりだ。十年たったらまたお客に来る、と言い残された言葉が子供の胸に残った。そして子供は信じたのだ。十年後に戻ってくる客は、時間の海の沖から時を折り返して、あの夜の同じ齢、同じ姿で自分の前に現われるのだろうと。十年後の誕生日の夜、十九歳の自分の前に。

誕生パーティーのさなかにある邸宅の上空には、赤い月が動かずにいた。夜の芝生の一劃をほの明るませる提燈の列、窓から洩れだす古風なワルツがそこにあった。

飾燈の輝きの下、あざやかに切り混ぜられるカードの巧妙な動き。退役軍人の後ろ首のくびれ、胸もとの白さと唇の赤さばかりになって笑う御婦人連、爪先で引き抜かれるジョーカー。……ついに帰還した十年後の詐欺師は、窓の外に立ってそれを見ていた。

時間線を折り返して、出発点の時の岸辺へ戻ってきたような気の迷いは、確かに早く捨てたほうがよかった。十年の歳月は、確実に彼の肉体に印を残していったのだ。それでも、いつか無意識に彼はあるものを眼で捜していた。誰にもかまってもらえずに、膨れ顔で大人たちの足元を歩きまわる九つの子供、信じやすい眼をした誕生日の子供を。

夜の芝生に長く灯を落としたフランス窓には、鍵はかかっていなかった。そして、ミモザの花を襟にカーテンの隙間から入っていった一人と、そこで祈るかたちに掌を合わせて待っていた一人とが、十年の時を越えてここに再び出会った。同じ時、失われた宝石の行方を追う尾行者たちは、窓の下に身を潜めて何かが起きるのを待っていた。

再会者たちがそこで互いに何を見たのか、誰にも判らない。時間線が、ふたつの実在の身のめぐりで幾重にも重複し、もつれあい、やがてひと筋の線に静まった。——

今日の誕生日で、齢はいくつ。

これは契約の星《スター》。

祈るかたちの掌のひらが左右に開き、青白い炎の石が十年の時を越えて出現した。床に転げて、五十八の切り子面が奇妙に光った。

——やがて尾行者たちが部屋に入った時、時の彼方から漂着して置き忘れられた宝石だけが、床に冷たく輝いていた。突風が起き、彼らは振り返った。大きくめくれたカーテンの隙間には、時間の海の沖へと帰っていく、若い詐欺師と九つの巻毛の子供の姿が遠ざかろうとしていた。

黒金《こっきん》

まず最初に見えるのは赤い斑紋《しみ》、鮮烈な、きらきら光っている、しかしくすんだ赤の、ほとんどくろい影をたたえている斑紋である。

アラン・ロブ＝グリエ「秘密の部屋」
平岡篤頼訳

……その部屋は何階に位置しているというのか、見たところ窓がなく、あるにしても壁面を埋めつくした垂れ幕の裏に隠されている。中に閉じこもっている人間には、ここが何階だろうと、あるいは地下室だろうと、それを知る決め手は何もないわけだ。ただ、床の面積の狭さに対して壁が異様に高すぎ、加えて、その高みから外気らしい空気の流れが降りてくるのが時おり感じられるので、ここが塔の内部に位置する部屋ではないのか、天井の高みに煙出しのような小窓を持つ塔の中の部屋ではないのかと、見当をつけることはできる。

誰でも、何の予備知識がなくとも、ひと目見ればここは婚礼の部屋だと、それもある種の偏執に捉えられた傲岸な人間のつくりあげた婚礼の部屋だと、気づくことだろう。狭い床のほぼ全体を一台の大寝台が占めているのだが、それを四方から威圧的に見おろす、異常な高さの壁面が——これは、毛深い部屋とでもいうべきだろうか——、すべて毛皮の光沢の雪崩に、何百匹分かの毛深い獣皮に覆いつくされているのだ。

この油を流したような漆黒の光沢は、黒貂《てん》だろうか。

頭と手足を断ち落とされたその小獣の毛皮は、継ぎ目を目立たせない巧妙な縫いあわせかたで、すべてひとつらなりの一枚の大緞帳《どんちょう》となって四方から垂れ下がり、その裾は床をも覆って絨緞になっている。壁紙のように壁に固定されているのではないので、縦ひだを見せて波打っている部分があり、そこに丈長く伸びあがるかたちの陰翳が生まれている。それが、縦に雪崩をうつような毛足の筋目とあいまって、部屋の妙に背の高い印象をますます強めることになっている。

その天井の高みから、長々と黒い鉄鎖が垂れて、十数本の白い蠟燭を立てた鉄の吊り燭台が下がっている。寝台に横たわった人間が、起きあがれば手の届く低さだ。蠟涙は、熱さを失わないままその寝台にしたたるかもしれない。――高みから、湿り気を帯びた暗い気流が流れおちてくるたびに、十数個の橙黄の焔は不安定に揺れる。そして、漆黒の毛皮の滝の背に濡れた反映の躍動が起きる。その壁の底、寝台はほとんど脚の部分がないので、あお向きに横たわった人間は床に寝ているような気がすることだろう。顔の真上で闇に溶けこんでいる見えない天井と直面し、そのあまりの高さを、井戸の底を覗きこんでいるような不安定感を、心細く感じることだろう。

壁面と同じ黒い毛皮の寝台掛けは、今は大きくはねのけられて、やや黄ばんだ地紋入りの麻のシーツが現われている。

――血は（今ではかなりの部分がすでに乾きかけているが）、むろん、さすがにこの高い天井までを汚すことはできなかったわけだ。壁面の四方、ほぼ人の背たけほどの高さまでには大量に飛びちり、その箇所からまっすぐ床まで、毛並の方向に沿って流れおちているのだが。

漆黒の、ほとんど青みがかったような深い艶を持つ緞帳に散ったそれらの血痕は、乾きかけている今、毛皮の地色に近く変色して見分けがたくなっている。ただ、その箇所だけ血液の凝固作用に汚され、毛並の光沢が失われているのでそれと判るのだ。そこを斜めに透かして見れば、光線の当たり加減で、硬ばった毛並の表面に金属的な暗紫色の照りが認められるだろう。むろん、最も大量の血で汚されているのは、寝台の上である。

何滴かの血痕が、燭台の白い蠟燭の腹にも散って赤黒く凝固している。

その真下、ちかぢかと薄黄いろく照らしだされている寝台は、かなりの年代を経たものなのか中央部がややくぼんでいるが、血溜りはそのくぼみを中心として、ここだけは鮮血の血紅色にまだ生々しく濡れている。麻のシーツは大きく乱れ、床にずりおちかけたまま血溜りに半ば浸っているが、その乱れの上を長々と斜めに覆って、一体の異様な生物、明らかににんげんではないものが、ここに横たわっている。

唐突に――、まったく唐突に、奥深い響きを持つ柱時計の音が室内に湧きおこった。深夜零時である。

光沢のない、薄紫がかった黒さの大時計、並みの部屋ならば床から天井まで届こうという黒檀の大型柱時計は、寝台の右脇、壁とのわずかなすきまを埋めて立っていたのだ。いたるところ精巧な彫刻に覆われた外箱と同じく、文字盤も薄紫がかった光沢のない黒で、十二の羅馬《ローマ》数字と二本の針だけが、これはよく磨かれた金いろの輝きを持っている。

その竪棺めいた腹腔の内部で、十二の瞳の最初の一音が鳴ると同時に、ひとりの女がこの室内の一点で眼をひらいていた。

女の身体は、寝台の上にあるのではない。寝台のシーツの乱れを長々と斜めに覆って、血溜りに浸っているのではない。

女はおそらく失神していたのだろう。失神していたあいだに、今の姿勢に倒れたのだろう。寝台の足もとと壁との狭いすきまに、嵌《はま》りこむようなかたちで横倒しに倒れているが、失神する前までは同じ場所で、毛深い壁に頭と背をもたせかけていたのだろう。――青みが底に沈んでいるかと思われるほど、黒さの濃い毛皮を背景として、その裸体の全身の白さが明度を強調されている。艶の沈んだ乳白、静脈の葵《あおい》いろや薄青さとのつながりをどこかに含んだような白さである。その白さの全身を浸して、蠟燭の、微妙に揺れる動きを持った十数個の焔が、黄色みを帯びた光線と陰翳とを同時に投げかけている。

この皮膚の上で、凝血は黒ずんだ暗赤色、そのどこかに紫色を含んだきわめて濃い暗赤色に見える。肉が裂けた箇所には、まだ濡れた赤黒さの血紅色が残っているが、それに加えて、爪で引き裂かれたことを示す真紅の直線が、皮膚を縦横に走っている。同じ真紅の直線を、頬や額にも帯びているその横顔は、頭髪がきわめて短いので、繊細な肉づきを持つ正確な骨格のかたちが強調されている。また同時に、その輪郭の持つ年若さが強調されることにもなっている。

衣類がこの室内に見られないことから考えれば、脱衣は部屋の外で行なわれたのだろう。壁を埋めた緞帳のどこかには切れ目が隠され、その裏側に扉があるはずである。その外はおそらく、窓のない石壁を左右に持つ長い階段だろう。その最下部でまず穿きものが脱ぎ捨てられ、何段かの上昇ののち装身具がはずされ、さらに次の踊り場を曲がる前に衣装の最初の一枚が落とされ、そのようにして脱衣は進行し、この部屋の扉の外で完了したのだろう。

十二時、重みのある柱時計の鐘の響きに満たされた部屋で、女が感じているのは苦痛よりはむしろ毛皮の感触——片頬と、身体の右半面の皮膚の全体に押しつけられた、つややかでいて荒い毛皮の感触であるはずである。暗く湿った傷口にも、毛皮はじかに押しつけられているだろう。体重に押しつぶされた毛並の先端は、折れたかたちで傷口に侵入しているかもしれない。傷口の、剝き出しの肉を刺すようなかたちで、凝固しかけた血のりに混じりあっているのかもしれない。

黒檀の、薄紫がかった光沢のない黒さの文字盤の上で、長短重なって垂直に立った針は、よく磨かれた金いろの輝きを目立たせている。その針に指し示された、羅馬《ローマ》数字のⅫもまた、白味のある光沢を持った黄金の色である。

……失神は、十分間ほどのことだったのである。十分前、すなわち十一時五十分には、同じ位置で坐りこむ姿勢でいる女の姿が、ここには見られていたのだ。裸の首筋と背、尻から脚にかけての皮膚に、坐った姿勢でいた時の女は、腰の強い毛皮の感触を荒く感じていたはずである。

その女の右手で、黒檀の大時計の長針は黄金のXを指していた。女の頭は、後頭部を壁に擦りつけるかたちで斜めに傾ぎかけ、その首がすでに頭の重みを支える力を失いかけていることが判る。下半身が寝台の裾につかえ、膝を曲げた両足を不自然な角度のよじりかたで床に倒しているが、その姿勢をとった全身の白さもまた、壁面の毛皮の漆黒を背景に抜けあがるような明度を強調されている。

大時計の腹腔で、単調な往復運動をくりかえす振り子の音だけが、室内に持続しているようである。

黄色みを帯びた蠟燭の光線の真下、生々しい赤黒さの血のりに浸ったシーツを長々と斜めに覆って、狼、おそらくは灰色狼と呼ばれる種類であろうと思われる人身大の獣が、女の見ている側に腹をむけるかたちに横たわっている。光沢のない、薄灰いろと白とが混じった深い毛並は、血溜りに浸ったまま長々と動きを持っていたことを示して、全身まだらに赤黒く濡れ、乱れたかたちに硬ばっている。壁の毛皮の漆黒が、油を流したように光沢をうねらせているこの室内の空間の一点を占めて、その汚れた姿は一個の異物のように見える。

間近に向きあって視線を固定している女の顔は、やはり血を吸って頭蓋骨のかたちなりに貼りついた短い頭髪にふちどられているが、その右耳の下から咽喉にかけて、咬み裂かれたような深い傷があることが今の姿勢では明らかになっている。同じ種類の傷は、おもに身体の前面に集中しているようで、特にその両腕にはげしい。一方、狼の、のけぞるかたちの咽喉もとから股間部にかけて、縦一直線の長い裂け目のような傷が見られる。そして、左右に大きくめくりあげられている。

——そこから飛びだしている、この奇妙な白さを持つ人体は、おそらく少年と呼ぶほどの年齢だと見なければならないだろう。少年の身体は、その狼の腹の裂け目から上半身だけを外に乗りだしたかたちで、上体をひねるようにシーツの血溜りに浸っている。眼を閉じ、唇をうすく開いて、片頬をシーツの血の中に埋めこんだその顔に苦悶の表情はないが、おそらく窒息したために死んでいる。

脱皮しそこねて窒息した蛇のように、少し前、少年がいつのまにか動きをやめていた時には、狼の身体もまた動きをなくしていたのである。しかし、眼を閉じたままではあったが、少年がまだ生きて動いていた時には、その身体を体内に咥えこんだ狼もまた、生きて動いていたのだ。

その時、少年の動きにあわせて、狼の四肢は痙攣的に宙を掻いていた。後肢の片方が、ふとシーツに爪を立てて蹴るように皺よせていたりもした。こうした動きの背景、黒檀の大時計の文字盤では、金いろの長針が黄金のⅦのあたりを指しているのが見られた。

……十一時三十五分。

金いろの短針は、黄金のⅪとⅫとのちょうど中間のあたりを指している。長短二本の針がつくっている角度は、直角よりやや大きい。

その大時計の、竪棺めく縦長の表面の全体に、大きく揺れる影の動きがいま投げかけられている。

寝台の上、黒い鉄の輪の円周上に十数本の蠟燭を並べた吊り燭台に、ほとんど頭を擦りそうにして蠢《うごめ》いているこの人獣二体の動きは、明らかに苦悶の動きである。その動きが空気の乱れをつくるのか、煽《あお》られて揺れのはげしい蠟燭の焰の下で、蠢く人獣の姿はその四方に複雑な影の錯綜をつくっている。

真正面に見つめている女の顔と身体にも、その影は届いて翼のように往きかっている。ざわめく音がしそうなほど、はげしい光沢をなだれさせている漆黒の毛皮の緞帳を背景に、その乳白の皮膚をつたう血の条《すじ》は濃い暗赤色である。耳の下から咽喉にかけての傷口にはじまり、濃い暗赤色の血の条は乳房の外側から脇腹へと、起伏に沿ってうねるかたちに下りながら、他の傷口からの血と混じりあっている。新しく湧き出して、重みを加えながら流れを増す血の動きはすでにほとんど見られないが、それらの暗赤色の条は生乾きであることを示して、まだ濡れた色を持っている。

眼を閉じていて、しかも表情というものが全くないので、少年の様子は夢遊病者のようにも見える。窒息から逃れるために、狼の腹腔から抜けだそうと身体の全体が苦悶の動きを持ってはいるのだが、眠っている人の動きのように、妙に緩慢でおぼつかないところがあるのだ。——その顔も身体も、ひどくねばついた感じの透明な粘液をぶ厚く帯びている。

鼻腔が粘液でふさがれているので、唇をひらいて呼吸しているのだが、その頭髪からはじまって上半身の全体にいたるまで、蜂蜜でも浴びたようなねばりかたで濡れ光っているのだ。

蠟燭の十数個の焰に、真上からちかぢかと照らされて、その濡れた全身の皮膚は実際以上に流動的な光沢を帯びている。あと一歩で白濁してしまうかと思われるほど粘性の高い、狼の腹腔内の漿液なのだ。その蜜のような流動物が、額から眼窩のくぼみを厚く埋めつくして頰まで垂れている少年の顔は、妙に平面的に見える。眉も睫毛も、流動物の厚い層に封じこめられたままねじれて皮膚に貼りついた顔は、どこか異常で畸形的にも見える。肉質が透けて見えているような、蚕のような白さでもあるのだ。その身体が、生きている狼の腹の裂け目から直角にはみ出し、膝を折った下半身はまだ内部につかえたまま、動いている。

その上半身が、まだ狼の腹腔内に胎児のかたちに丸まっていた時。

少年の身体が、まだ裂け目の奥に隠されて、この部屋のどこにも見られていなかった時。

その頭、その上体が現われるより前に、まず裂け目から突き出されたのは白い二本の腕だったのである。

——軽く指を丸めて、その両手は大量の粘液をつかむようにしていたのだった。粘液はどろりとした量感で、手首から肘の内側へとつたい落ち、垂れるように流れてシーツの上へと糸を曳いたのだった。十一時半、金いろの長針が正確に真下を指し、不意の響きで一音だけの鐘が鳴った。その突然の音の中で二本の白い腕は出現したのだ。この時、壁の毛並に沿って後頭部をずり落としかけていた女の姿がここには見られた。おそらく出血の衰弱のために、意識が混濁しかけていた女の姿がここには見られた。そこへ、不意に槌のひと打ちのように時計の鐘が割りこんだのだ。

その音の中、漆黒の毛並に沿って頭をずり落としかけたまま、女の瞳の黒さがとつぜん正円になった。音の中、狼の腹の毛皮は縦一文字に裂け、二本の人間の腕を先に、少年の上体が噴出するように飛びだした。ただの一動作で、時計の鐘の一音がまだ空中にあるうちに、すべての動きが終了したのだ。腹腔の内圧に押された臓腑が、傷口からひと息に噴出するように。

その時、狼の咽喉からは声が洩れたかもしれない。噴出した勢いで、少年の上体が寝台に倒れこんだ時、衝撃を受けた寝台は古びた軋《きし》みをたてたかもしれない。——しかし時計の鐘の音がまだ室内に出現しない前、たとえば十一時二十五分には、狼の苦痛の声も寝台の軋みも、ここにはまだなかったのである。十数個の蠟燭の焰に静かに照らされて、十一時二十五分、大時計の薄紫がかった黒さの文字盤の上では、二本の針がほぼ直線をなしている。黄金のⅪとⅤのあいだを斜めに結ぶ、金いろの橋である。

……十一時十五分、金いろの長針は、黄金のⅢの文字の中央の縦線と水平に一致している。

この位置、寝台の足もとと壁との狭いすきまに転げ落ちて、女はおそらく、たった今やや意識を取り戻したところである。首筋と背の全体に、そして尻から脚の皮膚にかけて、今じかに接触している毛皮の荒い感触を、おそらく真新しく感じはじめているところである。

見えない天井の高みから、長々と垂れた鉄鎖で吊られた燭台が、いま大きな振幅で揺れている。その鎖の、軋む音がつづいている。十数個の蠟燭の焰が、大きく斜めにたなびいては橙黄の色の赤みを強くし、そのたびにひらめくような動きで黒い油煙をあげている。

かすかに、液体のしたたるようなひそかな音が続いているのは、四方の壁の低いあたりからである。繁吹をあげるようにして、そこに飛び散ってから間もない、大量の血液のたてている音、その気配である。今、壁面を埋めつくした毛皮の滝の毛足に沿って、ひそひそとしたたり落ちる動きを待っているところなのだ。

その血液の大部分は、獣皮の表面が帯びた油分に弾かれて、痕跡を残さないまま滑りおちてしまうだろう。柔毛《にこげ》の表面をびっしりと埋めた、艶のある針毛の背に沿って血液は滑っていくだろう。すべての針毛の先端で丸くかたちを変えて、赤い光を帯びながら垂直に落下していくことだろう。

そうした細かい動きを、数知れず一面に含んで、四方の毛皮の滝はいま生命の音を帯びているように見える。大きく振れ動く燭台に照らしだされて、緞帳の四方にはめまぐるしい漆黒の光沢の躍動が走りつつあり、そして流れ落ちる血液は濡れた鮮血の輝きをあざやかに見せている。丸くきらめき落ちるしずくが、一瞬の光線の加減で、透明感のある深い赤を見せるのだ。

しかし何よりも赤いのは、女の全身を覆った流血の色である。今、流れる血は、その皮膚の上で底に黒みの沈んだ透明な暗赤色となって見えている。動脈の血の色、心臓から送り出されたばかりの、泡だつような鮮血の色である。——その同じ色の血を吸って、女の頭髪は肩に背に血の色の線をしたたらせ続けている。しばらく前、ほんの十分前までは、寝台の中央でその頭髪はシーツの血溜りにじかに浸っていたのだ。

……女の頭がシーツの血溜りの位置に見られたのは、十一時五分前後までのことである。十一時三十五分には、すでに倒れたまま苦悶の動きの中にあった狼も、その時刻にはまだその予兆さえも見せてはいなかったのだった。

十一時五分。

漆黒の毛皮の滝は、今ただ沈黙している。端正な光沢の艶を見せ、梳《す》かれたように毛並のそろった針毛に鎧《よろ》われて、その黒さは実際に油を流したようである。そうして、四方から寝台を見おろすかたちに、ただ沈黙している。

妙に低い位置にある光源を丈高く見おろして、時おりその低いあたりに、量感のある繁吹が叩きつけられたような動きが生じている。が、ただそれだけだ。十一時の時報——、十一回にもわたって長々と続く大時計の鐘の音が、この空間内に割りこんだのはそういった時間の経過の最中だったわけである。

大時計がその位置を占めている場所は、この丈長な空間の全体から見ればかなり低いわけだ。その低いあたりで、黄金のⅪとⅫ、十一時を示すその二点を指した金いろの針は、きわめて狭い鋭角をつくっている。そしてさらに低く、燭台と寝台とのあいだのあたりには、鐘の最初の一音が空中に生まれた時点で、狼の大きく見ひらかれた眼がこの時ある。その黄色い眼を見ひらいた狼の敏捷な動きや、本能的に咽喉を守ろうとして上げられた、女の腕の動きなどがここにある。——さらに、重々しい間を置いた鐘の音はつづいていき、そしてそのあいだ、この低い空間には無数の動きの集積が存在している。逆立った灰白色の毛並や、そこに散る血の斑点の他にも、動きは大量にあって、絶え間がない。……

その時どきに、重い量感で血の繁吹が壁の緞帳に叩きつけられては、音をたてている。

しかしそうした一連のはげしい動きは、突発的なものだったのである。

事態が流血へと突然なだれこむまでには、長い静止的な時間があったのだ。その時には、寝台の血溜りもまだなく、蠟燭の腹に飛んだ赤い汚点もまだ存在せず、ただ、この室内でただ一箇所、女の右腕の前膊にだけ細い血を流した引き裂き傷がすでに存在していた。

狼が、初めて黄色い狂気の眼を見ひらいたのは、十時五十分ごろである。しかしたとえば十時四十五分、その眼の黄色はまだ、現われてはいない。

十時四十五分という角度で、金いろの長針はIXの文字を指しているが、いま二本の針がつくっている鋭角は、重心の不安定な鋭角である。

……十数本の白い蠟燭は、まだ長い。

横腹には、垂れた蠟涙の盛りあがりもまだほとんどない。芯もほとんど炭化していないので、くすぶった黒い油煙をあげたりすることもないようである。

燭台は、黒い鉄の輪の円周上に蠟燭を並べたかたちを持っているので、その黒い輪の影が、淡く拡大されて真下に落ちている。まだあまり乱れのないシーツは、やや黄ばんだ地紋入りの麻である。

女の姿は、そのシーツのひろがりの一点に、折り曲げた足の上に坐る姿勢で、両手を前についている。その全身の白さの中で、ただ一箇所赤さの目立っているのは、右腕の前膊の中央、腕輪のような具合に三四本並んで引き裂かれた爪跡の傷口である。その傷口の真紅と同じ色が、もう一箇所、狼の前肢の左の爪の部分に見られる。

その色に爪を染めた人身大の獣は、いま女の側に腹を向けるかたちに横に倒れている。眼を閉じているので、その眼の色は判らないのだが、腹が波打っていて、呼吸の荒いことが判る。シーツのひろがりは、寝台としてはかなりの面積を持っている。従って、このふたつの姿のめぐりに、ひろがりの余白は充分に残されているわけである。——そうした全体の上に、真上から燭台の淡い輪のかたちの影が投げかけられている。しかしその五分前、あるいは十分前には、全く同じ姿勢で、女の見ている側に腹を向けて横たわっていたのは、一人の少年だった。

その左手の爪には、やはり新しい血の色が見られた。

たとえば十時半。部屋の底で、黒檀の大時計が何の前触れもなく鳴った頃。

同じ姿勢でいる少年の左手が、女の右腕の前膊をつかむように握っていることだけに違いがある。その顔にも全身にも、燭台が間近な距離から落とす影の淡さがゆらめいている。横顔だけを見せて、何を見ているのか判らない少年の眼は、いま異様な大きさになっている。自分の肉体の苦痛の内部に閉じこもってしまった人間の、盲目の表情だということが判る。

その眼と顔の無表情さのせいで、少年の様子は肉体だけが独立して苦しんでいるようにも見える。

その苦悶は、さらに前、十時を十五分ほどまわった頃にもすでに続いていたのだった。妙に背の高いこの部屋で、たとえばその高み、外気の洩れこんでくる小窓が存在するらしい暗い天井のあたりから、その苦悶を誰か見おろしていたとすれば——、苦悶する人体は、ひどく小さく白いものとして覗かれたことだろう。四方からなだれおちる漆黒の毛皮の底、低い位置に光源を持つこの舞台のような部屋の底で、変身の苦痛に充実した人体の動きは、人形の動きのように微小なものとして見おろされたことだろう。

それでも、発汗は嘘のようにおびただしく、顎が落ちて、唾液のたまった口の内側がすっかり見えている。その左手が、苦悶の無意識の動きで、女の腕に小さく爪を立てつづけているのが見える。呼吸のたびに、胸部の全体が袋のようにはげしく膨張したり落ちくぼんだりしているのも見える。

この苦悶が突然はじまってから、数十分後に体表に変化が見られるまでは、これが何のための苦悶なのかは誰にも判るはずがなかっただろう。長々と、何のために苦悶しつづけているのか、間近に見おろす姿勢で観察していようと、誰にも判ることはないはずである。しかし——

十時十分。部屋の真下、尻すぼまりに狭くなって見えるこの空間の底に、天井の高みからの観察者は次のような光景を認めたはずである。

寝台の中央、だしぬけの動きで、少年の身体が小さく倒れこむのが見える。これから数十分にわたって続くはずの、苦悶の最初の現われである。その右手、黒いつややかな照りを持つ毛皮を踏んで立っていた女が、振りむくのが見える。そのまま驚いた様子もなく近づいていき、観察の姿勢、両手両膝をついて覗きこむ姿勢になるのが見える。

この夜のすべての推移のなかで、ただ一度、この時女の声が聞かれたのを観察者は耳にとめたはずだ。——それほど苦しいのか、と吊り燭台の真下で、倒れた少年の上に自分の頭の影を落とす姿勢で女がいうのを、観察者は耳にしたはずである。

今、もはや何時なのか、観察者には判らない。蠟燭の焰がまだ点されていない室内には、暗黒があるばかりである。黒檀の大時計の文字盤も、その上の黄金の羅馬数字も見えず、室内には誰もいない。振り子の音だけがその闇の底で持続している。

……この部屋は、毛深い部屋、とでもいうべきなのだろうか。

鉄鎖で吊られた燭台には、白い蠟燭が十二本、たったいま火を点されたばかりである。複数の光源が生まれると同時に、狭い空間のめぐりには、踊りあがるような漆黒の光沢が繁吹をあげていた。この絶えまない動揺感は、たとえば呼吸している動物の背のようである。この室内に身を置く人間は、絶えまない動揺を見せて息づく動物の背に身を取り囲まれることになる。

同じ黒い毛皮の覆いに包まれた、背の低い大寝台。人の背たけを越える高さの黒檀の柱時計。部屋には、これだけしかない。窓も扉も、実際には存在するのかどうか、どちらにせよ毛皮の緞帳に隠されている。時おり、見えない天井の高みから、湿った夜気の流れがただよい降りてくる。

少年が一人、柱時計の脇に、影に身体を埋めこむように立っている。背を壁に押しつけ、頭は彫刻のある黒檀の肌に押しつけるようにして、そのような在り方でなければこの空間内に身を置く方法がないといった様子でもある。もしこの場に柱でもあれば、その陰に身体の半分を隠し、片目だけをのぞかせるかたちでいたことだろう。そこにのぞく片目は、常に何かをうかがう目つき、瞼の陰から相手の動静をうかがい見る目つきである。

今、大時計のつくる影の奥に全身を浸して、その目つきはやはりそういった表情を持っている。

短めの頭髪は、寝床から抜けだしてきたばかりのようなけばだった感じで、乾燥しているのか、ぱさつきながら立っている部分がある。瞼はやや腫れぼったい。蠟燭の、黄色みの強い光が光源となっているこの部屋で、それでもその皮膚は乾いた石膏のような、汚れた白さである。

——着実に続いていた振り子の音が、その一瞬、かすかな雑音を混じえてふと静止したように思われた。黄金のⅩとⅫ、たゆみない歯車の運行がこの一瞬へと差しかかって、二本の金いろの針が正十時の角度に一致した瞬間だったのである。バネがゆっくりと持ちあがりはじめ、十時の鐘の最初の一音を叩こうと、その動きに入った瞬間の静止だったのだ。

その一瞬——、微細な変化にも敏感に反応する性質を示して、少年の身体がほとんど痙攣的な動きを見せたのだった。身体の線を見せない、古着めくだぶついた衣服の下に、それでも鬱屈した感情の線が一瞬透けた。その線を隠すことを、一瞬だけ忘れたような動きだったのである。

同時に、空気の全体を振動させて、時計が鳴りはじめた。振り子は正確に時を刻み、歯車は着実に回転しつづけて、鐘の音は一音一音、室内の空気を振動させていく。——その音の中、この部屋のどこか近いあたりに、動くものの気配が生まれている。着実に近づいてくる足の動きを感じさせる気配、それが、大時計の真向かいの緞帳の向こうにある。

気配が静止する。見えない扉を開く音が、そこに生まれる。高みからひとなだれに床までを覆った毛皮の滝、その一箇所に新たな動揺がいま、生まれている。

童話・支那風小夜曲集

帰還

旅行のために長く留守にしていた支那の大陸が雲海の下に見えてきた時、龍はやはり嬉しかった。まだ年若いこの龍は、かつて広い世界に憧れたのだった。貿易風に乗って海を渡り、大陸から大陸へと何年も漂泊を続け、波斯《ペルシャ》の満月も西班牙《スペイン》に降る星も見た。でも今は、揚子江に落ちる半輪の月影を、峩眉山の北に登る麒麟《きりん》座の星々を、久しぶりにこころゆくまで眺めたかった。黄海から山東半島の突端をまわって夜の渤海へと入っていきながら、龍はまずどこへ降りようかと考えた。黒雲を巻き青金《せいきん》の鱗をざわめかせて翔《かけ》る龍の姿を見た船乗りたちは、あわてて灯を消してなりをひそめた。鉄板のように鳴りひびく龍の鱗の一枚一枚は、触れあうたびに電光を発して、稲妻のように海面を光《て》らしたのだ。海岸線を越えて上陸した龍は、やがて行く手に懐かしい古い都の燈火を見た。

まず、あそこに降りることにしよう。

龍は思い、軀をひと揺すりして先細りの烟《けむり》と化しながら、手近な竹林の中へと降りていった。驚かされた雀の群が、激しく羽ばたいて飛びかかった。

人間の姿になって北京の街筋に入っていくと、地上には良質の支那墨のような闇がなま暖かくよどんでいた。

龍は花櫚《かりん》の砂糖づけを買って、食べながら通りから通りへと歩いた。ある窓辺には、紫檀の花台に紅と白の庚《こう》申《しん》薔薇があふれるほど活けられているのが見えた。熱い紹興酒を求めて男たちの集まってくる街筋では、阿片の夢に憑かれた人間たちの姿が、影絵になって入り乱れている扉口《とぐち》を幾つも見た。何を見ても、龍は幸福だった。砂糖のついた口をあけて夜の大気を吸いこむと、天頂を大きくよぎる銀河の星群が、薄くかすんで眼に入った。

唐子髷《まげ》の子供が、漢《から》竹の笛を吹きながら通りすぎていった。人力車の紅い灯が、角を曲がって見えなくなった。朱鞘の佩剣《はいけん》を吊った堺生まれの刺客が、桃の枝をくわえて、思案顔で歩いてくるのとすれ違った。韃靼《だったん》人の夫婦が、銀三十枚で茶館に売りにいく小娘をつれて、悠然と追いこしていった。

女に逢いに行こう。

ふと、龍は思いついた。どこかで春の祭礼があるのか、幾つもの街衢《がいく》を越えて、遠い雑踏のざわめきと楽の音がきれぎれに届いた。

そうだ、女に逢いに行こう。久しぶりに逢って、みやげ話などもしてやろう。

龍が思った時、背後で笛の音がとぎれた。振りむくと、唐子髷の子供は黒ずくめの刺客の顔を仰ぎ見るようにして、何か立ち話をしていた。刺客は桃の枝を子供の髷に差し、隠しから一顆の茘枝《れいし》をとりだして、剝いて食べはじめた。

女の、やわらかく括《くく》れて二重になった白い顎や、黄桃の尻のような色をした緋色の唇などが、断片的に龍の眼に浮かんでは消えた。立ち話をしていた二人は、龍に見つめられていることに気づいた。刺客はつと後ろ向きに離れ、子供の手から笛を抜きとりざま、背を返して歩き去った。布の沓《くつ》を穿いた子供の足音が、ぱたぱたと反対側へ駆け去った。角を曲がっていく刺客が、嫋々と春鶯囀《しゅんのうでん》を吹きはじめるのが聞こえた。が、それにも気づかず、龍は雑踏の半透明の影が入り混じる甃《いしだたみ》の中央に立ったまま、女のことを思って微笑しつづけていた。

そうだ、女に逢いに行こう。女は、おれに逢って喜ぶことだろう。

恋と歯痛に悩む数学者が、腫れた頰を押さえて蹌踉と歩いていった。祭の街筋より遠いどこかで、きつくにおう犬が月にむかって吠えていた。龍は、しみじみと幸福だった。

女の部屋に上がると、漆の鳥籠の中で、高麗鶯が黄金色の羽根をたたんでしんと眠っていた。女は露台の欄干にもたれて、池の金魚に餌を撒いていた。

龍、龍、おまえなの？

そうだ、龍だよ、帰ってきたよ。

火雲と鳳凰を縫いとった女の衣が、龍の前でゆれた。灯を消して、二人は頰をよせて踊った。そして龍は語ったのだ。鮫人《こうじん》が、真珠の涙をこぼしながら機を織る南の海を。波濤に洗われる岩の上で、人魚が唄う北の海を。白夜とオーロラを、そして鸚鵡と孔雀と白象が眠る熱帯林や、駱駝と鬣狗《ハイエナ》が寒さに顫える砂漠の夜を。女は言った。

そして龍、女たちは？　そのおまえが閲《けみ》したさまざまな夜に潜んでいたはずの女たちは？

女たち？　世界の月が見おろしていた闇の中の女たち、琥珀色の、石竹色《せきちく》の、瀝青《れきせい》の色の肌をした女たち……

龍は、庭の池心《ちしん》に落ちた正円の月影を見た。緑や紫の眼を持つ女たちの顔は、思いだそうとするはしから、潮流に乱れ流されていく海藻のように千々にゆらめいて消えていった。

みんな忘れてしまったよ。

龍は言った。

おれはあの女たちの顔を見ていたつもりで、その実は、いつもたったひとつの顔しか見てはいなかったのだろう。熟した白桃のやわらかさと青磁の硬さをあわせ持つ、支那の大陸の女の顔を。

龍、おまえの息は花櫚《かりん》の実のにおいがするよ。

龍は女を抱きよせて答えた。

支那の女の息は、罌粟の実のにおいがする。雉鳩と玉鶉《うずら》の眠る梅林のにおい、夜の芙蓉のため息のにおい、浅海で眠りながら蜃気楼を吐くという貝の息のにおいがするよ。

碧い祭の夜にふたり出ていくと、蝙蝠の飛びかう空の下で、屋根瓦の列が錫箔《すずはく》を置いたように月に白んでいた。紅い提燈《ちょうちん》の列を幾つもくぐりぬけて歩くと、女の額に珊瑚の花簪《かんざし》が揺れた。饅頭売りと蠟燭屋、十字架《クルス》を下げた紅毛人と笹色の唇の娼妓たち、白毛の亀を籠に入れて王宮へと運んでいく行列などが、桃の月の下を影になって往き交った。

龍、お酒を呑まないか。

女が言った。

草の実の酒、果実の酒、鉱物の酒も血の酒もあるよ。咽喉が爛《ただ》れるほど熱いのや、氷より冷たく沸騰したの、乳のように蒼白いのもおまえの鱗より黒いのも、何でもあるよ、龍。

しかし、今夜龍は酒に酔うより前に、あふれる追憶に酔っていた。ひとつの提燈の紅い灯は百の千の記憶を呼び醒まし、その中で龍はすでに酩酊していた。女の軀のぬくみが、腕の中に溶けいった。一歩あるくごとに酩酊は深まり、龍はしんじつ幸福を感じた。

運ばれていく白毛の亀が、星より赤い眼をむけて声をかけてきた。

龍、おまえはとうとう帰ってきたのだな。おれたちのこの大陸に、世界の東の果ての、古代の夢と記憶が棲むこの土地に。

皇帝と大臣と将軍たちの行列を天から見おろしながら、星が万億の眼をまたたいて金色の声をかけた。

龍、とうとうおまえも自分の間違いに気づいて帰ってきたのだな。何年もの間、無為にさすらったあげくやっと自分の正しい居場所に帰ってきたのだな。

一人の唐子髷《まげ》の子供が、桃の枝を翳《かざ》して行列に沿って走った。道を埋めて行列を見守る祭の群衆のにおい、牛の尿のにおい、脂の煮つまっていくにおいが夜気に満ちた。耳になじんだ発音で喋る人声、銅鑼《どら》の音の中で、龍は初めてこの数年間の放浪を後悔した。

女の声が、龍の耳もとで言った。

いいよ、龍。あたしは、あたしたちは、今夜おまえを取り戻したもの。

そうか。

と、龍は一人言のように高く答えていた。

おれは結局、支那の大陸を取り戻した。今夜、支那はおれを取り戻したのだ。

その時、背後で続いていた笛の音が止《や》んだ。と思った時、唐子髷の子供が、一人の将軍の輿《こし》に桃の枝を投げた。その合図と等しく、二本の吹き矢が風を截《た》って、どよめきの中で長髯の将軍が地に転げ落ちた。将軍殺しを引き受けた刺客の姿は、すでにどこにも見られない。再び始まって遠ざかっていく笛の音は壱越調、春鶯囀の入破の段にかかっていた。

流れ矢を首に受けた龍の軀は、女の腕に抱きとめられていた。朱色の吹き矢に塗られた烏頭《うず》の毒が、泡だちながら全身にまわり始めた。女は、自分の腕の中で、固い帯が急にゆるんで解けはじめるのに似た気配を感じた。青金《せいきん》の鱗はその腕いっぱいにあふれて、軋《きし》りながら甃《いしだたみ》の上にまでほぐれだした。

龍の姿に戻りかけて、変化は途中で止まった。鱗と人間の手足とが混じりあった姿のまま、龍はかすむ眼で提燈《ちょうちん》の列と天の星々とを見上げていた。

今夜、支那は本当におれを取り戻したのだ。おれの血と骨と肉は、この古い土地に帰還していくだろう。

龍は、理解したような気がした。

人垣の姿と声が、水の膜のように流れて消えた。永遠の支那の夜の闇が、代わってそこを領した。龍は、幸福そうな長いため息をひとつ洩らして、ゆっくりと眼を閉じた。

支那の吸血鬼《ヴァンピール・シノワ》

フイ氏には長らく思いわずらうことがあった。フイ氏は吸血鬼である。そして、恋をしていた。想う女人は吸血鬼ではない。それが、悩みのすべてだった。

金子《かね》で購《あがな》うことのできる女であったので、フイ氏はすでに妓楼主と話をつけて、女を租界の一劃に建つ家に住まわせてあった。その家に通うだけで、まだ女に触れてはいない。フイ氏は面やつれした。李賀とヴェルレエヌを愛し、牡丹を育てる静かな生活は乱された。女から離れ、竹林の奥に賢人たちと虎の棲む大陸の奥地へと旅もしてみた。藤の花ざかりの下で茶を飲んでいても、女を忘れる瞬間は一瞬たりともない。憔悴して、フイ氏は旅から戻った。阿片の夢も、もはや女の面影を脳裏から消し去ることはできなかった。

瓦斯洋燈《ガスランプ》の火屋《ほや》に火蛾がまつわる夜更、フイ氏は細い口髭に香油を光らせて、女の家へと向かう馬車の中にいた。膝に載せた紙包みには、黒真珠の指環が入っている。今夜こそは告白をする決意だったが、それを聞いて女の心が離れることをフイ氏は恐れていた。女は、逃げていく禽《とり》のような、よく動く黝い眼をしていた。

部屋に通されると、紅絹を張った行燈《あんどん》の火影に、暗鬱な基督《キリスト》磔刑図が見えた。その前に坐った女は、膝まで届く銀髪を梳《と》きおろして、黄楊の櫛ですいているところだった。うす桃色の耳たぶに重い翡翠の珠《たま》が揺れ、ずぼんの裾にのぞく素足には繻子の上沓《うわぐつ》をつけている。扉口《とぐち》に立ったフイ氏を見あげたまま、女は手ばやく髪を編むと頭頂に結いあげた。なま暖かい髪の束が女の手の中で重みを量られ、蛇のように入り組んだかたちに結ばれていくのを、フイ氏は飽かずに見守った。

今夜はお顔がとても蒼ざめているよう。悪い夢を見て暈《かさ》の中で酔っている月のように。

女は言いながら、フイ氏を隣りに坐らせた。

見て下さい、紅絹の行燈のせいで妾《あたし》の手も顔も蘇芳《すおう》を浴びたように赫く染まっているのに、あなたの顔は蒼白い。水面《みなも》の月のように、その下で溺れ死ぬ夢を見ている魚たちの腹のように。

私の来ない間に、部屋の模様変えをしたのだね、貴女。

と、フイ氏は女の冷えた手に掌を重ねて言った。女の髪は生き物のようになま暖かいが、髪に熱を奪われて女の軀は冷たい、とフイ氏は思った。その軀を流れる血のぬくみのことは、強いて思わないようにしながら。

阿媽《アマ》が音もなく現われて、高い香の茶を置いていった。部屋に、急に大蒜の臭いがたちこめた。

この絵を御覧になって、あなた。

女が壁を指さして言った。

眼も髪も赤い商人から買い入れたものです。科《とが》なくて死んだ耶蘇《ヤソ》、あの十字架上の姿を御覧になって、あなた。

貴女の手はとても冷えている。怯えた小禽《とり》のようだね。こちらを御覧、眼をそらさずに。

フイ氏は言った。

フイ氏が話しつづける間、女は聴《さと》い子供のようにおとなしく聞き沈んでいるように見えた。その手の甲の薄い皮膚、その下に透ける静脈の筋を、フイ氏は見ていた。長い話が終わると、女は禽のように小さな吐息を洩らした。吐息は部屋の薄暗い空気に混じって、その行方を見定めることはできなかった。

承知してくれますか？　永遠の生命と若さを、私と頒《わか》ち持ってくれることを。

女は、動くとも見えないで静かに寝椅子から離れた。指先が離れると、女は部屋の隅に立ち止まって振り向いた。

妾には、昔、異人の吸血鬼を馴染客に持っていた朋輩《ともだち》がいました。

女が言い始めるのを、フイ氏は坐ったまま聞いていた。

その客も、朋輩《ともだち》に永遠の生命と若さを約束したそうです。その女《ひと》が客の申し出を承知したのかどうか妾は知りません。でも、彼女は血の贄《にえ》となった別の女の死顔を見たことがあるそうです。その女の顔は、蠟のよう。

異人の吸血鬼の顔も、蠟のよう。でも、獲物を屠《ほふ》ったあとの吸血鬼の顔は不自然に充血して、こめかみは浮腫《むく》み、その重みのために偏頭痛と耳鳴りが絶えなかったそうです。……

ああ、貴女のその姿、若い血がうぶ毛の下に透けて見える胡蝶蘭のようだ。

フイ氏は言った。熱い蒸留酒を啜るうちに、その咽喉は別の渇きに灼けはじめていた。

その貴女は、朋輩《ともだち》に聞かされたという吸血鬼の醜さをきらっているのだね。蠟の花のようになって永遠の生命を持つのなどいやだというのだね。でも、十字架も大蒜も、異人の吸血鬼なら知らないが、この私には無駄なことだよ。

女は答えずに、はたはたと掌を鳴らした。再び現われた阿媽《アマ》の顔を今度は正面から見て、フイ氏はある記憶を取り戻した。しばらく前、血の渇きに耐えかねて売りに出されていた子供の一人を買った時、傍らについていた母親がこの阿媽《アマ》だった。そして、フイ氏の正体を女主人に告げたのだ。

禽のような眸《め》をして、何を考えている？

と、やがて床に倒れた阿媽《アマ》の頸筋から唇を離してフイ氏は言った。

その異人の吸血鬼がどうなったのか、話してくれないか。

行方知れずになったそうです。十字架の影の彼方に消えたのか、大蒜の花に埋め殺されたのか。

朋輩《ともだち》というのは、貴女自身のことだったのだね。散歩に出ないか、馬車を待たせてある。今夜は月がいい。

夜鶯の啼く道を馬車で行く間、フイ氏も女もそれぞれ自分の思いに耽っていた。朱い欄干と燈火の入り混じる街筋に差しかかると、そこでは撃ちあいが始まっていた。窗の緞子《どんす》のカアテンを薄目にあけて眺めながら、二人はこの黄色い大陸から遠い西にある世界のことを話しあった。石造りの尖塔や鐘楼の街々の並ぶその世界から、この銀色の髪の女は買われてきたのだった。通りでは、玩具の火薬玉が破裂するような音をたてて火花が飛びかい、弁髪の男たちが無数の扉からあわただしく飛び出したり消えたりしていた。倒れて動かなくなった男の周囲では、金魚のような女たちが、裳《も》をひるがえして泣きさけんでいた。自分の胸に頰をよせた女の眼が、霞のような望郷の色に曇っているのをフイ氏は見た。

支那の吸血鬼は、滅びて塵に戻ることはないのですか、あなた。

十字架も大蒜も、太陽も光も杭も、何ものも我々を塵に還らせることはできなかった。

と、フイ氏はなま暖かい女の髪に掌を当てたまま答えていた。

この大陸の、我々一族の数は多い。でも、今では私一人を残して全員行方知れずになっている。誰もが、長すぎる生にいつかは飽きはてて、塵に還る方法を捜しに旅だってしまうのだよ。未だその方法は発見されない。あらゆる大陸の覇者たちが不老不死の薬の夢に憑かれたのとは反対に、我々には滅びの秘薬を求めて彷徨《さまよ》う生が定められているようだ。……

妾が蠟の花になって、それでもあなたの妾を想う心は変わらないと言えるでしょうか。

と、やがて部屋に戻って女は言った。その薬指には、黒真珠の指輪がすでに嵌められていた。

蠟の花になった妾の傍らで、あなたはいつか生に飽きはてて旅に出たくなるでしょう。その時になっても、あなたの心が変わらないと言えるでしょうか。

変わらない、貴女、変わらない。

フイ氏は繰りかえした。繰りかえしながら、重く疼《うず》く偏頭痛と耳鳴りを感じはじめていた。先刻飽食した血が額に逆流して、不快な重苦しい眠気を誘いだしていたのだった。

貴女、明朝上海から出港する船の切符が二枚、ここにある。尖塔と鐘楼が霧の中にかすんでいる石の街へ行けば、滅びの方法が見つかるかもしれないと思うのだよ。

見つかるでしょうか、あなた。

見つかる、見つかるとも。

あなたは眠いのだわ。

女が言うのを、フイ氏は遠く聞いた。

あなたのお顔はもう蒼白くない、血を孕んだ蠟の月のよう。血の潮が満ちてあなたの瞼は重い。お眠りなさい。あなた。……

やがてフイ氏が絹の褥《しとね》の上に動かなくなると、女は立ちあがった。もちろん、この人はたったひとつの確実な方法を故意に見おとしているのだわ、と女は思った。

翌朝、南の海へと流れる潮流に乗って湾を出ていく船の中に、黒真珠の指環を嵌めた一人の女の姿が見られた。紅絹の行燈《あんどん》と磔刑図、あの部屋に閉じこめられた不老不死の支那の吸血鬼が、どれほどのあいだ断食に耐えられるものか、女は知らない。何年か、あるいは何世紀か——、今朝、部屋の扉をすべて釘づけにする前に、女は白牡丹をたわわに盛った花籠を、餞《はなむけ》として枕もとに置いてきたのだった。

それから、フイ氏の消息をだれも聞かない。

スープの中の禽《とり》

一人の若く貧しい料理人がいて、美しい一羽の家鴨《あひる》を飼っていた。

彼らは、しんじつこまやかな愛情で結ばれていた。調理場の片隅に調えられた、粗末な、しかし清潔な小舎の中で、昼の間あひるは料理人が下働きの仕事に追われるのを見守った。しかし夜になって竈《かまど》の火が落とされると、最後の後片付けを済ませた料理人はあひるのところへ行き、小舎から連れだして料亭の庭の泉水に浮かべてやるのだった。あひるの羽根は、薄く油を引いたような艶を持って真珠母いろに輝き、その賢そうな眸《め》は薄黄色い暈《かさ》に縁どられた血石のようだった。仕事がひけて妓《おんな》のところへ出かけていく朋輩たちは、この愛情を嘲笑ったが、二人だけでいる時彼らは幸福だった。

ある夜、客はもう誰もいないものと思った料理人が池であひるを泳がせていた時、愛妾の膝枕で眠っていた県知事が、ふと眼ざめてその様子を欄干ごしに見かけた。

若くて金もなく地位もない人間が、あのように幸福そうであるとは許しがたいことだな。

県知事は、酢の臭いのする欠伸《あくび》をしながらつぶやいた。愛妾に、新しい琅玕《ろうかん》のピンと簪《かんざし》をねだられて、少々弱っていたところだったのだ。

わたくしは甘《うま》い家鴨《あひる》のスープを食べとうございます。

と、若い妾が急に言った。庭のあひるが、若くて美しい料理人に愛されていることを見てとって、ねたましく思ったのだった。

あの家鴨《あひる》は脂が乗って、いかにも食べ頃ではありませんか。わたくしは、滋味の豊かな飴色のスープに浮かせて、あの禽の肉を食べとうございます。

この若い妾の真意を、県知事にしても見ぬけないではなかった。あひるなどよりは鱶《ふか》の翅《ひれ》を、あるいは猿の脳髄をあつらえてやろう、としばらくして知事は言った。女は毅然としてこの提案を退け、ただ繰りかえした。

わたくしはあの禽が食べとうございます。どうぞ料理長に御命令くださいませ、殿様。

何度が応酬するうちに、県知事の眼には茫洋とした眠気の霞がかかり始めた。自分があの若く貧しい料理人を庇ってやる理由が、どこにある？　あの男にしても、今のうちにこの世の辛酸を知っておくほうがためになるというものだ。（若い妾とこのようなやりとりをしなければならんというのも、その辛酸のひとつというものだな。）それに全き幸福の図をこのように人に見せつけるとは、傍若無人な驕《おご》ったふるまいではないか。

……県知事は欠伸を洩らし、柔らかいよい香りのする膝に重い頭を落とした。

明日の夜、県知事とその寵姫が家鴨《あひる》のスープを召しあがる。そのためには、スープは今夜から煮はじめねばならない。

と、命令はその翌日若い料理人に伝えられた。このあひるは私が卵から孵して育てたのだから私のものです、と料理人は抗弁したが料理長は聞き入れなかった。

育てるために、おまえはこの厨房の野菜屑や穀粒をくすねていたではないか。今までは大目に見てやっていたが、今日こそはそうはいかない。

自分の手であひるを殺して今晩から煮はじめることを、料理人は命じられた。首のない鶏が、血を噴きながら胴体だけで駆けまわり、胎児《はらご》を持った黒豚が啼きながら引き出されてくる厨房の片隅で、あひるは賢そうな顔を傾けてそのやりとりを聞いていた。

夜になって、若い料理人一人を残して人はいなくなった。金網の中から出されると、あひるは頸筋を伸ばして料理人の眼を覗きこんだ。

おまえをつれて、どこか遠くへ逃げようと思うのだよ、あひる。

それはいけません。わたしがいなくなっても、この大陸のどこかに、あなたのために生まれてきてあなたを待っている女のひとが見つかるでしょう。

あひるは飛べない翼を拡げて、料理人の膝に頸を載せた。

それでもあひる、おまえを殺すことなど自分にはできないよ。

ではあなた、大鍋を用意して湯を煮て下さい。

料理人が言われたとおりにすると、あひるは嘴《くちばし》で自分の羽根を毟り、湯の中に飛びこんだ。料理人は竈口《かまど》の前に膝を抱いて坐り、スープが煮えていく音に耳を傾けていた。

あひる、苦しいか。

料理人が訊ねると、あひるは答えた。

いいえ、それほどでも。

しばらくして、料理人はまた訊ねた。

あひる、苦しいか。

いいえ、それほどでも。

湯玉のたぎる音の中で、あひるが答えた。

飴色のスープに油膜が浮きはじめ、その中で家鴨《あひる》の肉がやわらかく煮とろけていく間、料理人は一晩中何度となく同じことを訊ねた。そのたびに、あひるは同じ答えを返した。

あひる、苦しいか。

いいえ、それほどでも。

あひる、苦しいか。

いいえ、それほどでも。

翌朝、朋輩の料理人たちがやってきて、大きな片刀《ピンタオ》でスープの中の禽を切りわけた。匙で切りとれるほど柔らかくなった肉片が、香辛料の湯気に包まれて皿に盛りわけられていく間も、あひるは料理人に答えつづけていた。

あひる……

いいえ、それほどでも。……

それから何度か月が満ち欠けして、貧しい身なりの若い男が、県知事の愛妾の邸に夜ごと出入りしている、と噂がたつようになった。飴色のスープを吸ってますます脂の乗った女の腹は、灯の下で、真珠母いろの光沢を走らせるのだった。その腹に口をつけて、若い料理人が毎夜何を囁きかけているのか、女の耳には聞きとれなかった。

あひる、苦しいか。

あひる、つらいか。

家鴨《あひる》はいつも答えを返した。

いいえ、それほどでも。

それほどでも、あなた。……

県知事は、残業続きの執務室で独りきりになる時、買ってきたまま渡さない琅玕の簪《かんざし》を手に載せて眺めることがあった。ある夜、本当に誰もいない時、知事はそれを自分の頭に挿してみた。そのまま手鏡を覗きこむと、鏡の中の道化た顔は、疲れた欠伸《あくび》をひとつ洩らした。

貴公子

その名も麗しきマドモワゼル・マクシミリエンヌ、支那帰りの麗人の領地で、貴族たちの狩猟会が催されることになった。

近隣のあらゆる爵位の持ち主、あるいはその後継者たちは、にわかに色めきたった。令嬢の足元に、最も多く血に染んだ獲物を持ち帰った者は——たぶん——おそらく、生身の賞品を与えられるのではないか、というもっぱらの取り沙汰だったのだ。田園地帯の丘に建つ邸を中心として、そのめぐり数千町歩が令嬢の持ち物だった。その中には豊かな黄金の葉をなびかせる森林があり、鱒の跳ねる谷川もあり、鳥獣を追って馬を走らせるには景色のよすぎるほどの土地である。中には、早くも従僕を総動員して、上等な獣の屍を令嬢の領地の藪などに隠させているという某男爵、某伯爵の噂まで伝えられた。

月光のおののき、渦なす白銀の髪の持ち主である白い手のマクシミリエンヌが長い旅行から帰朝した時、その変わりように、数多の求婚者たちは驚きの眼を見はったものだった。髪は頭の左右に髷《まげ》に編まれ、切りそえた前髪を簾《すだれ》のように眉の上まで垂らし、耳には翡翠の環《わ》が嵌まっていた。その挙措には東洋風な懶《ものう》い影が添い、軀にまつわる香も白檀か麝香《じゃこう》か、常に異国のものしか用いられない。邸に持ち帰られた夥しい器物、水煙管や漆の茶器、細密画や壺のたぐいも人の眼を惹いたが、それ以上に好奇心をそそったのは、令嬢が同じく金袋で買いとって連れ帰ったという支那の女たちである。胡蝶や菊を縫いとった上着に胴を包まれて、小刻みに歩くこの女たちは、いずれも纏足《てんそく》していた。掌に納まりそうなその小さい足は、邸のあちこちの物影で、不埒《ふらち》な客人たちの掌の中で実際にその重みを量られることとなった。

中に、一人だけ正体の知れない人物がいた。
細く切れあがった眼を持つ、年齢さえ推しはかりがたいこの支那の――おそらくは若い男は、明らかに他の支那人たちとは一線を画した扱いを受けていた。令嬢の客間に夜ごと群れつどう求婚者たちは、時にこの男がいつの間にか姿を現わして、壁ぎわで会話に耳を傾けているのを見た。言葉を理解しているようには見えなかったが、ある夜令嬢の慫慂で、男が胡弓を弾いたことがあった。支那語で唄ううちに、詞は突然フランソワ・ヴィヨン、それも『曩昔の美姫の賦』に変わった。弾きおさめると、男は客たちの反応を待たずに背を返して出ていった。……その足も、纏足《てんそく》である。支那では纏足は女だけのものの筈だ、と令嬢の意を迎えるべく支那通《つう》になった某子爵が洩らしたことから、人々の好奇の眼はいっそうこの男の上に集まることとなった。令嬢はその様子を秘かに楽しむような眼差で見つめているだけで、穿《うが》った見方をするならば、この不可解な支那人の上に故意に煙幕を張って、人々をそそっているようにも思われた。

狩猟会の当日、その男が参加することが知らされた時、人々は当然のことながら大きくどよめいた。半ば以上は、不明瞭な憤懣の声だった。

あの華奢《きゃしゃ》な支那人が、我々と共に令嬢を争うとでもいうのか？

男たちは言うのだった。

女と一緒に纏足《てんそく》されて育った男女《おとこおんな》が、半日の騎射に耐えられるとでもいうのか？　第一、人の肩を借りなければ段階も登れないような歩きぶりで、馬の鐙《あぶみ》に片足をかけることさえできるのだろうか？

屈強なクレオール人の下僕に支えられるようにして支那の男が現われた時、期せずして恋敵たちの眼はそこに集まった。一頭だけ離れたあたりに繋がれていた、見馴れない灰白色の斑馬――支那渡りの馬だ、と人々は囁きかわした――その前で、男は下僕の腕に抱きあげられ、そこから鞍の上に移った。思わず失笑が人々の唇にのぼりかけたが、見事に渦を巻いた尾を持つその馬の猛々《たけだけ》しさが、何故ともなく彼らを黙らせた。支那の男は馬の頸に掌を当て、支那語で声をかけた。その意味が、馬の名、〈風君《ふうくん》〉であることを、人々はのちに知った。

藪の中に獲物を隠しておいた何人かの計略は、水泡に帰した。めざす獲物は、このごろ領地の西の森に棲みついた大鹿の群、それもその長と思われる一頭の白毛の鹿、と令嬢自身が言いわたしたのだ。令嬢は、額に一つ星のある黒毛の雌馬に横鞍を置いて、鞭を手に人々と共に駆けた。それぞれ好みの毛色の馬に乗った男たちは、いやでも支那人の乗馬ぶりを盗み見ずにはいられなかった。それが支那の流儀なのか、男は一度も手綱に手を触れようとしない。左手に持つ弓には金の鈴が幾つも結びつけられていて、膝の力だけで楽々と馬を飛ばすあいだ、鈴音は西の森に東洋風な楽の音《ね》をそえた。

前を駆ける猟犬どもが、いっせいに吠えたてて真一文字に飛びだした。人々は早駆けに移った。前方の樹間に、かろやかに馳せていく鹿の群が見える。やがて犬の働きで、鹿の群は袋小路の空地に追いつめられた。乗馬の貴族たちがそれに追いついた時、猟犬の半ばは鹿の角にかかって高々と宙に投げられていた。矢衾《やぶすま》の中で、大鹿は十頭二十頭と膝を折って倒れていく。その中で、ひときわ高い枝角を戴いた白鹿だけは、不思議に矢風をかいくぐってどこまでも逃げ続けた。やがて、空地を半円に取り巻いた乗馬の群の一劃が、急にどよめいて崩れた。白鹿が腹を見せて宙を翔《かけ》り、囲みを破ったのだった。

登り坂の行く手は、渓谷を望む断崖である。白鹿はかまわず突き進んでいく。距離はしだいに引き離されていき、このままではあたら良い獲物を谷間の激流に追い落としてしまうかと思われた。その時、泡を吹く先頭の集団の間から、急に一頭の斑馬が地を滑るように抜け出した。風君である。刹那の間に、鈴の音は人々を追い越し引き離した。今まで一度も抜かれなかった箙《えびら》の矢が、ひと筋支那人の手に移って高くつがえられた。急に、鈴の音がひたと止《や》んだ。支那人の華奢な軀が鞍からのびあがって、断崖の縁に白鹿が射たおされるまで、弓の鈴は宙に浮いたようにそよとも動かなかった。

やがて逸《はや》る馬を崖ぎわで半円に戻して、支那人がゆるやかに駆け戻ってきた時、再び鈴音が始まっているのを人々は聞いた。白い手のマクシミリエンヌは、鞭を頭上に挙げてこの支那人を迎えた。

国王自らがその美貌を惜しんで再三巴里《パリ》に招こうとしたにもかかわらず、令嬢は田舎の領地に引きこもったまま動こうとしない。かなり後になって、支那の男の正体は人々の知るところとなった。時の支那皇帝の皇太子の弟、双生児であったため女として育てられたこの人物は、細かいいきさつは判らないが、自ら名を捨てて異邦の令嬢と共に出奔してきたのだという。

この纏足《てんそく》の貴公子の捨ててきた名を知る者は、マクシミリエンヌ以外には誰もいない。だれ言うとなく、人々は風君と呼んだ。

恋物語

春の宵に、刺客がめざす相手の寝室に忍びこんでみると、四柱寝台の中には絹蒲団に埋もれて病気の子供が眠っていた。

あまりに稚《おさな》らしい寝顔なので、刺客は驚いて両手を垂らしたままその顔に見入ってしまった。

広くあけ放された窓の外は果樹園で、さかりの桃の花が蠟細工のように蒼白く凝《こご》っていた。月は榲桲《マルメロ》の実のように熟して、薄もやの中に黄色っぽく潤《うる》んで見えた。夜風の中に、近くの運河から届く水の匂いがある。病気の子供は、編んだ髪を枕の上にほつれさせて、唇を膨らませて息をしていた。蒲団の上に置かれた手の、手首の精妙さに刺客は驚いた。身長の伸びばかりが不均合に盛んになる年頃の子の、痩せて皮膚が骨格の上に張りつめたような手首だったのだ。

なんと小さくて、なんと絶妙な手首だろう。

刺客は思った。

なるほど、これが支那人の皮膚というものか。支那人の皮膚というのは、こういうものだったのだな。

遠くに、運河を行く漕ぎ舟の艪《ろ》の軋みが聞こえた。水面を這う舟唄が、のどかにちぎれて漂った。おれは刺客なのだ。彼はようやく思い出した。思い出してから、また驚いたようにまたたきした。この病気の支那人の子供が、その相手だったのだな。

刺客はまだ、手を垂らしていた。

微熱に浮かされたまま瞼をあけると、朱鞘の佩剣《はいけん》を腰の後ろに吊った、見知らぬ黒ずくめの男がそこにいた。病気の子供は、蒲団の胸の上に片掌を置いたまま眼を開いていた。汗を滲ませた肌理《きめ》の細かい皮膚の下には、熱っぽい肉が暗くひそまり、その中心に正確に鼓動する心臓のありかが感じられる。

あたしは病気なんだ。

子供は思った。

病気のあたしの息は熱く湿っている。その息が上唇の上のくぼみに溜まって、そこが少し濡れたみたいに潤《うる》んでいる。体温と水分と、少し狂った夢と寝苦しさと、それだけであたしは出来あがっているみたい。

深く息をして、子供はやるせなさそうに胸を上下させた。蒲団の隙間から、自分の体温と蒸気がゆるく這いだして顔を撫でた。寝苦しい? 寝苦しいの? 寝苦しいあたしって、いったい誰かしら。子供は思った。あたしは誰でもなくて、ただ、病気の子供、なんだわ。

熱っぽい、熱っぽい。……あの人、誰かしら?

恋猫が、人間のように啼きながら通りを歩いていった。

四柱寝台の縁に腰かけて、ふたり並んで月を見ていた。恋猫は、どこかの屋根の稜線でつれない人を恨んでいた。

病気の子供は喋っていた。

あたしに小さな娘がいて、その子が病気になったとしたら、月のいい晩に窓をあけ放した部屋に寝かせたりはしないわ。禽《とり》になって窓から逃げだしてしまうじゃないの。桃のピンク色の花の上から運河を越えて、月の向こうまで飛んでいくわ。月はぐらぐらするあたしの頭よ。こんなにぐらぐらするから、お月さまも星も屋根の上で眩暈《めまい》を起こしてるわ……あたし禽の小さな羽根よ、あたし月よ。

でもほんとは、あたし病気の子供なの。……

刺客は欧亜混血の病気の子供を見ていた。

ほつれた髪のまつわる細い頸には、厚く繃帯が巻かれていた。寝乱れて、少しゆるんだ繃帯の下の頸は、ほんとうに細くて細くて、手の中で折れてしまうだろうと刺客は思った。

だるそうに体重を預けてくる子供の軀は、驚くほど熱かったのだ。

正気でない時に、あまり喋るものではないよ、子供。

あたし正気よ。あたし熱に浮かされたお月さまよ……空の上からみんな見てるわ、桃も運河も、恋する猫も。

おまえは正気じゃない、何を喋っているのか判らないんだね、子供。

嘘よ、あたし気違い猫よ。屋根の上で恋してるの。いやいやいやいやいや。

熱の出た頭を、子供はいつまでも振りつづけた。少し眠たくなっていた。

あたし小舟よ。お月さまと桃の花と、恋猫を乗せて運河をどこまでも旅するの。

熱の出た子供の頭は、刺客の膝の上にあった。小舟に運びこんで流れに漕ぎだすと、子供は刺客の膝の上で眼をさました。堀割に沿った並木の垂柳《しだれ》が、影絵になってさらさら鳴った。

ふわふわしてるわ。みんなふわふわして揺れてるわ……ふわふわして流れていくあたしは誰なの？

おまえは病気の子供だよ。

あたし、病気の子供なの？　どこまで流れていくの、桃の林をぬけて月の向こうまで飛んでくの？

刺客は、絹の寝巻の裾からのぞく子供の素足を見ていた。纏足《てんそく》していない足の巧緻な皮膚は、月の下で薄茶色に見え、少し汚れていた。病気の子供のたてるにおいが、甘ずっぱく鼻に届いた。

子供が寝返りをうって、酔ったような眼で刺客を見上げた。顔の角度が急に変わって、影に喰い荒らされた表情になった。

あたし病気の子供よ……あなた誰なの？

おれは刺客だよ、子供。


崩れた土塀を越えて桃の林に入っていくと、眠っている植物の吐息のような芳香が夜気に満ちていた。恋猫は、土塀の屋根瓦を注意深く踏んで歩きながら、何か考えごとをしていた。

あたし病気の子供よ……あなただれ？

刺客だよ、子供。

あたし病気の子供よ、月の下で湿ったため息ついて、唇の上のうぶ毛を潤《うる》ませるの。

刺客は花ざかりの桃の枝を腕いっぱいに集めた。蛾が厚ぼったい羽を顫わせて飛びすぎると、月光に傷がついた。桃の花に埋もれた病気の子供の顔は、寝棺の中の死んだ子供の顔のようで、刺客は自分が殺した子供と話をしているような気になった。

あたし誰だったかしら、あなただれ？

刺客だよ、子供。

桃の林の中で恋してる、春の刺客なの。みんな春の病気なのよ、恋猫は蛾と一緒に月まで飛んでくわ……押さえてよ、浮きあがってくわ、あたしまで飛んでいかせちゃ駄目よ。

刺客は何度も桃の木と子供との間を往復して、たくさんの、ほんとうに信じられないほどたくさんの桃の枝を運んだ。薄桃色のうぶ毛の生えた花弁の下に、子供の軀は埋めつくされた。顔だけが残って、熱に浮かされながら橙黄の月を見あげていた。


刺客は喋っている。

おれは堺の湊《みなと》から秘密の船に乗って、夜の海を渡ってこの黄色い大陸に来た。海の向こうにいた時から、子供の頃からおれは刺客だった。もう何人、人を殺《あや》めてきたことだろう？　たぶん子供だって何十人も、何千人も殺したことだろう。一度だってやりそこねたことはない。おれは腕がいいし、秘密も決して洩らさない。今朝おれに使いをよこした女だって、そのおれを見込んで仕事を任せたのに違いない。緋桜と鷹の国にいた時も、この黄砂と青龍刀の国に来てからも、おれは恋などしたことがない。殺しつづけることに忙しかったのだ。血煙りはいつでも人の眼を眩《くら》ませてしまう。月も恋猫も病気の子供も、おれの眼に映る暇などなかった。……ところでおれは、何故こんなことを喋っているのだろう？　刺客は思った。恋猫が、長く呻《うめ》くように啼いた。


子供が喋っている。

刺客はいつも死んだ子供に恋するの。自分が殺した子供、朱鞘の佩剣でおなかを裂いて、朱色の臓物の上に桃の枝を撒いて、その死んだ子供に恋するの。病気の子供と死んだ子供の違いはなに？　病気の子供、病みあがりの子供、死んだ子供、子供の屍体……子供は恋なんて知らずに死ぬのよ。稚顔《おさな》のままで死んだ子供は、恋なんて知らないわ。

ああ、恋猫みたいなめくらの眼をして、あなたそこで何を見てるの。あなた誰なの、あたし病気の子供よ。あなたあたしを見てるんじゃないわ！

子供は眼を見ひらいた。月がもやを通して奇妙に明滅した。

恋猫が、急に鋭く啼いて、飛んで逃げた。子供の顔が、突然大人の女の顔になった。あなただれ？　あたし病気なのよ、病気の子供をこんなところに連れだしていいの？泣きだして、それから子供は眠くなった。眠たい病気の子供の表情が、再びその顔に戻った。あなた誰なの？　いやいやいやいや。

おれは誰なんだろう。たしか昔は、刺客だったような気がする。

瑠璃《るり》瓦が月の下に照る、北京の古びた街筋を独り歩いていきながら、恋する一人の男がつぶやいた。

王宮の東の部屋に朝日が射しこむ頃、四柱寝台の中で一人の病みあがりの子供が眼ざめた。美髯《びぜん》の王さまと葡萄牙《ポルトガル》生まれの金髪のお妃が、欧亜混血の一人娘を見舞いに、大臣たちをひきつれて訪れた。金髪のお妃は王さまを想うことただならず、その寵愛を一人娘に独占されることを恨んで、昨日ひそかに刺客を召したのだった。

あの堺生まれの刺客は失敗した。その代償として、あの者は今日のうちに鴆毒《ちんどく》入りの耶悉茗《ジャスミン》茶を飲むことになるでしょう。

お妃は、黒檀の扇の陰に朱唇を隠して考えていた。

病みあがりの子供が枕から頭を離すと、萎《しお》れかけた桃の花弁がふたひら、髪のあいだから舞い落ちた。病気から抜けだした子供は、病気の夜の悪い夢からも抜けだして、何も憶えていない眼で朝の果樹園に微笑みかけた。微熱と夢の世界から、無事に帰還することのできた子供の平和な表情が、その無心な顔に浮かんでいた。

春の一夜の恋物語は、こうして誰からも忘れられることになった。

透明族に関するエスキス

A　風の場面

へんにさみしい街角を、高い窓から見おろしながら、子供がひとり、頬づえをついてじっとしている。
——そこはたとえば、初秋の高原の観光都市のような場所であってもいい——
六階か七階のあたりに位置するその窓は、表通りに面した陽だまりなので、子供の眉も睫毛も白く透けて透明に見える。それでもまばたきしないで、眉をしかめて光線を受けているので、眉間から眼のあたりにかけて暗い翳りができている。窓ぶちの、ざらついた砂岩の壁面の感触を腕の皮膚に感じたまま、子供は頬づえをついて動かない。

一種の温和で退屈な秩序が、その敷き石道の通りを支配している。道に面したすべての建物が、その階数や様式をきびしく統一されているための印象だろう。——前庭も植えこみもなく、路面からいきなり垂直に立ちあがった厚みのある砂岩の壁面が、隙なく軒をつらねている。その壁面の面積に対して、縦横にうがたれた窓はどれもひどく小さすぎるように見える。通りのすべての住人が午睡に入っているのか、どの窓にも動くものはない。無表情に、ただしらじらとした陽光を透かして静まっているだけだ。

その垂直の壁面に左右を埋められた通りの空間は、いわば街の谷間、風の通り道である。そのはるか上手、谷間の空間のかなり高いあたり、ほぼこの窓と同じほどの高さの空中に、なにかあわあわと動くものがある。

……それは、視覚には捉えがたい、光の錯覚のようにも思われる。眼をかたくつむったとき瞼の裏に動く、透明な細胞のようなものにも似ている。しばらく前から、頬づえをついて、子供はそれに眼をこらしているのだ。それでも、空中に浮いたその何かの真下、石畳の路面にはあわい影のむらがりが落ちて、その影の本体がこちらへ、通りの下手へとゆっくり移動してきつつあることが判る。

子供はまばたきすることも忘れて、凝視している。

それはひとつの独立したものではない。かたまりあってはいるが、何個か何十個かのものが、空中をわずかに浮き沈みする動きを個々に持っている。そうして不規則な動きで互いに位置を入れかえながら、ほぼ一団になって風に流されてきつつあるのだ。それはほとんど透明体であるといってもよかった。それら集団のからだは、背景である家並の砂岩の壁面をほとんど透かせて見せているのだ。それでも、何匹ものからだがひとかたまりに重なりあうときには、さすがに光を通す率がいくらか低まるらしい。それに光線の角度によっては、輪郭の鋭い線が毛の先ほどの細さでくっきり刻みだされて、胎児のかたちに丸めた手足や皺の誇張された顔面が、視覚に浮かびあがったりもする。——それら集団のからだを透過して路面に生じている影は、影というにはあまりにあわく不定形で、ほとんど陽炎のつくる影のゆらめきにも似ている。それは通りを動いていきながら、わらわらと乱れて道幅いっぱいにひろがりだし、前後十数メートルほどにも拡散したかと思うとまた風に巻かれたのか、ひとかたまりに小さくなったりしていた。

ゆるやかな風はほぼ水平に吹いている。子供は今や、上手の六・七軒ほど先の空間まで近づいてきているその集団を見つめていた。風は一様に吹いているわけではない。ふとした風の絶え間に、それは失速して沈みはじめたりするのではあるまいか？

頬づえの手をはずして、子供は表情を変えた。風がふと絶えたのだ。

透明な侏儒の一団は、惰性でそのまま水平に流れた。少し浮いて、その高度の頂点でふと静止した。互いにぶつかりあった反動で、八方に群のかたちを乱した。

突風である。——群が個々に沈みだすよりはやく、空気を鳴らして、太い風の筋目が通りを駆けぬけていた。その筋目の先端が、やや低いあたりに浮いていた数匹のからだをさらっていったのだ。丸めたからだを倒したまま、数匹がきりきり回転しながら風の速さで走ってくる。そのまま子供の見ている窓をはるかに通りこし、道の下手へとすぐ消えた。残った集団は大きくつむじに巻きこまれ、屋根の高みを越えて白い空の背景にかさなった。何匹かが、屋根の傾斜に接触して軽くはずみあがるのが見えた。光線の具合で、丸数秒間子供はかれらを見失なった。ふと見直すと、通りの空間内、二軒ほど上手の壁の手まえにそれが再び見えた。はげしく押し流されてきつつあり、地上六階あたりの空中から向かいの壁面へとそのままぶつかっていく——と、そう見たとき、風が変わった。

空間の、道幅の距離は十メートルあまりである。向かいの壁面を手あらくこするように弧を描いて、いきなり十数匹が道幅いっぱいに風に投げだされた。影のうすい、輪郭だけの透明なからだが眼前の空中にむらがり満ちて、そのひとつが投げだされた勢いのままこちらへ、真正面へと走った。

——透明な生物でも、影を生むほどの実体があるのなら、物に叩きつけられれば音をたてるわけなのだろう。——反射的に閉じた窓を内から押さえつけたまま、子供は衝撃とともにいやな音を聞いた。窓ガラスの外に叩きつけられた透明な侏儒は、可塑性の物体のように、平たく押しつぶされた顔面や胴を一瞬のつりあいでそこに貼りつけていた。

次の変化は、瞬間的である。

表皮のどこかが、張りきったゴム風船の腹が裂けるように、小さくはじけた。どっと、黄濁した粘液がガラス上に噴出して、たちまち窓と部屋が暗くなった。表皮が破れると同時に、可視性の内容物が噴きだしてきたのだ。バケツ一杯分ほどもある臓物状の粘液は、粘性がひどく強いらしく、窓ガラスの外側にねばりついたまま苛立たしいほどゆっくりとずり落ちていく。ひとかたまりが下の階の窓びさしに落ちたのか、妙に量感のある音が聞こえた。

そして、眼にしみるほどひどい悪臭なのだ。

子供は不安げに顔をゆがめた。窓ガラスの全面に描きだされた、黄濁した流動物の模様を顔をそむけるように見つめたまま、少しずつ後ずさりした。

鼻と口を押さえた。


「おかあさん」

「おかああ、さん」


——扉がひらいた。

堂々とした胸の嵩《かさ》を見せて、モップと金属製のバケツを手に、母親が入ってきた。脇へと道をあけた子供は、鼻先の空間をその威厳のある胴体が通過していくのを見送った。窓のまえにバケツを降ろし、有能な腕がもうあれこれと音をたてて作業の準備をはじめている。

子供は伏し目がちに、床に飛沫をちらすモップと母親の円柱のような二本の足だけを見ていた。

窓をあける音がした。

「このまどはいつでも、あけていてはだめなのよぼうや」

B　水の場面

標高のたかい街だから、通りの建物の窓はどれも深くて小さいのである。窓が深くて小さい通りばかりが整然と並んでいれば、街には人の気配がうすいのである。

時代のついた石の街路の両側を、街路樹が二列に縫って走っている。下蔭の深い、大木である。そのさらに高みに位置するゆるい傾斜の屋根のつらなりは深い小豆《あずき》いろで、褪せた感じの石壁の色と対照をつくっている。――標高がたかいから陽ざしの白っぽい街の、そのどの通りも乾燥して埃を浮かせているように見え、森閑としている。

物見の塔の窓めいた、その家並みの窓々のガラス面がふと、一列だけ真白に白熱して見えることがある。窓々の列の一劃が、空の白さの空白を捉えて、見る者の眼を射るのだ。

動くもののない光景の頭上を埋めて、純白の雲の群だけが動きを持っている。街の空の全体を覆って、水平に移動していく光沢を帯びた羊のような雲の群は、街の区画から区画へと、雲のかたちの影を落として移っていくのである。

重々しい速度で、音もなく街の表面に照り翳りが生じていく。――どの区画にも、人の気配がうすい。

……街の低部には、流れる水がある。

街のあらゆる通りの両側、舗道の敷き石のふちからいきなり垂直に深く落ちこんだ側溝《そっこう》は、みぞと呼ぶよりはむしろ堀割りに近い。幅は大人の両腕をひろげたほどでしかないが、水は案外深くて、子供ならば優に泳ぐことができるだろう。

街の低部を流れる水は、暗い水である。透明度の高さは上水道と変わりないのだが、せまい側溝の底の水面にまで陽ざしが射しこむ時間はきわめて短いので、だから暗い水である。――暗い水は暗いまま、清冽《せいれつ》な水流の音をたててひそやかに流れる。街路を歩く人間の耳にも、そのほの暗い鳴り音《ね》はとどく。その響きに耳をひたされたまま歩く人は、水郷の街を歩く人の心にいつのまにか近づいている。

そしてその水面に、陽光が射しこむ時。

太陽が高くなって、側溝に射しこむ光線の角度が深くなる時刻。――


……ほのかに皺のよった水面の皮膚の下で、水は一様に流れている。涼しいうす闇の底で、さらさらと音が鳴る。水流の、数万の舌の音が鳴っている。

舗道のふちから、斜めの影をつくって低い水面をほのあかるませる光線は、水の表皮との接点を境いとしてわずかに屈折しながら、光の縞目を水中へと侵入させる。光の指先は、水中からさらにその深みへと斜めに差しこまれて、縄のよじれるような水流の線をひと筋ひと筋微光につつむ。

ゆれ動く光の波紋の反映が、側溝の暗い石壁に黄金《きん》いろに踊っている。

街の低部、水の底は、地上のどこよりも静かである。水の沈黙に耳を蓋されれば、そこでは水流の遠く近くの気配、音のない音しか聞こえない。水面下に棲むものには、体内で増幅された心臓の鼓動のくぐもった音しか聞こえない。

ゼラチン質のように光を透過させるその水棲の群は、根を降ろしたように水底の敷き石に尻を接した姿勢で、膝を抱いてからだを丸めている。ゆるい水流の力に押されて、からだをわずかに傾斜させたまま、皺のような瞼をきつく閉じあわせて動かない。――上手から一直線に動いてくる水流の舌先は、その透明な群のからだに接触すると、煽《あお》られたようにやわらかく乱れてもつれあう。そして水中にうすく光る軌跡を描いて、群のからだの表皮にまつわりつきながら、そのまま下手へと流れすぎていく。

口が、すこしひらいている。

群生生物のようにかたまりあい、皮膚と皮膚を隙なく密着させて水底にむれている透明な侏儒の口が、どれもかすかに開いている。

——眉も睫毛も頭髪もない、嬰児のようにふやけた皺の多いその顔の群は、水の層に濾された光に浸されている。その光を直接に受けた部分だけ、透明な肉質の表面に細胞膜のようなかすかに不透明なものが生じている。肉質を透過していく光のうち、ごく低い率で反射していく光があり、それが白金の発光色めいた光沢となって見えるのだ。特に、軟骨が皮膚の突起をつくっている部分や、皺が特別に深く折りたたまれた部分などにその現象は多く、反面その蔭になった部分に淡い影めいたものを生んでいる。

頭蓋につよく張りついた、未発達の耳殻がわかる。胸に握りしめられたこぶしが、指の関節や爪の輪郭をするどい線で見せて、胸の表皮に水かげろうめいた影のけはいを映しだしている。

やはり未発達な鼻腔。うすく開いた口はやわらかく伸縮性がつよそうで、その隙間、かすかな翳りの内側に、魚の歯のようなこまかい歯列があるようにも見える。

——どこかで、音がした。

布の裂けるような、短い音。

強く接着されていた何かが、長いあいだの力の負担に耐えかねて、ついに引き剝がされた音のようにも聞こえる。

水流に押されて傾いたままの群れの端で、ひとつのからだが傾斜の角度をゆっくりと大きくしていった。そのままやわらかく倒れて、尻が浮き、倒された頭部の片側をすこし底の敷き石にこするような動きをした。ゆらりと下半身から持ちあげられて、からだの全体を半転しながら、その一匹は水流に乗った。

そのまま、一気に長い距離を走った。

溝から溝へ、辻から辻へ。

水底に接地したまま傾いている多くの仲間の群れを、頭上すれすれにかすめ過ぎもした。

直角の曲がり角で、水路の突きあたりの壁にぶつかり、丸くはずんで反対の壁へ、水底の敷き石から別の壁へと、何度も角度を変えて翻弄されもした。

それでも最後に戻っていくのは、水面下を走る最初の水流のなかである。

流れがいつのまにか速まっている。水底の傾斜がしだいに大きくなって、行く手に吸引力のある苛立たしい水音が近づきはじめた。

一気に暗黒のなかへ入った。暗渠《あんきょ》の水流ははげしい。出口はすぐである。丸い明るい光が行く手に現われて、排水口から、水流は円弧をえがいて川の水面へと、勢いをつけてほとばしり出た。

水流からはじき飛ばされて、侏儒のからだは丸く空中にさらされた。空気中の陽光が、その一瞬に侏儒のからだを迎えた。


ぱん。


弾《はじ》けて散った。

黄濁した汚物が、空中に花ひらいた。

C　ある人物の登場する最初の場面

……数日まえから、表通りの旅宿《ホテル》の一室に泊まっている人物は、午前の決まった時刻がくると不在になる。

それが、いつか日課になっている。

この時刻、その人物、つまり名を与えるならX氏は、本通りを上っていった場所の郵便局に姿をあらわしている。郵便局の側にとっても、それはいつか日課となっている。

石の壁が厚くて窓の小さい、旧式な建築のその郵便局の内部は、外から入ってきた者の眼には涼しい闇となって見える。一歩入ればひやりと皮膚に涼気のまつわる、うすい闇の沈澱に浸された空間である。


「おはよう」

「こんにちは」

「きょうもてがみはきませんよ」

「そうですかどうもありがとう」


天井の、三枚羽根の扇風機はもうひと夏の役割りを終えて数週間はたったようすで、活気を失った無表情さで埃をためている。締めきったまま長く使われない応接間の、色の褪せた上品な退屈に似たものがここにある。日課を終えて、戻ってきつつある主人を待っている旅宿《ホテル》の部屋には、一枚の絵が見られる。壁に掛けられたまま忘れられて、その額の裏側に絵の大きさだけの新しい壁紙のいろを残しているような、そんな一枚の複製画である。

——それは白昼の、空き家のように家具も敷きものもない、ひっそりした箱部屋の光景の絵なのだ。その部屋の向かいに大きく左右にひらかれた窓の外は、光と植物だけの近景である。

その光が窓にあふれ、何もない部屋の床や天井に室内楽的な光の諧調をつくりだしている。

暗い背広の背を画面の手まえに大きく見せて、むこうむきの男の上半身がここにある。それに向きあうかたちに、男の背に腕をまわし、触れあうほどに顔と顔をさしよせて深く男の眼をのぞきこんでいるのは、ゆたかな裸体の女である。

髪は首のうしろで古風にまとめ、白昼の音のないあき部屋で、ゆたかな裸体のまま。暗い背広に身をかためた男の背に、腕をまわして。

表情のない人形めいた顔のなかで、不自然なほど、異様におおきなその眼は、あまりに真摯《しんし》に対象へと見入っている。だから、石のような、それでもどこか輪郭のぼやけたその黒目は、ほとんど女の顔の全体を喰ってしまいそうだ。

『生きる歓び』

と、額縁に題名が読まれる。

男の側の主観による絵である。

その異様な大きさの黒目に、ちかぢかとのぞきこまれる男の側の、主観がつくりだした光景なのだ。

――戻ってきたX氏が、その絵の真むかいの寝台に腰かけている。隣りに並んだ寝台では、シーツの糊がしらじらと硬ばっている。

へんにさみしい街角を通りすぎ、影の長い広場をよぎり、閑散としたアーケードの道を歩いて戻ってくるあいだにX氏がすれ違ったものといえば、たとえば首を垂れた黒犬を従えた手風琴弾きである。たとえば、百合を満載した荷車をロバに曳かせた花売りである。

鉄砲百合のおびただしい束は蒼白にうなだれ、車の振動につれてめだたない合図のようにいっせいに首を振った。あるいは人気のない理髪店のまえを通りすぎたとき、空白の鏡面が信号めいた反映を視野の片すみに送ってきた。

「こんにちは」

「きょうもてがみはきませんよ」

「つまはあとからこのまちにくるのです、しんぱいはないのです」

「またあしたさようなら」

「さよなら」


X氏が、窓にむきあうかたちに腰かけている。部屋は七階なので、腰かけた姿勢では通りの向かいの屋根は見えない。空だけが、窓のかたちに切りとられている。室内の小暗さに比べて、極端に明度の高いそのせまい空は、輝かしく窓のかたちを発光させているように見える。

その光に眼を射られながら、X氏の両腕が宙を抱くかたちに丸められている。生きる歓びを妄想する画家のように、暗い背広に身をかためたまま、そうしていつまでも腕に虚空を抱いている。——

すると、突風が起きたのだ。

窓ガラスががたがた鳴った。

何かがはげしくぶつかった。

X氏の眼はそちらを見た。

輝く空と透明なガラスしか見えない。


ぱん!

黄濁した粘液の模様は、X氏の眼にもそのとき見えた。

D　場面は転換して日暮れから夜へ

街の表通りに隙なく顔をならべて直立する建物は、等しく七階までの高さを持つ。ほのかに赤みを帯びた砂岩の壁面には、七層の窓が縦にうがたれているのであり、だから、濃い小豆いろの屋根の傾斜面に小さく突きでてならぶ屋根窓は、八階ということになる。

同じ高さの、同じ角度の勾配を持つ屋根屋根の波は、規則正しくつらなりつらなり、何十軒かが矩型にかたまった一区画を形成している。その区画の端、屋根のつらなりのとぎれ目で、波の最後の傾斜はそのまま垂直に街路へ、七階あるいは八階分の距離を真下へと落ちこんでいく。

落ちこんでそこに出来あがった谷間の空間、石畳の街路は、正しく碁盤状に街を走っている。碁盤状の谷間によって区切られ、道幅だけの空白地帯で一区画ごとに独立させられた家並みの集積は、積み木の島のようにも見える。その島が、数限りなくこの街の八方に繁殖している。

その谷間ごとの、黄色みを帯びた浅緑から黒ずんだ濃緑まで、色調の変化を見せながら、遠景の樹ほど色が暗く濃くなっていくように見える街路樹。——その影が長く長く伸びて、石畳の路面に引き伸ばされた樹のかたちの黒い模様をならべている。乾燥した敷き石の、正方形の石のあわせ目にもつよい影ができている。

夕暮れの最後の風が、街の全体をわたっていく。——

その風の高みを、たとえば肩幅すれすれの、陽の射しこまない路地の底でふと首をひねって見あげたとしたら。

陽が射しこまないから、外の通りよりはやく暮れてしまう裏通りの路地で、ひと筋の光の流れのように白く見えるせまい空をふと見あげたとしたら。

……その光の川を背景に、右から左へ、膝を抱いたものの姿が一瞬通過していくのがそこに見られるだろう。

煙突の下から見あげれば丸い空に昼間の星が見られるのにも似て、この石壁のすきまの暗い路地では、空を流れる透明な侏儒の姿が眺められるだろう。

赤みのつよい真横からの斜光を浴びて、透明な群のからだは陽光と同じ色にかすかに染まる。群はいつまでも流れやまない。夕暮れの最後の風のなか、あわあわと影のむらがりを生んで、どの区画のどの屋根のつらなりの上にも、どの辻の空中にもそれは流れやまない。——長い日没が長い凋落のはてに街から離れてゆき、最後の微風のひと筋が四つ辻の途中で立ち消える時刻まで。

何千となく、屋根屋根の高みの空で、透明なものの群はいつか流されることをやめている。うす闇の空に浮遊したまま、かすかに浮き沈みしながら、いつまでも動かない。

そして、降下がはじまる。

……微妙なつりあいを保っていた天秤が、毛のひと筋ほどの崩れで、ふと眼に見えぬ速度で一方へと傾きはじめるように——、それは始まる。屋根屋根の空を埋めつくして、透明な群のからだが、垂直の降下の動きに入っている。静止時間の長さと、大気の重みを支える力とのつりあいがふと崩れた、その亀裂のような瞬間にそれは始まるのだ。

風の筋目をなくした大気は、無音の虚空である。

無音の虚空となった暗い大気は、重力を持たない沈黙の領域である。

そこでは、時計の歯車の支配する通常の時間は流れない。呼吸の止まった、音のない世界では、動くものの姿が一瞬ごとに静止の残像の尾を曳いていくような、そんな蒼ざめた時間しか流れない。——

街の頭上の全体を埋めて沈んでくる侏儒の群は、やがて時間の糸が引き伸ばされたような緩慢さで、屋根屋根のつくる死角に入ってくる。そしてそこで軽く跳ねかえったのか、ゆるゆると回転しながら再び現われて、通りを形づくる谷間の空間へと落ちこんでくる。四肢を丸めて眼をかたく閉じ、糸を吐きながら空中を降下する丸い蜘蛛《クモ》とおなじ速度で、壁面という壁面のきわを漂いおりてくるのだ。

おもりを吊した糸が、長短さまざまに林立しているようなこの無数の軌跡のなかで、窓びさしや、あるいは街路樹の樹冠に接触してしまうものがある。頭を上に下に、真空中を降下するようなのろさで沈下してくるものの姿に遠く近く埋めつくされたこの光景のなかで、垂直の軌跡の途中で軽く跳ねかえってしまうものがあちらにもこちらにも見られる。

七階の窓びさしの上で、あるいは整然と刈りこまれた樹木の尖端部で、マリのようにはずんで跳ねあがったからだは、ふとその動きの頂点で短い静止を持つ。あるいは別の垂直の軌跡に接触し、互いにその反動で両側へとはじかれてゆき——、最後にはまた、別の垂直の軌跡へと戻ることになる。そうして街の底、石畳の路面へと、糸に曳かれるように正確に接近してくるのだ。

気温の下がった夜の街で、彼らの姿はもう見えない。

規則正しく石壁にうがたれた窓々に火のいろの灯がつらなり、その窓のかたちの火影が石畳の舗道に列をつくって落ちているだけのこの肌に寒い闇のなかで、透明な肉質を持つかれらの姿はもう見えない。

感じられるのは気配だけである。

街路の路面の、人間の感覚にはそれと悟られないような微少な傾斜を見えない侏儒の群のからだは正確にさぐりあて、高みから深みへ、上手から下手へ、はずみながらはずみながら、ゆるゆると転げ落ちてくるのだ。

——夜の底に、気配が起きる。

気配だけの、空気の感触のような音がそこにある。

水素入りの風船玉よりも軽く、息を殺したようなひそやかさで、敷き石の表面になにかがはずむ。

大きく大きく弧を描いてはずんだからだは、信じられないような長さの時間を置いて、また次の地点へと降りてくる。

羽根で触れたほどの気配の音がする。

傾斜の下手、闇の深みへとさらにはずんでゆきながら、丸まった見えないからだは自然に宙で回転し、回転しながらさらに下手へ——道幅いっぱいに、その無数の気配がある。転げすぎ転げすぎていっても、群の通過は絶えることなく、気配はいつまでも続く。だから、夜の通りを薄い外套に身を固めて歩いていく人は、闇のなかでとつぜん蝙蝠に撫でられたような感触をからだのどこかに受けることがある。手で追おうとしても、ぶつかって跳ねかえっていったものは空気より軽くどこかへはずんでいったあとで、その手には夜の空気の感触以外に触れるものはない。あるいは、舗道へと斜めに落ちた窓のかたちの火影の空間を、ふとあわい何かの輪郭がよぎっていくのを見ることもある。瞼や鼻腔や耳殻をそなえた顔面のようなものや、嬰児ほどの指のはえたこぶしのようなものの輪郭を、黄色みを帯びた光線のなかに見たと思うこともある。

群の先頭はもうどこまで転げおちていったのか、夜の傾斜は深い。

E　場面は変わらず夜明けから朝へ

黎明の予兆は、眼に見えない速度で大気の重みが上空へと後退していくことである。高原の、音のないどよめきを背後に宿した天球には、足の速い雲群が多い。つやのないその濃灰色の雲群の、東の地平線に近い側に、とつぜんな明度の高さで光沢が生まれている。その光沢が、真珠母いろから純白までの色相を持って、雲の立体的な厚みを彫りだしている。

街路には、しらじらあけの沈澱したようなうす闇がまだ全体に残っている。

本通りと本通りの交差する四つ辻は、広場と呼べるほどの面積を持っている。透明なものたちが、石畳を埋めた鳩のようにむらがったまま動かずに転がっているのは、たいていはこの広場のあたりである。

一日の最初の微風は、この広場に生まれる。

——風に棲むこの侏儒の群は、水棲のものとは違って、石畳のうえに動かずにいる時でもそこに根を降ろしているわけではないのである。からだを丸めたまま、横ざまに転がっているその群の表皮に最初の微風の指さきが触れれば、風にそのからだを動かすほどの力はまだなくても、かすかな動きの予兆めいたものは生じるのだ。

細い微弱な風の筋目は、やがてどこかへたち消えていったようにも感じられる。が、それはいつのまにかふた筋に分岐して、それぞれ広場のふちを大きくめぐりはじめる。ゆるゆると、そして突然何が起きたのか、真向からぶつかりあった。その舌先が、ふと一匹だけ離れていたひとつのからだをすくいあげた。

ゆるく回転しながら、その一匹は仲間の群の頭上すれすれをかすめるように広場の反対側まで運ばれ、そこで着地した。はずみで軽く跳ねかえり、そのまま宙に浮いた。と同時に、群の密集の外縁部に位置していた数匹のからだが石畳を八方へと転げだし、そのまま風にすくいあげられて斜めに上昇しながらきりきり回転した。

——この頃には、広場全体に大きくうねる海面に似た見えない風の層がひろがっていた。

早朝の、まだ稀薄さが感じられる陽光のなか、時代のついた石畳のひろがる高原の街の広場は、このとき見えない水面を封じこめた一個の巨大な揺籃《ようらん》となっているのである。風の層は、揺籃のなかで大きくゆれ動く一枚の水面のようにこの広場という空間内にうねりひろがっているのである。

それは、数知れない量のマリがはずんでいるように見える。マリのように丸まった数百の侏儒のからだが、広場を埋めて、人の膝ほどの高さを頂点としてゆらゆらと上下にはずみ続けているのだ。大まかな動きで揺れる水面のような風の層は、しだいに広場の空間の高みへと、増水のように上昇しはじめている。透明な、空気より軽い侏儒の群は、いつかその風の水面上にすくいあげられている。海面のうねりに乗った水禽の群のように、揺られ流され渦巻いて、いつかその渦巻く速さは走る速さに高まっている。

瞼をかたく閉ざしたまま、風に棲む侏儒の群は朝の大気の只中へと吸いあげられていく。空と風の輝きのなかにその透明なすがたはまぎれこんでいき、そして後には地表に落ちた影だけが残る。明るい石畳のうえに、広場いっぱいに散乱した数百数千の影だけが残る。互いにぶつかりあっては散りぢりに離れていき、無数に分岐した風の筋目に乗って、半透明の影はさらに淡く弱々しく薄まっていく。薄まりながら、広場から八方の方角へ、街路から街路へと、今、遠ざかっていきつつある。


街には色彩がよみがえっている。

早い午前の陽光を浴びた、輝かしい屋根屋根の傾斜の、深い小豆《あずき》いろ。

砂岩の壁面は、今は薔薇色がかって見える。

ほとんど黒に近い焦茶の幹をならべた、街路樹の深い葉叢の翳り。風の筋目がその葉を鳴らしていく。

無垢な皮膚の、セーターの少女が自転車で走っていく。窓々の奥、朝の光の射しこむ食卓には焦げ目のついたパン、新鮮なバターの切り口。人の気配のうすい街にも、この時刻、へんにさみしい感じはない。

標高のたかい地方の早い秋の朝には、セーターに身をつつんでも自転車の風は皮膚に冷たい。ペダルを踏む足は軽くて、街路は下り坂のようである。何区画かを真一文字に下っていくその街路の先端から、風は一気に押しよせてきては、遮るものなく少女の顔に当たって左右に割れ、額の髪をうしろへ、音をたてるほどなびかせていく。

角を曲がった。本通りに出た。再び同じ光景がその一直線の街路の行く手に出現した。十区画か、二十区画か、整然と直線上を奥まっていく通りの光景。ペダルは軽くて、こちらも下り坂なのか、風は真向から額と頰を打った。

自転車の少女が凝視しているのは、風のはるかな行く手、この向かい風の源である。背を倒しぎみに、ペダルを踏む足にはますます力をこめて、風を切る速さは風を切る勢いに等しい。向かい風の行く手だけを見つめる視野の両端に、自分の頬に乱れる髪の筋が、光を受けて輝く線になって見えていた。

それが見えた。

通りの両側の家並みが一点に収束していくように見える遠方から、この風の圧力を冷たく感じている額にむかって、まっしぐらに押しよせてくる強い風のなかに。

それは頭を先にして、この極端な遠近に領された視野のなか、一気に距離をつめてきた。ぎりぎりの距離になるまで、少女はそれを避ける運動をのばした。避ける必要もなく、最初の一匹はこめかみのあたりに擦過の感触をのこして背後へと消えた。すぐに二匹めである。

今度はきりきり回転しながら風に飛ばされてきた。頭頂部をこちらへ、尻をこちらへ、見るまに真正面に大きく迫って、透明な輪郭が視野にはげしく拡大された。これは身を伏せて、頭上すれすれにやりすごした。


ぱん！


背後、最初の一匹が、本通りの突きあたりの壁面に叩きつけられ破裂した音である。

すぐにもう一度。


ぱん！


角を何度も曲がり、風を切る勢いで、自転車の少女は長い時間街路を走りつづけた。何度も同じ音を聞き、一度は髪をこすられるほどぎりぎりの間合いで避けた一匹が、自転車で角を曲がったとたん小気味よく背後の石壁に破裂する音を聞いた。

音がひとつ起きれば、高原の街の薔薇いろがかった建物の壁に吐瀉物に似たものが花ひらくのである。風のつよい朝、街をひとめぐりすれば街頭の壁のつらなりには高いあたりにも路面すれすれにも、黄濁した粘液は叩きつけられた勢いで、点々と花ひらいていた。

ぱん!
ぱん!

――屋根の高みを叩く風のなかにその音を聞きながら、自転車を置き、一軒の石壁の家へと入っていった。

「おかあさんきょうはかぜがつよいわ」
「てをあらいなさい」

水道の、蛇口をひねった。
妙に黄濁した液体が、のろのろと糸を曳いた。

ぱん!

F　強風の場面

ひとつの室内の光景である。

窓のない奥まった部屋なので、戸外に風の音があったとしても、ここでは聞こえない。

意識的にひどく明るく照明された部屋である。天井に、机上に棚に、幾つもの種類の照明具が配置されているので、この光源の多い部屋では、立ち動く人間はだれもその足もとの八方にあわい影を曳くことになっている。——動いているのは、メイド風の制服をつけた女たちだけである。その中心に動かないまま、女たちの複数の手で世話をやかれている娘の足もとにも、重なりあった半透明の影はやはり放射状に落ちている。

何メートルもの紐を使った、ひどく旧時代式のコルセットなのである。その紐を組みあわせ、締めつけるのに何本もの手がかかりきりになっている。きつく締めあげられたり、紐を引かれたりするたびに娘のからだは前後に揺れ動くが、人形じみた顔の表情は変わらない。古い年代の、熱い鏝《こて》で縮らせた髪型がその顔をふちどっている。踵のほそい靴はもう穿いていて、膝上までの靴下は色が濃いので、腿ばかりが白い。

紐の最後の結び目が固定された。娘は両腕をあげている。頭から布の量の多い服がかぶせられて、その膝下までを覆った。こまごまとした作業が続いて、それで終わりである。

机や棚の、余分な照明具を手にメイドの大半が部屋を出ていった。あとには娘と、二、三人が残って、娘を中心にまだ何か用ありげに動いている。

娘がまばたきをした。表情がふと動いて、黒目の大きい眼が自分の左手を見おろした。その左手を、残ったメイドの一人に向かって差しだした。

指輪。メイドの手でそれが左手の正しい指に嵌められると、娘は首を動かし、床の旅行鞄をとりあげた。

——みんな出ていった。最後の一人のメイドが廊下に出て扉を閉じようとした時、風の遠い音がどこからか聞こえた。

苛立たしい不安な白昼である。

風が軒のあたりの空気を切る近い音がある。街路の遠く近くに、厚みのある、どよめくような音が時おり強弱をつけながら続いている。その気配のひろがりの外側に、さらに高原の全体が騒いでいるような騒然とした様子が感じられる。

それが、街に不穏な表情をつくりだしている。

白昼の、陽光の角度が深くなる時刻ではあっても、側溝の水面は荒れ騒いで、その表皮は光線をはねかえしてしまうだろう。白金の波紋も、縄のよじれるような水流の筋目も今日はなくて、ただ騒々しい波や飛沫がその水面に見られるだけだろう。

風に叩かれて開いてしまった窓が、街路のあちこちで鳴っている。なにかいらいらと軋むような音が続いて、街路樹のざわめきがはげしい。それでも風が雲を吹き散らしていったのか、戸外の明るさは、窓ガラスの陽を受けた列を一瞬白熱させるようにも見えるのだ。

歩く人の姿は点々と見られる。風にさらわれないよう帽子や服の裾を押さえたりはしているが、外出が危険だと思われるほどの様子ではない。

——裾を乱して、前かがみに石畳のひろがりの一点を歩いていく人の肩に背に、淡い影のむらがりがある。陽のあたる白っぽい石畳の、そのひろがりの一点を小さく歩いていく人の全身を浸して、陽炎《かげろう》めいた淡い影がむらがり動いている。

影というより、それは淡光である。羽根屑《くず》のような螢光に似たものが、たとえば水皺に満ちた浅海の水底いちめんにゆらめく波紋のように、歩く人の全身をひたし、石畳のひろがりの全体をひたして、一様にゆらめき続けている。

小波《さざなみ》に似たゆらめきは、陽光に満ちた石壁のつらなりの表面にもある。街路樹の幹、屋根窓のあるゆるい傾斜の屋根屋根にも、こまかい濃淡のむらをつくって、眼をまどわすように淡く蠢きつづけている。

垂直の壁面に左右をはさまれた表通り、街の谷間は、いつでも風の道、風の川だった。通りの両端を二列に縫う並木、その樹々の下蔭をぬけて一歩踏みだせば、そこは全身を風の通り道にさらされる石畳のひろがりだけの空間である。——

そこへ踏みだそうとする足が、どうしても動かないのだ。動けないまま、いつまでも硬ばっているのだ。陽に灼かれ時代のついたこの眼の前の表通り、その路面は、これから足を踏みだそうとしてどうしても踏みだせない空間である。高原の白っぽい陽光に満ちながら、水底の光景のように半透明の影のむらがりに浸された領域である。

X氏は、ここにそうして立っている。自分にはどうしても踏みこめない領域であるその明るい通りを、強風の騒然とした気配に押しつつまれたまま、ただ眺めている。

眼の錯覚のように、空中の全体にゆらゆらする歪《ひず》みがあって、向かいの壁面や並木にどこか蜃気楼めく焦点の定まらない感じがある。歪みながらどこか、全体に流れているような感じもある。右から左へ、通りの上手から下手へと。

風のなかにその正体がある。——風の全体がその正体である。風に満たされた空中の、その空間の全体を埋めて蝟集したものの気配がある。地表を浸した半透明の影のむらがりの本体、光景の全面を蜃気楼のように歪ませているものの正体が、この眼の前の通り、地表から七階分の高みまでの中空を埋めつくして、風の速さで流れつづけている。

透明な侏儒の群は、異常繁殖を起こした昆虫の大群の眺めにも似て、膨大な量感でこの街の谷間の容積を上下左右に埋めつくしていた。すきまさえここにはもうないのだ。透明なからだの群は、隙なく密着しあってこのはげしい強風の速さで流れつづけ、あとからあとから絶え間なくまだ流れてくる。一点に立ち止まったまま眺めているX氏の鼻先を、右から左へと間断なく通過していくその速さは、急流の川の速さをも越えて見えた。めまぐるしいその動きに眼は追いつけず、ただカンナ屑ほどの細かさの光の弧が宙空にむらがって、耳殻だの頬の線だの皺のよった足裏だのが無秩序に見えるだけだ。

強風の白昼の、不穏な気配である。

道幅いっぱいの距離を埋めた何百か何千匹か分の透明なからだを透かして、通りの真向かいに、わずかに歪《ひず》んだ姿の娘がひとり、立っている。

並木の下蔭から一歩陽光のなかに踏みだせば、からだの表面にはそれでも初秋の陽ざしのぬくもりが宿るのである。

流れのはげしい川を徒歩で進みだした人のように、X氏はよろけた。通りの右手、真横から押しよせ続ける透明なものの圧力が、からだの半面をとらえているのだ。その全体の圧力はかなりあったが、感触は軽いかんじで、皮のうすいゴムボールを間断なくぶつけられている感触に似ていた。

何歩目かを踏みだした靴の裏が、なにか厚みと弾力のあるものを踏んだ。

ぱん！

靴底が、大量のねばりの強い粘液の只中に踏みこんだ。

ぱん！

道幅の三分の一までを行かないうちに、X氏の両方の靴はバケツ数杯分の粘性のつよい汚物を路面に花咲かせていた。それでも一歩ずつ歩きつづけて、靴裏は糊のような大量の糸を路面とのあいだに曳き、それはさらに強風に煽《あお》られて、千切れないまま左の側へとはためいた。

ぱん!

——陽ざしのなか、こちらへ一歩ずつ近づいてくる娘の、人形に似た白い顔は歪《ひず》んでいる。透明なものに打たれつづける顔をかばって、X氏はもはや前のめりになりながら片肘を上げた。その手に、軟骨の手ざわりを持つ侏儒の頭蓋や顔面の鼻の突起、嬰児ほどの握ったこぶしが触れた。

娘の歪んだ顔は輪郭がぼやけて、はげしく見ひらかれた眼の中央に浮かぶ黒目は、にじんだ汚点《しみ》のようである。街と高原の全体を騒然とさせた強風の音が板のように耳を塞ぎ、X氏の口は酸素の足りない魚のように丸く開いている。

「ね。ほら」
「わたしよ。とうとうきたでしょう」

破裂の音は、断続的にまだ続いていた。

…………………

そうしてどよめきに押しつつまれ、力をこめて抱きあい、うん、うん、と機械的にうなずきながら、X氏はいつまでも動かずに立ちつくしていた。理由のわからないはげしい不安に満たされ、さまようような空虚な視線を相手の頭ごしに投げてはいるが、もう何も見ず何も感じず、ただこの恐怖から逃れるために、腕にいっそう力をこめながら。

——そして居たたまれないほどひどい悪臭なのだ——

私はその男にハンザ街で出会った

私はその男に黄昏のハンザ街で出会った。灰色の外套に青い帽子をつけた若い男だ。点燈の時刻の迫る街には茎を折った菊の香が流れていた。互いの眼に星ほどの燈《ひ》をともしあうようにしてわれわれの視線は出会ったのだった。男は少し酔っていたのかもしれない。蒼ざめた、顫える手が外套の陰から私の手を求めてさぐった。その指を冷たく感じなかったのは、私の手も同じほど冷えきっていたためだろう。宵闇にまぎれ、われわれはその日外套の同じ高さの肩を並べてそぞろ歩くことに長い時間を費やした。

時代のついた木の袖看板には赤いザリガニの絵があったように思う。舗道から数段の石段を降りた、半地下の厚い扉を覚えている。ガラスの火屋《ほや》に包まれた卓ごとの暗い燈。布には汚点。われわれは互いに煙草を交換し、一本の燐寸《マッチ》で火を吸いつけた。燐寸の軸を支えた男の手があまりに顫えるので、私が手を添えてやらねばならなかった。料理は陰気な魚料理、油漬けのニシンに玉葱や酢キャベツのたぐいだ。街はまだ享楽の時刻である。葡萄酒は私が選んだ。われわれは壁ぎわにひとつ離れた小卓に向きあっていた。男は脈絡なくさまざまのことを興奮した早口で喋りつづけた。人々は微妙にわれわれを避けているように思われたが、少なくとも男はそれに気づいていないように見えた。私は酔いから取り残されて苦しんでいるつもりだったが、酔いは隠れたところに沈澱していたのかもしれない。遠い止まり木に並んだ、頬杖の女たちの白い顔が曖昧にぼやけ、口数もいつか増していたのかもしれない。確かにわれわれには語りあうべきことがあり、それはついに語りつくせないほどの量であるに違いなかった。しかしそれはその夜のことではない。その夜は私も男もそれぞれの思いに気をとらわれて、ただ独り言に近い無数の言葉が擦れ違っていっただけだ。額に垂れかかる前髪をしきりに掻きあげながら、男は時おり激したように私の肩を揺すった。そのたびに私は一瞬の放心から醒めた。その夜われわれは少しの涙さえこぼしたのかもしれない。

短いいさかいの後、男が勘定をした。一夜の享楽の代価は銀貨三十枚。われわれの背後で音をたてて扉の錠がおろされるのが判った。私の投宿先であるホテルの前で別れる時、男はもう一度手を握らせてくれと言った。そうしなければ安心できないのだとも言った。近くの窓から洩れる燈で、男の蒼ざめた片頬に汚れた涙の乾きあとが見えた。私は恐怖からその申し出をこばむことが出来なかった。冷えた寝台で、私は毛布の陰に手を組み生涯でただ一度神を思った。窓から見おろさなくても——あの男が、夜更けても舗道を去らずに繰り返し歩きつづけていることがはっきり判ったのだ。

願わくはわれをしてただ眠らしめよ。

そのようにして私はその男にハンザ街で出会った。

あるいはその出会いが次のようなものであったならと私は願う。——街頭で不意うちに出くわした時、われわれはまず互いの顔に指をつきつけあい、立派な大人とも思えない馬鹿笑いの発作を起こしたのだ。互いに大声で叫びあい、さらに相手の声を打ち消そうとまた大声で叫んだ。夜更けまでいかがわしい場所をめぐり歩き、酔いどれた果てに、二度と前に現われるなと罵りあって別れた。せめてそのようにしてわれわれは出会い、そして別れるべきだったのだ。

やがて知ることになったハンザ街の男の住居は、私に或る印象を与えた。その詳細を私はまず述べておきたい。

その建物は、街の歴史と同じだけの暦年を経ているように私には思われた。良く言えば歴史的な風格があり、ありていに言えば老朽化という言葉を思わせる。正面に一種の塔に似たかたちに玄関ホールが突き出ているのだが、その三階までの高さを支えて、左右二体の女人像柱の浮き彫りがあった。直角に折り曲げた四本の腕が彫刻のある軒を支えており、そして細長く引き伸ばされた下半身は、急激な変化で蔓に巻きつかれながら樹の幹への変身を遂げている。その他にも、細かい女面鳥の彫刻やモザイクの唐草模様が雑多な渦巻きを見せ、明らかに混乱した装飾過多の様相を呈していた。

決定的なのはその二体の女人像柱である。明白に中年女のそれを思わせる肥満とたるみに、私はデューラー描くネメシスを連想したものだ。

嫌悪感への刺激がかえって見る者の眼を思わず離れがたくさせる、その要因となっているのは主にこの技術の稚拙さだと私は思う。平板で鈍重な、あからさまな醜婦であるその顔は知性を欠いていた。頬も乳房も腹も、衰えと肥満によるはなばなしいたるみを見せているにもかかわらず、全体に妙に筋肉質であることがまた粗野な迫力となっている。男が住んでいたのは、およそこのような建物だった。

こうしたもろもろの混沌を、人は奇矯な趣味と呼ぶことだろう。しかしこの奇矯さに価値を認めたからこそ、男がかれの住居をこの建物の中に選んだのであることは確かだと思われた。そしてあえて言うならば、このような住居の選び方は私の趣味でもあった。そう気づいた時、私は不快を感じたものだったが。

最上階の七階に位置するかれの部屋は、数週間後にはすみずみまで私の知るところとなっていた。建物の古さに似合わない、新しいエレベーターを私はありがたく思った。毎日七階まで通うのに、階段ではたまらないというものだ。三間つづきのその住居で、かれの個性によって選択され、部屋に置かれることを許されたすべてのものがいちいち私の注視の対象となった。

たとえば金と緑の龍がとぐろを巻いたかたちの支那製の香炉を私は見た。陶器の紺地に金の星型の鋲《びょう》を打った双眼鏡を、文字盤に絵物語ふうの彩色画のある時計を私は見たのだったし、そして浴槽の水垢を、台所のピンクのゴキブリの幼虫を、抽出につめこまれた古雑誌の切り抜きを見た。それほど数多いわけでもないかれの蔵書に、私はやや好みの偏りを感じた。かれが背後で注視しているのでなければ、一冊ずつ手に取ってみたいところだったのだが。——ところで、かれが私の部屋に来るのでなく、私がかれの部屋を訪れることがわれわれの習慣となったのは、当然の選択であったことを言い添えておく。旅行者である私のホテルの部屋は、私の個性を示すものを何も持っていない。それではかれにとって得るものがないからである。この不平等をかれ自身意識していただろうと思うが、私は自分の有利を失いたくはなかったので、問題提起を避けていた。

一人前の男として通用している人間ならば誰しもだろうが、私は自分が奇矯なふるまいに及んでいることをなるべく自覚したくなかった。われわれはただ、互いの存在を日常的な次元に置いてみることが必要だっただけなのだ。互いの存在に馴れ、日常の雑多な細部のひとつとして相手を眺められるようになること——。ホテルに戻って眠る時間だけを別にして、われわれはほとんど生活を共にしていたと言っていい。沈黙と饒舌、食事と排泄。われわれは、仔細な口実を設けては男色家のように互いの身体に触れあっていた。街を歩いている時でも、かれは時刻を確かめるのに私の手首を取って腕時計を覗きこむのだった。そうされることに、嫌悪と裏合わせの快感があったことを私は否定できない。

ある日、公園の角で、かれが大声でわめきながら雪に喜ぶ犬のように片足で跳ねているところを私は見た。外套の裾が翼のように風を孕んでは大きくめくれていた。通行人はかれの周囲五メートルを空白地帯として、迂回しながら歩いていた。かれをそこに残して新聞か煙草かを買いに行った時、私が戻ってくる頃を見はからってそうしていたのだ。われわれは二人でいると感情がオーヴァーになるのだと思う。私は昨日シャワー室でかれの裸体を隙見《すきみ》した。

——今日、かれは上機嫌に見えたが、落ちつきはらって私の肉体の巨細《こさい》な欠点と欠陥を順番にあばきたてはじめた。説明は微に入り細をうがって、箇条書きのメモでもあらかじめ暗記してきたような様子だった。ところで、かれは私を決定的に失うことを避けるためならば喜んで私の足の裏を舐めることさえしただろうと私は思う。そしてかれは今日そのことを私に言明しさえした。

（前出の一点をのぞいて）あらゆる問題についての検討に、倦むことを知らない生活を送っていたわれわれのあいだで、ひとつだけ故意に避けられている問題があった。これがいつまで続くのかということだ。

ネメシスの女に会った話をしておこう。

われわれはその女を〝赤いザリガニ亭〟で見た。

かれはその日宵のうちから頭痛を訴えていた。潤んだ眼で、熱があるようだとも言った。私は訴えを無視して、強引に日課の散歩に連れ出したのだった。私自身も微熱を感じていたことがその理由である。最初の夜に坐ったのと同じ卓で、ザリガニの絵具のような赤と胡椒粒、燻製肉にしなだれた菜の濃緑が陶器の皿にわだかまっていた。前日から繰り越しの討論が結論の出ないまま途中で立ち消え、われわれはそのとき空白の時刻を過ごしていたのだったと思う。たしか、床を踊る数組の靴があったのを、私は意識の外で漠然と感じていたようだ。

何度訪れても、〝赤いザリガニ亭〟で人々はやはりわれわれを微妙に避けているように感じられた。誰も私たちを追い出そうとしないのが不思議だが、と私は思ったものだ。その女が、どういう経過を経て突然かれの膝へと腰から倒れこんでくるに至ったのか、私は注意していなかったので気づかなかった。踊っていた一人だったのだろう。

女は、その場所を占めたまま初めてわれわれの顔を見比べ、不謹慎な冗談を言った。「同じ顔。」酔っていた。私は手を伸ばし、その頰をすばやく打った。

ネメシス、と私の頭に浮かんだ言葉を、同時にかれの口から私は聞いた。女はかれの膝に載ったまま笑っていたようだ。それから店を出ていくまでの時間を、私はかれの顔がしだいに生き生きと輝きだすのを眺めることで過ごした。自分の考えを口に出してかれに問いかけることを私はしなかったので、かれがその時何のために陽気になっていたのか、正確には私は知らない。踊りながら、かれは卓に残った私に視線をよこすことさえしなかった。女を間に挟んで、われわれが店を出ていく時の店主の表情で、私はわれわれが二度とここに出入りできなくなったことを知った。

外は寒かった。三人とも、特に女は泥酔状態に近くなっていた。見慣れた街で、エレベーターの箱に二人を押しこんで別れた時、かれは私の存在を忘れていたように私には見えた。

その夜、二体の女人像柱が奇怪な表情で見おろす舗道を私は夜更けても去らず、こごえながら徘徊した。

それからも流れる日々が私とかれとの上にあった。

何事もなかったかのように共に過ごす日々があり、避けあう日々があった。乗り換え駅の構内を無意味にうろつき、またかれに黙ってホテルを変えたこともあった。かれはすぐに私の居場所を突きとめたが。禁断症状を起こしたようにかれを追い求めたこともあった。

雑踏の中をひとり無防備に歩いていた時、脇道から偶然あらわれたかれの遠い横顔を——少しも新鮮さの失せない、衝撃をもって見る私自身を自覚した。深夜、雨でずぶ濡れになったかれが、泥酔して劇的に部屋へ飛びこんできた時は恐ろしかった。私の膝にすがってかれは長い懺悔をした。私はただそれを聞きたくないがために、自分の動悸を数えていた。私自身がいつかれの膝にすがりつくことになるか、それは時間の問題だと思われたのだ。かれの頭の重みを膝に感じたまま、私は顔をしかめ、舌を出し、歯をむきだした。

そのことをかれが初めて口に出して言ったのが、どの夜のことだったか忘れた。二人のうちの一人が旅行者であること、それが決定的な事項なのだとかれは不機嫌な口調で言った。——「それで、君の出発の日はいつになったら決まるのかね」

かれがあまり不愉快げに見えたので、私の口調は曖昧になった。出発は当然のことだし、それ以外に何を望むのか、と私は言った。長い散策は、堀割りの水の香と深夜の鐘、地平線を顫わせる夜汽車の通過とで満たされた。ホテルの前まで戻って、月に濡れた舗道から顔をそむけ、影に呑まれて、われわれの胸は触れた。奇怪な接吻のあいだ、ただ純粋な恐怖がわれわれの歯を鳴らした。

夜、私はひとり短い距離を歩いてハンザ街のかれの部屋へと行った。

訪問の予告はしていなかったが、必ず在宅している筈だという強い感覚があった。短距離ではあったが、人影はひとつも見ない深夜の歩みは、私の孤独を針のように鋭く知覚させた。その歩みについて私は述べたい。鋭く尖端化された知覚を意識すること、そのこと自体に注意を集中して私は歩いていたのだと思う。角を曲がるたびに月は死角に入り、私の視野に入ってはこなかった。

それでも月は空のどこかの高みにあって、この夜の蒼さの光源となっている筈だった。高い家並みの稜線から斜めに射す月光の蒼さは、鉱物の切り口の固さだ。指が触れて切れないように、私は影の領域を注意深く選んで歩いた。

二体の女人像柱を、真下から顎を突きだすようにして見上げたのはその時が初めてだったと思う。影の隈取りがその顔を複雑に錯綜させ、ほとんど人の顔と見分けることもできないのだった。私は扉を押して中に入った。誰ひとり生きている人間の存在しないようなこの夜の中で、機械だけがめざめて正確に作動しているのは不思議なことだ。七階で、無人のふたつの部屋を横切るまでのあいだ、物音を聞かなかった。

肘掛け椅子で——そして祈るように首をわずかに傾《かし》げて、かれは眠っていた。それを私は見た。格子の嵌った窓から斜めに月が射して、その顔にゆがんだ十字の影をつくっていた。ただ悪夢の影が私にまで射してこないように、考えが夜のように私をひたさないように、私は間を置かずに行動した。

心臓の上の胸ポケットの釦をはずし、三歩あゆみ寄り、取り出した小型拳銃を右のこめかみに当て、一発発射した。

かれが倒れるところを私は見なかったので、死がかれに与えた反応を私は知らない。――しかし今となってさえ私は思う。倒れたかれの顔に、急に人の手で殴《う》たれた小犬のような、間の抜けた滑稽な驚きの表情が浮かんでいたのでなければいいのだが、と。その時私はそこに立っており、すると唐突に、静かで強力な既視感が私をとらえたのである。

一点に集中した求心力のある感覚で――かつて、このようなことが一度あった、と私は感じた。垂れかかる前髪を私は片手でかきあげた。すると、以前このような夜、死んで横たわった男のかたわらに立って同じ動作をしたことがあるという記憶が私を襲った。あるいは前世の記憶だったのかもしれないが、立っている男と横たわる男はどちらもかれであると同時に私であり、そしてふたりの顔は同じだ。「同じ顔。」酔いどれ女が言ったように。

私が動いたので、窓格子のつくる長いゆがんだ影の十字が倒れた男と私とを同時にとらえた。最初の一瞥の瞬間から、どれだけわれわれが憎悪しあったかを私は刹那に縮めて思い出した。相手が気づいていないと思いながら、一瞬に相手の顔を盗み見る眼の、どれほど害意に満ちていたかを。――ウィリアム・ウィルソンはかれのウィリアム・ウィルソンを殺したが、殺すのに理由が必要だったというのは口実にすぎない。先に自覚した一人が先制すればいいのだ。私はまた一歩動いた。

自分自身の死体を眼の前にしている、という錯覚に落ちいることを私は自制していた。死体が私と同じ顔を持っていることを意識せずにいるよう私は自制したつもりだったが、考えたくないことを意識のすみに持ったことが、かえって私を浮き足だたせた。冷静であると自覚しながら、私は通り道の椅子を倒して部屋部屋を横切った。廊下は無人だ。白く発光する扉口《とぐち》を開いたまま、エレベーターの箱が私を待っていた。

一階で、両開きの扉が自動的に開いた時、私は一瞬自分の眼を疑った。扉の外も、向かいあわせに白く発光するもうひとつの箱の内部、もう一基のエレベーターの箱だったのだ。訳がわからず、私は漠然と操作を誤ったのだと思った。二階のボタンを押し直すと、扉は空気を押し出す音と共に正確に閉じた。二階でも同じだった。合わせ鏡を立てたように、白々と清潔な人工の光を満たした分身《ダブル》のエレベーターの箱が私を待っていた。

取りかえしのつかない一歩を自分が踏み出してしまったことに気づいたのは、もう取りかえしがつかなくなってからずっと後のことである。

最初、私は動揺を押さえながら次々に各階のボタンを押していったのだった。どの階も同じ。ただ七階へだけは行かなかったが。

各階で見たそれらの箱は、すべて同一のものだったのだろうか？　しかし規格品の無個性さが私にその問いの答えを与えなかった。扉を開いたままの状態で観察すると、二台の向かいあわせの箱はひとつの扉を共有していた。理屈に合わないことだと、私の理性が仔細なことにこだわったのを覚えている。怒りによる無益な努力の繰り返し、判断を停止した放心、それらの段階を経てついに私はその一歩を踏み出した。向かい側の箱へ乗り換えたのだ。

それからさらに何度か箱を移り渡った。

もはやどれが最初の箱なのか見分けもつくまい。あるいは、二度と同じ箱に繰りかえして出会うことはなかったのではないかと私は思う。途中の箱で（暖かかったので）外套を脱ぎ捨てたが、その外套を二度と見なかったからだ。人工的な清潔さの空気はどこからか循環してきており、窒息感はない。ほとんど快適なほどだ。乗り換えを繰り返すうち、箱の内部の構造がしだいに単純化してきていることに、私はかなりの時間経過ののち気づいた。ボタンの並ぶ操作盤もいつの間にか消えているのだ。

壁には継ぎ目がなくなり、無機質で美しい。私は床に丸く横たわった。今や何もなすべきことがない以上、考えることも何もない。もはや無限に昇りつつあるのか沈みつつあるのか、誰にも判るまいと私は思う。願わくはわれをしてただ。

そのようにして私はその男にハンザ街で出会ったのだ。

遠近法・補遺
——未完プラス七節

《腸詰宇宙》において、垂直の空洞を囲む回廊群はよく劇場の桟敷席になぞらえられることがある。天体や機械仕掛けの《神》の通過、《蝕》など、すべて動的な変化が奈落の空間の属性であるとすれば、対する観客席的要素こそが回廊群の属性であるからだ。《劇場》の比喩の発生源が、いったいこの閉鎖的宇宙のどこにあり得たというのか、それは不明なのだが。

*

まだこの宇宙が新芽のように若く、太陽が新鮮な黄金の坩堝《るつぼ》であった頃、創世の黄金時代に生きた人間たちは世界の驚異にただ圧倒されていたものだった。世界の存在すること自体がすでに汲めども尽きぬ驚異だったのであり、《見る》ことの歓喜にうつつを抜かしていた、彼ら典雅な天動説時代風の人間たち。と言ってもこの宇宙には、地動説時代は永遠にあり得ないのだが。

その時代のことは、伝説の彼方、実在の怪しまれる物語の時代として、金の額縁に包まれている。が、古い伝承によれば、この頃にはたとえば《太陽の鳥》が存在していたという。その頃、世界の正午は常に、夥《おびただ》しい鳥の叫びで満ちていた。回廊から高く見上げれば、そこに降下してくる太陽は、数千羽の鳥の雲に包まれていた。まさに蠢《うごめ》く黄金の霧、小止《おや》みない翼の羽搏きのそれは蝟集だ。その嘴に金雀枝《エニシダ》の金を啄《ついば》み、その羽根は光の箭《や》である始源の鳥は、盲目の讃美者、あるいは守護者のように太陽を離れることがなかった。そう言い伝えはいうのだ。

その時、環状の欄干群の石肌が、数知れぬ鳥影の投影で埋まるのを人々は見ただろう。群鳥の鋭い叫びと羽搏きは、奈落の空間を躍動的に圧したことだろう。白熱する大球体を囲んで、逆光に浮く群鳥図は今や彫刻風の輪郭の刻明さだ。どこから来てどこへ去るとも知れず、奇蹟の太陽の降下に黄金の霞網《かすみあみ》をかける彼ら正午の鳥たちに対して、また《月の魚》がいる。水族館風の、夜の空間を月球は降下する。その周囲、蒼ざめた波状の光の中に、銀鱗をひらめかせる夥しい魚群が見られたとしても、この伝説の時代のことであれば何の不思議もなかったのだ。やがていつか、誰もその移り変わりに気づかないうちに、錬金術時代風の《知》の時代が後を襲っていた。新芽の伸びるリズムで青銅と鉄の時代は訪れ、さらに世界を見ることに、世界を知ることに憑かれて、繰り返し出発していった男たちがそこにいた。精緻な腐蝕銅版画にも比すべき、歴史のとある一齣には、月球の頂上に立つ小さな小さな男の姿がある。その遠景、遠近法の高みには、石板を背負った旅姿――繰り返し繰り返し縄梯子から墜ちていく、いとおしい男たちがいた。そのイカロスの墜落。

この人工的な構造を持つ世界にも、歴史の流れ、時代の移り変わりは存在する。人々が明日に何を予感しようとも、それには関わることなく。

が、今日はまだ、まだ大丈夫だ。と、人々は常に考える。今日はまだ、世界は昨日と同じ劇場であり、金の鳥と銀の魚は滅びて消えたとしても、昨日と同じものはまだ眺めることができる。バロック風石造大建築と、その遠近法の魔術を。天体の運行、また《蝕》の現象を。

要するに、《蛇の墜ちてくる日》まで、宇宙はまだしばらくは待たねばならないのだった。そこで人々は今日も頬杖をついて世界を眺めている。

＊

太陽と月の運行、《蝕》の現象、雲の一族の通過。《腸詰宇宙》において、回廊の観客席から眺められるものは、ルーティーンとしては以上に限られている。が、稀には一回限りの異変として、見知らぬものの出現がない訳でもない。ある時には、空洞の高みから一人の有翼人が出現した。

その日、《中央回廊》に近いあたりの空域で異変は起きた。何の前触れもなく、切って落としたように、数百人数千人の喚声が不意に高みから湧いたのだ。騒ぎはすばやく下へと波及し、《中央回廊》付近の住人が欄干へと駆け出した時には、今度はその彼らが嘆声をあげる番だった。奈落の領域——人間には踏み込むことを許されない、その底なしの空間の上方、遠い回廊群を背景として、動きまわる黒い点があるのだ。それが、有翼人出現の最初の光景だった。

その遠い姿の動きは不規則で、次の予想が立てにくかった。が、しかし見ているとほぼ螺旋を描くように、下へ下へと降りてくる。身長の二倍近い、皮膜質の翼からも推測されるように、翼手目のせわしない飛び方をその特徴としていると言えた。時おり安定を崩しては、不意の動きで回廊群に異常接近するのだったが、そのたびにその一箇所からの悲鳴が拡大されている。檻から逃げた獣を恐怖する、群集の叫びだった。のちに《鏡の奥から現われた黒いもの》と呼ばれることになったこの有翼人は、全身に黒い短毛を密生させており、体型から見て男だとはすぐ知れた。細身の身体は若々しく、優美とさえ言えるが、しかし翼の骨格に沿って伸びた両腕は通常の一倍半はある。

《中央回廊》では、その間終始して上方を見上げるかたちで変事を目撃していた。あわただしい協議もとり行なわれてはいたが、しかし誰もこの有翼人の正体を知らず、その出現の前例を知る者もいない。壁画の造物主とその創造世界の図にも、雲の一族の中にも、この黒い翼の持ち主に合致する姿はないではないか、というのが彼らの一致した見解だった。音の逃げ場のない円筒内では、この時すでに騒ぎは騒擾の域にまで達していた。その中でも、数少ない冷静な観察者は——多くは《中央回廊》の人間だったが——この唐突な闖入者の表情を正しく読みとっていた。犬のように鼻の潰れた、奇妙に歪んだその顔は、明らかに自分の置かれた情況にうろたえているのだった。檻から逃げた獣を人々が恐れるのと同様、逃げた獣のほうでも恐怖の中にあったのだ。

何を思ったのか、自信のない動きでひとつの欄干に降りかけた有翼人は、足の爪先を触れるより早くその階の悲鳴に追われ、ふらつき気味に下降を再開していた。それは《中央回廊》の数階上でのことであり、石さえ投げられてますます惑乱した有翼人は、このままでは今にも《中央回廊》を通過してしまいそうに見えた。とその時、おもむろに長老が片手を挙げたのは、恐らくは保護の申し出のつもりであったのに違いない。正体の知れない相手に対して、その行為は軽率であるようにも人々には思われたが、後になって長老はこう説明した。この世界にあって、ひとつでもより多くの知識を蒐めることこそが我々《選ばれた民》の役目ではないか、と。が、しかしその暇はなかった。《腕》が出現したのはその瞬間のことであり、実物の数百倍の大きさを持つ人間の片腕が、指先を下にして空洞に差し込まれてくるのを人々は見たのだ。狭い穴に落ちた物を拾おうと、人が手探りで右腕を差し込む様子にそれは似ていた。

——ずっと後になって、目撃者たちはその《腕》を、造物主その人のものだと噂しあったものだった。が、その時点で反射的に彼らが想起したのは、あの雲の上の狂った老人——造物主の似姿である機械仕掛けの《神》の、その雷光を握る太い右腕だった。見覚えのあるその腕が、太陽や月を片手で摑めるほどに拡大されて、そこに出現したように人々には思われたのだ。それは縄のように筋肉のよじれた、頑健な老人の右腕であり、肘から手首、手の甲および指関節に、白さのめだつ大量の体毛が認められた。爪は短く剪られているが、思索生活だけでなく労働にも従事している証拠に、関節が太く節くれだっている。肩から先は、極端に引き伸ばされた遠近法の消失点の先にあって見ることはできない。ほぼ一瞬にして《中央回廊》まで到達すると、《腕》は有翼人を指先に捕え、一拍の停止ののちすみやかに去った。出現の時と同様、ほぼ一瞬の動きだった。《鏡の奥から現われた黒いもの》の出現に関する顚末は以上に尽き、単なる目撃談以上の意味を持つことなく終わった。有翼人の正体は何なのか、《腕》の行為の意味は何だったのか——答えは永久に与えられず、人々はただ、それぞれの目撃したことの詳細を反芻することしかできなかった。虫のように指先に挟まれた瞬間の、有翼人の鋭い笛に似た悲鳴や、その恐怖と反抗の表情を。広げたままよじれた両翼が、指のあいだでひどく脆そうに見えたことを。ある者は、有翼人には尾があったと言った。また別の者は、その踵《かかと》に鉤爪のある第六趾を見たと主張した。

もとよりその言葉を持たない者たちにとって、事が理解されよう筈もなかった。あれが《鏡の奥から現われた悪魔》ではなかったかとは。

そして多分、この事件の起きた頃の時代がぎりぎりの境い目だったのだ。世界の全体が凋落の周期へ——長い黄昏の時代へと、ゆるやかに移行しはじめたのは。

＊

＊

合わせ鏡の奥から現われた、黒い有翼人の噂もとうに忘れ去られて久しい頃、辺境地帯のとある回廊でひとつの投身事件があった。発作的な投身などこの宇宙では珍しくないとはいえ、この投身者の奇怪な言動は人々に不安を残すことになった。

それは、満十三歳の誕生日を翌日に控えての不意の錯乱だった。その朝、回廊の冷たい石床に眼ざめた人々は、理由もなく欄干の前に立ち尽くしている一人の少女の背を見た。赤く腫れた眼と鼻から泪を垂れ流し、十指は石の手擦りに喰い込まんばかりであり、全身が熱を持ったように慄えている。起きだしてきた人々と少女の前に、奈落の大俯瞰図は、いつもながらの貪欲な腭門《あぎと》を開いていた。思い出したのだ、とそして少女は言った。《私の生きた前世では、世界はこのように古く、疲れてはいなかった。宇宙自体と同じ齢《よわい》を持つこの回廊群、その姿もこれほどに摩滅し変色してはいなかった。そしてあの太陽、この寒さ！　何という恐ろしい時代に私は生まれ変わってしまったものか！》——そしてさらに少女が話しつづけることを人々は聞いた。

宇宙の創世期の頃に生きた人間が、数十世代の交代を経て転生し、突然の啓示を受けて前世の記憶を取り戻す。その経緯を、人々がそのとき正確に理解し得たわけではない。癲癇の発作、あるいは不意の発狂を見る眼で彼らは少女を取り巻いていた。が、しかしその口から奔流する言葉の群は、奇妙に彼らの本能を刺激した。狂女のように髪を乱したまま、少女は回廊からの大光景に含まれているひとつひとつの事物を指さし、そして人々の眼に映るもののすべてを言葉に転換してみせたのだ。

数十世代にわたる生活の澱《おり》――その手垢と脂《あぶら》と排泄物に汚染された、今や飴《あめ》色の石肌、それをまず少女は指摘した。またその不潔で陰湿な黝《くろず》みを。人々が華麗と信じている欄干群の浮彫りも、細部が摩滅した今では、襤褸の花綵《はなづな》であるに過ぎない。またそれらの肌という肌に華々しい領土地図をひろげた蘚苔類の存在を少女は指摘した。湿気のしみに縁取りされた蒼黒い苔と石黴は、互いの領土を侵犯しあいながら悲惨に繁殖し、今やさながら臭い汁を持つ疥癬《かいせん》の瘡蓋《かさぶた》のようだと少女は糾弾するのだった。その臭気の瘡《かさ》に覆われて、さらに執拗な葉脈状の罅割れがあった。無惨な傷や亀裂や毀《こぼ》れは、疲れた中年女の朝の顔のように、今や恨みがましげな隙間風を光景の隈々《くまぐま》に与えていた。一層に五十本ずつ、上下の回廊群におよそ数千本は数えられる人像柱の群でさえ、貌や腕が欠けこぼれ、すでに総体的な崩壊の途上にある。後悔の狼煙《のろし》をあげる、無言のオペラの彫像群のように。

聞き続けるうちに、人々は世界を眺める自分の眼が変化していくのを感じた。言葉という言葉を駆使して再構成されていく世界を、人々は同時にその眼で追っていった。そこに新しく展けていく宇宙の姿は、陰惨に疲労して、もはや救いがたい残骸のように消耗していた。この明白な事実に気づきもしなかった、昨日までの自分を人々は疑問にさえ思った。また前日までのそれに比べて、今朝の視界の光量は著しく減退し、陰気にくすんでいるように思われた。言葉の破壊力がそうさせたのだ。

あの太陽、と少女は最後に悲鳴の口調で叫んだ。《以前よりずっと膨張して、以前よりずっと暗くて赤い。こんなものに耐えられるものか。こんな世界にはとても耐えられない》

そして投身した少女の軌跡を下に見おろし、次いで上を振り仰いだ人々は、長い時間をそのまま共通の沈黙の中に過ごした。朝毎の見慣れた光景であり、もはや何の目新しいものでもない筈の、太陽の降下の情景がそこにある。音はないが、しかし視覚的に重厚な燃焼音を感じさせずにおかない、重々しい焔球の降下の情景。そこに、無気味な衰退の兆候を読みとってもいいものかどうか、この時にはまだ迷いがありもしたのだ。

辺境地帯に起きたこの小事件の噂は、《中央回廊》までは届かず、またその近隣地帯にさえほとんど広まることがなかった。昔ならば、こうではなかったに違いない。多少でも宇宙の知識に関することであれば、噂は情報としてじりじり拡大していったに違いない。が、時代の流れを追って世界が変質していくように、人々もまた変化していた。見ることに、知ることに疲れ始めたのだ。

＊

ある時代のある地域において、一時次のような《信仰》が行なわれたことがある。すなわち石はいつか風化して、砂となることをその運命的な本質とする。従って石で構成されたこの宇宙もまた、現にその最下部から風化しはじめ、砂の城のように崩れつつあるというのだ。砂時計の砂が、受け皿の存在しない暗黒の虚無へと淋しく零《こぼ》れ落ちていく姿のように。

この《信仰》が現実であるとすれば、《腸詰宇宙》にはすでに《底の極》が存在しないことになる。従って宇宙の最上部と最下部、その両極に嵌めこまれている筈の鏡の片割れもまた存在しない。《底の極》の鏡こそが、宇宙で真先に風化し、砂となって零《こぼ》れ落ちた筈だからだ。

この奇妙に稀薄で淋しいイメージを、人々は何故か親しく夢想するのだった。時に理由のない風が吹き抜けるだけの暗黒宇宙の一点に、垂直の旗のように浮遊する蒼ざめた石の塔のイメージを。その最下部から、螺旋の繃帯が解《ほど》けていくように、とめどなく零《ふ》りこぼれていく孤独な砂のイメージを。

たとえば、もはや存在しない《底の極》に最も近いあたりの住人、すなわち風化現象地帯の目視圏内にあるその人間たちは、もはや語ることも聞くこともやめ、石像のように虚しくただ見ているだけだろう。欄干に蝟集し、しかしもはや理解することを放棄した、諦念のまなざしをしか彼らは持たないだろう。その視線の先、奈落とそして連鎖回廊群の終点は、そのまま白い蟻地獄に直結しているように高みからは見える筈だ。ほとんど流動体ではなく、静止体に見えるほど、その逆様の円錐の形態は一定している。だから人々は、その流砂の壁ごしには何も見ることができない。底なしの、暗黒の《無》でさえも。

そしてたとえば太陽は、その軌道上の情況に関知することなく降下してくる筈だ。その時、もはや《底の極》の鏡は存在せず、従って実物と虚像のふたつの太陽が互いに接近していく光景は、そこにはない。代わりに、宇宙の大墓孔である底なしの流砂へと太陽は降下していく。その接近につれて、逆円錐の流砂壁はカーテンのように揺れ動き、小波《さざなみ》だち、一時的な砂嵐の様相を見せはじめるだろう。さらに、世界の底には局地的な突風現象が起きるだろう。が、空間の歪みが生じたかのように、人々はそこに何が起きたかを正確に見ることはできない。白砂の津波をおびただしく噴き上げながら、ついに太陽は没していき、と同時に《頂上の極》付近の住人は、頭上の鏡面に異常な輝きの奔騰を見る。宇宙の磁気嵐でも映し出したかのように、鏡面には七彩の閃光が駆けめぐり、そして太陽が実体化してくる。盛りあがるその縁の周囲から、あるいは何か細かいものがこぼれ落ちてくるのを人々は見るかもしれない。垂直に零《ふ》ってくるそれを、伸ばした掌のひらに受けたならば、彼らはそこに微量の砂を認めて不審に思う筈だった。

このイメージを人々は《信仰》として育《はぐく》んだのであり、寒く淋しい終末への予感は彼らに一種の安らぎをさえ与えた。数万とも数億ともつかず、重層的に積み重なった回廊群の、その全重量を支える最下端の列柱が、石壁が、彫りのある欄干が、さらさらと音もなく形象《かたち》を失っていくこと――。ここからは見えないが、しかし確かな今、遠近法の底の底で確実な滅身が進行しつつあること――。

そのようにして滅びていくことを、彼らは秘かに望んでいたのかもしれない。無限であることの存在の疲れ、そのためには。

しかし無論、宇宙の《底の極》も《頂上の極》もその存在が確認されていない以上、彼らの滅身願望がそのとおりに実現される筈はない。

＊

そしていつか終末は訪れるだろう、輪廻の蛇の自転が軋《きし》みながら停止するように。総体的な無気力化が進む中、それでも間歇的に一人の男が立ち上がっては、世界の果てへと出発していく。が、その召命者の数もついに尽きた。あとには何もない。何も起きない。この言葉の宇宙が崩壊する時、鏡の破片や砂のかたちをした言葉のかけらが落下していくだけだ。

　誰かが私に言ったのだ
世界は言葉でできていると
太陽と月と欄干と回廊
昨夜奈落に身を投げたあの男は
言葉の世界に墜ちて死んだと
そして陰鬱な蛇が頭を下に墜ちてくる。

＊

目撃者も証人も一人として存在しないが、機械仕掛けの《神》の最期はこのように伝えられている。盲目の蛇の出現よりも少し前のこと、宇宙のある空域の一地点において、降下中の太陽の真上で雲が破れた。不注意に太陽に接近しすぎた結果、その高熱のため、雲を形成する水滴が蒸発してしまったのだ。雲に棲む一族のうち、真先に墜落したのは最も体重のある《神》自身であり、次いで他の一族も落ちた。《天使》と呼ばれる生物はその翼のためにわずかな猶予を得たが、それでも当惑げに思案した後、じきに墜ちた。落下物のすべては高熱のガス体である太陽が呑みつくし、後には雷鳴も閃光も、小爆発さえも残ることはなかった。

従って、《蝕》の瞬間の太陽と月を呑むべく終末の蛇が墜ちてきた時、《神》はすでに死んでおり、この宇宙のどの空域にも存在してはいなかった。

破壊王

パラス・アテネ

オリュンポス神族と巨人ギガース族との戦いで、女神アテネは巨人パラスを殺した。そして彼の皮を剝いで自らの鎧となし、その翼を足につけた。

——ギリシア神話

月が西の空に仄白くなりつつある時刻、長い旅の途上にあったその隊商は、まだ夜の残る森の奥で大虐殺のあとに行き当たった。野面《のづら》には血に飽いた豺狼の群がわくわくと背を波うたせて駆け去っていくのが遠望され、振り返れば、辺境の野の果てには落日に似たすさまじい朝焼けがあった。不眠の要塞都市のあげ続ける狼煙《のろし》が地平に薄くたなびいて、その時森の奥処《おくか》に立ちすくむ人間たちの眼には、それはこの世の果ての遠い朝火事かと映ったのだ。

小暗い森の底を縫ってうねうねと続く道沿いに、屍体の群はほぼ一町に渡って散乱し、その数は百数十まで数えられた。荷を略奪された跡があり、また屍には矢傷と獣の爪跡との両方がある。おおよそは、遠い内乱を避けてこの地の都市へと逃げこもうとしていた難民の一行が、昨日辺境に多く出没する夜盗の類に襲われて全滅し、その後夜のうちに群狼に踏みにじられたものと思われた。——ほとんど日の斑《ふ》も漏れこまない葉ごもりの影へと、人々は松明の焰を走らせながら蹌踉と歩いた。時に、窪地の底に溜まり水の水面が白く光って、人々の不安な眼を驚かせた。

……三歳ばかりのその幼児は、血に狂って共喰いの果てに斃れた黒狼の二、三頭うち重なった上に座って、その動かない眼に近づいてくる人間たちの姿を映していた。数人がその前に立ち止まり、続いて一人一人立ち止まっていく者の数が増えて、いつの間にかその周囲には無言の焰の輪ができていた。

一夜の夜露に濡れた髪のまま、手も足も厚布で包まれて顔ばかりを顕わにしたその幼児は、人々の視線に晒されてもなお動じるけしきもなかった。夜盗による阿鼻叫喚の大虐殺を目撃し、ついで一晩中月に憑かれた狼群が血の泡を噴いて狂うのを見続けていた間も、やはりこのように動じることなく、ただそこに見えるものだけを見続けていたのだろう。そう、人々には思いなされたのだ。すると、どこかで激しい羽音が闇を叩いた。突然身近に幾つもの羽音が湧き、松明に愕《おどろ》いて飛びたった鳥群の鋭い啼き音《ね》が森を走って、次々に高い梢から梢へと派生した。

夥しい鳥が高みを翔《かけ》って、森は急激に眼ざめた。ざわめく樹冠からは陽光が初めて漏れこみ、幹から地表へとめまぐるしく走って幼児の顔を捉えた。土地神、とやっと気づいたように数人が同時に言った。

辺境地帯の曠野を何週間もかけて旅する集団が、このように野盗や群狼に会って全滅した時、しばしば一人だけ子供が無傷で生き残ることがある。それもほとんどは、自分の名も言えないほどの年令の男の幼児で、こういう子供は発見された時、その殺戮のあった地の土地神と見なされる。そして同時に旅人の守り神ともされ、月と狼の領域である辺境を行く隊商は、必ず一人、この土地神を伴って先頭に立てるのだった。

一人の男が幼児を抱きあげ、右肩に乗せた。少し離れた空地でまだ隊列を崩さずに待っている三十人ばかりの一行の先頭には、二人の男に担がれた輿《こし》があった。近づいていくと、輿の上に胡座《あぐら》を組んで坐っている十《とお》ほどの男の子供の姿が、斜めの陽光に白々と晒されてそこに見えていた。

最初、こちらを振り返って見た子供の顔には、何の表情もなかったのだ。早朝の寒さに萎縮してその眼には曇りがかかり、長い流浪の疲れに血の気を失ったその顔には、感覚の鈍磨したような痴呆じみた放心の色だけがあった。すると人々は、そこにある変化を見た。この時子供は、近づいてくる相手、男の肩の幼児の正体を、本能的に悟ったのだ。弛緩していた表情が、怯えた小動物のそれへとかすかに変化した。輿担ぎの男たちは、肩棒の急な揺れを押さえかねて足踏みした。子供が、立ち上がろうとしたのだった。

幼児は、男の肩の上で何の感情も見せずに相手の視線を受けとめていた。立ち上がりかけた子供は、肩の毛皮を半ばずり落としかけたまま中腰になり、何か言おうとするさまに二、三度口を開閉した。その唇から短い奇声と共に泡と涎がこぼれ、白目を見せたままだしぬけに輿から落ちた。軽い軀が地面に叩きつけられる音がするまで、その場に動く者はなかった。

二人の運が争いあって、一方が敗れたのだ、と一行の中でもっとも髯の白い商人が言った。毛皮をひき剝がされた、まだ息のある軀が傍らの溜まり水の中に蹴こまれると、幼児は輿の上に降ろされ、毛皮で包みこまれた。髯の白い商人は、案内人にこの土地の名を訊ねた。

——豺王《さいおう》、と土地の者は呼びます。

——では今から、その名がこの土地神の子の名になる。百人を越える死者の中に生き残ったほどの土地神ならば、強い運を我々にもたらすだろう。

狼除けの鋳物の鐘が鳴り、人間たちの足は再び動き始めた。遠音に吠えかわす豺狼の声を耳に、森を抜け平原を行く隊商の先頭で、幼児はひとり仄かに微笑していた。この微笑は、人間たちの眼にはとまらなかったし、その意味を知る者も一人もいなかったに相違ない。幼児の姿は、生まれおちて以来この輿の上に暮らしてきた者のように見えた。幼児自身、何故自分の顔に微笑が宿って消えないのか知らなかった。理由のない笑みのためにますます細められた幼児の眼は、ただ行く手の野の果てに湧く雲だけを鏡のように映していたのだったが、しかしこの時、背後の森の真上に残った半欠けの白い月球が、半眼の狼神の片目のように地表を行く人間たちの背をはるかに見送っていたのだ。

それから、十年たつ。

不凍港の北限である港に着いて半日を徒歩で北上してきた一行は、年の暮れの三日前、夕餉の時報を告げる空砲の響きがやむ時刻に、首都の外門に到着した。

落日を背に負った都の稜線は、狂気の赤い瘡《かさ》に縁どられて見る者の眼を灼いた。この時風はことごとく死に絶え、入日の時刻のつかの間の静寂が重く都を領しているようだったが、空砲が鳴り始める前から早々と閉ざされていた鉄の大門は、いくら呼ばわっても開かれるけしきもなかった。これは年の暮れを都で過ごすために呼び戻された一位の一行である、と一人が門の頂上めがけて大音に告げたが、門の内からはただ拒絶の声が返ってくるだけだった。

——明朝の開門の時刻まで、夏の離宮で待たれるがよろしかろう。

そう告げる姿の見えない守備兵の声は、一行の身分を聞いて怖《お》じてはいたようだったが、翻意の余地も窺われない断定的なものだった。冬枯れの森林地帯から、飢餓に追われて平原に降りてきている狼の群が、日没と共に都に近づいてくるのを恐れての措置と思われた。道中帳《とばり》を垂れこめたままの大型の輿に一人が近寄っていき、小声で訳を説明しているのを、その前の輿の上で財王は聞いていた。

——私は離宮には行きません。あれは幽閉宮ですよ。追放者と共に夜を過ごせと、私に言うのですか。

権高なその声に、細々と説得するような声がからまっている。数年前、その父親である都の領王の不興を買って南方の要塞都市のひとつに身を移されたという一位の顔を、財王は未だ見たことがなかった。

その一位がまだ我意を納めないままに、一行はとりあえずさらに北に位置する夏の離宮へと出発した。鐘と鈴の音に包まれて、長々と歪曲しながら続いていく外壁沿いに進んでいく途中、財王は意外にも扉をあけ放されたままのひとつの門を見た。……それはさびれた様子の、朽ちかけた石造りの門である。前を通りすぎざまに覗くと、舗装された道が一直線に都の中心へと伸びているだけで、あたりには人の姿もない。彼方に、真横から斜光を浴びた宮殿の遠景が、厳しい明暗の中に望まれた。

——〝四つ脚のものはこの門より入るべし〟

誰かが呪文を読みあげる口調で言い、輿担ぎの労働僧が、片手をはずしてすばやく聖五芒星のサインを切った。自分は都に来るのは初めてだが、とまた誰か言い始める声が聞かれた。

——あの夏の離宮には、いま誰が。

——二位です、あの。

振り返ってみようとしかけて、豺王は外壁の曲がり角の向こうから別な隊商が遠く姿を現わしてくるのに気づいた。やはり別の門で締め出され、離宮へと迂回してきた一行と知れた。壁沿いに歩いてくるその隊商は、やがて塀ぎわを離れ、こちらの一隊と合流するかたちに、北に門を開いた離宮の入口へと近づいてくる。半ば地平に没しかけた日輪を背にして、厳しい影絵となったその長い列の先頭に、自分の輿とほぼ同じ造りの輿があるのを豺王は見た。

……それから先は、豺王にはこの十年間に見飽いた光景の繰り返しだったのだ。相手の輿の上にあるのは、全身を覆う豪奢な毛皮の中に蒼ざめた顔を覗かせる、老人めく少年である。地上の漂泊神、土地神の名の重みに消耗しきって若さを摩《す》り減らしたその相手の顔が、一瞬だけこちらを見る。感動の鈍ったその眼の曇りが、一刹那消える気配があって、しかしそのまま盲目の膜に閉ざされる。短い喘鳴と宙を掻き毟《むし》る身振り、そして相手の軀は傾いて地に落ちる。……

守り神を失った相手側の隊商が、急にどよめいて列を乱した。豺王が、その遍歴の最初に出会った隊商の人間とよく似た様子の商人が、狼狽したさまに近づいてくるのが認められた。

——この土地神の持ち主は？

商人は、一見して身分の高そうな一位の輿の一行に声をかけたのだったが、答えたのはその後ろに続く巡礼僧の長だった。

——持ち主は我々で、そちらではない。途中から我々に合流してこられたのだ。

男は、商談を持ちかけてきた。土地神を失っては、隊商としてこの先旅を続けることができず、また強い運を持つ土地神の数は常に限られていた。

——この子供は、高価《たか》い。

と、着膨れた僧は渋面で首を振った。

——相場は、砂金一袋といったところで……

——我々がこの子供を東の都市《まち》で買った時には、十二袋と半だった。

商人は、鼻白んだように黙った。が、ようやく光の薄れ始めた中を離宮の門に入っていく間、二人の声は財王の背後で低く続いていた。

——この子供は、十年間土地神として勤めを果たしてきているのだという。……これほど長く、群盗にも狼にも会うことなく生きのびて、共に旅した人間にも無事を与えつづけてきたのだといえば、その値段も法外なものとはまず言えまい。

——しかし、土地神も成人すればその力を失うと聞きます。見たところ、この土地神は十二、三でしょう。あと何年、人間を超えた力を持ち続けることができるものか……

一位の輿のほうから、再び権高な声が起きた。なだめるような低い声がそれに続き、まさか狼門《ろうもん》から入るわけにもいきますまい、と言う声だけが聞きとれた。一位の輿と別れて、隊商と共に巡礼僧の一団に取り囲まれて石敷きの内庭へと案内された財王は、そこで輿から労働僧の腕に抱きとられた。

一夜の宿りを保障されたことが知らされると、一行は力を抜いたさまに急にざわめき始めた。灯の点りはじめた邸内へと腕に抱かれて運ばれていきながら、二位とは誰か、と財王は初めて口を開いて訊ねた。

――一位の側腹《わきばら》の妹に当たります。都の王宮に領王と共にある三位はその弟。三人ともそれぞれ腹違いと聞きますが、一位と三位は正腹で、妾腹は二位だけとか。何故この離宮にあるかと言うと――

聞くうちに、行く手に別のざわめきが起きて人々は立ち止まった。労働僧の肩に腕を回したまま、財王は厚い毛皮の中で首をめぐらせた。そして財王はその時、都の領王の妾腹、狂気を理由として追放されたという二位に、初めて出会ったのだ。

……明らかに、殴られた後の顔だった。左目の下に蒼黒い鬱血がひろがって、頬骨の皮膚が少し切れ、片方の鼻腔からひと筋衄血《はなぢ》を曳いている。松明の並ぶ内庭側の回廊にその二位がだしぬけに入ってきた時、顔は硬ばっていたが、激昂の表情がその眼に現われているのを人々は見たのだった。

二位は、壁沿いに並んでいた衛兵の一人を真向から指さして、何か言った。盗む、ということばを財王はその中に聞きわけた。財王の位置からは、衛兵隊長の命令で整列し直した兵士たちの背中を見ることができた。二位に指さされた衛兵が、さりげなく背後に回した手の中の何かを、隣りの兵の手に握らせた。目立たないよう軀をずらせた二番目の衛兵の拳からは、金鎖らしいものの端が垂れていた。

隊長に身体検査をされている間、蒼白い顔のその衛兵は両腕を拡げて薄ら笑いを浮かべ続けていた。隊長が否定の言葉を口にして振り返ると、その場に低い嘲笑の声が流れた。二位は眼を細めて、その隣りの衛兵に近づいた。後ずさるより早く、その腕は一瞬逆手にねじりあげられて、金鎖のついた赤い玉が足元に落ちた。

――音が響いて、二位の手の甲が飛んだのは蒼白い衛兵のほうの顔だった。薄笑いを顔に貼りつけたまま、その衛兵がゆっくり右手を上げるのを人々は見た。明らかに、殴りかえすために。

――一位が、見ている。

と、唐突に財王は口を開いて言った。内庭じゅうの人間が財王の見上げる先に視線を上げた時、庭を見下ろしていた窓の人影はすばやく中に消えるところだった。その中で、サンダルの足を返して回廊に戻ろうとしかけた二位はふと振りむき、そして財王は初めて二位と眼を会わせたのだ。〈狂気〉を表わす印として、その髪は額と首筋をあらわに短く刈りとられていた。

——聞け、その夜宴の果てた宮殿では、数多の下人どもが面妖な睡気に襲われて倒れ伏したのだ。すべての主人たちが寝台に納まって夜の秩序の中に静まり、すべての灯明皿に蓋がかぶせられるのを見届けるまで眠ることを許されない下人どもは、その時ほとんど声もたてず、深夜の邸内をほとほとと動きめぐっていたのだった。自ら気づく間もなく瞼の重みに押され、一人また一人と物影に没するように倒れ伏していくと、宮殿は沈黙した。人間の眼から解き放たれた灯明皿の焔は薄くなり、時に糸屑ほどに細くなって危うく明滅したのだ。

……

盲目の語り師が語る間、巡礼僧たちは食事の暇に手を休めてはすばやく聖五芒星《サイン》を切った。額、左胸、右肩から左肩、右胸そして額と、あわただしく掠めるように無数の指先が宙を泳ぎ、また料理の皿に戻っていく。床に坐した語り師の姿は篝火《かがりび》の届かない闇の中にあり、皿の上にうつむいて脂に濡れた顎を黙々と動かす僧たちの横顔の列だけが、財王の眼には映っていた。

——月と潮の満ちる夜、北の方、狼領《ろうりょう》と呼ばれる地より降りきたった豺狼の群は、月下の狼門をくぐる。〝四つ足のものはこの門より入るべし〟とかつて金文字を打ちこまれた真北の門、昼夜わかたず常に北方にむけてあけ放たれているこの狼門より馳せ下った狼群は都の大路を疾走し、雲間に照り翳りする月の光を波のように浴びて、声もなく四つ脚の影を石畳に踊らせたのだ。

——聞け。

と、語り師の声は闇の中から言葉をついだ。

——獣どもは波打つ針の脇腹を擦りつけあいながらひた走りに走り、時に自らの影に怖《お》じたように立ち止まった。静止は跳躍に移り、またやがて半ば戯れあうような乱れた歩みに変わった。月の射す四つ辻では、行き先を決めかねるように眼を閉じ、はつはつと火の息を吐いて喘いでいた……どこにも人の影を見ない。同じ頃、宮殿の大門では眠りの錘《おもり》に曳かれて夢とうつつの狭間を浮き沈みしていた門番どもが、あけ放たれたままの門の向こうに四つ脚の影が近づいてくるのを見ていた。影はやがて十に増え百に増え、倒れ伏した自分の鼻先を足音もたてず身軽に通過していくのを、その下人どもは重い瞼の隙間から魔群の通過を見るように見送っていたのだ……

姿は見えないが、闇の奥では十二弦琴の爪弾きが跡切れがちに続いていた。長い卓子の片側に並んだ僧たちは、声もなく聞き沈みながら食事を続けていたが、反対側に並んだ商人たちの列では小声の私語が続いている。離宮に留め置かれること丸一日に及んで、彼らは都の年越祭に荷が間に合わないことを心配しているのだった。一位の一行は朝のうちに宮殿へ移ることを許されたのだったが、それと入れ替わりに派遣されてきた役人たちが、辺地の天刑病が都に入ることを領王は恐れているのだと、一同に告げたのだ。

——貢ぎ物が足りなかったというのだろうか。

ふと、誰かの声が耳に近いあたりで囁き、豺王は急に物に驚かされたように眼ざめた。はっと顔を上げてから、初めて自分が坐ったままうたた寝していたことに気づいたが、その時にはもう、次の眠りの大波が闇の沖から押し寄せて豺王を捉えていた。

足留めの不安な一日が不安なままに暮れるまで、人々はその不安の源を確かめようとするかのように、顔を合わせると額を翳らせて不穏な噂ばかりを囁きあっていた。十数年来燻《くすぶ》りつづけている内乱の噂、大陸を大きく横切ってこの山間の小王国にも侵入し始めているという天刑病の噂、冬に入ってからますます頻発するようになっている狼の害について。その名のとおり元々は夏の避暑用に前世紀の始め建てられたという夏の離宮では、いくら炉の薪をかきたてても、絶えず隙間風が忍び入ってくる。その中で、人々は昔ここに幽閉されていたというはるか先代の狂王の伝説を囁きあい、さらに声を低めて二位について語りあっていた。

二位が突然の追放を受けたのは一年ばかり前のことで、それ以前この妾腹は、都にあって機織《はた》る人として名を知られていたという。

——昼ごろ、常は無口な労働僧たちがあたりを憚るようにそう語りだすのを聞いていた時も、財王は奇妙にものうい眠気の中にあったようだった。鉛色の曇天の下、薄暗い離宮の一室で、財王は毛皮に包まれた自分の身のめぐりに、見えない水の泡のようなものが犇《ひし》めくのを感じていた。ただ、機織ることを自ら楽しむ風はなく、何か物に憑かれたような打ち込みようだったそうだ、とその水の泡の向こうでは声が続いていた。

——しかし織りかけては破り捨て、あるいは自ら火を放ち、布が完成したことはかつて一度もなかったのだという。織りかけの布には何の瑕瑾《かきん》もないばかりか、都に機の上手と名を呼ばれる者たちでもかなわぬほどの出来である。まわりがそう諭《さと》しても、聞き入れることはなかった。その二位が、ある時月が二度満ち欠《か》けする間、光の射さない機部屋に籠もりきりになったのだ。人を避けて終日高機の中から出ることもなく、筬《おさ》の打ち込まれる音は高く響いて人の耳につきまとったという。——

……その布が完成するまで、都の領王はこの側腹の二位に眼を向けたこともなかったのだった。些細なことから逆鱗に触れた一位を都から遠く追いやった後は、嫡男の三位だけを傍らに置き、二位とは年に一度年越祭で顔を合わせるだけだったのだ。その領王が、何を思ってその日独りで機部屋に入っていったのか、それは余人には判ることではない。ただ、その日が二位の織物の初めて完成を見た日であり、と同時に二位が狂気を理由に離宮に幽閉されることになった日であることだけが判っていた。

——その織物は、以来誰の眼にも触れてはいないが、裂かれたのでも焼き捨てられたのでもないことだけは確からしいのだ。

と、労働僧は重い口を開いて続けた。

——人の噂では、その布は王宮のどこか一室、陽も月も射しこまない隠し部屋の暗黒の壁に掛けられて、今も在るのだという……

その二位の姿を、財王は朝から一度も見かけなかったが、昨夜ただ一度眼が合った時の値踏みするような相手の視線は、今も眼に残っていた。この離宮を取りしきっているという官吏が、足留めの一行を食事に招いたのはこの夕餉が初めてのことだったが、二位の姿はやはりない。客へのもてなしとして雇われた盲目の昔語り師の声も、耳のそばでうたた寝を諌《いさ》める声もいつか不透明な膜の向こうに遠のき、豺王はどこかで燃え崩れる燠の音だけを頭の片隅に聞いていたようだった。

——その深夜、人の姿の絶えた玉座の間は、一刻四つ脚どもの跳梁に満たされたのだ。

と、急に闇の声が調子を高めた。無数の指が忙しく虚空を切ってサインを形造り、月琴が手を変えて陰気に鳴った。

——その時月の斑《ふ》に隈取られた玉座には、ひときわ年経《ふ》りた黒狼が一頭、金泥の眼を半眼に赤い舌を垂らし、針の毛並をざわめかせて坐していたという。聞け。翌朝王宮にはいたるところ獣毛が散り、玉座には血の足跡が印され、人間たちは一夜宮殿の主が何であったかを知ったのだ。月の満ちる夜ごとにそれは繰り返された。〃四つ脚のものは北のかた狼門より入るべし〃と金文字が打ち込まれた時、都の創設者たちはこれを予見していたのだという。しかし〃四つ脚のもの〃と彼らが言ったのは獣のことではなく、いつか——

キ、と音をたてて弦の一本が断ち切れた。声が急に跡絶え、弦を掻き切った小女が、頭を打たれて鋭い哭《な》き声をたてた。……一斉に視線の集まったその闇の向こうから、二位が入ってくるのを夢うつつに豺王は見ていた……報酬の金袋を投げ与えられた語り師が、月琴を背に下げた小女をひき連れて出ていくと、気詰まりな沈黙がその場に降りた。

二位が上座に坐ってから、その席にだけ匙も小刀も置かれていないことに客たちは気づいた。二位はそのまま手摑みで肉を裂き、かなりの速度で食べ始めた。卓に両肘をついたままで、豺王に気づいた様子もない。狂人は髪を落とされ、手摑みで食を取るのが古い習わしであることをその場の誰もが思い出していた。急に、客たちは二位が遅れてきた理由に気づいた。素手で食べられるよう、料理が冷めるのを待っていたのに違いなかった。

……そのあとの記憶は、豺王にはおぼろげにしか残っていない。この十年間、小王国の辺境ばかりを選んだように人の手から手へと売り渡されて漂泊を続け、この年初めて都にやって来るまでの間、豺王はかつて今夜のような異様な嗜眠の状態を知らなかった。これは生暖い馴れ親しんだ波に乗って漂い流されていく健やかな眠りではなく、底無しの淵を行方も知らず沈んでいくような暗鬱な眠りである。豺王の両脇に控えた二人の労働僧は、ともすれば力を失って動かなくなりがちなこの少年の手に何度も匙を握り直させ、汁が零《こぼ》れずに口まで運ばれるよう手を添えてやらねばならなかった。それでも彼らの腕の中で、豺王の軀は重心を失ったように不安定に揺れ動き、幾度も前のめりに倒れかけた。――明日の夜の年越祭には、と誰かが言い、今夜は妙に遠吠えが耳につく、と誰かが呟いた。夕方、王宮で弔鐘が鳴るのを聞いた、とまた誰かが言い、急に私語の波がふと引くのを豺王は感じた。顔の前に息苦しく群れたつ水の泡を通して、豺王は長い卓の真向かいに遠く二位の顔を見た。今の言葉は二位のものであると、その様子から知れた。

――誰が死にました。

問われたのは、この夕餉の主人である官吏だった。

――昔、ここに幽閉されたという伝説のある領王は……

と、官吏は問われたことが耳に入らなかった様子を装って、誰に言うともなく言い始めた。官吏の個人的な招待を受けたという都の漆商人夫婦が、その隣りで盗むように二位を凝視している。

――異人宮に人質として住んでいた狼領の人間を、煮え湯の釜に投げこませたと聞きますが……

――誰が死にました。

薄い眼を斜めに二位へと向けた官吏は、すぐに視線を戻した。

――その狼領の人間だとか。

――土地神。

と、急に気づいて労働僧が椅子を蹴った時、豺王は冷たい汗の中で気を失いつつあった。その時、一斉に低くざわめいた人間たちの中で、二位だけが気づかない風に手の中の折れた鳥の腓骨を見つめているのを、豺王は視野の中央に見ていた。その視野が急に傾き、一瞬、豺王は二位の後ろに控えていた一頭の獣の姿を認めたのだ。

それはまことに美しい高貴な犬と見えた。狼の血を濃く享《う》けた故の高貴さと見えたが、二重の重い鎖と惨《むご》く喰いこんだ口輪の戒めの中で、その眼には奇妙な忍従の色があった。誰か、永遠の服従を誓った主人の元に今も心を残している犬なのだ、と豺王は最後に思っていた。……


その夜更け、豺王は二位の訪れを受けた。濁り水が自然に沈澱して上澄みが浮いてくるようにして、冴えわたった眼を見開いた時、そこに二位が独り立っていたのだ。予期していたことのように、豺王はその姿を黙って見上げていた。

土地神は狼をも寄せつけない力を持つと聞いているが、と二位は言った。

——それが本当ならば、今夜私について王宮まで来なさい。

——豺王は歩けない。

とこの土地神は言った。土地神は常に輿に乗りあるいは腕に抱かれて運ばれるだけで、自ら足を使って歩くものではないのだった。

二位が片手に巻いた鎖を引き、あの高貴な犬がそこに現われるのを豺王は見た。そしてその夜、犬の背に坐った豺王と二位は共に影を並べて狼門をくぐり、裂帛の吠え声が遠く近くに響く中、王宮の内なる異人宮、各属州からの人質ばかりの住まう館までの道を往復したのだ。

自らがしんじつ機《はた》織るためだけに生を享《う》けた身なのか否か、二位には長い間判らなかった。生まれおちたところがたまたまこの小王国の王宮であり、視線の及ぶところには代々の王宮の女たちが織りためた布の数々があり、そして手を伸ばせば織り手を待つ機が無数にあった、ということだけなのかもしれない。と、そうも思われたのだ。機織るすべは、教えられなくとも生まれながらに身についていたようだった。気づいた時には、その手は自然に杼《ひ》を取り、足は綜絖《そうこう》を踏み、眼は流れる糸筋を追っていた。嫡流からはずれた身であれば、監視の眼もなく、何をするも自由である。機に眼のきく者たちは、このような幼い子の手の中で無数の色糸が整然と統括され、ひとつの秩序のもとに曼陀羅の布となって織り出されていくさまを密かに驚いて見守った。

　その布を、何故自分が片端から焼き捨てねばならなかったのか、これも二位には判らないことだった。機にかかった布が形を成していくのを眼にする時、これは焼き捨てられねばならないものだと、自ら感得されるだけである。そこに理由はない。二位自身としても、自分がただの一枚の布をさえ完成させ得ない身だと思うのは快いことではなかった。しかし、思い煩いながら機についても経《たて》糸緯《よこ》糸は蹉跎《さだ》と乱れ、繰り出されていく布には意味をなさない模様が現われてくるばかりである。そのような時、足は自然に古い織物の壁に並ぶ薄暗い部屋部屋へと向いた。

　この布を織った、今は名も忘れられた女たちは、少くとも自分が何を織るべきなのか知っていたに違いない。しかし、自分にはまだそれが判らない。ほとんど人の足を踏み入れることがないその奥まった部屋部屋には、蜘蛛の巣と埃の中に、旗のように垂れ下がった精緻な浮綾織りの布の数々が金糸銀糸を鏤《ちりば》めて並んでいた。瘡《かさ》蓋《ぶた》めく色褪せた糸の蝟集が形造っているのは、例えば創世記の神、常に人間たちにその横顔をしか見せない佇立した神々である。あるいは、辺境に伝わる伝説の光景である。中には北方の狼領と呼ばれる地、都の狼門の真北に位置する故をもってその名をつけられた地の織物もあった。その布は、一枚だけ隔離されたようにひときわ小暗い壁に掛けられていた。――それは、赤い繭である。玉座の上に据えられ、人々の平伏を凝然と受けているこの人身大の赤い繭の図柄が何を意味するのか、その頃の二位は知らなかった。狼領に棲む一族が、人間でありながらその生涯に一度だけ繭籠もって変態を遂げるという噂は、二位も知っていた。が、それは絹糸を採るあの蠶《かいこ》と同じ白い繭である。昔、狂人として夏の離宮に移された領王が煮え湯の釜に投げ込ませたのもその白い繭であり、その時の図も一枚の布に織りこまれてここにあった。女たちはすべてこのように、自分が何を織るべきかを知ってそれを織りあげたのだ。――

王宮の中、異人宮の一劃には、狼領から送られてきた二人の人間が住んでいた。一族の長の子である世継ぎの正一位と従一位、これは夫婦子《めおと》の男女の双生児であり、その顔は互いに見分けがつかないと言われていた。ただ、そう言いなされるだけで誰も正目《まさめ》には確かめ得ない。二人ともまだ繭籠もる時を迎えていず、変態を遂げるまでの姿は地上の影の姿であって人目に曝《さら》すことはならないというのだった。美しい一頭の狩犬を従えたその二人に、二位が初めて出会って言葉を交わしたのが、今から一年前のことである。その時二位は、焼き捨てるために機からはずしてきた一枚の布を片手に持っていた。

王宮の女たちだけの手で行なわれる、狼神を祀《まつ》る密儀の輪から独り抜けだしてきた二位は、あの織物を掛けめぐらした暗い部屋で、二人を見出した。背後では、奥まった密室に籠もって狼神の怒りを鎮めようと祈る女たちの声が、低い波のように続いていた。

――それは焼き捨てられねばならない。

と、面紗で顔を封じたその人は最初に言ったのだった。薄布の影に隠れた顔は目鼻の在処も判じられなかったが、それと言って指したのが二位の手の織物であることは確かと思われた。

――それは何故？

――私たちはこの織物を見に来たのだが。

と、その人は二位の問いかけに答えずに傍らの壁へと顔をそらした。その壁の布があの赤い繭の図であるのを二位は見た。その布はどうなのか、と気づいた時二位は思わず口にしていた。

――その布は？　それも焼き捨てられるべきものではないのですか？

――この世に形のある物は、いつかはその形を失う……捨てておけばいい。

――では私のこの布だけ、何故自ら焼き捨てねばならないと言うのですか。

――私はあなたの思っていたことをそのまま言っただけのつもりだ。

とその人は答えた。二位が織りかけていたのは、赤い繭から出現する者の姿の図だった。狼神の密儀に加わることを許される年齢になって、二位は初めて繭の伝説を知っていたのだ。月と狼神と繭が赤くなる時、すなわち創世記の神々が地上から滅びて千年ののちにこの世に現われる破壊神の伝説。その神は、人間たちに横顔だけを見せて通り過ぎていった創世の神々には似ず、闇の奥に飢餓の双眼を見開いて真向から人の世を見すえる神である。この神は天から降りるのではなく、地上に人として生まれてのち、赤い繭の中から四つ脚の姿となって出現するのだと伝説はいった。そして四つ脚のものは常に、北のかた狼門より都に入る。……

二位に話しかけたのは、狼領の二人のうちの上位である正一位と思われた。話す間、もう一人の姿のやさしい面紗の人は、兄なる人から少し離れた斜め後ろに、声もなく佇んで控えていた。二人が自分を見る眼を、二位は確かめることができなかったが、従一位のさらに後ろに控えた、高貴な狼めく犬の眼だけは見ることができた。犬は一度だけ二位に眼を当てたが、視線はそのまま素通りして、主人の姿へとそれた。何故ともなく、二位はその眼を面紗の二人の眼と混同した。

二人はそれ以上話を続ける気もなかった様子で、迎えを受けて異人宮へと戻っていった。その後で、狼神の密儀の輪につらなる者たちが、この二人のいずれかを赤い繭となるべき人と信じていることを二位は知った。翌日、二位は初めて自分の二位としての地位を使い異人宮から犬を召しあげた。そして、機部屋に籠もった。

しかし、やはり依然として二位には何も判ってはいなかったのだ。自分が何をなすべき身なのか、自分が何を織るべきなのか。何故自分があの犬を取りあげたのか。判らないままに布は形を成していき、二位にはこの布が焼き捨てられるべきものか否か、それまでも判らなくなっていた。ある日突然に領主が現われ、無言のうちに立ち去ってから数刻後に追放の命が下った時も、二位はまだ、判らない、とだけ思い続けていた。その時までに、この国に二人と並ぶ者がないと言われた巧みの手は、思い乱れる心をよそに止まることなく動き続け、ひとつの図を織りなしていたのだった。それはやはり、赤い繭から出現するものの図である。正一位が見て、焼き捨てられるべきものだと言ったあの時の布と、見た目には変わりはない。ただ、領王の眼には完成したものと映ったその布が、二位の眼にはそうは映らなかった。何故か、やはり判らない。王宮を追われていく時、機部屋の前で最後に振り返った二位の眼に、高機《たかばた》の中に入った女たちの姿は、繭籠もる準備に急ぐ無数の宙吊りの蠶《かいこ》のように見えた。

判らない、と二位は思った。そして、知りたいと願った。

……この夜、二位はその狼領の人質に逢いに行くつもりだったのだ。死んだというのが二人のうちのどちらか、それも確かめねばならない。野火と名を呼ぶ黄金《きん》の眼の犬は、正一位のものだった。面紗の奥から語りかけてきたあの声の主に、もう一度逢って知らねばならないことがあると思った。

金文字の打ち込まれた、かつて人がその下を潜《くぐ》ったことがないという狼門を通りぬけた時、真上を振り仰いだ豺王は、真黒い積み石の堆積が傾いて頭上に大きく崩れ落ちてくる錯覚を持った。幻惑的な速さで、天の端から端までを埋めてなだれる雲の群がその背景となっていたため、この音のない幻視がもたらされたのだ。嵐の前兆か、天は無言の擾乱《じょうらん》の気配を孕んで絶えず流動していたが、地上に風はなく、寂として蒼ざめている。時に雲間から鎌の月が険しい面を覗かせ、そのたびに石の都市《まち》は光と翳の妖しい波動に満ちて、絶え間なく表情を変えていくかと見えた。

満月の夜ではなかったため、話に聞く豺狼の群れなすさまは見られなかったが、影の地帯を出て四つ辻の月あかりの中にさしかかるたびに、身の前後には夜の底の一劃を駆けすぎるものの気配が感じられた。何度かは、敷石の遠い片隅に佇む四つ脚の影が見かけられた。狼はこの夜群をなさず、姿の見かけられた一頭一頭は、束ね糸を断ち切られたように所在なげに見えた。この時ならぬ時刻に都の大路を踏み渡っていく二人に眼を向ける様子もなく、やがて月が翳ると、愕《おどろ》いたさまに後足で飛びちがえ、行方も知れず駆け去った。

野火は、濃い血を分け持つこの同類たちに眼をくれる気配もなかった。流謫《るたく》の貴人めく様子のこの犬は、二位や豺王にも同じ態度で対しているように見えた。鎖を曳かれれば動き、命じられれば従うが、その眼の矜持《きょうじ》の色は決して消えない。犬のこの様子を二位が何と見ているのか、豺王は知らない。二位は、自らも何故とも判らないまま野火を取りあげて手元に置いたのだったが、目的がこの犬の身そのものではなく、犬を奪われた正一位のほうにあることは確かと思われた。

異人宮に近い庭の一劃に建つ古びた霊安塔には、警邏の姿も見られなかった。屍体はその頂上の一室、飾りのない石櫃《いしびつ》の上に、固枕を首筋にあてて仰臥するかたちに安置されていた。――心もとなく揺れ動く灯明皿の焰の下に、二人は面紗をはずされたその顔を見たのだった。鼻腔と口にひとつまみの綿を詰められ、咽喉をのけぞらせるさまに鼻梁を正しく天井にむけたその死顔は、睫《まつげ》をそろえて驕慢なほど拒絶的に見えた。その真上で二位の手の灯明皿が行きかうと、影が動いて、顔は静まったままに面変《おもが》わりしていった。

それが思いがけず嫩《わか》い人の顔であったことが、犲王を何故ともなく驚かせた。成人前の、力の漲ったさまが、薄氷《うすらい》のように張りつめた死の気配の下に蠟のように籠もっている。死化粧の白い粉をたんねんに皮膚に塗りこめられて、曖昧さの影ほどもないその正確な顔は、かえって二人の凝視の下で男とも女ともつかない抽象的な静物へと還《かえ》っていくように思われた。

――野火。

二位が言った。犬はその巨軀を音もなく移して、石櫃に前肢をかけたところだった。短い間があり、犬は屍体の顔から無表情に視線をはずすと、部屋の隅に戻った。主人ではなかったことを悟ったのだと思われた。硬《こわ》い屍衣の布地の下にある軀の線が、女のそれであることに犲王はようやく気づいた。

すると、遠吠えが夜陰を裂いた。

谺を返すように、遠音に吠える声が地平を顫《ふる》わせる気配があった。尾を曳いて、それに応える遠吠えが長く続き、叫びは地を這い、天に反響して、都を走る大路の遠近《おちこち》に派生した。

野火が窓に足をかけて、口輪に阻まれながらくぐもった声をたて続けにあげていた。狼の遠吠えの群に加わったのではない。強く鎖を押さえて、二位は暗い塔の頂上にただひとつ灯を点したその窓に寄った。月が全く翳って庭は闇に閉ざされ、近いところにある異人宮の姿も定かには見えなかったが、野火はその闇の中枢にむかって、こころを投げかけるようにしきりに吠え続けた。

――狼領の一位。

と、急に二位はその地上の見えない気配にむかって呼びかけた。呼びかけると同時に、この塔の屍体と全く同じ顔を分け持つもう一人の人の姿が、その闇の一点に紛れて確かに在るものと急に確信された。

――私の布はまだ織りあがりません。自分に、完成させる力がないのだとは思わない。そこにいて、聞いているというのなら……

言いさして、二位は声を跡切らせた。遠吠えの叫喚はしだいに繁くなり、野火はもはや焦がれるように鎖を鳴らして身を揉んでいた。

――いるのなら答えなさい。

――狼領の一位。……

答えは返らず、荒れ狂う野火の身の風に煽られて灯明皿の焔が激しく揺れるなか、豺王は地上につと動いて退いていく何物かの影を見たように思った。その時、時ならぬ遠雷が音もなく閃いた。雲群は一瞬鈍《にび》色の光の薄膜を帯び、満天は襤褸《らんる》の旗に埋めつくされたかに見えたのだ。

異人宮に戻っていく主人に焦がれて吠える野火を、二位は鎖を押さえて鎮めようとしたが、この時初めて高貴な北方の犬は命に従わなかった。二位の眼に、豺王は刹那殺意を見た。

翌朝、夏の離宮に眼ざめた人間たちは、二位の姿がそこにないのを知った。早朝、誰もまだ眠っている時刻に迎えが来て、思いもよらず、この追放者を王宮の年越祭に臨ませるという領王の命を伝えたというのだった。離宮を任されていた官吏の長もまた、二位の報復を恐れて行方を晦《くら》ませていた。風の激しい午前、次の迎えが来て豺王を王宮に買いとっていった。豺王は二位の迎えと信じて身を任せたが、連れていかれた先に思っていた人の姿はなかった。豺王を買ったのは、その姉なる一位だった。

のちに夥しい人死にが出ることとなったこの年越祭の狂気じみた夜、豺王は一位に命じられて玉座の間に伺候した。王族とその側近の高官たち、各国の大使などの出席するこの宴に、豺王までが赴くいわれはないのだったが、一位は自分がこの土地神から眼を離した隙に誰かに盗まれることを恐れているようだった。一位が何故これほど土地神を必要としたのか、豺王は知らない。二位の面だちとどこか似通っていなくもないこの一位の顔に、傲慢さの中に時おり理由の判らない荒廃した怯《おび》えの影が射すのを、豺王は見た。

夕方から吹雪が始まり、日没より早く都には夜が降りていた。日中、吹きすさぶ強風の絶え間には王宮の外から遠く切れぎれに祭儀の鐘の音が聞かれたが、吹雪になった頃からそれも跡絶えた。ただ、高い窓から遠く見渡すと、四つ辻ごとに年送りの篝火《かがり》が高く火の粉を飛ばすのが見え、今夜全都が一夜を徹して眼ざめているだろうことが窺われた。何度かは、その火の粉が飛んだのか屋根屋根の稜線の一劃から小さく火の手があがるのが見え、強風の中にたちまち燃えひろがって半鐘が長く尾を曳いた。

満月の夜ごとに狼群の跳梁にあけ渡されるという玉座の間で、宴が始まるまでの間豺王は長々と待たされた。天井が高いばかりのこの陰惨な広間には、油煙を燻《くすぶ》らせる灯明の数も少なく、執拗に壁のあらゆる空間を埋めつくした金銀の象嵌細工にも剥落が目立って、この王宮の荒涼を窺わせた。先々代の領主の時代にこの小王国は独立しようとして無謀な反乱を起こし、大陸全土を統べる千年帝国の力の前に、わずか一週間と保《も》たず鎮圧されたのだという。その時に負わされた莫大な賠償金の重圧は今の代にもまだ尾を曳き、国内の辺境諸都市に相継ぐ内乱さえ鎮められないままに、都は疲弊しきっていた。一位の命で傍につけられた二人の奴隷に両脇を挟まれたまま、豺王は広間の片隅から部屋を埋めた人間たちの顔ぶれを眺めていた。あまりに長い待機に飽き果てた様子で足を踏みかえてばかりいる人々の中に、一箇所陥没したように身じろぎもせず思い沈んでいる一群がある。面紗をつけた者とつけない者がほぼ同数のその一群は、話に聞く狼領の者たちと思われた。

最初に、一位が姿を現わした。玉座の右手に三台並んだ座席の上位が、その席である。玉座の左手には紫の房のついた蒲団つきの椅子がひとつあり、この席の主もまだ姿を見せていない。再び長々と待つうちに、簡単な輿に乗って、金襴の盛装に皺んだ顎を埋めた神官長が現われ、その蒲団つきの椅子についた。独りでは身動きもできない老齢らしく、両脇から支えられるようにして、足裏を上に向けて結跏趺坐《けっかふざ》の姿勢をとろうと努めている。……財王はその様子に気を取られていたため、二位が入ってくるのに気がつかなかった。眼を向けた時、二位は椅子の後ろから前に回って腰かけようとしているところだった。手を使わずに足だけで裾を捌《さば》くと深く腰を落とし、そのまま膝を組んで、後は動かない。隣りの一位も反対側の神官長も動かず、眼を合わせる気配さえなかった。

やがて先触れと共に三位を従えた領王が裏手の通路から現われ、上位の席はすべて埋まった。

その場の人間たちの眼は、数年ぶりに並んで埋まった三つの王位継承者の席に集まっているようだった。腕が触れあうほど身近にいながら、三人はそれぞれに孤立した様子を示していた。一位は、領王が入ってきた時から軀を緊張させて肘掛けを握りしめ、強い視線で玉座の横顔を見すえている。二位は膝を組んだまま肘を左右に置き、眼は放心の色のある半眼だった。最も不自然な様子は、二人から年の離れた三位の上に見られた。狼領の者がつけるのと同じ面紗で顔を覆っているのは、周囲の人間たちに驚く様子がないことから察するとどうやらそれが常のことと思われたが、俯《うつむ》いて膝に置いた両掌が神経質に震えつづけ、ふとした動作のはずみに、一瞬電気を受けたように痙攣するのが遠目にも見てとれる。

繁文縟礼《はんぶんじょくれい》の儀式は薄ら寒さの中を意味もなく長々と続き、異人宮から集まってきた各属州の者たちの顔見せが始まっていた。狼領の名が呼びあげられ、進み出たのは面紗のない初老の男だった。素顔であるのは、それが繭籠もりの時を過ぎた新生者であることを意味している筈だったが、その顔の上に何の特別な様子も見られないことが、財王を何故か落胆させた。

正一位は喪に服しているところであると断わったのち、男は霊安塔の従一位の遺体が今朝から消えていると、上奏を始めた。人質の屍体は返還されるのが習わしである、と男は続けて言い、引き渡しを慇懃に要求した。

——私が持っています。

と、玉座の右手から突然声があがった。三位が俯いたまま、急に驚かされたように肩を引き攣らせた。一位が、口の端を結んで二位の横顔に険しい眼を当てている。

——私が持っています、それならば。昨日から。

二位は、椅子の背に深く凭れこんだまま投げやりに繰り返した。

——塔の上にあった……あの屍体——繭籠もる前の蠶のような白蠟色の……

——二位は面妖なことをなさる。

と、一位が急に領王のほうへ振り向きながら言った。

——領王。勝手にさせておいてよろしいのですか？　事の正道から言っても、二位に好きなまねをさせておく理由はありますまいに。

——領王は面倒を好まない、それは御存じのはずでしょう。

と、二位が割り込むように言うのを豺王は聞いた。

——それに領王は、蛮族の屍体のことなど念頭にありはしない——私から屍体を取りあげて異人宮に下げ渡すのと、このままにしておくのと……より簡単な道を選ぶのではないかと、一位。

二位は短い間を置いた。

——少なくとも私にはそう思いなされます。

一位が何か言おうとしかけた。が、内に向けた薄笑いを終始絶やさない老いた領王の傍らで、その時側近が次の属州の名を読みあげた。領王の合図があったものと思われた。狼領の代表は、慶賀の挨拶を締めくくって退出した。

途中、男は横顔のまま二位に声をかけた。

——理由だけでも、お聞かせ願えませんか。

——帰って主人に伝えるためですか？

男は肯定した。二位は、頰杖をついた手の人差し指で顳顬《こめかみ》をゆるく押さえながら答えた。

——欲しかったから。他に理由はありません。そう伝えなさい。

——伝えましょう。

——その前に。

呼び止められて、男は表情も変えず振り返った。

——何か。

——あの死因は何でした。軀に傷もない、病の面窶《おもやつ》れも見られない。私はそれが知りたい。

二位が言うと、男の顔にはふと皮肉めいた影が薄く射したように見えた。

——王宮付きの薬師は、臓腑が急に動きを止めたのだと申していたようです。

——狂人。

と、男が去った後一位が横を向いたままはっきりと言った。その様子を、声は聞こえなかったが豺王はありありと見つめていた。……

確かに昨夜、新生することもできずに死んだあの嫩《わか》い人の亡骸を、豺王は二位と共に塔から離宮まで運んだのだった。その意図を二位は口にせず、豺王も敢て訊ねることを控えたのだ。玉座の間には湯気のたつ酒の椀を運ぶ女たちが繁く行きかい始め、嵐の気配が見えない影のように侵入してくるなか、人の間になま暖かい気流がゆらめき漂いだすように見えた。ようやく列を崩して自由に入り乱れ始めた人間たちの中に、見慣れない奢《おご》った様子の一群がいつの間にか姿を現わしていることに豺王は気づいた。その眼は、よく肥えて脂の乗った頰に押されて細く、他の群には背を向けて仲間内だけでもの静かに談笑している。その鷹揚な挙措の中に、しかし油のように光る獰猛さが時にふとほの見えるのが人の眼を引いた。

千年帝国の、と誰かが言いかけて言葉尻を呑んだ。

——あと数刻を余して、来たる年には帝国も皇紀一千年を迎えることとなる。

と、その一群がやがて玉座に近づいて挨拶ののちに話し始めた時、人々は壁に入り混じる無数の火影がふと暗むのを見たと思ったのだ。

——この春、帝国首都では千年祭典が十日に渡ってとり行なわれる。その時こそ、千年帝国をすでに自称するわが帝国も、それを僭称とは言われなくなるだろう。この式典を間近に控えて、帝都なる皇帝はあるものを欲しているのである。……

声が続いていく間、豺王の身近の卓にはあの狼領の一群が集まっていた。奇怪な色彩に顔を隈取った芸人の群がどこかで唄い踊り、そして脂燭のゆらめきの中で領王は独り笑い続けていた——何を笑うのか、俯くようにくつくつと咽喉を鳴らす笑いが、やがて耐えかねたように口から噴きこぼれ、それがそのまま泡立つ喘鳴へと苦しげに変わっていく。噎《む》せて長々と咳《しわぶ》き続ける間も、その陰惨な笑いは止まらなかった。視野一面にむれたつ輪郭のぼやけた顔の群の中に、豺王は遠くその老領王の顔を見、恐怖に硬ばった様子の三位を認め、一位と二位の席にしばらく視線をさまよわせた後、狼領の人間たちに眼を戻した。あの代表となった初老の男が、何か奇異なものを見る眼で豺王を見つめていた。

——従一位は、本当に死んでいるのではない。豺王はそう思う。

ふとそう呼びかけてみると、相手は案外に驚いた様子もなくこちらを見返した。そして、口疾《くちど》に語り始めた。

——狼領の血筋につらなる者は、多くは成年に達する年齢で繭籠もるものです。たいていは、春に。短くて三日、長ければ数年かかって繭から新生して現われる……しかし、これほど定まった法則を持たない現象というものはこの世にまたとありますまい。

ざわめきが部屋を埋めて脈打つなか、その声は真向から豺王に届いた。

——中には一生新生の時を迎えないままに寿命を終える者もあり、新生しても以前の姿と何の変わりもない姿を保つものもある。繭の時期が近づいた時、その者の軀に現われる変化もまちまちです。特にこの数年来、例外的な新生の状態を見せる者が増えている。千年帝国では、その始祖が地上の神々を滅ぼしてその領土に国の基礎を築いたのだと称しているが、それから一千年目が近づいてきているためなのかどうか……

大使が何か声を高めて言い始め、その声と狼領の男の声は同時に重なって聞こえた。

——土地神、あなたは自分がどの国の隊商の生き残りとして発見されたのか知っていますか。

——聞けば、領王は新年と共に四度目の婚礼を挙げるとか——新たに子を生《な》せば四人目の……

矢傷を受けた獣のように、誰かが高い哭《な》き声に似た悲鳴をあげた。

三位が、肘掛けを摑んで立ち上がっていた。面紗の下から絶え間なく獣じみた悲鳴をあげ続け、電流が通じたようにその軀は前後に揺れていた。一位が、ひとつ置いた席からゆっくり立ち上がるのが見えた。

——何のために急に呼び戻されたのか、かねて不信に思っていましたが、このために——

——領王、それでは赤い繭とか破壊神とかいうその者を引き渡すこと、承知されたものと考えてよろしいな。

と、爪を染料で染めた大使はかまわず言い続けていた。

——新皇帝は、千年祭典の引き出物としてその者を望んでおられる。興あることと思っていられるのだろうが。……

二位が、動くとも見えないで席を立つと、そのまま影に退いていくのが見えた。一位が再び何か言いつのり始め、三位が急に逃げ場を捜すように、宙を掻く動作をした。そのまま蹣跚《よろめ》くと、鉤のように曲げた指先が、突然顔の布を摑んだ。面紗がはずれ、人々は頸を長く引き伸ばした蒼白な少年の顔を見た。

赤い蝶。——鼻梁を中心として蝶の羽をひろげたさまに喰い込んだ赤狼斑が、流涕に濡れひかる顔の上にあった。辺地に猖獗《しょうけつ》を見はじめたという天刑病、狼瘡《ろうそう》を病むこの少年は、恐怖に混乱した眼で無慈悲な人間たちの顔を見渡すと、また虚空を凝視する眼つきになった。そして無意味な狂った動作を続けながら、声にならない狂声をあげ始めた。

あからさまな哄笑が、突然群をなして起きた。七色の顔料であさましく顔をえどった流浪芸人の群が、裂けるほど眼を見ひらいたままうちつけにこの少年を嘲笑していたのだ。鈴をうち鳴らして、かれらは罵り叫びながら乱舞した。三人の子をそれぞれに見捨て、新たに子を生《な》そうと決意した玉座の老人は、すでに退席していた。

土地神、と狼領の男が呼ぶ声を聞いたと思った。が、犲王はすでに動き始めていた。土地神の力を盲信する蛮族の奴隷は、犲王の命に服従してその軀を軽々と抱きあげ、混乱した人ごみを縫って外の回廊へと進んだ。その行く手に、笞に追われて喚《おめ》きかわしながら転げだしていく大道芸人の群が見えた。

すると、人々は高く天井に反響する絶叫を聞いたのだ。

……百の狼の叫びと砕け散る器物の音が、筒ぬけに広間に流れこんだ。次の間への戸口で、色鮮やかな襤褸をひるがえす芸人の一座が狼狽したさまに駆けもどりかけたが、その刹那重い扉が閉じて、彼らの姿は向こうに消えた。扉一枚隔てた惨劇の音を聞きながら、人々は突然、紫蒲団の席が空席になっているのに気づいた。金襴の袈裟と紅玉の笏に鎧われた神官長とその一行数十人は、今しがた退出して次の間へと出ていったところであったのだ。――

弊衣の乞食《こつじき》も黄金の偶像も、犲狼の牙の下には等しく同じ色の血を流すかと思われた。その光景を、別の戸口から回ってきた犲王は高い廻廊の欄干越しに見おろした。蹴倒された灯明の油が床に流れて、焰がその上を走り、血泡に噎《む》せて痴れ狂う群狼の影は、壁に天井に異様に大きく入り乱れた。輿から投げ出されて仰《あお》のけに倒れた神官長が、喰い裂かれた咽喉を亀のように伸ばして、幼子の泣音《なきね》をひよわにあげた。乞食《こつじき》どもは、血海に斃れていきながらもなお道化た身振りをやめなかった。彼らは自らの死をも嘲笑した。嗤《わら》う顔のまま血に沈んだその顔は、床にゆらめく焰を浴びて淫《みだ》らに半眼を見ひらいていた。

どの階を走っていても前後を駆けすぎる狼の影が見られたが、この土地神の身に眼を向ける様子はなかった。それでも、恐怖に錯乱した奴隷は途中で動けなくなり、犲王はそれを捨てて這うように進み続けねばならなかった。十歩と進まないうちにたちまち背後に叫び声が起き、断末魔の絶叫がそれに続いた。十年間使われないままに萎《な》え細った両足はほとんど役に立たず、犲王はやがて壁ぎわに倒れた。――すると、行く手に美しい犬を見た。

……同じ頃、二位は機部屋を次々に横切って、さらに奥まった棟へと走っていた。灯のない部屋部屋にはどこからか薄く流れこんでくる煙の匂いがあり、どこかで火事が起きているものと思われたが、年越の夜を狼神への祈禱に捧げる女たちの低い声は、この棟に地を這うように続いていた。

求める布は、扉のひとつしかない小部屋の暗黒の中にあった。まだ端糸も断たれていない、織りかけの布を手探りに壁からはずして丸めると、二位は裏手の異人宮に続く庭へと走った。途中、外に敷石を擦る車輪の音と人声が聞かれ、窓から身を乗り出してみると、吹雪が顔を打つ庭には一位の姿が見られた。

――一位、どちらへ。

扉に回って出ていきながら声をかけると、わずかな供回りの者を急がせて吹き溜まりの中に牛車の仕度をしていた一位は、不意をつかれたさまに振り向いた。

――二位、あなたもお逃げになるほうがいい。

一瞬の敵意が不機嫌な無関心にとって代わると、一位は苛々と横顔を見せて言った。

――私は自分の領地に帰ります。領王がその領地まで認めないというのなら、周囲の諸都市と手を結んで反乱に加わるまでのこと。

――今の領王にはそれを取り鎮める力はありますまい。先を読んで、土地神を手元に押さえておいてよいことをしました。

――土地神とは、あの子供のことですか。

――私が買ったのですよ、金袋をやって。

金泥を瞼に塗りこまれた黒牛が、吹雪と遠吠えの声に怯えて人に争《あらが》うさまを見せた。それに無理に軛《くびき》をつけさせながら、

――二位、領地を持たないあなたが私のところへ身を寄せたいというのなら、相談に乗ってもよいのです

よ。幽閉宮に戻っても、いずれ刺客の訪れを待つばかりでしょう。あなたの財産を――

――すべて差し出して臣下に下るなら、と仰せでしょう。子供はどこにいます。

――二位。

と、車に背を丸めて入りかけながら、一位は急に動作を止めてあたりを見回した。豺王を置き忘れてきたことに、初めて気づいた様子だった。

――おまえが隠したのですね？　すぐに連れてきなさい、私は門で待ちます。連れてきたなら、おまえも供回りに加えてやってよい。――

声の尾が風に吹きちぎられ、走りだした牛車は傾《かし》ぐようにたちまち雪の幕に呑まれた。その行く手、異人宮の建つあたりに、松明の列が見える。帝国大使の命で、狼領の正一位を迎えに行く者たちかと思われた。

――二位。

と豺王がその遠い後ろ姿を前方に認めて叫んだ時、二位はすでに、風を孕んではためく袖を押さえて庭に消えていた。そこまで豺王を背に乗せて運んできた野火が、ふと背の荷を邪魔にする仕草をした。豺王が降りると、野火は振り向くこともなく、そのまま吹き荒れる雪の中へと静かに走りだしていった。

途中、豺王は従一位の遺体を運びだしてきた狼領の一行と出会い、共に異人宮へと向かってきたのだった。玉座の間にはすでに誰もいず、召使いにさえ見捨てられた狼瘡の三位がただ一人取り残されていた、と彼らは問わず語りに語った。廃嫡されたこの少年は、この先廃人として先細りに生きるかあるいは刺客を待つかの二つしかなく、運命の慈悲でこの夜のうちに、狼群の牙にかかるほうがまだしもと思われるのだった。

――狼が、正面門から庭づたいに回ってこちらに来ているようだ。

と豺王の背後で一人が言った。天から雪崩《なだ》れ落ちるさまに吼えたける風は、数万数億の雪礫《つぶて》を孕んで無数に垂れこめる緞帳のように見えた。その緞帳が、時に大きく旋風《つむじ》を巻いて崩れ去ったかと思うと、斜めに渦を巻きかえしてまた視野を圧する白い絶壁となる。獣の乱れた叫びが大きく弧を描いて近づいてくるのを聞いたと思った時、松明の列が異人宮の影に入りこみ、同時にどこかで牛車が軋って人の叫びが起きた。

その時、豺王は二位を追うつもりで足を踏みだしていたのだ。壁ぎわの吹き溜まりに踏みこむと等しく、横殴りの烈風がまともに軀を叩きつけ、萎えた足はたちまち力を失って膝をついた。背後で人の声が起き、何か重いものが床に落ちた。振り向いた豺王の眼に、戸口の床から立ち上がりかけた白い人の姿が映った――眼を閉じたまま、従一位は口を薄くあけてそこに両腕を差しのべて立っていた。軀全体がわずかに前傾し、足指の附根に力を入れて踏みとどまった様子がある。……屍衣の裾を曳いたその人と豺王と、どちらが先に歩み寄っていたものか、気づいた時、豺王はその人の両掌を肩にかけられて、まともに相手の顔を覗きこんでいた。

繭籠もる前の蠶の白蠟色、と二位の言った――その潤んだ皮膚の上で、眉が溶けだしていた。睫が溶け、瞼の縁が柔らかく粘液を分泌して、見る見る両目が塞がっていく。熱を受けて煮とろけていく一本の蠟燭にも似たさまに、髪は皮膚に貼りついて平たい膜に変じた。突然豺王は、自分と相手の顔との間に、半透明の白い纖維が無数に湧きだしているのを見た。吐息の中から生じてくるかのように、纖維は無の中からふと湧きだしては白い可視物となって、絡《から》みあい枝を張った。

自分の悲鳴を、豺王は聞いた。聞いたと思った時、手はすでに動いて手応えのある重いものを突き飛ばしていた。顔面に張りついていた纖維が、強く引きちぎられて痛みを感じた。風に息ふたがれながら、豺王は最後に一度だけ振り返った。雪の中に丸く転げこんだ軀が見え、そして音をたてて噴きだした纖維の網が、放物線を描いてその軀を輪の中に取りこんでいく刹那が見えた。よろめき進みながら、豺王は自らは気づかずに悲鳴をあげ続けていた。野火の、矢のように逸《はや》る声がその悲鳴に重なった。

その時、主人の姿を前方に嗅ぎとって真一文字に鎖を引く犬を、二位は自ら手放したのだ。天地の間を埋めた雪の幕が突然大きく崩れ、と同時にすべての音が消えて視界が白濁した。突風に打ち倒されて横転したまま、豺王はそれを見ていた。斜めに倒れて車輪が宙に回転している牛車の傍ら、腹を喰い破られた黒牛の向こうで、二位が鎖を放した犬はそのまま矢風の勢いで飛び出した。二位が追いつくより先に牛車を襲ったものらしい狼群は、その時前方に大きく散開して、異人宮の松明との間を埋めつくしていたのだ。

美しい犬が真一文字に駆け込んでいくと同時に、無数の黒い影が跳躍してその行く手を阻んだ。影は十になり百になり、たちまち大きく群れたつひとつの塊りとなって、一頭の犬の高貴な姿を呑みこんだ。その口輪を故意にはずしてやらなかった二位の眼は、狼群の姿を越えてはるかに遠ざかりつつある松明の列を映していた。

強風のために耳を塞がれて音が消えたのではなかった。――雪に埋もれていきながら、豺王は自分の身がすでに動く力を失っていることを知った。二位の名を呼ぶ自分の声だけが、かろうじて自分の身を伝わる震動として聞きなされる。振り返って自分を見た二位の、口の動きだけで言葉を読みとるうちに、睫が溶けはじめて瞼が癒着していくのが分った。

――私は帝都へ行きます。土地神、ついてきますか。

答えようと開いた口から、吐息に混じって綿のような白い繊維が湧きだした。濃い血糊の香が、最後にうすく地を這った。……


名も知れぬ真紅の花が野面《のづら》に咲き乱れる頃になると、陽だまりの陽炎の中に、数頭の狼が眼を細めて坐すさまが時に見かけられもするようになった。鼻先をよぎる花虻《あぶ》を眼で追い、あるいは戯《たわむ》れるさまに草の波間を転げるその狼たちの背にも肩にも、真紅の花は絶えず散りかかってたまゆらそこにとどまった。隊商が天幕を張って休息する時などに、豺王はひとり道から離れて、その四つ脚の戯れに加わることがあった。額に花を翳《かざ》したこの獣たちは、初めは含羞《はにか》むように逃げる素振りを示すのだったがやがて馴れ、風の光る野に花弁を散らして稚子《おきなご》のように共に駆け歩いた。帝都が近づくにつれて花は凝血色に闌《すが》れていき、野遊びから戻ってくる豺王の額に、草ばかりの花冠が載《の》っているのを隊商の者たちは見た。

……新しい血が体内にゆるゆると巡り始め、やがて手足が動きだして、胞衣《えな》を破るように繭を裂いた豺王が陽の下に出た時、季節はすでに花時であり、そしてその身は帝都へとむかうこの隊商の中にあった。仔細は知れなかったが、夏の離宮で豺王を一位に売り渡した筈のあの巡礼僧の一行が、その後再びこの土地神を手に入れて旅に出たという次第のようだった。誰もが口を閉ざしていたが、正規の主人である一位が死んだのをよいことに、混乱に紛れて豺王をかどわかしたものとも思われた。一行はその僧たちばかりではなく、漆を運ぶ商人や身分の判然としない人間たちの姿も混じり、その者たちからは土地神の庇護を分け与えるための金子《きんす》を、かなりに取り立ててもいるらしい。二位や正一位の消息は杳《よう》として知れなかったが、帝都への正しい道を進んでいる限り、豺王には不服はなかった。

人の身でありながら繭籠もり新生する一族の者たちは、それぞれ自《おのずか》ら異なる変相のさまを見せる、とあの狼領の男は言ったのだった。鏡というものが遠国に産することは聞きながら、一生見ることもなく終わるのが常であるこの地にあって、新生した自分の身が他人《ひと》の眼にどのような変化を見せているものか、確かには知り得ない。ただ、眼には見えなくとも、自分の身に芽吹く木のような新たな力が宿ったことは、違《たが》えようもなく感じられた。萎えて蒼ざめた手足を輿の上に畳み、毛皮に包まれていたあの少年はもうそこにはない。野の細流《ささ》れに光の繁吹を蹴散らして駆けこみ、桃の枝を折って裸足で獲物を追う一人の少年が、ここにいた。

成長すれば土地神の霊力は損じられるものと言いなされるが、豺王の身にはその気配もなかった。野遊びの遠出が昂じて、隊商道から遠くはずれた森に踏み迷うような時、細い煙の立ち登る下で、別な隊商の憩うところに出会うことがあった。その異国の膚《はだ》を持つ人間たちは、森影から露を宿した蜘蛛の巣をはらって唐突に駆け出してくる白い歯の少年を見る。そして輿から降ろされて休む土地神が、その少年の前で声もなく乾反《ひぞ》り斃れるのを見たのだ。涎を曳いて動かなくなった土地神の周囲に、ようやく驚きから醒めた人々が駆け集まる時、見知らぬ少年の姿はすでに森の奥へと消えている。からからとうち笑う声ばかりがその後に残った。葉ごもりの湧き水で渇きを癒《いや》したあと、唇の雫もそのままに豺王が遠く野を越えて帰ってくる時、人々は逆光の中のこの少年の歯が、翳のない若年の残酷さに白くにおうのを見た。……

財王は、野の鷹を馴らして時に狩に興じた。あるいは月の明るい夜、独り夜営地から離れて森に姿を消し、遠い山稜の端空が白々とおぼめきそめるまで長く帰らなかった。

赭《あか》土の埃の舞う隊商道をひねもす南下しつづけるあいだ、即《つ》かず離れず後をついてくる小集団の姿が見られた。一台の牛車を中心としてその前後を固めているものと見えたが、その先頭に輿に乗る土地神の姿はない。こちらの隊商の後に続いて、先を行く土地神の庇護を秘かに受ける魂胆と読み量《はか》った巡礼僧の長は、一日《いちじつ》ついにいきりたって談じこみにいく様子を見せた。眼ざわりにならないよう遠く離れるか、あるいは土地神の霊力を分け与える代わりの金子をよこすか、どちらかに決めさせようというのだった。

——財王が行こう。

ふと思いたって言うと、僧の長は狼狽《うろた》えたさまに急に押し黙って面をそむけた。繭籠もりの後に変相して以来、僧たちは明らかに財王を畏《おそ》れる気配を隠し持つようになっていた。道中、輿から降りて列に並んで歩きながら気ままに労働僧たちと語りあっていても黙認したし、断わりもなくさらに離れて鹿追う狼群のさまを見に走り去っても、これを諫《いさ》めることもない。

——財王が、独りで行こう。今夜。

押しかぶせるように重ねて言うと、財王が立ち去った後、僧侶たちは黄色い頭巾の影で密かに不興げな眼を見交わした。その夜、蒼く零《ふ》りしく月光のもと、草の実を食《は》みながら使者に発《た》った財王は、行く手に荷を降ろして休む一群の中に、見覚えのある顔が出迎えるのを見た。狼領の者たちは、財王を迎え入れると衣《きぬ》を降ろした牛車に案内した。その衣を通して、熱のない微光が内から静かに照っている。それが、波のような起伏を伴って明滅する気配があるのだった。——この深夜、かつて吹雪の年越祭の夜に財王と相前後して繭籠もった狼領の従一位は、帝都への途上にあって、野辺の牛車の中で新生した。

狼の中には、繭から生まれ出るものもある。

ある時従一位は、牛車の中でそのようなことを語った。

深山の気の中に澄んだ冷水の湧く狼領の地では、繭籠もった者たちは、脱皮するまでの間湿気の多い暖められた暗室に置かれる習わしがある。機が熟して繭が内から破られる時が来ると、その奥まった部屋は、繭が自ら放ちはじめる燐光に満たされるのだったが——、時に、深夜部屋の戸からその光が洩れるのを見て人々が扉を開いた時、そこに繭を喰い破って現われてくる巨《おお》きな狼を見出すことがあるのだった。暗い胎内から産みおとされたばかりの獣の嬰児のように、この成獣は、羊水に似た粘液に全身濡れそぼち、そして眼もあけ得ずにしばらくは蠢《うごめ》くばかりなのだという。

そのような獣と変じた者たちの行方を、我々は誰も知り得ないのだ、と従一位はさらに語った。家人たちの愕《おどろ》き騒ぐひまに、その者たちはいつも自ら姿を消してしまう。その後、野にあって人の眼に触れる狼群の中に入り混じったものか、あるいは人知れず深山のさらに奥へとうち登ってしまったものか、それは誰にも知れないことである。

——私が、繭籠もる前に仮死状態になり、あなたの時には深い嗜眠に襲われたように……新生の前の状態がさまざまであれば、後の様子もさまざまなようです。

と、従一位は言った。

——しかしそのさまざまな変様の中で、今までにただふたつだけ例を見ないことがあります。一人の者が二度以上繭籠もりすること、そしてもうひとつは赤い繭。

そうも、言った。

豺王が、新生して力を得たのとは反対に、従一位は負の新生を遂げたもののように見えた。面だちは、吹雪の中で煮溶ろけていく前に見た死化粧の顔と何の変わりもないのだったが、ただ脱皮し損ねた畸型の幼虫のように、その皮膚には潤んだ白蠟色が今も沈澱していた。眉も頭髪も色素が脱《ぬ》けて繭の繊維そのままであり、陽《ひ》の光にも耐え得ないで日がな牛車の内に伏しているのだった。

二位について、豺王は意外な消息を聞いた。帝都に向かったには違いないのだったが、ただ、帝国大使に人質として召しだされていったというのだ。賠償金を支払いきれなくなった小王国の領主に対して、千年帝国はこの年ついに人質を要求するに至ったわけだったが、確かにこの時、領王は二位を差し出すしかなかった。あの夜火を出した王宮は半焼し、新年と共に予定されていた婚礼も、そのためしばらく延期されることになったという。俘囚となった二位と正一位は、航路の道について今は帝都に入っている筈であり、そして昨年即位したばかりだという新皇帝の住まう白堊宮殿は、千年祭典のその日まで待たねば中に入りこめるすべはないのだった。

隊商の夜営地から夜毎抜けだしてくる豺王が、ある夜語り疲れて寝入った従一位の牛車から降りてきた時、一人の者がその耳元に囁きかけてくるのを聞いた。狼領にあって、近年繭から畸型となって現われる者の数が夥しく増えている。畸型の昆虫が淘汰されるのにも似て、その異形の者たちは永く陽の下に生きのびられることは決してない。……そう囁く者の憂《うれえ》顔を後にして、豺王は月下の道を身軽く駆け去った。そして、帆のように風を孕んでわななく空の行く手に、はるか潮騒が聞かれる日が訪れた。千年帝国の首都、覇者たちの驕れる都市は、季節風を乗せた潮流のかよう鈍《にび》色の海峡の向こう岸に、万の旗をつらねていた。

豺王の周囲には、監視の眼が厳しくなっていた。巡礼僧の一行は、どうやら帝都に入り次第、この土地神を市にかけて売り払うつもりだったらしいのだ。明朝、千年祭典をいよいよ数日後に控えた帝都へと入っていくにあたって、この土地神が牛車の一行と共に逃走することを、僧たちは警戒していた。

豺王も、海峡を越える前の最後のこの夜を待機していたのだった。従一位の身はますます弱まり、長旅の疲れもあいまって、今では陽光のひと筋が身に零《ふ》りかかっても息絶えんばかりの様子をしている。吊橋の一端に賑う隊商宿に荷を降ろすこの夜、共に図って夜が明ける前に海峡を渡ろうというのが、かねてからの計画だった。

狼領の従一位、この姿もことばもやさしいひよわげな人と毎夜牛車の内に対座するうちに、財王はその顔の上に自然もう一人の人の顔を重ねて見るようになっていた。その兄なる人、夫婦子《めおと》のこの妹と合わせ鏡に映したように同じ顔を持つという、正一位である。同じ顔を持つ別人だと心では判っていながらも、眼はこの目前にある人の顔の上に、その未だ見ぬ人の面影を重ねてしまうのだった。財王が見知っているその顔の持ち主は、あるいは鼻腔に綿を詰められた死化粧の人であり、あるいは畸型の幼虫めく短命を定められたはかなげな人である。その姿を前にして、同じ顔のもう一人の人が、赤い繭と変じ破壊神と化す定めとは思いがたかった。

……そのように思い迷いながら迎えた決行の夜、財王は宿の自分の部屋にあって、突然に何事か思い定めた様子の僧たちの訪れを受けた。黄色い頭巾を目深く下ろし、無言のまま扉を背にして居並ぶ様子を見れば、言葉はなくともその来意は明らかだった。

その時になっても、財王にはまだ逃げきれる自信があった。何人であろうとも土地神の身を傷つけることはできず、まして兇器も持たないこの僧たちに、たとえ大人の力を持っていようとも今の財王を取り押さえることなどできまいと思われたのだ。が、固い寝台に身を起こしかけた時、財王は咽喉に重い鎖が巻きついているのを感じた。鎖はまたたく間に十重《とえ》二十重《はたえ》に身を巻き、やがて無言のうちに僧たちが立ち去った後、財王はもはや身動きもならないままに床に転がされていたのだった。──

──土地神。

と、よほど夜も更けた頃、財王は灯のない部屋の闇にひっそりと落ちかかるような声を聞いた。

財王は、無言で首をもたげた。最初、狼領の迎えの者かとも思われたが、それは耳に馴染のない声だった。

──二位を追うのだろう。ついてくるか。

声の主は闇の中にあった。その相手が動きださないうちに、財王には思い当たることがあった。巡礼僧の一行を中心とする隊商の中には、商人のほかに荷を持たない身分不明の人間たちが幾人《いくたり》か混じっていたが、その中の一人、黒い頭巾の影に青白んだ顎ばかりを覗かせている口数の少ない男がそれではないかと思われたのだ。

男は矢を負っていた。戒めを解かれると、豺王は足音を殺して共に隊商宿を抜け出した。途中、火影の洩れる扉の隙間に、酔を発した黄色い衣の背が揺れるのを見たが、誰もこの思わぬ逃走に気づく様子はなかった。

——領王は、戦の準備をしている。

と、吊橋の袂《たもと》へと急ぐ間に、道々男が語るのを豺王は聞いた。

——帝国に対する反乱なのだ。もはや兵力を整えるだけの力もないのだが、誰もその決意を止めることはできない。軍立ちは春の婚礼と同時に……女はすでに懐妊している。新しい子を生《な》すことの興奮が、あの老人の濁った頭を惑乱させたのかもしれない。

男はその王宮の者と思われた。が、上位の者である様子はない。王者の臣下にあってこのように影の力に充実している者とは誰か。知らず、豺王は声をも出し得ないでいた。

牛車の一行は、燈火の連なりを遠く背景とした海峡の縁に、苛立たしげに待っていた。

——土地神、その者は。

——この子供は私の連れだ。

一人が不信げに訊いてくるなり、頭巾の男は豺王を背にしてすばやく遮った。

——狼領の従一位が、その土地神を召している。帝都に入り、無事正一位を見出すまでの守りに必要なのだ。

——狼領の従一位とは、死んだ者の名ではないのか。

思いがけない力で片掌を握られて、豺王は男に引きずられるように歩きだした。

——待て。

——従一位は死んだのではない。

と、豺王は思わず前を行く黒い背に言いかけた。

――繭籠もりの後に新生して、いま牛車の中に在る。

――それは赤い繭か？

男が横顔を見せて言い、豺王は首を振った。

――繭は白かった。野に生える草の綿毛のように……

言うと同時に、弓弦が鳴った。男の片掌がすでに自分の掌を離していたことに気づいた時、豺王は男がすでに二の矢を番《つが》えているのを見た。闇を切って飛んだ一の矢は、横腹を見せて止まっていた牛車の帳《とばり》を裂いた。

たちまち、車の向こうの見えないあたりに、人の軀が転げだして地に落ちる音が起きた。

二頭の黒牛の背を飛び越えるようにして豺王がそこに駆け寄った時、従一位は横首を深々と射ぬかれて横ざまに倒れていた。

――何のために正一位を追う。

と、豺王は一度も訊ねることをしなかった問いをこの時初めて口にした。

――赤い繭となって破壊神に変じるという……その者に逢って、何をする？

――都では、赤い繭を破壊神と呼ぶのですか。

矢で地面に貫き止められたまま、従一位が苦しげな様子もなく確かに言うのを豺王は聞いた。

――狼領では、その者の名を救世主と呼びます。飢餓と疫病の神ではなく、それは……

声が跡切れて、動かない横顔が動かないままに死顔に変じていた。唇の端から、血の筋かと見てそうではなく、綿毛の繊維がむらむらと湧き出しかけて終わった。

――こちらへ来い、土地神。こちらへ来い。

二の矢を番《つが》えたままの男が、遠く呼んでいた。

この夜、季節風を孕んで大きく揺れる吊橋を半ば駆けるように渡って、豺王は男と共に海峡を越えた。男は、領王から帝都なる二位にむかって遠く放たれた刺客だった。年越祭の夜、玉座の間で狼の牙にかかりながらも死にきれなかった三位に、とどめを刺したのもこの男である。領王が、何故都を離れた二位を追わせてまでも刺客を放たねばならなかったのか。

——あの国の狂王の系譜が確かに断たれるまで、あの老人は不安を鎮めることができないのだ。

と男は説明した。

——領王と二位自身しか眼にした者がないという破壊神の図、その織物を見た時に、王は二位が都の狂王の正しい末裔であると信じたらしいのだ。幽閉宮の狂王伝説、あの繭を熱湯に投げこませたという狂王の。

領王は、二位その人を赤い繭から出現した破壊神と思いなしていたのかもしれなかった。伝説の狂王が滅ぼしたのは白い繭と伝えられるが、これは伝説の厚い霧が赤を白と変じさせたものかもしれない——破壊するものは破壊されるものと等価である。赤い繭を滅ぼす者はその者自ら破壊神となる。二位が何のために赤い繭となるべき正一位を追うのか、人は誰も知り得ない。おそらくは、二位自身も知らないことだろう。ただ、二位がもしその正一位を滅ぼすことになったら——そしてもし、従一位が言ったように赤い繭が破壊神ではなく救世主であったとすれば。その時のことを、財王は思うことをやめた。

領王の命に従って二位を弑《しい》すのか、とだけ財王は訊ねた。まだ判らない、とこの白面痩身の刺客は答えた。

——破壊神は誰なのか、それを知ってからおれは自らなすべきことを決めるだろう。殺人者は自ら殺すに足る者を常に追い求めるものだ。もしそれが救世主であったら、と聞くのか?

満天の星影を映す暗い海峡の中ほどで、刺客は財王から離れて後ろざまに数歩退いた。夜を埋める風が耳元で激しく鳴り、ゆっくりとこちらに矢をつがえる刺客の姿は、帝都の豊かな燈火を背景に黒々と浮きたって見えた。

——破壊神も救世主も、共に人に非《あら》ず、異形の者だ。土地神、おれはこの地で、すべてを見ようと思うのだ。

激しく弦が鳴って、矢は真一文字に放たれた。財王の鼻先を擦めて、鏃《やじり》は突然ついと逸《そ》れ、はるか深みに暗い潮《うしお》を轟かせる海面へと、ゆるゆると落ちていった。

――土地神を験《ため》すのは、もう終わったのか。

言って、豺王は矢の行方を見返った。すると、海の面に何か反映するものがあった。

……深夜の帝都に入った二人は、真夜中を過ぎてなお消えない燈火と喧騒の源に、祭典への期待にも増す残忍な興奮があったことを知った。遠い辺境に起きた反乱の報はすでに帝都まで届き、白堊宮殿なる皇帝は祭典を待たずに兵を挙げていたのだ。この夜海峡を埋めていた光るものは、遠く北上していく戦《いくさ》船の群だった。

……無数の手があわただしく動いて、聖五芒星のサインを形造っていた。

見渡される限り、黒々とうずくまった者たちのことごとくが、目深く降ろした頭巾の影に顔を隠している。その中で絶えず宙を切って閃く手のすべてが、皺んだものも若いものも、女ばかりの手だと窺われた。

低い連禱の声に埋まったその月影ばかりの射しこむ小暗い部屋で、何人かの女たちが遅れて入室してくる者の足音を聞いた。目立たないほどに首をめぐらせて振り向いた者たちは、その時忍びやかに列の後方に加わる一人の狂者の姿を見た。狂人の印として、額も首筋もあらわに髪を断たれたその者の姿は、すぐに黒頭巾のつらなる列の背後に腰を落として見えなくなった。様子を窺っていた数人の女たちもまた顔を戻して、祈禱の波に没入していった。……満月に糸ひと筋足りない赤い月の登ったこの千年祭典前夜、遠く海に取り囲まれた宮殿の中には、どこからか殷々と伝わってくる獣の遠吠えが聞かれた。

この頃、宮殿内に住まう下人たちの間には密かに囁かれる妙な噂があった。代々の覇者が大陸全土から蒐めてきた邪宗の偶像の居並ぶ、人の出入りの少ない奥まった棟のあたりで、深夜豺狼の吠える声が聞かれるというのだった。それも二頭や三頭のものではなく、盲目的な雄哮《おたけび》に応えて吠えかわす気配は、数も知れない群狼のものと思われた。毎夜、その声の聞かれる刻になると邸内にはものの音《ね》がとだえ、しぜん誰も息を殺した。その静寂に染みわたるように流れ入る遠音《とおね》の声は、これは庭先にたって虚空に吸い込まれる声ではなく、屋内の奥深いあたりに籠もって高く天井から天井へと呼応していく響きである。……すると決まって、人々は高く冴える機の音を聞いた。

夜の底で高く開閉する綜絖《そうこう》は、闇の糸を食《は》むかと思われた。杼《ひ》はせわしなくその糸の間を走り、そしてひと打ち、最後とばかり、丁と筬《おさ》が打ち込まれる。……

唐突に音が中断されると、あとには軋《きし》り音《ね》さえ残らない。人は、いつの間にか狼群の気配が絶えているのに気づく。——それは毎夜繰り返され、昼の間にその音の主を捜そうとする人々の試みは虚しかった。祭典が日一日と近づくにつれて、帝都には商売や物見遊山に訪れる人間が溢れて乱《ろう》がわしいさまを見せていたが、宮殿の外に夜も絶えない喧騒が増すほどに、この深夜の怪異は人の心に深く沈澱したようだった。

ただ、女たちばかりはその中にあって動じないもののように見えた。爆竹と流血の祭、そして戦争と航海が男たちの世界に属するものであれば、その間奥まったあたりに垂れこめて、月と狼神の怒りを鎮めるために祈るのがこの女たちの領分である。まして月と狼神と繭が赤くなるという千年祭典を控えた今、その繭となるべき人を迎え入れてしまったこの宮殿内に、豺狼の声が聞かれるのも何の不思議もないように思いなされたのだった。

——誰か、中に心の違《たが》う者がいる。

と、闇の奥の見えないあたりで誰か言う声が起きた。

低く起伏を伴う連禱の波が乱れて、数人の声を残して消えた。その声もなくなると、黒い頭巾の列が揺らいで、囁きのざわめきが走った。幾つかの手が動いて紙燭に火が点《とも》され、その中で数人がふと振り向いた時、月影の射しこむ扉口《とぐち》のあたりに、誰か出ていく者の裾が閃くのを見たように思った。……

群狼の咆哮は、忍び音に何かを歎《なげ》くような諧調で軒から軒をつたわった——遠く前夜祭の殷賑《にぎわい》に満ちた戸外では、夜の深いあたりにむざんな春が闌《た》けて、闇を行きかう人の眼にはむごたらしい楽を待ちのぞむ盲目の影が滾《たぎ》っていた。……すると、女たちは、見えない軒のあたりに著《しる》く鳥の羽撃《はばた》く音を聞いた。闇を打つ羽音がつと遠ざかると、その後先《あとさき》を縫って、ひと筋激しく矢羽根が風を截《た》った。

——心の違う者は出ていった。今はただ、祈るときです。——
紙燭が消され、女たちは闇に面を伏せて再び唱導に和し始めた。熱を孕んだ夜と闇の中枢に、真紅の眼を見ひらこうとしている狼神の再度の深い眠りを呼びよせるために——、飢餓に荒ぶるその息吹が再び鎮まり、稚子《おさなご》の寝息となって母性の暗黒に埋もれていくように。ただ心を空にして、眼を閉じて連禱の淵に沈んでいくと、女たちは自分の祈りが子守唄に似かよっていくのをおのがじし感じた。この唄を乱す者はすでになく、月にむかって怨《おん》ずるように哭《な》く獣の声と混じって、女らの声は宮殿の低いあたりをどこまでも這いつたった。部屋をひとり出ていった者の足裏は、その声を踏むように別な一劃へと遠ざかりつつあった。この夜、機の音はどこにも聞かれない。

矢を射はずした刺客は、高い塀の外で舌打ちして弓を納めた。野で馴らされて後を追い慕ってきていた鷹は、この時急に豺王の腕を離れて宮殿の中へと逸《そ》れていったのだ。腹立たしさに再び舌打ちして刺客が見返った時、豺王の身軽い軀はすでに塀を乗り越えようとしていた。

——待て、おれにはこの塀は登れない。

——裏門の番兵を射たおして入ればいい。

——待て、土地神よ。

声が追いつづこうとした時、豺王は音をたてずに庭に降りたっていた。刺客の矢をかわした鷹は、先導するもののように高い羽音を残して宮殿の内へと進みはじめていた。

豺王が帝都に入ってからも、港を発《た》って続々と北上していく戦《いくさ》船の夥しい船団の姿は、連日のように眺められた。地方の一小王国を斃すためのものとしては、その数は誰の眼にも異様に映った。誰言うことなく、荒ぶる新皇帝は再び大陸全土の覇者としての身を確かめるために、大遠征を目論《もくろ》んでいるのだと噂された。あらゆる戦役と航海の出発港、一千年の覇者の街である帝都から発して、海を埋めた軍団の切り開いていく道は、これは未曾有の大殺戮の道である。血と夜を統《す》べる狼神の発祥の地に起きた反乱は、この大殺戮の道が大陸に切りひらかれるためのひとつの契機に過ぎなかった。

大戦争と世紀の大祭とが同時に持ちあがった帝都では、胡乱《うろん》な噂・妖しい言葉が地に満ちていた。明日の大祭を期して、皇帝は自ら大戦団を率いて遠征の途につくのだと噂は言った。そしてその出陣の血の餞《はなむけ》として、宮殿内に俘囚の身となっている遠い獣国の直位《じき》が首刎《は》ねられることとなっている、あるいは民衆の手に下げ渡されて、大祭の犠牲《いけにえ》に供されることになっている、とも言われた。破壊神となるべき身を定められているというその者は、すでに赤い繭に籠もっているとも未だ人の身のままだとも、さまざまに言いなされる。そのような噂を大声で言いかわす時、彼らの眼は眩《まぶ》しすぎる太陽の残像に射つぶされたかのように影に満たされ、歯ばかりが闇にきらめいて哄笑に咽《むせ》ぶのだった。

高い天井に反響する群狼の鳴音《なきね》は、宮殿の内陣を進んでいく豺王の耳にも届いた。その天井の高いあたりを縫って次々に部屋を翔《か》け渡っていく鷹は、どうやらこの獣の遠鳴きの元へと豺王を導いていくように思われた。するど、行く手に小さく人の姿を見た。

……遠く宮殿を取り囲む殷賑《にぎわい》は聞かれながらも、人の姿を見ないこの内陣で、初めて豺王の前に現われたその人影は、立ち止まった豺王にはかまわずゆるやかに歩を進めてきた。一方の肩に一人の幼児を乗せた威容ただならぬ男の姿と見えたが、その顔は燈火の逆光の中にあって、ただ黒い影としか見えない。豺王は、男の歩の先を阻むかたちに立ち止まったまま、その肩に乗った幼童の顔を見た。半ば影に浸されてはいるが、皆《まなじり》の高く切れあがった異相の主であることだけは、間違えようもなく見てとれた。その時豺王は何故ともなく、そこに十年前の自分の姿を見たように思ったのだ。

——土地神か。そこの子供。

と、やがて豺王の目前に足を休めて言ったのは、千年帝国の覇者たちの末裔、白堊宮殿の主人、昨年夏に崩じた前皇帝のあとを襲って即位したばかりの、新皇帝その人だった。

三歩後ずさって、豺王は片膝をついた。姿よく勢いめざましい鷹である、とその人の声は面を伏せた豺王の頭上に降った。鷹は、先導していくべき者が後に続くのを待つかのように、彼らの真上に高く輪を描いて飛びめぐりつつあった。――皇帝は、豺王が何故ここにあるかを疑う様子もなく、ただ道案内を命じた。夜々怪しげな獣の声と機の音が起きると聞いて、この夜その源を確かめに行く気を起こしたというのだった。

――これは年若いこの世継ぎの言いだしたことなのだ。

と、その若い父である皇帝は肩の子を軽々と支えたまま言った。

――それに聞くところでは、反乱を起こした地の領王の二位が、ここに人質として召しだされたままになっているというが、それも確かめておかねばならない。土地神は、道中の無事と道案内をその役目とするものだと聞く。鷹を使うのであれば、それを使って案内するがいい。

豺王は一度も顔をあげ得ないでいたが、その時鷹が激しく羽撃《はばた》いて、横手に続く廻廊へと飛びこんでいく音が聞かれた。先に立って進んでいく間、豺王は背後にあの異相の幼児の眼光を感じつづけていた。やはり何故ともなく、振り向いてその眼を見返すことはできなかった。やがて鷹は行く手に姿を現わしたひとつの部屋へと真一文字に翔《か》け去り、後に続く者たちは、そこに一台の高機《たかばた》と無数の発光する巨大な繭を見た。

豺王は、自らの身をも忘れてその凄惨な眺めにただ見入っていた。二位の姿は、そこにはない。ただ、二位の残していったものだけがそこにあった。

はじめ、夥しい蜘蛛の巣かと思われたものは、すべて壁に天井にと縦横に張りめぐらされた、繭の重みを支えるための糸の束だった。破れた海藻にも似て、びっしりと仄白い微光を走らせる繊維の錯綜のそこかしこに、白い人身大の繭が数も知れず静まっている。灯もなく窓もないこの部屋にところどころ燐光が瀰漫《びまん》しているのは、その繭の幾つもが新生の時を控えて発光しはじめているためだった。

狼の声は、この部屋を中心として遠く近くに聞かれるのだった。壁を隔てて、啼きかわしながら走りすぎていく者があり、遠く立ち止まったまま咽喉を顫《ふる》わせて長々と声の尾を曳く者があり、また幾重にも部屋を取り巻いたまま群れ騒ぐ者の声がある。それらのかなしげな声に押し包まれて、犲王は幾つかの繭が光を強めてかすかに音をたてるのに気づいた。繭の中で動きだす者の震動が、周囲の糸束に伝わってそこにおののきに似た気配を走らせ、やがてひとつの繭に内側から爪を立てるような音が生まれた。燐光が、その中からふと消えた。音をたてて強靭な幕が裂かれはじめ、狭い隙間から黒く濡れひかるものがはみ出した。荒い息づかいが膜の内に籠もって、せわしなく内側を引掻く音と共に繭の全体が傾いで横ざまに黒狼の鼻面が突き出された。

幼児が癇《かん》走った笑い声をあげた。

犲王が振り返った時、皇帝はすでに部屋の中へと歩き出しており、その顔は子供の影に隠れて見えなかった。犲王は、その幼児の顔だけを見た。裂けるほど両目を見ひらいたまま、高く笑い続けるその幼児が見すえているものは、繭でもなく狼でもなく、部屋の中ほどに据えられた高機の上だった。機のあたりには光る繭もなく、ひときわ暗くて定かには見分けられなかったが、そこにはまだ千巻の糸も断たれないままに一枚の布が架けられていた。

どっと音をたてて、繭の裂け目から一頭の黒狼が床に丸く落ちた。胎内から産みおとされたばかりのように、その渦巻く黒い剛毛は羊水にも似た粘液に濡れて全身に貼りつき、荒い喘ぎにつれてがくがくと顎を鳴らしている。あっ、と急に皇帝の叫ぶ声が聞かれた。高機の桟に止まっていた鷹が突然羽をひろげるのと等しく、幼児が転げ落ちるさまに機の布の真中に飛びこんでいくのが見えた。

湧きたつ羽風に顔を叩かれて、犲王には機の中の子供の姿が見えず、布に織り出されている図もただ眼もあやな色糸の混合としか見えなかった。あの王宮の一室から二位が持ち出してきて、この宮殿で再び機にかけたその布は、果たして今夜本当に完成されたのか否か、——それも判らないうちに、犲王は激しく啼き叫ぶ鷹に追われて部屋を駆けだしていた。機の中で狂笑する幼児の声が背後に続き、皇帝らしき人影が何か叫んで尻を落とすように倒れるのを見たと思った時、頭上をかすめて鷹が追いこした。そのまま、廻廊の窓から一気に庭へと翔けあがった。

……庭を埋めた群狼は、月にむかって流涕しながらいっさんに馳せていた。自分の身の左右を共に奔《はし》る獣の頬に、沛然《はいぜん》と涙が下るのを豺王は見たのだ。しかしその涙を裏切って、ひらひらと舌を喘がせて火の息を吐く獣の顔は嗤《わら》っていた。どのように歎こうとも、その眼は久遠の飢《かつ》えのために赤く、その牙は涎に濡れて、号泣のために唇をめくりあげられたその口は嘲笑うさまとしか映らない。裂帛の雄哮《おたけび》の只中に取りこめられて、嗤う顔のままに哭《な》き叫ぶ狼群と共に豺王は赤い月の下を走った。鷹はすでに豺王を待たず、真一文字に庭を翔けて遠ざかりつつあった。すると豺王はその行く手に遠く佇む人の姿を見、鷹がその頭上へと斜めに舞い降りるのを見た。

二位は、あやまたず腕をかかげてその爪を受けとめた。巨きな鳥がせわしく羽づくろいしてそこに翼を休めるまでの間にも、猛禽の鋭い爪が腕の皮膚を破って喰い込んでいくさまが遠目にも見てとれた。まだ頸筋の羽毛を逆立てたままのその鳥に口を寄せて、二位が何事か命じるのを豺王は見た。

高く弧を描いて飛び立った鷹が、やがて旋回して宮殿の頭上に林立する無数の塔のひとつに近づいていくのを見た時――、豺王は二の腕から細い血の筋を曳く人の傍らにあって、自らは知らず祈るさまに口の中で呟きつづけていたのだ。

――二位が捜しだせと命じたその人が、破壊神であるのならばその獄窓に行け。もしそうでないのならば、行くな。

繰り返し呟くその声は、二位の耳には届かなかったものと見えた。二人見守るうちに、鷹のもはや粒のような黒点としか見えない姿は、ひとつの灯の点った窓へと近づきつつあった。近づくと見えて、かすかな躊躇が鳥の肩を傾がせたと思われた刹那、激しく羽根が散って、鷹の叫声が中空《なかぞら》に響いた。

庭の一劃から矢を飛ばした刺客の姿は、闇に紛れたまま現われてくる様子もなかった。羽撃きながらゆるゆると舞い落ちてくる鳥に背を向けて、二位が言うのを豺王は聞いた。

――皇帝のところへ行きます。土地神、私の後を来なさい。

まだ機部屋にあった皇帝の若い軀に、天刑病の最初の兆しである赤い発疹が現われたのは、その夜のことである。

港を望む丘陵からは、夜の海峡を絶えず押し渡っていく船群の、おびただしい檣頭の燈が見渡された。その遠い海面に満ちているであろう帆柱の軋り音《ね》や櫂漕ぐ男たちの叫喚、蓋を打ち割られてゆたかに滾《たぎ》り溢れる酒の繁吹、船腹を打つ潮の音を、丘の上に立つ者たちは幻のように聞いたと思った。海峡の両岸に谺する砕ける波の咆哮のなか、やがて帆に海風を孕んで、船団は大洋をめぐる古代潮流に乗って次々に行き過ぎてゆく。そして季節風の渡る丘を下って、燈火と雑踏の影に満ちた街衢《がいく》に降りたった者たちは、そこにも数知れぬ潮流の幻を見たのだった。四つ辻ごとに足を止めて道の両端を埋める群衆の中、高い輿に乗って煌々《きらきら》しい帽子の先端や旗先ばかりを覗かせてゆったりと過ぎゆく貴人の行列は、暗い潮を渡っていく帆柱の列に似たのだ。数限りなく街に立てられた松明や篝《かがり》の焔は、人の面ばかりを烈々と照らして、その背後には奥の知れない闇を曳く。時にわけもなく入り乱れて、口々に叫びかわしながら街の一端から一端へと駆けすぎていく群衆の頭上に、月は赤く染まってはるかに海峡を照らしていた。

かの前夜祭の一夜が明けた時、宮殿にある限りの者たちは、一人の見知らぬ狂人の腕に抱かれて高くうち笑いつづける皇帝の世継ぎの姿を見たのだった。幼児は、この狂者を慕って腕から離れることさえなかった。敢《あえ》てそれを諫《いさ》めて引き放そうとする者があれば、異相の幼児はたちまち高く声を放ってこれを退けた。その者たちは、何故ともなくその威光を畏《おそ》れて平伏してしまう自分を見出した。名も出自も知られない狂人は、このさまを見ても何とも言わない。――そして二人の背後には、絶えず号泣しながら首を振りたてる狼の群が常につき従っていたのだ。黒い剛毛の針なす頬に、湯気のたつ涙をたぎり落として哭く狼群のさなかで、幼児はますます歓喜にあふれて哄笑するのだった。皇帝の姿は、朝から一度も見られない。ただ、戸を立てきった奥の御寝の間の中から、次々に船団の発進を命じる声が聞かれるばかりだった。

豺王は、夜が来るまでの間ひとり蹌踉《そうろう》と祭典ににぎわう巷を彷徨《さまよ》った。鷹を射落としたあと、刺客はどこに潜んでいるものか姿を見せる気配もない。昨夜、あの繭の部屋に戻った時、豺王は中には入らなかった。機の中に転げこんだまま足を投げ出して坐っていた幼児が、近づいてくる二位を見るや声を放って手を差しのべる様子を、ただ扉口に立って見ていただけだった。何故ともなく、自分の役目はすでに終わったと感じた。そして背を返して宮殿を抜けだすと塀を越えて街に降り、その後のことは何も知らない。

従一位を守って帝都まで来た狼領の者たちが、何故すべて二位のもとに集まってきていたのか、豺王には判らない。あの一行はすでに新生した者と、今だしない者とが半ばずつ混じっていた筈だったが、そのすべてが何故うちそろって繭籠もったのち狼と変じたのか、その訳も知らない。一人の者が二度繰り返して新生することはないと従一位は言ったが、その定めが破られたのはやはり今年が赤い繭の年だからなのか、とだけ思った。陽《ひ》が中天に傾きかけた頃から帝都の上空には繁く花火が打ち上げられ、火薬の匂いの流れる街筋には、数も知れずわななく旗の勢いが盛んだった。四つ辻で犠牲の獣の首が刎ねられるたびに、血の飛沫を受けた無数の手が聖五芒星のサインを切るのを見た。……その影に、女たちの祈りの声は絶えず流れていたのだ。女たちの、母たちの子守唄は、一千年のあいだ唄い継がれてきた旋律のままに、昼も夜も人々の楽の背後に忍び入り、眠りと平穏とを囁きかけていた。しかし、狼神の片目である赤い正円の月は、この夜すでに眼ざめて帝都の真上に高く見ひらかれていたのだ。——

夜、市をねり歩いて続々と宮殿に輿を乗り入れていった貴人たちは、玉座の間に皇帝の姿がないことを初めて知った。遠く玉座を振り仰いだ時、彼らは幼い世継ぎを膝に抱いて坐す、一人の見知らぬ狂人の姿をそこに見た。

……皇帝の行方は未だ知れない、と誰か衛兵らしい者の声が言うのを、豺王は頭の上に聞いた。その声がさらに二言三言何か囁きあったのち足音が二手に別れて遠ざかると、豺王は潜んでいた場所から埃を払って立ちあがり、月白《つきしろ》の庭の物影を縫ってさらに中庭へと進んだ。この夜宮殿の庭には、狼群の声は聞かれない。

皇帝の行列が現われるのを待ちかまえる群衆は、すでに宮殿から港までの道を埋めつくしていた。その道を、豺王は逆に辿ってきたところだったのだ。港のひときわ目立つ埠頭には、色鮮やかな旗と楯を押し並べた一隻の軍船が、接岸されたままその主人の入来を待っていた。渡し板には花が撒き散らされ、檣頭にははなやかに飾燈が点しつらねられて、その灯は道々何度振り返ってみても、長い坂道の彼方に高く見渡されたのだった。行列が宮殿を出立すると共に、破壊神の繭が下げ渡されることが約されているのだ、と群衆は口々に言いかわしながらざわめいていた。その言葉を思い返しながら、豺王は庭をよぎって人気のない扉口にすべり込んだ。すると再び、衛兵の声を聞いた。

――夕方までは確かに、部屋の内から答える声が聞かれたというが――

――しまいに扉を破ってみると、中に人の姿はなかったのだそうだ。……

壁越しに話しあう声を聞いて、豺王はふと身を翻すと、手近な上り階段へと駆けだした。めざすのは、昨夜鷹が飛んでいこうとしたあの塔である。しかし、外から眺めた時とは違って目印のない通路は多岐をきわめ、たちまち豺王は道を見失ったことを知った。

土地神が道に迷う。豺王の額には暗い汗がにじみ、むやみに突き進んでいくうちに何度も同じ場所に迷いこんだ。窓ごとに見通される赤い月は、窓の数だけ増殖した無数の月のように見えた。そのひとつの窓から見渡すと、数も知れず林立する石の塔は、はるかな海峡の景色を背景に、下界から隔絶した無言の世界をかたち造っているように眺められる。祭の低いどよめきの中から、鐃鈸《にょうはち》の音だけが浮きあがって、大気をはるばると伝わって聞こえてきた。――ひとつのさみしい塔の中ほどで足を止めて窓辺に寄った時、近い距離を隔てた隣りの塔の中に、ふと動く灯が見えた。その灯は誰かの手に支えられて、塔の中に螺旋を描く階段を一階また一階と登りつつあったのだ。灯が、一階ごとに穿《うが》たれた小窓に差しかかるたびに、人の影が大きく壁を走る刹那が見通せる。そこまで見た時、豺王は飛びたつように走りだしていた。

皇帝の後ろ姿に追いついた時、供もつれずただ一人灯明皿を手に塔を登っていくその人は、頂上の小部屋の扉に達したところだった。

——土地神か。

と、昨夜耳にしたと同じ声が頭上から降った時、豺王はその場に膝を落として自然にうち伏していた。邪魔が入らないよう、そこで番をするように、と言いおいてその人は扉の内へと消えた。そして扉を通してゆるやかなふたつの声が始まり、いつまでもそれが続いていく間、この土地神は同じ姿勢のまま、ただ待ちつづけていたのだ。……

やがて、二人の足音を背後に聞きながら豺王が塔の螺旋階段を下まで降りたった時、行く手に人の姿を見た。

——お迎えにまいるところでした。

と、異相の幼童を腕にささげ持つように抱いたその狂人が言うのを、豺王は静かに心の冷えていく思いで聞いたのだった。


闇の底に坐して、女たちは祈る。獣たちは、きりもなく涙を流しながら歎《なげ》きつづけていた。——その声は身近に聞かれながら、四つ脚の姿はひとつも見られなかった。この人、面紗で顔を封じた人の前に、四つ脚の姿で罷越《まかりこ》すことはできなかったのだ。

皇帝の姿は、いつの間にかその面紗の人の斜め後ろに退いて、影の地帯の奥に沈みこんでいた。幾つかの繭が、また新生の時を迎えてほのかに明滅しはじめている。その微光を横から浴びて、正一位の姿が淡い陰翳を伴って照らしだされていくのを、豺王は見つめていた。あの機部屋の中である。

……ゆるやかに波うって明度を変化させていく燐光の中で、面紗の薄絹がかすかに光を通したかと思うとまた白い光沢を表面に走らせて硬く切りたっていくのを、その時誰もが声もなく見守っていたのだ。豺王は、幻のようにそこにかつて眼にしたことのあるひとつの面だちが浮かびあがってくるのを見たように思った。かつて同じようにして、その顔を見たことがある。その時は二位の手にした灯明の焔の下で、その顔はきりもなく受動的にきりもなく拒絶的に静まっていたのだった。月下に冴える、秘境の雲海の中の孤峰、その蒼白い霊的な断崖《きりぎし》のように。ただ、いま豺王が見ている幻の顔は、かつて人の見たことのないある眼差を湛えた眼を謐《しず》かに見ひらいていた。絶巓の真上におおどかに照る、白い月球にそれは似た。正目《まさめ》に見えたわけではない——ただ、見たと豺王は信じた。

皇子を抱いたままの二位は、豺王に背を見せて、機をあいだに挟んで正一位の正面にあった。まだ機の中に架かったままのその布を、豺王は見ることができない。人の力では、正視することができないのだった。闇の奥の見えないあたりでは、床に伏した皇帝の末期の喘鳴が続いていた。昨夜、ここで布を見た直後その身に発した奔馬性の業病が、丸一昼夜のあいだに火焔となって全身の血管を駆けぬけ、その肉を蝕みその皮膚を消炭のように灼き焦がしていたのだ。機の上のあたりでは、見えない霊の交流がひとしきり潮の満ち干のように行なわれていたようだった。それは、長く人の耐え得る光景ではなかった。

幼児が、音もなく床にすべり落ちた。そのまま幼い足どりで、部屋をよぎって父皇帝の伏すあたりへと進んだ。二位が、初めて深い尾を曳く息を吐いた。豺王は、身振りで命じられて手にしていた脂燭をその人に渡した。揺れる焔を浮かべた小皿は、そのまま機の中へと投げこまれた。油が散り、焔はつと左右に奔《はし》るかと見えてたちまち高く燃えひろがった。

桟を舐め、柱を翔けあがっていく焔の翼の中に、豺王は最後にひと目、その布を見た。火に包まれて黒く縮みあがり焦げていく布の中央に、破壊神の片目と見えるあたりが覗いて、それもすぐ火焔に呑まれた。——業苦の低い呻きは、いつの間にか跡絶えていた。その方角を見た者たちは、そこに皇帝の権章を手にして立つ幼童の姿を見たのだ。たった今帝位を子に譲り渡した皇帝の姿はと見れば、黒く変色した片腕だけが闇から突き出されて、床に爪を立てるさまに投げ出されていた。やがてこの夜、威儀燦然と玉座の間を埋めつくして主の入来を待つ者たちは、上手の長い廻廊の奥から、三つの人影が現われてくるのを見たのだった。

……黄金の権章を高くかかげて、莞爾《かんじ》と笑みながら歩んでくる裸足の幼児の姿がそこにあった。続いて、通路の左右に別れたまま肩を並べて進んでくる、狂者の印を頭に帯びた者と面紗の者と。幼児の歩みはしだいにその二人の者をひき離し、薄闇の中から灯の地帯へ、数千の臣下の待つ前へと進んできた。誰も声がない。数知れず視線の集まる中、大人の力にも余る筈の純金の権章を高々と差しあげて、幼児は王座の正面に達した。そして、人々はそこに屹立する新皇帝の姿を拝したのだ。その時おりしも轟いた数百発の花火の光が、幼帝の全身に真紅の色を投げかけた。前皇帝の崩御と新帝の到来の報は、たちまち宮殿を遠く囲む群衆にも伝えられ、その夜万雷の歓呼の声は海峡をもどよもすかと思われたのだった。

天に炸裂する花火の音はひきもきらず、遠く三人の姿を見送る豺王の眼には、わけも知らず繁《しじ》に涙が溢れた。後ろに見捨ててきた機の部屋では、ゆるく湧きだす煙の下に、ちろちろと焔が床を這いひろがっていた。繭が裂けて一頭の黒狼が頭から床に落ち、そのまだ眼が開かない濡れた顔を赤く染めて、焔の舌先は繊維の束から繭までをも舐めはじめていた。その中で繭はうす明るく透け、まだ意識もないままに丸まって蠕動する数頭の狼の胎児を、薄い影のように見せていた。玉座の間を埋めた人波はしぜんに二手に割れ、その間の道を幼帝は一直線に歩きだしていた。宮殿の正面に開かれた門へ、その行く手に港まで続いていく道へ、さらに道の行きつく果てに待っている一隻の軍船へと向かうために。誰もが目眩《めくら》む思いで、この幼帝の奇蹟の歩みだけを見つめていた。――この子供はのちに、辺境の都の北に開かれた狼門より入り、一人も全き者がないまでにその地を攻め滅ぼすこととなる。――その歩みが行き過ぎてゆく端から人垣は背を返し、歩みに倣《なら》ってその後につき従っていった。もう誰も、その背後に残された玉座のほうに眼を向ける者はない。

豺王は、灯の消えたその玉座のあたりにふたつの人影があるのを見ていた。去っていく人垣の彼方に、新皇帝の声が聞かれた。

――千年帝国皇帝、大陸の覇者の名において、余は約する。赤い繭から現われる者は、人民の手に渡されその手によって滅ぼされることを。

この時、面紗の人は赤い糸を吐き始めていた。

玉座の間に、灯は次々に消されていきつつあった。薄闇の中で、豺王は見ている。

一人の狂人に肩を支えられて、その人は面紗の下からむらむらと赤い細糸を吐きだし続けていた。外には遠く群衆の歓呼の声があり、絶え間なく轟く花火の爆発音と共に、玉座の裾のあたりにも真紅の光が射しこんでくる。その光を踏んで、豺狼は数知れず群れ集まって喚《おめ》きかわしていた。玉座の人の姿はもはや暗い影絵としか見えず、湧きだす赤い繊維も黒い蜘蛛の糸としか見えない。

ひとつの手が動いて、面紗を取った。糸は全身から噴きあがるさまに勢いはげしく湧きだし、曲線を描いては強靭な繭の膜をかたち造っていく。その中に、ふたつの姿はふたつながらに封じ込められていくかと見えた。そのまま誰も動かず――どっとばかりに、大量の繊維を宙に吐いてひとつの姿がくずおれた。


狼群は咆哮して床を埋めた。一直線に走りながら、豺王は見ていた。破壊神も救世主も、共に人に非《あら》ず、人の畸型。繭籠もりの時を人の力に踏みこまれて、その人は畸型の幼虫のように人間の姿を失って溶け崩れたのだ。糸だけは生き残る。しだいに繭の形をなしていく繊維の膜の中では、音をたてて粘液と糸の束が噴きだし続けていた。その糸は枝をなし根を張り、破壊者の全身を絡めてその皮膚を埋めていく。

豺王の身の左右を、矢風が激しく追いこして、たちまち数頭の黒狼が首を射ぬかれて倒れた。玉座まであと数歩のところで、畸型の繭が内から裂け始めるのが見えた。異形のものがその裂け目に見えたと思った時、背に錐《きり》のような気配を感じて、豺王は振り向いた。

新帝の歩みは、すでに人垣に埋まった街道に差しかかっていた。遠く、海峡に面した港では、数千の帆柱の篝火が天を焦がしていた。その時豺王は、暗黒の視野に発止と投げつけられた、血繁吹のような赤い花が開くのを見た。

——土地神。

口の中で言って、刺客は物影に立ち上がった。

繭は音をたてて引き裂かれつつあった。赤い花は数かぎりなく、後から後から湧きあがり咲き継いだ。風の光る野に、赤い花を額に翳《かざ》して駆ける狼の群がそこにあった。喉仏《のど》を砕き、肉を裂いてのぶかく豺王の首に立った一本の矢は、まだ太々と矢羽根を顫《ふる》わせていた。

刺客はすでに二の矢を番《つが》え、今度はあやまたず繭を貫いた。

射抜かれた繭がさらに動きつづけて内から押し破られた時、豺王の軀はしりえに倒れて玉座の裏手に丸く転げこんでいた。

刺客は、赤い繭から現われてくるものを見つめている。裂け目から、揺れ動くように膜を引き裂きながら現われた赤い繊維の塊りのひと隅に、矢はひと筋からめとられたように刺さっていた。その塊りの奥に人の腕があり、顔がある。矢のからまった糸を引きちぎる時、そこに乾いた強い音がたった。

玉座の影の中で、豺王はまだ、見えない眼を見ひらいていた。かつて土地神と呼ばれたこの少年神の眼に、ようやく愕《おどろ》きの色がほのめいて、やがて消えた。額が白んだ。めくれた若い唇から、血泡がのろのろと溢れた。

外では群衆の声が続いている。——赤い繭から現われる者は、我々の手に下げ渡され、我々の手で滅ぼされるのだ。——

遠く、宮殿の内に駆けこんでくる無数の足音があった。刺客は、姿を隠す場所を求めてあたりを見回した。そして玉座の裏に走りこんだ。

人声がざわざわと玉座の間に満ちた時、刺客の耳には何も聞こえてはいなかった。ただ、そこにあるものだけに眼を奪われ、その他に起きていることには何も気づかなかった。——赤い繭、と群衆は口々に叫んでいた。

咽喉を射ぬかれて斃れた少年の軀が、そこにある。薄く口を開いたまま、眼はすでに曇った膜に閉ざされ、そのまま動かない。

……その口から、うっすらと煙のように湧きだしてくるものがあった。繊維は綿のように絡みあい解きほぐれながら、きりもなく漂い溢れだしてくる。その糸の端が、咽喉の矢傷から迸《ほとばし》る血潮に浸って、真紅の色を吸いあげつつあった。勢い激しく噴きだし始めた白い糸のその勢いよりも、血潮を吸いあげた糸が染まっていく勢いのほうが、なお盛んと見えた。丸まったかたちに倒れた少年の軀は、見る見る厚い繊維の膜に取りこめられて、やがて赤い繭の中に見えなくなり始めた。

刺客はよろめくさまに後ずさり、どっと尻を落とした。人声は、すでに群をなして引きあげていきつつある。眼はその異形のものを見据えたまま、手が動いて、弓矢を傍らの床に置いた。闇の中に結跏趺坐《けっかふざ》して、その姿は二度と動きださない気構えとなった。

繭が内から破られるまで、三日か、あるいは数年か——、ここに坐して見届けようと思った。

火焰圖

都のそらへ過ぐる人は
足拍子も　おもしろ
身を焼いてまいる。
花を翳《かざ》して　身を焼いてまいる。
足拍子も　おもしろ
身を焼いて舞う人は
都のひとも、
みぎわの月も
夢かと忘れて　ゆき過ぎてまいる。
夢とわすれて　ゆき過ぎてまいる。
その名わすれ、
野火とも身を焼いて、
幻に焦がれて　ゆき過ぐる人は
鬼となり、

鬼となりても
花　恋いてそろ。

……遠目に眺めたとき、そこには野の炎天の下にゆらめく一点の緑が見はるかされただけだった。

近づくにつれて、それは緑陰さわやかに高く枝をはりのべた、大樹の姿と変わっていった。たちのぼる陽炎のなか、生命《いのち》すこやかに鳴りとよむその葉群のさやぎの音は、耳に沁むと同時に身にも沁みたようだった。やがて、風の中に烈しい芳香が混じりはじめた。

高く見あげると、大樹の枝むらの間に点々と、白い焔を吐いたさまに肉厚大輪の花が咲きほこっているのが見わけられる。葉ずえに日の斑《ふ》を踊らせて鳴る高樹の中に、純白大輪の花々はいのちみなぎったように揺れやまず、樹陰に群なす人間たちの頭上に、絶えず強烈な香を零《ふ》りこぼしているのだった。

人垣のあいだには、緋毛氈を敷いた仮りの舞台と見えるものがあった。その上で、女は襤褸《ぼろ》を翼のようにひろげて、うつぶせに伏しているように見えた。

鈴が鳴った。

女の面が上がった。

野育ちの顔である。

卑賤の血を代々享けついで、獣とともに裸足で山野を駆けあるき、物乞いと盗みで日々を送るあの賤民たちの顔である。

ただ、その卑しい顔が今は肉の奥に沈んで、女の面には薄沙がかかったように別の顔が浮き現われているように見えた。憑霊《ひょうりょう》を受けた、人の世の情を忘れはてた顔である。

その顔のまま、女の軀が緋毛氈の上に立ったと見た時、とつぜん剽軽《ひょうげ》た手囃子が起きた。毛氈の端に膝をならべて、囃子方と見える弊衣の雑人どもが控えている。

動くとも見えず、裾だけが流れて、女は舞の足取りに移っていた。油も塗らず櫛目も通さないおどろの髪に野の花を飾りたて、手首と足首にも花の蔓を巻き、鈴を手にして女の軀が舞いはじめると、緋毛氈に踏みにじられた肉厚の花弁が汁をこぼして、高く匂った。軀は五度十度と旋転し、手と足裏とひるがえる襤褸とが弧から弧へと宙を移って、野風のわたる樹下の舞台に、見えない曲線の印をむすんでいく。零りかかる木洩れ陽が、その頬に額に斑《ふ》をつらねて、女の面は無表情なままに照り翳りしてはけしきを変えた。

急転しざまに舞いおさめると、女の軀は宙から落ちたように地に移って、緋の舞台に片膝を落としていた。と見ると、その横に同じく膝を落として、出の位置についている者の姿がある。急調子に皮太鼓が打ちおさめられて、数人の潰れ声のウタイが始まっていた。

時はいまだ白昼である。

……ウタイにつれて二人舞が進んでいった時、雑人の大道芸に集まった者たちは、彼らの背後に、みごとな黒馬と供回り数人をつれた貴顕と見える人物がいることに気づいた。貴人は、さして興もない様子に馬の横腹に凭れているだけで、強いて彼らを追い散らしてよい席を得るつもりはないようだった。が、人垣はしぜんに割れて、貴人と緋の舞台をむすぶ道は一直線にひらかれた。その時、樹陰に襤褸の背をならべていた二人の舞い手が、同時に向きなおった。右左に面と面をならべ、足拍子を高くそろえて緋の毛氈を踏み渡ってくると、とつぜんその顔が陽光の中に出た。

この連舞《つれまい》は、右と左とに水鏡に堰《せ》かれたように手足を取り違えながら、面をそろえて舞うものである。見えない糸の両端を引きあうように、気をそろえて舞いすすみながら、しかし、いつからとも知れず二人のあいだにはある駆け引きの気流が生じていた。

見物衆も、それに気づきはじめていた。先に一人舞を見せたほうの女の顔が、調子を崩したように乱れていた。奥歯を咬みしめながら、かろうじて手を合わせてくるその相方には気もとめない顔で、後に出たほうの女は涼しげに手を入れ足を踏みこんでいく。相方と同じく蓬髪に茜の花かずらを巻き、ただ、女と呼ぶにはまだ固い果《み》の、小人ともいうべき齢かずに見えた。

貴人が、低い嘆声を洩らすのを人々は聞いた。女ではなく、少年だったのである。白い粉で肌理《きめ》を塗りつぶした顔の下に、たしかに野育ちの荒けた少年の顔があった。驕慢な美貌を支えるその首は、舞の優美に眼くらましされてはいたが、見れば太々として咽喉仏さえ浮きたち、若いさかんな汗を噴いていた。

ウタイの声に一人ずつ和す声が増えて、いつか十人近くの唱和が続いていた。その時、小さな異変が起きた。——この身《み》をば、花《はな》と思《おぼ》し召《め》すか庭燎《にわび》と思《おぼ》し召《め》すか。人外《にんがい》の長髪《ちょうはつ》、赤紐《あかひも》解けば乱《みだ》れようものを。行方《ゆくえ》尋めてもこの人外《にんがい》の長髪《ちょうはつ》、乱《みだ》れてその先《さき》はこころも知《し》らぬ。

そのウタイの中に銅貨の音がはじけて、毛氈にばらばらと金子が投げこまれていた。

息を乱していた女が、このとき突然、手振りを投げ捨てて銅貨の雨に飛びついた。悲鳴が起きて、見物衆は少年が女を蹴倒したのを見た。こちらも舞を捨てて、蹴られてもなお鐚《びた》銭を離そうとしない女の背を、何度も執拗に蹴り転がしている。表情を崩して、口辺に微笑を刻んだ雑人の少年の美貌に、鼻翼のあたりを中心としてにわかに野卑な翳が添うのを人々は見た。——

見物衆が貴顕と見てとった男は、その後で供回りの者に耳打ちして、この雑人たちの名を訊かせにやったという。答えは、曰く赤髪、速走り、指無し、青首……どれがあの美貌の野人のものか判らなかった。さらに後になって、その野からほど近い都の王宮に、雑人の一座が招かれたことを人々は知ったのだった。その時ひとりの雑人の子が買いとられ、美服と美称を与えられたのち、領王じきじきの寵を約されたという。

退位して風流三昧に耽る父老公とともに都に住まう領王は、ふたつの宝を持つと言われていた。ひとつは、つねに濡れたような青黛《せいたい》の艶のある毛並を持つ、駿馬華王《かおう》。いまひとつは、紫なす禁野に面して数奇を凝らして築かれた、金泥の三十の破風を持つ遊猟殿。狩の足場として建てられたこの野宮《ののみや》には、今は一人の女が住まわされていた。――その女が何かの罪を問われて逐《お》い遣《や》られ、入れかわりに一人の美貌の少年が野宮の主となったのは、野の高樹が饐《す》えた香の花弁を散らしつくした頃のことである。

遊猟殿の新しい主に与えられた名は、その美貌のゆえをもって瑤公《ようこう》と言った。寵を失って姿を消した女は、同時に美称をも剝奪されて、その名を覚えている者も今はない。青嵐の季節を過ぎて、暖流に面したこの島国には、芳醇な夏の風が吹きはじめていた。

領王の禁野、王族の占有する猟場で、仕掛けておいた鹿の罠を見まわりに行っていた筈の少年は、樹陰に頬杖をついて放心しているところを発見された。

帰りが遅いのを怪しんで、平民の立ち入りを禁じられたこの野まで出向いてきた雑人たちは、茜いろの草の穂の靡《なび》く野面《のづら》に眼を向けたまま動かない少年の姿を見たのだ。遠い森のあたりには人声がして、おりしも狩競《かりくら》の最中らしく、落日が野を紫に染めはじめていた。少年は腹這いに草の茎を咬んでいた。背後から跫音を盗んで近づいていった雑人たちが、だしぬけに足首を摑んで引摺りだすまで、その放心の表情は崩れなかった。

拳が痛みだすまでさんざんに打擲してから、雑人たちは密猟の罠を見に行ったが、獲物はすでに縄を断って逃げたあとだった。顎に血の糸を曳いた少年は、狩馬の美貌に見とれて役目を忘れていたのだと言った。

――中に一頭、天馬というのはこの馬を言うのかと思うような奴がいた。そいつが野を分けて駆けると、腹に青い烟《けむり》のような艶いろが奔った……まことのぬばたまの黒馬、眼のなかに焰を持つ悍馬だった。

――盗んで、売りとばそうとでもいうのか。

一人が言うと、少年は切れた唇をしばらく咬みしめてから答えた。

――おれは、あの馬が欲しい。自分の馬にしたいと思ったのだ。

殴り疲れていた雑人たちは、それを聞いてどっと嘲り笑っただけだった。泥土の中に蹴込まれていた、少年の腰を再び蹴あげて、彼らは三々五々引きあげはじめた。獲物を取り逃がしたとなれば、今夜の飯代は女子供の舞の投げ銭でまかなうしかない。少年には、その興行の下働きの役目もあった。

道々、身についた習いで首を垂れ肩を窄《すぼ》めて歩く雑人たちは、しぜんにその馬の話を始めていた。泥と衄血《はなぢ》で顔を染めた少年は、手の甲で汚れをこすりたてながら、少し遅れて歩いていた。

——この子供の見たという黒馬は、領王の乗馬のことであろ。あの馬を、しんじつ我がものにしたいと思えば、瑤公のように舞で身をたてるしか道はあるまい、雑人の身には。

——血のいろが違っても、か。

数人が、卑しげな声で低く嗤った。

——しかし今日、いったい誰がその馬に乗っていたというのだ？

誰かが急に言った。

——領王はこのところ留守の筈ではないか、領地の見回りの旅で。それだから、今日はここで狩をする者もあるまいと踏んで、罠を仕掛けたというのに。

——子供が見たがえたのでは。

——いや、森のあたりで狩の声がしていたのは確かだ。誰かが、領王の許しを得ずに禁野で狩競を催して、領王の馬に鞍を置いたのだ。誰だった、それは？

急に注視を受けて、少年は眉を上げて答えた。

——おれは見ない。馬だけを見ていた。人間のすることなど見るものか。

——瑤公ではなかったのか。

——おれはその名の奴の顔を知らない。あの時顔を見ていたとしても、おれには誰だか判らなかったろう。

そこまで言った時、乱れた蹄の音がして、ふいに数十人の声が近くの森に湧いた。

とっさに身を硬くするなり、雑人たちはわれがちに反対側の窪地へと駈けだしていた。浅い斜面の草叢に身を埋めて、そろそろ様子を窺うと、今の人声は彼らの姿を発見したためのものではなかったらしく、追ってくる気配はない。口に入った草の葉を吐きだして、少年は首を伸ばして森の方角を覗き見た。

……ほとんど日も暮れた夏の夕まぐれの大気を通して、小暗い樹間に見え隠れする人馬の姿が、その遠景のなかにあった。時をたがえて黄葉しかけた一本の高樹が斜光を浴びて、そこだけが暮れ残ったように明るみながら、絶えずおののいている。そのおののきの下で、小さな人と馬の姿はひとつの方角をめざしていっさんに馳せていた。きれぎれに届く声の中に、放れ馬を取り鎮めよと命令する声が聞きとれた。

斜面に伏せた自分の腹の下には、熱気を孕んだ地面の感触があり、鼻先には、押し潰された夏草のたてる執拗な、さかんな匂いがある。眼と耳だけを働かせて、動かない軀の芯に動悸が鎮まっていくのを感じているうちに、この熱気と匂いと光景が、急に懐かしいものに感じられてきた。同じ夏の夕まぐれ、草叢に顔と腹を埋めて、同じ懐かしい光景を見ていたことが確かにあったと、気の遠くなるような郷愁の中でそう思った。——

彼らは、狩の一行が駆け去った方角の反対へと道を急いだ。ほどなく、黝《くろず》んできた森のたたずまいの一劃に、沈んだ黄金の輝きが見えてきた。黄昏の景色から夜景へと、音もなく移っていきつつある野と森をめぐりに控えて、その金泥を刷いた破風《はふ》は、壮麗な古木の梢よりもさらに高みに望まれた。——そのほのかな輝きをめあてに進むうちに森が尽きて、彼らの前に、三十の破風を持つ野宮はその全景をあらわした。かつてひとりの寵姫が住みかつ逐われ、今は瑤公の名を賜わった一人の少年がその主となっている、遊猟殿である。

柵もない庭のはずれに立ちつくすうちに、夜はなめらかに森に沈澱し、庭から野宮の中へも流れこんでいった。最も高い破風の先端に星のまたたきが宿り、その彼方に、見えない夜鳥の翔《かけ》りの声が聞かれた。

——今ならば、誰もいない。

と、誰かが急に口を切った。その声に愕かされたように、少年は振り返っていた。

——見ろ、灯のある窓はひとつもない。留守居をしている者は一人もないのだ。狩に出た者は、放れ馬を追ってまだしばらくは帰らないだろう。

厩舎を控えた前庭を小走りに駆けて、雑人の一群は野宮の正面に達した。たちまち四方に散って、扉の具合を確かめ、窓に取りつき、はやくも侵入口を見つけて壁を攀《よじ》登りつつある者もある。この無言の動きの中にあって、頬に泥のあとを残した少年だけは、ひとり何故ともなく庭のあたりに残っていた。盗みの快は、日ごろ身に覚えて、自ら求める傾きさえあるのだったが——、今だ顔も知らない瑤公という者がこの野宮の主だというのであれば、中に足を踏み入れるのも厭だという気がしていたのだ。昼間見た、黒い奔馬に騎乗していたのが瑤公であったとすれば、そのことがまず許しがたかった。

——あれは、おれの馬だ。いつか必ず、おれのものになる定めの馬なのだ。

その思いは、確信に近かった。

ふと、遠く、甲《かん》走った馬の嘶《いなな》きが聞こえた。

早駆けに地を打つ激しい蹄の音と、癇を立てた馬の鼻嵐を噴く音に混じって、独り笑いするような人の声がある。

左右を見渡してみたが、夜風のわたる森の奥深さと月のない闇の暗さに惑わされて、方角を聞き定めることができない。声を聞きつけたのか、幾つもの窓が後先《あとさき》に開いた。獲物を抱えた雑人たちがわらわらと湧きだすなり、闇の八方へと算を乱して逃げだしていく。二、三歩よろめいて、少年は泳ぐように駆けだした。馬は一騎、今はたがえようもなく、この庭をめざして一直線に馳せてきつつあった。

光に眼を潰されて、少年は森の手前で立ち止まった。松明を掲げた人と馬は、その鼻先を大きく跳躍して庭に踊りこんだ。囃《はや》したてるような人の声とともに、馬はそのまま駆け去るかと見えて、足をゆるめて急に半円のかたちに戻ってきた。鬣《たてがみ》を吹き乱し、眼は血走ってはいたが、紛れもなく昼間のあの馬である。少年は、逃げることを忘れた。

……火の粉を散らす松明の脂《やに》の匂いとともに、湯気をたてる馬の全身の体臭が、あからさまに顔を打った。

皮膚の表面に乱れて浮きたった血管、充実した筋肉の束のひとつひとつの動きが、そこにある。

松明を握った手に手綱を引きまとめると、馬上の瑤公は残る片手で腰に下げた瓶を取り、歯で栓を抜いた。夏の夜気の中に、強い美酒の香があふれ流れた。そのまま太々と咽喉を反らせて瓶の中味を空けるあいだも、瑤公はこちらから眼を離さず、また咽喉の奥で笑いつづけるのをやめない。

――雑人。

と、やがて瓶を投げ捨てて唇を拭ってから、瑤公は言った。それだけの動作をするあいだ、荒い扱いに興奮した馬が逸《はや》るのを右に左に往《いな》す手綱さばきは確かと思われ、見せつけられる身には強い嫉妬が生まれていた。

――名は。

――名?

――ないのか。

ある、と答えて、少年はかすかに眉を寄せた。

――名は、芥《あくた》。

馬上の姿は、再び咽喉を反らせて長々と笑った。

――塵芥と襤《ぼ》褸《ろ》と垢の中に住む雑人の子には、相応《ふさ》う名だ、芥よ。

――おまえも、元の身を思えば笑えまい。

嗤われた少年は、嗤った少年を見返して言った。瑤公は片眉を上げて笑いをおさめた。

――身は、瑤公である。

それだけ言って、急に棹立ちになった馬の鞍から伸びあがった姿は、松明の焔を浴びて煌々《きらぎら》しく照りはえる美服を身に纏っていた。縫箔《ぬいはく》で金銀を鏤《ちりば》めて、袖の左右を色変わりにした、華美を尽くした舞衣裳である。舞着のままで馬を責めてきた領王の寵童の顔は、美食のせいかやや肥り肉《じし》に頬の色艶も増し、香油で撫でつけた髪に正しく櫛目を入れて、まさに驕《おごり》の絶頂と見えた。

まだ何か言うかと見えて、瑤公は馬を返して厩舎へとゆるやかに駆けだした。見送る芥のもとに、一度だけ声が届いた。

——明日、ここに来い。領王は、まだ帰らない。

——その、馬の名は。

華王、と言い残して、闇の声は姿もろとも消えた。森の四方から、様子を窺っていた雑人たちの姿が現われ、どこからか、主君の姿を見失ったまま帰ってくる野宮の下人たちのざわめきが聞こえてきた。

禁野の遊猟殿から都の外門までは、急げば半刻あまりの道のりである。

収穫は充分で、今夜はこれ以上稼ぐ必要もなく安穏に休めるものと思っていた芥は、外門に近い野宿の天幕に戻ってくるなり、服を剝がれて小川の浅瀬に追いこまれた。折檻の続きではなく、軀を洗って舞の仕度に着換えよという、急な命令だった。

芥には、姉と呼ぶ人がいた。

雑人の子には、誰が父で誰が母、と判然とした血筋をたどることなど不用であり、かつ徒《あだ》なことである。雑人の子は、ただ雑人たちの集団の子なのであり、風媒花の花粉のように野風の中から生まれたか、あるいは蛆のように汚穢《おえ》の中から生まれたか、気にする者もない。ものごころついて気づいてみれば、この雑人たちの中で暮らしていた、というだけのことだった。

幼い頃から、その自分の身の面倒を見てくれていた人を姉と呼んではいたが、無論それも、本当の血の繫りのある人と確かめてのことではない。が、芥には、ただ姉と呼べば答えてくれる者がそこにいるだけで充分なのだった。

天幕から洩れてくる火影に透かし透かし、姉は浅瀬に立った芥の軀を布で擦りたてていた。切り傷に水がしみて、芥はしきりに落ちつかずに諍《あらが》っていた。

——じっとしておいで。愚図愚図していると、また撲《ぶ》たれるよ。

——おれは、舞など、厭だ。

裾をからげて浅い水に膝をついた姉の顔を、芥は見おろした。

刺のある灌木さながらに痩せて容色もあまり映えず、舞の勘も冴えないこの姉は、同じ年頃の稼ぎがしらの女たちに追い使われる身にあった。弟の身を庇えるほどの働きがないという負い目が、その顔を暗くしているのを見るのが辛さに、芥はこの姉のことばにだけは決して逆らわない。が、ひとつだけ、幼い頃から頑として受けつけないことがあった。舞を身につけよという命令である。

とはいえ、子供ひとりいくら反抗してみたところで、雑人の子は男も女も幼時から舞を仕込まれるのが掟であり、大人の集団の力には逆らいきれるものではなかった。容赦なく打ちすえられ、手取り足取り獣の芸のように仕込まれて、それでも厭がれば食を断たれた。腹を干しあげた子供は、最後に泣きながら我を折って、舞に戻るしかない。芥にとって舞とはじつに、その時の泪の味のしみた塩辛い飯の味でしかなかった。

——舞など、女のすることではないか。男が女のまねして、投げ銭をもらうのなど厭だ。

——雑人の子が出世するには舞しかないと、おまえも知っておいでだろう。

姉は赭い縮れ髪をかきあげて、芥の軀を回して背に水をかけはじめた。

——それだけの道理があるから勧めているのだというのに、判らないわけではあるまい？　何故、舞がいけない。盗みなどより……舞の上手を見ていると、私など一緒に身が宙に浮く思いがするよ。

——おれは、馬のほうがいい。北の原の野生馬をうまく捕えて、樺の鞭で打ちたてて丘の向こうまで走ることほど、楽しいことなどほかにあるものか。

——裸馬に乗るのは、危ないからおよしと言ったろう。

姉が、不機嫌に眉を顰める気配が感じられた。

芥はふと、瑤公とその馬のことを口にしてみた。話すあいだ、背に回った姉は黙ったまま水音をたてていたが、最後に手を止めて、溜め息のように声を洩らした。

——おまえの血は、ほんとうに赤いこと。

布で擦られた肩の傷口がひらいて、一滴の血が丸く盛りあがっていたのだった。

天幕に戻った芥は、すでに命令を受けて待っていた女たち数人がかりで着換えさせられ、顔を塗られた。それからあわただしく都の大路を急いでつれていかれたのは、庭に篝火をともしつらねた貴顕の邸である。舞よりは盗みのほうに巧みを示すこの少年は、このところ舞台から遠ざかって下働きに回るほうが多く、今夜の急な命令は、いかにも妙なものだった。まして、大道芸で投げ銭を集めるのが主であるこの一座が、貴人の私邸に呼ばれることなどは稀な出来事である。その大事の舞台に自分を加えさせた座長の意図は、ますます面妖に思われた。

松明を樹立ちのあいだに立てつらねた中に緋毛氈の舞台を設けて、一夜の興行は進んでいった。私兵を兼ねた下人が、要所要所を警備する姿が見られるだけで、貴人の姿は庭に面した部屋の奥に隠れている。

女たちのあいだに混じって、芥は染めの剝げかけた緋の衣をつけ、縺れにもつれて櫛の歯も通らない髪に野花を飾って、出を待っていた。脂粉の香の沁みた女の衣を着ていることよりも、額の挿頭《かざし》の花のほうが、芥には恥と思われた。茜の野花は自分や女たちの髪の上にあるよりも、野を奔る美貌の馬の鬣《たてがみ》に飾ることこそ相応《ふさ》うのだ、と常から思っていたのだった。

一座の中でもっとも上手と呼ばれる女たちの群舞が果てた時、芥は自分の名を呼ぶ座長の声を聞いた。篝の焰の届かない隅から立ちあがって、緋色の舞台の正面に立つと、その真向かい、庭を見おろす露台の上に、垂《と》帳《ばり》を張りめぐらした奥に坐る貴顕たちの影が見えた。かれらが雑人の前に、じかに顔を曝《さら》すことなどあり得ないのだった。

鈴を巻いた両手を垂らしたまま、芥は曖昧に躊躇していた。ここで、顔を見せさえしない人間に対して遠く頭を下げるのが、急に我慢ならないことのように思われた。

とつぜん、軀のほうが先に思いきりよく動いて、礼を省いたまま足拍子を入れていた。毛氈の下に置き並べた木の踏み台が、轟くように鳴りだした。非礼を咎めることもならず、囃子方があわてて手を合わせてくるのが聞こえた。うろ覚えの舞の手振りを思い出すのも面倒で、身に叩きこまれて軀が覚えている急所急所の場だけを勝手につないで踊りたてていくと、見えない庭の隅に泉水でもあるのか、夜の水の香が鼻先に水脈《みお》を曳くように漂ってきた。

……露台の帳の外には、半円に松明の焰をめぐらせた庭を見おろすように、座長が坐って控えていた。芥が礼を無視した時、その眉の間には怒りと恐怖の翳が走ったが、垂帳の中から無礼を咎める声はついに聞かれなかった。

ややあって、座長はおそるおそる声をかけてみた。

——いかが。

——あの舞が、上手いのか下手なのか、よくは判らない。

と、貴顕は案外に正直なことを言った。

——しかし、似ているのは確かである。あれで、髪をととのえ美服を着せれば。

——使える、ということになりましょうか。

返事はなかったが、無言のうちに首肯するけはいが感じられた。そのまま少し考えさせておくことにして、庭のほうを見返ると、緋の破衣《やれごろも》を翻した少年が、手振りを間違える刹那が眼に飛びこんだ。それを、見物衆には間違いと気づかせずに舞い澄ますうちに、ウタイの段が済んで四弦の月琴が鳴りだした。

今、烈々と燃えさかる庭燎《にわび》に照らされて自分の影を踏むように舞っているこの少年が、生きうつしと言ってもおかしくないほど瑤公に似ているという事実に、座長は今日の夕方まで全く気づいてはいなかった。あの遊猟殿の前での場面を、物影から窺っていた時、この二人の顔の相似が初めてはっきり判ったのである。瑤公にせよ、野宮の庭に侵入してきた雑人を、捕えさせもせず声までかけたのは、そのことに気づいたからに違いなかった。

雑人あがりの瑤公と芥とが、実は兄弟かあるいは血縁同士であったとしても、何の不思議もない。が、この場合そのようなことはあり得ず、他人の空似であるに過ぎないことを、その理由までも、座長はよく知っていた。

しかし問題は、そのようなことよりも、この偶然の相似を利用する手だてのほうにあった。領王の寵童と生きうつしの、雑人の子。その価値はいかほどにも売りこめようと考えて話を持ちこんだのが、この王宮の重臣、垂帳の影の貴顕のところだったのである。

——買おう。

と、ふいに声がかかって座長はもの思いから醒めた。幕の内側に紙燭の位置が移って、声の主の姿を影絵のように映しだし、その指が金袋の数を示しているのが判った。

——明日、連れてくるがいい。内密に。

座長は深く叩頭した。

——で、あの女の居どころは、もう知れたのか。

——逐われてから名も失って、行方を捜させるにも手づるがなくて苦労しましたが、ようやくに。

——持ち駒がそろってきた、か。

貴顕は、女のような含み声で笑った。本物の女の悲鳴が、とつぜんその声に重なった。

弓矢を負った下人たちが、庭の物影で何か怯えわななく人影と見えるものを取り押さえていた。手首の鈴を翳《かざ》して舞いながら、手振りに合わせて目立たないように振り返った芥は、そのまま舞を忘れて棒立ちになった。

松明の一本に近いあたりに引きだされてきたその顔は、姉である。

塀を越えて忍び入ってきた胡乱《うろん》な者、とその下人たちが露台のほうに向かって言上するのを、芥は呆れはてたような面もちで見つめていた。姉は——、髪を乱し、何本もの腕に取りこめられていっそうみじめな艦褸くずのように見える姉は、恐怖で歯の根もあわず、満足な弁明のことばさえ声になって出てこない様子に見えた。外門の天幕に残っていた筈が、今夜の弟の晴れの姿をひと目見たいばかりに、このようなはめに落ち入ったのに違いなかった。

座長が転げだしてきて、露台の上と下人たちの方とを等分に見回しながら詫を入れるあいだ、芥は顔をうすく赧らめたまま動くこともできずにいた。ようやく許しが出て、髪を摑んで地面に引き倒されていた姉の軀は、突き飛ばされるように解き放された。その時、下人の一人が腹立ちまぎれに、矢を逆手に引き抜いてその軀を打った。腕をねらったつもりが、気配に気づいて振り向いたその頬を、矢尻は鋭く引き裂いていた。

あ、と誰かが叫んだ。

姉の声ではない。前のめりに舞台から踏みだしかけて、芥はその声が自分のものであったことに気づいた。傷は思いのほか深かったのか、姉の手が押さえるよりはやく、松明の焔に照らされて高く血繁吹《しぶき》が飛ぶのが、誰の眼にも映っていた。姉が傷を負わされたことに驚いて声をあげたのか、それともその血のいろが眼に映ったために思わず声が出たのか、芥には自分でも判らなかった。

姉は地面に伏したまま、傷を負った顔を隠しているが、腕から肩にかけて飛んだ血のいろは、隠しきれてはいない。——紫の草の実を絞った時に滲みでる濃い汁のようなものが、その白い腕にからみ、未晒しの薄いろの衣にも染みていた。

剝きだしの細い二の腕をつたって、幾筋も玉を結んではこぼれだしていく血の紫は、眼ににおうばかりに艶《えん》冶《や》な色を深めて、幻かとも思われた。松明の焔のせいで、人の真紅い血がそのような色に見えるのかと、芥はとまどったさまに考えていたが、ややあって観念したように面を上げた姉の頬からは、見間違いようもなく濃紫の血が噴きだし盛りこぼれていた。

——そうだよ、私はおまえの姉などではなかったのだよ。生憎《あいにく》だったね。

と、姉が横顔を見せたまま、憎体《にくてい》な様子を装って言いだすのを芥は聞いた。

――私は人まじわりのならぬ身、世に雑人と呼ばれる者たちよりもさらに人でなしの身だったが、おまえがかわいくて、つい人の世に長居をしてしまった。正体を見あらわされたうえは、どこへなりとも身を隠すしかない。これでお別れだよ、芥。

ようやく愕きから醒めた者たちがざわめきはじめ、幾つかの石礫《つぶて》が芥と姉とのあいだに落ちた。血のいろの違う者、血の穢《けが》れた女、などと言う声が、ざわめきの中に聞きとれた。

――では私は行くよ。穢れた血が人の眼に触れると、その眼まで穢れるというからね。

いさぎよく返した姉の背が、芥の眼に映った。

――追ってきたりするのではないよ。おまえは私の弟などではないのだから、追ってきても追いかえすだけだよ。

――畜生の女め、よくも今まで人間顔をしていたものだ。

――騙されていたとも知らず、人間扱いしてやっていたこの身を思い出すだけで腹が立つ。山の奥でも地の底でも、おまえの族《やから》の棲処へ行ってしまえ。

髪に花を挿した女たちが、口々に罵るのが聞こえた。芥がふと我に返って、いま起きたことの意味を悟った時、姉の姿は石礫に追われるように、すでにどこかへ消えていた。

気づいた時、芥の軀は考えるより先に動いて、姉のあとを追っていた。その子を逃すなと座長が叫び、それを傷つけるなと貴人が呼ばわった。矢を番《つが》えかけて、あわてて納めた下人たちが、それからいっせいに駆けだしたが、野育ちの雑人の子の足にかなう筈もなかった。塀を身軽く飛びこえて、芥は姉の名を呼んだが、答える者はない。無月の闇は一人の女の姿を呑みこんで、深夜の都をひろびろと覆っていた。

――姉よ、おれを置いていくのか。おまえがいなくては、おれは厭だ。

叫びながら、芥は都の大路を走っていた。いつの間にか燈火をつらねた通りにさしかかって、緋の衣を翻して走る白塗りの顔の少年の前に、群衆は幻のような影の姿で行きかっていた。

――血が赤くても紫でも、おれがおまえを姉と思うのなら、それでいいではないか。おまえがいてくれさえすれば、おれはこれから舞の上手になって、瑤公のように出世してみせる。それでも戻ってくれないのか、姉よ。

一度だけ、芥は姉の声を聞いたと思った。見回してみたが、声は大路のなかぞらから零《ふ》ってくるかと思われるばかりで、姿は嘘のようにどこにもなかった。

――瑤公には気をつけるんだよ。あれも、私と同じ血を持っている。血の赤いおまえは、血の穢れた者の災いに巻きこまれたりしないよう、気をつけねばならないよ。

声はとぎれて、最後にもう一度だけ聞こえた。

――では、もう二度と逢わないよ、芥。舞を選ぶも選ばないもおまえの心のままだが、ただひとつ、血のいろの違う者だけは気をおつけ。私たちは、身には悪心はなくとも、まわりの者に災いをもたらす星めぐりに生まれついているのだから。……

そして言葉どおり、芥はそののち二度と姉にめぐりあうことはなかったのだ。

走りに走って、芥はいつか都の外門を出て、野を越えて遊猟殿まで来ていた。足はしぜんに庭を横切り、厩舎の中へと入っていった。美貌の黒馬、華王に乗って、思うさま野を駆けて駆けぬきたいとしか思わなかった。

灯もない闇の中で、思う馬の鼻面を探りあてて涙に濡れた顔を押しあてた時、だしぬけに闇の八方から人の腕が伸びて、芥の軀は床にねじ倒されていた。夕方、野宮が留守のあいだに荒らされていたことを知った下人たちが、同じ賊が再びやって来ることを考えて、張り番をしていたのだった。

庭に引摺りだされてあおのけに押し倒された時、芥の眼に映っていたのは、頭上の黒い森のわななきと、頭の近くに烈々とかきたてられた焚火の焰だけだった。手と足を押さえこまれて動くこともならないうちに、何本もの手が頭を押さえ口を押さえた。眼ばかり大きく見ひらいて、芥は焰に蒼白く熱された焼鏝《やきごて》を見、そしてそれが自分の顔に近づくのを見た。

厭な、おそろしい音とともに、額に激痛を感じて、皮膚と肉が焼け焦げる臭いを嗅いだと思った時――、瞼の裏には紫の、血繁吹のような花が一輪、あざやかに咲き満ちていた。

このころ、都のあたりには雑人の群がにわかに増えていた。辺地に続く内乱に家を焼かれて、都に流れ入ろうとして果たせないまま、雑人にまで堕ちた者たちである。

この者たちは、都を囲む外壁のあたりに点々と巣をつくり、しぜん、もとからそのあたりを縄張りとする雑人乞食《こつじき》のたぐいとの争いが絶えなかった。夜に入ってから外壁の門を出入りする都びとたちは、雑人同士の争いと聞こえる物音や叫声を闇の奥に耳にして、恐れおびえた。朝になると、壁の外には血の跡とおぼしいものが点々と続くのが見られたが、屍はどこに隠されるのか、絶えて眼に入ることもない。

都を遠く望む野や森のあたりに、時おりほそぼそと煙が上がるのが見られるのは、反対に都から落ちた者の侘住居する廃屋のたぐいである。

弓矢と刃のちからがこの古い文化を持つ国土を席捲し、三代前の領王の時代に長い戦乱がようやく平定した頃から、都では、新旧の風雅の家柄の交代が始まっていた。古い雅《みやび》の家筋は、新興の武人の家筋にある王家から顧みられなくなり、しだいに凋落しはじめて、中にはこの家がと思うような、ひどい落ちぶれかたを見せた家もあった。都落ちして、山野に離散した者たちの中には、そのような出自を持つ者も少なくない。もと遊猟殿にいた女も、都の何某の家の娘であったのが零落していたところを、舞の上手であったことから領王の側室に上げられたのだと言われていた。

肉に喰い入るほど深い火傷のために高熱を出していたあいだ、芥はその野のほとりに建つ弊屋のひとつに寝かされていた。

その数日間、うつつなく熱に浮かされていた芥の覚えているのは、たとえば吹き抜けの部屋の外の面《とも》を烈しく灼いていた、真白い光の壁のような真夏の陽光である。またたとえば、その庭先から筒抜けに渡ってくる風が、何もない板の間に寝かされた自分の軀のうえを撫でていく感触である。——

芥は、自分がこの板の間一枚の舟に乗って、大海の沖へと流されつづけているように思っていた。床にじかに延べられた薄い夜具にあおのけに横たわっていると、暗い天井は空より高く見え、眼を閉じれば軀は波の上にあるように揺れやまなかった。連日、烈日に白く灼かれつづける夏の野にあるのは、身に沁むばかりの静寂である。——暗く涼しい板の間と、真白な外界とを隔てる境い目のあたりには、いつ見ても端然と坐った女の姿があった。逆光の中のその姿は、白昼に訪れる無数の夢のなかに見た幻のひとつかとも思われた。あるかなきかの微風は、いつもその女のいるあたりから届いた。うつうつと眠っては覚醒することを繰りかえすうちに、芥は徐々に女の姿が幻ではないことを理解しはじめた。

床《とこ》から起きてつましい食事を自分で摂れるようになると、芥は少しずつその女と口をきくようになった。熱に浮かされた夢のなかに、瑤公とその女が庭先で何か話しあっている光景があったことを口にすると、女はそれが夢ではなかったことを教えた。

——私は、瑤公からおまえの身を預かったのですよ。気を失っていたおまえをここまで運んできたのは、瑤公です。

——しかし、なぜ瑤公がおれなどに眼をかけるのか、その訳がわからない。

と、しばらく考えてから芥が言うと、女はひっそりした様子のまま笑った。

——するとおまえは、鏡で自分の顔を見たことがないのでしょうね。

そして、芥は生まれて初めて鏡というものを見ることになったのだった。

しじゅう揺れ動く水鏡ではなく、その手鏡を覗いて、初めて芥は瑤公の意図を理解した。が、美貌のゆえに領王の眼にまで止まったという瑤公と、同じ顔を自分が持っていたという感慨よりも、額の傷を正目《まさめ》に見た驚きのほうが大きかった。薄紅色のうす皮が張って、ようやく傷口が盛りあがりかけた焼鏝《やきごて》の跡は、〈華《はな》〉と一文字、肉の文字として読めた。それが、罪人の烙印であったのだ。——深く見入ったまま動かない芥の傍らで、女もまた言葉もなく、長く動かずにいた。

……正気づきはじめた頃から、芥はこの女を遊猟殿にいた女らしいと感づいていた。顔を見知っていたわけではないし、女がそれらしいことを口にしたわけでもない。ただ、女が常に身につけているのは、紫紺朱銀の縫いもあでやかな舞衣裳である。

もとはかなりの人の持ち家であったと思われるこの野辺の家は、今では見捨てられたようにただ広々と大きいだけで、いっそ気味のいいほどにさっぱりと何の調度もなかった。戸板を外された空虚なあき部屋の数々を、風は遮るものもなく吹き渡っていく。人の手が入らなくなって久しい庭から、夏草は繁りに繁って家内《いえうち》にまで侵入してきていた。——白昼、あるいは夕まぐれに、長い廻廊の奥から歩いてくる女の姿を幾つもの柱越しに見かける時、芥はこの廃屋に棲みついた過去の栄耀の亡霊を見る思いをした。床も柱も傾《かし》ぎかけた家の、色褪せた光景の奥に、一点ちらと朱紺の衣裳が覗いて小さく見え隠れに動いていくさまは、見る者の身には幽鬼の棲処に迷いこんだかと思われるばかりである。

主の寵を失った、寵姫の末路。

芥は、この女が瑤公に寵を奪われたためだけではなく、何かの罪を問われて遊猟殿を逐われたという話を思い出していた。それが何の罪であったのか、巷には伝わっていない。が、身の仇である筈の瑤公と、この女がなぜ今も行き来しているのか、それがまず不審に思われた。

芥の熱が引いた頃から、女はほとんど姿を見せなくなり、三度の食事を運んでくる時も口数は少なかった。過剰な光に灼き焦がされて荒廃のさまを見せはじめた野に、時間《とき》は茫々とながれていくだけで、芥は宙吊りの無聊に苦しんだ。そしてある夜、この均衡は女のほうから崩された。

茜いろした草の波間に、紫の花が乱れる夜の野を、姉の後ろ姿が斜めに傾《かし》いで遠ざかるのを見ていた。月は正円、あたりはしらじらと音もなく明るんでいたが、後ろ姿は一度も振り返ることなく糸屑ほどに小さくなって、追っても届くすべもないように見えた。
……夢を見ながら、芥の軀はとりとめなく揺れていたようだった。
昼のあいだの光と熱の余燼を孕んだ野が、日暮れても夜をこめて揺れやまないように、肉の奥のほの暗いあたりにも、熱気は埋み火のように籠もっていた。それが、ちりちりと肉の裏側を炙っている。瞼を閉じて夢を見ている頭の中枢にも、焰になぶられて一箇所うす明るんだまま醒めている部分があった。寝苦しさにゆらゆら揺れて夢の後ろ姿を追っているうちに、その焰はいつか瞼の隙間から洩れだしたかと思うと、唐突に顔を焼いていた。

はっと眼をあいてそこに脂燭の焰を見たと思った時、薄刃の一閃のような痛みがちりりと二の腕をかすめた。愕然と夢から醒めた芥の眼のまえに、傍らに燭台を置いて、舞着の女は床に膝を落として坐っていた。跳ね起きかけた動作を途中で止めて、芥はにわかに冷静な眼で女の膝の前に置かれた小刀を見、そして自分の肘の内側に引かれた細い切り傷を見た。あるかなきかの傷口から、真紅の血は糸すじのように滲みだして細い線となり、その端に丸く玉を結んだ。——女の顔を、芥は見馴れない動物を見る眼で見あげた。刺のある枯れた木の枝さながらであった姉と、白い香ばしい肉の冷たい冴《さえ》に鎧われたこの見知らぬ生物との、似るべくもない違いように芥は苛立った。眼が会っても物も言わない女の顔に気づいたとき、芥は投げつけるように言葉を放っていた。

——雑人でも、血のいろは赤いと判ったか。血の穢れた女には、真紅い血は眩《まぶ》しかろう。

言ったあとで、この女が紫の血を隠している者と、自分が長く信じていたことに気づいた。この女の犯した罪とは、血の紫が発覚した科《とが》に違いないと確信された。

——紫の血が、なぜ穢《けがれ》と呼ばれるのか知っていますか。

と、女は芥のことばを肯《がえん》じも咎めもせずに言った。

——紫は、赤が饐《す》えて闌《すが》れてそのすえに残る、腐敗の色だといいます。衰退していく引き潮の色、落日の果ての色……没落と滅びにつながっていく色なのでしょう。

――おれの血は真紅い。おまえの血は――

――おまえの血はたしかに真紅かった。紫の血の者が、何のためにこの世にあるのか知っていますか。

女は眼のいろも動かさずに続けた。

――人の世の頽唐期になると、紫の血の族《やから》はどこからともなく現われてくるといいます。かれらの出現は、空に兇変を知らせに現われる熒惑星《けいごく》のようなもの……みずから破壊や破滅を招くような行は働かなくとも、その出現そのものが世に滅びを導く前知らせになるのだと聞きました。

――おれの姉が、そのひとりだったが。

と、しばらくして、芥はもの思う様子になって言った。

――長いあいだ、おれは何も知らなかった。姉は、おれには何も悪くはなかったが……どうなるのだろう、姉は。

――おまえの本当の姉ではありますまい、その人は。血の繋《つなが》りのある者ならば、おまえの血も同じ色を持っていた筈だから。

――では瑤公は、おれと同じ顔をしてはいるが、おれと血の繋る者ではないのだな?

――そうでしょう。瑤公は、穢の血の筋にある者です。

そう答えた女の顔が、初めてうっすらと影を動かして微笑するのを芥は見た。

――それを知っていたのは、王宮の内では私一人でした。後の者は、まだ誰も知らない。私がいま口を開けば、瑤公も逐われることになるでしょう。……それを恐れて、瑤公は私をここに匿《かくま》ったのですよ。

瑤公は、顔が似ていてしかも真紅の血を持つ芥を、いつか自分の身替わりに使うつもりでいるのだ、と女は教えた。確かに、初めて出会ったとき顔に血のあとを残していた芥をひと目見て、瑤公は芥の血のいろを知っていた筈である。瑤公は、今のうちは遊猟殿にあって自分の血の穢《けがれ》を隠しおおせているが、いつかは疑いをかけられる時が来ると考えられた。その時、瑤公は芥を一時の身替わりにたてて、美服と美称の地位を守るつもりでいるようだった。

——しかし、おれは顔に傷を負っている。

——そこは瑤公にも思いがけないことで、困《こう》じている様子でした。……でもおまえは、あのような者の傀儡《くぐつ》にされるのが厭ではありませんか。

女は言った。

——厭なら、今のうちに出ていけばよい。私はおまえの番人ではないのだから、止めも追いもしませんよ。

芥は黙っていた。考えているうちに、ふと、脈絡もなく華王の姿が思い出された。

——おまえ、名はなんという。

と、芥はしまいに顔を上げて言った。

——名など、ない。

女は答えた。

——しかし、領王のところにいた時、名を与えられていたのだろう。瑤公のように。

——追放を受ければ、美称も失うことになります。ましてそれを自ら名のることは許されないし、私も忘れた。瑤公にしても、正体を見あらわされて追放されることにでもなれば、瑤公の名は剝奪されるでしょう。

——名がなければ、呼ぶのに困る。

——ならば、呼ばずにおきなさい。

女は、紙燭の火影に横顔をむけた。たかが雑人の子、と思っている心の動きが、その横顔の線に見えたと芥は思った。無為《むい》。ふとその名を思いついて、芥はこの追放された女の顔を睨んだ。

——血のいろを人に気づかれて、逐われたのではないか。

やがて芥が言うと、女は膝の前の小刀を取って袖をめくった。

切っ先に、芥の腕を切ったときの凝血の一滴を凝らせたままの薄い刃が、女の腕に斜めにひと筋、滑るように引かれると、紙燭の灯のなかに血はまぎれもなく真紅く、ぬめらかに皮膚をつたってこぼれ落ちた。

――おまえの額の傷を見た時は、おれもあわてたものだったぞ。

と、瑤公は雑人ことばに戻って仲間に口をきくように言った。

――おれはあの時、明日来いと言ったではないか。夜のうちに忍びこんでこられたのでは、下人に賊と間違えられても仕方がない。

――おれの顔のことだ、おまえが気に病むことはあるまい。

芥は往《いな》して、風の中に顔を向けた。その顔の正面へと瑤公は馬を回りこませて、うす笑いしながらこちらの表情を見守っている。裸馬にしか乗りつけないために馴れない手綱さばきに苦労しながら、芥はいきなり自分の馬を駆けださせた。後に苦もなく続いてくる瑤公の馬は、今日も華王である。

無為と名づけてみたあの女と話してから数日後、ひとり華王に乗った瑤公は、もう一頭の馬を曳いてやって来た。芥を自分の替え玉に使う以上は、ひと通りのことを教えておかねばならず、手始めに騎乗の腕を試しに来たのだった。

芥を美衣美食に馴れさせておく必要があると考えたのか、それまでにも瑤公は使いの者をたてて、このひとつ家《や》にさまざまなものを運びこませていた。櫃《ひつ》に詰めて送られてきた華美な舞衣裳には、芥は手を触れる気にもなれなかったが、無為が運んでくる皿数の多い飲食《おんじき》のほうは、ひそかに賛嘆して喜び迎えていた。雑人の身にはその名さえ判らない奢侈な料理には、朝から酒肴さえ付いていた。

無為は、朝夕たんねんに芥の頭髪を梳《くしけず》って、油を塗ることを始めていた。乱れ放題だった縺れ髪も、そうして櫛目を通されて正しく結いあげられると、艶さえ持ちはじめたようにも見えていた。瑤公が庭を訪れた時、それを出迎えるより先に奥の間で芥は無為に着換えさせられ、本意ならずも今日初めて美服の一枚を身につけていた。瑤公は、相変わらず舞着のままで馬に乗るという驕《おごり》を捨てていなかった。その瑤公とふたり遠乗りに出てきた今、額の傷さえ眼に入らなければ、色艶も増してきた芥は誰かに連れと見比べられても、どちらが雑人でどちらが遊猟殿の主と悟られることはなかった筈である。

並んで馬を駆けさせながら、瑤公は絶え間なく声をかけてきた。その様子に、こちらが身替わりの申し出を素直に承知するか否かを危《あやぶ》む色もないことが、芥を少なからず驚かせた。

——まだ、襤褸《ぼろ》は出さずにいるのか。

——出すものか。よほど眼ざわりになるのか、何かと足を引こうとする者は多いがな。

——しかし、王宮の内ではまだ知られていなくとも、昔の雑人仲間には知っている者がいるのだろう。それは、どうする。

——知っているとは、何をだ。

平然と訊きかえされて、芥はかえって鼻白んだ。

——血のいろのことだ。

しばらくのあいだ、瑤公はことばもなく馬を責めることに熱中しているように見えた。やがて口をひらいて、

——訊くが、芥よ、美衣美食をおまえは厭か？

——何故。

——おれは好きだ。金銀縫い散らした美服、器のうえに薫じる美食、美酒に名馬、金泥の破風のある野宮、瑤公という美称を、おれは好きだ。

言いながら、ひとり笑いするさまに空にむかって嘯《うそぶ》く横顔を、芥は見ていた。

——おれは舞を好んだ。身の助けとなる技だからというだけでなく、ただ美しいからおれは好んでいた。……そして最後に、美服と美称の地位をおれは得た。紫とは、高雅な色だとは思わないか？　おれには好きな色だ。血の紫が、なぜ穢《けがれ》と言われなければならない。つまらない、くだらないそのあたりのやつらの中から、

選ばれた者だけが持つ高雅ないろの血だと思えば、それでいいではないか。やつらが紫を穢と呼ぶのならば、おれがそれを穢ではなくしてみせる。

そこまで言った傲慢な横顔が、笑う顔のままその眼の色だけがとつぜん強くなって、

——この身を誰だと思う。おれは、瑤公だ。

——その血のいろを人の眼から隠すために、おまえはおれを使おうというのだろう。それを忘れたか。

芥は言ったが、そのとき鞭を入れられた華王がめざましく飛びだしていて、声は届かなかったものと見えた。追おうとして、芥はやめた。

瑤公が、ただ身の技を愛《め》でられるだけの地位に飽き足らず、領王の重臣のひとりと手を結んで何かと眼にたつふるまいに及んでいることを、芥は噂に聞いて知っていた。無為の二の舞を踏んで、寵を失えば即、無一物で逐われるというあやうい身分を、少しでも確かなものとしておこうという考えのようだった。が、そこには当然、反目する者もまた多く現われている筈である。瑤公の血の穢《けがれ》についての疑いを、公《おおやけ》に持ちだす者がいつか現われるとすれば、それはまず、その者たちのひとりである筈だった。

入り乱れる風説の中には、領王その人に関するものはひとつも聞かれなかった。領王自身が、この雑人あがりの寵童を何と見ているのか、芥はふと知りたいと思った。聞くところでは、領王がこの雑人の少年を野で見出した時、瑤公はただ舞の上手を見せただけではなく、舞台で仲間の女を蹴倒すなどのありさまをも見せたという。そのどこを眼にとめて領王は瑤公を拾いあげる気になったというのか、不思議にも思われた。

……瑤公の進むままに後をついていくうちに、行く手に見覚えのある森の稜線が見えてきた。その向こうは禁野、このまま進めば先は遊猟殿である。不審顔の芥を見返って、瑤公は、今日は野宮は無人《ぶにん》であるから寄ってゆけと言った。

——その馬は、おまえのものになったのか。

——機嫌の悪い顔だな。華王に、懸想したか。

早駆けしてきた瑤公の顔は、日の暮れかけた森を背景に、豊かに紅潮していた。二頭鼻を並べて、森の脇道づたいに進みながら、

——領王の旅の留守のあいだだけ、願って借りうけたのだ。馬の様子を見て、舞の工夫に取り入れたいと言って。

——おれに少し、貸せ。

——厭だ。

——何故。

——おまえ、雑人ならば舞は身につけているのだろうな。

芥は、自分の馬を華王から少し離れさせた。

——困るのだろうな、おれがもし舞を知らないと答えれば。

——困るものか。

即座に瑤公は答えた。

——知らないのならば、あの女に言って仕込ませるだけだ。あの女の舞を、おまえは見たか。

——いや。舞えるのか。

——おれは見て知っているが、なるほど、おれでもかなうまいと思うほどのものだった。

——それを、おまえが策をめぐらせて追いだしたわけか。何をした。

——血のいろのことよ。

と、瑤公がこともなげに言うのを芥は聞いた。

——血のいろ。

——そうだ。おれたちの血筋の者は、同じ血を持つ者同士、見ただけで判るものだ。あの女、たぶんおれと同じ人間だろうと踏んで暴《あば》いてみたら、やはりそのとおりだった、というだけのことだ。

それを、芥はただ、聞いていた。

……聞きながら、自分の眼に映っているものの意味を悟るまでには、少しの暇がかかった。

夕暮れの風の渡る森の稜線から、いつか見た光景のように覗いている一点の朱金の輝きは、遊猟殿の破風である。その高い破風の斜面だけは、斜光を浴びた森のおもてに浮いて燦然と赫く照りはえていたが、その根かた、森の内部は、すでに暮れて薄闇の奥に靄《もや》がかっていた。……松明の焔と見える灯は、その薄闇の底に点々と動きつつあり、人の手に握られているものらしく、動きに高低の波があった。

——野宮に人がいるぞ、いるぞ。

ふいに、森影から唄うような子供の声がした。見ると、樹立ちの奥のあたりに、痩せて野の獣のように眼を光らせた童女が数人、用心深く顔だけを覗かせてこちらを窺っていた。

——領王が、旅から帰ったぞ。王宮には戻らず、先に野宮へ来ているぞ。

——様子を見てきたのか。

瑤公が言って、急に進み出た。近づいてくる人と馬を見て、雑人の童女は眼を光らせたまま後ずさる様子を見せたが、逃げはせず、距離を保ったまま瑤公を見つめていた。

——全部、見てきたぞ。そのまえに、今日のぶんのおあしをおくれ。

——何故、先に野宮へ来た。領王は、何をしている。

——おまえを捜していた。何か、悪いことが起きるぞ。

皮袋らしい物を瑤公が投げると、童女の一人が手に重く受け止めながらそう言って、急にさざめきながら逃げだした。遠くからもう一度声がして、

——きれいな黒馬、また乗せておくれ。

——芥よ、おまえは帰れ。人に顔を見られるな。

芥が気づいた時、瑤公はそう言い捨てて、森へと駆けこんでいくところだった。思わず追おうとした刹那、

瑤公の行く手に松明の焔が現われた。

人声が湧き、とっさに芥は馬を捨てて、手近の藪に飛びこんでいた。ほぼ同時に下人の一群が姿を現わし、瑤公と華王を取り囲むように野宮へと動きだした。見送るあいだ、藪の中で、芥は自分の身に染みこんだ草いきれと馬糞の烈しい匂いを呼吸していた。——

いつの間にか、芥の隣りにはあの童女の一人が来て、肩を触れあわせるように蹲《うずくま》っていた。二人とも言わず聞かず、息をひそめて野宮の方角を窺っているうちに、童女は足の刺され傷を掻きながら、急に大きく欠伸を洩らした。

——おまえも、雑人であろ。

と、欠伸をおさめてこちらを見上げる気配がして、童女が言った。芥は、それを見返した。

——金袋をもらっていたな。おまえ、瑤公の昔の仲間か。

——そうだ。あれで、菓子を買う。大人どもに見つかると取りあげられるから、隠れて買う。

——大人の仲間には、瑤公は金をやらないのか。

——そうさ。でも我らがこっそり遊びにゆくと、黒い馬にも乗せてくれるぞ。

——もとあの野宮にいた女のことを、聞いていないか。

ふと思いついて言うと、

——あの女、野宮の奥の部屋で、領王の手で腕を試しに切られて紫の血を流したというぞ。

——確かか。

童女はふと立ちあがり、と同時にしりえに飛びすさって身を翻した。

——領王と、偉い家来たちと、瑤公も居並ぶ前に引き出されて、そこで血の穢を暴《あば》かれたというぞ、あの女。

そして野宮の庭を見通せるあたりまで芥が忍んでいった時、そこには遠く瑤公の姿が認められた。庭には人馬の影と炬火があふれ、その中央に取りこめられたまま、誰かと言い争うさまにけしきばんだ瑤公の顔は、そのとき愕くほど白く見えたのだ。

背後に、音がした。名を呼ばれ、振り向いた芥はそこに無為の顔を見た。


戦火の接近の噂は、今こそ確かなものと思われた。領地の見まわりと称していた領王の旅は、その噂の真偽を確かめる旅であったのだ。

都の真北、行程四日ほどのあたりにある湊町《みなと》には、毎年、春の気候のよくなった頃から大陸諸国からの貿易船が入ってくるのが習いだった。それが、今年は夏になっても何の音信《おとずれ》もない。こちらから大陸めざして出ていった船のほうも、嵐に会ったとも思われないのに、帰ってくる船は一隻たりともなかった。領王はひそかに命を下し、商船と見えてその実よく武装した船を仕立て、腹心の者を乗り組ませて大陸へと放っていた。その船も、ついに戻ることはなかったが、深傷《ふかで》を負った船長とその息子が筏で漂流していたのを、つい先日漁船が発見して救いあげていた。その二人がようやく北の湊に入ったと聞いて、領王は自ら旅立ったのである。

にわかに旅から戻るなり、何を思ったのかその足で禁野の遊猟殿に入った領王は、その夜は野宮にとどまるかと見えて、数刻後には都の王宮へと帰っていった。篝を焚いて出迎えた王宮の者たちは、わずかの旅からの帰還とも思えない、疲れの色の深さを見て愕いた。旅で何があったというのか、領王は何も言わず、従者たちも緘口を命じられたものらしく沈黙を守っていた。判っていることはふたつ、領王の放った船は大陸のとある湊で沈められたのであり、また二人だけ助かって戻ってきた船長とその息子も、領王の命ですでに口封じとして首刎ねられたということだけである。ただ、噂が噂として広がっていくことは、すでに誰にも止めることはできなかった。

芥の身だけは、一見この渦中から取り残されているように見えた。領王が都へ帰ったあと、翌朝になっても遊猟殿に対しては何の沙汰もなく、その一室で、芥はひとり手をこまねくことになっていたのだ。

瑤公と芥との入れ替わりは、見たところ誰からも疑われることなく成功したように思われた。あの夜、庭のはずれで無為に呼びとめられた芥は、その手引きで裏口から野宮の一室に忍びこんでいた。着換えに使われる、控えの間とおぼしいその小部屋で待つうちに、声もなく踰跟と入ってきたのは、瑤公である。勝手知った無為の手ですでに装束を改めさせられていた芥は、それと入れ替わりに部屋を出た。廊下で待っていた下人に導かれるまま進んでいった芥は、やがて灯をともしつらねた広い間に招じ入れられた。この間《かん》、芥も無為も瑤公も、さらには下人たちも終始無言のままである。ひとことも、口を開いてはならない、と部屋から送り出すとき無為の囁いた言葉だけが、芥の耳にした唯一の人の声だった。

言われたとおり、その夜芥は、最後までついに黙りとおすこととなった。口をきく必要が、なかったのだ。

広い間を埋めて居並ぶ領王以下の貴顕たちの前で、その中央に呼びよせられて平伏したままの芥に、何故か最後まで声はかからなかった。その時の芥の出立《いでたち》は、四枚色を変えて重ねた摺箔《すりはく》の金銀もめざましい舞衣裳、額の〈華〉の文字の上には、花の蔓を二重《ふたえ》に巻いていた。庭で瑤公が誰かと言い争っていたのは何の意味だったのか、おそらくは血の穢《けがれ》の疑いをついに持ち出されたのであり、これから領王の命で、軀のどこかを傷つけて血のいろを改められるのだと思われた。しかし、無言のままの短い時間があって、やがて芥の聞いたのは、帰る、とひとこと言って領王が席を立った音だけだった。

声がかからない以上、顔を上げることもできない芥の身の左右を、無数の足裏が踏み渡って声もなく退出していった。痛い視線に曝《さら》された不安な一刻が過ぎて、顔を上げてみれば、そこには主のいない座が無数の灯の中にしらじらと乱れているだけである。芥は、着換えの小部屋へと走った。が、瑤公も無為もすでに姿を消し、灯さえ下人が消していったのか、夏の夜の闇があとに淀んでいるばかりだったのだ。呆然と佇むうちに、近づいてきた下人に寝所へ連れていかれ、芥は着換えもせず横にもならないまま一夜を明かした。逃げよう、とついに意を決したのが、その昼近くのことである。

……明けがたから、烟《けぶ》るような小雨が森を埋めていた。

薄暗さが肩にのしかかるような瑤公の居室で、芥は床の中央に足を組んだまま、森の気配に全身をゆだねていた。はじめ無為が使い、次に昨日まで瑤公が寝起きしていたという、その部屋である。——吹き抜けに森に面した庭へと通じる縁から、濡れた植物の呼気は、緑の匂いを深めてひとつらなりに室内へとなだれこんでいた。ほとんど音を感じさせないようでいて、聴覚の低いあたりに確かに持続している霧雨の音が、森のざわめきと一体になって軀を包みこんでいる。

うなだれかけた花鬘《はなかずら》を額に巻いたままの姿で、やがて芥は立って庭に降りた。家内《いえうち》の薄闇に馴らされた眼には、曇天の下に鈍色《にび》にくすんだ森の光景の中にも、一抹の午前の光らしき気配が感じられた。下人のたぐいはどこに息を潜めているのか、遊猟殿の内には人の立ち居する物音もなく、芥がこのまま庭から外へと出ていくのに、何の障害もないと思われた。

庭のはずれ、大樹の根かたに、後ろ手に凭れるようにして立った小さな人の姿があった。髪も衣も海藻のように濡れそぼった。雑人の童女である。かまわずその脇を通りすぎようとすると、童女は顔だけこちらに回して、雨の音に紛れるような細い声をかけてきた。

——おあしを、おくれ。

——持っていない。部屋まで勝手に取りにゆけ。

童女は幹から背を離し、首を垂れて芥のあとについてきた。

——菓子を買うのか。

——いや。菓子売りは店を畳んで、逃げてしまった。都じゅう、そうだ。

童女の声は、饑《ひだる》そうに聞こえた。

——きれいな黒馬、今日はいないのか。

——領王が、王宮へ連れ帰ってしまった。

——おまえ、瑤公ではないな。あの時の、雑人だな。

——判るか。

——判るさ。おまえ、どこへ行く。

——まだ判らない。

言って、芥は雨の森の行く手に眼を上げた。

足が止まった。と同時に童女の頭を押さえて、芥の軀は地に張りついていた。小枝や葉群を撓《たわ》めて繁吹をあげる樹立ちの奥に、点々と左右に並んで、動かない人影があった。それも一面細かい繁吹に包まれ、顔も姿も白くかすんでよくは見えなかったが、明らかに武装している証拠には、抜身の白い刃の光が濡れた空気の中にきわだっていた。

——夜のうちから、逃さないよう見はられていたのだぞ。知らなかったか。

童女が囁いた。

——ではおまえ、どうやってここまで来た。

——雑人の子に、入りこめないところなどあるものか。……誰か来るぞ。

都の方角へと通じる道のあたりに、馬を駆って押しよせてくる一団の姿が見えた。

……姉と別れることになったあの夜、最後まで垂帳の影に隠れていた貴顕の顔を、芥は知らない。が、その声は覚えていた。その声の主を中に挟んだ騎馬の一群のしんがりに、芥は自分の一座の座長を見た。芥が、自分の巻きこまれたこの変事の裏の事情をおぼろげながら察しはじめたのは、おそらくこの時であったのに違いない。武装した見張りの兵は、貴顕の一行を礼をもって通した。その武具の印と、騎馬の一行の印とは同じものである。遊猟殿の主を一夜遠巻きに見張らせたのは、領王ではなくこの貴顕ということになる。物影づたいに、芥は後を追って野宮の庭はずれまで戻った。にわかに色めきたった人声を聞いて、芥は自分の逃走が発覚したことを悟った。

——どうする。このままでは、いずれ見つかるぞ。

——少し待て。

もっと知りたいことがある、と芥は思った。

血の穢れた者に近づくな、と言った姉の言葉が思い出されていた。唯々と瑤公の道具に使われようと、思うわけではない。が、

――おれが、何のために赤い血を持って生まれたのか――、その意味を知りたくなった。

――何のことだ。

――今言っただけのことだ。ほかに思うことなどない。

――あの女ならば、都に戻っているぞ。

人馬の入り乱れる雨の庭を前に、藪に潜んだまま芥は童女の顔を見返った。

――都のどこに。

――案内する。その代わり、何かおくれ。

――何を。

――その、服。

昨日から着たままの、芥の舞着を童女は見つめていた。

――美しい服、着てみたいものぞ……あの女のところに、瑤公もいる筈だぞ。

――あの二人、どういうあいだだ。

――何もないと思うか、莫迦め。

藪がざわめいて、馬の口取りの若い下人が、突然そこに現われた。芥の顔を正面から見て、眼と口を丸くしたまま自失しているその顔に、一拍遅れて引き攣るような愕きの色が走った。

叫びだすよりはやく、盗みと舞を仕込まれた芥の手足は正確に動いて、相手の咽喉と軀を押さえていた。と同時に、曳いていた馬の手綱を童女に取らせて、

――おまえの主人は、瑤公に何をしようとしている。

下人は、瑤公の名を他人のように口にする芥の顔を斜めに見あげて、咽喉の音をたてながら口を開いた。

——瑤公……おまえは、領王に対して無謀な軍立《いくさだ》ちを唆《そそのか》しているではないか。追放された女と手を結んで、滅びを招く穢れた血を持って生まれた自分の身の不運を、この国のすべてをも巻きこむことで意を晴らそうとしているのだろう。

——それで昨夜、領王にそのことを言上したのか。

——領王は、何故かおまえの血の穢《けがれ》を暴《あば》くことをためらった。業を煮やして、我らの主君はおまえを討つことに決めたのだ。

——女のほうは。

——昨夜、隠れ家に手を回したが、すでに逃げたあとだった。

どうやら、貴顕はまだ瑤公と芥が入れ替わったことを知らないようだった。瑤公と同じ顔を持つ雑人を、貴顕は何に使うつもりでいるのか、と芥は訊いてみたが、若い下人はそこまでは知らなかった。おそらくは、ひそかに瑤公を討ったあとで芥を替え玉にしたて、領王に軍立《いくさだ》ちを思いとどまらせるよう吹きこむのに使うつもりであろうと思われた。

葦毛の馬が、急に嘶《いなな》いて足掻《あが》いた。芥が気を取られた隙に下人が叫びだし、人のざわめきが起きた。下人を蹴り倒して馬の背に童女を抱きあげると等しく、矢音がたって身の左右を鋭い風が截った。馬の腹をひと蹴りして、芥は身を伏せて道へと飛びだしていた。

——国を滅ぼす元兇はその者ぞ。

——和平を望む、臣下の声が聞こえないか。

その叫びに混じって、

——おまえ、芥か、それとも瑤公か。

座長の声が聞こえたと思った時、馬の前に抜き身の刃の一閃が踊りこみ、厭な音とともに馬の蹄は人の軀を踏みにじっていた。

――――

雨に沈む都には、しばらく見ないうちに戸板を立てきった家が目立つようになっていた。素足の童女を前に抱いて、大路に馬を飛ばしていくあいだも、濡れた人影はまばらに、互いに面をそむけて急ぎ足に行きかうように見えた。

辺地のあたりに、消しても消してもなお燻りつづける内乱は、今の都に住む者には生まれる前から続いていたものとして耳慣れたことだったが、それに加えての外寇の噂は、先祖の代からも聞き慣れないものだった。内乱に追われて都に流れ入った者の中には、津々浦々の湊《みなと》から来た者も多く、その者たちが噂を都まで持ちこんでいたのだ。今年の春を過ぎた頃から、噂はにわかに身に迫るものとなって都を覆っていた。数年前、この島国の北にひろがる大陸のはるか西、千年続いた国の帝王が発した大軍団が、大陸に巨大な大殺戮の道を切りひらきながら現在南下を続けている、と噂は言った。

童女の案内で馬を駆っていく途中、とある四つ辻で、芥は人だかりを見た。人垣の中央には、眼と髪の色の違う、大陸渡りの者と見える姿があった。長旅に疲れたその顔に、雨の雫ばかりでなく涙もふりこぼしながら身振りを混じえて語るその片ことの話を聞けば、蛮族のその男は、自国の都から戦火を逃れて船で渡ってきた者らしくあった。その国の名は、この都に住む者には長年の交易の相手として耳なじんだ、大陸の南端の古い国である。男の国は、和平を望んだにもかかわらず一方的な蹂躙を受け、火を放たれたあとには生き残った者の姿もなかったという。

――虐殺の道の先頭に立つその皇帝の姿を、自ら眼にしながら生き残った者はいない。しかし聞き伝えるところでは、その皇帝は赭顔異相の童形で、降伏の申し入れに眼を向けることはなく、ただ破壊にのみ憑かれているという。その通るあとに残ったものは、焦土と屍と、踏みにじられて枯れた花ばかりだった。

男は言って、浅黒い頬に涙を流しつづけながら自国語の繰りごとを呟いていた。幼帝自らの率いる虐殺軍団の本流は、いま大陸の南端を東へと向かいつつあり、その分流が船団をしたててこの島国をめざしていると男は言った。殺された者の名、滅ぼされた国の名を連綿とつぶやくその声は、病みつかれた者の唄う子守うたのように、甃《いしだたみ》の傾斜を低く流れた。烟雨《けぶり》は、強くもならず細くもならず、風のない都をただ濡らしつづけた。

無為は、最初から領王のものだったのではない、と童女は言った。

その生家が没落の果てに離散したあと、知る者は少ないが、無為はひとところ雑人にまで身を堕としていた。そこをある人に拾われ、その後で領王の眼にとまることになったのだ。そうも、童女は言った。

途中、無為が生まれ育ったというその邸の前を、馬は走りぬけた。王宮にほど近い、古くからの貴顕の家屋敷が並ぶ街衢《がいく》である。

——広々とめぐらせた塀の破れ目から、風雅な泉水も庭木もことごとく荒らしつくされた庭の一劃を芥は見た。その庭を縦横に張り渡した綱で区分し、破木を並べた小屋を建てて棲みついているのは、夥しい雑人の群と見えた。

このあたりまで来ると瑤公の顔も見知られているのか、馬の前に抜刀して飛び出してくる人影が多かった。ほとんど無意識にそれを切りぬけて走るうちに、いつとも知れず芥の片袖には、切斑《きりふ》の羽根の矢が一本、縫いとめられていた。腕に抱いた雑人の童女の軀は、いつかしだいに熱く重くなっていた。行く手にめざす屋敷の庭門が見とおされてきた時、童女はついに傾いて腕から滑り、それを抱きとめようとした芥もろとも馬から落ちた。昨日の夜から、野宮の庭先に立って、雨に打たれつづけていたのだった。

——甘い菓子も食いたいぞ。美しい服、着てみたいものぞ。

うつつなく、童女は繰りかえしつぶやいていた。

——美しい黒馬、乗って野で遊びたいものぞ。いくさが始まれば、馬は花で飾られて、遊びもならず都を出るのか。

それを腕に抱いたまま、芥は門をくぐり、咎める者の姿も見ないままさらに奥へと渡った。その同じ頃、ここから屋根を見とおせるほど近い王宮の内では、領王と臣下の者たちとの談合が、昨日から寝もやらず続いていた。雨に降りこめられた閑雅な無人の部屋部屋を、芥は濡れた足のまま次々に踏み渡っていった。やがてさしもの広い邸も部屋かずが尽きて、行く手に突きあたりの間が見えてきた時、物影からゆらりと人の影が分かれて、芥の前に立った。――その時の芥には判るべくもなかったが、無為を最初に拾って室に上げたその人、十数年前に退位して、今は政ごとのいっさいから手を引いて風流三昧に暮らすという、老公である。

――瑤公か。

とその人は言って、濡れしおたれた雑人の童女の軀を、汚れを気にするふうもなく腕に抱きとった。芥は、何故とも知れず言われるままされるままになっていた。額を隠していた花の蔓は、馬から落ちた時に解け落ちて、この時〈華〉の烙印はその人の前にありありと見えていた筈だった。

――女は、

とその人は言った。

――奥にいる。行け。

言われるより前に、芥の足はしぜんに動いて最後の数十歩へと踏みだしていた。視野の左右を、薄暗く静まった無数の柱が後ろへながれて、芥は真一文字に最後の部屋の内を見とおしていた。――それはたとえようもなく静謐な光景と思われたのだ。

雨か煙霧か、見わけもつかない靄がかった内庭に面して、灯もない広い間の中央に、厚い夜具を重ねて無為が眠っていた。息をしているとも思われない、その顔の静まった枕上には、瑤公の姿があった。床に趺坐《ふざ》して、重い額を両掌に支えたまま、そこに眠る人の存在も忘れはてて、自分だけの物思いに沈みきっているように見えた。

誰も動かない。

遊猟殿から都へ、都の大路からこの邸の奥の間へと一直線に辿りついて、芥の身の内には、長い急調子の舞の足取りを踏み渡ってきたような感覚がまだ揺れていた。同じく動かないまま、庭をびっしりと埋めてうずくまっている人影の群は、蓬髪襤褸の雑人たちである。部屋の内の光景を見守るように、眼ばかり薄く光らせて口を半びらきにしたその顔の群は、人であることをやめて犬の群に堕ちているように見えた。後で判ったことだったが、それはかつて瑤公のいた雑人の一座であり、と同時に、短いあいだ無為の属していた群でもあったのだ。

やがて、動きを感じさせない動きで瑤公が立った。雨に濡れながら庭づたいに来た下人が、王宮から瑤公に迎えが来たことを言上していた。見覚えのある、煌々《きらぎら》しい美服を着たままの瑤公の背は、そのまま庭に降りて、動かない雑人の群のあいだを遠ざかった。

――人外《にんがい》の長髪、赤紐解けば乱れようものを。行方尋《と》めてもこの人外の長髪、乱れてその先はこころも知らぬ。――

唄う声が庭に残って、やがて無為は眼をあいた。その両目には、雨の昼さがりの、小暗い天井のひろがりだけが映っていた。

無為が長い話を語りはじめたのは、その夜のことである。人かずの少ない老公の邸に一夜とどまって、芥はその話を聞いた。

同じ夜半、王宮の内では縺《もつ》れにもつれた談判がついに決裂して、領王がひとり軍立《いくさだ》ちの命を下すために室を出ようとしていた。呼ばれて席に連なっていた瑤公は、廻廊の途中で、切りつけられようとした領王の楯となって自らが傷を負った。その場で取り押さえられて首刎ねられたのは、あの貴顕、王宮に先代から仕える重臣のひとりである。胸から血を噴いた瑤公の軀は、領王の腕に抱きとめられ、その腕を濃紫《こむらさき》に染めた。傷は浅手であったと、芥は聞いた。

……雑人の童女は、夜になって熱は引いたが、いつ醒めるとも知れず人形のように眠りつづけ、今は菓子も舞の服も欲しがらなかった。その軀を、傷ついた水禽でも抱くように膝に丸く抱いて、老公は自ら何を抱いているとも気づかずに、ただその重みと体温だけを手に楽しんでいるように見えた。そして、ゆらゆらと微笑していた。

無為は、床《とこ》の上に起きて話を続けていた。

都の、古い風雅をつたえる貴顕の家に生まれた無為は、その家が没落していくさまを内側から見ながら、たれこめて物思うほかにはすることもなく育った。人に傅《かしず》かれて王宮に出入りする身から、逼迫《ひっぱく》して邸の庭を雑人宿に開放する身になるまで、その生家の十数年間の急激な変転期に、ちょうど生まれてきてしまったのだ。古い雅《みやび》の筋は王家から見放され、その筋の者たちは、全く収入の道を断たれるに至っていた。没落貴族という名が示すとおりの身になったこの階級の者たちは、しかし、なかなか暮れきらない長い長い夏の夕暮れのような、おそろしい無聊の時間にまず耐えねばならなかった。それは、水に浸った傷口からゆるゆると全身の血が抜けていくのを見守るような、隠微な快楽と孤独をひそめた、長すぎる時間である。――毎日毎日、一日中することもなく、あかあかと日の射す庭を坐りこんだまま眺めている家人たち。無為もまた、同じ懈怠《けたい》の空気に浸りこんで、その様子を眺めて暮らすしかなかった。いつか、そのことに馴れすぎていた。

ある夏の日、邸の庭にはとつぜん雑人の群があふれていた。知らずに縁に出た無為は、数知れず庭を埋めた雑人の視線に曝されている自分の身に気づいた。家人たちは、最後の虚勢をはって奥に隠れていたが――、その時、背を返して身を隠す気力も自分の身の内に残されていないことに、無為は気づいた。古くから家に伝わる、金襴の地も剝げた盛装のまま、その日、無為は日曝しの縁先にいつまでも坐っていた。

ほどなく一家は離散し、無為はわずかの金子で雑人の群に売られた。そこに、瑤公がいた。瑤公が領王に見出されるより一足先に、無為は老公の眼にとまって拾いあげられ、次に領王のもとに身を移すことになった。が、人に非ぬ者、人外《にんがい》の身に堕ちていた時も、また野宮と美衣美称の地位を得てからも、無為は幼い頃からの物思う習いを捨ててはいなかった。――前の、滅びた王朝の時代から続く旧家の裔に生まれた無為の軀には、むろん赤い血しか流れてはいない。が、いつからともなく、無為にはその血のいろが信じられないようになっていた。

……金泥の、死人の肌のように冷たい沈んだ輝きに身を取りこめられて思い沈んでいると、この驕《おごり》の限りを尽くした野宮は、没落に夕映《ゆうば》えるわが身の壮麗な容器としか思えなかった。舞の衣裳の、身に重いほど厚い金銀の摺箔《すりはく》は、落魄の身を荘厳《しょうごん》する錆と瘡蓋《かさぶた》のように見えた。

実際に、領王の寵は、得たと思った時にはもう衰えはじめていた。

再び、長い黄昏の倦怠の時間が来ていた。身のめぐりの見えない宙空には、嘲り笑うような幻聴の声が、群をなして絶えず聞かれた。血の赤、血の紫、滅びる者はすみやかに滅べ、とその声は絶えず囁いていた。そしてついに、思いがけない姿の瑤公と再会し、その讒言《ざんげん》によって、衆人環視のうちに身に刃を当てられたその夜――、無為は幻を見たと思った。しかし、幻ではなかった。

確かにその時、血は濃紫に流れたのだ。

何故ともなく、こころよい恐怖と眩暈《めまい》のなかで、無為は初めて救いを得たように感じていた。すべてがこの血のせいだったとすれば、この身は初めて救われると思った。――

……聞きながら、芥は思っていた。

無為と瑤公を共に穢の血筋の者と思っているあの若い下人は、没落と滅びを定められた者たちが、一国をその定めに巻きこむことで心を晴らそうとしているのだ、と言った。が、それは的を射当てたことばなのかどうか。無為は、そのことについては何も言おうとしないし、瑤公のほうには訊きようもない。ただ、同じ雑人仲間だったとき無為が瑤公の血のいろを知っていて、後にそれを種に瑤公を操ったということだけははっきりしていた。瑤公が、何を思って操られるままになっていたのかは判らない。いま判っているのは、大陸全土を焼き滅ぼしつつある圧倒的な大軍に対して、敢《あえ》て兵を挙げて迎え討つよう領王に奨めたという、瑤公の行為だけである。

瑤公は、無為を紫の血の者と信じこんでいるようだが、と芥はさらに思った。しかし、無為はただ一度その色の血を流しただけで、あとは芥も見たとおり、生来の色の血しか流せなくなっている。おそらくは、無為がわが身に刃を当てたのはあの夜一度きりではなく、追放を受けた後きりもなく同じことを繰り返していたのではないかと思われた。何度切りつけても赤い血しか流せないわが身を、無為がどのような思いで見ていたのか——、芥は知りたいとは思わなかった。

——破壊ノ王の、還りきたる世がはやく来ればいい。

そう無為が言ったのが、その夜のうちのいつのことだったか、芥は覚えていない。

——ことごとくが破壊されつくし、天から火箭《ひや》が星より繁く零《ふ》り、最後に大洪水が地を呑みつくす世がはやく来ればいい。

——破壊ノ王がこの世に還りきたるのは、しかしその大洪水の後の世のことであろうよ。

と答えたのはおそらく老公の声だったのか、昨夜遊猟殿で寝ずにすごしていた芥は、いつからとも知れず眠りかけていたようで、声の主の姿まで見てはいなかった。

——創世ノ神とともに生まれた破壊ノ王は、生まれると等しく、夢のない眠りに落ちていると聞いた。そのかたは、荒ぶる神などではない。自ら憤怒の形相をあらわして、人の世に破壊を行なう神などではない。やがて人の世の末世が近づいてくると、そのかたは独り寂しいところで夢を見はじめると聞いた。独り没落と滅びの夢を寂しく夢見つづけながら、涙を流すとも聞いた。

——この世を創ったのは神々であろうが、それを破壊し滅ぼすのは、神ではなく人であろうよ。

と、声は続いていた。

——破壊ノ王のめざめと帰還は、大洪水ののちの世のこととなる。そのかたは、臣下を持たない、この世の最後の王となる。そして、この世でもっとも高貴で、もっともさみしいかたとなるであろうよ。

……無為が何と答えたのか、芥は覚えていない。無為の、今のただひとつの思いが、ともかくも紫の血を持つ瑤公を領王の傍らに置き、間違いなく国に滅びを招かせることにあるのは確かだろう、と眠りこみながら芥は思っていた。無為と瑤公と、どちらが操り操られているのか、その発端はふたり共に雑人のあいだにいた頃にある筈だった。その頃からふたりが夫婦約束していたと考えるのは不自然なことではなかったし、また領王の寵を争う立場になったことから、縺れはいっそう複雑になっていたことだろう。瑤公のほうも、今は無為の意に従う顔をしているだけで、心の底では、芥と無為を使って当面の身の安泰を図ることしか考えていないのかもしれなかった。

真相が判ることはおそらくあるまい、と芥は思った。人のこころの底を尋ねることができるなどと、この雑人育ちの少年も、思っていたわけではなかった。

――しかし何故、老公はおれを瑤公などと呼んだのか。

うつつなくそうつぶやいた自分の声に、

――おまえは明日から、瑤公になるのだから。

答えたのは、無為の声だった。老公の声が、それに重なって聞こえた。

――この子供は眠っている。子供は、よく寝《い》ねよ。よく寝《い》ぬれば、やがて大人にもなれるであろ。

小雨の音に混じって、王宮の方角では、夜をこめて人馬のざわめきが遠く続いていた。

翌朝、芥は王宮の内にいた。

日射しは背に烈しかったが、空の高いあたりに青みの褪せたけはいがあって、夏の凋落を思わせた。長い廻廊に四囲された庭の、白い砂利のひろがりの中央に、芥ひとり、盛装して坐っている。

白い冴《さえ》を増した光を含む風に顔を晒していると、自分のよぎってきた幾つもの季節の記憶が、ひとつらなりに呼び醒まされてきた。眩《まば》ゆすぎ、白すぎる光の氾濫に喰い荒らされたその記憶の光景は、泡沫のように消えてはまた浮かび、ただそれもいっこうにとりとめのないものばかりで、いつ見た場面とも思い出せない。ふと夢から醒めたように、我に返って芥は広い庭を見渡した。敷きつめられた砂利の照りかえしが顔にまぶしく、夢の続きのように音のない閑静な空間が、そこにあった。

裏門から人気のない庭づたいに案内されてきたまま、ここに独り待たされている芥には判らないことだったが、この同じ時、奥の内庭から遠くに位置する正面門のあたりには、絶え間ない喧騒があったのだ。青天の下、重い装備を鎧った兵の汗の匂いと、馬の烈しい匂いが埃の中に入り混じり、間を置いて次々と隊列が出立していくたびに、怒号を混じえたどよめきはいっそう大きくなった。

まだ都から逃げださずに残っていた人間たちは、その隊列が北西をめざして遠ざかっていくのを、幾つも見送っていた。今朝早く、暁闇のうちに、領王みずからの率いる軍もその道を辿っていったのだった。まず北西に向かって海に出てから、海岸づたいに一路西へ向かっていくものと思われた。各地方の領主のもとへと発《た》っていく騎馬の伝令、また反対に各地から送られてくる急使の姿も、多く見られた。その中には、はるか西の小島から駆けとおしてきた使者もあった。異国の大船団がその小島に上陸し、一部はすでに本島の西端に向かいつつあると、その使者は告げていた。

……華王は、領王を乗せて都を出たのだろうか、と芥は考えていた。考えてから、ふと、結局自分のこころに最も大きく位置しているのは華王だったことに気づいた。雑人の童女が菓子と服を欲しがることしかなかったように、少年のこころには、人の思いの底を尋ねることよりは、美しい一頭の黒馬のほうが、正直に深く思われていたのだ。

今朝はやく、昨日無為が眠っていたのを見たあの床《とこ》の中で眼をさました芥は、庭のあたりに唄いながら打ち興じる大勢の人声があるのを、しばらく仰臥したまま聞いていた。楽器はなく、手の拍子だけの囃子をつけて唄い踊っているのは、あの雑人の群である。貴人の宴席に呼ばれる時に選ぶ高等な唄ではなく、大道で演じたりあるいは仲間同士だけで楽しむ時の、ごく卑俗な野唄だった。中に混じって機嫌のいい声で笑っているのは、老公と思われた。――やがて老公の声だけが聞こえなくなり、しばらくして、きつい言葉で彼らを追いはらう無為の声が聞こえた。芥は起きあがって、雑人の群の声が不満げな調子を混じえて遠ざかっていくのを耳で追っていた。

無為は、芥の前に姿を現わした。今でも、芥をひとりの雑人の子としてしか見ていない眼で。妙な心の動きだったが、芥はこの時、自分が瑤公と同じ顔を持っているということを初めて実感していた。無為のその眼を、芥は正面から見返すことができた。無為は、表情も変えなかったが。

今日あることをひとわたり言い渡されたあとで、芥はふと、昨日領王から瑤公への迎えがここへ来たことの意味を訊いてみた。

――おれは、瑤公の身替わりとして野宮から逃げだしていたのだから、何故迎えがここへ来たのか、それが不思議だ。あの二人――領王と老公は、おまえたち二人のことをどこまで知っているんだ？

――何もかも御存じということでは、老公のほうではないかと思えます。

と、しばらく庭のほうへ眼をやってから無為は答えた。

――領王のほうには、私には判らないことが多かった。でも老公は……あのかたには私は最初から何も隠さなかったし、隠せませんでした。隠していても、底まで見通しておいでのようで、逆らうだけ自分の身振りが空《くう》を切るような気さえして――、追放の命が下った時、私が頼っていけば老公は身を受け入れてくださったでしょうが、その底の知れなさがかえって恐ろしくて、私は身を隠してしまいました。

――穢の血が本当に滅びを招くものかどうか、伝説に過ぎないのかもしれないけれど。

と、無為は話を切りあげるように立って背を向けた。

――人のさかしげな心の動きなど、無為に等しいかもしれない。どのみち、滅びるものは滅びるしかないのだから。

立って後に続きながら、この女を自分が無為と名づけて呼んでいることをついに言わずじまいだったと、芥は気づいた。今さら、口に出してみる気はなかった。華王のことを、思い出していたようだった。

砂利のひろがりの中央に坐って待つうちに、瑤公が到着した時、芥は敢《あえ》てそちらに眼をやろうとはしなかった。

右手、視野の内に入っていないあたりから砂利を踏んで近づいてくるその跫音は、見なくとも瑤公のものとすぐ判った。――芥の今日の出立《いでたち》は、紫の地に火焔図を一面に描きだして、金銀を散らした舞の盛装である。このとき内庭を取り囲む廻廊には、重い武具もものものしい姿が十重《とえ》二十重《はたえ》に居並ぶのが見られ、その中心に坐る自分の萎《なえ》装束がひときわ目立っているのが感じられた。

やがて真横の、少し距離を置いたあたりに、跫音の主が並んで坐る気配があった。目立たないように顔を動かして見ると、涼しい横顔を見せて端坐した瑤公の額には、眼ににおうような白い鉢巻がある。無為に身ごしらえされて出てきた芥もそれは同じで、見ると瑤公の装束も芥と同じだった。背と胸に朱銀の火焔を負って、額を隠した同じ顔がこうして左右に並べば、誰にも二人の区別はつかない筈だった。

やがて老公の到着が知らされ、その場にある限りの者が平伏した。

雑人の身には言葉の意味も判りかねるような、軍立ちの前の儀式らしいものがつづくあいだのことは、芥は光る風のまばゆさしか覚えていない。砂利の中央に二人坐って、芥と瑤公はいつからともなく顔を動かさずに小声で話していた。

最初に、瑤公が囁いた。

――おまえ、幾つだ。

――十六。

――おれと同じだ。……昨日、領王から華王を賜わった。

芥は、黙っていた。

――芥よ、おまえにやる。

——何故。

——やる。厭なのか。

——領王は、おまえの血のいろのことなど最初から知っていたのだな。

——おまえに、それを黙っていたわけではない。おれも、知られていたとは昨日まで気づかなかった。

名を呼ばれて、瑤公が進み出ていった。廻廊の、老公の前で平伏して何かやりとりがあるうちにやがて戻ってきて、入れ替わりに芥の名が呼ばれた。戻ってきた瑤公の顔は、領王の寵童の表情に変わっていて、芥には眼もくれない。

同じく立っていって平伏すると、老公からの言葉はなく、別の貴人から血のいろを見せるようにと声がかかった。ひと振りの小刀を鞘《さや》ごと渡され、少し顔を歪めながら刃を腕に引いてみせると、それで終わりだった。濃紫の服には、赤い血の染みは目立たなかった。

——これで、どうなる。

元の位置に戻ってから声をかけると、

——おれは、これで追放になる。昨日、領王やそのほかの眼の前で血を流したのだからな。

瑤公は、横顔の片頬だけで笑った。血の穢《けがれ》のある者は、こののち額の烙印をもってその印とする、と言いわたす貴人の声が聞かれた。

——血の赤い者が、血の穢れた者のあとを襲うのは、いくさの前の瑞兆《ずいちょう》になるのだそうだ。だから、おれに代わって今日からおまえが取りたてられることになる。ただし、遊猟殿に入るのではなく、従軍するのだがな。

老公が廻廊を立っていくのが遠く眺められた。他の廻廊を埋めていた人垣も、にわかに崩れて動きだした。立ちあがりながら、芥は口をひらいて瑤公を見返った。

——訊くが、おまえ、何を思って領王にいくさを。

言いかけて、芥は言葉を忘れた。

わずかに汗ばんだ瑤公の額、そこを横真一文字に封じた純白の布の眉間《みけん》のあたりに、前にはなかった染みのようなものが、裏からうっすらと浮き出しはじめていた。中心は黝《くろず》んで、縁へいくほど淡く薄紫に滲んだ、血の染みである。烙印、ととつぜん芥は気づいた。

——何故。

と、並んで歩きだしながら、前を向いたまま芥は言った。答えはすぐに返った。

——言っても、おまえには判らない。

——何故。おまえ、自ら願ったのか。

——言っても、おまえには判らない。いいか、芥よ。

瑤公の声には、急に傲慢な自信がこもっていた。

——問題は、いつも領王とおれとの間だけにあったのだ。言っても、おまえにもあの女にも判るまいが、おれには判っている。領王とおれとの間だけが、いつもすべてだったのだ。

——おまえ、これからその布を手放せないことになるな。

芥は言ったが、瑤公はもう答えなかった。

内庭を横切り、廻廊のひとつへと上がる曲がり角の影で、二人はすばやく左右の位置を入れ替わった。ざわめきにあふれた廻廊で、二人を待っていた下人が、老公が芥を召していると告げた。老公みずからも、この昼すぎに兵を率いて出陣するにあたって、その前に舞を所望しているというのだった。

——すぐに。

と答えて進み出たのは、瑤公である。芥は、動かない。

……この小さな動きの周囲には、武具の触れあう音を鳴らして急ぎ足に追いこしていく無数の人の姿があった。肩が触れあうほどの近さを次々に流れていく人の奔流の只中で、その時、これで終わりか、とふいに芥は思った。

これで、終わりか。

ただそう思われただけで、ほかには何の感情もない。

領王は、北の湊《みなと》への旅より以前から、大陸の大戦争の報を知っていたのだろう。血の穢れた美貌の雑人と、野でめぐりあった時には、国の行く手に滅びが待っていることをすでに知っていたのだろう。芥がまだ顔を見たことのないあの領王、今だ妻帯せず、馬だけを愛するという領王は——

その人こそ、紫の血の人だったのではあるまいか。

突然、芥は思った。だからこそ、同じ血を持つと見抜いて瑤公を遇し、偽の血の無為を遠ざけたのであり、従ってその父の老公もまた同じ血を——、そこまで思った刹那、行きかけていた瑤公が振り返った。日影になった廻廊に、白い歯が浮かんだ。野太い首をよじって、野育ちの美貌の少年の顔が、そこに太々と笑っていた。

——いくさに勝てば、また戻ってきて美衣も美食も楽しめるだろう。それより今は、胸の刀傷が痛んでならない。おまえの名を傷つけるような、ひどい舞になりそうだ。

——我慢して、舞え。

芥は答えた。

それで終わりになった。老公の意を含められているらしい別の下人が、芥を裏門へとひそかに案内するために近よってきた時、瑤公の火焔図を負った背は、廻廊の先の人ごみに小さく紛れて見えなくなっていた。芥となった瑤公が、その日のうちに領王を追って都を発ち、別の美称を賜わって最後までそのそばを離れずにいた、と芥が聞いたのはずっと後のことである。


——

馬は何馬、
狩馬《かりのうま》、軍馬《いくさうま》、
軍馬《いくさうま》とて足止《と》めもせず、

奔馬翔《かけ》るとて花散らしそろ。

……美しい夏の最後の日、出陣していく騎馬軍を見送る雑踏を反対にかきわけて、一人の雑人の少年が都の大路を駆けていった。

華美な表着を肩脱ぎにして裏着の白を見せ、通りから通りへとあわただしく駆け過ぎながら沓《くつ》を蹴り脱ぐと、野育ちの頑丈な素足が道に踊った。髪の束ね紐をむしり取ると、人外《じんがい》の者の長髪が風になびいた。真白い鉢巻も風の向こうへと飛ばされて消え、額の〈華〉の一文字を日に曝《さら》して、どこまでも駆けた。

――この同じ時、王宮の奥の板の間には、独り高く足拍子を踏みこんで舞う者の音が聞かれていた。

領王の旗を掲げた軍は、ちょうど山越えの道にかかっていた。峠を越えれば、夏の終わりの色を兆した北の海が、その行く手に見おろされる。そのはるか西、暖流に面したこの島国の西端の海岸線には、黒い檣《ほばしら》を軋らせた数千の異国の軍船が集結しつつあった。大陸の南端部を焼きつくしつつある戦火の叫喚は、そこまで届くことはなかったが。

雑人の姿も今日は少なく見える南の外門を、足もゆるめずに駆けぬけると、行く手はひと筋、禁野へと向かう道になる。約束の場所は遊猟殿と決められていたが、そこまで行きつかないうちに、芥は野面《のづら》の中に立つ人の姿を見た。空の果てから果てまでに満ちわたった光の下、遠い森を背景にした人の姿は、眼に眩《まぶ》しくて顔も見分けられない。

後方に、馬の嘶《いなな》きが聞かれた。

振りかえって、芥は誰か人の手に手綱を取られて立つ、一頭の美しい黒馬を見た。そこまで馬を曳いてきた下人は、芥のところまでは近づかずに、そのまま馬を放した。野風が豊かな鬣《たてがみ》を吹き流し、馬は首をよじって、二・三歩遊ぶように踏みだしてから軽く駆け出した。

芥は、知らずに笑うような歓声をあげていたようだった。華王である。瑤公が、約束をたがえずに送ってよこしたのだった。軀がしぜんに踊りだし、草の波の真只中で芥は飛びはねた。歓声をあげながら走りだし、野を斜めに逸《そ》れてゆるく駆けていく馬の正面へと回りこんだ。華王は、芥を見覚えてはいないようだった。芥が近づくと、警戒するような素振りを見せたが、本気で逃げる様子はなく、何度か失敗したすえに芥は手綱を捕えた。そして、背に乗った。

血に穢のある者は、これより都に入るを許さず、また定住の地を持つことを禁ず。額の〈華《はな》〉の烙印をもってその印となし、人外の者として放浪をその定めとなす。

……しかし、芥はすべてを忘れていた。戦争のことも、滅びていく国のことも。

悍馬の背に高く跨《また》がると、顔は天の光に晒されるようだった。そのまま駆けだすと、地平は視野に揺れやまず、野は蹄を受けてどこまでも騒いだ。老公から暇を取り、血の穢れた者として放浪の旅仕度をととのえた一人の女が、野面《のづら》に傾いて立っていることなど、たちまち忘れ去られた。草の中に立ったまま、首だけ回してこちらを見守る女の額に、このとき自ら望んで受けた穢の印があったのか否か、芥は見ていない。

やがて女に馬の横腹を見せて大きく輪乗りしながら、芥はそちらに眼を向けた。逆光に包まれて女の表情は見えず、その心も見える筈はなかった。ただ、馬遊びする少年の顔は、このとき笑っていたが、その笑いの先にある女の顔も、白い歯を見せていたようにも思われたのだ。

行軍とは反対に、都から南へ向かい、そこから急ぐ必要もなくゆるゆると海沿いの道を西へと進むうちに、季節の足は秋の坂を下っていった。

戦場から離れた、鄙《ひな》びた名の湊《みなと》々にも、全国の豪族の力を結集した軍が敗走を続けているという噂は、伝わってきた。噂は切れぎれで、聞きたい人の消息を確かめることもできない。南国の、雪を見ない冬が近づいてきた頃、芥と無為は、老公の戦死の報を聞いた。耳にしたのは、その死から何十日か遅れてのことだった。

額に穢の烙印を帯びた二人連れは、どの邑にも足を踏み入れることを許されなかった。無理に入ろうとすれば身の危険があり、そのため宿は野宿か、あるいは山野に見出される屋根もない無人の小屋に入りこむかしかなかった。たつきの金子《かね》は、芥が独り、大道芸で稼いだ。二人とも口の奢《おごり》はなく、食べるぶんだけならあたりに拾えるものだけでも足りたのだったが、ただ、華王のことがあったのだ。国に名を知られたこの美しい馬に、芥は王宮の厩舎にいた時と同じ扱いをすると決意していた。人間が、死んで打ちあげられた魚を喰っている時でも、華王は芥が投げ銭の全部をはたいて買ってきた最上の飼い葉を与えられた。無為は、それを見ても何も言わない。

やがて戦火が広まるにつれて、大道芸に鐚《びた》銭の一枚さえ投げる者はいなくなった。芥は、身に仕込まれた盗みを再び始めた。どの地方にも匪賊が横行しはじめて、それに対する守りも固くなっていたため、何ひとつ獲物を持たずに帰る夜も多かった。が、無為は食べるものがあれば与えられるままに食べ、なければ食べずに黙っているだけで、どちらの時も、その顔には何の変化もなかった。

……芥は、しぜんに無為と同衾するようになっていた。屋根の破れから月がじかに射しこむひとつ家《や》で、女の軀の心臓に近いあたりが愕《おどろ》くほど頬に熱いのに、その手足の先がいつまでも冷えたままでいるのを、芥は漠然と不思議に思った。押しあてた耳を隔てて、胸の鼓動がおどろおどろに乱れて鳴りやまないのを、不思議なものを聞くように長く聞きつづけることもあった。――とつぜん責任感にかられて、堰を切ったように喋りだすこともあったが、馬と盗みについての幼いことばを熱心に並べてみせるほかには、何もできはしなかったのだ。そのような時、無為はよく聞いていたし、呼べば答えもしたが、女が何を思っているのか、年弱《としよわ》の少年に判るはずもなかった。眼が醒めれば、相手の体温を求めるように、胸に抱かれて眠っていた自分にいつも気づいた。

その年の秋から翌年の春にかけて、無為と二人で戦乱の中を放浪した頃のことを後になって思いかえすと、芥はその時、少年期の最後の幸福のなかにあったのだった。

騒乱の世に、自分ひとりの才覚で二人の口を糊する身であっても、また夫婦のように共寝するのが日々の習いとなってさえも、やはり芥は、保護された少年期の幸福のなかにあった。稼ぎ場所の根城を移動していく時、芥は足弱《あしよわ》の無為を馬に乗せていこうとするのだったが、無為は決して乗ろうとしない。後で考えてみれば、華王に手さえ触れたことはなかった筈だった。少年の神聖な玩具に触れるのを、憚《はばか》っていたのだと思われた。芥がつい道から逸《そ》れて、ひとまわり駆けに行ったりする時、それを見送る眼は、馬遊びする子を見る眼にほかならない。

雪を見ずに過ごしたとはいえ、野宿する身には辛かった筈だが、不思議と芥には温和な日々の記憶しか残っていない。南の海岸線をつたって進み続けるうちに年が明け、二人は山越えして本土の西端に出た。旅の共寝の枕上から、板壁一枚隔てた外には、いつも立ったまま眠る一頭の黒馬がいた。

国は、間違いなく滅びつつあった。

島の西端で、初めて戦場の跡に出会った時に見た遊絲《かげろう》の幻を、芥は覚えている。その季節に、虫がいる筈もないのだったが――幻の遊絲の群は風に流されて、数も知れず行方も知れずに、焼け跡の茜の空を渡っていった。その幻を追うように、二人は焦土を踏み渡って本土を東へと折りかえし始めていた。

外寇の船団は西から上陸しただけではなく、北の海のあらゆる方角から来ていると噂は言った。芥のほうが先に立って道を選び、北の海岸線づたいに進んでいくことに決めた。南回りの道とは比べようもない、焼きつくされた野や無人になった邑がその行く手に続いた。このあたりでは、いくさはすでに通過していった後で、蛮族の兵の姿を見ることはなかった。

都が包囲されていると聞いたのは、いつのことだったか――、陥落の噂は、まだ伝わってはこない。芥が大道芸に出ることをまったくやめてから、無為は芥に舞を教えるようになっていた。自らは、野宮を逐われて名を失った時に舞も捨てたと言い、自分で立つことはない。自分は坐ったまま芥だけを立たせて、舞わせる脇から、知る限りの直伝秘伝をつたえた。今は廃《すた》れて滅びた、古い雅の筋の舞である。教えられるままに、芥は舞った。

舞いつづけた。

舞いながら、春の兆《きざ》していく殺戮の跡地をたどった。

舞いながら浅い春の山路をゆけば、見えない山腹に谺する、いくさの叫喚が遠く聞かれた。

舞いながら峰に立てば、魔群の通過ののち二日燃えつづけてまだ消えない焰が、はるかな谷間を埋めて斜めにたなびくのが見おろされた。

景色には、春霞がかかりはじめた。

春霞の中で、いつか東進していく外寇の大軍団の最後尾に追いついていた。

舞いながら進みつづける身の左右に、人は殺され、野は陽炎のように燃えた。顔の赭い蛮人の兵は、幻のように春の景色のなかを通過していった。地平を埋める土埃の雲を見、虐殺の只中に迷いこんでは、顔に浴びる人の血のなま暖かさを知った。それでも、

身はなお舞いつづけ、

鬼ともなる身かと思われながら、

やがて都の空が近づいた。

……腐りかけたまま放置された、屍の山が水を悪くしたのか、疫病が春の風のなかを広まりだしていた。全身に水泡を発し、高熱が数日続けばそのまま死ぬ。助かっても、顔と全身におそろしい瘡《かさ》の跡が残る。陥落の間近い都まであと少しのところで、無為が発病した。

この時、無為はとつぜん崩れた。

錯乱し、高貴の出とも思えないことばで芥を罵りつづけ、いつまでも泣いた。子供に帰ってしまったように、眼をあいたままゆすり泣きするのだった。最後に、口をきかなくなった。意識はあっても、屍体と変わりのな

いその軀を華王の背に乗せて、芥はある春の朝、禁野に入った。森の行く手に、都の空には死の気配に似た沈黙があった。——

夏が一日だけ時をたがえて訪れたように、真白に白熱した日射しが都の大路を灼いていた。

眼に異様に映る武具で身を鎧った蛮族の兵が、そのまばゆい日射しの中にあふれていた。都は、昨夜のうちに落ちていたのだ。すべての門は開かれ、数十日に及ぶ包囲戦に勝った夷狄《いてき》の軍を迎え入れていた。どの通りも荒れつくしていたが、王宮はまだ火をかけられずに残っていた。戸板をすべて外され、どこまでも一間つづきに見通せるその王宮内の奥の一劃に、昼さがり、芥は坐っていた。

無為を近くの森の木影に寝かせておいて、芥は華王だけをつれて都に入ってきたのだった。——昨日の夜の宿りで、芥は都から来たという一人の雑人に出会い、新しい噂を聞いていた。ついに攻め落とされた都は、明日中に火をかけられることになっている、とその雑人は言った。俘囚の中には、領王もいるのだという。瑤公のことまでは聞きだせなかったが、俘囚が首刎ねられるのは一両日中という噂であり、それを聞いては、全部を見届けるのがこの身の定めと思われたのだった。

鞍も鐙《あぶみ》もとうに売りはらって、裸馬の姿になっている華王の頸に片腕をまわして、芥は南の大門から入っていったのだ。異国の兵のほかには人の姿もなく、無事に王宮のあたりまで行きつけるかと案じられたが、思いのほかに眼を向けられもしなかった。どのみち都は今日のうちに焼かれるのであり、その前にたかが子供ひとり、と思われたのかもしれない。ただ、裸馬となってもなお紛れのない華王の美貌は人の眼を惹き、芥はひそかに独りで来なかったことを悔やんだ。が、今の無為には馬を預けておくわけにもいかなかったのだ。

王宮の正面門のあたりで、芥はしばらく馬の頸筋に凭れたまま立っていた。そこから先は厳重に警備され、この囲みの中のどこかに瑤公がいるとしても、そこまで達するすべはなかったのだ。

半年の放浪の日々に馴れ親しんだ黒馬の毛並の感触に頬をゆだね、その匂いを呼吸しながら、芥はいつか見た夏の日のような光景をそこに眺めていた。侵略者の足がいま数も知れず踏み荒らしている白い砂利は、あの時のように眼に眩《まぶ》しく照りかえしていた。軒に白くあふれる埃っぽい陽光も、髪を灼く日射しの匂いも、すべてそこにあった。……その芥の様子は、人の眼には、饑《ひだる》い腹をかかえた一人の雑人の少年が、日溜まりで放心しているだけにしか見えなかったかもしれない。すると、華王が頭を上げた。

華王が、頭を上げていたのだ。

他のすべてを犠牲にして世話をしていたとはいえ、放浪が長びくうちに首もうなだれがちだった華王が、この時、かつての領王の乗馬らしい覇気をその頸の線に取り戻していた。耳を立て、顔を上げて、馬が門の内のあたりを見つめているのを芥は見た。数十人の異国の兵に囲まれて、誰かがそこを通りかかっていくところだった。

——華王よ。

誰か、人の声が呼んだ。呼ばれた馬は、足を踏みだしていた。芥の指は知らずにゆるんで、その鬣《たてがみ》を離していた。耳に覚えのある声、かつてただひと言、帰る、と頭の上に聞いたあの声だったのだ。美しい馬がためらいもなく駆け去っていくのを、芥はただ見送るしかなかった。

——これで終わるのだな。

そう、はっきり判った。馬の頸に、小さく人の腕が回されるのが見えた。それを見つめる芥の視野に、誰か人の顔が現われ、その顔が驚いたようにこちらを見て何か言ったが、芥は覚えていない。そのまま手を取られて、門の内へと連れていかれ、そしてこの奥の間へと招じ入れられたのだ。もとは老公付きの下人だったというその老人から、その部屋で芥はある話を説き聞かされた。

……かなり長くひとりで待たされるうちに、また人が来て芥は別の棟へとつれていかれた。暗く冷えびえとした板の間づたいに行くうちに、芥は熱を出して寝ていた時の、あの廃屋での日々を思い出していた。記憶の中で浄化されたあの日々の光景と、この吹き抜けの間の続くあたりの光景とは、どこか似通うものがあった。

夏の荒廃のなかにあったあの家にも、敗北を決定づけられたこの王宮にも、同じ滅びていくものの気配があったのだ。日曝《ひざら》しの庭面《にわも》が遠く真白に見通せる廻廊には、暗い柱ばかりが林立していたが、やがて芥はその柱の列の先に、小さく人の姿を見た。

かすかに風の吹き渡っていく暗い板の間、その床のひろがりの中央に、瑤公は横顔を見せて端坐していた。両掌を膝に置いて、眼は半眼に——、額の正面から受ける微風に、ほつれ毛が時おりなぶられて動くのが見えた。

額には、あの布はない。

命じられていたとおり、芥はその部屋に入り、瑤公からやや距離を置いた横手に、肩を並べて坐った。芥の到来はすでに耳に入れられていた筈だったが、瑤公は視線も動かさない。

四方が吹き抜けになった暗い間のめぐりには、坐った人の姿に埋まった廊下がある。芥は正面を見たが、白い砂利の敷きつめられた庭の烈しい日射しが、その向こうに一枚板のように満ちていて、それを背に負って居並ぶ蛮人の姿は影絵としか見えなかった。

瑤公と芥との入れ替わりは、都の落ちる数日前に、臣下のあいだに発覚していたという。そして侵略者がそれを耳にし、滅びを招く血というものに何らかの興味を抱いたのだ。そこへ、芥が現われた。二人を並べて競わせるという思いつきが、この赭い皮膚を持つ覇者の長の頭に生まれた。——瑤公と芥と、薄紫と薄紅の〈華〉の一文字を額に帯びた同じ顔は、今、左右に並んでいた。二人そろって、いつかと同じあの火焔図を描いた紫衣である。ただ芥のそれは、あの日以来一枚着たきりで半年の放浪に曝されて、金襴の地は透けるほど擦りきれ、袖も裾も藻のように切れぎれの襤褸と化していた。

廊下のあたりには、耳ざわりの荒い蛮族のことばのざわめきがあるだけで、注意を向ける気にもなれない。顔は正面に向けたまま、芥は隣りに身動きの気配もなく坐っている一人の人間の存在ばかりを感じていた。

砂利のひろがりの中に並んで坐っていたあの時と、かたちは同じでありながら、あの時にはあった二人のあいだの意識の交感が、今は完全に遮断されていることがはっきり判った。芥のほうに半年の放浪があったとすれば、瑤公にも半年の従軍と退却戦、数十日間の籠城戦があったのだ。瑤公が何を思っているのか、前も今も判らないことに変わりはないが、今、芥の存在が瑤公のこころの垣の内に影さえ映していないことだけは確かだった。が、思いめぐらしながら芥のほうも同じ姿勢のままで、見た眼には何の変化もない。

柱の影になったあたりに一人の通詞《つうじ》が控えていて、やがて言葉を伝えてきた。勝ちを認められた時、それぞれ何を望むかと、まず瑤公のほうに声がかかった。

——領王の、いのちを。

顔の稜線をかすかに上向けてそう言った時、張りつめていた気配がはっと崩れて、涙の粒が頬をころげた。視野の端に捉えて、その涙におそらく嘘はあるまいと、芥は思った。

次にこちらの望みを問われて、芥は何も望むものなどないことに気づいた。といって、何も望まないのもたあいない衒《てら》いに等しいような気がした。

どうでもいいことのように思いながら、芥は答えた。

——華王を。

それは何の名かと問われて、説明を返すと、通詞の耳打ちを受けた廊下の人影は、承知のしるしに頷いた。次に、二人とも親指の腹を少し切られた。同じかたちに引かれた切り口から、右と左と、濃紫と真紅に、血はふたいろに滴《したた》った。

私語の波が止《や》んだ。

楽器は入らない。唄だけの、二人舞である。

立って構えた芥の眼の端に、板の間の隅で唄っている者の姿が映った。化粧した顔のいつかの童女が、眼を虚空に据えて、そこにいた。しんと稚《おさな》く坐って、あえかな声で一心に唄っている。都のあたりに古くから伝わる童謡、あわれな節の子供舞の唄だった。

……こころは離れていても、ひとたび二人舞の空間がそこに出現すると、水のように流れる時間のなかにふたつの軀は同調していた。

いつも視野の端に相手の軀の動きがあることが、いつの間にか感覚の一部に取りこまれている。相手の軀が自分に合わせてくるのか、自分の軀が相手に合わせているのか、判らなくなっている心を取り残して、舞だけが先行していく。物を思って揺れていたこころの、その揺れが鎮まって、どこか深いところへ沈んでいく。残った透明な上澄みのなかで、鏡に映りあう姿のような、ふたつの軀が舞うのが見えた。

うたが聞こえた。

…………
沈潜《ちんせん》
にはたづみ
かげろう　さまよったよ
春の野で
おさな遊びにはぐれたよ

……揺籃《ようらん》のような舞の空間の外で、矩型の真白な庭面《にわも》の光が視野をよぎった。昔、そのような光のなかを奔る、一頭の美しい黒馬がいた。

かざしの花も枯れたよ
はぐれたおさな顔

大人にはならぬと
言って泣いたよ

瑤公の声が、いつか唄に合わせているのが聞こえた。聞こえて、続いた。

おさな遊びの声を追って
野を越えて歩いたよ
はぐれた春の日
追っても遠いよ
かげろう　さまよっても
かざしの花はもう枯れた

芥は口を開いた。
開きかけて、あ、と静かに愕《おどろ》く思いがこころの隅に生まれた。
人のいのちを願うか、美しい黒馬を願うか。
大人になるか、子供のままでいるか。
瑤公のことなど、もう忘れていた。忘れたまま、手が止まって、躯が止まっていた。
見物衆は、坐った姿を動かさずに見ていた。
連舞《つれまい》の一人は地に坐して動かず、一人は天に残って舞のなかにある。
童女はまだ唄っていた。

春の野で、はぐれて泣く子の声を聞いたよ。聞けばあわれで、やがておもしろうてならぬ。――

領王は、それでもやはり殺されたと、後になって噂に聞いた。外寇軍は、夕方都に火を放つ前に王宮の全員を殺したのだったが、それより先に、瑶公は気の立った味方の者たちに襲われ、惨殺されたという。

全身を切りつけられながら瑶公は逃げまどい、最後に、庭の隅に引かれた浅い流れに落ちこんだ。細流《ささなが》れに軀半分浸《つか》ったまま、それでも死にきらずにかなりのあいだ生きていた。全身の深傷《ふかで》から、濃紫の血は雲のように湧いて水の中を流れつづけ、いつまでも止まらなかった。軀じゅうの血が抜けていく快感に酔うのか、その庭の隅のあたりには、高笑いするような声が聞かれたという。

……夕方近く、都の外門を出ていく時、芥は遠くに華王を見たと思った。火を放つために都を出ていく蛮族の兵と軍馬の列、その中に、見たと思ったのだ。軍馬の群は、それが蛮地での慣習か、赤い野花を編んだ輪を頭に飾っていた。その赤い挿頭《かざし》の花を鬣《たてがみ》に戴いて、美しい黒馬はこれからどこの大陸へと向かっていくのか、こちらを振り向くこともなかった。そして、見えなくなった。

空腹《すきばら》のまま森まで戻ってみると、無為は姿を消していた。追うつもりはなかった。

草の波に埋まった野面《のづら》を歩いていきながら、肩越しに振り返って、ほのかに白い月を見た。落日の地平から反対側に望まれるその月の真下、野火のような焔の線は、焼け落ちていく都の火焔だった。

――血ばかり赤くて、それで何になる。

と、ひとり言ってみた。

顔を日没の方角に戻して、また歩いた。

——判らないまま、人は大人になるのだな。

また、言ってみた。

——おれもおそらく、その大人というものになっていくのであろ。これから、いつか。

膝までの草叢を自分の足が踏みしだいていく音と、原を埋めた風の音だけが、そこにあった。

地の果てまでなびいていく草の波は、やがて黄昏の色に包まれて、行方定めず進んでいくわが身の在処《ありか》さえ、曖昧なものに変わっていった。——その身がいつか知らずに舞いはじめていたとしても、野は無人である。舞いながら進むその顔が、笑いの白い歯を覗かせていたとしても、見た者はない。

舞いながら進むその身のあたりに、焼け崩れていく都の最後の叫喚は届きはしなかった。

舞いながら進むうちに、自分の身にまだ物を忘れるだけの力が残っていることに気づいた。

舞いながら鬼になり、人が死に、国が滅びても、いつかは唄をうたって、やがて忘れていくようにも思われたのだ。

夜半楽

匠《タクミ》が初めて綺羅《キラ》を視たのは、焰の中でのことだった。その時、今を盛りに燃えさかる王宮の奥、火の回った部屋部屋のあいだを、匠は絶望しきって泣きながら走っていた。

自分では、泣いていることに気づいていなかった。ひとり逃げ遅れたわが身のことも、数多くの殺された仲間のタクミたちのことも、すべて忘れていたようだった。ただ、火から守りきれずに、ついに見捨ててきた彫りかけの壁像のことばかり心に責められて、死ぬよりつらい涙を手放しに振りこぼしていた。走りながら烟に噎《む》せる暇に、声を限りに号泣してもいたようだった。

綺羅は、匠の行く手、荒れ狂う火焰に埋まったひとつの部屋を背に、その吹き抜けの扉口《とぐち》に立っていた。

……窓のない奥まった通廊に、厭な気流が生じていた。

壁一枚隔てた外や、見えない天井の上で、火勢は頂点めざして一挙に強まりつつあるようだった。流れる黒煙が視界を塞ぎ、伽藍の形を模したこの王宮の大建築全体が、熱気のなかで軋みつつあるような気配がある。その真只中で、匠は扉口の人影と向きあったまま立ち止まっていた。

耳に馴染のない言葉で叫びあう、あの異国の大軍が王宮の者の大半を虐殺していった後、生き残った者は火に追われて、疾《と》うに逃げだしている筈だった。その今、この子供のような若さの女が何故逃げずにいるのか、そのとき匠には不審に思う余裕もなかったようだった。そこに人がいると、理解してさえいなかったのに違いない。ただ、焰の華を咲かせた梁が身の前後に落ちてくるなか、盲目の表情で立ち尽くしたまま、匠は体内に激《たぎ》る憤怒の圧力に耐えていた。そして、喚《わめ》きだしていた。

——おれは、十五年も。

と、匠は叫んだ。

——十五年も、あの壁像の前に坐っていたのだぞ。

一度叫びだすともはや止めようもなく、喚きつづけていたようだった。十五年、娶《めと》りもせず、子も生《な》さず、ただ像の完成だけに懸《か》けてきた日々を思って、匠は哭いた。先々代の領王の時代に始まったこの大工事は、当代に入ってようやく要《かなめ》に移り、国の守護神、高さ五十尺余の本尊の像に着手するに至っていた。その工事に携わる、国のタクミ数百人の中から長に取りたてられた、その日の栄誉と驕《おご》りのことを匠は思った。その日、国の八方に百の貌を向けた大神像の幻は、そのまま後世に名を残そうと思う野心へとつながった。そして十五年後のこの日、王宮は業火の中で破壊された。王宮もろとも、すべてが燃えて、焼き滅ぼされ、そして匠はひとり生き残って哭いた。

——焼ける、焼けていく。

匠はまだ見知らぬ女の顔を突き刺すように凝視したまま、喚いていた。匠が、綺羅という一人の女を本当に視たのは、その時のことである。その時が初めてであり、また言ってみればそれが最後でもあったのだ。後になって、匠はそう思った。

……綺羅は、眼の前に立って泣き叫ぶ匠を見てはいなかった。両手を垂らしたまま、瞳孔の開ききったような眼を見ひらいているだけで、何も見ず、何も聞いてはいなかったのだ。

視野一面に渦を巻く火焰の中央に、匠はその綺羅の全身を見ていた。激情に眼が眩《くら》み、混乱しきって、耳は焼け落ちてくる梁の轟きに塞がれていた。壁から天井を舐めていく火の熱射を真向から浴びて、綺羅の顔は反映に喰い荒らされ、翳を失っていた。

すると、匠の心に、ふと冷たい恐怖が宿ったのだ。

激情に鎧われていた心の堰がふと崩れ、脆《もろ》い部分がそこに顕《あら》わになった。わが身の置かれている場の異常さが、そこに突然知覚された。その中で、一度も瞬《またた》かない、虹彩の色の飛んだ女の眼に匠は気づいた。――自分は今、人間ではないものに直面しているのではないか、という直感がここに生まれた。

恐怖は恐慌につながった。この通路を取り巻く数百坪の無人の部屋部屋、音をたてて這い進む火だけに領されたその無人の大伽藍の空間のひろがりが、とつぜん全身の感覚で意識された。怪しげに華やかな焔のひらめきは宙空に満ち、匠の視野を照り翳りさせ、手の甲を舐めて火膨れを作りつつあった。――

瞬間的な勢いで、その時、棟木の一本が二人のあいだに崩れ落ちた。刹那、綺羅の顔の超越的な放心状態が崩れ、そして唐突に、匠は呪縛から解かれていた。生身の女の表情、恐怖を自覚した乱れた表情が、その顔に見えたのだ。

見えたと思った時には、匠は燃える棟木を飛び越え、綺羅の手を捉えると等しく走りだしていた。――長い裳を着けて高く結髪した綺羅の姿が、日ごろ見馴れた王宮の奥仕えの女たちの一人と気づいたのは、その後のことである。

焼け落ちる寸前の王宮を逃れ、蛮族の大軍に埋まった阿鼻叫喚の都を逃れ、さらに炎上する晩夏の野や丘を越えて逃げていくあいだ、匠は片手に握った綺羅の手を一度も離さなかった。大河の流れを溯行して、この大陸の奥地へと逃げこんでいっても、遠近《おちこち》の谷あいには、狼煙《のろし》のように火の手をあげて燃える村落が見られた。やがて行く手に人の道が尽きると、同じ方角へと逃げる落人の姿も散りぢりに見えなくなりはじめ、そして人の足跡もない深山に入りこんで数日目に、匠はようやく長い逃走の足を止めた。生命あるもののみなごろしを宣言したあの大軍も、ここまでは追ってくることもあるまいと思われた。

匠が住処《すみか》として選んだのは、飛瀑を近くに控えた、とある淵のほとりである。そこに小屋を建て、匠は綺羅とふたり棲みついた。ただ、匠があの火焔のなかに見出した綺羅という一人の女は、もうここにはいなかった。あの日の衝撃のためか、綺羅は痴呆化し、子供に還ってしまっていた。火を恐れる狂人のように、炉の焔にさえも怯え、決して近づこうとしない。その怯えが昂じて、しまいには小屋の内に入ることさえ拒むようになり、淵に棲みついてしまった。衣《きもの》さえ捨て、終日首まで水に入ったままで、寝る時も、浅瀬で軀半分水に浸ったまま眠る。

火の中で見出した女の、この水中への退行を、匠には喰い止めることはできなかった。瀧の遠い轟き以外には、一日中聞こえてくる音もない小屋の中で、匠は燃えてしまった壁像の幻を鬱々《うつうつ》と追うことだけで日々を過ごした。その幻は、時にあの焔のなかに視た女の幻に変わることもあった。が、これは単に、声をかけても応える者もない日々のなかで、一人の連れあいを求めていただけのことなのかもしれない。

小屋を出て瀧壺まで行ってみても、稚顔《おさな》に戻ってしまった綺羅は、口の中で何か唄っているだけである。匠は、茫然自失している自分を感じていた。

ある日、廃王と呼ばれる頭目を戴いた群盗が彼らの前に姿を現わすまで、その日々は続いた。

……蜃気楼を見るために、廃王はその日も岩山を越えて、ひとり沼まで出かけたのだった。

空を狭めて屹立する懸崖を、足の下に崩れる石くれの音ばかり耳にしながら、点のような姿になって長々と登攀していく。道などある筈もなく、手足に傷ばかり増えていくうちに、やがて唐突に傾斜が尽きて視野が展ける。すると、そこが沼である。ただ、沼と呼ぶには水も澄んで、対岸があるとも知れず空と水平線とのおぼろげな境い目まで水面がつづいていく様子は、凪《なぎ》の時の海にも似て見えた。波もなく水皺さえ寄らず、いつ来ても薄あかりの反映のなかに茫洋と溶けこんでいるその水面は、岸に小さく立って眺める者の眼には、空にむかって徐々にせりあがっていくようにも見える。

山峡《やまかい》の、谷間ばかりが複雑に入り組んだこの地に長く暮らしていると、頭上を山の気配に押さえこまれる感覚が身についてしまう。その身が、空ばかりが口をひらいたこの沼の景色の一点にとつぜん曝《さら》しだされると、軀の在所《ありか》さえとりとめなく掻き消えていくようで、眼になだれこむ光景が身を圧するのだった。

この感覚に自ら相対することを、廃王は何故か好んだようだった。

このあたりの地形からは予想もされないこの沼の存在を、知っているのは廃王ひとりである。まして、季節はずれの蜃気楼がここへ来ればいつも見られることを、他の者に教えようとは思いもしなかった。来る時にはいつも黙って抜けだし、ひとりでやって来る。たいていは長く腰を落ちつけ、日暮れまでは動かない。夜更けてから根城に戻っても、どこへ行っていたのかなどと、口に出して言う奴はいない。訊いてはならないことだと、かねてから思わせてあった。今日も半日を過ごすつもりで、疲れた手足を汀に投げ出すと、仰向いた眼には行く手の空いちめんの幻が映った。

……とてつもなく巨きな、灰色に曇った一滴の水滴のなかに、空と沼の水面と自分とだけが、取りこめられたような光景である。

ぶ厚くくぐもった乳白の空は、天地の境いが曖昧にでもなったように、沼の面と同じ色の水気《すいき》が立ちこめているように見える。そのどの方向から薄陽が射しこんできているとも判らない。ただ、方向のない真珠母いろの光が瀰漫しているばかりで、そのどこにも音がないようでいながら、膨大な水の気配がいつの間にか身に迫ってくるようにも感じられる。そのうすら寒い気配のなかで、無言の大気の前方を左右に埋めて、とほうもなく拡大され引き伸ばされた幻の地形の影が映し出されている。

それは、森の姿か、あるいは峰のつらなりでもあるように見えた。後ろ手に手をついて、軀を支えながらその巨大な光景に顔を晒していると、影がさらに空を埋めて伸びひろがっていくさまが眺められた。——鉛色の光芒を帯びて、薄黒い影は滲むようにじわじわと左右に伸びていったかと思うと、急にゆらめいて屈折しながらかたちを崩していく。逃げ水のような白く反映する光の筋目が、つと空の果てを横ざまに走ったかと思うと、細まって消える。その光の帯の燈影がまだ眼に消え残って、焦点がその消えたあたりに残っているうちに、焦点より手前にまた暗い影が滲みだしてくる。船の帆のような影が曖昧に幾つも浮かんで、そのどれに焦点を合わせても他の幾つもが遠く近くに眼を迷わせ、ふと気づくと影は少しずつ大きくなってきている。影であるように見えて、鉛色の光でもあるように見え、その全体が乳色の光暈に包まれて、肩に妙に眩《まば》ゆい残光を残す。

森か峰のようであった最初の姿はすでになく、今そこにあるのは、虚空に垂直に立つ輪郭のない崖のような影ばかりである。

絶え間なくたちのぼる陽炎に視線を攪乱されているようでもあり、また誇張された像の歪みひずみが視覚の遠近を狂わせているようでもあり、立体とも平面ともつかないその距離感の捉えどころのなさが、眼とともに気をも疲れさせた。長く視つづけていると、見ている身の平衡までが遠く近くに妖しくなってゆき、身の居どころが危うくなる狭間の、宙吊りの感覚がわだかまってくる。――大声で叫べば、その声が虚空の蜃気楼に突き当たって倍に反響しそうだと、一瞬思った。その声の尾が、空の伽藍にさらに幾重もの谺を呼んで、しだいしだいに大きくなっていきそうだと、錯覚ばかりでなく確かに信じる刹那があった。

空に屈折して映し出されるこの空中楼閣の地形は、実際には、ここから見通せない対岸のものだろうと廃王は思っていた。が、それを確かめようとは一度も思わなかった。危険な道筋を辿ってまで蜃気楼を見に来るのは対象の不可思議さに感じ入るためばかりではない。それと相対した己れの、身内の変化にこそ第一の興味があった。

……足の下の踏みごたえが妖しく心許なくなっていくような、そしてその心許なさをどこまでも突きつめて、身が透明になっていくのを感じていたいような――、それでいて、諍《あらが》ってみたくもあるような、苛立たしさ。

その苛立たしさを、ただ好んでばかりいたわけではない。この、蜃気楼という相手に、押されてばかりいるつもりもなかった。

しかし、と廃王は思った。

（たかが蜃気楼ではないか）と思う気持ちも、確かにあった。（山の気と水の気が凝って出来たというだけのものに、本気で相手をすることもあるまいに）とも考えた。

切りつけるなり、火をかけて焼き滅ぼすなりすることのできる相手であれば、相手のしようには憶えがあった。しかし、雲や霧や風に等しいこの相手では、しぜん扱いかねて持てあましたようである。ただ、その相手の仕様も判りかねるものの相手になりに、わざわざ通ってくることをやめない己れへの、困惑だけがそこに明らかだった。

それでも、やはり何日かたてば必ずまた来てしまうのだから、そこには何かおれにも判らない理由があるのかもしれない、としばらくして廃王は考えた。判らない何かがあればこそ判らないまま通ってくるのであり、その判らない何かが蜃気楼の内にあるのか己れの内にあるのか、とにかく判るまでは通いつづけるしかあるまい、と思われた。

間を置いて、ぽつりぽつりと物を思っているうちに、空の全体に気のせいか紅みが感じられてきた。どの方角から夕映えてきたとも判らず、ただ灰色の厚みのある半球型の空の全体が、厚みの奥から滲むように薄紅く染まった気配がある。

その底の一点で、廃王は小さく動いて立ちあがりかけていた。見あげると、梢の一本一本までが野放図に拡大された森の姿の蜃気楼も、同じ色に染まっていた。

その時、一瞬、目先の遠近の具合が入れかわるような錯覚が起きた。その焦点が元に戻るまでのあいだは、一刹那のことだったに違いない。——その一刹那ののちに、廃王はそこに燃える王宮の姿を見た。

薄紅の中枢から、にわかに紅蓮の焔が湧きだしたと見る間に、かつて見馴れた王宮の、住みなれた室《へや》のさまが、空のなかばに達する高さに拡大されていた。音はなく、ただ巨大な火焔の色がそこを走りぬけ、叫びのかたちに口を引き裂いた人の顔、そして蛮族の武具を鎧った人影が唐突に入り乱れた。その一瞬、廃王は、己れの顔が天の焰の反映に赤く灼かれるのを感じた。――

一瞬ののちには、何もない。色を失った虚空には、かたちのない翳の集まりが無意味にゆらぐばかりである。驚愕だけが心に残って立ち尽くした身の背後に、その時、廃王は笛の音を聞いた。


その同じ頃、匠は綺羅を淵から連れ戻そうと決意していた。うたた寝の夢から醒めぎわ、河原のせせらぎに口をつけて飲んだその水の、歯の根に沁む冷たさに気づいた時の決意だった。

……うたた寝の夢に現われたのは、いつもと同じ、あの壁像の姿である。手のなかには鑿《ノミ》の握りと像の木肌の感触があり、胸には寝食を忘れた仕事への無惨なほどの快があって、夢見ながら、匠の顔には欲望に似た底からの火照りがあった。すると、そこに火が現われた。ゆらめく焰が視野の下方を照らし、にわかに床から立ちあがったと見る間に、壁像を舐めて翔《かけ》あがっていったのだ。

夢を見ている身の、動転のさまをそのままに、視野は絶えず前後左右に移り変わって、ひと所にとどまることがない。――背に矢羽根を立てたまま転がっている、タクミたちの姿が見える。床に散乱した、手擦れた鑿や槌のたぐいが見える。そのすべてに、焰が大きく揺れ動く翳の投網《とあみ》を投げかけている。

枯れに枯れた古木をつらねた壁は、吸いあげるように火を呼んだのだった。鑿の跡も真新しい木目の肌に、一瞬、水面の陽炎に似た影の文目《あやめ》がまつわったと見るや、視野に千の焰の華が咲いた。浮き彫りの表皮を蒼白い炎色が這いまわり、その蔭から黒変した地肌が滲みだしていく。ひと所を叩き消しても、火の舌先は百に千に分岐して、視野を圧し、身を圧した。

もはや眼の届くかぎりが垂直の火の壁、人の力の及ばない火刑台だったのであり、その高みを埋めた彫像の貌は、千たびも面変わりしながら匠を嘲っていた。壁は殺され、死んでいき、そして苦悶し、身を揉んで――、やがて淋しさに心を咬まれながら、匠は眼醒めたのだった。

極彩色の夢の残像がまだ消えない眼に、小屋の内の光景はなおさらに色褪せて見えた。そして外の、川床の高い砂利河原に出てみると高地の午後の閑散とした陽ざしは妙にしらじらと力を失って見えたのだ。空腹《すきばら》のまま、匠は目翳《まかげ》してしばらく沢の陽光を全身に感じていた。山に籠もって以来、日かずを数えることも忘れているうちに夏が過ぎていったことを、この日匠は初めて感じた。このまま綺羅が淵に棲みつづけることを見すごしにするわけにもいかず、今日こそは力ずくでも、と匠は考えた。笛の音は、その淵までの道の途中で聞こえた。——

物を思いながら歩く身が、樹陰の部分に踏みこむと等しく、乾いた涼気が皮膚を包んだ。底ごもった瀑布の轟きばかり耳につくその山峡の道は、今では匠ひとりの往き来に踏み固められた、物思いの通い道となっていた。……このころ、匠は物思いの疲れの手なぐさみに、山に幾らも転がる木片を拾って彫り物をすることを始めていた。凝った細工をするほどでもなく、山の石が雨水に穿たれるほどの軽い扱いで、小刀の刃先に次々に刻まれていくその細工物は、どうやら子供を喜ばせる玩具に似て見えた。

彫って、その出来た細工物をそれからどうするということもない。仕上がれば小屋の床に転がして、歩くのに邪魔になれば隅に蹴込んでおく。はじめ、綺羅がまだ小屋にいた頃には、その時ばかりは顔に表情を現わして、それを手に取って喜んだものだった。その表情を眺めるのがなぐさみにもなって、匠は幾十となく木片を削りつづけたのだ。それは獣や人の姿でもなく、草花の模様でもなく、空の雲かなにかのように、何の姿にでも眺められるといった細工物である。あえて言ってみるならば、その形の素朴なところに、子供の笑顔にも似た無心な味があるとも言えた。

——おまえは見ていないから、知らないのだろうが。

と、匠は木片を手にうずくまって子供の表情で眺めいる綺羅に言ったものだった。

——おれたちは国のタクミと呼ばれて、王宮に都の守り神の姿を刻む仕事をしていたのだぞ。こんな、子供相手の玩具を彫るようなただの細工師ではない。中でもおれは最も若い頭と呼ばれて、本尊を丸々任されていたのだからな。任される前と後と、両方あわせて十五年だ。あれが焼かれさえしなければ、おまえにも見せてやれたのだがな。

綺羅は答えず、匠が木片を彫るさまに興味を示すこともなく、ただそこに仕上がった細工物に喜びの表情を見せるだけである。それは今でも、同じことだった。淵まで行って、匠が呼びかけても振り向くことさえしないのが、新しい木片を水面に浮かべて遠く押しやってやると、その時だけ初めて反応をあらわすのだった。

(十五年)と、匠は考えていた。

(十五年かかって、ただひとたびの火に滅ぼされるだけで終わる像を彫り、そして今は、子供に還ってしまった女の守り番をしているのか)と思った。

綺羅、という名は、匠の与えた呼び名である。最初に視た、焔の綺羅に荘厳《しょうごん》されたかに見えた姿を名にとどめようとの考えだったが、名だけとどめて後に残ったのは、これは確かに水妖の生物だったようだった。

……小屋を建てたばかりの頃、火を恐れて怯える綺羅のために、匠は狭い湯殿を造ってやった。固い地面を刳《えぐ》った湯槽に、浅く水を汲みこんでやると、綺羅は手足を狭苦しく折って一日そこに入っていた。炉に火を入れると狂乱するので、小屋の夜には明りがなく、闇の中で匠が知ったのは魚のような濡れた皮膚の手触りだけだった。血まで冷えきったようなその軀を抱いていると、抱く身の心まで水底の魚の心に似た。

そして朝になって眼醒めれば、腕のなかはいつも空だったのだ。小屋の外、河原の向かいの流れに浸って、綺羅の姿はいつも見出された。そのたびに連れ戻しても、朝ごとにその姿の位置は小屋から遠のいていき、最後に瀧壺へと行きついて、匠の手から離れてしまった。淵は、錘《おもり》をつけた縄を垂らしても底が知れないほど深く、そして子供の頃から王宮の奥にいた匠は、泳ぐことを知らなかったのだ。

燃えてしまった壁像を、今でも夢に見てその夢の中では苦しむものの、眼が醒めたあとは、このごろでは苦しみさえ曖昧になってきたようだと匠は思っていた。はじめのうちの苦しい辛さが薄れてきて、ただ、諦めがついたとか忘れる気力が湧いたとかいうわけでもなく、残ったのは空虚な心だけである。その空虚な心のままで、手持ち無沙汰になった手がしぜんに動きだした時、そこに生まれたのが空の雲の姿にも似た子供の玩具だったようだった。

(生き残って、今、おれには何もすることがない)

——ああ。

と、心に溜まった思いを口から吐きだすように、声が出た。声を出しながら匠は顔を上げ、その時、唐突に足を止めた。

山の端の、斜めの薄い陽光を劃したあたりに、鋭く大気を截って消えたその笛の音は、一瞬の幻聴かと思われたばかりで、眼に残るしるしもない。

それでも、匠はしばらく空の高みを仰いで、五感を山の気配に集めていた。——光の色も薄い、膨大な山塊の堆積が暗く静まる中で、狭く限られた空の空白ばかりが、むやみに白々とまばゆい。やがて、身を圧する空山の静寂が冷えびえと身内に沁みとおり、その軀の芯を、底深い瀧壺の轟きが一本調子に貫いていった。

——キラ。

と、匠は訳も判らずに大声で叫んでいた。呼びながら、声の尾の反響が消えないうちに走りだしていた。足の下に崩れる小石もろとも、半ば転げ落ちるように匠が飛び降りたその淵の岩場のはるか先に、綺羅はいた。遠景の一点に顔だけを見せたその遠い眼が、真一文字にこちらを凝視するさまがまず匠の眼を打った。

……起伏さまざまな岩場に縁取られた、この数百坪の水面の彼方、真正面に、垂直に裾を落として白く立つのは、白煙をまとった一条の瀧である。

絶えまない轟きとともに、その一劃は高く水煙りをあげて騒いでいるが、そのさわだちの波紋は思いのほかさほど大きくは拡がらず、深い淵の大部分は水皺もなく静まっている。垂直に屹立した岩壁が、その一枚板のように張りつめた水面のひろがりに影を落とし、水はいよいよ色を深めて見えた。そしてその一点に、肩波もたてずに頭を浮かせた綺羅の遠い顔も、同じ陰翳の中に暗く押し包まれて見えたのだ。

——笛の音を、聞いたか。

と、呼びかけてから匠は綺羅の様子に常とは違う気配を感じていた。聞いたか、と声の反響が岩壁から岩壁へと移って消えると、空を狭めた崖の稜線に、見えない鳥の鳴音《なきね》が移った。

——聞かなかったのか。

——火が来る。

唐突に綺羅が言って、水面の彼方の顔が淵を横ざまに動きだした。それと等しく、再び笛の音が始まって、匠は立って崖のめぐりを見渡した。今度は、笛は一度きりで跡絶えはせず、切れぎれながらも何度も続いた。調子を試すような、節もない不安定な音色である。そのおぼつかない様子が、幻聴やもののけの惑わしではなく、確かに人の手によるものと確信させた。ただ、音を八方に反響させ籠もらせてしまうこの瀧壺の中では、その音の源を耳に探ることができない。

——火が来るとは何のことだ。誰か人でも見かけたのか。

——火が来る、そこに。

繰り返し言うと等しく、泳ぎながらとつぜん綺羅の頭は水面から消えた。首の後ろを扇型に拡がっていた、二筋の水脈だけが肩の先に残って、その刹那、波紋の中心に激しい水繁吹が立った。

——射はずしたか。

と、しばらくして、耳に残った矢音の意味に匠がようやく気づいた時に、その声は頭上から降ってきたのだった。顔を上げて、この時、匠は初めて廃王を見た。

———

射はずしたか、と自ら認めながらさして気にかける様子もなく、その初めて眼にする姿は匠の真向かいの崖に立って、弓を納めかけていた。——あの外寇の兵か、とはじめ匠は思った。が、都で眼にしたあの大軍の兵との相似はその出立《いでたち》だけで、顔や様子はこの大陸に見る己れと同じ種族のものと悟られた。色のない、ただ黒ひと色の武具に身を鎧った出立は、どうやら蛮族の屍からでも盗んだものと思われ、このことで、匠は相手を盗賊と見た。

——射はずした、とは、当てるつもりで狙ったということか。

やがて匠が言うと、

——珍しい獣が泳ぐのを見れば、獲物としようと思う心が起きる。何か声をかけていたようだったが、あれはおまえの飼うものか。

——人を、獣と見間違えたというのか。

——人だとは気づかなかった。人だったとしても、違いなどない。おれの眼には、人も獣も同じ獲物だ。

……ところで、ひとつ訊く。

言って、盗賊は断崖の上から動きはじめた。しらじらと眩《まば》ゆい空に切りとられていた黒い姿が、断崖の稜線から消えて瀧壺の内側の斜面に一点呑みこまれると、その姿は背景の一部に紛れてそれと見定めがたくなった。

——おまえも人で、水中に隠れたのも人だというのならば、どちらも獣と違って笛を吹くことはできるだろう。吹いていたのはどちらだ。

やがて淵の岩場の一劃に降りた盗賊が言った時、匠は初めて笛の音が消えているのに気づいた。

——どちらでもない。それがどうした。笛を吹く者が見つかれば、それも獲物として狙うというのか。

——そう言う己れが次の獲物にされる心配はしないのか。

——するつもりか。

——厭か。

匠は、相手が何か片手に持って横咥えに食《は》むのを、手をつかねたさまに見ていた。

——厭なら、反対に獲物を狙う身に加わる方法もある。

と、やがて盗賊は少し思案する様子を見せてから言った。

——盗賊の仲間に加われということか。

——おまえひとりここで殺してみても何の利もない。と言って、この山中で珍しくも獣ではない人間に出会って、このまま見逃すのも能がない。いくさから逃れてきた者らしく見えるが、このようなところで日々することもなく暮らすのも、ますます能のないことだろう。逃げる前には、何をしていた。

——おれはタクミだ。

言った時、匠は盗賊の顔に表情が動くのを見た。……眼の色が、何か訳ありげな思いに一刹那閉ざされるのが見えて、それが消えたあとは、雲影が通り過ぎた地表のように何の痕跡もない。ただ急に、一枚の見えない壁の背後に表情の全体が後退した気配があった。

匠は、己れの上から盗賊の関心がにわかに去ったことを感じた。この突然の変化が、今度は反対に匠の側の関心を惹いた。心を残す様子さえなく、糸が切れたように背を返して遠ざかる姿を、匠は一点に光を集めた眼で追っていた。

——おれはタクミは仲間にしない。

やがて言った姿は、断崖の影の部分に呑まれて消えた。

——仲間にしないとは、獲物にするということか。

——するかしないか、いま決める気はない。この次出会う時には、決めているだろう。

声の尾は空に残って、四方の崖のめぐりに谺を呼ぶと、白い光を溜めた天頂に一点の鳥の叫びが響いた。

……やがてすべての気配が絶えるまで、匠はそのまま長く動かずにいた。いつからとも知れず、綺羅の頭が思いがけない近さの岩影の水に潜んで、音を盗む様子に動かないのが視野の端にあったのだ。

——行ったようだな。

と、充分な間を置いてから、匠は声の調子を低く保って横に呼びかけた。急な動きを見せることを避けて、まず顔だけ横手のその方向へ向けると、綺羅はどこを見るともつかない横顔を、その狭い水面に浮かせていた。

——おまえはかしこいな。火が来ると言ったのは、あの盗賊のことだったのか。

言いながら、跫音を盗んで少しずつ歩きだしてみたが、綺羅はやはり動かない。胸の鼓動を数えながら、匠は岩場に腰を落としてゆるい傾斜を滑り、そして動かない横顔の浮いた水面の縁に立った。

手がその身に触れようとした時、綺羅は初めて己れの上に影を落とした匠の姿を振り仰いだのだった。怯えやすい獣を宥《なだ》めるように、低く声をかけながら、匠は水中の両脇に手を差し入れたのだ。この瀧壺に逃げられて以来、長い日々の後に初めて手を触れることのできたその軀は、冷えきってはいたが手に懐かしい重みがあった。不安げな均衡をその表情に保ったまま、諍《あらが》いも従いもせず綺羅は子供のように水から引き上げられるままになっていた。そして足先が水面から離れた時、膝が砕けたように突然崩れた。

濡れた軀の重みを全身で受け止めたのは、一瞬のことだった。突然、背後の空に鋭い人の悲鳴が起きて、恐怖に弾けた綺羅の顔を見たと思った刹那、腕の中に魚の跳ねかえるような躍動が生じた。しりえに飛んだ白い軀は、飛沫《しぶき》と共に水に戻った。

瀧壺から流れ出す外の渓流の方角に、重い水音がたった。匠の眼に、白い全身の残像だけを焼き残して、綺羅はすでに数間先の水面を遠ざかりつつある。腹を立て、迷い、そして匠は外の流れへと走った。

空から降ってきて流れに落ち、浅瀬へと流されてきたところをようやく救いあげたその男は、溺れかけながらも片手に固く一管の笛を握っていた。崖を歩く途中、空が赤くなるのを見た、とその笛吹きは動転したさまにまず言った。

——燃える王宮が空に見えた。どこの王宮か、自分の住んでいたあの王宮にも似て見えたが。向こうの崖で、山の空の果てが赤くなって、そして王宮が燃えた時の姿が空いちめんに見えたのだ。

その笛吹きが、戦火に追われて逃げてきた王宮付きの楽師と名のるのを、やがて匠は聞いた。

日が暮れきるまでのあいだ、軀を乾かすのも早々に、匠は楽師とともに山歩きして過ごした。崖から崖へと、あたりの高みばかりを歩くと、匠の今まで知らなかった眺望がそこに展けて、そして峡谷の底の一点に建つ小屋も、初めて足下に俯瞰することができた。

——このようなところに住んでいたのか。

匠は、感じるところがある様子に見入っていたが、楽師は空ばかり見上げながら、意外な速足で歩きつづけた。

途中、綺羅の棲む淵も、瀧の真上から見おろされた。岩壁の半ばから逆落としに白く落下していく豊かな水流は、途中からにわかに日影の境い目へと呑みこまれて、その先はただ墨色の翳の淀みとしか見えない。ふと思いついて、匠は腰袋から細工物のひとつを出した。崖の突端に立ち、水平に腕を伸ばしてそれを離すと、真一文字に落ちた木片は、陽光と影との境い目あたりで瀧に触れた。そして、あとは見えなくなった。

日曝《ひざら》しの岩盤に腹這って、匠は瀧壺の杳《はる》かな深みへと首を伸ばした。木片はもはやどこへ行ったとも知れず、物が落ちたほどの音さえ登ってはこない。最後の斜光に頭と背を晒して、実りの季節の過ぎた大地を匠は見渡した。この高みから眺めれば、朱金の果実ほどに収縮した落日は西の山脈上の一点に細い夕映えを集め、おおよそ暮色に包まれた八方の起伏には、渡る風にも涼気の色があった。……その地の裂け目の底に、暗い碧潭は水音を轟かせるばかりで、そこに棲む者の姿をそれと見出すこともできないほど遠かった。それに気づいた時、匠の心の隅に湧いた感情は、つかのま孤独というものに似た。

その後ろに立って、空の果てから果てへと顔を伸ばす楽師の様子には、はじめのうちの驚きからようやく醒めて、気落ちしたさまに正気づいてきた色が見られた。

夜、匠の招きで、楽師は河原の小屋にとどまった。平地の戦火に追われてきたという楽師の住処は、ここからさほど遠くないあたりにある様子だった。炉に榾《ほだ》木を入れて焚火をつくると、あとは濡れた木の笛を乾かすのに一心だった。木の色が真新しく、削って作られたばかりのものと匠は気づいた。裏手の竹藪のあたりに風が出はじめたのか、波に似てざわめき続ける葉擦れの音ばかりがしきりに耳を浸したようだった。

——自分はおまえのようなタクミではないから。

と、楽師は言った。

——笛をなんとか削りあげるのに、今日までかかってしまった。新しい笛を試しかたがた、音の広く聞こえる場所を求めて山歩きしていたら、あの蜃気楼のような燃える王宮の幻を向こうの山の空に見たのだ。

——それで、驚いて足の踏みどころを誤ったのか。

匠は言ったが、人の見た蜃気楼の話など、さして本気に考える心も起きなかった。互いに身の上を話すうちに、この年下の楽師が匠とほぼ同じ頃この地に逃げこんできていたことが判っていたが、楽師が住んでいたという都の名を、匠は知らなかった。楽師のほうも、匠の住んでいた都の名を初めて耳にすると言った。

——しかし、自分もおまえもこうして同じ言葉を話すのだから、知らないだけで、実際には近くの国同士だったのだろう。

楽師は最後にそう言って、自ら納得した顔をした。

——そして案外に、隣り同士の国であったのかもしれない。ほぼ前後して、あの遠くから来た蛮族に攻め滅ぼされたというのだから。

——王宮に火をかけられて、その時、おまえの笛も焼かれてしまったのか。

ふと匠が言うと、

——長年持ちなれた、よい笛だったが。名器と呼ばれたあの笛にはかなわないでも、しかし今日、新しい笛が出来た。笛吹きが死なない限りは、笛の音は滅びないものだ。

楽師は答えて、粗末な造りの一管の笛から、穏やかな音色を紡ぎだした。淵で聞いた時の、笛の具合を試すようなおぼつかない調子は消えて、夜の山塊の狭間に沁み入っていくような、深い旋律がそこに生まれた。

——おれには、笛のことは解らない。

匠は言ったが、気づかないうちに、その声にはふと不機嫌な色が出ていたようだった。

……この、声も顔つきも穏やかなようすの年若い楽師を、匠は初めて見る珍しい動物のように眺めていた。珍しいばかりでなく、榾木《ほだ》の火を横から受けて照り翳りする姿などは、よく見れば美しい生物とさえ言えたようだった。鑿《ノミ》と槌《ツチ》をもって、木に顔や手や足を彫ることしか知らなかった匠には、笛をもって音曲を引き出す生物など、初めて眼にするものである。そこで、匠は腰を据えてただ眺めることに専念した。

すると、眼に映るものに別な意味が解ってきた。音曲のよしあしなど、もとより匠に判じがつく筈もなかったが、ただ、眼に映る楽師の笛の持ち扱いようは、よく見れば名人のタクミたちが道具を扱うさまに似通っていた。すなわち、このことで匠は楽師を笛の名人と眺めた。名人となるためには、タクミたちにとっては十五年、二十年の年期が必要である。その年期を、タクミたちが壁に向かいつづけることで鍛えあげられるように、この楽師もまた笛に向かって、同じほどの年期を過ごしたのだろうと思われた。

(珍しくて、美しい生物が、いま笛を吹いている)と、匠は考えた。するとまた、不機嫌な心持ちが湧いてくるのが感じられた。

(何故だろう)

考えながら、その手は床に置かれていた鑿を取って、馴れた様子に持て遊んでいたようだった。

(あの、焔のなかに視た女。あれもまた、あの時のおれには珍しい初めて見るものとして眺められていたようだが。なにがどう珍しいのか、今だによくは判らない。あれは、おれにとって何だったのだろう)

ふと、そう思った。

楽師が、笛をやめて何か話しかけてきた。

——廃王?

と、匠は不意をつかれたさまに顔を上げて相手の言葉を繰り返していた。

——だから、用心はしておいたほうがいいと思う。

話を続ける様子に楽師は言い、笛を片手に立って窓の外を覗いた。

――ここのような一軒家なら、襲うほどのこともないと見逃されるかもしれない。しかし、これからあちこちの敗国から逃げこんでくる者がこのあたりに増えるとすれば、盗賊に眼をつけられることも考えねばなるまい。

――廃王、というのは人の名か。

匠が言うと、

――その者もやはり、攻め滅ぼされた国の者なのだそうだ。

楽師は、答えながら振り向いた。

――その滅びた国の王であったから、廃王と呼ぶのだと人は言っている。

――人？ 人とは誰だ。このあたりに他に人がいるのか。

――王宮の者がいるではないか。知らないのか。

――王宮？ ともかく、おまえはこの地の群盗のことを言っているのだな。その、廃王とかいう者のことを。それが群盗の頭目なのか、と、その時匠は言おうとしかけていた。

言葉が声になる暇は、なかった。

風が截たれる烈しい音がした。と思った時、楽師の顔が刹那に硬ばって、匠の眼の前で動きを止めた。意味の解らないまま、匠は楽師の横首を太々と射ぬいた黒い矢を見ていた。立ったままの楽師の姿が、床の焔を受けて壁に異様な長さの影を曳いたさまばかりが、眼に強く残ったようだった。

――頭目なのか。

と、匠の口から声の残りが出た。声が耳に入った時、心に初めて驚愕が起きた。楽師の顔は、動かないまま眼だけを動かして何か見定めようとしたが、そのまま軀ごと傾《かし》いで、床に倒れた。外にはすでに、人声があった。倒れざま、笛を握ったままの手指が苦悶のさまに奇妙に歪んで、半ばから笛をふたつに砕いていた。

声の駆けめぐる窓外には、明らかな焔の反映があった。矢音もろとも数条の火の筋が眼さきを流れ、射込まれた火矢が強く床に立つと等しく燃えあがった。軒のあたりに一時《いちどき》に光があふれ、焔が天井を雪崩《なだ》れると見た時、匠はすでに走っていた。

(燃える)と匠は叫んだようだった。あるいは(廃王か)とも叫んだようだった。叫びながら火溜まりを飛んで、走る足の下に砂利石を感じた時、背後に柱の崩れる音を聞いた。倒れた楽師の軀の上に、笛の音はもはやなく、今あるものは火焔の渦巻く音ばかりだった。

廃王を捜す眼に映ったものは、遠く近くに入り乱れて走る黒い男の影ばかりである。夜景の底に、鮮やかな朱の華を咲かせた小屋の、そのめぐりを馳せながらただ快のために矢を射こむものと見えた。その快を長びかせようと、匠を追うのにもことさらに時間をかけ、わざと射はずして身の前後に矢風を送った。

——廃王か。廃王の命でこれをするのか。

呼ばわる己れの声ばかりが耳にあって、追われる末にいつか燃える小屋の扉口《とぐち》に釘付けにされた時、匠は遠く、細い悲鳴を聞いた。……夜に埋まった山峡《やまかい》の、どこかの崖のはなに向かって斜めに夜気をよぎった白い叫びは、ひと声だけで後は続かなかった。声の尾は、岩壁の頂きに一度だけ固く跳ねかえって、あとは闇の高みに吸いとられたさまに細まってすぐ消えた。

——廃王なのか。

火と矢風とに前後を挟まれたまま、匠は瀧壺への小道を黒く走る数人の人影を見た。すると、喚声の頭上にひと声、強く降りかかる人の声が起きた。気をそろえて振り返った男たちの背から、等しく快の気配が消えた。消えたと見た時には、背後に屋根もろとも崩れ落ちる小屋の前から、匠の足は放たれたように駆けだしていた。——

闇に眼を塞がれたまま、踏み場を誤まって背から岩場の傾斜をすべり落ちると、落ちこんだ先には見えない瀑布の轟きが身近にあった。

夜の底には、人の気配はもはや全く絶えて、あるのは瀧の底深い水音ばかりである。已れの激しい息音ばかりが感じられて、しばらく尻をついていた匠は、やがて腰袋から火打ち石を探り出した。

……震えの止まらない手の先に、それでも火が起きて枯れ枝の先に焔が移ると、足元からすぐ先に暗い水面のひとところが照りはえた。遠く近くに火を翳《かざ》しながら、匠はいつか歩きだし、歩きながら夜の水の黒い沈黙ばかりをそこに見た。夜の深さに押されたのか、何故か声はその口から出なかった。岩場が複雑に入り組んで、その蔭に淵が逆落としの深みを淀ませているあたりまで来て、その一点に匠の足は止まった。止まって、長く動かなかった。

手先が水面を割った時、痺れる冷たさが骨を嚙んだ。頭を上に、足を下にしてそこに沈んでいる物の、頭部を両掌に探りあてて静かに引き寄せると、水の重みの抵抗感はすぐに浮上力へと変わって、軀はひとつらなりに浮きあがってきた。——

……水の層を面《おもて》に纏わらせて、その顔はほの白く水の暗さから抜けあがってきたのだった。松明の火影のかぎろうなかに、首ばかりを水面から持ちあげて、匠の手はそれ以上を引きあげる力を失った。仰向かせるように後頭部を支えた、その已れの掌のひらを埋める確かな重みと、濡れた頭髪ごしの頭蓋骨のかたちの正確さだけが、ここに明らかだった。

耳もとに爆《は》ぜる火の粉の音に身を浸されたまま、匠の眼はこの晒されたような白さに静する顔を見ていた。乱れのない正確さで瞼を閉ざしたその顔は、子供の死顔が急に大人びるのにも似て、額のあたりに何かのものの思いを溜めているようにも見えた。——手を離せば、死骸の頭はしぜんに後頭部から水面を割って沈み、水の暗さに呑まれてすぐに消えた。已れの正しい居場所へ戻ったというさまに見え、あとの水面には波紋さえすぐに絶えた。

すると、手も触れないのに松明が落ちた。火が水に触れる音もろとも、闇が来たのだ。

匠は顔を上げた。眼の先には奥ゆきの知れない暗黒があり、それと等しく、夜の広さとそこに曝《さら》された已れの身の小ささが全身で悟られた。星あかりもない深山の、夜の獣の恐怖が身に宿り、火のように膨れて、匠は立った。あとは何も憶えず、ただ駆けつづけた。火の尾を曳くように恐怖に取りつかれて、いつかその身が竹林に入ると、背後に月が登った。そして世界は急激に蒼ざめたのだ。

その蒼の世界の只中で、匠は足の下に土が崩れるのを感じた。異様に長く続いた落下のあいだも、匠はまだ蒼い世界を見ていた。あおのけに見ひらかれたその両目には、その時、同じ蒼さに包まれた複数の見知らぬ顔が映っていた。

山中に根を張った群盗の獲物には、いつからか変化が見られていた。はじめ、平地の戦火に追われて奥地へと退いていく道々では、襲うべき邑《むら》々や隊商の数に事欠くこともなかった。そのうちに、前にも後にもいくさの火ばかりが身に迫るようになり、その火の狭間を縫って根城を移していくうちに、しぜん、あたりの風景は獲物の姿を見ないものへと変わっていった。すでに焼きつくされた邑の跡や、人通りの絶えた隊商道がそこにあるばかりである。いくさの火と盗賊と、ともに同じ獲物を狙うものでありながら、ただ戦火のほうが常に一歩先んじて、獲物を屠《ほふ》りつくしていったものと見えた。先を争おうにも、これは相手が違いすぎた。自らが獲物とされないことを願うなら、手に余るものと領分争いを諦めて、さらに奥地へと退いていくしかない。そのうちに、身のめぐりの風景はいつか人も住まない深山のものとなっていた。

獲物を持たない盗賊は、盗賊ならぬ別のものになるしかない。が、そうはなるまいとする意志がこの群盗の頭目にはあって、無理にも獲物を欲した。その無理が、そのうち無理ではなくなった。彼らの後を追うように、同じ道を辿って獲物のほうがあたりに姿を現わしてきていた。大陸の遠近《おちこち》の敗国から、火の蔭の水脈を辿るようにこの山中に流れ入ってくる者たちである。

地平の一点から湧きだして、たちまち天を扇型にひろがって覆いつくしていく幻の雲群ほどの規模で、あの蛮族の大軍は大陸を横断していったのだった。どこから来てどこへと向かっていくのか、もはや正しく知る者などなく、また知ろうとする心さえ起きないまでに、あとには山河のこらず一本一草も残されなかった。人界の力、人界の意志ならぬものが幻の軍を出現させたと見るのは、しぜんなことのようだった。ただ判らないのは、その大軍が、大陸中央部のこの山地ばかりを見逃して通過していったことである。深山であるがゆえに見逃すような相手でないことは、この地に逃げこんできた者のなかに、別の深山から追われてきた者も多いことからそれと知られた。この大陸に、戦火から見逃された地はここばかりであり、生き残った者のことごとくがしぜんにここへ至る道を見出したかのようだった。

が、何故見逃されたのかと考えるほどの暇さえなく、彼らはこの地に着くと等しく別な心配を負わねばならなかった。すなわち、群盗の獲物となるべき己れの身への心配である。三々五々に集まって、あちらの谷間こちらの山腹と別れて住む者たちの集落は、夜ごとひとつひとつと焼かれていった。——その彼らのあいだに、いつからかひとつの信仰にも似た奇妙な噂がひろまるようになったのは、このまま滅ぼされていくしかない身に救いを求める心があったためなのかもしれない。

八方に尾根を張ったこの山脈の一点に、人に知られないひとつの国の都があって、戦火からも群盗からも見逃されたまま幻のように栄えているという噂である。

その都をいつか見出すことさえできれば、いくさも盗賊も恐れず、その中で暮らすことができるというこの噂は、噂以上の力をもって人々のあいだに信じられた。ただ、廃王と呼ぶ群盗の頭目の呼び名が、もとはどの国の王であったことを示す名なのか、それを知る者がひとりもないのと同様に、幻の国の王の名を知る者も、まだひとりもないようだった。

——

留守の間に、許しもなく勝手な獲物を襲っている最中の手下を偶然に見出した時、憤《いきどお》りより先に廃王の心を咬んだのは、これは寂寞というものであったようだった。笛の音の主を、捜しだしてみてそれをどうしようという気もないまま山を歩きつづけているうちに、小屋の焰が眼に入ったのだ。

沼沢地の蜃気楼に見た王宮炎上の幻を、幻と見てあとは忘れるだけの心の落ちつきを、疾《と》うに廃王は取り戻していた。蜃気楼それだけでも、ただの幻である。その幻の上に、さらに重ねて幻を見たといって、恐れうろたえるほど肝が小さいと、自らを見るつもりは廃王にはなかった。ただ、蜃気楼の天を染める焰を見て数刻たたないうちの、この第二の焰である。

夜の河原に見る小屋の炎上のさまは、これは廃王の心を咬むまでにあまりにも小さく見えた。今だ眼に消え残る幻の焰に比べれば、これは子供遊びの火に違いない。加えてそこに眺められたのは、その子供遊びの火を囲んで興じる手下どもの姿である。昨日までは自らその先頭に立って、これと同じ火をあちらこちらの谷間に点じては興じてきたことが、残らず思いかえされていた。

(これほどのことをしてきただけなのか)

と、身ひとつ冷えびえと心に思ううちに、やがて寂寞は改めて憤りへと変わり、廃王は大声に叱咤してあたりの者たちを追い散らしていた。瀧壺で出会った一人のタクミのことなど、疾うに頭を離れて久しく、そこに一人まだ殺さずに残していた者の姿も、眼に止まりもしなかった。

この突然の憤怒は、自らに向けたものであって余人に向ける筋ではなかったが、勝手なまねに及んだと身に覚えのある手下どもは、訝《いぶか》しむこともなくこれを受けた。ただ一人だけ、その中に様子の違う者がいた。

――いつかは思いいたることに、先の夜ようやく思いが行きついたように見える。

と、数日後さりげない風情に二人だけの時を選んで言いかけてきたのは、手下のなかでも最も古い一人で、名を盲亀と言った。

――見えるとはどのように。

気の乗らないままに、廃王は訊き返した。すると、

――自ら王であった国を焼かれたその火に比べて、この地には、それに背を並べるに足る火の燃やしどころがない。そのことに、ようやく思いが行きついたと見える。

――おれが、おまえの言うその火の燃やしどころを求めているというのか。何故そんなものを求めるという。

――では何故、盗賊であることを自ら選ぶ気になったのか、自身で考えたこともないのか。

言われて、廃王は、気の乗らない様子を崩して相手に向き直った。

この盲亀と呼ぶ古顔の手下は、あとの散りぢりに集まってきた素性の知れない者たちとは違って、ただひとり前身が明らかだった。明らかとは言っても、どこかの滅ぼされた国の王宮に、タクミとして長く仕えていたと知れるほどのことである。王宮ごとすべてを焼かれてのちは、椀ひとつ手ずから彫るほどのことさえせず、今ではただの盗賊である。人を殺すのにも、その家に火をかけるのにも、他の者たちとのあいだに何の変わりもない。

廃王のものであった王宮にも、タクミたちは多くいた。身分の低い者たちとして、直接姿を眼にすることは少なかったが、その手に成った木の細工なり彫り物なりは見知っている。細工や彫りの出来など気にとめることはしなかったし、タクミの苦労などもとより知る芸もない。判っているのは、ここに木から彫られた細工物や彫り物があり、一方に、それを造ったタクミたちがいるということだけだった。

その、物を造る人間であるタクミが、今は物を殺し焼き滅ぼす盗賊になっている。このあいだの変わり目に、己れには思いの及ばない不快なからくりがあるように思いなされた。腕のよい古参の手下ではあっても、この相手に仕事の相談以外のことで声をかけるのは厭だと思う気持ちがどこかにあって、今日も最初のうちは気の乗らない様子があったのだった。

――おれが、盗賊であることを自ら選んだ理由か。

廃王は言った。

――おまえはそれが判ると、いや知っているとでもいうのか。

——さて。

と、気をそらすように黙して、盲亀は口調を改めて別なことを言いだした。

——先の夜の獲物もそうだったが、このごろの獲物はどれも喰いでがない。せっかく襲っても、奪うほどの蓄えを持たない者が多いようだ。これでは生きるにかつがつ、これから秋も深まって冬も近づこうとするのに、頭目は何と考えるのか。

——一度、山を降りて様子を見に行こうと思う。

——様子とは。

——いくさの火も、もうこのあたりを通り過ぎてよそへ移った頃だろう。

しばらく前から心に思っていたことを、初めて廃王は口にした。

——その通り過ぎたあとに、獲物を求めようと思う。いかにあの蛮族の大軍が、天の火を地に移したように向かうところすべて焼き滅ぼしていったと見えても、まさか地に生い茂る自然の力のことごとくを根絶やしにした筈はあるまい。火が通り過ぎたと見れば、地に潜んでいたものが姿を現わしてくるだろう。それが、次の獲物となる。

——つまり、先を越していった巨きな火の焼き残しを、あとに隠れてほそぼそと漁《あさ》っていく考えか。

——なに。

思わず気色ばむと、

——その様子では、この地に残っていようと平地へ降りようと、目先は変わってもすることに違いはないな。

言って、盲亀はにわかに声を強くして続けた。

——何故か戦火から見逃されたこの地に、流れ入ってきて今ある者は、すなわちことごとく目こぼしの焼け残りばかりだ。盗賊もその獲物も、ともに焼け残り同士、そのあいだに殺し殺される争いがあっても、そこに燃される火は子供遊びの火ほどのものだ。国を焼かれて身ひとつ焼き残され、さて己れの身にその火と肩を並べる火が燃せるものかどうかと盗賊になってみても、所詮無理なものは無理と見える。

——無理と言ったな。

坐っていたのを、立ちあがって、廃王は相手を見おろしていた。

崖の中ほどに、自然に窪んだ岩棚を根城として建つこの棲処の窓からは、靄の湧く谷とはるかな対岸の斜面とが見渡された。昼のあいだは陽も射しこまず、烟《けぶ》ったような靄に沈んで谷底の水音ばかり耳についていたその光景に、この時、ふと赫い陽射しが満ちた。日没の間近い気配を見せて、斜めに照らしだされた対岸の岩壁は、厳しく岩間の影を刻んでいたが、その頂き、沼の姿を隠した稜線のあたりだけは、濃い水気《すいき》に覆われたままでいる。

その窓を背後に立つ盲亀の姿は、顔も軀も光を遮る暗い影に見えて切りたっていた。

(醜い生き物)と、その言葉が廃王の胸に浮かんだ。が、常に見馴れてかたち見苦しいものと知っている相手の顔が、今は影になって見えないものであれば、この言葉には別の意味があったようだ。

何に対して醜いのか。(蜃気楼)と、ふと別の言葉が胸に浮かんで、廃王は遠く雲を冠した岩山の頂きを見た。

——無理と決めるのは誰だ。おまえか、おれか。

思うより先に口が動いて、廃王は言った。

——今は、その火の燃やしどころに出会えないでいるだけのことだ。無理か無理でないかが決まるのは、それに出会った時のことだ。

——出会うまで、気長に待つつもりと見える。

言った姿は、影のまま動いて部屋を出ようとしていた。

——今夜の獲物は、山を越した先の谷間に隠れた集落と決まっている。次の夜もその次の夜も、似たような獲物が山隠れに潜むのに出会うだけのことだ。

——待て。

呼び止めた時、扉の外に人声がして、幾人か用ありげに駆けつけてくる跫音が聞かれた。現われた者たちは、思わぬ別の獲物がこの近くにあることを告げた。新しく逃げ込んできた落人の集団が、珍しく豊かな荷とともにこの崖の下を通りかかろうとしている、と口々に言うのだった。

呼び止められた時の姿のまま、半身になって見返る盲亀と、廃王の眼が会った。不快な心が胸に湧いて、廃王は迷った。が、迷ったとは相手に思わせずに、言葉はすぐに口にのぼった。

——獲物の頭かずは。

ひとりがそれに答えると、

——すぐに出る。機を逃すな。

手下どもが心得たようにわらわらと出ていくと、盲亀だけがひとり遅れて、ただ、頭目の今の言葉を何と思ったか顔に出す気配はなく、やがて背を返して部屋を出るのを廃王は見た。

馴れた仕事の手順に狂いはなかった筈だったが、間近に見る獲物の一行は意外に身分のある者たちらしく、その見事な衣に傷をつけまいと余計な意を使ったためか、散りぢりに逃げる者たちを始末するのに夜までかかった。

風が出て、靄が晴れると月が出た。

常ならば考えられないことだったが、ひとりだけ囲みを破って逃げた者を追い、森の奥でようやく相手を射たおした時、廃王に従っていた筈の手下は残らずはぐれて消えていた。後ろ首に射こんだ矢を、真うつむけに倒れた屍骸の背に足をかけて引き抜くと、濃い血の匂いが秘めごとめいて鼻に届いた。その足先で軀を蹴返すと、仰向いた顔は案外に若い少年の顔である。見おろす廃王の背も、手足をよじったかたちに倒れた屍骸の全身も、ともに頭上の葉群を通して地に散り敷く光と翳の網目模様に押し包まれていた。

奪えるだけのものを剝いで、弓もろとも肩に負って立つと、廃王はふと方角に迷った。幽谷の底で獲物を襲い、このひとりだけ浅い流れを駆け渡って対岸へと逃げたので、この森は群盗の根城の向こう岸、すなわちあの沼へと通じる岩山の裾野の森である。傾斜をこのまま下っていけばもとの谷川へと出られる筈だったが、そこに立つ廃王の眼はいつとはなく斜面の高みへと向いていた。夜に沼まで行ったところで、何も見られるわけはない。が、それを承知で斜面を登りはじめていたのは、身には悟られなくとも、夕方の盲亀のことばが胸に消え残っていたためのようだった。

　風が森の全体を鳴りとよもす気配があったが、その風の筋目は樹立ちの表面だけを吹き過ぎていくのか、絶えまなく揺れ動く地表の葉影のほかに、森の内部に動くものはない。やがて森が尽きて、頭上に傾《かし》ぎかかる一枚の壁にも似た断崖に小さく取りつくと、背を横ざまに殴る風の鳴り音《ね》が烈しかった。

　やはり方角を見誤ったらしい、とようやく気づいたのは、その崖の頂きに顔を出した時のことである。沼の一劃をそこに見出すものと信じて、岩間から行く手に眼をやった廃王は、意に反してはるかな夜の眺望をそこに得た。崖の頂きはすなわち鋭い尾根となって、前方には急勾配になだれ落ちる傾斜がはろばろと続いていたのだ。……四方を固めて切りたつ尾根に遠く囲まれて、夜の深みを海にも似たさまに湛えた窪地の底に、ほのかに白く灯を集めた邑があった。邑と呼ぶより、都と見えるほどに道筋も整然と矩形に走り、何よりもその中心に王宮らしき建物まであった。

　……ふと心づくと、廃王はその都の大路をひとり蹌踉と歩いていた。斜面を下ってくるまでの長い道筋のことは、夢のように忘れ去られて、今は、己れの顔をほの明るませている燈火だけがここに明らかだった。

　道々を埋めた夜の殷賑《にぎわい》は、前世に見た光景のように朧《おぼろ》で、盛んな人出でありながら、物音はすべて紗幕に漉されたもののように届いた。行く手にひと筋連なっていく大路には、夜の底を埋めた白砂が静かで、雑踏の往来の落とす影もその上では淡々《あわあわ》と薄かった。道の左右に軒をつらねた家並みの屋根屋根に、白く照りかえして一面に淡く輝くものが眺められた。月映《つきばえ》かと思われたその輝きは、よく見れば瓦の一面に降りた霜で、その霜はいつか廃王の肩あたりにもはりはりと犇《ひしめ》いていたようだった。

大路の行く手に門を開いた王宮へと、廃王はそのまま入っていった。かつて己れのものであった王宮と、似たような景色が次々に現われて、奥へと進む道は迷うことなく見つかった。要所要所には、しかるべき警護の者の姿もあったが、その眼の隙を盗んでさらに奥へと進んでいくのに、思ったほどの煩瑣もなかった。(王の顔を見たい)と、いつかそのことが廃王の頭にあったようだった。(ここが王宮であるというのならば、王宮には王がいる。その顔を、見たい)と、そう思っていた。

乾いた槌《ツチ》の音がどこかに聞こえて、その音を目当てに進んだわけでもなかったが、やがて角のひとつを曲がった廃王は、思いがけず槌音を真向に聞いた。灯のないその室《へや》は、壁も天井も闇に紛れて眼には映らなかったが、音がひろびろと反響して、図抜けた広さがあるものと知れた。

真正面の一点に、光の乏しい燭を立ててひとり槌をふるう者の背があった。

——ここの者か。

ややあって声をかけると、

——誰だ。

手も止めずに、顔だけ振り向いた者のその顔は、遠目には目鼻だちも定かではなかった。が、それよりも、壁にむかって鑿《ノミ》と槌をふるうその姿が、己れの憶えにある国のタクミたちと同じ姿と知れたことで、廃王は相手の正体を少なくとも見届けた気になった。

正体が知れたと思うと、口もほぐれた。

——この王宮の王を見たい。どこにいる。

——王は留守だ。おれもまだ見ない。

——見ないとは。おまえはこの王宮の者ではないのか。

——おれはただのタクミだ。弓矢など持つところを見ると、おまえは盗賊だな。廃王という者か。

――知っているのか。

タクミは、手を止めて軀ごと向き直った。脂燭の焰を受けた、その軀の影が壁に映って今まで彫っていたものの姿を隠した。それと等しく、廃王は相手の顔を思い出して声をあげた。

――いつか瀧壺で会ったあのタクミか。

――瀧とは何のことだ。おれは盗賊などに知り合いはない。

答えた顔には、心から不審げな様子があった。

――隠すな。おまえとは一度会った。次に会う時には、おまえを獲物とするか否か決めると確かに約したぞ。

――知るものか。しかし、獲物にすると言ったところで、おれが大声を上げる気になれば、ここは袋小路だ。逃げられるものではなかろう。

――こうして見ると、頭に傷があるな。狂《ふ》れたのか。何も憶えがないのか。

ようやく気づいて、廃王は言った。いつか、燭を挟んでふたり向きあう姿になっていた。

――しかし、おれの名を廃王と知っていたな。それはどこで憶えた。

――教えたのは、あれは楽師だ。笛吹きだ。

タクミの眼に、ふと訝《いぶか》しげな膜がかかって曇りに閉ざされる気配が起きた。

――笛吹きなどと、どこで出会ったというのか……確かその後、笛吹きは死んだような憶えがある。死んだ、殺されたのだ。

そして、

――おまえが殺したな、盗賊。

唐突に言ったその声に、確かに常軌を逸した狂った調子が現われて、後を聞かずに廃王は立った。

――王は留守と言ったな。どこへ行って留守なのか、また確かに留守なのか、この眼で確かめたい。

――国を失った廃王が、よその王の留守を気にかけるのか。

タクミは皮肉に言ったが、案外に瘧《おこり》の落ちたような素直さで立って、先を導いて歩きだした。廃王は、一歩遅れて続いた。

狭霧《さぎり》の混じった秋の夜気に、吊り燈籠の列が暈《かさ》を負って灯を滲ませている通廊を歩きながら、

——おまえは外の国から逃げこんできた者の筈だったな。タクミよ、では何故この王宮に来た。ここで何をする。

先に行く背に言いかけると、

——どこから来たとも、もはや忘れた。外の森でこの王宮の者に出会って、招かれてここに来た。来て、ここにすることがあるからとどまっているだけだ。そのほかのことは、おまえに言っても判るまい。

——では別なことを訊く。この国は何だ。地図にもなく、名も人に知られない国だ。一夜ここにとどまって、翌朝眼ざめれば幻のように消えうせている国か。

——地図の印や名ばかりしか、その国の拠りどころとして信じられないのなら、確かに蜃気楼の国とでも思っているがいい。

それを聞いた刹那、廃王の顔にはすばやい翳がよぎった。が、前を行くタクミは何も気づかずに、

——しかし、蜃気楼が手に触れることのできないものだとすれば、この国は手に触れ得る蜃気楼なのだろう。おまえがそれを何と考えようと、おれにはどうでもいいことだ。ここに鑿と槌があり、その先に削られる像がある。あとのことなど構わない。

——王は確かにいるのか。

——留守ということしか知らない。ほかに知りたければ、自身の眼で見ろ。

そこに指し示されたのは、望楼といった具合に三方が夜空に向かって開かれた室《へや》で、奥の正面にひときわ高い坐があった。中央にひとつ置かれた椅子は、そこに坐して都の空を見渡す気構えを現わして、空席ながら確かに玉座と悟られた。

室《へや》の全体が森閑として、近づくと、玉座には背にも足元にも厚い埃が見られた。

――留守は、長いのだな。

――それを知ってどうする。自ら失った国の代わりに、その玉座の席を獲物にしようというのか。

タクミの声が言った時、外の中空《なかぞら》に人のざわめきが群がった。

望楼の正面に寄って見おろすと、先刻通ってきた大路が意外な近さに望まれた。ざわめきの群がるのはその大路のあたりで、人の往来のにわかに乱れたなかに、ひとつの人影が孤立して眺められた。

ふと気づいたことがあって、廃王はさらに注視を強めた。よろめくさまに王宮の門へと近づくその人影は、今日の獲物であった、あの見事な衣をつけた一人である。その足元が乱れてのめるように倒れた時、背に深々と立った矢がそこに現われた。

印のある矢である。黒く塗られたその矢羽根の色は、見間違えようもなくあの盲亀のものと知れた。

――おれを跟《つ》けたのだな。

とっさに悟って、廃王は声をあげていた。背にあれほど深く矢を立てたまま、あの谷間から遠く岩山を越えてここまで来られるものではない。矢はこの都の近くまで来てから射こまれたもの、すなわち盲亀は何を思ってか頭目のあとを跟《つ》け、都まで来てから逃した獲物に出会って射かけたものと思われた。

――奴め。

高く言った時、門前のざわめきが王宮の内へと移る気配があって、通廊に跫音がなだれた。

――上から見おろせば、下からも見上げられる。どうする、このまま捕えられる気か。

タクミが言うより早く、廃王の身は欄干から外の屋根へと移っていた。

――今日は帰るが、それは今日だけのことだ。

――また来る気か。盗賊として来る気であれば、その前にひとつ聴いておけ。笛吹きを殺せば、その身もろとも笛の音も滅びるが、タクミには残せるものがある。

——残るものがあれば、それも獲物とするまでだ。

——賊がそこを逃げるぞ。

タクミが呼ばわりはじめた声を背に、廃王は屋根づたいに走った。ゆるい傾斜面が月下に照りながら無数に交錯するなか、軒下を走る人声が王宮内の八方に拡がって、やがて前方の屋根の切れ目の先に暗い川の水面が光った。前のめりに走る勢いのまま、最後の軒を蹴って身を踊らせた時、闇の深みへと落ちる身の左右には、無数の矢風が群がったようだった。


——


都から流れだす川は、そのまま街衢を抜けて根城のある方角へと向かっていた。岩山を再び越える要もなく、途中隠れ谷の隘路を過ぎると、その先はもう出発点の谷間に近かった。

流れの行く手が、先で瀧となってなだれ落ちる気配があり、そこまで来て廃王は水から上がった。上がると等しく、夜明け近い刻の冷えこみが、初めて痛切に身を嚙んだ。——森には、赤も紫も花の色は絶えていたが、その底を埋めて、地表ばかりを八方に覆うさまに虫の音があった。中に踏み入ると、進んでいく身のめぐりに煙のように纏わって乱れる朝靄が、初めて色も薄く眼に感じられた。

朝まだきの微光が蜘蛛の巣に玉を輝かせる森の一劃で、廃王はあの少年の死骸に行きあった。足先で蹴返した時の姿のまま、薄目を見ひらいて顎をのけぞらせた屍の脇を、廃王は歩みもゆるめずに通り過ぎた。今は、ふたつのことだけが心にあった。

（火をかけて焼き滅ぼすべき相手がここに見つかった）とひとつを思い、また（盲亀は何を思っておれを跟けたというのか、ともあれ、ただちに殺さねばならない）とひとつを思った。

あの都と王宮が、いずれ己れが火をもって焼き滅ぼすべき相手であることは、考えるより先に決まっていたことだった。しかしその前に、その王宮の主の姿を確かめておかねばならないと、何故か強く心に思われた。また、その王宮には一人のタクミがいて、一方にもう一人、もとのタクミで今は盗賊である者がいる。そのことも、当面の問題とは何の関りもないようでありながら、何故か気にかかったようだった。

その歩みが、ふと止まった。横手の地表を流れる靄の筋目が、ひとところ大きく揺らいで割れ、思いがけない近さに深い色を湛えた水面が見えたのだ。

……その水の深みへと、垂直に裾を落とした岩影に、顎まで水に沈んだ人の顔があった。これほどまでに動かないその顔を、美しい岩や木の一部ではなく生きた人の顔だと心に悟るまでには、しばらくの時間を要したようだった。

ようやく悟った時、廃王はその女と長く眼を見かわしつづけていた己れに気づいた。気づいた時、声は自然に口から出た。

——おまえは誰だ。何故ここにいる。

——谷間で賊に襲われて、ひとりここまで逃れてきた者。

と、しばらくして、女の声が言うのがその場に聞かれた。

この同じ時、盲亀は離れた物影に身を潜めて、瞬《またた》かない両目を見ひらいていた。


王宮には、不安の気配があった。

領王の不在が長びくにつれて、残された高位の者たちさえ実はその行く先を知らないのだという噂が、巷にまで洩れだしていたのだ。

この春の始め、領王はごくわずかの供回りだけを従えて、ある朝近在の森へ狩りに出るほどの様子で王宮を出たのだという。その夜、供の一人が王宮に駆け戻って、領王がしばらく帰らない意志であることだけを告げ、旅仕度を整えさせて荷物と共に領王のあとを追っていったのだった。どこへ向かうとも明らかにはされなかったが、少なくともこの隠れ里の都を出たからには、外界の、地図に名を記された国々へと向かったことには違いなかった。

さらに、こちらは限られた少数の者しか知らないことだったが、王宮内部にひとつの変事が出来していた。

千年の不可侵の歴史を保つこの都の王宮には、その不可侵の源と信じられている守護神の像が奥深く秘められていた。正目にその姿を拝することが許されているのは代々の領王だけだったが、その守護神は火神の像であると言い伝えられていた。

（王宮と都を、侵略者の火から守る守り神）

（都を滅ぼしにくる火を退散させる守り神、すなわち火を寄せつけないものの姿、火そのものをあらわした火神の像）

人が知るのは、それだけである。

その像が、領王の出発と同時に見えなくなっていた。像の置かれた暗室の間には、日に一度下人が入って手探りに像を清めることになっていたが、領王の出立の翌日、昨日までそこにあった像がないことが判ったのだ。

領王の持ち出した旅装のなかに、その像ほどの大きさの荷がなかったことは確かであり、おそらくは、像は前夜のうちに領王の手でどこかへ移されたか、或は破棄されたかとも思われた。

それが何を意味することか、残されたものに理解の及ぶ筈もなかったが、ともあれここに、新しい守護神像を求める要が生まれたことだけは確かだった。そこに、遠い都から来たひとりのタクミが現われた。

（火の姿をあらわした、火神の像）

彼らはそのタクミを極秘に国のタクミに召して、そう命じた。命を聞いた時、そのタクミは何か思うところがある様子で、即座に仕事を受けた。ただ、仕事場に人が立ち入ることを禁じ、ひとり籠もって夜もろくさま寝ずに仕事に打ち込む様子で、何が彫られつつあるのかわが眼で確かめた者はない。王宮内に盗賊騒ぎがあった後も、日々は同じように流れて騒ぎのこともいつか人は忘れかけていた。

……山中に潜む群盗は、頭目が常に増して留守がちになり始めたことを感じていた。

といって、留守がちではあっても仕事から心を離したさまは見られず、現に、次の獲物として近くに見出された秘境の都を狙うことは、すでに言い渡されていた。警備の内状を探るべく、何人かが命を受けて潜入を始めてもいる。ただ、ひとつの獲物を目標に定めておきながら、襲撃の日をいつになく先に伸ばそうとする色が見られた。このことが、手下どもの眼には面妖なことと映った。

第一の手下である盲亀も、以来根城に戻らないまま姿を消している。常の頭目であれば怒りを隠さず八方に追手をかけ、自らその先頭に立って、逃亡者を見出すまで手をゆるめはしない筈だと思われた。が、いまは何度か探索はさせたものの、自ら乗りだそうとする様子はなく、その怒りには嫌悪の色のほうが勝っているようだった。

――むろんのこと、顔を見れば生かしておくものではない。見つかれば、口を開かせずすぐに殺せ。しかし、おれが自ら手を下す気はない。それだけのことだ。

言い残して、その日も頭目が日暮れと共にひとり出ていくのを、手下どもはただ見送った。

夜ごと正円に近い仲秋の月が山空を白く走るようになると、空は赤く、野は紫に、そして山ばかりはひときわ暗くなって黒のひと色に身を包んだのだった。

廃王が女と逢うのは、その異様に巨きな月の白い貌が、樹々の梢を横ざまに移って沈むまでと、いつか自然に定まった。勧めてはみたのだったが、女は根城に身を移すことを承知しない。一度は獲物として群盗に襲われた身に、それは当然の心の動きとも思われたので、廃王も強いて連れ帰ろうとはしなかった。代わりに、己れのほうから森へと通った。今まで、何を好んでか蜃気楼などを眺めに沼へ通ったことを思えば、今は通う相手が一人の女に変わったわけで、これは自然なことと思われた。ましてこの女は、通うだけのねうちはあるものと、廃王の眼には眺められていた。

女は名を言わない。言わなくとも、たかが女ひとり、呼び名をそのたびに与えてやれば済むことで、廃王は仮りに水妖と呼んだ。その名が相応《ふさ》うと思われるほど、女は水に入ることを好んだ。その女の貌も軀も、闇のなかに触れれば掌に水よりも冷たくて、その冷たさを廃王は漠然と珍しく感じた。時を経て珍しさが薄れれば、いつかそれに馴れた。時にその手を取って、湿原を渡り峡谷を越えて、明るくひらけた月の河原まで、長い影を曳いていくこともあった。

山の夜に、空を走る雲群に音はなかったが、渓流の走り音《ね》と竹群の葉擦れの音と、そのふたつはどの刻々《ときどき》にも絶えず聞かれた。

河原の果てを埋めてひしひしと垂直の幹を並べた竹の群落は、月の光をそこに漉す時、水底めく濡れた蒼い光を、あたり隈なく流しあふれさせたのだった。敏感な葉群は風が絶えてもわななき続けることをやめず、水平の風が渡れば、たちまち林の全体に身を反らす幹の鳴り音が派生した。そこに光りあい瀰漫する蒼い光線は、水面下にも差し込んで、結んでは解きほぐれる光の筋目の層を幾重にもつくった。高い川床の只中に坐ったまま動かない女の軀を、時あって廃王は竹群の光るあたりにむけて押しやり、歩かせて眺めることがあった。細かい砂利が水底にひろがる小波に満ちた浅瀬へと、女はそのまま歩み去った。あるいは、薄青い眩光に満ちた竹の群落が、正面の山腹を埋めて雪崩れるさまを背景として、反映を散らした膝までの浅瀬を女の影絵は横ざまに渡っていった。――それらを、廃王の眼は飽かず眺めつづけた。

都を襲う考えを、廃王は何かのおりにふと女にも洩らしていた。すると女は、以来機を捉えては、その襲撃の日を心待ちにするさまを見せるようになった。

――何を思って、そのようなものを心待ちにするという。

時にやや鼻白む思いで問い返すと、

――都を焼く火を、この眼で見たいと思います。

――水妖の女が、今度は火を見たいというのか。

女はそれには答えずに、ただ襲撃の日を早めることだけを願った。

――おまえには、ただの盗賊よりは大きな獲物を欲する心があるようだ。それを頼みに思っているのに、これほど言っても聞き入れないとは、よもや野望を忘れてしまったのではないでしょうね。

と、ある時ついに女が言いだしたのは、廃王がふと久々に蜃気楼を見に行く心を起こして、ふたり岩山へと向かう途中の明けがたのことだった。蜃気楼のことばかりはこの女にも話す気が起きず、廃王はまだどこへ行くとも正しい説明はしないままに歩いていた。

——忘れたなどと、おまえに言われるつもりはない。留守の領王が帰還して、その顔をわが眼に確かめるまでのあいだ、先に伸ばしているだけのことだ。

廃王は答えた。

——都に潜ませた手下にも、領王の帰還が分ればすぐ知らせるよう命じてある。

——顔を確かめるとは、何のために。領王の留守こそ、盗賊の身には好機と思われるのに。

——何を思って顔を確かめねばならないなどと決めたというのか、それはおれにも判らない。しかし、主のいない都を焼き滅ぼしたところで、その主をひとり欠いたのでは、都の全体を全く餌食となし得たとは言えないではないか。

——おまえはそれでも盗賊か。盗賊というものは、そのような夢見る者のような考えようはしないものでしょう。領王の留守を機に今すぐ襲ってあるだけのものを殺し奪い、そして焼く。それが、盗賊のやりようでしょう。

——それほどおれのやりように不満があるのなら、おれのほうも言うことにしよう。

急に言って、廃王は足を止めて女を見た。

——あの日谷間で襲った獲物の一行に、女は一人もいなかったとおれは知っている。おまえは何なのだ。

この時、濡れたままの髪を高く結髪した女の姿は、初めて会った朝と同じ朝靄の中に、長い裳裾を沈めていた。やがて女は、さして驚いた様子も見せずに、

——それでは今まで、何と思って私を見ていました。

——いつか瀧壺で見た、泳ぐ珍しい獣。しかしそれも、どうでもいいことだ。ただ、ひとつ訊きたいが、お

まえはあのタクミから離れてきておれを選んだというのか。

――タクミ。そのような者は知りません。私が今見ているのは、都を焼こうとしている盗賊がここにいるということだけ。都の火を、おまえは私に見せてくれるのかくれないのか、こうなってはここで確かに聞きたいと思います。

――それほど見たいというのなら、確かに見せてやろう。領王の顔を見さえすれば、都は確かに焼く。

――領王は、今日のこの日、午《ひる》には戻ってきます。

女は言った。

――何故そのようなことが判る。

――何故と訊くよりはこれから都へ行って、わが眼に確かめるほうが早道でしょう。

――では訊くまい。しかしその前に。

――何か。

――蜃気楼を見に行く。

自らも気づかないうちに、廃王は強く言っていた。女はふと眉を顰《ひそ》めるさまに、

――何故そのようなものを。おまえの心には、私の眼の届かないところがひとところあるようだ。盗賊が、蜃気楼など見て何を思うというのだろう。

――おまえの眼が届かないところがあるとは、おれには聞いてこころよい話だ。領王が午に戻るというのなら、まだ時がある。それまで、蜃気楼を見に行くと決めた。

廃王は言って、曙の色の射し染めた行く手の絶巓をはるかに見あげた。断崖の岩肌は、薄もやに烟りながらも黎明の冷たい光に鎧われて見えたが、その頂きばかりは濃く霞んで、今日も灰色の水気に覆われていた。が、この時ふたりの背後には、根城に残った筈の者ことごとくが潜んで、遠く様子を窺っていた。その先頭を率いるのは盲亀で、その指し示す先に女の顔を認めた者たちは、恐れの声を口々に小さく洩らしていた。

同じ朝、寝覚に風の音を聞きながら匠は遅くに起きた。ただ、軀は眼醒めても、いつかの夜に崖を落ちて頭に傷を負って以来、心はその身の底に死んでいつ眼醒めるとも知れなかった。崖を落ちる以前のことは、苦痛の彼方にすべて忘れられて、ただ、眠りに沈んで夢見ている時だけは、闇に包まれた過去の一点に、朱の色に燃える焰の夢をいつも見た。この朝も、同じ夢を見たあと夜具に入ったまま天井を見上げていると、午《ひる》とも思えない昏さのなかに空気の緊張した気配があって、野分の前触れが感じられた。やがて、鑿《ノミ》を一本腰帯に挟んで外回りの廻廊に出ると、烈しく黄葉した庭の景色の遠く近くに、人声とともに往きかう者の姿が多かった。

——領王が今日帰ると、伝令がひとり先に戻って知らせたのだ。

一人を呼びとめると、すぐにその答えが返った。

——帰るのか。

何の興もなく口から声を洩らすと、

——王宮の守り神、完成するまでは領王も見ようとは言うまいが、国のタクミに召された身として、おまえは引見を受けることになる。仕度しておくがいい。

誰か横手を通りかかった者が、そう声をかけて通り過ぎていったが、匠は眼も動かさずに立ったままでいた。午過ぎから急激に空が暗んで、家内《いえうち》にいても空気の昏さは眼に重《おも》り、身内に沈んだ。仕事場に入る気も起きず、与えられた居室にひとり坐っていると、遠い八方に人のざわめきばかりが感じられる。落ち着かない心地に扉口に立つと、吹き抜けの廻廊の彼方に、庭の白砂が風に舞うのがしらじらと眼に残った。

やがて人が来て、匠は幾つもの内庭を登り降りして遠い別棟へと連れていかれた。背を押されるように入った室《へや》は、空席の玉座のあるあの望楼ではなく、四方に燈籠の下がった簡素な亭《ちん》である。めぐりの庭から筒抜けに吹き渡る突風に衣を煽られて、匠は坐った。隣りに、顔は見えないが先に来て坐っている者が一人いた。

……すると、糸が切れたように風が絶えた。重苦しい沈黙が地表に残って、大気はその時、にわかに水の香を孕んだのだ。

垂直の豪雨の只中に身を封じこめられて、匠は庭おもての池を見ていた。烈しい飛沫《しぶき》に包まれて、水面も地表もひとつらなりに見わけがつかない。待ちつづけても、そこに来る筈の人は現われず、亭《ちん》の四方に立つ者たちは、間を置いて数人ずつ様子を見に走り去った。一枚板のように耳を塞ぐ豪雨の音の底で、にわかに水脈となって軒下を奔りだした水の音があり、いつかその音ばかりが耳を澄ますかたちの身内に沁みとおっていた。

——何か支障が起きたのか。

と、やがて隣りに声が起きた時、そこに残されたのは匠とその者の二人きりになっていた。

——領王が今日帰ると盗み聞いて、顔を見られるものなら見てやろうとふと思いついたが、見られないというのであればここにとどまる理由もないな。

声の主へと、匠は顔を向けた。ひと目見た時、（醜いもの）と思う心がそこに湧いたようだった。

——おまえは何だ。

——何だと訊かれて答えようは幾らもあるが、少なくともおまえと違って、タクミでないことだけは確かだ。

醜い男は言って、暗い瞼の蔭から雨の降る外を窺う様子を見せた。顔は動かないまま、視線だけ八方に散らす気構えがそこに感じられ、これは確かにタクミの持つ様子ではないと悟られた。

匠はようやく不審な心を起こして、

——おれは、おまえは元からここに住むタクミだと思っていたが、王宮付きのタクミで、やはり新たに守護神像を彫る者が一人あると聞いていた。

——そのタクミなら、今は屍体だ。

——殺して、入れ替わったのか。すると群盗の一人だな。

——今はそうだ。昔、今ではもう忘れてしまったほどの昔には、タクミだったこともあったが。

その言葉を聞いて、ふと匠の死んだ心の底に一点眼醒めた記憶があった。

——待て。廃王がいつか、タクミは仲間とはしないと言うのを聞いた憶えがある。

——頭目と知りあいか。では、頭目が今、おまえのものであった女を手に入れていることも知っているのだろうな。

——女。おれは女など知らない。

——瀧壺でわれらが襲って、水に押し沈めて殺した筈の女だ。先刻おまえの仕事場に忍び入ってみたが、おまえはその女の像を彫っているではないか。

——毎夜夢に現われる、あの焰の中の女のことか。

言いながら、いつか二人とも立っていた。遠く、王宮の正面の方角に人声の色めきたつ気配があって、匠が庭に降りると等しく、それに並んで醜い顔の盗賊も走りだしていた。

領王は、正面の門近く、人の走りめぐる中央の白砂の道に横ざまに倒れて、屋根の下へと運ばれるところだった。横首に太くひと筋矢が立って、矢羽根の白が、雨に濡れて烟《けぶ》って見えた。騒動の輪の外に立って見守るうちに、

——先を越されたか。

盗賊の言う声を匠は聞いた。が、その口調とはうらはらにさして腹立たしげな様子でもなく、

——あの頭目、幻に憑かれて心弱ったとばかり思っていたが。

——廃王がこれをしたのか。

——矢羽根の白いのが印だ。まだ遠くへは行くまい。

その声の尾に重なって、人の声が頭上に湧いた。

——盲亀、そこに隠れていたか。

仰ぎ見るより早く、矢はふた筋、匠の脇を掠めて白く飛んだ。斜めに二本、後先《あとさき》に矢羽根の白を見せて地に立った時、盗賊はすかいに飛んで、雨の奥へと地を蹴っていた。

……匠は走っていた。何故走るとも、何を追うとも憶えず、ただ王宮の奥へと逃れて消えたふたつの人影を

見ると等しく、軀だけが先に動いていたもののようだった。矢を番《つが》えかけたまま、小暗い王宮の内へと後退して消えた廃王の、その背後にひとつ、隠れるように従う者の顔が確かに見えたと思っていた。

今の様子に気づいたのか、賊を追って共に同じ方角へと走る衛兵の姿が、匠の視野に多く入り混じった。先を走る姿は何度か見失われ、見えない板壁にの太く立って震える矢の音と、人の怒号の反響を聞いた。そのたびに針路を変えて、柱の林立する角を駆け抜け、低い天井に残る跫音の残響を耳に追った。同じ床のひろがりを埋めて馳せる跫音の数は、王宮を広く左右にひろがって、匠はその一点を走る己れの位置をもはや見失っていた。

そして最後に、戸板を立てきった闇の室《へや》を、斜めに駆けて板扉を突き倒した刹那、眼前にはただ白く、雨の内庭が展《ひら》けたのだ。

幕が切って落とされたさまに、沛然《はいぜん》と豪雨の音が身を包んだ。廃王ともう一人の遠い立ち姿を、その時、匠の眼は庭の一点に見通した。

——キラ。

と、声は高く口から洩れた。この時、匠の頭を長く閉ざしつづけていた狂気の厚い霧は、雷鳴もろともなだれ落ちる濁流となって、ここに隈なく消し飛んでいた。

遂に帰還した領王が、王宮の門まで来た時、横首を射抜かれてから倒れて眼を閉じるまで、そこにはわずかではあったが、少しの間があった。そのわずかの間に、左右を固めていた者たちは、領王の口から声が出るのを聞いた。

——守護神像は、都を出る前、焼いて捨てた。

と、領王は言った。

——ひとたびの火に焼かれて滅びるほどの木偶《でく》ひとつ、何の都の守りなどになるものか。

そこまで言って、それで終わりとなった。濡れた白砂の上、あおのけに動かなくなったその顔に、氷雨は垂直に天から落ちかかって高く飛沫をあげつづけた。

長旅に従っていた供回りの者たちは、この時になって初めて、旅の行く先がどこであったかを出迎えの者たちに告げた。旅に出ることになったあの春の初めの日、領王は近くの森での狩の帰途、平地から逃れてきた落人の一群に出会ったのだ。その時初めて、大陸を埋め尽くしつつある侵寇の戦火の話が、この秘境の都の領王にもたらされた。――そして長旅の道々、大陸を経めぐる身のめぐりに見出されたものは、野と地平を埋めた焔ばかりだったのだ。春が過ぎて夏の荒廃は大陸を埋めつくし、そして残りの秋が訪れていた。その時には、この大陸の地図に名を記されたすべての国々を、領王とその一行の足は踏破していた。生きた王の残っている都は、そのどこにもなかった。

――そのようなことを、ただ聞かされただけで信じられるものか。

と、王宮の留守居の者たちは最後に言ったのだった。

――この世の人の力で、大陸のすべてを焼き滅ぼすことなどできるものか。おまえたちがわが眼で確かめてきたと言っても、信じられない。信じない。

旅に疲れた顔の男は、口を開きかけて、やめた。諦めの表情が、その顔の旅の疲れに重なった。

この日、岩山の沼のあたりに雨はなかったが、何故かこの時初めて蜃気楼は見られなかった。女はもはや何も言わない。都に下り、王宮の門の内に潜んで領王の帰りを待つうちに、一行が豪雨の白砂の大路に現われた時、廃王の持つ弓を横から奪うと等しく、矢を切って放ったのは女である。何故かと問う暇さえなく、後は退路を絶たれて、王宮の内へと逃げることが先だった。――今は盲亀の下にすべて参集することとなった群盗は、岩山の麓までで頭目と女の後を追うことをやめ、すでに都に入っていた。

……狂気の厚い霧に眼を閉ざされていた長い日々、匠は、心は死んで軀ばかり生きているさまに、ひとつの像を彫り刻んでいた。

（火の像）

と、誰かに命じられて耳に入ったその言葉は、匠の身内でただちにひとつの明らかな形を持つ姿に結びついていた。失った記憶の底の一点に、鮮やかに焼きついて消えなかったその姿は、誰の姿とも判らなかったが、その幻を形あるものに変えて像とすること以外、思うことも考えることもなかった。

ただそこに、知らずに呪いの心が生まれていた。

崖から落ちる以前のことは、平地の王宮でのことも淵でのこともすべて忘れていたが、ただ焔への怒りだけは、空白の心の全体を埋めて残っていた。怒りの心は、火になった。その怒りを、向けるべきではない相手へと、狂った心のままに匠は向けてしまっていた。新たな像には、ひと鑿《ノミ》ごとに呪いが籠もった。呪いを籠めながら、自らはそれに気づかずに匠は彫りつづけていた。——

そして今、匠の眼は曇りを洗い流されて外の世界へと見ひらかれていた。その一点に、綺羅の顔と姿が見えた。

——おまえはそこにいたのか。

匠は叫んでいた。

膝まで水煙りを蹴たてて庭に飛ぶと、雨が厚く眼に流れこみ、視野を奪った。人声の入り混じる中に、廃王の声が何度か聞かれた。

廃王は、にわかに身辺から見えなくなった女を求めて呼んでいた。——

匠は水に落ちた。腰の高さまでを埋めて、歩みを封じようとするその池の水の行く手に、求める者の姿があった。

すると、前へ伸ばした両手の先に、触れるものがあったのだ。

——おまえなのか、おまえはここにいたのか。

——おまえは厭だ、おまえなど知らないよ。

言いながら、垂直の豪雨に白く烟《けぶ》る姿は右に左に匠の手を避けた。池に激しく波を蹴立てて、匠は何度か衣の端を捉え、そして冷たい手を捉えた。なおも逃れようとする軀を両腕で押さえ、片手に顎を摑んでその顔をあおのかせた。この刹那、匠の眼が見たものは、雨を受けようとするさまに開かれた、濡れた柔らかい口腔だった。

――

匠の手のあいだで、女の歯と舌が蠢いていた。

――おまえたち、二人とも駄目だ。弱い者ばかり。

――何のことだ。しかしおまえは死んだのではなかったのか。一度死んで、この手に屍体を確かめたのは、あれはおまえではなかったのか。

――私はおまえの呪いだよ。おまえが呪って、火を呼んだではないか。

――何のことだ。

――空の雲のような、子供の笑いなどもうないよ。私はおまえの呪いとなって、火を呼びつづけるよ。

――何のことだ。

腕のあいだに軀がすべり落ちて、半転しざまに水面を叩いていた。沈んで見えなくなったそのあとに、匠は池に膝をついて掻き探ったが、手に触れるものは嘘のように何もなかった。

この時、すでに領王を失って乱れた王宮内の八方には、かねての準備の手順どおり襲撃にかかった群盗の跫音が入り乱れていたが、同じころ、無人の沼の空にはここばかりは雨もなく、音のない光と陰翳を虚空に滲ませはじめていた。墨色の影は、やがて遠い山脈の峰のつらなりとなって空のめぐりに垂れこめていたが、その曖昧な稜線をふと横ざまに光が走って、動かない焰の線となった。

焰の線は、いつか二重三重に太く重なって峰々の果てから果てまでを埋めた。やがて動きを速めて、斜面を内側へと流れだした。

……そして長い疲労の果てに望楼に踏み入った時、捜す相手はそこにいて、早い日暮れの外を見ていた。雨足の線は秋の暮色に呑まれてもはや見えず、溶暗していく景色の底には、大路を真一文字に埋めた白砂の濡れ色ばかりが浮いていた。

——廃王か。

と、吹き抜けの扉口に立って、荒い息を吐きながら匠は呼びかけていた。

灯も入らない室《へや》には、重い水気を孕んだ外気が外の中空《なかぞら》からひとつらなりに入りこんで、外より早く暮れていた。折れた矢を背や脇腹に立てたまま、ひときわ暗い床に影を盛りあがらせて転がる死骸を、幾つか跨いで近づくと、そこに廃王はようやく振り向いた。湿った埃を積んだままの玉座に、弓を膝に据えて坐っていた。

——タクミか。その顔は、正気づいた顔だな。

——外に、何を見る。

——少し早く来ていれば、都を逃げようと血迷う者がこの大路を埋めていた。逃げても、八方を囲まれては逃げ場もあるまいに、それでもどこに隠れたものか、もう残る者もないようだ。

匠は、玉座から少し離れたあたりに立って、三方に開かれた露台の彼方を眺めた。ほとんど雨は上がり、黒々と湿った夜気を通して遠望される山並の稜線に、焰の列は隙なく並んだまま、ただ今だに動きだす気配はなかった。

——まだ攻め入る時期を窺っているのか。初めて見えてきた時以来、少しも動きだす様子がないな。

匠が言うと、

——おれはかつて、同じようにしてあの焰の線を眺めたことがある。海ぎわにあったおれの国で、おれの王宮の望楼からだったが。丸一日あれに取り囲まれて、攻め入られたのは二日目の夜だった。

廃王は、物を思う様子に答えていた。

——もう一度これを見ようとは思わなかった。

——おまえ、何を思って盗賊などになった。

——おまえは何を思ってタクミになった。

——おれは初めからタクミだ。おまえとは違う。

——そう言えばここで何か彫っていたな。もう出来たのか。

——終わった。昨日のことだ。狂っていたとは言え、国のタクミのおれが生命懸けにしたことだ。それで良い筈だ。


匠は言った。

蛮族の軍が、出現したと見えた時にはすでに遅く、思いがけない速さでこの窪地のめぐりを隙なく包囲されて以後、混乱のうちに群盗の姿もどこかに紛れて消えていた。敵味方、今はより巨きな敵の前には境いも消えて、共に都を逃げて近い森のあたりにでも隠れたものかと思われた。

王宮を広く四囲する都の街衢に、今は燈火も点々とまばらで、松明の燃えるのはこの王宮の門の一劃だけに見えた。侵寇を迎えうつ準備に、わずかに残った兵のたぐいが奔走するのか、望楼をめぐる遠い廻廊や庭のあたりに跫音とざわめきがある。が、領王を失っては、命ひとつ下すことさえ滞りが起きているようだと廃王は見ていた。


——女を見ないか。どこかではぐれて、捜したがどこにも見えない。

——おれは知らない。


と、匠は答えていた。そして少し考えてから、

——あの女、おまえのところにいたのか。火を呼ぶなどと言っていたが、おまえには何か言ったか。

——おれにはこの都は焼けないと言った。蜃気楼に己れの心の秘密を追い求める者は、盗賊ではなくタクミにでもなれと言った。

——タクミ。

——タクミは仲間にはしないと、前に言ったことがあるな。

廃王は立っていた。遠く、正面に、山並の輪郭をなぞった焔の線の一劃が崩れて、動きはじめていた。

——どこへ行く。

——することがある。

——何だ。

——おれが何者なのかは知らないが、すると決めたことだけはしておく。

つられたように匠も後に続き、段を前後に並んで下ると正面門を見通す広い通廊に出た。出ると等しく、武装した兵が多く走る只中に入っていた。——吹き抜けの庭の白砂ばかりがほの明るむ暗い通廊に、匠の身の左右を埋めて反対へと流れ過ぎていく顔の群は、己れの行く手ばかりを凝視してこちらを見ることもない。その只中で、盗賊の姿のまま数歩先を足早に進む廃王の背は、かつて糸が切れたように匠に背を向けるのを見た時と同じく、もはや後に続く者のことなど頭を離れていることが判った。

正面の庭面《にわも》には月映《つきばえ》が生じていた。

暗い軒下から一歩そこへ踏み出すと共に、匠の身は雑踏の一点に呑みこまれていた。深く濡れとおった白砂に、群衆の影と月白《つきしろ》とが強く淡く入り混じり、自らもその影のひとつとなってさまようちに、匠は廃王を見失っていることに気づいた。外壁の外を堀となって流れ出す川の船着き場には、逃げ遅れた女子供のたぐいが多く集まって、兵の流れから取り残された様子に舟を仕度していた。この流れを逃げれば、隠れ谷を越えて外へと抜けることができた。

……運び入れつつある荷の中に、布に包んだ人身大ほどの何物かがあった。

——都と王宮の守り神、己れたちだけの守りに持ち出す気か。

兵の叫ぶのが聞こえて、船着き場の人垣に乱れが起きた。女の悲鳴が幾つか混じって、水に落ちる者の音が聞こえた時、にわかに舟が動きだしていた。

匠が川縁に駆け寄った時、まだ舟の上に残っていた数人の女を川に蹴込んで、盲亀は盗んだ舟を漕ぎだしていた。矢が数本飛んだが、狙いは大きく逸《そ》れて水音だけが立った。遠ざかる舟の底に、布に包んだ像がまだ残されているのを匠は見た。

月の反映が水皺に揺れる川に沿って、舟の真横に並んで匠は走っていた。

——誰だ。

——おれだ、タクミだ。像は置いていけ。

——こんなものはどうでもいいが、置いていく暇はない。おれは逃げる、諦めろ。

——諦めるか。

王宮のめぐりのざわめきはもはや背後に遠のいて、行く手の街筋はどこまでも無人だったが、遠く焔の輪が縮まりはじめた山腹には、叫喚が幽《かす》かに谺をうっていた。川が大きく曲がる先に、橋があるのが家並み越しに見通され、道を離れて匠はそちらへと走った。途中、軒下に横倒しのまま燃える篝《かがり》の火を見た。走り抜けざま松明を両手に取って、そのまま橋に駆け登った時には、盲亀も意図を悟って舟に立ちあがっていた。

松明ごと橋の真下を過ぎる舟に飛び降りた時、船荷を覆う油布には膜のように火が走ったのだった。揉みあって、目先をよぎる刃の光をとっさに避けて手を出した後、気づいた時には、両手の先にぶ厚い手応えがあった。初めて人の生身を刺したと、驚く心が湧く暇もなく、相手の姿は舟から消えて大きく水音がたっていた。

遠い山腹と森のあたりに叫喚が激しくなって、殺戮が始まったと心の隈に思った。

すると、街並の瓦の線の一劃が、大きく照りはえて焔の色が炎《も》えあがったのだ。

——守り神を王宮に戻せ。

と、川の上流に声があって、振り向いた眼に後を追ってくる数隻の船影が映った。水面の拡がりの一点に、焔の大きくなっていく舟の端に立ち尽くしたまま、匠はまだ布に包んだままの像をただ抱いていた。

——千年の不可侵の守り神を。

——違う。あれは領王が燃してしまったのだ。これはおれの像だ。

——守り神を王宮に戻せ。

——違う。

叫んだ顔の左右に矢風が走って、眼前に迫った舟の群に、人影が大きく立ちあがるのを匠は見た。

(蜃気楼か)

と、仰向きに広い床のひろがりの一点に寝たまま廃王は心に思っていた。

(己れの心の秘密を見ていたというのか)

と、さらに思った。

時おり外に跫音が近づくと、その時だけ軀を起こして、遠い扉口に人影が現われると等しく矢を切って放った。斃れた者の姿を確かめる気もなく、あとは再び同じかたちに寝て、天井に顔を曝して物を思うことに戻った。その視野の端から端までをひろびろと矩型に覆って、大天井は一枚の波だつ水面のように華やかな焔の渦に埋めつくされていた。

床は背に冷えびえと暗く、闇に閉ざされた遠い壁のめぐりにも中空《なかぞら》にも煙はまだなかったが、ただ天井の一面だけは真新しい火焔を孕んで、わくわくと雲のように揺れたっていたのだ。この火が、先刻己れが放ってまわった火矢によるものか、あるいはたった今王宮の外壁を包囲しつつある蛮族の軍が遠く放った火矢の火なのか、もはや見わけがつく筈もなかった。ただここにあるのは、紛れもない炎色ばかりである。

(おれは一人の盗賊で、大きな獲物を得ようと願った。それだけのことだ。秘密などあるものか)

と、最後に思いはそこに行きついて終わりとなった。起きあがって立つと、あとは考えることは全くやめた。手の中には、最後に残った一本の矢がある。これを切って放つべき正しい相手を求めようと、そう決意した心だけがここにあった。

夜の白砂の庭に、烈しく黄葉した樹々は枝々の先を発火させて、生きたまま炎《も》えたっていた。遠く堀のめぐりには、人馬の馳せめぐる声と音が松明の焔もろとも荒れて、もはやこの包囲の輪を逃れる道はひと筋も残ってはいなかったのだ。

行く手の正面、左右の柱の列の先に真一文字に見通せる正面門の前で、閉ざされた大扉の手前に一群の争いあう姿が眺められた。

——守り神を扉の外に置け。

——これは違う。おれのものだ。

——すぐに扉を開いて外に出せ。

（違う）とだけ心に繰り返しながら、何が違うのかも判らないまま、匠は布に包んだ像を固く離さずにいた。無数の荒い手が軀にかかって、蹴られて転げながらまだ像を離すまいとした手は、掛け布だけを摑んでいた。

布が剝がれて、火の像はここに初めて顕わになった。

——それを出せ。

無数の手から手へと像は移って、大扉の横木が上げられ始めていた。

……人垣に行く手を封じられたまま、匠の眼はそれを見ていた。かつて炎上する伽藍の底で、焔の中に視た綺羅という女の姿がそこにあった。——空の雲のように無心のまま放心していたあの姿と、眼に映る外の姿は同じでありながら、そこに呪いが籠もっていたと、匠はこの時わが身に悟った。

気配が鋭く背に立って、振り向いたその先に、真一文字に矢を番《つが》えた黒い盗賊の姿があった。

——

（醜いもの）と、像の呪いはそう思う心となって眼に映った。映った時には、手は弓を握り矢を取って、狙いはおのずから定まった。乾いた木像が矢の先に打ち砕かれて、一刹那鋭い火花を散らして白砂に四散した時、大扉の中央には縦一直線の火の筋が走った。

扉は左右に外から跳ね飛ばされて、そこに火焰が一枚板のように満ちた。と共に膨れて視野を埋めつくしたと思った時、その身は直立したまま、白光の中に炎《も》えていた。

……一度血に染んだ手に、人を殺すことは難なく再び行なわれて、匠の眼は赭い顔の蛮人の死骸を見おろしていた。

新たな血に染まった手で、黒光りする武具を剝いでいくその身の周囲には、衰えかけた火のひそやかに這い進む音だけがあった。

やがて黒のひと色に身を鎧って立つと、足元には裸かの屍と血塗られた一本の鑿《ノミ》が残ったが、そこから眼を離せば、行く手には王宮の外へと引きあげつつある同じ黒い姿の流れがあった。——そこへ自然に歩調を合わせていけば、身の左右を進んでいく者たちに、姿もろとも心も同化していくかと思われた。

荒けた気配がここに漲って、進んでいく己れの顔面に他人の表情が現われてくるのが判った。途中、物影や軒下などにまだ隠れていた生き残りを狩り出しては、八方から集《たか》って、嬲って殺した。血に馴れる心が起きると、そこに快の気配も湧いて、その快をさらに求める希いへと繫がった。

黒ずんだ砂の乱れる大路のめぐりには、煙を這わせて点々と燻《くすぶ》る火の音が残っていたが、死と荒廃の沈黙がその全体を領する気配があった。同じ沈黙に浸されたまま、夜景の底を埋めつくして進んでいく仲間の行列には、無言の中にも満ち足りた疲労があった。次に都の外から最後の火を放つことへの、期待もあった。

都の火は、峰を越えたあとは背後に消えてもはや見えることもなかったが、寒風の中に火がひろまって山々を焼く煙は後までも見えた。岩山も燃えつくし、沼の水は涸れて、蜃気楼もしぜんに乾いて絶えた。

……燃える野を進み、燃える大陸の燃える地平だけを行く手に眺めるこの大軍の片隅には、いつからか一人の奇妙な兵が見られた。同じ黒のひと色に身を鎧い、人を殺すのにも火を放つのにも他の兵とのあいだに違いはなかったが、ただ顔の色が違い、言葉の喋り方も知らなかった。そのうちに、戦火の中に顔が灼けて人と変わらなくなった頃には、言葉は覚えたようだった。ただ時に、奇妙な表情に眼の色を薄れさせて、空の雲などに眺めいる様子が見られた。

が、それもしだいに回数が減って、昔の記憶も曖昧に薄れていったように見え、しまいには何の変りもない一人の兵となっていた。——昔話に、この兵は、かつて自分の手で焼いたというひとつの都の話をすることがあった。

その都で、蜃気楼の美に憑かれたひとりのタクミに出会ったと、時に懐かしげに言うのを人は聞いた。

繭（「饗宴」抄）

そして一生の驕りをきわめた四十九日間の籠城ののち、世界の大火を背に、一組の男女が眼と耳を覆って黒い魂の森へとのがれた。

天秤の西の皿には一塊の黄金。そして東の皿に置かれるべき王の右掌は永遠に祝福されよ。その日、大饗宴の始まりの宵、王の右掌に一寸の重みを加えたものは一瞬の増長であったと人は常に思ったものだ。——王はまだうら若い。蠟の白さを持つ昆虫類の美貌は、重たげな宝冠のもたらす頭痛にはやくも萎《しお》れかけている。だらりと垂れさがる倦怠の瞼は、王族の懶惰《らんだ》を載せて昨夜の快楽のなごりに沈む。その瞼の隙間をひそひそとよぎるのは、蔓のように王座に絡《から》む血統樹の、べとつく果実達。陰気な欲望を咽喉に嚙み殺す、血族達の往来である。王は未だ婚姻を望まない。血の重さがかれの藍色の矜持を深めすぎたのだ。

孤独に馴れた足に曼陀羅の甃《いしだたみ》を踏み、王は朝毎に塔へと登る。見渡せば飢餓と疫病と、迫り来る戦役と、その華々しさの限りを孕んだ首都の沈鬱な俯瞰図がここにある。七色の栄光の声をはこぶ風は日夜その頭上を去らないが、しかし地には糞尿と無知の悲惨。——夏の荒廃と共に、疫病禍《ペスト》は黒顔の女神のように地を席捲し、そして季《とき》は秋を迎えていた。一年の秋の豪奢は、純金の重みを酢のように饐《す》えさせる。かえって地の汚濁こそが朱金の襤褸をまとうのである。

或る晴れた午前、南西の空を鳴き音《ね》で埋めつくし、極彩の水禽がおびただしく飛来した。群青の地に淡紅と金の斑紋を混じえて、その眸は濃い血の赤であり、遠浅の軟泥地は時ならぬ錦繍に覆われた。しわがれた叫びを咽喉に反らし、彼らは戴冠式風の威厳をもって閑雅に歩んだのである。身の重さにたやすくは飛びたてない禽を、飢えた群衆は争って撲殺した。権高《けんだか》な羽根毛を毟れば、裸かの一尾毎《ごと》が嬰児の重みほどの肉を民に与えたのだ。しかしこのきらびやかな肉は、鍋に煮ても火に炙《あぶ》っても、陰惨なきつい尿臭で嘔吐をさそった。

運命の日から四十九日を数えた夜、炎上する首都と共に若い王の躰も燃えつきたものだ――やさしくも滅びていく、一塊の熱い灰として。連日連夜の大饗宴の果て、四十九日目の夜に特別に饗されたのも、件の禽肉だったものだ。焼け焦げた極彩の翼と尾羽根を卓にまでひろげ、純金の皿に、生血のしたたる生焼けの腹を裂かれていた。そして同じ夜の平面上、外壁のめぐりを犇々と埋めつくし、万の篝火《かがりび》の存在が夜陰を焦がしていた。――その使者が、初めて単身騎馬で王に拝謁を求めてきた時、誰もその名を知らず、誰もその言葉を解さない遠国の蛮人らしからぬ、その意外な美しさが王の眼をいかに愕かせたかを、人はおそらく理解しなかった。使者の歯は皓く、膚は浅黒かったが、廿歳《はたち》の王から見てよほど齢上とも思われなかった。複雑な人種の交配がもたらした、荒々しい洗練を人の眼は見た。決断を王の掌に残して、使者が去った後、王は陰鬱に孤独を求めたのであり、その天秤の東の皿に置かれるべき右掌は夕刻の一瞬に不意に動いた。鉄帯を打った大門という大門が、前触れなく降りた時の――群衆の騒擾と鎖の軋《きし》みを――塔の鳥瞰の窓にひとり聞いたかれの、怯懦《きょうだ》と不幸をおそらく誰も知るまい。それは日没前の慌ただしい一刻のことであり、門外に取り残された者の数は知れなかった。首都から落ちる退路もすでに絶たれ、彼らは貧民と共に、飢餓と疫病のさなかに見捨てられたのだ。

黄金製の亀にも似た重みをもって、時に人性《じんせい》の深みに沈澱するものがある。四十九日間の、籠城を一点に支えたものは、王の胸に沈澱したその不可解な半睡の驕《おご》りであったと人は思う。その貪婪《たんらん》の右掌を敬するためには、廿歳《はたち》の青年は遊女《あそびめ》のようにめざましく身を飾りつくす必要があった。あの惨殺された燦然たる水禽にもそれは似ていた。――そして幕は切って落とされたのであり、偶然の僥倖から門内に居合わせた籠城者達は、運命の中に貴《き》と賤《せん》とを頒たず入り混じった。日を重ねても、門外には哀訴と火を噴く呪詛との声々が立ち去らなかったのだ。門の一重《ひとえ》を隔てた、餓死の呻《うめ》きから顔をそむけるためにも、酢と麝香《じゃこう》との豪奢に彼らは没入した。そして流動する夜の波間には眼を閉じて溺れた。その頭上にも、疫病禍《ペスト》は羽搏《はばた》く影の翼の交錯をもって跳梁した。夜々に荒廃し、衰弱していく運命の中で、人々は不思議に恍惚とその心に穏やかさが増すのを知った。高熱による黒焦げの貌を曝す屍《しかばね》は、金の杯を掌に握ったままその死をもって何者かを超越していったのである。――死への礼節が人々の挙措を典雅なものにした。青黛《せいたい》の色に瞼と唇の黝《くろず》んだ、罹病者の顔をも混じえて、歓楽の輪から脱落して孤りに戻ることを彼らは恐れた。深更、宴に忍び入る隙間風の一瞬には、翳を持つ沈黙の中に心を寄り添わせた。恐らく彼らは個人を失っていたのであり、あり得ぬ甘さがその弱った心を浸したのである。物語の、古びた彩色挿画の世界がそこにあり、彼らはその世界に生きる自分達を錯覚していた。しかし王なる象形文字の持つ意味は、おそらくは永遠の孤独である。

四十九日目の夜、夜の黒い油壺に放たれた朱金の焔がそこにあったものだ。生き生きとのたうつ襤褸に、縦横に街衢毎《ごと》を縁どられた鳥瞰炎上図の奇妙な静けさが。……束ねの糸を断ち切られたように、互いの顔ももはや見忘れて、籠城者達は八方へと離散した。恐怖する個人の混乱に心を満たされ、叫んでいると気づかずに哭き叫びながら彼らは走ったのであり、そして不思議に荒々しい優美さを見せる騎馬群の通過をも気づくことはなかったのだ。

行雲に満ちた艶冶《えんや》な天球は、地上の擾乱を反映して静かに茜《あかね》さした。塔の窓にうら若い王の躰も燃えた。廿歳《はたち》の秋であった。一塊の熱い灰よ。……そして彼方、夜の闇路の一角を、踏み迷い乱れながら、一人の男と一人の女が小さく小さく駈けていく。

闇。その襞襞襞《ひだ》。

恐怖。荒い呼吸。鼓動と鼓動。砂利の痛み。風を聞く耳。息づかい。高い梢《こずえ》と梢と梢。悔恨。何処《どこ》なのだここは。何処を走るのだ何処へおれは何処を。

男は走り続け、胸に充満する苦痛を忘れるために、さらに走った。頭上にも背後にも、月はない筈だったが、炎上する都邑の反映がいつまでも追ってくるように、身の前後だけが絶えず仄《ほの》かに明るかった。持続する苦痛の中、女の面影の幻が眼も口も鼻もばらばらに、闇わだに流れては背後へ消える。……細く啜泣《すすりな》く女の声が、いつまでも耳元を去らなかった。

ああ。恐い恐い恐い。

泣きじゃくり、呟《つぶや》きながら見知らぬ若い女が隣りを走っていた。まだ子供ほどの稚《おさな》さであり、痩せこけて、その物馴れない様子は偶々《たまたま》籠城に巻き込まれた一人かと思われた。怯《おび》え、恐怖に泣いてはいるが、それは自責も後悔も持たない子供の涙だと男は思った。

鋭い悔恨が一時に蘇り、その鮮やかさが男を呻《うめ》かせた。

あたしどこへゆくの。どうなるの。

涙に上擦った、稚げな声で女が言った。――あたし恐いのよ。大勢人が死んで、あのお方も亡くなった。塔に登って、あたし階段から見ていたのよ。あのお方は御自分でお亡くなりになった。火が登ってくる前にあたし逃げたの。怖ろしかった。――

月は雲間に隠れていたのか、前方に灰色の野面《のづら》の明るさが生まれていた。ほとんど草のない起伏を縫って、道はうねりながら仄白く伸びている。嘆きと疲労を抱えて、彼らはいつか走るのをやめて歩いていた。道の続くまま、ただ進んでいったのだ。

あたし本当は門の外へ逃げたかったのよ……誰も知らないし。死にかけた人まで混じって、飲み食いしているのが恐くて。人のいない時に入っていっては、食べ物を取ったの。……

男は聞いていない。放心して、別の女のことを考えていた。

門の外に住む己れが偶然から助かり、反対に籠城に加わるべき女の方が門外に取り残された。その悔恨と自責は、四十九日が経過しても少しも褪せることがなかった。あの時、門外へ駈け出すことならば男には充分にできた。それを、手をつかねて眼の前に見殺しにしたのだ。——矢の長さ二本分の厚みを持つ、鉄と厚板の大門が鎖を外され、そして一気に落ちた時の地響きと叫喚を、その砂埃を男は思い出した。蒼褪め、唇が白くなっていた女の貌をも。走りながら、一直線に男の眼だけを見ていたが、その最後の一瞬を男は恐怖と卑怯さから見なかった。門の下敷きにならず、万一助かって外に残ったとしても、より無惨な飢餓と暴動と疫病の中での死があった筈だ。

にもかかわらず、気づいた時には饗宴の、痛飲と飽食と懶惰《らんだ》の中に居たのだと男は思い出す。……

若い道連れの女は、その稚さのままに喋り続けていたが、男の耳に声が入ることはなく、道連れの存在も忘れていた。四十九日間、ほとんど停止していた思考がいま眼醒め、大饗宴の場面場面が脈絡なく、しかし意味を伴って想起された。それらの場面は、絶えず豪奢であり、絢爛と放埒《ほうらつ》で、しかし下水《したみず》のように鬱々と流れる怯懦に裏打ちされていた。門外に見捨てられてしかるべき己れが、しかしその密約の空気に親しく溶けて異和感すら感じなかったのは何故か。と初めて自問が生まれた。籠城の傲慢を主宰する彼らが、ひ弱で頽廃した驕《おご》りの一要素として、貴のみでなく賤をも欲した、要したからだ。と、答えはだしぬけに返ってきた。貴は賤の存在を常に要する。しかも大門を落とした一刻の、偶然によって貴卑共々《ともども》に賽《さい》の目風の選別をし、選ばれたという特権を持つ賤の存在を親しく迎え入れた。その増長を彼らは愉しんだのだ！　それが今、不思議なほどすらすらと理解された。

あの女はそうではなかった！

熱くなり、思考に没入して、男の意識野は狭くなった。——あの女は生き生きとした生命《いのち》の熱い焔を持っていた。その肉は柔らかかったが、頽廃の夜に溶けこむ柔らかさではなく、強靭で激しい理智の輝きを芯としていた。女の姿を最後に見失った時、自分は何かを聞いたように思わなかったか。心の混乱と外界の騒然との中で、しかし不思議に明確な言葉として。女の声を。その叫びを。

ああ、今ならば何度でも繰り返しあの瞬間へと戻っていくことができる！　一瞬の衝撃に切り取られた刹那の、あのただひとつの貌へと。恐怖の表情は蒼白。しかしその眼に理智と意志力は一瞬に煌いたのだ。何故あのような眼で見たのか？　そのように見られる資格など自分は持たなかったものを。あの時何を叫んだのか？　明確に聞いた筈なのに思い出せない。でも何故。……その日、天秤の東の皿に王の掌が動いた一刻。総崩れになった群衆の叫喚と、瀕死の日没の真紅、その只中に彼らはいた。男とその女。恐怖の冷汗と埃に汚れ、人の渦に巻かれて、そして鎖の数十本が宙にたわみ、頭上に落ち、見上げた女の眼が輝くのを男は見た。混乱と卑怯さに射すくめられたままそれを見た。理智と意志力に輝き、明晰に死を悟ってその眼は男を見たのであり、その瞬間！

　突然の感動に似た情感に生き生きと溢《あふ》れ、勝利のように尚《なお》も溢れて輝き、かつて一度も已れを理解しなかった男に向けて――輝きは一瞬、叫びに似たのだ。このように。――お！　散る花よ。

　火と焔を孕《はら》んで奔《はし》る奔る　風よ。

　わたしを巻き込む乾いた熱風の流れ　熱い灰を森へ　梢《こずえ》へ運び　そのすがた黎明に溶けて　行方知らず交わり解《ほぐ》れる　わたしを聞けわたしを見てよ！

　今より此処《ここ》。朝毎《ごと》に石に置く露ふふむ　わたしと思え。

　野をゆけば　突然にお前を追い越す風　その中空《なかぞら》に呼ぶ声を振り向けば　わたしと思え。

　空林のひかりの梢に棲み　已れ知らず　けれど虚《むな》しくもなく　自足して満ち足りた。蜘蛛の巣に燦《きらめ》く雫　髪に触れる朝霧の流れ　流れるままにほぐれ溶け　ただお前呼ぶ声のわたし　愛したか愛したか。清水湧く泉の声　朝嵐の声はわたし　お　いつかお前　わたしを忘れるか――

　忘れても繰り返し　朝霧の森に踏みしだく　衣擦《きぬず》れよ。お前わたしを　愛さなかったが解《ほぐ》れても捜し求め……やさしい風よ。お！　散る花　よ。

　――風が男を追い越した。

灰色の、平板な明るさである秋の野面《のづら》で、唐突に、一点への強烈な吸引力を持つ眠気が男を捉えた。急激に男の意識の灯《ひ》はしぼられ、ゆらぎ、赤い点になった。それを男は漠然と感じたが、膝はすでに砕けていた。瞼は不自然な重さで閉ざされた。二度と開くことがあるのか、背も躰も丸くなり、額が膝頭に触れた。野道の途中、行く手に拝跪《はいき》する姿勢で凝固し、男の意識の存在は、消えた。

……野面《のづら》の左右、遠く近くに虫のすだく声があるようだった。

靉靆《あいたい》と灰色にかすむ眺望の中、娘は一心に急ぎながら歩いていた。眼は仄白い径の前方だけを凝視し、道を急ぐ子供の表情で、連れがいなくなったことにも気づかず、誰かを相手に喋っていたことも忘れていた。道は遠く起伏をうねりながら、行く手に溶暗している。そこに灰色の野明《のあか》りから一箇所浮いて、ひと塊の黒い森のたたずまいが遠望された。

夜景はすみやかに流れ去り、鮮烈な香りに満ちた森林の入口へと着いた。湧き水を求めて瞠《みは》る牝鹿の眼で、娘は深い木下闇を進んでいった。心臓は懼れに似たものに慄え、膝はおののいたが、不思議に惹かれていく心があるのだった。やがて空地に出たと思った。鬱蒼とした梢から洩れおちる微光にも、身のめぐりに存在するものの気配が張りつめて感じられた。娘は石を燧《う》ち、掌のなかに燃えあがる焔を作った。

繭である！　人身大の大きさを持つ、薄灰色を帯びた繭。その数知れぬ群である。

蜘蛛の巣の森でもあるかのように、空地をめぐる幹に、枝々に根方に、縦横の動かない白雲を棚引《たなび》かせ――焔が動くと、黒闇に溶けた繊維の波は頸飾《くびかざり》のように輝き、繁やかにさんざめいた。繭の群と群と群は、それらに凝然と包《くる》まれ、沈黙している。

そこに感じられたのは、生命《いのち》の気配だった。成長し、萌え出ずる生命ではないが、しかし水源のように奥深く豊かなそれ。枯れ枝に火を移し、地面さえ蚕《かいこ》糸の漣《さざなみ》が薄光る中を、彼女は眼のまえの繭へと近づいた。その繭ひとつから、何故か縛られたように眼が離れないのだった。――指と爪で、意外な抵抗を持つ繭の腹を掻き破るうちに、粘着性の強靭な繊維は腕にも躰にも貼り付いてきた。触れた部分の皮膚にはりはりと密着し、絡《から》みつき、次第に巻き込まれていく。口で呼吸し、一塊の橙黄の焔だけに照らされながら、やがて中に眠るひとを見た。裸かの膝を抱き、深い繭の眠りを眠る女を。娘は眼をみはった。

お　あたし。あたしあたしあたしだ。

……滅亡に浄められ、忘却の約束された夜、霊魂の黒い森に到達してその夜ひとりの女が涙を流した。繊維の絡まる髪に触れ、さらに顔に躰に触れようと身を乗り出し、繭に半ば咥《くわ》え込まれていきながら。涙を零《こぼ》すとは気づかずに、しかし陶然として平穏にひたされ、我が身のいとおしさと懐かしさに、甘い涙はいつまでも流れた。

燃える枝は地面に落ちた。焔がわずか赤味を増しながら、樹の膚《はだ》をゆらりと舐めた。森の外はいま、闇。

掌篇集・綴れ織

支那の禽《とり》

ガレエ氏はその夜、Ｆ嬢の骨牌《カルタ》の会に招待されていた。雇った車を四つ辻で止めさせて、そこから森林公園の向こう側にあるホテルまでは、歩いていくつもりだった。真黒い森の影に包みこまれるようにして、硝子《ガラス》張りの窓や扉の灯を半透明に混ぜあわせているその古風なホテルは、Ｆ嬢の後見人の持ち物で、今夜の骨牌《カルタ》会はその地下室で開かれるのだという。金縁アート紙の招待状をもう一度読みかえすと、ガレエ氏は黒い梢の稜線の上に熟れた榲桲《マルメロ》の実のような月が登りかけているのを見上げながら、森に続く橋を渡っていった。

招待状が届いた三日前の夜のこと、ガレエ氏はＦ嬢からの電話を受けた。会のある日というのは実はＦ嬢の誕生日で、だからガレエ氏はＦ嬢に贈り物を持ってこなくてはならない、というのだった。

ああ、何がお望みでしょう、貴女《あなた》！

ガレエ氏が尋ねると、Ｆ嬢は会の夜に予定している自分の衣裳について細かく説明するのだった。——あたしは紫縮緬《ちりめん》の振袖に銀の帯を胸高に背負《しょい》あげて、爪は緋色、頸飾《くびかざり》や耳環はわざとつけず、髪を額と肩に厚く垂らしているでしょう……聞いているうちにガレエ氏は、そのＦ嬢に横から朱い煙管《きせる》や玻璃《はり》杯を手渡す骨牌《カルタ》会の男たちの様子を思い浮かべていた。招待状を受け取った人間たちのうち、いったい何人がこの夜Ｆ嬢から同じ電話を受けたのかガレエ氏にはわからなかったが、少なくともガレエ氏一人ではないことだけは確かだった。微醺《びくん》を帯びた様子の電話が切れると、ガレエ氏はすっかり考えこみ、以来今夜まで思い悩んできたのだった。

牡丹大の闌《すが》れた薔薇がうなだれている森のはずれには、眠りに沈んだ禽《とり》小屋があった。気弱な都会の散歩者たちの一人であるガレエ氏は、市街中心部の間隙のようなこの森のすみずみまでをよく知っていたし、この時刻に禽小屋の中でめざめているのは支那生まれの煤《すす》色の夜啼き鳥だけだということも知っていた。背緑胸紅で、尾ばかりが青い昼の鳥たちは奥に姿を消していて、近づいていくと夜啼き鳥は止まり木に来てガレエ氏を迎えた。

こんばんは、鳥。

こんばんは、ガレエさん。いい夜です。

支那から来た鳥は、望郷の黝《くろ》い眼を金網の向こうに沈ませて答えた。

F嬢の骨牌《カルタ》会に行くのですか？

そうだよ、鳥。黒真珠の耳環を贈り物に持って。

その黒真珠の採れた支那の浅海では、今頃貝が蜃気楼《しんきろう》を吐いて眠っているでしょう……！　虎と狼が森に潜み、朱の欄干の望楼が湖に灯影を落とすあの黄色い国に、帰れましたらねえ。

煤色の小鳥は、そっと吐息を洩らした。

ああ、鳥。あの人もおまえと同じ支那から来たんだよ。おまえと同じ、この耳環の真珠のような黝《くろ》い眼をして、紅い海の向こうの大陸を夢みているよ。

ガレエ氏はその様子を思い出して、一人言のように熱っぽく言った。ビーズ玉の飾りを垂らした紅い灯の下で頬杖をつくそのF嬢のところに、男たちは数多く火蛾のように集まってくるのだったが、遠い国から買われてきた籠の鳥、その浮囚のもの思う視線《まなざし》が、男たちをこんなに惹きよせるのかもしれなかった。

ガレエ氏は、胸の包みから銀鎖で繋いだふた粒の黒真珠をとりだした。夜啼き鳥は羽撃《はばた》いて、金網に来て止まった。

銀と紫のあの人がこの耳環をつけたら、どんなにか似合うだろう！　鳥、そうしたらあの人の望郷の視線はこの耳環にとまって、それからぼくを見てくれるかもしれない。

ああ、ガレエさん、ガレエさん。

と、小鳥は小さい声でそっと言った。

その黒真珠を私に下さい。ふた粒ともとは言いません。ひと粒だけ、鎖を環にすれば私の頸飾になるでしょう。

駄目だよ、鳥。これはあの人のものだから。

ガレエ氏が断わると、鳥はつんとして止まり木に戻り、私が見ばえのしない鳥だということは知っています、と横を向いて呟いた。

骨牌《カルタ》会に行ったガレエ氏は、F嬢の電話を受けていた男たちの数が予想以上に多かったことを知った。むろん、小粒の黒真珠がその中でF嬢の眼に止まりさえしなかったことは言うまでもない。F嬢は碁磐縞《ごばんじま》の床に骨牌《カルタ》をばら撒き、その中からスペエドの女王《クイーン》をひき当てた黒豹《ひょう》紳士にその夜の寵を与えた。その時令嬢の眼の中に、郷愁の色はあとかたもなく消えていた。

翌晩、ガレエ氏は森の禽小屋から夜啼き鳥を盗み出して、自分の部屋につれ帰った。黒真珠は鳥に与えられたが、何日とたたないうちに不実な鳥は頸飾をつけたまま逃げだし、紅い海の向こうに残してきた恋人のもとへと飛んでいった。ガレエ氏の手元に残された耳環の片方は、F嬢の次の夜会のため、繻子《しゅす》の上沓《うわぐつ》と取りかえられた。

秋宵

「その夜のお伽話《とぎばなし》風な犯人が結局誰だったのか、それはともかく」と友人が語りだした。

水色の秋の一日が暮れて、われわれが腕を置いたテエブルは大理石の冷たさだった。外遊から戻ったばかりの友人は、土耳古《トルコ》巻きの煙草を片手に、紫烟の行方をしばらく眼で追う様子だった。——この友人がこういう様子をする時は、ただ待つしかないことをわれわれはよく知っている。

点燈したばかりの洋燈《ランプ》が卓の上でじりじり音をたてて、気むずかしい友人はやがてようやく話を続けた。

「丘の赤煉瓦の洋館——君も知っているだろうが、あの『丘の館の令嬢』の話だよ。殺された時の話を知っているかね？　もっともこの話は、君の知らないどこか遠くの国の話だと思ってくれてもいい。信じにくい話だし、それにこの話を君たちに信じてもらうつもりなど少しもないからだ。……ともあれそれも秋のことで、館ではパアティの最中だった」

——令嬢の屍体が奥の部屋で発見されたのは、もう夜も更けた頃だった。その夜は和装だった令嬢の、臙脂とむらさきと硬ばった銀と、その色彩の諧調が寝椅子の上に横たわって、まるで珍しい花のようだったが——、誰かが月夜のいたずらのように、その首を持ち逃げしてしまっていた。つまり、首が無かったのだ！

「ああ」

とわれわれがどよめいたのは、恐怖よりも視覚の新鮮な驚きのためだった、と言っても君は怒るまい。実際、それは重たげな等身大の人形のようで——まして、十重二十重《とえはたえ》の鎧のような襟の重なりと強《こわ》い帯との厚みで、八重咲きの花のような肉体感のなさだったのだから。

……唐突にこんな場面から話しはじめれば君は呆れるだけだろうが、しかし事件は常に唐突に起きるものだ。この場面は、その場にいたわれわれにとっては、長い日常的な時間の経過の続きとして出現したのだからね。

パアティは盛会だった。令嬢が集めたのは若い連中ばかりだったので、夜も更ける頃には少々羽目を外した様子にもなったが、それでも一応正装の集まりだった。――庭つづきの広間《ホール》では、碁盤縞の床が磨きあげられた冷たさで秋の夜の燈を映していた。その冷えびえしたリノリュームの床に頬を押しあてたら、淡い鏡の感触がしたことだろう。考えてみれば確かに、その広間に令嬢の姿は途中から見えなくなっていたようだった。

「今夜は誰も、ここから帰るわけにはいかんぜ」

と、すぐにそういう騒ぎになって、

「刑事を呼ばなけれぁいかんじゃないか」

斧で扉を打ち破った召使いたちが、肩で息をしていたが、すぐ電話室へ飛んでいった。しかし無論、知ってのとおり町からあそこへ人を呼ぶには朝まで待つしかない。――この部屋には窓がないじゃないか、と最初に言いだしたのが誰かは知らない。言われて気づくと確かにそうだったし、扉を斧で壊さなければならなかったほどだから、扉には内側から鍵が――それも妙に頑丈な閂《かんぬき》がかかっていた。隠し扉なんてロマネスクな代物がその部屋になかったことは、わざわざ断わるまでもない。無気味だと思うかね？　その時ぼくが何を考えていたか？　……無くなった首のことだよ。

切り口の厚い、静電気をたくさん持っていそうな髪をしたこの館の令嬢の首ならば、確かに誰でもちょっと盗んでみたくなるには違いない、とそんなことを考えていたのを覚えている。ぼくの普段の気質を知っている君ならば、さほど奇異には思うまい。

電話室から戻ってきた執事がおずおずと現われて、「実は」と言いだしたのはその時だったと思う。

あの館の令嬢が、近くの都市に後見人を置いて、こんな別荘地で召使い何人かだけを使っての気ままな一人住まいだったことは知っていただろうか？　その時執事が言うには、その夜令嬢は秘密に、パアティの途中で特別な客を迎えるため、誰もこの部屋のあたりには近づけさせないよう命令していた、というのだ。

「別室に、晩餐の仕度を二人分整えておきましたのです。それだけで、裏門に車の着く音は聞きましたが、誰もその客の姿を見はしなかったのでございます」

と、それではその客というのが犯人か。——

それからわれわれが勝手に部屋を調べはじめた、と言うと無茶に聞こえるだろうが、なにしろ酒の入った若い連中ばかりだ。それに、それぞれがひとかたならぬ想いざしを捧げていた令嬢のことでもあるし、その時誰も不自然には感じなかったものだよ。執事も召使いたちも動転していたのか何も言わなかった。

いろいろなものが見つかった。支那絨緞の毳《けば》に、長い灰が落ちていた。香水の重い小壜が、寝椅子の猫脚の陰に中身をこぼしていた。誰かがその壜の口を鼻に当てて、クロロホルムだと言った。花瓶の室《むろ》咲き牡丹の葉陰には、長い髪がひと筋絡《から》みついていた。ひとりがそれを自分の指に巻きつけた。巻きつけた男というのは——

こうした一連の動きを率先してやってのけたその男が誰なのか、ぼくは知らなかったし後で判ったことだが誰も知らなかった。もっともその夜は、初対面同士の客が多かったことも事実だが。ともあれそれは実に積極的で、要点をつかんだ行動をその場で見せていた男だった。容貌などについて説明することもできるが、ここでは多くは語るまい。ただ、われわれの多くと同じ年齢の若い男——同じ正装だった。

われわれが次に小食堂へと移動することになったのも、その男が先頭に立ってのことだった。来てみると、ここには白い燈が煌々《こうこう》と灯しつらねられて、白布の上に並ぶ汚れた皿がある。

「令嬢はこちらの席、犯人は向こう側」とその男が言った。——「こちらのリキュールのグラスには口紅が付いている。向こうには灰が散らばっている」

「車が出ていく音は聞かなかったのかね？」と、次にはおそるおそるついてきた執事にむかって言った。一度出ていって、また戻ってきたようだった、と執事が答えた。

「跫音《あしおと》から考えて、食事のあと二人で車での散歩に出て、また戻ってきたというのではございませんでしょうか」

――それから、議論が沸騰することになった。

夜はどんどん更けていった。もとの小部屋に戻って、われわれは議論を続けていた。一方の先頭に立ったのは例の若い男で、この事件の解決はありきたりな方法で得られるはずはない、というのだった。

「問題の急所は、この部屋が密室だということだ。その客とかいう人物と令嬢の首とが天外に消失したわけだ」

「綿密に調べれば出口は当然見つかるはずで、最初から出口がないことを前提とするのは早急にすぎる」――何人かはそう主張したが、ではその場合われわれの取るべき手段は何がある、と男は妙に迫力があった。

「手段だって」

「手段はひとつしかない。事件の経過の再現だ」

「再現だって」

「車が最初に着いて、一度出てまた戻ってくるまでを。その客の行動を忠実になぞって」

「無茶な」

「いや理論的だ――」

「……酔ったまぎれにわれわれがそんなことを始めたからと言って、まさか本気には取るまいね。食堂にその夜二度目の晩餐を準備させて――、いや、まさかそこまではやらなかったが、広間《ホール》からたくさんの食べ残しが集まった。令嬢の軀《からだ》は、腕に抱いて運ぶと人間ひとりの重さがあって、なかなか人形どころではなかった。食堂の椅子は肘かけ椅子だったので、なんとか背もたれに寄りかからせれば座らせておけた。――向かいあって食事を済ませた正装の男が、令嬢を抱いて裏門の車に運びこむと、誰かがその背に三鞭酒《シャンペン》を抜いて浴びせた。車はドライブに出発した」

「それきり戻ってくるはずがなかった」

と友人は新しい金口煙草に火をつけた。

「話はそれだけで、どうでもいいことだ。——ただ、それ以来ぼくが語りたくてたまらないのは、食堂の白布に向かって首の無いまま座っていたその夜の令嬢の美しさ——抱いて運んだ時の無心で十全な重み——そうしたものをこのぼくが実際に知っているはずなどないのだが、それを語りたい欲求だけがぼくに残されてしまった。気を変えるために旅行もしてみたがね。

令嬢の首だけではなく、あの首の無い軀だって、誰でも盗んでみたくなるには違いない。ただ、このごろひとつ気になるのは、さし向かいで食事をする女たちの姿がしばしば味気ない首無し女に見えてしまうことだ。令嬢のあの時の美しさとの相違は——ただその女たちが、生きて喋っているということでしかないんだが！」

菊

若いF大尉は、その日両腕にずっしり重みを感じるほどの菊の花束を抱いてアパルトマンに帰ってきた。濃い硫黄いろの、芯に臙脂を混じえた大輪の花が、五十本か、百本か。いつもは陽光と馬糞のにおいが沁みついているその軍服の肩に、今はほろ苦い菊の香がゆたかにあふれていた。

「たいへんだわ」と、出迎えたF大尉の若い妻は口の中でつぶやいた。両手を後ろにまわして、自分の腕のあたりを漠然と撫でながら。花束を渡そうと、大尉が一歩動いたので、彼女はおどろいてなんとなく後ずさりしてしまった。このとんでもない、威嚇的な量の花束がこわかったのだ。

びっくりした小動物のような眸だな、と大尉は思った。りすとか、二十日鼠とかのような。大尉の予想より一拍遅れて、若い妻は花束を受けとろうとしたが、その時には大尉は腕を引きかけていた。たがいの動作は、微妙にあいまいなままでそれてしまった。

奥で、赤ん坊が泣きだした。

「マリー」

と、若い妻は自信のないあやふやな声になって女中を呼んだ。「わたし、横になるわ……旦那様の御用をしてちょうだい」

そして、玄関には大尉だけが腕の花束といっしょに取り残された。奥の間の、振り子時計の音が午後の閑雅な時刻を領していた。

おやおや、と彼は思った。——まるで、花舗《はなや》の配達の小僧が途方にくれているみたいじゃないか。(といって、どちらかといえば今日、俺は機嫌のいいほうなんだが！)……とにかく、誰かがこいつを受けとってくれないことには、これでは自分の鼻を掻くことだってできやあしない。

嵩ばった花束は、腕にますます持ち重りしはじめていた。

鼻がかゆくなったら、どうしよう？

女中は、何をしてるんだ？


——やがて、忙しい女中がようやく赤ん坊を寝かしつけ、女主人も寝かしつけてから玄関へと出ていった時、扉はきちんと締められて、Ｆ大尉の姿はそこにはなかった。菊の香が、去った人の残り香のように、湿っぽく空気にただよっていた。

女中は手持ちぶさたに鼻を掻き、大きな嚔《くしゃみ》をひとつした。


恋びとが、ある日聖母のような威厳に満ちて赤ん坊を抱いてやってきたので、少年はおどろいて渡されるままに受けとるしかなかった。——「あなたが抱くのよ、あたしは抱かないわ。とても重いんだもの」

荷物のなくなった娘は、新しい恋びとが待っている教会へと結婚式に行ってしまったので、少年は両腕を重荷にふさがれたまま街に出た。午後の街は、少年たちの胸を夢見がちにするあの真青な上天気で、川辺ではそぞろ歩きの恋びとたちが腕を組んでゆきかっていた。でも誰ひとり、彼の重荷を受けとってくれる者などいはしなかった。

雲のあいだから降りてきた天使のように、とつぜん出現したこの赤ん坊は、天使にしては重たくて、たしかに眠っている赤ん坊の重さでもって彼の腕を疲れさせていた。

荷物、荷物、と少年は考えた。なんでぼくは、こんな荷物を持たされているんだろう。考えながら少しぼんやりして、夢のような上天気の通りを眺めていた。——橋のあたりには市がたって、風船を持つ人びとが左右にふえた。屋根屋根には旗が鳴りひびき、石畳の鳩のむれが、おどろかされて時々いちどに飛びたった。「射的だよ、射的だよ」

子供たちが、口々に叫びながら彼の左右を追いこしていった。

赤ん坊は、腕に重く眠りつづけている。

「おまえときたらすごく重いよ」

少年はそう話しかけて、幸福な人びとに埋まった石畳のまん中に立ち止まった。

赤ん坊が、突っぱるように眼をさまして、ずるそうな片目を細くひらいた。

知ってるの？

しばらくして、赤ん坊が急にそう言ったので、少年は相手の皺くちゃな顔を見おろした。

知ってるって、何をさ。

ぼくが誰なのかってこと。空の高いところから、雲のすきまをぬけて降りてきたんだからね、天使なんだからね。

嘘だろ、おまえはただの赤ん坊だよ、天使にしてはずいぶんと重いよ。

重かあないさ。

重いよ、赤ん坊。

——赤ん坊は、分別臭く、熱心に鼻を皺よせた。そして、ほんとを言えば赤んぼなんだ、と小さな声でそう言った。

ちょっと、あんたをためしてみたんだ。天使なんだと、ずっと思ってたんだけど。

じたばた足掻《あが》いて、赤ん坊は不満げに空を見あげた。

ここはずいぶん騒々しいな。色と光が多すぎるよ。ぼくはなんだか、背中のあたりが妙なぐあいだ、お尻もかゆいよ。

そんなに動くと、ますます重いよ、赤ん坊。

知らないね。ぼくを抱いたり、お尻がかゆい時に掻いてもらったりするために、ぼくはあんたのところへ来たんだからね。

でもぼくだって、バッタを追ったり、風琴弾きを見物しに走っていったりしたいんだのに。

知らないよ。バッタや風琴なんかぼくは知らない、口に入る風の温度とか、足の裏やお尻の皮膚のこととか、ぼくには考えなきゃならないことがいっぱいあって忙しいんだ。

それじゃだめだよ赤ん坊。おまえはぼくには重すぎる荷物なんだから、もとは天使だったというんなら、空へ帰るなり鳩といっしょに飛んでくなり、なんとか考えたらどうなのさ。

鳩のむれが、頭上すれすれをいっせいに飛びかかって、少年と赤ん坊はしばらく耳を打つ羽ばたきの音と風とに顔を包まれていた。

赤ん坊が、精いっぱいに伸びをして、ピンク色の舌を出してあくびした。風と光のゆくえを眼で追うと、瞼のあたりに皺がよって、それから急に眠っている赤ん坊の顔になってしまった。

「射的だよ、射的だよ」――子供たちが、口々に叫びながら菊を抱いたままのF大尉の左右を擦れちがっていった。大尉と少年は、街角で出あった。互いの腕の荷物を見るより先に、相手と眼と眼を見かわしただけで、彼らは互いの重荷の意味を理解した。

「これでは鼻も掻けやあしない」
ふたりは同時に、そう言った。

百本の大輪の菊に包まれて川辺のベンチに寝かされた赤ん坊は、ぽっかり両目を見ひらいて、自分の降りてきた真青な空を鏡のように眼に受けとめていた。百本の菊は赤ん坊に預けられ、赤ん坊は百本の菊に預けられたので、大尉も少年も安心して重荷を置いていくことができた。——その日から大尉と少年と、ふたりとも家には帰ってこない。大尉は、帰って、菊より重い赤ん坊を今度は妻から渡されるのがいやなので。少年は、帰って、また新しくやってくるだろう恋びとから、新たな重荷を負わされるのがいやなので。

マントを肩に、手に手をとって、子供のように身軽なふたつの姿が、通りのむこうへと消えていった。そのころ教会の玄関では、ひとりの娘が夫と腕をからませて、光る顔でほほえんでいた。アパルトマンの窓辺では、赤ん坊を膝にのせて居眠りしていた若い妻が、ふと眼をさまして空を見ていた。

幸福な微笑は、そのまま大きなあくびに変わってしまった。

眠れる美女

世界の中心に平坦な大陸があり、その中心に白百合の花咲く台地があり、その中心には大理石の石壇とガラスの柩、なかに一人のうら若い美女が眠っております。

いつから眠っているのかわかりません。空はいちめんの眩ゆい菫いろ、陽は燦々として、ばら色で縁どられたオレンジのよう。金の光をきらきらと零《ふ》らせておりますが、その下でも美女は眼ざめることがありません。めざめているのは、花ばかり。眼路の限り、地平までを純白の大輪で埋めて、露をたたえた静けさのまま、蕾はふるふるとほぐれます。重たげなうてながたわみます。成長と開花のリズムが、静寂の池のように天地を満たしておりますが、でもさざなみほどの微風も立ちません。その中央に浮く小島となって、斑入り大理石の階段は、なめらかに光沢を浮かべております。壇上の四すみには、細い螺旋の円柱が立って、蔦草の緑と白い小花に巻かれております。ガラスの柩は、すっかり透明な水晶の匣。黄金の髪の美女は、そのなかに。純白の地に、銀の厚い刺繍を盛りあげて、小粒真珠で縁どりした衣裳が、その身に重たげなのでありました。

日が落ちれば、ここにも夜は参ります。月は見えませんが、地上が闇の一色に溶暗するわけでもなく——百合の灯《ひ》です。その光暈《オーラ》です。

ほつほつと燐光の灯を浮かべて、地表は蒼白い睡蓮の池のよう。夜空の黒びろうどを背景に、銀に滲んで星が飛びます。そして白百合の地表に落ちては小爆発、でも音はないのでした。夜の織布に縫いこまれる、流星は斜めの銀線の雨です。眠る美女は、百合よりもわずか強い光暈に包まれて——、円柱を巻いた蔦草の小花が、時に白い花弁を散らしますが、ガラスの蓋に触れるより早く、ぽっと発火して白く消えます。大理石の階段すれすれに星が墜ちれば、一瞬の地表の花火、球形の銀の閃光で柩のなかも明るくなりますが、でもそれだけのこと。後に残るものもありません。

菫とばら色の昼が過ぎてゆき、黒びろうどと銀の夜々を越えても、水晶の柩に塵一片積もることはありません。見えない守護霊の手が、空中で働いているかのように。百合の蕾は日ごと開花を続けますが、萎《しお》れる花は見えません。でも花の数が増えるようにも見えず、そして美女はひとり眠りつづけます。変化のない、退屈な世界から眼を閉ざすように。

美女は夢を見ておりました。

――百合の丈は人の太腿まで。でもそれが甲冑の膝までしか届いていないのは、その甲冑の主が長身であるためでしたろう。一人ではなく、点々と左右に増えて、三百六十度の地平がすべて甲冑の群……或る白昼のことです。

きらきらと陽を反射する剣と槍、青銅の頭《かしら》を並べて、地平の円周上はもはや眩ゆいばかり。次第に輪を縮めて、後続の人波の絶える様子もなく、百合の台地を四方から埋めつくして来るのは、長身の騎士の群です。何千か何万か、全員が一人の複製《コピー》でもあるかのように、一糸乱れぬ歩調です。先頭の群は、すでに大理石の階段近くまで迫っておりました。その変化が起きた時には。全員の足がその時止まり、何らかの呪縛が解けたのです。互いの存在に初めて気づいたかのように、同じ動作で面頬を上げると、さて全員が同じ顔。

腕が切り飛ばされると、残るのは赤黒い切りかぶの根です。額から二つに裂ければ、柘榴の脳漿が散ります。憂愁の瞳も、眼窩から飛び出せばただの眼玉なのでした。膝までの百合の波に倒れこめば、躰は隠れて消えますが、その上にも屍体は累々と重なっていきます。ひとりの美女を争ったすえ、立っている人影が遂に地平まで一人も見えなくなるまで、わずか一刻のことでありました。……夢が終わると、美女は眼をひらいておりました。薄い金の睫毛がまたたいて、銀の底の透けて見える、菫いろの瞳でありました。

夢から醒めると、夢のことは忘れておりました。外は燦々の陽光です。菫の瞳で、同じ色の空を見上げ、微笑んで起きようとする、と、蓋が開きません。押しても、びくとも動きません。細い腕に、水晶の厚い一枚板では、むろんのこと重すぎましょう。——窒息して、爪から血を流し、紫色に膨れた顔の屍体が動かなくなると、空は同じ黒紫色に濁りはじめました。世界は急速に光を失い、一時間を一秒に縮めた速さで、百合は萎れ、しなびて茶色に腐っていきます。膝までの波が、うなだれて縮んでいくそのリズムで、累々の甲冑の屍体が地表に現われてきますが、むらがる黒雲の闇に、もう見えません。腐蝕性の、雨の最初の一滴が、折れた槍の穂先に落ちてまいります。

世界の中心の大陸です。その中心の赤錆の台地、その中心の柩のなかに、腐爛屍体がひとつです。

傳説

憂愁の世界の涯ての涯てまで、累々と滅びた石の都の廃墟で埋まっている。まずはそう思え。

三百六十度の、不安な灰色の大俯瞰図――その何処にも動くものがない。天球は一枚のぶ厚い痰に似た膜、永遠の黄昏どきである物憂い日蝕のようだ。そして偏執的な細密画を見るような、地平の涯てまでを執拗に刻みつくした石の大厦高楼群。この世界を領するものは、見捨てられたそれら建築群の豪奢と壮麗、ものわびしい廃墟美。大殺戮の果てたあとの、不吉な静寂。そして沈滞した憂悶の気分、それだけであると思え。

神々の没落をとうに見送り果てた筈のこの世界に、或る日変化が起きたと思え。

動くものが現われたのだ。地平を越え、罌粟粒ほどに小さく、しかし確実に動いてくるものが。

滅びた世界は、無表情を装いはしたが一斉に眼を凝らしたものだ。意識は一点に集中した。人間、それも二人。長身の男と年若い女。憂愁の長い影を曳き、彼らは歩いてくる。繰り返しまた繰り返される、彼らの動作と共に。

……ほぐれては絡みあう。

そしてからめ取られてはまた縺れて、ひと時も休まぬ腕と腕。

互いの眼だけを深い井戸のように覗きこみ、歩みの行く手にさえ向けられることのない、視線の交合。倦むことも疲れも知らず、掌と眼と唇とで互いの存在を貪りながら、足だけは機械の正確さで歩みを続けてくる。

世界終末の炎上図を反映して以来初めて、天球はかつての華々しい夕映《ゆうばえ》の赤味をわずかに呼び醒ました。永遠の沈滞の気配は、存在の背後でかすかにその様相を変えた。一組の愛人達は、何も気づかぬように、彼らの舞台を踏む足どりで通過していく。

世界の涯ての涯てまでが累々と、滅びた石の都の廃墟であると思え。その中にあって、人の歩みはあまりにも小さい。定規を当てたように一直線に踏破していこうとも、西の地平に現われて東の地平へ達するだけで、幾日もの日数《かず》を要したと思え。

間近に眺めれば、亀裂と罅の網の目模様。時の腐蝕の栄光はなばなしい、石の寺院に神殿、尖塔に橋。倒壊した瓦礫に埋もれて朽ちた円柱、彫像と台座。拝跪されぬ神像。

長身の男と年若い女、その彼らをめぐる光景は、連日そのようなものであったと思え。……愛人達のあゆみは、そのあとに一条《すじ》の糸をぴんと張っていくかのよう、路があれば路をゆき、階段に突き当たればそこを登る。尽きればくだる。瓦礫の上を踏み渡り、また丸屋根の毀《こぼ》れた廃屋の床を横切る。半日をあゆみ続けると、そこが屋内であれば屋内に、路上であれば路上に足を止め、眼の奥を見つめあったまま崩れるように坐る。すると、世界には夜を真似た夜が訪れる。天球は曇天の闇に昏れるが、四方、地平をめぐる低い空にだけは、どよめきの血の紅《あか》があるのだ——たとえば暴風雨《あらし》の前に恍惚とする、凶兆の西の残照であると思え。地上に近く接した空だけが、かつての世界の終焉を記憶し、回想に耽っているのだ。裂けた両掌をかかげ、地平から反対の地平へと、遠火事の赤い谺で呼びかわす……

そして不思議。黒闇に塗りつぶされた地上世界に在ってただ一箇所、愛人達とその周囲だけが赤々と、暗い焔に包まれていると思え。さながら彼らの躰自体が、一基の揺れ動く炬火《たいまつ》であるかのように。——そして、真紅の色に染まって繰り返し繰り返されるのは、掌と眼と唇と、倦むことも疲れも知らない、彼らの音楽、彼らの動機《モチーフ》。彼らは夜の眼も眠ることがない。愛の貪欲が安息を奪ったのだ。

世界の存在たちが挙げる声のない呻きは、彼らの愛の名に於て無視されたと思え。後悔のおそろしい狼煙《のろし》も、彼らの眼には映ることがない。そして見渡せば、天に地に、存在の罅割れという罅割れの隙《すき》に——おびただしい陰気な幻影である、血のいろの眼球が覗いている。

西の地平が顫えている。ざわざわと黒い洪水のように膨れ、蠢きながら左右に増えていくものがある。数も知れず、見果てもなく、真紅の遠火事を光背として行軍してくる群と群と群だ。幻のようにとりとめなく、しかし生きている絨緞のように確実に、犇々と押し寄せてくるものは……錆びた甲冑。赤黒い凝血を残す剣と槍。焼け残った襤褸の旗。一組の愛人達が、眼もくれず通過していった地帯を踏みにじり、後を襲い、喰い潰しながら押し寄せてくる。

歩みの速さは違わなくとも、昼夜を休まぬ行軍は、いつか先行する長身の男と年若い女とに追いついていったと思え。荒廃した石の都の遺跡、その光景の中を、糸に曳かれるように進んでいく愛人達。その身の左右を、変化は徐々に蝕んでいったと思え。

或る日、とある中庭を通り過ぎていく愛人達がいる。その歩みの左右、彫りのある列柱の陰に、廻廊越しに覗く隣りの中庭に、見え隠れしつつ同じ速度で進んでいく槍の穂がある。別の日には、石畳の磨滅した通りを進んでいく愛人達がいる。左右の石壁の窓々に、銃眼《はざま》のある屋上に、頭を並べて動いていく人影がある。道の背後からひそひそと、舗石を踏んで追っていく甲冑の一群がある。そしていつ何処でも、そばを離れることなく、物欲しげに、恨めしげに——偸《ぬす》み見る群の数は、日毎増し続けたと思え。

先頭に立ち、愛人達は連日ただ進んでいく。繰り返し、世の尽きるまで連綿と熄《や》むことのない、彼らの愛の動作と共に。とある日には、宮殿跡の一劃、荘重な伽藍の連なるあたりを彼らは進んだ。階段を過ぎ、屋内へと進み、やがて吹き抜けの列柱がたかだかと天蓋を支えた水浴場に出た。その水ぎわへと、足取りを変えずに愛人達は進んでいく。すると音もなく、一艘の小舟が岸辺に慕い寄り、水面へと踏み出す第一歩を受けとめる。触れれば鏡の感触を伝えそうな、死の静寂の水面を小舟は進む。円い水盤の縁を、大きく大きく迂回して、左右に追っていく足音がある。……

夜。愛人達は坐ったまま擁きあい、腕は植物の蔓のように、相手の咽喉に、頸《くび》に絡みつく。この昏れ落ちた夜の世界にあって、その頰の皮膚も、また周囲の地面も建物も、烈々と燃えさかる火の色に染まっていたと思え。空耳に焰の音も聞こえんばかり、手を翳《かざ》せば熱も感じられるほどに。そして同じ焰の色は、付き従う沈黙の群集をも照らし出している。……ここは内陣の奥庭、その石畳を隙なく埋めて、円陣を組んでうずくまった百の人影がある。擁きあう愛人達を囲み、赤く染まった恨めしげな貌を並べて。また屋根に登り、屋上と窓を埋めつくした二百人の存在がある。一様に背を丸め、夜の焚火に見入る姿にも似ているが、さてそうした四五百の群がそこにいたと思え。

地平の涯ての涯てまでが、累々と石の廃墟地帯だ。陰鬱な紅《あか》さに燃える地平線へと、縁に向けて迫上《せりあ》がっていくような、三百六十度の沈黙世界だ。

この建築群の凹凸がつくる蝟集地帯、その遠く近くを、ふとスポットライトにも似た濃い赤光の輪が撫でて走ることがある。一瞬の落雷を待つ夜の海原のように、世界は脈々と深く明滅し、そして見ればさらに人がいる。目路の限り、地平までの全部がひとつの円型劇場であるかのように――地表を埋めつくして、人の貌と貌と貌があったと思え。滅びた神々のように超然として、駆け抜ける暗赤色の光芒に曝《さら》された、その彼らの姿で世界の全部が埋まっていたと思え。

夜の無言の観客である彼らの視線は、ただ一点へと収束していた。舞台の一点に絞られた光源である、愛に呪縛された二人へと。

……繰り返し繰り返される愛の歴年を経て、さてまた再び互いの眼に出逢う。

長身の男は己が愛人を擁き、年若い女は己が愛人に擁かれる。陶然として満たされながら孤独に、恍惚として涯てしもなく癒《いや》しもなく。ただ、外に向けて眼と耳を塞いだ、増上慢の叫びで呼びかわす。――ああ！　絶え間なく不断に奪いとり妾《わたし》に捧げてよあの星を月を太陽を生あたたかい血に濡れた蠢くお前の心臓をおお吸血鬼の女おれの死である女、お前に応えるのはおれだおれだおれだ。

髪の束を投げだし、のけぞる年若い女の口が歓喜の叫びをかたちづくる。すると夜の観衆は悲しげに眉を寄せ……ひそひそと首を振る。からからと虚しい音がする。

赤錆びた廃物である甲冑の陰、凝血のこびりついた頬当てと頭《かしら》の下には何があるか。その影に喰われた彼らの貌は何であるか。蝕まれ折れ朽ちた剣、また槍を握る彼らの掌は何であったか。骨。赤黒い筋肉のなごりが染みた骸骨と髑髏《しゃれこうべ》だ。

そして彼らの面前で、赤々と照り映えながら、愛の主題による音楽動機《モチーフ》はいつ果てるともなく繰り返される。拷問のように。


世界の涯ての涯ても、いつかは尽きると思え。

虚しくむなしく、孤独だけが増殖していく夜明け前。

このひっそりと静まりかえった水平線は、水天髣髴……永遠の凪に漣《さざなみ》さえ寄らぬ、孤独の名の海であると思え。廃墟地帯は唐突にそこで終熄し、左右一文字の岸辺から、だしぬけに深みへと落ちていく。空さえこの一刻限りは暁闇の背後にしりぞき、静寂はその底に黙想をひそめる。

歩んでくる愛人達。その躰が光源となった焰の赤も、紗幕一重《ひとえ》の先に夜明けをひかえた今、色褪せ薄まりつつある。しかし変化に己れで気づくことはない。ただ繰り返し——妾《わたし》の欲望である男おれの死である女よ。

言葉と視線の谺は、彼らの間にあって無限に、永劫に！　反復すると思え。絡み、縺れよじれあい、それでもなお貪りやむことがない。孤独の愛に陶酔して、足はうらがなしく海へと歩みつづける。糸に曳かれるように、水との境界線へ。夜明けの気配は、紗幕一重《ひとえ》を透かし、滲みだし、むごい暁《あかつき》の色を増したと思え。

あゆみきたり、二歩三歩、境を越え愛人達は水面を歩き出していく。

その転瞬。

曙光の海に、大編成の混声合唱が湧いた。

……累々と岸辺に犇く「死」の行軍の大群集も、朽ちた耳で幻聴でなくそれを聞いたと思え。眼を射つぶす驚異の赤さの水平線から、歌声は中空に轟き、不吉な官能の底鳴りを持つ「愛」の主旋律を動機《モチーフ》として迸《ほとばし》った。その声と共に、水をあゆむ愛人達の足は水面をわずかずつ離れ、あゆみの速度で斜めに上昇していく。沖の色はすでに、貪婪《たんらん》の真紅。「愛」の動機《モチーフ》は、大波に似て繰り返され昂まるが、いつかそこに裏の旋律として、「死」の動機《モチーフ》が編み込まれていき……

「愛」を先導とする「死」の行軍が、そのまま岸を埋めつくして水面下へ進んでいったとしても、そこで沈んだか、それとも海底をまだ進んでいくのか、それは誰にも判らなかったと思え。沖に満ちわたる血のいろは、次第に濃い恐怖の暗さを増す。茫漠と虚空に浮遊した愛人達の姿は、今や血の紅《あか》に深く深く染まった一組の愛の塑像のよう。互いの眼の底を尋ねるように覗き込んだまま、初めて腕も躰も凝然と動きを止めている。

この愛の行方も知らず、互いの眼に初めて見出したものに戦慄し、貌そむけることも出来ず、「罪」に怯えて。

月齢

——月の年齢に支配される土地

夜を越えまた越えていくうちに、馬の背は荒い塩の結晶を噴いた。見渡す限り、数世紀の夜の沈黙《しじま》を守る死火山の麓。谺《こだま》持つ月の尾根を過ぎ、乾き果てた大地の一点をほそぼそと旅していく、おれは騎馬の男である。

新鮮な青と藤色に露出した鉱脈である七月の夜気を、小暗い肺胞の突端まで充たそうとして呼吸する。網膜に流し込まれきらきら波打つ汗の膜を通して、疲労と睡気に打ちひしがれた女のようにまどろむ月下の平原を見た。丈高い棕櫚もいちじくも葡萄も、この土地ではとうに立ち枯れたままだ。かつては花文字で地図《アトラス》に書きこまれていたという、その滅びた呼び名をおれは知らない。大旱魃以後、洪水の水が引いてのちさながら貴族達は此の地を見捨てて去り、あとに豪奢な夏の小別荘を点々と残していったものだ。そして遂に、尾根のつくる菫色の影の地帯を離れ、地平までの満目の月光の中へとおれが馬を向け直したのはその宵のことだ。——風化した先行者の蹄《ひづめ》の跡さえすでに何日も見ず、夜の青さへと漕ぎ出していく舟さながら単調な歩みをあゆみ、うなだれる馬の背で月下の街道の宿駅を夢見ていた。女達の白い裸かの腕が、内側から閉ざそうとする旅籠屋の鎧扉へのノスタルジーに突き動かされ、月光の火傷に引攣れた眼に、癒しの水を求めて。そして夜の舞台の書割めく彼方、東に細長く顫える地平線を背景として、意外な近さにその一群の建物を見たのだった。水嚢の最後の一滴さえ尽き、しかし或いはその夜、おれは夢を見ていたのかも知れない。

その夜の月ほど不思議な月をまだ見たことがない。影に濡れた領域に別れ、ほとんど起伏のない大地へと踏み込んだ時、齢《とし》たけた世界の月は行く手、真正面にあって間一髪に地平を離れようとしていた。……その遠い月球を載せた地平からひと続きに、角度のない照射のひかりが此処まで届く。おれも馬も廃墟も、真空の中にあるように、恐ろしく長々と孤独の影を曳く。高原地方の稀薄な空気に血は薄められ、髪ふり乱した月は眩暈《めまい》の源に似た。そしてひと塊りに孤立して佇む建築群を眺め、ふと感じたものだ。かつてこのような宵、静けさと共にふつふつと沸きたつ月光の気泡に包まれて、見棄てられた痘痕《あばた》の台地をこうして進んでいったことがあると。馬のひと跳びでその地盤の突端に立った時、唐草モザイクの円屋根《ドーム》が逆光のひかりを零《こぼ》すのをおれは見た。その零れた光の斑《ふ》が、さらに欄間の複雑な透かし彫りを透き通らせるのも見た。

その場所で、おれが過去の亡霊に出逢った訳ではない。しかし小鬼のように記憶の蜘蛛の巣の暗がりにささめき、通り過ぎていく背後から漣《さざなみ》のように起きあがっていくものの気配を感じたとすれば、それは侵入者であるおれの心の投影だったのだろう。しかしそれでも——かつて、ひと夏の怠惰の午後に当てられていたその化石の街並で、夢遊病的な碁盤タイルの中庭から中庭へと進み、身廊や塔屋の影が自ら深くしびれているのを眺め、追憶の谺をそら耳に聞いたのはおれ自身だ。たとえその夜おれが夢を見ていたのだとしても、それでも涸れて罅割れた噴水盤を幾つも眺めて過ぎ、何度かは意味もなく振り返り、台座上の死んだ彫像の視線に眺め返された。また谺のように繰り返される、縦長の窗《まど》の連鎖に沿って進んだのもやはりおれ自身だ。やがて、蒼褪めた視野の一劃に再び月の姿を見た。望《もち》の夜まであと二晩を余すだけの、ほぼ真円に近い月だと思い出し、そして思い出したことはそれだけではない。

地平からようやく二十度ばかりの仰角に登ったその月を、前方、逆光になった列柱の隙間におれは見ていたが——、廃墟の東の突端に位置するそれ、数十本の円柱が円屋根《ドーム》を支えたその建物が、一種の物見台、月見のための場所であることをおれは何故かすでに知っていた。その自覚に自ら驚いている暇もなく、さらにはかつてそこで誰かに出逢った覚えがあるとおれは思い、その記憶が今や確かな鮮やかさで出現していたので、われ知らず馬を降りていた。屋内に一歩踏み込むや、廃屋特有の沈滞した涼気が皮膚を包むのを感じ、そして再びおれは思ったのだった、ここで出逢ったのは誰だったのだろうと。

おれの眼はその場の全景を見ていた。

壁はなく、螺旋彫りの円柱だけが沈黙の円陣を組んだその建物は、間近に見れば亀裂や毀《こぼ》れの損傷がひどいのだったが、水平に射し込む光線が東側の列柱越しに覆いかぶさって、縞模様の明暗による奥ゆきを与えている。床は罅の多い石畳。そして同じ光線の縞目は、屋内中央部の石段をも浸して、複雑な影模様を生んでいる。建物の正円の石床は、その中心点に向かって階段状に盛りあがっているのであり、頂上はかなりの高さに見上げねばならない。登っていくおれの跫音は、敏感に捕獲されて天井に籠《こも》ったが、その移動につれて、空中の視点から見渡す屋内光景は表情を変えていくように思われた。虚空の高みにくっきりと条目《すじ》を曳く光線は、指でこすれば自然発火しそうな蒼白さである。やがておれはその声を聞いた訳だが、声の示す明確な性別、嗄れた変声期直後の少年の声であると理解したのは、一拍の後であった。

〈――あんたは、誰だ〉

ふん、と鼻を鳴らす音さえ混じえて、不機嫌に、傲慢な苛立たしさを顕わにそう言ったのはまぎれもなくそこに立つ少年である。石段の狭い頂上部、人がようやく一人立てる円型の足場に立っているのであり、まずその素足の二本の脚の白さが眼に映ったのだったが、ふと気づけば、おれ自身の皮膚も、此処では同じただならぬ蒼白さに染まっている道理であった。

〈用がある、用がない、あるなら済ませて去れ、ないなら悔んで去れ。――〉

水。と、おれは気づいて言った。見おろす眼付きの相手の貌《かお》は、闇の部分に没した上半身からさらに抜けあがって、半面を月光に晒しているのだったが、意外なその美貌は最初から眼についていた。ただよく見れば、出自の卑しさが隠しようもなく露呈している種類《たぐい》の美貌であり、そう気づいてみると、美貌であることがかえってその卑しさを強調しているようにさえ思われる。案外な首の太さや、しかめた貌の皺を隈《くま》どる影の濃さ、不釣合に骨太の掌や汚れた素足をおれは見てとり、かつてここで出逢った誰かの記憶はすでに遠のいていた。

そのおれの視線の意味をどう受け取ったのか、卑しい美少年は激昂に近い表情に貌を歪めた。

〈水などあるものか。ある訳がないのは承知の筈だ、でなければ馬鹿だ〉

帰れ、と繰り返す声が叫びに近くなり、地蹈鞴踏むのをおれは嘲笑う気分で眺め、帰れと命令されたが由に今しばらくとどまる気になった。

〈水もない廃墟に独りでいるお前の方が、馬鹿どころかよほど怪しいではないか。一晩中そこにただ立っているつもりか〉

〈訳があってもお前などに教えるか〉

〈訳があるのか。さぞや太陽の下に住むまっとうな人間には聞かれて困る訳だろうな〉

〈おれはまっとうな人間だ。馬鹿が何を言う。どこに尻尾がある、鱗があるか、五体満足で欠けたところもない〉

と、その激昂振りが急に虚勢混じりの不安を示して、変化したのは妙でもあったが、その時おれは気に止めなかったようだ。

〈馬鹿め、帰れ。このおれに何の言いがかりを——おお、来るな!〉

おれが一歩近寄ると、美少年の貌は獣の形相で歪んだ。

〈来るなと言うのに! 此処がどういう場所だか判っているのか。おれは、おれは違うと言っているのに——〉

〈どうした、近づかれると困る弱味でもあるのか〉

そう言いかけて、おれは足を止めた。微量ながら、鋭く鼻腔を刺激する異質な臭い、饐《す》えた酸性の吐瀉物に似た体臭のようなものに気づいたのだ。おれが気づいたことを、相手も悟っていた。

〈妙な眼で見るな――！〉

泣き声で喚《わめ》く美少年が、貌を隠そうと腕を上げるのをおれは見、そして愕然と初めて気づいたのだったが、するとこの奇妙な廃墟の住人はアレの一変種なのであり、とすればこの場所には、当然他にも――

　おお、来た。――少年が、絶望のあまり諦念に似た冷静さで言うのをおれは聞き、振り返り、そして今まで気づかなかった異変を眼のあたりにしていた。頂上まであと数歩を残す、石段の高みにおれは立っていたが、そこからは、ピラミッドの突端からの視座に似た屋内俯瞰図を得ることが出来る。月光と列柱の影が、その全景を横断しているのは元のままだが、この沈黙の光景は、今や全面的に異変に蝕まれつつあった。石畳と階段と、その全表面に隈なく及んだ、罅と亀裂の隙間から続々這い出てくるもの――蠢《うごめ》く動作で、平たく這いつくばったまま前進し、侏儒の胴体と四肢に大人の頭蓋を持つその群は、すでに石段の縁を越えて四方から押し寄せつつあるのだった。威嚇の気配はなく、敵意と害意の放射もなく、ただ黙々とした盲目的な侵寇であることは理解されるのだが、しかし魯鈍めいたその一体感こそが脅威なのだった。そしておれは初めて不快を実感し始めた。

〈どうするのだ、こいつらを。お前の仲間だろう〉

〈違う！〉

　爪先に柔らかいものが触れ、おれは眼を向けずに蹴り飛ばした。窮地に立った美少年は歯を剝き出し、己れの躰を抱きしめる姿勢で、爪先立った足をしきりに踏み代えている。何か言ってやったらどうだ、とおれは苛立って言ったが、その間にも蹴り飛ばす間隔は短かくなっていき、胸の悪くなる吐瀉物臭はいよいよ濃い。今や石段の全表面を埋めた群は、先を行く群の背にさえ這い登ってくるので、遂に一匹がおれの膝に抱きつき、おれは真実震えあがった。

　これをやめさせてくれ、と思わず叫んだのは確かにおれだ。が、何故その拍子に躰の平衡を失ったのかはよく判らない。仰向けに、おれの視野は暗い円天井《ドーム》の全面を一瞬に捉えていたが、その眼に灼きついたのは、円陣を組んだ数十の巨大な石の貌——この建物の柱は人像柱だったのであり、しかも彫刻された奇怪な女神の貌はすべて、石段の頂上に視線を集中させていたのだ。その視線の束に一気に直面し、驚愕の一瞬のままにおれは背中から転倒していたが、事態はこの一転をきっかけに急激な混乱を見ていた。——続けざまの悲鳴は、確かにあの美少年のものである。侏儒の人柱に呑み込まれ、顔や腕がわずかに見え隠れするだけ、その断末魔の絶叫は絶え間ないが、危害を受けているわけではない。つまり、それは魯鈍の侏儒の群の表わす、親愛の情の表現であったのだとおれは理解する。廃墟のどこへ逃げ隠れしていようとも、必ず居場所を見つけだしては群れ集まり、慕い寄り、撫でまわす。恐らくは唯一人、何かのはずみで人間に等しい姿を持って生まれた特別変異、つまり彼らの〃神〃として。が、この時、転倒していたおれの方もただで済んでいた訳ではない。

急斜面を、おれは転げながら床まで落ちていった。脂肪の弾力を持つ斜面であるから、怪我はなかったものの、厭な感触の衝撃と共におれの躰は床へと転げ込んだ。押し潰したのだ、と悟った一瞬に強烈な悪臭がおれの全身を包んでいた。黄濁した粘液が、背の下から噴出する勢いではみ出していき、立とうとする暇を与えず、数十匹がおれを押さえ込んでくる。髪も眉もない、痴呆の貌が鼻先いっぱいに拡大され、全身を無数の手で撫でまわされるのを感じた時、おれは初めてあの美少年の、断末魔の絶叫を理解した。すると、その絶叫のために開いたおれの口に、はずみでひとつの拳が嵌《はま》り込んでしまったのだ。

仰角四十五度、月齢十三・五の辺境の月は、依然として純粋な夜の青さの光源となっている。もはや抵抗の気力も失せた〃神〃の美少年は、胴上げの姿勢で何処かへ運び去られていったようだ。おれの馬の、切迫した、悲哀に満ちた嘶きが何度か断続していたことから察するに、建物の外でも侏儒の群は活動していたのだろう。そしておれは気づいていたのだが、この人間になり損ねた畸型物の群は、案外魯鈍でもなかったのかも知れない。衣服の下まで探ってくる無遠慮な手は、いつの間にかおれの金嚢《かねぶくろ》やその他の懐中物を抜き取っていったようにも感じられたからだ。そのためにおれがはるばる旅してきた伝令書さえ。しかし、そういったことを理解

したのは後のことである。

口腔の中、咽喉を塞ぐばかりにつかえて、舌に密着して蠢《うごめ》く生きた拳、という存在を体験した人間はそう多くはあるまい。おれが前後の判断を失ったのも当然のことだと思うが、思考よりも筋肉の反射神経が優先されたというのがその時の事実だ。顎が咬み合わされ、咬み応えのある軟骨を歯と舌に感じ、と同時に口いっぱいの粘液が咽喉へと噴出した。背中の下に押し潰した一匹の躰が、黄濁した粘液となって夥しく噴きこぼれたのと同様に。——恐らくは前《さき》の世でおれがこの場所を訪れた時、前世のおれはこれよりはましなものに出逢っていたのか、それともやはり同じ目にあったのだろうか、とおれは思う。おれはそれを飲み込んでしまった。

そして、鼻腔と口から、めらめらと恐ろしい悪臭を焰のように噴きながら、おれは悶絶した。目的地である次の城市まで、残す行程はあと一日半。

蝉丸

一

姉の君は不思議な方であられた。晴れた朝、縁先に木盥《きだらい》を持ちだして、搗《つ》き米を玩具に遊んでいたことがあった。甘じろく粉を噴いた米粒を清水で洗い、きよく晒して手に掬うのが好きであった。きらきら陽に透けて、しら玉のようだと思った。その朝、庭の雀は少し数がおおかったかも知れない。一羽ずつならば、薄茶と焦茶の羽根を膨らませた毬のように愛らしかったけれど。口々に囀るのも、一羽ずつならば愛しげであったけれど。その朝の雀どもは、確かに少し無作法が過ぎたかもしれない。

敷居がさらさら鳴った。木盥の反射からついと見上げた目に、匂やかな御衣《おんぞ》の襟のかさなりが映った。朝の光に、咽喉《のど》の肌がひときわしろかった。

しら玉のように、清水で晒した米のひと握り、それをばららと姉の君は撒かれた。にわかに乱れて、逆光を飛び翔ける雀——宙で撃たれて、はたはたと、朝の庭を雀はつぶてのように墜ちたのである。

二

腕組みをして、ものを思い思い歩いていた。

男は、このあたりに住む若い盗賊、ただこのごろ深く心願することがあった。所業の罪深さに思いが至ったわけでなく、そうまで考えぶかい質《たち》でもなかったが、ただ淋しかった。自分の淋しさ、天地の淋しさが思われた。

思いが屈すれば、ひとは誰でも孤独になる。ならばせめて、それを味わえ――あかるい自棄の心が、かれの目に静かな理智の光を与えていた。熱気を孕《はら》んで輝く雲が野の沖に来て、一むらの驟雨を燦《きらめ》かせて去った。草の葉を嚙《か》み嚙み、その眩ゆい沖にまぼろしめく館《たち》を見た。ほとんど優雅とさえいえる足どりで近づいていったのである。

思いがけずそこは無人に見えた。昔は庭も籬《まがき》もあったろうものを、野の勢いは縁先にまで迫って、ただ屋内に荒れはない。上がって、中に立った。外光に馴れた若い盗賊の目に、そこは冷やりと暗く眺められた。十、二十と、戸板を外された板間ばかりが森閑と続いて、その奥の奥に裏手の外光がしろく見通されるのである。惹《ひ》かれる心があって、奥へ進んだ。鬱然と柱が立ちならぶばかりで、何もない。が、すぐそれを見た。

――お　さくら!

軽く、驚いたふうにこえが出た。子供のようにかれは目を瞠《みは》ったのである。

それは豪族の館《たち》に時どき見られる、坪庭だったのである。田舎で育ち、まだみやこを知らないかれの知識にないもの、それだけのことであったのに。

床の高い、建物の中央あたりに屋根で囲まれて、ひと坪ふた坪の狭さであるから陽もたいして射さない。そこへ二本のけだかい山桜――、枝葉もゆたかに張って見事に、静謐なたたずまいで、淡い金の陽の斑《ふ》を浴びていた。夢かとさえ、疑われたのである。

こんなところで、待っていた。

いとおしさと誇らしさが、急に胸に湧きあがった。どんどん膨れた。桜の樹でありながら、満開の、万朶《ばんだ》の花季《どき》でなく、葉ざくらの季節を選んでかれの前にあらわれた。その床しさが思われた。——それから気づくと、頬杖をついて、坐りこんでいた。かなりの時間、そこにそうしていたらしかった。思いの熱さは簡単に冷めて、気落ちした、しかし静かな浄福感が胸に残っていた。どこか虚空へ飛んでいた思いが、浅い春の泥が明るい水底へ沈澱するように少しずつ戻ってきて、我にかえったようでもあった。

振り向けば、かれの来た方角の野づらがしろく陽に輝いている。幾十の暗い柱越しに、それが縁先の軒と床のあいだにまざまざと見通される。そのことが不思議でもあった。すべてが静かなのである。

たとえばつい手が届く近さの、日曝し雨曝しの庭の欄干。ぬるい暖かさの陽を吸い、齢古《としふ》りて木目の浮いたしろい木肌。ついで、同じ光線の中へ手首を突きだし、陽にあかるむ我が掌を見た。不意に、つよく思った。生きているか。森羅万象。

——館《たち》を出たとき、陽炎《かげろう》の揺れる縁先で、そこに転がるものをちらと見た。陽だまりにゆらゆら炙《あぶ》られる、小さな干涸らびたもの。過ぎた年の蟬の脱け殻だったのである。

われ知らず、若い盗賊は頬笑んでそれを一瞥した。が、一度見て、それきり忘れた。夢のように、嘘のように、館もさくらも蟬の殼も、その場を限りに全部わすれてしまったのだ。

三

近江と山城の境に、逢坂山というのがある。

逢坂の関として、これは都に出入りする重要な関のひとつであるから歌枕にも名を知られ、歌枕といえば華やかな場所にも思われるが、事実は山野の風が身にしむ、淋しいところであったろう。むかし、狂気の故をもって都を追放された貴い女人がこの関まで来て、水鏡にうつる我が身の浅ましさに泣いたという話がある。

都の都を立ち出でて、まず加茂川、末白河。粟田口も過ぎ、松坂、音羽山、山科としだいに心細く、地名を手繰りながらの道行きは逢坂の関に尽きた。そこで、何ごころなく走る水に、怪しい影の落ちるのを見た。都を出た時のまま、錦の衣裳はまだ褪せもしないものを、髪はおどろに、眉も乱れて黒く、うつつない我が身の姿だったのである。

涙が涸れると、やがて怒りの目は炯々《けいけい》と金いろに光った。山が森《しん》と澄んだ。はなやかな明暗を映す水面《みなも》に、ふと淡い水煙りが虹のように射した。明るい陽なた雨が来たのかと思われたのである。

それきり、姿も影ももろともに見えなくなった。満山《まんざん》、杉の雫がするあかるい秋の午前――逢坂には、そのような話がある。

四

――桜に雌雄《めお》などあるものか。

最初、少年はそう思った。夢だと思ったのだ。まさかそれが自分の見た夢でなく、姉の君の夢を横から透き見したのだとは気づかなかった。森の梢を這いのぼる朱の月をながめ、山は紫、夜の湧《わ》き水は白い。最初、少年はこのように夢を見た。

目をひらくと、灯が消えて黒漆《くろうるし》の闇なのだ。腹這いに寝返りをうち、そして板間つづきの前方に不思議を見た。夢と思い、あやしむ心は起きなかったのである。

月光に似て月光ではなかった。それが桜の坪庭へ謐《しず》かに射していた。夜の舞台のようだと思った。屋根越しの蒼ざめた光線は垂直に落ちかかり、二本の桜はその只中に呑まれ、やはり垂直に陰翳を落としている。

半ば光に透けた枝葉という枝葉が、縦の縞目の濃淡を滝のように曳いていた。夢ごこちながら、しんと見蕩《みと》れた。庭を中心とする柱と欄干、また敷居の角ごとの柱という柱がよろめく影を背後に曳いた。人影にはその時まで気づかなかった。輪になって、五人十人、それ以上、坪庭を囲んでめいめい動いていた。直衣《のうし》、かりぎぬと、姉の君に教えられたとおり、そこで一人ずつ見分けてみようとした。

姉の君。

夜具に沈んで、静かに眠っていられるのである。同じ横手ではまだ夢の光景が続いており、ついでこのような問答を聞いた。

――桜の樹にも雌雄《めお》のあるとか。

――雌《め》の桜は赤く咲く。雄《お》の桜はしろく咲くとよ。

――それがいのちの違いか。

――甲斐もない。

――ただひとつ、そこに不思議がある。雌《め》の桜と雄《お》の桜、そのどちらかは実のあるもの。しかし残るひとつは幻影。影がない。

さやさやと衣擦れがして、影法師の人垣が揺れた。光の滝越しに、目や鼻のある顔までが朧に眺められたのである。

――ならばこれ、この二本の桜木は。

――さて、どちらも……。

――影があるようでない。ないようである。

――もしや見分けがついたとして、しかし花季《どき》でない今であれば。

それでは幻影が雌雄《めお》のどちらか、判るすべもなかろう。そう考えた心の動きを合図としてか、その夜の夢はそこで終わった。

しかしそれが毎晩つづくのだ。雌《め》の桜、雄《お》の桜。その同じ頃から、夜は少年に苦役となった。夜、躰は綿のように疲れはて、手足のさきは重く痺れたように動かなかった。このむごい疲れは、眠りのひまに魂がからだを離れようとするのである。——気づくと二間ほどの高み、鼠の走る垂木のあたりに浮いて、床に投げだされたじぶんの躰を見おろしていることがある。梁の陰にあって見えないが、しかし姉の君の枕上の灯影は幢々《とうとう》と揺れやまず、花のような陰翳を板間に投げかけていた。その全景を見つめながらの、ひそかな忍び笑い……

そして不意に、荒あらしく引き戻されて目がひらくのだ。あ、と苦痛のこえが洩れるほど胸が波打って、全身がわくわく震えた。おそろしい疲労。寝がえって、首を起こし、そして夢が始まる。

つまり初めて姉の君を疑う心が起きた。おや。いつから自分はこのようなところに来て住んでいるのだろう。同時にそう驚く心が生まれ、静かな混乱がはじまった。

——雌雄《めお》の桜よ。そのどちらが幻影、まぼろしであるか判りさえすれば。

——手痛く裏ぎられ、もはや世に春も秋もなくなった。

と、夜毎嘆きながら夢枕にあらわれる影法師ども、それが亡者の群であるとはいつか気づかれた。現世にあった頃の姉の君が裏ぎり、傷つけた男たちがこの数十人の亡者どもだとすれば、姉の君は間違いもなく百歳、二百歳のもののけなのである。白髪の、金銀の目をした老婆。その夜、少年の心はそう気づいた。

途端、

——お。

——燃える。

——焼ける！

声があって、視野がぱっと明るんだ。少年もそれを見たのである。

檜《ひのき》の匂う夜の秘密な神事を見るように、亡者の群に囲まれ、坪庭の二本の桜が燃えていた。光の滝はすでになく、しかし桜の樹それじしんが無数の焔の花を咲かせていた。蕊《しべ》も重たげに、枝という枝の先端にさゆらぐ火群《ほむら》がかぞえられたのである。

と、夜具に姉の君の起き上がられるのを見た。焰。その背のおそろしさに少年はほとんど息を呑んだ。亡者の群も、一瞬のざわめきに凝固したまま同じそれを見ていたのだ。その時、ゆらめき波動する焰は林立する無言の柱に映え、板間のつらなりから梁の高みへも映え、それでいて不思議に音はなかった。夜を照らす松明のように、それはいつまでも燃えていたのだったが、ふと見れば亡者どもは直衣狩衣の牛頭《ごず》馬頭《めず》、ひらたい頭の大鼠などもいて、しかし現世の実体もないままにふらふらと髭などゆらめかしていたのである。

「雌雄《めお》の桜、そのどちらが空蟬《うつせみ》、幻であるか、それが判りさえしたならば」

同じ夜更《よふけ》、姉の君の仰せられるのをその膝にいて聞いた。そして、

「蟬丸」と初めて名を呼ばれた。

幾代かの昔、前世の前世にその名で呼ばれる子供であったことがあると、ぼんやりそう思われた。

五

そして姉の君が亡くなられた。白髪の、金銀の目の老婆などではなかったのである。亡骸《なきがら》となっても丈に余る黒髪はつややかに、しろい肌はしろいままに冴えていたのであるから。

敷居を跨いで部屋に入ると、夜の褥にすでに冷たくなっていられた。艶やかな御衣《おんぞ》がのどまで躰を覆っていた。几帳《きちょう》の蔭、枕上の左右に燭台が立って、花のようにじりじり煮えていた。

裸足の少年、いやおびえる心の子供は、そのまま逃げたのである。逆光を飛び翔ける雀のように、真暗な翳が追う板間のつらなりを斜めに斜めに駆けぬけた。そして縁先、そこで夜の沖に松明の列を見た。最初はひと筋に流れる線と見え、しだいにひとつひとつが見分けられた。露置く野花のひと摑みを載せた白木の柩を、さ

らにそれを担ぎ、前後を焰で守る葬列の幻が、少年にはあざやかに想像されたのである。——牛頭馬頭か。

泣き泣き取って返すと、部屋の様子がちがうのだ。几帳の蔭、燭台は花のようにじりじり煮えて、ただ亡骸が乱れていた。頭が枕のかげに落ち、うねりながらひとつ寝返りしたように手も足も投げだされていた。その全部を覆って、黒髪が思うさまうねうねのたうっていた。灯影が奇妙にまたたき、ふと急に翳の隈《くま》どりが濃くなった。


……………


死体なのである。蛆が湧いて髪が脱けおち、肉も腐りはてて臭い汁を垂らすだろう存在《もの》。すでに隈という隈、翳という翳にはべたつく死が巣喰い、おそろしい隙間風に似た腐臭を洩らしているのだった。黒髪を透ける象牙の肌のしろさが、すでにとろとろ平板に間伸びして見えた。横たわるその躰が、信じられないほど丈長くなってきているのだ。

見知らぬ女。

「ああ」

と、そしてたかくたかくさけんだ。この声、夜の沖へ響け——声は高みに消えて、それきり谺がかえることもなかったのである。

裏の野で秋を見た。縁先から月まで届けと、大きくおおきく弧を描いて翔んだ少年は月兎のよう。黒地に抜いた色絵の桔梗、萩、葛、女郎花、野菊、刈萱《かるかや》、みな扇の絵野とばかり鮮やかに咲き乱れた。露しとどの葉裏という葉裏には翡翠の虫が髭を震わせて透け、すべてが異様な明るさ明瞭さで眺められたのである。遠くは花薄《すすき》の穂が輝く背をかえし、そこに月が見上げるほど大きかった。

姉の君はおそらく狂っていられた。智恵が水鏡のように澄みわたって、その空白に狂気が映ったのである。その鏡がある日映した陽だまりの蟬の脱け殻、かりそめのいのちの蟬丸の名、それらが水が湧くように次つぎと幻影の少年にも理解されたのである。

心は月の高さまで翔んだ。もはや哀しみも歓びもなく、夜を翔ぶつめたい風だけを感じた。満目の秋草図の沖で、斜めにかたむく万朶《ばんだ》の桜を見た。たしかに紅白の、雌雄《めお》の桜と悟られた。

しかし夜の沖で、淋しいいのちは白い陰画の影をしか持たないものを――

六

能に蟬丸という面がある。謡曲『蟬丸』のツレだけがつけるもので、盲いて一抹の憂いをふくむ少年の品位のたかい面である。

蟬丸は逢坂に住んだ。姉があった。

姉の名を逆髪という。

赤い糸

子供時代の眉子に夢想癖があったからといって、誰も眉子を責められはしまい。夜、子供部屋の夢魔の時刻にふと眼ざめて、壁に羽搏《はばた》く翼の影におびえた記憶を誰しもが持つものならば。ましてそれは夢魔の時刻だけでなく、朝の眉子をも昼の眉子をも支配していたのだから。昼餉《ひるげ》夕餉のしたくの匂いがただよう中でも、影こそ薄くかぼそいがそれははっきりと眉子の眼に見え、おさない指先で確かにさわることさえできたのだから。

——一本の、白い糸。

それは糸切り歯で咬《か》み切るなり、舌切り雀の銀の小鈴をつけた鋏を持ちだすなりして簡単に断《た》ってしまえそうなものだったが、案外にも意外な強靱《きょうじん》さで眉子の運命を絡《から》めとっていたのだった。さながら産道をくぐり抜けたばかりの、嬰児《えいじ》の首に巻きついた臍《へそ》の緒《お》のように——ただそれは首ではなく、眉子の右の足首に巻きついていたのだったが。

ただ一本の、しかし決して断つことのできない、白い糸。

実際、産科の病院を退院して、若い産婦の母親に抱かれて家へと向かう道すがら、車のドアからはみ出たその糸が長々と引きずられていくのにもし親たちが気づいたなら、とさすがに眉子も考えてみずにはいられなかった。それは間違いなく、白昼に黒犬の影を見たよりも不吉な予感に怯《おび》えたに違いない。まして、赤ん坊の足首から繰り出されるその糸が、蜘蛛《くも》の吐く糸めいてどこまでも尽きず、そして車の走っていく道なりに電車道を過ぎ踏切を超えて、さらに伸びつづけていると知ったならば——

門から玄関へと糸は張り渡され、階段の手擦《てす》りに架《か》かり、踊り場では方向を転換、戸や襖《ふすま》に挟《はさ》まれても切れずに布団の裾《すそ》まで這《は》い込んでいるのだから、そのしつこさといったらない。

次第に育っていく眉子の眼にしかそれは見えず、糸の存在する空間を誰もが平気で横切るのだったが、眉子の指先だけは相変わらず確かに触れ、爪で弾《はじ》いてみればふるふると震えるさまも明らかだった。誰に話し、訴えてみたところで作り話と一笑に付されるだけだとはさすがに納得され、眉子は子供心に秘密を抱いた爪を噛《か》む少女に育った。糸のもう一方の起点という大問題のためには、爪を噛みながら街をずいぶん歩きもしたが、ただ一箇所入っていくのが憚《はばか》られるのは、あの電車通りに面した古い市立病院である。消毒薬と病気の臭《にお》いの籠《こも》る、あの迷路じみた旧病棟の奥には、産科らしからぬ秘かな一塊の暗黒が今も間違いなく巣喰っているに違いない。その妙に親しげな恐怖の暗闇へと、糸の向こう端が続いているのだけは断じて見たくない。

だから、やがて充分に娘らしくなった年頃の眉子が街を出る決意をしたのには、それだけの理由は確かにあったといえた。第一、十何年もかかって自分の足が通過した通りという通り、建物という建物の扉口裏口に、ひとつの消し忘れもなく白糸の軌跡が溜《たま》っていったのでは、それこそたまったものではない。がんじがらめの繭《まゆ》は、いつかは破られねばならなかった。

——だから、あれは繭の街。

その夜、眉子はひとり呟《つぶや》いた。雑事のあれこれにようやく一段落つけて、久々にゆったりとバスに浸りながら、ふと昔のことが思い返されたのだったが。

——糸を吐き続けたすえの、繭籠《まゆごも》り時代の、繭の街。それは確かに、私の名の眉子ともつりあう命名だけれど、でも何だかずいぶん長いあいだ思い出しもしなかった言葉だわね。

爪を噛み噛みそこまで考えて、眉子は急に愕然《がくぜん》とした。あれから別の街に移り、さらに別の遠い都市へ移って、ささやかながらこうして小ざっぱりした暮らしを手に入れたのだったが、それにしても何故、あの繭の街さえ出てゆけば〝糸〟と縁は切れると思いこんだのか――いやそれよりも、本当に切れたのかどうか、いまこの右足にそれが巻きついていはしないと、確かに断言できるのか。それを考えたことすらまるでなかったことに、突然思い当たったのである。

一度そう気づいたからには、急にあわただしくせきたてられる心が起きて、眉子は湯上がりの躰《からだ》を手早くローブで包《くる》んだ。洗濯場兼用の脱衣室には等身大の鏡があり、でもそうなると、いつもの癖で無意識に右足首の薄い痣《あざ》を確かめることなど念頭にも浮かばない。今夜はあとひとつ、大事な用が残っている。

――繭の街。繭の街、いや、それは関係がない。でもほら、あれは何だったかしら。

流しのタクシーを拾って走らせるあいだ、眉子の気がかりはそれだけで、というのは何かもうひとつ、今のうちに是非思い出しておかねばならないことが残っていたのである。

――あれは確か、糸の話。でもそれは白ではなくて赤、そう、赤い糸の筈だのに。

電話を入れたところで、いつもどおり居留守を使うことは分りすぎるほど分っていて、しかし今夜の今の時間ならば確実にいることは摑《つか》んである。ただ妙な気がしたのは、幾つ暗い橋を渡ったかも忘れた頃、ようやく着いたその背の高い屋敷が奇妙にあの病院の旧病棟めいて見えたことで、しかしそれもこの夜にはふさわしい。そう思ってしまえば、廃船を綴《つづ》り合わせたような造りの渡り廊下も階段も、迷路と思うほどのこともなくすらすらと歩かれた。

こうしてその夜、凶事の予感に怯えて、あらかじめ時間の凍結していたようなその部屋で、用意の兇器はまさしく振りおろされたのだったが、その時にはすでに眉子も気づいていた。一度も出入りしたことのないこの屋敷で、どうして迷わずこの部屋まで辿《たど》り着けたのか。道標《みちしるべ》の一本の糸でも辿っていかねば、二階から三階へ、その奥へと決して進めはしなかったことを。――刺殺体となって、朱《あけ》に染まって転がるに充分な理由を持っていたその男は、思い出してみれば右足首に痣《あざ》の輪もあったようで、そして確かに今、わずか五十センチ足らずの長さで二人のあいだを繋いだ糸は、まさに赤く濃く染まり終えたのである。

一組の男女を結ぶ、赤い糸の向こう端はこんなところにあったらしい。

塔

……それは耐え難いほど気がかりというわけではなく、かといって、明けがたの薄明の窓に一個の風船を手ばなすほどの気にもなれない。そのようにして、夢は伽耶子の心にある重みを占めた。

夢は繰りかえし何度も訪れ、古いフィルムをぎくしゃくと巻き戻すようにその場面がはじまると、ああまたと伽耶子の心につぶやきは洩れた。たとえばそれは、変哲もない霧一色の光景だ。零るほどの白い濃霧が視界に烟るだけの、単調な、しかし超然としたモノトーンの世界。

蒸気のひと粒ごとが星ほどの暈を滲ませ、視界は意外な明るさだが、でも霧を分けて黙々と現われる筈のあの影法師たちもうやって来ない。顔がなく亡霊の声をしか持たない彼らでさえ、もう行ってしまったのだ。そして気づくと、伽耶子は宙を走っていた。

夢の暴走。

確かに、それは飛行というよりは突進、盲目的な暴走であるには違いなく、知覚はすでに不安と混乱だけに占められていた。鋭く顔をうちのめす大気、すばらしい高速度で眼前に裂けちぎれていく霧のヴェール。

風に飛ぶ髪は頸すじをうち、そしてそれはすでに出現していた。濡れた鴉を見るような不吉さだが、どうすることもできない。——伽耶子の突進していく方向へと、絶えず従って延びるそれ、濃霧のなかに黒くたわみながら上下左右に鳴り音を唸らせるそれは、紛れもない、いつもの高圧線なのだから。

この兇悪な存在の一本にでも触れたら、瞬時に黒焦げの鳥となって墜ちるしかない。しかしそう考えたことがすでに合図なので、はや危険な接触が伽耶子の頬に肩にはじまっている。びしりと引っかけてはつよく弾き返される、その弾力に富んだ手応えさえ確かにあって、顔が歪むほどの恐怖。そしてそれから。

……それは耐え難いほど気がかりな夢というわけでなく、しかし明けがたの薄明の窓に一個の風船を手ばなす気にもなれないまま、伽耶子の心にある重みを占めつづけた。

その頃から、伽耶子の膚は蒼い翳が透くほどに澄んだ。何故なら夢の終わりにはいつも恐怖より淋しさが残り、そして周囲の誰にも気づかれないままにうす青い滴りは満ちたのだから。

舗道を擦れちがうひとびとは、時におやという表情でこの少女を振りかえった。夢みる視線で歩きながら、時にふと任意の一点で足を止め、急にぽっかりと不安な目を瞠《みは》って頭上を振りあおぐその仕草のために。

——あの塔を、だから見に行かなくっては。

——でも、どこへ？

伽耶子の秘かに悩む問題はそのことで、この市街に求める塔はない。このところ夢は加速度をつけてヴァリエーションを増しつづけ、空にも幾つもの層があることを伽耶子は知っていた。擦過音をたてて唸り狂う高圧線の只中、何とかこの恐怖を逃れようと無理に上昇してはみたものの、次の層にもまた同じ架線群は存在するのだ。幾つの層を飛び越えても、やはり同じ高圧線の一群、同じかん高い唸り、びしびしと腕に躰に感じるショック……

そうして手脚の向きもばらばらに吹き飛ばされていくとき、眼前の霧にいきなり巨大な影が腕をひろげて立ち塞がるのを見たこともある。それは六対もの腕に高圧架線を支える大鉄塔で、と見る間に伽耶子は点ほどの小ささで吸い寄せられ、衝突する、と思う間にもうくぐりぬけている。鉄骨のあいだを通過したのだ。

霧のない平野や街々の眺望を見わたしながら飛ぶ夢でも、伽耶子の目はその地理よりも先に地表を覆いつくす電線網の存在を見た。高みから鳥瞰すれば、地上の世界はすべてじぐざぐに交差する架線の陰の存在でしかない。都市生活の軌跡の、任意の一点で足を止め、頭上を見あげる習慣が伽耶子の身についたのはたぶんこの頃だったろう。深夜タクシーのランプばかりが犇く中央街の交差点で、朝靄が早い日射しに吹きはらわれていく小公園で、用事のある場所へと急ぐ舗道の一点で、振りあおぐ視線は必ずそれを捉えた。不規則な交錯で、頭上をはばむ黒い線を。

私たちは閉ざされているのだ。

……ならば、胸に掌を当てて地下街へ逃れるしかないというのだろうか。

不意の焦燥にかられて、その日伽耶子は街に出た。市街は埃っぽく汚れた風に包まれ、久びさの外出に装いを凝らした伽耶子を雑踏はたやすく迎え入れた。地下街には、厭な思い出がある。

あの夜は、そう、最初から何かが違っていた。時計の針はもう十一時と十二時のあいだを指していて、なのに家からこんなに遠く離れた乗り換え駅あたりでうろうろしている、その心細さといったらなかった。……伽耶子の思い出すそこは、時おり利用することもある繁華なS＊＊駅で、ただいつもの入口がどうしたことか見つからない。暗い灯を点した入口のひとつならば、すぐそこにもひとつあるのだが、近づこうとするたび何故か通りすがりの人間たちが妙な目で見るのでどうも入りづらい。

さんざ迷った挙句、伽耶子はやはりその階段を降りた。薄暗い通路の角に向こうから射し込む明るさが見え、やがて無事S＊＊駅構内に出たときの安堵は格別なものだったが、やはり薄い膜のような異和感が胸を離れない。さらに今度は、どうしてだか自分の乗るはずの電車が判らないのだ。

どうしよう、と迷い子にも似た怯えが胸を塞ぎ、思わず手近なホームを発車しようとする電車に飛び乗ったのはそのせいに他ならない。後は思い出したくもないことで、それが偽の電車だと気づいた時はもう遅かった。電車どころかそれはケーブルカーの狭苦しい車輛なので、何のつもりか制服の女子高生がぎっしり坐っている。しまったと初めて後悔が湧いたとき車体は動きだした。と同時にここの車内灯がないことにも気づいた。にわかに振動と速度が増して、そして偽電車はまっしぐら、トンネルの暗黒へと突入していった。とつぜんの闇のなか、じっとり膨張しはじめる女子高生たちの気配……

他の記憶にしても、似かよう暗さを持つものばかりで、地下街にはどうしても行きたくない。

さて午後二時の街路には風のリズムがあり、そして、それはそのときだった。

交差点の歩道に佇み、そのとき伽耶子はひととき放心していたらしい。コトコト正確に時をきざむ心臓、舞う木の葉のような人と車の動き、信号は赤で、でもどちらへ渡ろうとかまわない。視野の端に、ふと、ひどく馴染みのある動きが感じられた。あの歩道の最前列のひとりだ。ベージュのダッフルコートに紺のズボンの、そう、あの高校生くらいの子……


…………


任意の一点で足を止め、清潔な濃い眉を寄せるようにして頭上をふり仰ぐその一連の動作を、伽耶子は初めて他人の上に認めたわけだった。反射的におなじ動作が伽耶子の躰にも起き、視線を戻したとき、二人の邂逅者は正しく顔を見あわせていた。横断歩道の向こうとこちらとで。

愕《おどろ》きと了解の色が次第しだいに膨れ、そしていっぱいに瞠られていく少年の目を、伽耶子は鏡をみるように見た。


年下の少年との短い恋愛が終わって数箇月後、レインコートの襟を立てて伽耶子は郊外電車のなかにいた。雨もよいの日曜の午後、市の南端の河口へと疾走していく電車は轟音とともに幾つも鉄橋を越え、こんな日にわけ知りの友人と遠出をするのも悪くはなかった。

埋め立て地の地盤沈下の説明を友人がつづけるのへ、口先だけで答えながら、伽耶子はようやくそれを目で捜しあてていた。白濁した光の膜を張りのべる空の下、遠い丘陵へとみごとな遠近を描いて群立するそれ。

鈍い光芒を泛べて、高圧線を架けわたす六対の腕を天にかかげ、そのとき彼らは孤独な地の巨人に見えもしたので、

「――淋しいね」

やがて友人がそう言うのへ、伽耶子は、

「そう？」

と答えた。

天使論

大学の正門から鬱蒼とした緑蔭のなかを抜け、神学部館のまえに出る道は麻也子の好きな道である。時代のついた赤煉瓦の建物は学生課の事務所で、この一劃《かく》は御所の森に近く、鳩が多い。

車道を一本隔てた向こうは男子寮で、糸杉と高麗芝の美しい前庭を持つそこはピンク煉瓦の三階建洋館、白ペンキ塗りの屋根窓の並ぶ瀟洒なたたずまいで遠望される。裏手はS＊＊寺の地所である。

和洋折衷、明治のゴシック・ロマンスといった光景はこの大学構内のあちこちに見られ、たとえば国文の学生ならば、明治の洋館の煉瓦窓から裏の茶室を見おろしながら西鶴や秋成を読むことができる。神学館の北隣り、ここが麻也子の週四回かよう小径《こみち》の行きどまりである。とがった青銅の丸屋根の塔を持つ、二階建てのそのC＊＊館は国文専用で、一階の三室が科の事務室、二階の五室がゼミの教室に当てられていた。この妙な構造は、玄関ホールと二翼の階段、中二階の踊り場が非実用的なスペースをたっぷり占めているためだ。

先端が丸くなった縦長の窓々が、昔風のぶ厚い赤煉瓦の壁に映えていかにも美しい。玄関脇に亭々と木蔭をつくるのは樟《くす》の大木である。

御多分にもれず、ここにも大学の七不思議と称する怪談のひとつが伝わっている。何月何日だかの真夜中、蠟燭を手に階段をのぼると塔の四階に出るというたぐいの話である。その因縁についての詳細は今では伝わらず、なんだつまらない、と話を聞いたとき麻也子は失望したものだ。

Fとは、このC＊＊館での近現代のゼミで初めて口をきいた。

「——妹がね」

と、Fがその話をしたのはそれまで麻也子が一度も入ったことのなかった大学通り近くの喫茶店で、昼まえの閑散としたテーブルのひとつを挟んで向きあったとき、秘かな胸騒ぎを押さえて麻也子は思わず上気したものだ。薄くマニキュアした指に煙草をはさんだFとは、その日とりとめのない話をしただけだったが、麻也子は高校の運動部にいるというFの妹の話しか記憶していない。

——それが動物みたいなの。何を考えているのか判らなくて、気持ちがわるい、とFは言った。

「昨日も私の部屋に黙って入りこんできて、何かしていると思って振り向いてみたら床で寝ているのね。腹が立って、蹴ってやろうとしたら物も言わずにしがみついてくるから——」

それで取っ組みあいの喧嘩をしたのだ、とFは言った。

Fとお茶を飲んだのは、それ一度きりである。彼女も、C＊＊館のゼミに週四回通ってくる。

その年、麻也子は幾つかのことに熱中した。骨格のくっきりした、彫ったように鋭いFの顔を眺めること、あるいは階段——確かに、このC＊＊館で最も美しいのは階段で、何度スケッチをとっても飽きなかった。二階から踊り場まで降りると、巧緻な彫刻の手摺を持つ階段はそこから両翼にわかれ、左右対称に一八〇度のカーヴを描きながら鬱然たる玄関ホールに到る。中二階の床から吹き抜けの天井までを占める縦長の大窓、バルコニー、そこへ光を零《こぼ》す樟の木。

また、当時翻訳の手に入りにくかったバルザックのSéraphîtaを好奇心のためにぽつぽつ訳し、北欧の神秘哲学の展開に頭が痛くなるとよくその大窓をながめた。両性具有の天使セラフィータ・セラフィートゥス、畸《き》型《けい》の天使というイメージがいつのまにかこの階段と窓の光景に重なった。

Fがその階段を落ち、膝を切ってかなりの出血をしたという小事件はその頃のことだ。その場に居あわせそこねた麻也子は、後になって聞かされたとき、悔しさにほとんど逆上したものだった。どんなに、それを見たかったことか——

後で現場を見に行ってはみたが、木の床板には、血の一滴さえ染みてはいなかった。

…………

その夜の明けがた、麻也子の夢に青年の天使が来た。あの樟の大枝のあいだに、ゆらりと白衣を曳いて浮かぶかれを麻也子は窓越しに見ていて、青年の顔の天使は美しい指のしぐさで何か喋っているのだが、でもその顔に騙されてはいけない。

見れば白衣の裾に血がしたたり、だから、かれは女なのだ。

ゴーレム

ゴーレム

だれかの手に引っぱられたかのように、ぼくはふいに振り返った。

入口にぼくの似姿が立っていた。ぼくの分身が。白いオーバーを着て。頭に王冠を戴いて。

グスタフ・マイリンク『ゴーレム』
今村孝　訳

午後三時・葬儀店、棺、粘土

ひどい濃霧をかき分けるようにして、その時刻、Gは——人々が〈鴉〉と呼ぶゴムびきの黒い防水外套を嵩張らせながら——店に入っていった。

硝子扉をすばやく閉じて、霧の侵入を防いでから店内を見渡すと、戸外の明るさに慣れた眼には、そこは暗い虚《うろ》のように見える。幅の狭い入口に似合わず、奥の深い、洞窟のような陰気な店だった。入口の左右から、奥に向かって一直線に連なっている何列もの棚が、どことなく、鍾乳石を並べた石壁のようにも見えてくる。

「現金の……」

と、影に浸された奥のほうから、ふと声だけが漏れ出してきた。「持ち合わせがあるんでしょうね……今日は」

曖昧な唸り声でそれに答えて、Gは奥へ進んでいった。

ただでさえ狭い通路の、さらに半ばを塞いで無数の木箱が並べてあるので、人がようやく一人、軀を斜めにしてやっと通れるほどの隙間しかない。薄暗がりに慣れない眼には、それが縦型の棺桶の列だと気づくまでに、時間を要するに違いなかった。

奥に進むにつれて、空気が乾燥していくのが判った。黒塗り棺の列の途切れめから、放射状の揺れ動く光がもれだしていて、陰気に炎の爆ぜる音が聞こえている。葬儀店の主人は、そこに仕切られた小型の炉の前にうずくまって、片頰を赤く照らし出されていた。

「少々暑いけれども、こうしておかねば、木材が湿気てしまいますからな。むろん、埋葬された後に、土の湿気で板の継ぎ目が狂うような商品は置いていないが——今日の霧は、街が海の底に沈んだようなひどさですからな」

「粘土が乾き過ぎなくていい、という点から考えれば、よい気候ですよ。よい、というわけでもないけれど、少なくとも都合のいい湿度だ、ということですね」

土地の習慣ということで、すべての棺桶の蓋にぶら下がっている頑丈な南京錠を横目で見ながら、Gはしだいにあやふやな口調になった。自分が論理的に喋っているかどうか、自信がなくなったのだ。

「ですから、きっとここの粘土も適当に湿って、ちょうどいい具合になっていることでしょうね……あと三袋でいいんですが」

「つけのことは、どうお考えです」

火掻き棒を置いた主人は、いつの間にか立ち上がってGに向き合っており、するとGは、つい十分ばかり前に切り抜けてきたばかりの苦難がまたしても再現したかのような錯覚にとらわれた。——霧に巻かれた道で、ふいに懐中電灯を顔に突きつけられ、尋問された時の苦渋——職業柄、こういう事態に慣れているとはいえ、世界に拒絶されているような深い当惑にいつも落ちこんでしまうその感覚……

「彫像師」

と、その巡邏警官は意識した口調で言った。

「彫像師」

もう一人も繰り返して言い、しかしその口調にあらわれた侮蔑がかれらの顔にも現れているのかどうか、Gからは見えなかった。一人が手にした強力なライトが、真っ向からGの顔を捉えていたからである。時間の都合で、わき目も振らずに急いでいたGは、濃霧の中からふいに湧き出た二人組の警官の手で、あらがう暇もなく足止めされたのだった。

警官は、片手に持った証明書を裏返した。

「これは身分証明書ではない。職業証明書だ」

「代用できませんか」

言ってみたものの、すぐにGは諦めた。職業証明書には顔写真の欄がないので、どの市の警察も、これを身分証明とは認めないのである。びっしり書き込みだらけで、畳み皺のできた身分証明書をGは取り出し、それから思い直して、濃い赤の放浪許可証も添えた。眼を伏せていても、相手の気配がとたんに鋭くなるのが判った。

「顔写真がないな」

――これはどういうことだ、と相手が言い出す前に、Gはすばやく喋りだした。証明書の顔写真の件については、しかるべき筋の特別認可を受けていること、さらに身元の保証が必要ならば、当市発行の一時滞在許可証、ギルドの加入証と組合料の受け取り、二級彫像師手帳等をこの場に携帯していること……

しかし、いくら格式ばった書式の書類を山と積み上げてみたところで、いったん警戒の姿勢を取ってしまった相手に効果は薄い。それを、うんざりするほどの経験からGはよく知っていた。現に今がそうであるように。

「どの書類にも顔写真がないな」

「ですから、それぞれ写真無用の特別許可を取ってあります。形式的に不備なところは、何ひとつありません」

「さしあたってこちらに興味があるのは、その理由だがね」

「説明の義務はないと考えますが」

ひとりが書類をと見こう見するあいだ、もうひとりは執拗にGの顔を照らすのをやめず、Gは耐えきれずに片手を挙げた。

「なぜ盲人用の眼鏡を掛けているんだ?」

「視力が弱いので」

「〈鴉〉には似合い、と言いたいところだが、彫像師の資格試験には視力検査もあるはずだがな、当然」

〈鴉〉、すなわち葬儀用彫像師の市民的蔑称を警官は口にし、ギルド支給の制服である喪服と外套の黒ずくめのGから眼をそらすと、相方と目配せをかわした。

「許可証持ちの放浪者、だな。しかもこの許可証は再発行されている。二冊目か三冊目か知らんが、それほど長くこの生活を続けているわけだ」

「ありふれたことですし、咎めだてされる筋合いじゃありませんね」

Gは抗弁した。「彫像師も一級あたりになると、四冊目、五冊目というのもざらです。いちゃもんを付けているだけじゃありませんか。書類を完備していることで、すでに問題は解決している筈でしょう」

「していない、という可能性を考えているんだよ、われわれは。たとえばこれが偽造されたものであるとか」

横暴な、と言いかけて、Gは別の可能性に思い当たった。〈放浪者狩り〉――

「とりあえず、一緒に来てもらおう」

「困ります」

「困る理由は、後でゆっくり聞くとしよう」

「拒否します。少なくとも今は――」

「おい」

一人が振り返って誰かに声をかけた時、突然、霧の奥で乱れた足音が起きた。

それから起きたのは、次のような事態だった。少なくともGの眼には、そのように映った。

鋭い呼子の笛、石畳を蹴る複数の靴音、格闘の気配と叫び声がふいに迫ったと思う間もなく、Gは誰かに体当たりされて転倒していた。霧の中から飛び出してきた誰か――薄汚れた身なりの男――が、Gを押し倒した勢いでいっしょに転倒し、腕に抱えていたものをばら撒いたのだった。それが赤い表紙の紙束、パンフレットのようなものだったことをGが思い出したのは、後になってからだったが。

事態は瞬く間に進展した。大量の警官たちがあたりに湧き出し、倒れた男を取り押さえるなり、すみやかに全員がその場から消えてしまったのである。霧の奥へ、足音はたちまち遠ざかった。ばら撒かれたパンフレットも消えており、後にはGだけが呆然とその場に取り残されていた。

「証明書」

Gは気づいて、愕然としたがもう遅かった。

あの二人組も、Gから取り上げたものを返さないまま一緒に消えていたのだ。世界の悪意を感じながら、Gはのろのろと眼鏡を拾いあげ、そして黒い丸型レンズの片方が割れているのを見た。――

「――しかし、この買い物のことがそちらの雇い主に知れると、これは不名誉なことになるんじゃありませんかね」

と、葬儀店の主人は両生類の瞼を思わせる目つきで言い、Gはようやく相手が弱みに付けこもうとしていることを悟った。

「支払いのことならば、何度も説明しているとおり、謝礼の現金があす仕事の完成と引き換えに渡されることになっていますから。その時の相談ということで」

主人が背にしている奥の仕切り棚に、Gが現在何としてでも必要としている粘土の紙包みが見えた。掘り返された墓地の土まで、荒い麻袋入りで売り物になっているのが、主人の強欲さを示しているのだったが。

「相談ならば、いくらでも乗ってあげたいところですがね。しかし、それが確かだという保証のほうがどうも。つけ売りの原則でしょう」

「――」

疲労して、Gは絶句した。今までは、毎回くどいほど同じ説明を繰り返させられたものの、不承不承つけ売りを承知してきた主人が、今日は妙に態度を硬化させているのだった。

「ほんの十五金のことじゃありませんか」

Gは言った。「今までの信用買いが、三百金とちょっとでしょう。今さら、それに少し足しても、変わりがないと思いますがね」

「確かに、三百四十金ですな。内訳は、最初に売った大人用の棺が二百九十金。それと、今までの粘土代が五十と。きょう入用だという粘土三袋を合わせると――」

「三百五十五ですね」

「いや、粘土の目方でいうと、ちょうど六十キロですな」

葬儀屋は妙なことを言い、Gは思わずその顔を見た。

「棺桶一台と、六十キロ分の粘土。これはどういう買い物ですかな」

葬儀屋は言った。「尋ねてはいけないとでも？」

「――俺が教えてやってもいいがね」

と、いきなり別人の声が言ったのは、ちょうどGが主人を殴り倒して品物を奪おうと決心しかけた時のことだった。

今まで何故その気配に気づかなかったのか、G自身にも判らなかったが――、つい手が届くほどの距離、棺桶の陰に隠れて、声の主がいた。未加工の木材をテーブル代わりに、小さな鏡を立てかけて、髭剃りをしながら薄ら笑いを浮かべている――その顔を見なくても、Gにはもう充分だった。

「俺だよ。Fだよ」

声の主は言い、同業者の〈鴉〉のひとり、彫像師のFとGは向き合っていた。

Fは横幅のひろい顔を撫で回し、髭の剃れ具合を確かめてから、鏡を喪服の内隠しに入れた。炉の火が熱いのか、外套は脱いで肩にかけているのだった。

「伊達めがねはどうした？」

「壊れたんです。あなたもK市に来ていたとは知りませんでしたね」

「それは不自由なことだな。眼鏡のことだがね。嫌な顔をするな、おまえの後を追ってきたわけじゃない。たまたま、こちらで仕事の口の声がかかっただけだよ」

共犯者と恐喝者が、微妙な割り合いで入り混じった態度、といつもGが思う口ぶりでFは言い、

「と言っても信用しないかな。ただ、仕事の口の話はほんとうだよ」

「知り合いなんですか」

と葬儀屋が陰気に口をはさむと、

「俺とこいつの関係を知りたいかね？　ああやって実に嫌な顔をしているわけだが」

Fは老人の肩を慣れなれしく叩くのだった。「なにしろこいつの行く先々、どういう訳か必ず俺が姿を現わすことになっている。そういう筋書が昔からできあがっていてね。これはもう、なんとも変更しがたい運命としか言いようがないんだよ。従って、そうした事情がある以上、今の場合も黙って見過ごすわけにはいかんだろう。相当いじめていたようだからな」

「何故この店にいたんです。ぼくをつけてきたんですか」

Gが露骨に苛々して言うと、

「つける？　見てのとおり、俺はおまえよりも先に来ていたんだよ。もう一時間も前からここにいて、なごやかに土地の噂話など聞いていたんだがね」

「何日も前から尾行をつづけて、今日はぼくが来る時刻を見はからって来ていた、ということなんでしょう。あなたのやり口には、つねづね我慢がならなかったが」

「考えなしに気を荒らだてると損をする、これは教訓だよ。俺のことを邪魔者とばかり思っているようだが、急場の救い主、と考えてみる方法もあるんじゃないかね」

「邪魔しようが救おうが、あたしは何でもかまいませんがね」

と葬儀屋が、急に決意を固めたといった様子で割り込んできた。「お話しのような間柄だというのなら、ひとつこの人に教えてやっていただきたいんですよ——怪しげな放浪者を相手に、つけ売りを承知するような商人はめったにいるもんじゃないってことを。しかも、三百四十金といえば、決して小さな金額じゃない」

「確かに、と言ってもいいだろうな。それで？」

Fは言った。

「自分で言うのも何ですが、少しは恩義を感じてくれてもいいんじゃないか、とあたしが言っても、あなたなら否定はなさらんでしょう。しかもあたしは、ほんの仔細な申し出さえこの人が呑んでくれるなら、あと十五金のつけ売りを承知してもいいと思っている。悪い話じゃないと思いますがね」

垂れ下がった瞼の陰から、二人の顔をゆっくり見比べて、葬儀屋は口を開いた。「――つまり、ほんの小さな好奇心なんですよ――このお客の買い物、大人用の棺桶一台に粘土六十キロ、この意味を知りたいと思うあたしの気持ちを、満足させてほしい。いかがです。無法な申し出じゃあないと思うんですがね」

しばらくの沈黙が続き、Gの頭にあったのは、自分がこの年寄りを殴り倒すあいだ、Fが邪魔をしはしないだろうかということだけだった。

「好奇心というものは」

意味ありげにFが言い、思わずGはその顔を見た。が、Fは目配せを返して、

「――時によっては、人を動かす最大の原動力になるようだ。その好例が、この俺だね。こいつにつきまとっても、俺には何の利益もない。まったくない。ただひたすら、好奇心のなせる業だよ。だから、六十キロという数字が、たまたまこいつの体重とぴったり一致する、ということを知っていたりするのも、好奇心というものを持ち続けてきた結果ということになる。そして、こんなヒントを教えてしまうのも、同病相憐れむ、あんたの好奇心に同情したためだがね。しかし」

あ、と葬儀屋が、音程の狂った声をあげた。

コインを三枚、Fが器用に爪先で飛ばして、粘土の包みを攫い取るなり――油断も隙もないことには、いつの間にか仕切り棚から取り出してあったのだが――、Gの背中を押して歩き出したのだった。

「これ以上のことは教えられない。というのは、葬儀屋、おまえに好奇心以外の不純な動機があると見たからだ。心配するな、今までのつけは、こいつに言ってきちんと支払わせる」

「勝手なことを！　売るかどうか決めるのはあたしだ」

「おまえは」

と、Fは肩越しに振り返って、主人の顔を見た。「誰かにエサをもらっているのか?」人ひとりしか通れない通路を、Gはどんどん押されて進み、硝子扉を押した。その時、はるか背後で、闇のなかの亡霊がつぶやく声が聞こえた。

「何のことです。あたしが知るわけがない……」


Fから渡された包みを抱えて歩きながら、Gは混乱していた。考えるべきこと、対応を決めるべきことが多くありすぎて、どれから手を付けていいかも判らないのだった。

霧は相変わらず海の底のように濃く、街路のわずかな傾斜に沿って流れていた。店に入る前と違うのは、すでに夕方になりかけていることで、光量の減少がそれを示していた。

外套を着こんだFは勝手にひとりで喋っていた。

「……はもう、どんどん派手にやってるね。ひどいもんだよ。市境が封鎖される前に逃げられたのは、ごくわずかだろう。護送車を見たか?」

「――」

「俺も尋問を受けたがね、あの店に行く途中で。いつもと違う感じがしたのは、必ずしも〈放浪者狩り〉だけじゃなくて、対象がもう少し広いような気がしたことだ。何が本命の対象なのか、よくは判らん。ただ、〈放浪者狩り〉にかこつけて、何かを探しているのは確かだと思う。心当たりがないでもないが、と付け加えておいてもいいがね」

「証明書類を、全部持っていかれたんです」

え、と驚いてFが顔をめぐらし、Gはかいつまんで事の経緯を話した。ただひとつだけ、あの赤い表紙の――放浪許可証とおなじ鮮明な赤だったので、印象に残ったのだった――パンフレットのことを省略したのは、どういう心理の綾なのか、自分でも判らなかったのだが。

「それはなんとも」

Fは考える顔をしたが、口には出さず、話題を転じた。「今夜おまえのところへ話をしにいこう。おまえはあの大きな屋敷の離れで寝泊りしているんだな？　外出禁止令が出るんだろうが、構わんさ、慣れているからな」

「困ります」

Gは驚愕し、飛び上がらんばかりに慌てた。「今日のことはありがたく借りにしておきますよ。葬儀屋にはあす支払いに行くし、あなたの十五金はあそこに預けておきます。では、ぼくはここで」

「今夜が山場ということか」

Fは言い、Gは歩きかけて振り向いた。

「——思わせぶりで気を惹こうというのが、あなたのいつもの手管ですね。夜は早く休みますから、迷惑なんですよ」

「市境は封鎖されて、よそ者はどんどん狩られている。街には警官以外に、背後関係のよく判らん連中がうろうろしている。おまえは自分ではわからずに、危なっかしい綱渡りをやっているんだよ」

「ぼくが何をしているというんです？　あなたの世話にはなりませんよ」

「たかが十五金、払えずにいてもか」

Fは言った。「何故だ？　彫像師の稼ぎは決して悪いもんじゃない。組合料の支払いだって、まだあと半年も先だろう。一文なしとはどういうことだ？」

「——」

「誰に払ったんだ？」

答える理由はなく、答える必要もなく、しかし霧のスープの底でGは迷っていた。〈鴉〉と呼ばれる黒いゴムびき外套の下は、制服である詰め襟の喪服。掛けてはみたものの、片方のレンズが抜けた盲人用の黒眼鏡、腕には葬儀屋で買った粘土の包み。包みを抱いた左手はまともで、右手は包帯でぐるぐる巻き。

午後七時・彫像、鏡、鍵

……生命の潮が、はげしい逆流となって深淵に吸い込まれたあとの凋落の姿だけが、そこに残されていた。おびただしい皺のあいだに埋没した表情。肉が削げおちて、そのまま節くれだった首筋へと、ひとつらなりに凋んでいる乏しい下顎の痕跡。乾燥しきったミイラそのままに、ぽっかりと奥深く陥没した口腔の暗い虚《うろ》。まばらな白髪。白濁したまま、ついに一度も光を宿すことのなかったその両目は、もはや観察者の暴力的な視線を撥ねかえすだけの力を持たず、すべてを放棄してみずからの内側へとめくれこんでいる。

しかし、人間の頭部というものが、この衰退のきわみにあってまだ人格の痕跡らしきものを残しているとしても、首から下の全身に眼を移してみれば、これはただ仮借ない時の爪あとに蝕まれつくした人体の形骸でしかなかった。

どこを見ても、すさまじく抉り取られた傷口のような皺が陥没をかたちづくり、その奥から、音もなく死と腐敗の臭気が洩れだしている。黄ばんで硬化した皮膚が、乏しい腱と血管のよじれを剝きだしにして骨格を覆い、しわんで垂れさがった乳房も、もはや機能を失った皮袋にすぎない。ただ、かつては強靱な生命の中心をなしていた骨盤だけが、この全体的な衰亡に逆らって、盛んなかたちをとどめていた。が、それも今では、かえって皮膚を内側から喰い破ろうとする怪鳥の翼のように、無残な突起となっているのだった。

雇い主の母親にあたるというその老婆の裸体と、手元の粘土像とを冷静に見比べたGは——結局、壊れた眼鏡は作業の邪魔でもあり、諦めることにしたのだったが——今までに仕上げた箇所に、手を加える必要はないと判断した。壁の時計を見ると、時刻はちょうど七時である。別室で着衣をはぎ取られた老女が、使用人たちに両脇をかかえられてここに運び込まれてきたのが五時すこし前、以後二時間ほどで、Gは今日の仕事の予定をほぼこなしていた。思わぬ事態の紛糾で帰宅が遅れ、その分だけ遅れを取り戻そうと、やや急いではいたが、手抜きをしていないという自信はあった。

臨時の工房に当てられたこの部屋は、長いあいだ空室のままだったものを急いで片付けたもののようだった。敷物もなく、家具類にはすべて埃よけの覆いがかかっている。室内の空気は湿気て淀み、作業用ライトの下で、部屋の光景が空虚で陰惨に見えがちなのは仕方のないことだった。その中で二時間ものあいだ、Gは衰弱死寸前の裸体の老婆とふたりきりで過ごしていたのである。局部を手で覆うだけの知力さえ残っていない老女を、赤の他人であるGの前に晒している家族の態度は、明らかに屍体をあつかうそれに似ていた。ただし、その態度は決して奇異なものではなく、葬儀用彫像師を雇うすべての家に共通した、ごく普通のものに過ぎない。

彫像師の仕事は、ほぼ例外なくこの老婆のような、その家の最長老である老人の姿を刻む仕事ばかりである。たまに若い人間の彫像を依頼されて、その家に赴いてみれば、それはいつも決まって死期の定まった病人か、瀕死の重傷者なのだった。

——ある程度以上の地位を持つ家で、家族の死期寸前の姿を彫像として移しとり、葬儀の飾りものとして客に公開するというこの風習が、いつの頃から根を降ろしたものなのかGの知識にはなかった。おそらく、デスマスクと貴族階級の肖像画というふたつのものが、紆余曲折を経て混合したものであろうと思われた。が、それにしても、その彫像がなぜ必ず実物大の、それも裸体像でなければいけないのか——その裏には、どのような皮肉が込められているのか、Gにしても時には薄気味悪い思いをしないでもなかった。しかし、ともあれそれが〈慣習〉なのである。彫像のない葬儀は、後ろめたいものとみなされるという理由によって、彫像師を雇う家が絶えない以上、Gとしてはしきたりどおりの注文をこなすしかないわけだった。

軽い足音が廊下を近づいてきた時、Gはコマ付きの作業台を回転させて、拡大鏡を覗き込みながら頬の毛穴を刻んでいく仕事にかかっていた。右手の包帯は、指を伸ばせる状態に巻きなおし、そちらで拡大鏡を持って、作業は左手でおこなっているのだったが。ヘラを使う段階はすでに終わり、制作台の周囲には、合成粘土の塊はもうひとかけらも残っていない。――作業開始時点において、雇い主側からは、モデルの体重と正確に一致した重さの粘土が渡される。そこから心棒に使う軟鋼や銅線、コルク等の重量が測定され、その分だけの粘土が運び去られる。残りの粘土が彫像師の取り分であり、それだけを使いこなして、モデルの正確な原寸大の像を作りあげるのが職人芸とされていた。この芸が契約の中に含まれているわけではないが、余ってしまった粘土をこっそり処分したり、足りない分を購入したりすることには監視の眼があり、最大の不名誉とされていた。

「私ですが」

軽い口調の声が言って、入ってきたのはギルドの連絡員、Kだった。〈鴉〉とおなじ黒いゴムびき外套を着ているが、彫像師ではないので、詰め襟の制服の色は灰いろである。

「もう完成じゃないですか」

ハンカチを出して髪の湿り気を拭きながら、Kは遠慮なく近づいてきて覗きこむのだった。「ああ、いい仕事ですね。工房入りして一級試験を受ける気はないんですか？　惜しいと思うんですけどね」

「どうやって入ってきたんですか」

Gは驚愕して言った。「勝手に入ってきたように見えますけれど。それに外出禁止令は？　日暮れと同時に出たと、ここの使用人が言っていましたが」

Kは答えずにハンカチを振り、椅子を探して腰かけた。

「連絡があって来たんですが、心当たり、ありますね？」

「警察ですか」

作業はほぼ完了したものと見なすことにGは決め、道具類をまとめながら言った。

「警察、それもひとつです。ちょうど私、この市に来ていましたので、その筋からの伝達が回ってきましてね。――それだけならば、どうということはないんですけれど。要は不審人物の洗い出しをやっているだけなんですから、こちらで保証すれば済むことだし、証明書類も戻ります。ただ、あなたね」

Kはいやそうにハンカチを鼻に当てた。「〈術系〉にかかわるのは御免ですね。あそこ、うちとはうまくいっていないの、知っているでしょう」

「――」

動揺を隠そうとして、Gは失敗した。落とした曲尺や水平器を、床から拾い集めようとするGを見て、Kは話題を変えた。

「あなたにしても、それからあのFさんにしても、我々としてはいろいろ気にとめているんですよ。前にも話したことがありましたよね。――我々の理想とするところは、職人組合の構成員が全員定住して、市民の資格を得ることなんです。放浪許可というのは、いたしかたなく便宜的な措置としておこなっているもので、市民としての職人のありかたとしては邪道ですね。とりあえず、一級試験、受けてみませんか?」

「一級彫像師でも放浪している人は、少なくないじゃありませんか」

Gは、無意識に右手をKの視野から隠しながら言った。

「――、まあ、度し難いひとたちっているもんですから」

Kは憂わしげな顔をしたが、気を取り直して続けた。「でも〈術系〉は、ギルドの体質がまったく違いますからね。もともとの発生が、あちらは芸人ですから。かたぎじゃないんです、よく知っているでしょうが」

入り組んだ迷路状のゲットー、石の裏小路の曲がりくねる光景が、陰気にGの頭によみがえった。あの夜は霧は出ていなかったが、古びた袖看板を並べた一角では、軒燈が闇に滲んで見えたのだった。

「わざわざおいでいただいたのは恐縮なんですが、それでギルドに動いてもらう必要があるとは思えないんです」

Ｇは再び時計を見ながら言った。Ｋが来たのなら、Ｆも来られない筈はないと、急に心配になったのだ。

「料金を払って、取引はもう終了しているんです。あの連中と係わりたくない意向は了解しましたので、今後気にとめます。警察のほうは、お手数をおかけしましたが、後はこちらで交渉しますので。以上でよろしいでしょうか」

「あなたの、たとえば顔写真の件にしても、これってけっこう特別扱いなんですよね」

Ｋは深く椅子にもたれて言った。「右利きなのに左手で資格試験を受けて、二級合格。普通ではないことだと試験官が言っていたそうですが。あなた、けっこう有名ですよ。理髪屋で気絶するでしょう」

「居眠りするのが癖なんです。今夜ももう眠いので、ここを片付けて手を洗いにいきたいんですが」

「誰か来たようですね、そこに」

Ｋは嬉しそうに言った。仕方なく、Ｇは歩いていって出窓の重いカーテンを動かし——暗い鏡と化した夜の窓ガラスに、自分の顔が映らないよう気をつけながら——外を見た。

「聞いてましたね、などと無駄な質問はするなよな」

とＦの幅のひろい顔が霧の中で言った。「差し錠を開けてくれれば、ここから入れそうだ」

Ｆは、水気と庭の針葉樹の匂いと一緒に這いこんできた。

「仕事、済ませてきたんですか、Ｆさん」

「昼には完成してましてね。子供だったので、作業量は少なかったですね。報酬を受け取ってたんですよ、あっちはもう引き払って来た」

Ｋに言って、ＦはＧを見た。「パンフレット、というやつをどこかで見なかったか？　表紙が赤、放浪許可証と同じ、よく目立つはっきりした赤だそうだが」

「——好奇心だけで行動する人、というのも、市民原理からいえば困りものですけどね。まあ、この人は行くところまで行かなきゃ駄目なんでしょうが」

Kは嘆息した。「街でうろついて、聞き込んできたんですね？　警察のほう、まだ動いてましたか？」

Fは勝手にあたりを見回し、作業台の彫像に気づいて、仔細らしくモデルと見比べたりしていたが、

「今、街のほうは変に静かですね。狩りは一段落ついたという感じで、ただ市庁舎が全館点灯してますね。いつもなら、五時を過ぎればほとんど無人になってしまうところでしょう、あそこは」

「協議中なんでしょう。では行動は今のうちですね。Gさん、あなたは今からわれわれの保護下に入ります。すぐ市外に移動します。ルートがありますから、市境封鎖のほうは大丈夫です」

Kは立ち上がった。「Fさん、あなたは何でしたら朝までここに残って、かれの仕事の引き渡しをしてあげれば。友達なんだから」

——困る、都合が、説明がない、といった言葉を同時に言いたてる二人のあいだで、Kは首を振った。

「駄目だめ。聞きません。じゃあ行きますよ」

「ギルドに逆らうつもりはなかったがね。では、これはどう説明してくれるのかな」

とFが怒りを嚙み潰した顔で前に出ると、光るものをGの眼の前に付きだした。髭剃り用の鏡、と理解する一瞬まえに、Gは昏倒していた。

きっかり五分後に眼をあけると、しゃがんで覗き込んでいたKとFの顔が、驚いたように仰け反った。Gはのろのろと起き上がり、後頭部にかなりの打撲痛があるのに気づいた。

「——」

「痛そうですね。抱きとめるくらいのフォローはしたらどうです。ああ、びっくりした」

GとFの両方に言いながら、Kは腰を伸ばした。「本当に気絶するんですねえ。初めて見ましたよ」

「はっきり言わなかったのが悪かったんですが、今すぐ、二人とも出ていってもらえますか」

Gは言った。「もう結構です。寝ますから。帰ってください」

「寝るって、ここでかね。晩飯もまだなんだろう」

気絶していたあいだに、二人はすっかり寛《くつろ》いで部屋のあちこちをぶらついていたらしく、Fにいたっては勝手に食事のトレイを見つけ、布巾をめくって腸詰をつまんでいるのだった。

「冷えてしまってるじゃないか。待遇が悪いな。ベッドはここか?」

カーテンで臨時に仕切った隅を覗こうとしているのに気づき、Gは驚愕してFを押しとどめた。

「あなたがたは——まったく人のことを——好き勝手に——」

「おお、怒り出したぞ。おい、連絡屋。一緒に行きたくないんだとさ」

「〈赤本〉が出回っているのなら、ここはもう危ないです」

Kは立ったまま指を組んで、困った顔をした。「何故そんなに抵抗するんです?」

「理由があっても人には言えない。鏡を見せれば気絶する。葬儀屋には借金。困ったな」

「葬儀屋というのは?」

出ていってくれ、とGが叫んでテーブルを叩いたのはその時のことだった。——その手がトレイに当たり、派手な音をたてて料理の皿が床に飛び散った。転がった壜がカーテンの奥へ走り、Gが後を追い、FとKが覗き込んだ時には、Gは必死にベッドの下を探っていた。

「——ない。ない」

Gは叫んでいた。「なくなってる。誰かが。盗まれた」

カーテンを押し広げて、Kは呼びかけた。

「何です。何がなくなったんです」

「俺じゃない」

Fは腹を抱えていた。「俺は葬儀屋にいたんだから」

Gが殴りかかろうとした。

眼が見開かれ、動きが硬直した。三人は絡みあったまま、同時に作業台の隣りを見た——夢魔のような光景がそこに現出していたのである。

かれらが見たのは、白熱灯の真下で、白髪を背に曳いて起き上がっている老婆だった。白内障の濁った眼に光が宿り、ミイラさながらの震える腕が持ち上げられ、まっすぐにGを指さしていた。

真っ暗な口腔の奥から洩れだす風のように、声が言った。

「……おまえ。〈影盗み〉。あたしの影を盗まなかったか？」

「違う！　左手で作ったから、それはただの彫像だ！」

両手を顔のまえで振り回すようにしながらGは叫んだ。

——後になって思い出した時、Fはしばらく前から屋敷の本館のほうで人声がしていたことを記憶していた。ただ、この離れの室内での騒動にまぎれて、注意がそれていたらしいのである。そして激しい音をたてて扉が開き、大量の警官たちが突入してきたのだったが、胴上げに似た姿勢でGが連れ去られる直前、揉みくちゃになりながらFの手はGの手に触れていた。「鍵、棺の」とGの声が言い残すのを聞き、さらにいつの間にかKの姿が見えなくなっているのに気づいた時、人波の引いた部屋で、Fは見覚えのある人間と向きあっていた。

「やっぱりここにいたんですね。捜しました。同業のお仲間のところへ会いにいらっしゃったんじゃないかと」

数時間前に別れてきたばかりの、雇い主の夫婦だった。

「もう一度、急いで仕事を頼みたいのです。死体が腐敗する前に仕事を仕上げてくだされば、報酬は五割増しで」

深夜零時・塔、赤い本、階段

鉄格子から射す月あかりで、Gは霧が晴れていることを知った。部屋はどこか高いところにあるらしく、狭い高窓にのぞく空は、地上から隔絶した孤独な風が吹く空間のように見えた。

尋問は異国のことばで行なわれているもののように意味が解らず、途中からGは半ば失神し――鏡に直面した時ばかりでなく、一種の小動物のように、外敵の前で意識をなくすのはGの生育歴からすれば無理のないことだったと言えるが――、数時間に及ぶ混乱状態ののち、Gはこの部屋に監禁されたのである。しかも、終始目隠しされたままの状態だった、というのは周囲の人間たちがすべてGの眼をひどく恐れているためらしく、拉致されてから今にいたるまで、Gは自分の居場所の見当もつかないのだった。

石壁の部屋には簡素なベッドとサイドテーブルしかなく、Gは空腹を思い出した。

ふと思いたって、Gはベッドから立ち上がると、歩きながら目測し、勢いをつけて鉄格子に飛びついた。石壁の目地を足がかりに、なんとか懸垂の要領で軀を持ち上げて外を見たGは、思いがけない光景に眼を見はった。――眼下は月に照らされた霧の海で、まるで雲海の上にいるように、ここは地上からはるか離れた塔のうえだったのである。

窓から手を離して飛び降りると、Gは狭い室内をうろうろ歩きまわった。右手の包帯は、取調べの最初にほどいて改められ、そのあと血行が止まるのではないかと思うほどがんじがらめに縛りなおされたのだったが――「二度と影を盗めないように」と取調官のひとりが言った――この部屋にひとりきりになって、自分で少し緩めに巻き直してあった。考えるべきことは多すぎるほどあり、ここ数日のさまざまな出来事が断片となってGの頭に渦巻いていた。が、一番の気がかりは何と言ってもベッドの下の奪われた棺とその中身だった。とっさに鍵をFに渡したのは正しい選択だったのだろうか。

Gは思い、しかし尋問での身体検査を思い出すと、やはりそれ以外に方法はなかったと思われた。

頑丈そうな鉄の帯を打った扉がびくともしないのは確認済みで、それからふとGがサイドテーブルの小抽斗を開けてみる気になったのは、手持ち無沙汰だったこと以外に理由はない。ともあれGは抽斗を開けて、そこに聖書ではなく赤い表紙のパンフレット、〈赤い本〉を見出したのである。窓から射す月光は、不充分ながら文字の解読を可能にしていた。

『〈影盗み〉伝説とその考察』——表紙のタイトルはそのように読めた。

「〈影盗み〉とは何か?

〈影盗み〉とは誰か?

伝説はこのように言う、すべてはかれの右手の秘密から始まったと。

新月の闇がいちばん深くなる時刻に生まれたその子供の右手には、赤い痣があった。痣というより、右の手首から先が赤い手袋を嵌めたようだった、というべきかもしれない。血のようなその色は不吉に見え、生まれる前から子供の運命に印されている刻印としか見えなかった。風が屋根を鳴らし、影が二重にぶれた。母と子は深く眠っていた。蠟燭の灯のなかに人々は顔を寄せあったが、答えられる者はいなかった。

育つにつれて、その子供の性癖は母親だけでなく、周囲の眼にも立つようになっていた。孤独を好み、夢想癖がある、ただそれだけならばよくあることだ。しかし、放心している時の右手が奇妙な動きをするのだ。路地に面した戸口などにぼんやりとうずくまった子供の、赤い右手だけが空中に浮き、指が動いて、見えない線をなぞりつづける――それはたぶん子供自身のせいではなかった。妙な癖を叱責されると、初めて気づいたように手を隠し、困った顔になる。が、叱る者がいなくなると子供の視線は往来に戻っていき、やがて行き交う人々の顔から動かなくなる。そして右手は宙に浮き、五本の指が虫のように蠢《うごめ》き、なにかの表面をおぼつかなくまさぐるような動きを始めるのだった。

ある夜、闇の中でふと目覚めた母親は、不穏な感情にかられて子供の部屋へ行った。予感のままに扉を薄く開けると、蒼ざめた月明かりが射す寝台が見え、眠る子供が見えた。寝息が聞こえ、そして子供の右手は宙に浮いて蠢いていた。それだけが独立した生き物であるかのように。成長するにつれて、いよいよその動きに精緻さを増していた指先は、今や子供の意思を離れていた。ひとつらなりの立体的な曲面を持つ何か、人の手が触れてはならない未知の何かを、空中にかたち造ろうとしているような――母親がそう感じた時、子供の寝息にことばが混じった。兄弟のひとりを示す名前だと気づいた時、母親は本能的な恐怖にかられ、子供に飛びつき、揺すり起こして顔を打った。――そのような日々が重なるにつれて、子供が人の眼を避けてさまようようになったのは不可避のなりゆきだったと言える。

路地を抜けてひと気のない旧市街を過ぎると、やがて雲の多い郊外の丘陵地帯が始まる。倒壊した墓地が点在する丘を、子供はさらに斜面に沿って進んでいった。動きを封じようとしても、今では意のままにならなくなった赤い右手は、忙しく曲線を描きながら子供の足を導いていた。細い小道が尽きて、刺の多い灌木の茂みにわけ入った子供は、ほどなく行く手に粘土質の露出した斜面を見出した。足は自然に進んでいき、視線は葉影の湧き水をとらえた。すると、あてどなくさまよう右手の内に、はっきりと何かの感触が生まれた。それは強烈な感覚であり、子供はためらうことなく土を掻きだし、水を足して、粗雑ながらひと塊の粘土らしいものを練りあげていた。手に生まれた感触は、このなかに隠されている――そう感じながら、子供はひと息に鷲摑《わしづか》み、掌のひらのあまりな快美に総毛だった。

運命が必ずそうであるように、子供の行動を怪しんだ家族によって、丘の仕事場の秘密は人々の前に晒された。そして刻印を印されて生まれた子供のしわざは暴露されることになった。その時までに、子供は丘の奥への往復を百日以上続けていた。その日、人々が見出したのは、横幅三十歩に余る斜面の一帯に、子供の背の届くかぎりの高さまで浮き彫りにされた大小のおびただしい顔の群れだった。土を掻いて粘土をこねることを煩わしく思うようになった頃から、子供はじかに彫っていたのだ。赤い手を血だらけにして。

子供にとっての兄弟や家族、縁のあるもの、隣人たち、すべてがそこに集まっていた。夕陽に照らされながら、人々はその顔の群れのなかにひとつずつ自分の顔を見出した。子供の眼に触れたことがある人間ならば、誰もが自分のそれを見つけることができた。——何故それが自分の顔だと解るのか、あるいは他人には理解できなかったかもしれない。中には人間の顔でないように見えるものさえあったのだから。しかしそれが自分の魂の秘密であること、鏡に映る影よりも深い場所に沈む顔であること、盗まれるまでは自分ですら見たことがない真実の顔であることは、誰もがひと目で理解できた。たとえそれが予期しないものだったとしても。

たましいの顔なのだった。

赤い右手を持って生まれた子供の眼が、何気なく人の姿を見るとき、その手はたちまち真実の顔の感触を盗みとり、空中に輪郭をなぞり、そしてここに彫像として産み出していたのである。

夕陽の丘のうえで、人間たちは無言だった。人々は沈黙のなかでひとりひとり孤立していた。子供の母親だけがおどおどと人垣の後ろを歩きまわり、わけがわからぬまま横目で様子をうかがっていた。子供に近づいていいのかどうかわからないのだった。——ひとりの男の顔を盗み見た時、彼女は軽い衝撃を受けて立ち止まった。数十年来の隣人の顔が、まるで別人のように変わっていたのである。どこがどうと指摘することはできないが、陰惨でみじめで見るに耐えない何かが、その顔を決定的に変質させていた。怯えながら母親は子供に駆けより、他人の眼から隠すように抱きすくめた。それから、ゴミのように足元に転がっている自分のたましいの顔に気づいた。最初の日に子供が作ったものだったが。

――そして力いっぱい母親に突き飛ばされた時――、子供は子供でなくなり、ひとつの記号に、〈影盗み〉になった。伝説はこのようである。これは、あるいは生まれながらに真実に到達していた稀な芸術家の話だろうか？　大衆にとってかれは怪物である。怪物は怪物の人生を生きる。われわれと関わりなく。しかし見分ける目印はある。

1．〈影盗み〉は必ず男である。理由はなく例外もない。

2．〈影盗み〉が自分の能力を隠すことを選択した場合、赤痣の右手は包帯か手袋で隠されているだろう。ひと前でみだりに手が動き出すのを封じるためには、たぶん包帯で固く縛り上げている筈である。

3．〈影盗み〉は決して鏡を見ない。〈影盗み〉自身も、やはりみずからのたましいの顔を見るのを恐れる筈である。鏡を見てしまえば、右手が勝手に動きだして、必ずたましいの顔を刻んでしまう。一時的に手の動きを封じたところで、手の記憶は消えない。鏡を見ないことしか方法はないわけで、したがって〈影盗み〉は自分の顔を見たことがなく、自分の顔を知らないという人でなしである。

4．しかしたとえば避けられない偶然で、不意打ちに鏡に直面したような場合はどうなるか。その時、かれはたぶん鏡像を見るより一刹那はやく、自動的に視覚を消失させる、すなわち失神するのではあるまいか。そうした体質が先天的に備わっていることは、充分考えられることである。

5．同じ理由によって、〈影盗み〉は決して写真を撮らせない。身分証明書その他の顔写真欄は空欄であろう。また〈影盗み〉は黒眼鏡等を常用している可能性もある。視力を減少させて、右手の勝手な動きをセーブするためには、盲人用の黒眼鏡がもっともふさわしく――

6．また〈影盗み〉が職業を持つとすれば、やはり彫像師が可能性として――」

……Kが扉を開けた時、そこまで読んでいたGは、自分の包帯に包まれた真紅の右手が痙攣しはじめるのを感じた。視界にKの顔が現われたことで、ひとりでに反応しはじめたのである。

あなたのたましいの顔を知っている手なんですよ。いいんですか。

頭のなかでGは言ったが、やさしい顔をして光に包まれたKは手を差しのべ、Gはその手に引かれながら階段を降りた。雲よりも高い塔から降りる螺旋階段はどこまでもつづき、Gは左手に赤い本を持ったままだった。この本について質問したいのだったが、何を尋ねればいいのかよく判らないのだった。

ぼくは〈鴉〉で〈影盗み〉で、自分の顔を鏡で見ることもできない人間なんです。救われるでしょうか。

――すると光に包まれたひとは振り向きながら言った。

鏡はもう見たでしょう。迷路の奥の家で、顔にヴェールをかけた人が指差す鏡を。全財産と引き換えに。ぼくの泥人形《ゴーレム》は未完成です。粘土三袋ぶんだけ。それは棺に入ったまま盗まれました。

光に包まれたひとは振り向きつづけ、Gは階段を降りつづけた。汚辱と混迷の地上に向かって。するとまだ地上に着かないうちに、GはFと向きあって椅子に座っていた。よく見るとFは彫像の制作に没頭しており、作業に集中するあまりGが見えていなかった。Fはひとりで喋っていたが、Gは耳をそよがせながらずっとそれを聞いていた。――午前三時。

午前三時・夢、迷路、分身

作業台だけにライトが当たっている暗い部屋で、Fは喋っていた。

「その屋敷は崖のように切り立った外壁を持っていた。館と呼ぶほうがふさわしかったかもしれない。俺は三階に部屋をあたえられていたが、見下ろすと眼下の広場の石畳がそこからきりもなく広がり出して、はるかに遠い木立と外門のほうまで続いていくのが眺められた。そのころ俺は鬱屈していた。自分の仕事に満足できず、自分の居場所が間違っているように思えていた。Gとはまだ会っていなかった頃だと思う。

午後は半ば日陰になってしまう広場の中央には、なにかの彫像を取り壊したあとの石の台座があった。曇天がつづく晩秋のことで、そこはほんとうに広くて淋しくて誰もいない場所だった。左手は水の淀んだ掘割に面していて、みどりの水面がすれすれに縁を越えて石畳を浸していた。広場の三分の一近くまで、水溜まりは広がっていた。そこでは水は透明に見えた。俺は仕事をしていない時は毎日広場を眺めていた。浅い水面の反映を透かして敷石のこまかい模様が見え、わずかばかりの泥がまつわるのが見えた。灰いろの光のなかで、泥がゆらゆらと動くのを見ていると、いくぶんでも気持ちが鎮まるような気がした。

俺の仕事は、死にかけている若い男の彫像を制作することだった。毎朝決まった時間になると部屋へ行き、二時間ほど仕事をする。それから午後にも二時間。それ以上は病人を疲れさせるから、というのが依頼主の指定だった。この種の時間の使いかたは、例がないわけではないが珍しいことだと言えた。たいていは葬儀の下準備を兼ねて、急ぎの作業になるからだ。病人の容態はよくは判らなかったが、眠るばかりで意識がないのは確かだった。使用人たちが着衣を脱がせた病人を作業台にのせると、俺の作業台と二台ならべて、光線の具合のいい場所に移動させる。それから作業にかかるのだが、ときどき女がひとりやってきて、椅子に座って眺めていくことがあった。タロットのひとり占いが似合う種類の女だ。きょうだいで歳は同じだと言ったが、本当かどうかは分からない。

この棟の窓の数を数えてみたことがあるか、とある日女は俺に言った。意味がわからずに黙っていると、女は歯を見せずに微笑した。そして、戸外から数えた窓の数と、中から数えたそれとでは数が一致しないのだと言った。

——出口も入口もない、窓がひとつだけある部屋がこの棟のどこかにあって、その部屋でひとはじぶんの魂を見るんですってよ。

女はそのように言い、俺はずいぶん前から感じていた居心地のわるさを思い出した。

俺たちは三人でいるといえば三人だったし、彫像師のモデルは人扱いしないという慣習に従えば二人だった。病人は完全に意識がなかったし、建物のどこかには専属の看護人たちがいる様子で――見たことはないが、そんな感じだった――その女も看護に加わっているような狎《な》れた雰囲気があった。言うまでもないことだが、彫像のモデルは作業台に載ると同時に、俺にとってはただの寸法の集積になる。俺の仕事はコピーなのだから。計測し、分割し、パーツごとに型を取るための鋳型であり、それが老齢や病気やで痛んでいるとすれば、移し取らねばならない特徴が増しているというだけのこと。拡大鏡で表面を調べつくす対象が裸体なのは当然のことで、慣れてもいたし、ただその時ばかりは妙に居心地がわるかったのだった。

女の弟はさほど長患いでもないらしく、そういうことは表面から観察するだけでもわかるものだが、内科的な疾患を持っているようにも見えなかった。ただ衰弱の特徴だけが激しく、げっそりとうつろに痩せ、そして意識がない。

――自分の魂と出会うと、陰気に気が滅入るんですって。

女が再び言い、俺は困惑した。

食べなくなるし、喋らなくなる。気が滅入って、起きられなくなる。心はどこか暗いところで眠ってしまう。だから意識がないの。

何と出会ったら、ですって？

俺は困って問い返したが、女は意味ありげに微笑して弟の顔を見ていた。

窓の数の話は何となく気になったので、俺はある午後――急に仕事が中止になって暇だったので――外に出てみた。水の出た広場は、落ち葉を掃いたあとのようにひと気がなく、荒涼としていた。垂直に切り立った屋敷の影を水面が映し、水面下には敷石の列が崩れた石畳が見えた。窓を数えなければ、と俺は思い、しかし上を見るのが怖かった。いま見上げれば、出口も入口もない部屋の窓に人影を見ると感じたのだ。衰弱しつづける病人とあの女が、この暗い屋敷のどこかにいると思い、その時のことは今でもずっと忘れない。

夜、どこかでざわざわと気配があって、翌朝、俺は契約の解除を言い渡された。病人が死んだのだと聞かなくても分かったし、仕事はおおよそのところ完了していたので文句はなかった。ただ、〈鴉〉が目障りなのはともかく、応対した使用人の態度が気になった。身元のはっきりしない逗留客はろくなことを招かない、という意味のことを呟くのが聞こえ、俺の使っていた部屋を早くも片付けさせながら、この部屋も鎖《とざ》してしまうようにと指示していたのだ。――俺の前にその屋敷を訪れた客、女の言っていた鎖された部屋の隠喩、そうしたことのすべてを俺はのちにひとりの同業者に出会ってから思い出した。その客はGではない。それは、Gに幾つか質問してみて分かった。ただ、俺は思い出す。水面下の敷石の隙間から湧き出していた静かな泥、盛り上がって崩れる水の表面。揺れる光の輪。波紋。――」

Fの声が言う。

「ところで俺はここで何をしているのかな。俺は何を作っているんだろう？　俺の仕事はコピー、葬儀用の飾り物をつくるのが領分の筈で、それ以上のことはやらないし出来ない。いつだってそれは同じだ。なのにこれはいったい何なんだ？　俺は何を作っているんだ？」


Kは市長代理と会っていた。

窓のない部屋にせかせかと入ってくるなり、男は煙草に火をつけてデスクの書類をめくり始め、座って待っているKを見ようとしないのだった。ギルドに反撥するタイプなのだろうと見当をつけ、Kは猫のように微笑した。

「――、市長の容態がいよいよ悪くなれば、あなたのところへ依頼を出しますがね」

男はいやいやながらといわんばかりに口を切った。「慣習は尊重するし、ギルドを無視して市政が動くとも思ってやしませんよ。でも、面倒はね」

「うちの人間が、結果としてご面倒をおかけしていることは認めます。しかし身柄を押さえる必要はなかった。それに取り決めをきちんと実行して下さらなかったのは、そちらのほうでは」

「不都合であり必要のない文書は取り締まっていますよ。連中は地下に潜って活動を続けていたらしい、それが今回発覚したのはわれわれの予想していないことだった。いや、予想すべきだったのに遅れを取ったことは確かです。しかしその前に、やはりわれわれとしては反市民的存在を許容しているおたくの体質、組織のありかたに疑問を持たざるを得ないわけですよ。前回の蒸し返しになりますがね」

「職人として自立できる人間は認める、それが以前からのわれわれの見解です。かれの個人的な特色を反市民的と見なすのはそちらの見解、あなたがたの主張でしたね」

Kは指を組んだ。「赤本さえ取り締まってしまえば、おおかたの問題は解消する筈です。この点で妥協案が成立したじゃありませんか」

「取締りをこちらの一方的責任として押し付けるのはどうか、というのが私の個人としての見解ですよ。少し無責任じゃありませんかね?」

男は眼を光らせた。「しかるべき施設に収監して隔離してしまえば、ことは簡単だ。といっても、この私がかれの存在に脅威を感じているなどと思ってもらっては困りますがね。〈影盗み〉なんて伝説でしょう。私が多少なりとも興味を感じるとすれば、いやに理屈が多いってことですね、かれらは。理詰めの禁忌に忠実に従って、いやになるほど同じパターンの行動をしたがる。学術的興味といってもいいかな。——たとえばさらに考えを進めて、鏡で全面を張った部屋にかれを閉じ込めたらどうなるか? あるいは、かれ本人が自分の真実の顔を見たいと欲した場合、どのような方法でそれが可能になるか? まるで想像力の器械体操をやるようだ。理論上の素材としての興味を惹くとは言えますね」

「あなたのような考え方をするタイプが近寄るケースも多いようですね、かれらにとっては。気の毒な本人の気も知らないでね。そういう興味で不用意に近づいた人間が、思いがけないなりゆきで真実の顔、〈たましいの顔〉を見ることになってしまう。そういうケースもあったようですよ。結果は、不幸な結末になったんじゃないでしょうか」

「脅しですか？」

男は言った。「公的立場としては、私は反市民的存在をすみやかに排除したく思っている。少なくともこの市の管轄内からは。これは最優先事項です。それにこれは杞憂かもしれないが、もしもかれを利用しようと考える者がいたら。――応用問題を解くようにして利用法を考えてみると、なかなか暇つぶしどころではない面白さを感じたりするんですがね。ギルドでは考えていらっしゃらない？」

Kは渋い顔をした。痛いところを突かれたのだ。

「――かれに関して、責任は所属の組織にあると考えていますよ、われわれは」

「互いに協力はできるわけですね」

男は微笑に似た表情をした。「かれは逃げつづけているようだ。誰の手を借りたのか不明ですが」

「理解しがたい愚行です。しかし私のことを言うならずっとここにいましたよ。奥さんがご存知です」

「わたしは市長の家内ですの」

黙っていた女がソファーから言ったので、Kは面食らった。市長代理が来るまで、勘違いしたままその女と話をしていたのだ。ゆるやかに微笑したまま女は言った。

「自己紹介が遅れて失礼しましたかしら。夫はこの館内の公舎でずっと臥せっていますので、ときどき息抜きに出歩いているんですわ。特に真夜中すぎに庁舎内を歩くと、昼間とは違う人種のひとたちに会えて面白いんです。夜中だけに棲息しているみたいな人たち、たとえばこちらみたいな」

女は市長代理に顔を向けながら言った。「そろそろ依頼を出したほうがいいんじゃないかしら。間に合わなくなる前に」

Kが見ている前で、二人は視線を交わしたが、そのときKの頭のなかで点滅する信号が点った。若さの終わりに太りはじめているらしい女は、歯を見せずに微笑した。

Gはひとりで歩いていた。道連れはいつの間にか消え、迷路状の通路をさまよっているのだった。狭い通路は絶えず微妙に曲がっているので見通しがきかず、光はたえず前方から射してきた。気づかないうちにGは赤い本を取り落としており、廊下の途中で何度も床に落ちているその本に出会った。堂堂巡りをしているせいなのか、本が増殖しているのかわからないのだったが。ただそれはひどく恐ろしいものに見え、床にページを広げて落ちている赤い表紙の本を見るたびに、Gは壁に張りつくようにしてその周囲を迂回した。

床が抜けたような衝撃に不意打ちされたのは、どの時点だったのか。

Gの軀は数メートルの距離を落下して、闇の底に叩きつけられていた。失神しては昏倒することの多いGにとって、打撲は日常茶飯事であり、それは正気を呼び覚ますきっかけになったようだった。真っ暗闇のなかで、Gは愕然として我に返った。記憶が一時によみがえり、仕事場から拉致される以前の出来事を思い出し、そしてそれ以降の——彷徨ともいうべき有様へと——繋がっていったのである。

Gの頭のなかでは、危険信号がはげしく明滅していた。床がガラス状につるつると冷たいのだ。

まるで闇が爆発したかのようだった。

一気にすべての照明が点灯し、と同時に一瞬にして失神しながら、Gは自分が罠に落ちたことを理解した。そこは鏡の部屋、壁も床も天井も継ぎ目だらけのモザイク状の鏡が張られた、炎のように眩《まばゆ》い空間だったのである。きっかり五分後に眼を開けると同時に失神、また五分後に失神、その繰り返しのなかで、Gの眼はあらゆる角度から無数に捕獲された自分の鏡像を——顔だけは心理的盲点に入っているのだったが——灼きつけられていた。

黒ずくめの詰襟の喪服、理髪屋で失神するためにいつもぎざぎざの頭、拳を握ったかたちに包帯できつく巻いた右手。

それらのあらゆる部分が分割され、角度を変え、数を増して、光の渦巻くあたり一面に氾濫していた。Gは意識を寸断されながら悲鳴をあげつづけ、この拷問とも言うべき状態は、実に一時間近くにも及んだのである。いとも簡単な逃げ道にGが気づくまでは。

意識が戻っても、要は眼を開けずに閉じたままでいればいいのであり、しかしこの方法はやってみようとすると案外困難なのだった。なんとか実行できるまでには時間を要したものの、結局Gは成功し、しばらくその場に座りこんでいた。

誰かが見ている、とGは思った。

まるで実験動物にされているようだった。

瞼を固く閉じていても、あたり一面の鏡像を脳裏から締め出すことはむずかしかった。Gは手探りで壁づたいに移動してみることにした。脱出口は天井のどこかにある落とし穴だけではないかという不安、眼を閉じた状態で活路を見出すのは困難に過ぎるのではないかという予測——そうした暗い思いを裏切って、希望は案外簡単におとずれた。閉じた空間を意味する内角の曲がり角ではなく、室外にむけて外角に曲がる角に出会ったのである。角を曲がっても、手に触れる感触はやはり鏡のそれだったので、Gは眼を閉じたまままさらに進んだ。二十歩ほどで今度は内角の角に突き当たった。曲がって進むと、次は外角の曲がり角。そこから十歩進むと壁が終わり、探ってみると壁はそこで唐突に途切れていた。厚みが手の幅ほどの垂直の壁が、床から意味もなく立ち上がっている箇所に行きあたったのである。——その時点で、さすがにGにも見当がついた。

壁から手を離し、両手を前方に突き出しながら進むと、思ったとおり数歩で別の壁が真正面に触れた。その壁づたいに五歩で内角の曲がり角、つぎの十二歩で外角の曲がり角……

つまりこれは、鏡張りの迷路なのだ。Gは眼を閉じたまま認識した。

「――今から照明を絞る。なるべく薄目を開けるようにして注意して進むように」

まるでその時を待っていたかのように、知らない声が横柄に言った。「そこから左・右・左で、少し行くと壁に隠し戸がある」

すぐに、瞼を貫くようなまばゆい照明が暗くなっていくのが分かった。恐るおそる薄目を開くと、黒ガラスに変色したような鏡の迷路のただなかにGは立っており、真っ黒い人影があたり一面に佇《たたず》んでGを囲繞《いにょう》していた。どこかの壁の背後から来る照明だけを残して、暗転した室内には闇がわだかまり、すべてを曖昧に溶かしていたのだが。

と、その影のひとつが、ふいと視野の隅をかすめて動いたような……

夜明け前後・雨、霊柩車、火

葬儀屋で髭をあたったのが前日の午後三時だったので、Fの幅の広い顔はすっかり苔じみ、ありていに言えば実にむさ苦しくなっていた。それに加えて、徹夜あけの隈《くま》と脂っぽい頭、腫れた眼、苦い口、よれて汚れのついた服……要するに、突貫作業をおおよそ終えて一息つきに出てきた時のFは、見るからに憔悴しきっていたのである。

――Fにとってことばは親しいものではなく、ヘラや鑿や毛彫りのような道具としての価値しか見出せないものだった。目の前にある仕事について、Fにことばで説明しろと命じたならば、従ってモデルの特徴や重量、細部の再現がむずかしかった箇所、せいぜい意識のない表情の捉えかたや横たわる姿勢の決めかたを工夫した点について語ることしかできなかっただろう。

Fの雇い主は高級官吏の夫婦で——だから、外出禁止令も突破できたらしいのだが——最初に雇われたときの仕事は、昏睡状態のひとり娘の彫像を制作することだった。生まれつきの内臓の欠陥のため、長くない命が尽きかけているらしかった。まだ胸も膨らまない、痩せこけた少女の像を、FはGのことで上の空のまま——それでも職人の律儀さで、仕事の手だけは抜かずに——そつなく仕上げてきたのだった。呼吸器に欠陥があるのか、チアノーゼが浮いてかさつく唇を半開きにした少女を見て、苦悶の表情をやわらげて表現するよう努めはしたのだったが。

謝礼を受け取って別れてから、再び呼び戻されるまでの間に何があったのか、Fは事情を聞ける立場ではなかった。戻ってみると、作業台に載っていたのは遺体で、それは首の骨が折れていた。まったく九十度、片側に頭部が傾いており、無理に元に戻そうとしても動かないのである。——親である夫婦の注文は、翌日の葬儀にこの姿の彫像を間に合わせることで、事故による急死の場合はそれが慣習であるはずだと食い下がるのだった。

滑車付きの作業台ごと階段を落ちた、といった事故がもっとも可能性がありそうだったが、Fは何故ともなく自殺のイメージを頭に浮かべた。死のまぎわに意識が戻り、高い窓に立つ少女のイメージにとらわれたのである。ともあれ、仕上げたばかりの彫像を一部改変すれば仕事は簡単なのだったが、それはそれで記念に保存しておきたいというので、Fは一から制作をやり直す作業にかかった。

「だから、それだけのことじゃないか。いつもと同じ、べつに変わったことをしたわけでもない。徹夜仕事で神経が疲れているだけだ」

Fは苛立ちながら言い、夜明け前の濃霧を見上げた。

ことばを使って自分の身に起きたことを認めることがFにはできないのだった。長い一夜のあいだ、憤懣とやみくもな怒りがそのために幾度となくFをとらえた。——いくら否定しても、否定するそばから死んだ少女の彫像は変貌し、眼を閉ざしたまま夜の精霊のように微笑した。それはFとは関わりなく満ち足りて存在し、死の沈黙のなかで雄弁だった。地上の夜とは切り離された時間のなかで、Fは死んだ少女と対話することができた。死と夜は同質のものであり、再生はおなじ場所に約束されていた。

一日まえに俺は同じモデルで作った。それと何の違いがある？　Fはあがきながら思った。気の迷いじゃないのか？　夜が明けたら、俺はもとの〈鴉〉に戻っているだろう。——

そして夜明け前の今、Fは憔悴し、苛立ちながら何かを待っていた。何か、つまり否定してくれるもの、考えずに済むようにしてくれるもの、望みもしていなかったことは起きる筈がないと言ってくれるものを。——葬儀の日のはじまりに備えて、背後の屋敷では人の気配が動きだしていた。まだ真っ暗な門の方角で人声がし、中に聞き覚えのある声があるのにFは気づいた。陰気なしわがれたその声は……

「棺桶の注文は二台と、たしかに聞いておりますよ。ご主人はどちらです」

葬儀屋の主人が門で押し問答していた。

「——それは彫像が二体というのがどこかで混乱したんだろう」

Fは、自分では気づいていなかったが、嬉しげに話しかけていた。即物的な人間と話がしたい気分だったのだ。

「禁止令はどうなっているんだ？」

「一部解除ですよ。用があるのに足止めされたんじゃかないません」

主人は垂れた瞼をゆるゆると動かした。「ときにあのお仲間はどうなっているんです？　つけを残したまま、ややこしいことになっているそうじゃありませんか」

「立て替えてやってもいいさ」

懐具合がいいのを思い出して、Fは手で探った。預かっていた鍵がそこにあった。

「——、交換条件というのはどうかな。つまり、あの粘土三袋なんだがね。あいつは彫像を作っていて、残る箇所はその三袋ぶんだったわけだ。何か言っていなかったかな?――だから、どの箇所が未完成だったとか」

「昨日のことなら、あなたも一緒にいて聞いていたじゃありませんか」

葬儀屋はずるそうに言ったが、金を見ると態度を変えた。「――その前に来た時に、確か言ってましたっけね。あとは右腕だけだと」

その頃、石畳の迷路の路地奥では火が上がっていた。


「下町のほうで火事らしい。全面解除。人が出ている」

耳に会話の断片が飛び込んできた。〈術系〉のゲットーのあるあたり、と見当をつけながらKは小走りに急いでいた。まだ庁舎内にいたのである。小一時間ばかりかけて、しかるべき筋で外聞をはばかる行動を済ませて出てくると、あたりにはどこから湧いて出たかと思うほどの制服組があふれていたのだった。擦れ違う者のなかには、Kの詰襟に眼をとめて呼び止めようとする者もあり、しかたなくKは通用口を捜して脇の通路にそれた。玄関の方角で、Kの名をはげしい口調で呼んでいる声があったが、市長代理の声に似ているようだった。

無人の階段を駆け降りる途中、踊り場の壁とおなじ色のドアがあいて、人影がよろめき出てきた。

「――」

「ここを誰か出て行きましたか」

と、肩で息をしながらGは視線を泳がせた。

「今までどうしていたんです」

さほど驚きもせずKは言った。「ここで見つかるとまずいんですよ。困ったな」

ドアの奥と階段の上から、同時に人声が聞こえ始め、KはGの肩を押して階下へむかった。

「あれは右腕がなかった。見たんです。まるで泥人形《ゴーレム》みたいに生きて歩いていたんだ」

「整理しましょう。私が知っているのは、あなたが術系の技術師に妙なことを頼みにいって、法外な料金を取られたことです。あちらでどういう問題になったのか知りませんが、結局うちに通報が来た。正確には、何を頼んだんです？」

「見て、見たことを忘れる。覚えて、覚えたことを忘れる」

通用口の差し錠を開けようと手間取るうちに、数人が追いついてきた。

「ギルドのかたですね。市長代理が話をと。そちらは」

鍵が外れ、と同時に外にいた十数人が雪崩《なだ》れ込んできた。

市長と市長代理を求めて声を荒げる集団のなかで、KとGは何人かの腕に肩を摑まれかけたが、後からまだ押しかけてくる人波がその手をもぎ離す結果になった。泳ぐようにして外に逃れ出ると、霧の夜明けは雨の前の暗さだった。

「――あそこには鏡があって、術師がそれを指差したのは覚えているんです。あとは何も。ぼくの右手だけがそれを覚えていて、作業は暗闇のなかでしました。あの離れで、隠れて」

「駅がルートなので、とにかく行きましょう。市を離れてからでも話はできます」

「駄目ですよ」

Gは驚愕して言った。「ぼくは行けません。捜さなくては。あれはここにいるんだから」

「今にも駅が封鎖されるかもしれないんですよ。そうなるとちょっとまずいんです。前の時もそうだったんですが」

ライトと轟音が次々に通過し、テールランプの一部は市庁舎を通り過ぎて下町へ向かう様子だった。罵りあう騒動を離れて、靴音がいくつか追ってくる気配があり、二人は急停車のブレーキ音を擦りぬけるように通りを渡った。出会い頭にぶつかりかけた男が、ぎょっとした顔でGの右手を見つめ、小脇に赤い色の何かをはさんでいたことに二人は擦れ違ってから気づいた。

——後になってGが思い出せるのは、それから走るうちに靴が濡れていったこと、右手の包帯が目立たないようにとKがゴムびき外套を貸してよこしたこと、霧雨のまつわる石畳が下り坂になって人出の多い界隈に出ていたことなどだった。見覚えのある街路は喧騒に包まれ、さらにその全体を音が感じられないほど細く烟る雨が包んでいた。下町の先に駅の尖塔が見え、しかし燻《くすぶ》る火事の余燼が数箇所でまだ煙をあげている。

ぼくは行かない、と何度か迷いながらGはとうとう口に出して言った。人種のはっきりしない雑踏の真っ只中でGは立ち止まっていた。

「術師のところへもう一度行ってこようと思うんです」

「行ってどうするんです？　目先だけごまかしても、何の解決にもなってやしないじゃありませんか」

Kは言った。「鏡は見たいが、見たことは忘れるように頼む。真実の顔は知りたいが、暗闇のなかで見えないようにして作る。見たいんですか、見たくないんですか？　あなたのたましいの顔なんて、はっきり言って意味なんかありゃしませんよ。自分の眼で鏡をまともに見る、まずそこから始めたらどうです？——ああ、見たくないから気絶するんでしたっけね」

「——」

「理解して判断するのが仕事ですから、あなたがたのジレンマは理解できると思いますよ。自分の顔が見られないから、ひとの影が盗めるんです。それは価値のあることです。自覚すればいい。道は自分で捜せばいい。行きましょう」

「他にも知っているんですか。誰かを」

ぶつかりあう雑踏の只中でよろめきながら、Kはふと心もとない表情をした。誰か見失った者を思い出す表情のようにも見え、また感情の錯綜に行き迷う表情のようにも見えたが、Gが見ている前ですぐそれは消えた。

火事だ、とすぐ耳元で叫び声が起きた。

Ｆは元気を取り戻していた。思い通りの札がめくれて手札が揃っていく快感が、望みどおりＦの好奇心最優先の行動様式を蘇らせてくれたのである。ワイパー越しに早朝の小雨の街並みが後ろへ流れていき、その時間帯にしては不自然な人出と車の渋滞が下町に近づくにつれて増していた。そのうちに、車はまったく動かなくなった。

「――あれは火事か？」

黒塗りの霊柩車の運転席から顔を突き出したＦに、相手はたじろいだ様子だったが不承不承答えた。

「火事は夜中からだよ。燻っていたのがまた燃えだしたんじゃないのかね。術系の裏小路には車は入らんよ」ましてやその車じゃあ、と言い捨てて大荷物を抱えた男は雑踏の流れに戻っていき、確かに場所ふさぎのリムジンでは小回りはききそうになかった。

石の路地が錯綜するこのあたりでは見通しがきかず、小雨に烟りながら漂う黒煙の火元は見当もつかない。どちらかといえば、Ｆが目指しているのは屋根越しに見えている駅の尖塔の方向なのだったが、下町を越えなければそちらには行けないのだった。それに火事のタイミングが何となく臭った。今日は勘が冴えているし、とＦは思い、しかし車は今や路地を埋めて右往左往する群集のなかに立ち往生していた。

「何だか焦げ臭いと思ったら、火事とは。車に何かあったらどうするんです」

仕切窓を開けて、顔を覗かせた葬儀屋が言った。「バックして逃げたほうが。それよりあたしをここから出すのが先だ。開けなさい、ここを」

火が、と急に葬儀屋の声が裏返り、前を見たＦは窓から炎が上がる瞬間を眼にした。つい四・五軒先の家の窓で、軒をつらねた石壁の通り全体に見るみる煙が回りはじめ、人波が悲鳴をあげながら大きく崩れた。

「雨だから、そんなに燃え広がったりはしないさ」

喚く葬儀屋に声をかけながら、それでもＦは車を後退させようとしたが、逃げる群集がべたべたと窓ガラスに張り付きながら押しあっていくので無理だった。人殺し、と葬儀屋が叫んだ。——KとGの姿を雨と煙越しに見たのはその時である。

葬儀屋を放置して車を降りたのは悪意ではなく、ほんとうに火は回らないと思ったからだ、と後になってFは説明することになるのだが、人の流れを反対に掻き分けてふたりを追った時のFは、正直なところ何も考えていなかった。ただ、自分の揃えた手札のことを除いては。

「勘が冴えているってやつだな。駅とこことの間あたりで網を張っているつもりだったんだが」

邪魔されてなかなか追いつけない二人に向かって、Fは頭のなかで喋っていた。たえず誰かに向かって喋るかたちでものを考える癖があったのだ。

「あれからどうなったんだ？　まあいいか、俺もいろいろあったし。それより俺がここに持っているのは何だと思う？　もちろん鍵もある、預かっていたからな。鍵より大きなものもあるんだぜ。あの葬儀屋、やっぱり紐付きの鼠だったわけだ。紐の先の暗闇に誰がいるのか、感心にも喋らんがね」

「気当たりがして、二台の棺桶の鍵を試してみたら、ひとつが合った。開いたんだよ。その時の爺さんの顔を見せたかったね。間違いだと言いつづけていたが、まあ確かに間違えたんだろうよ。中身の入った棺なんか配達しても売り物にならんからな。ちょっとこづいて、足代わりに車も借りることにしてやった。霊柩車で来ていたのは余計だったがな」

「赤本は——あれは、あるところにはやたらにあるものらしいな。おまえは——俺は知っていたが、俺が歩いた場所を前に歩いたもうひとりの〈鴉〉、どこかへ歩き去っていったもうひとりの〈影盗み〉のことは、おまえは？　知らないのか？」

そしてGの脇を支えるようにして歩くKに追いついた時、火は頭上で崩れて雨混じりの焔を降らせていた。片手で顔を覆うようにしながらGは振り返り、呼びかけるFを見たが、指のすきまに覗く顔は真っ青で血の気がなかった。

この顔がこいつは見られないのか。

Fは一瞬、感慨に打たれた。Gの顔を見るたびに感じずにはいられないことだったが、この時、細く烟る雨と走る群集の只中でその顔を見た時ほど、強い印象にとらわれたことはなかったのである。Fは車とその荷物の説明をはじめた。

「どこです、その車は。駅は確かに封鎖されている可能性が高いですね。その時はその時で何とかしますが、でも別の足があると具合がいいです」

Kが言い、三人は同時に路地の先を振り返った。曲がり角の先で見通せなかったが、この時すでに霊柩車は数十人の手で横倒しになり、火が放たれていたのである。

後になって判ったのはこういうことだった。すなわち、助けを求めて叫ぶ葬儀屋が、周囲の注意を引くために〈影盗み〉のことを口にしたらしいのである。車の後部にある両開き扉は、鍵がないためにどうしても開かず、火事騒ぎで興奮していた群集は車体をゆさぶり始めた。車が横転するのと、扉が壊れて開いたのとはほぼ同時で、すっかり被害者と化した葬儀屋は喚きつづけ、火は荷台に投げ込まれた。その時になって慌てたがもう遅く、さらに火は投げられ、雨に濡れながら荷台がまず炎上を始めた。

Gが見たのは、小さな爆発を起こしてさらに燃え上がりはじめた焔だった。黒塗りの車体は横転したまましきりに火を噴いており、煤だらけの黒煙のなかに時おり悪臭が混じった。

「あの中に？　棺が？」

Gは言った。「鍵で開けて中を見たんですか？　入っているものを？」

「――」

Fは複雑な顔をした。

「あれは黒ずくめの喪服を着て歩いていたんです。背を向けて、右の袖が空っぽのままで。――見たんですか？　顔を？　それには顔があったんですか？」

燃える霊柩車と三人の周囲から人が引き、空白が出来ていた。Gの右手の包帯が解けて、赤痣の皮膚がほとんど露出していたのだ。――鴉、と誰かが言い、影盗み、とどこかで声が喋った。解けた包帯を握りしめるようにして、Gは痙攣する手を持ち上げ、ふと妙な顔をしてFに視線を向けた。

そして夢見るようにGが言うのをFは聞いた。

――顔が変わってますよ。昨日まではとは。

包帯の下の赤い手が蠢《うごめ》くように何かをなぞり、Fは指で顔に触られたようにびくっとした。その外側に、眼だけが光る暗い顔の輪。灰色の雨。

午前十時から正午まえ・海

赤煉瓦の古びた駅舎は封鎖されていなかった。濡れ鼠の三人が倉庫街を抜けて辿りついた時、そこではふたりの人間がKを待ち受けていた。

ひとりはKと同じグレイの制服の若い男で、Kを見ると嬉しそうな顔になり、両手で電話を掛ける身振りをした。

「間に合いましたから」

言いながら、正面に横付けされた大型の公用車を顎でしゃくってみせたが、後部座席の男が額に筋をたてているのは誰の眼にもはっきり見えた。雨は降り続き、頭上の尖塔が薄光る午前十時だった。

「通用するのは今回限りと思っていただきたい」

Kが近づくと、窓を降ろして市長代理は言った。「今後その顔をこの市では見たくない。私がここにいる限りは。おたくには改めて連絡させてもらうが」

「地区の担当は替わると思いますが、少々話をしておいたほうがよろしいですね」

「市長は気鬱が悪化して廃人だ。ここの窓口は今後私になる。理解しておくように」

「少し待ってください。すぐ来ます」

エンジンをかけたままの車から離れて、Kは戻ってきた。FとG、ギルドの若い男のところへ。

「というわけで、行ってこなきゃなりません。中央行きの汽車は十二時まえに出るから、それには間に合うでしょう。ご一緒しますか？」

自分が尋ねられたのだとすぐには分からず、Gは面食らった。

「中央？　何故です？」

「工房入りは以前から勧めているでしょう。一級審査も受けられますし。関係ないかもしれませんが、私も当分あちらにいますし。証明書は今から受け取ってこられると思いますよ」

「俺、行こうかな」

Fが言い、少し赤面した。「稼いだから、当分大丈夫だし」

ではみんな一緒ですね。そう言い残してKは助手席に乗り込み、黒い大型車は水を蹴ってスタートした。車寄せを回ってターンした時、毛皮の襟に顎を埋めた白い顔が後部座席の曇った窓に見えたが、それを見てFの眉が吊りあがったことに気づいた者は誰もいない。

「――あの人は前の時にもここの担当でしたから、風当たりがきついんですね」

市庁舎の方角へと遠ざかっていく車を見送りながら、ギルドの若手職員が言った。「私、次にここの担当になるかもしれません。こわいですよ」

ふたりが振り向くと、

「前にもいたんですよ」

Gに向かって眉を上げながら男は言った。「多くはないが時々いる、誰もがやたら手がかかる。あのかたの言い草ですけどね。この駅で出迎えて、一緒に見送ったんですよ、私」

「中央へ行ったんですか」

「いえ、あの列車で」

指差す先に、出発間近の機関車が濡れた車体を黒光りさせているホームが見通せた。「たしか終点まで乗って行くと」

後になって考えると、この時点でGは目立たないように駅の構内へ移動していたらしいのである。Fが話を続けながらふと見ると、発車のベルが鳴るホームにGがいて、ドアから乗り込む瞬間だった。――その一瞬にFを捉えたのは、驚きや憐憫や後悔やの名状しがたく混合した感情であり、それはF自身も予想しないことだったのかもしれない。走ったあげくに階段から駆け込んだ時、人影もないホームを列車はすでに動き出していた。かろうじてGの立つドアまで追いつき、Fは平手で窓を叩いた。

「工房にいるから」

聞こえたのかどうかわからないまま、Gの姿はすぐ死角に入り、無人の窓の列が流れ出した。

「――こんな時に思い出したんですが、あのかたが電話でちょっと話していたんですけどね」追いついてきたギルドの男が言った。「棺のなかにあった彫像の顔は、もしかしてかれの――の顔と同じだったんじゃないかと。それが見てみたかったと言っていましたが。見たんでしょう?」

息を切らしたままFは複雑な表情をした。G本人に尋ねられた時と同じように。言葉にしようと考えて、迷った。加速の轟音とともに客車が過ぎ、連結された貨物車が過ぎ、さらに連結された客車がかたわらを通過していったが、見ると最後の車両をぎっしり埋めて犇《ひし》めく人間の顔や手が窓にべたべたと押し付けられ、その手に手に赤い本。

こののちGは行く先々で、右腕のない黒ずくめの男の後ろ姿につきまとわれることになる。ゲットーの火事は、路地奥の家で一枚の鏡が燃えだしたことに始まるという伝説があとに残るが、これも別のはなしになる。

湿っぽい列車のなかで、Gは時間のほとんどを墜落するように眠って過ごした。時おり瞼のすきまに差し込むまぼろしのように車窓の光景が見え、夢の光景と入り混じった。鬱々と熟睡し、やがてふと誰かに呼ばれたように感じて目覚めた時、顔に日が当たっているのに気づいた。——列車は見知らぬ干上がった河口地帯を通過しつつあった。急速に動いていく重たげな雲の遠近が空を埋め、そして薄陽の射す地平のあたりに、何かの約束のようにそれは見えた。正午まえの稀薄な白っぽい線、震えながら左右に増えていく光。世界を反射する鏡。

「海だ」

夢うつつのままGは言った。

解題

山尾悠子——絢爛たる空虚

石堂　藍

1

本書は、一九七五年に弱冠二十歳で「ＳＦマガジン」誌上に登場し、その後十年にわたって「夢の棲む街」を初めとする傑作を世に送りだした幻想文学作家・山尾悠子の作品集である。二十代に発表された作品のほとんどすべてを収録している。第一セクションには短篇集『夢の棲む街』所収の作品を主に収録し、第二セクション以下には雑誌発表のまま残されていた作品を中心に収めている。分量的には本書全体の七割を占めている作品群が今回初めて単行本にまとめられることになった。稀有なファンタジスト山尾悠子の全貌を知るために、本書はなくてはならない貴重な集成である。

山尾悠子の魅力は本書のどのページからも香り立ってくる。まず何よりも、美しい鉱物の結晶を思わせる独特の文章によって。そしてその文章が描き出す純粋に幻想的で壮麗なヴィジョンによって。だが山尾作品のユニークさはそれだけではない。

山尾作品の最大の特徴は何かと問われたならば、「空虚あるいは内実の不在」と答えたい。言葉だけでイメージ的に構築された、内実を含まない世界、それが山尾ワールドだと。本書収録の作品の過半はカタストロフィ（滅亡・終末・破滅）への予感をはらみ、しばしば陰惨で暗澹たるイメージを描き出すが、そのような外面的な傾向の下には空虚で満たされた深淵が仄見える。山尾悠子が言葉で作りあげた世界はまさに言葉以外のものを何も含まず、だからこそ世界がどんなに崩壊し、人が惨死しようが、山尾作品の言葉たちは絢爛とした美を失わない。言葉だけが屹立し、その言葉の背後に作者の顔を探そうとしても、そこには闇が広がるばかりだ。

一般的に文学は——文学に限ったことではないかもしれないが——内実がある方が高級だとされるものだが、それはただの幻想であろう。ここで言う内実とは小説におけるストーリーのことではもちろんない。作品の社会的テーマや作者の思想性といったたぐいの、作品の内側に忍ばされているとされる、目に見えぬ内容のことだ。歴史的に見て真に価値のある内実を持つ作品ももちろんいくつもあるが、内実はなくとも優れた文学もまた数多くある。固定概念をさらに固定化させるだけのようなつまらない内実なら、ない方がよほどましということもありえよう。山尾悠子の作品にはたいていの場合、そのような中途半端な内実がないのである。

文学は思想哲学ではなく、ドグマの表現手段でもない。言葉のパワーで何らかの働きかけをするのが文学なのであり——それは物語が呪術的なものとして発生した原初の時代から変わらぬ根源的な機能と言えるが——、その働きかけは思想の伝達を専らとするものではない。文学に実在するのは常に言語だけである。言語は著しく意味を暗示する存在なので、言語で構築された文学から読み取れるものも意味内容ばかりであるように思われるかも知れないが、実際のところはそんなことはまったくないのであって、私たちはごく自然に意味以外のものを文学から受け取っている。たとえば中原中也の「サーカス」を読んだ時、詩の内実などというものがどうでもいい存在として天空の彼方へと飛んでいくのを感じることができるだろう。

山尾作品でも、最も大切にされているのは言葉の実在感であろう。だから手触りという言葉で表現したくなるような感覚的なものは大いに語られるし、言葉を言葉そのものとして純粋に観念的に扱うこともあるけれども、思想的なものはなおざりにされる。言葉で一つの世界を現出させることにこそ意味があるのであり、その世界がどのような意味内容を含んでいるかは問題にされないのである。またたとえそれが意味を持つとしても、それは作者とは関わりがない。そこから何かを受け取り、何かを取り出すのは、読者の側だということなのだ。

山尾悠子はかつて「幻想文学」誌3号（一九八三年四月一日）のインタビューにおいて、「〈世界は言葉でできている〉というのが山尾世界を象徴する言葉ではないか」と問われ、それを肯定している。言葉で世界を作る——作家にとっては当たり前のようなこの言葉が、山尾悠子にかかると字義通りに〈言葉で構築された世界〉となり、言葉だけが輝きをもって実在することになるのである。

2

ここで、このような独特な作品世界を築くに至った山尾悠子という作家の背景を眺めておこう。

山尾悠子は一九五五年、岡山市生まれ。市の中心部の丸之内にあるごく一般的な家庭に育った。《お話するようなことは特にない、普通の子供でした》(以下《》中はすべて山尾悠子自身の発言。一九九九年八月七日に筆者が本人に行ったインタビューによる。作品解題も同じ)と山尾は言う。小学生の頃には、小学館の『少年少女世界の名作文学』などの文学作品をよく読んでいた。強烈な印象が残っているのは、C・S・ルイスの『ナルニア国ものがたり』だという。《子供時代の読書体験で外せないのは『ナルニア国ものがたり』です。特に「さいごの戦い」に深刻なショックを受けて、読んだあと何日か本を抱いて歩き回ったのを覚えています。キリスト教の天国を思わせる〈まことのナルニア〉が最後に出てきますが、子供心にもこの部分には説得力を感じず、敵も味方ももろともに暗い世界へ崩壊していくイメージが強烈だったので。》

高校時代には、父親が好きだったので家にあったという泉鏡花の本や、谷崎潤一郎、三島由紀夫の作品を耽読した。同志社大学で日本文学を専攻したのも、これらの作家への愛着があったからであろう。大学入学当時から、卒論は鏡花か谷崎と決めていたという。山尾悠子の言葉へのこだわりには一通りではないものがあるが、鏡花、谷崎、三島の、特に美々しい作品を愛読したというあたりに、そうしたこだわりの萌芽があるのかも知れない。また倉橋由美子もお気に入りの作家であった。ただし、当時刊行されていた『澁澤龍彥集成』や幾多の怪奇幻想文学系のアンソロジー等にはまだ触れることがなかったようだ。その代わり、SFには親しんだ。《SFの布教活動をしている先輩が高校にいて、中学生の頃に『火星のプリンセス』を読んだことがあると言ったら「あなたは見どころがある」と本をドサッと貸してくれた。》その結果、読書全体から見れば一部ではあるが、SFも読むことになった。さらにその縁で、山尾はまずSF作家として認知されることにもなるのである。

一九七三年、同志社大学に入学、京都で下宿暮らしを始める。同年四月、「仮面舞踏会」を「SFマガジン」の「ハヤカワSFコンテスト」に応募。最終候補作となった。

なお、ひとこと言い添えておくと、山尾悠子がハヤカワSFコンテストに応募したという事実はきわめて重要である。山尾悠子は、当時小説誌は「SFマガジン」しか知らなかったので、新人賞の募集というのも、「SFマガジン」の独創的なアイディアだとばかり思っていたと言う。《新人賞だなんてなんと素晴しいアイディアだろうと感激して、誰でも応募できるということは、私にも応募できるのかなと、もやもやとそういう気持ちになった。》この偶然の結果として、「SFマガジン」に「夢の棲む街」ほかの作品が発表され、ひいては「奇想天外」などのSF誌を通じて山尾作品が受容されていくことになる。当時、架空の世界を描く純然たるファンタジーを受容できる雑誌は、SF雑誌以外にはほとんど考えられなかった。(後には、「小説現代」といった中間小説誌にも山尾悠子は発表しているが、場違いの感は免れない。)純文学誌が表面的にだけでも幻想文学を積極的に受け入れようとする現代とは状況が全く異なる。SF雑誌は、一九六〇年の「SFマガジン」の創刊以降、その後四半世紀にわたってわが国の最も先鋭的な文学の発表の場であり続けたのである。したがって、このようにSFとの結びつきがあったことは、山尾悠子にとっても読者にとっても幸福なことであったと言えよう。

話をもとに戻すと、「仮面舞踏会」は最終候補作には残ったもののすぐに「SFマガジン」に掲載されることもなく、山尾も継続的に小説を書こうという思いには至らなかったようだ。それよりも山尾は、さまざまな新しい世界に目を奪われていたのだ。岡山から京都へと出てきた彼女は、そこで初めてまばゆいばかりの幻想的な書物の群れに出会ったのである。折しも、「幻想と怪奇」が創刊され、異端文学の復権に沸き立っていた時代である。七四、七五年には、「奇想天外」「牧神」などが次々と創刊され、《世界幻想文学大系》の刊行も開始された。金井美恵子、倉橋由美子などの少女系文学が多感な少年少女を魅了した時代でもあり、一方では塚本邦雄、中井英夫らの新刊も陸続と刊行される。山尾もまた時代の風潮に後押しされるように、そうした文学にのめり込んだ。塚本邦雄の高価な新刊を欠かさず買い求め、ために食事を削ることになったという。《キャンパスで眼の前が真っ暗になって蹲ってしまって。でも誰も助けに来てくれない。購買部まで這ってい
ってチョコレートを食べた》と笑いながら当時を振り返る。

次々と新しい知識を手に入れて驚き、その世界に酔い痴れたであろうことは想像に難くない。

《あの頃の大学生の流行は、倉橋由美子、アイリス・マードック、ロレンス・ダレル、高橋たか子だった。アナイス・ニンやバシュラールとか。京都に住んでいましたから、生田耕作の『るさんちまん』は必読で、高橋たか子の『誘惑者』を読んで、赤江瀑を読んで。周りの人がみんなそうでしたから。》

そのような時代にあって、澁澤龍彦の影響は決定的だったようである。山尾悠子は『澁澤龍彦集成』を入り口としてさまざまな奥深い世界があることを知る。幻想絵画やマンディアルグにも澁澤龍彦経由でたどりついたという。まさに澁澤龍彦で育った世代と言えようか。

高橋睦郎の作品に出会ったのもこの頃で、たいへんな衝撃を受けたと語る。言葉を積み木のように扱って、小説の中に一箇の小宇宙を構築するという創造法を高橋睦郎の詩から学び、《ひれ伏すほどに尊敬し、作品を追いかけ続けた》という。

こうしてみると、山尾の文学的位相をどこに求めるかを考えたとき、澁澤サークルが最も近くに位置すると言えるのではないだろうか。『夢の棲む街』の解説で、荒巻義雄は、「安部公房や倉橋由美子などの幻想文学の戦列に繋がる」と述べ、山野浩一は『夢の棲む街』の書評（一九七八年七月二十四日「読売新聞」）で「稲垣足穂を連想させるようなはなやかなイメージだが、語り口は足穂以上に大人っぽく、とても若い女性の作品とは思えないほど堂々としており、皮肉なユーモアとすぐれた観念性は安部公房にも近いものでもある」と評している。両者が揃って安部公房の名を挙げているのは、安部が日本の幻想文学を代表する作家であるということ以外にどんな意味があるだろうか。私見によれば、安部公房と山尾悠子との親近性は、二人のもつ言語遊戯性という一側面にかかっている。殊に初期の安部の作品に

見られる、言葉を実際の存在として実在させるという手法（例えば「とらぬ狸」を幻獣として登場させるというような）を、さほど目立つ形ではないものの、山尾悠子は受け継いでいるように思われる。だが、それも安部公房の影響というわけではなく、やはり澁澤龍彦経由で触れたフランスのシュルレアリスムから取り入れたものではないだろうか。

倉橋由美子については、山尾悠子本人も影響が強いと意識しているようだ。確かに観念的な側面で近しいものが見えるときがある。だが、むしろ初期の金井美恵子――『春の画の館』などの物語詩や「森のメリュジーヌ」を始めとする詩的小品、あるいは『兎』『アカシヤ騎士団』の諸作品の方が、山尾悠子の作品と相通ずるものがある。本質的に虚無的な文学であるという点においてもそうだが、感性的にも近いものが感じられるように思われる。作家の営みは個々の個性の営みであり、山尾悠子も金井美恵子も、誰と似ているということもできない際立った個性ある文学的営為を成し遂げているわけだが、日本文学史という広いパースペクティヴで捉えるなら、この二人に共通性を見いだすことは可能であろう。

山尾悠子の崇敬する高橋睦郎もまた澁澤サークルの一部を成していると言ってもいい詩人だが、このほか幾多の幻想文学の翻訳も含めた、澁澤龍彦―幻想文学・幻想芸術というラインが指し示す先鋭的な表現の世界に深く影響されつつ、独自の文学的世界、イメージの世界を作り上げたのが山尾悠子なのだ。

3

山尾悠子が作家として本格的に活動を始める契機は、SFコンテストの約二年後の一九七五年、「仮面舞踏会」が「SFマガジン」十一月号に掲載されたことに求められる。本号は女流作家特集で、日本人作家としては鈴木いづみと並んでただ二人取り上げられたのである。鈴木いづみもまた基本的にはファンタジー作家であったことを考えると、当時の日本SF界には女性のSF作家などというものは存在していなかったことがわかるだろう。（高校生の新井素子が登場するのが七七年、SF作家としての栗本薫は八〇年、大原まり子も八〇年である。）まったくの新人の作品が、コンテストの話題とはいっさい関係なく、唐突に掲載された理由はこのあたりにあると思われる。ただし「仮面舞踏会」はその後の山尾作品とは異なり、外面的にはSFになっている。《不本意なものなので、ハヤカワ文庫から出した最初の短篇集『夢の棲む街』にも入れなかった》というこの作品は、地球に調査にやって来た、蝙蝠のような翼を持つ異星人の物語である。翼を持ちながら飛べない主人公＝私の、故郷へも地球へも帰属しがたい思いを、一種同性愛的な雰囲気を漂わせながら描いたもので、少女らしい感性をみなぎらせた作品と言えるだろう。「疎外された存在」「飛翔」「破滅への衝動」という山尾悠子的モチーフは確かに認められるものの、この作品から「夢の棲む街」への距離はあまりにも遠い。「夢の棲む街」に至るまでの約三年間は、前章でも述べた通り、さまざまな幻想文学・芸術との出会いがあった、山尾悠子にとってきわめて大きな転換期だったのだ。

ともあれ、「仮面舞踏会」が掲載された半年後に、「SFマガジン」に「夢の棲む街」が掲載されることになる。《「仮面舞踏会」の掲載は事後承諾だったんです。あんな下手なものが雑誌に載るなんて……とたいへんに恥ずかしく思いまして、このままではいけない、と発奮して「夢の棲む街」を書いたわけです。大教室での講義の最中がいちばん集中して書けましたね。》こうして山尾悠子の作家としての真の一歩が記されることになった。

その後、「SFマガジン」を主な発表の場として、SF色のない幻想的な短篇を書き継いでいく。最初の単行本もハヤカワ文庫から出た『夢の棲む街』（JA107番・一九七八年六月三十日発行、カバー画＝長沢秀之）である。これには「夢の棲む街」「月蝕」「ムーンゲイト」「遠近法」「シメールの領地」「ファンタジア領」が収録され、巻末に荒巻義雄の解説「幻想の種袋——解説に代えて」が付された。

その間に山尾悠子は大学を卒業、山陽放送テレビ制作美術部に勤務するかたわら執筆活動を続けたが、七九年には退社し、執筆に専念している。そして翌年には最初の長篇作品『仮面物語——或は鏡の王国の記』（徳間書店、一九八〇年二月二十九日発行、装幀＝山岸義明）が書き下ろしの形で単行本になる。これは分量的に本書には収録が不可能で、山尾自身に再版の意志がないことから図書館以外ではもはや読むことができない作品となった。やはり荒巻義雄による解説「右半球の復権を目指して――解説に代えて」が付されている。

また、このころから「SFマガジン」を離れ、「奇想天外」「SFアドベンチャー」「NW-SF」など、他のSF誌に発表の場を求めるようになる。「破壊王」をはじめとする幾多の作品が精力的に執筆され、発表された。だが、これらの作品のほとんどは単行本に纏められることもなく、それゆえに一部の読者に驚愕を与えながらも大きな話題を呼ぶこともなく、今日までほとんど埋もれた状態で眠っていたのである。一読すればわかる通り、埋もれさせるにはあまりにも惜しい作品ばかりである。約二十年前の作品だが、まったく古びていない。それも当然であろう。山尾悠子の描き出す世界は、初めから通常の時空など超越しているのだから。

なお、山尾悠子の単行本には、『夢の棲む街』『仮面物語』のほか、次の三冊がある。

「オットーと魔術師」「チョコレート人形」「堕天使」「初夏ものがたり」を収録したジュヴナイル『オットーと魔術師』（集英社コバルト文庫、一九八〇年八月十五日発行、カット＝長尾治）、歌集『角砂糖の日』（深夜叢書社、一九八二年二月十五日発行、箱装、装幀＝末永隆生）、ハヤカワ文庫版の『夢の棲む街』に収録された「夢の棲む街」「遠近法」に手を加えたものと、詩的要素の強い短篇「遠近法・補遺」「傳説」「繭」を収録する『夢の棲む街／遠近法』（三一書房、一九八二年八月三十一日発行、著者後記あり、箱装、装幀＝末永隆生）である。

八二年ごろから、山尾悠子の作品の発表数はかなり減っていく。「奇想天外」が廃刊になるなど、発表の場が狭まったこともあるだろうが、結婚・出産といった家庭面的な変化が執筆の余裕を与えなかったという側面もあるようだ。子供を育てながらでは、純粋に架空の王国を言葉だけで練り上げていくという作業は、到底なしえなかったのではないだろうか。長男の誕生を契機に、山尾悠子は小説の世界から遠ざかってしまうのである。

4

一九九九年、「幻想文学」誌54号（二月二十日）は世界の終末を扱った作品の特集を企画し、併せて〈終末を描くことに魅せられた作家〉というスタンスで山尾悠子の小特集を行った。その際、終末テーマの未発表作に手を入れた掌篇を新作として掲載したが、それをきっかけとして、山尾悠子はわずかずつではあるが執筆活動を再開したのである。

山尾悠子は今回の作品集成刊行について、次のように語っている。《インターネットのある掲示板に、「幻想文学」で山尾悠子の特集をしていて嬉しいとか書かれているのを見たときに、ある感慨がありましたね。地方に住んでいて、人とあまり付き合いもないから、暗闇にむかって石を投げているような感じがずっとしていたんです。初めて石が誰かに届いていたんだということが実感としてわかって、とにかく嬉しかったですね。読者がいなくてもいいやと思っていた時期もあったけれど、誰かの心に届くのは素晴しいことだなと、そのとき素直に感じました》と。

不特定多数の読者に読まれるベストセラー作家になることはないとしても、山尾悠子は確実に熱烈な読者を獲得していくだろう。またその評価も今後は高まっていくにちがいない。日本の幻想文学のレヴェルを引き上げるという意味でも、山尾悠子の存在は計り知れないほど大きい。本書刊行の意義もまた大きいのである。

5

夢の棲む街

ダンスをする脚だけが肥大するように育てられた「薔薇色の足」、客に供されるために娼館で飼われている「癒着する天使」など、サディスティックな畸形的イメージが次から次へと現れる驚異的な短篇。イメージも、また断片的記述のありようもボッスの地獄絵を思い出させるところのある、視覚的インパクトの強い作品である。

《元になったイメージはありません。ストーリーがなくてもかまわないから、自分の好きなことを書けばいいと考えて、頭の中に持っていたいろいろなイメージを鏤めていく書き方をしてみようとしたのがこの作品です。夢からの借用も中にはあります、星座の話などはそうですね。それからこれを言うとちょっと艶消しですが、金井美恵子さんの散文詩「春の画の館」は少し意識しました。「館には主がいる。

彼の姿を見た者は誰もいなくて……」というあたり、あんなものを書きたいなと。だから娼館とかマダムとか出てくるんです。これを書くのに、六ヶ月ほど時間をかけています。何度も何度も設計図を引き直して、積み木を積み立てていくように隅から隅まで完全に自分で把握して、下手なりに構築しました。建築を創っていくみたいな感じでした。》

山尾悠子の意識の中では実質的な処女作とも言える作品だろう。名実ともに代表作と言える傑作であり、本作の登場に衝撃を受けた読者は多かったはずだ。完全に閉じられた別空間の創造、みなぎる破滅の予兆、登場人物たちに対する冷淡残酷な扱い、華麗で詩的な文体など、山尾ワールドの多くの特質が端的に表われてもいる。

本作は発表後、吉本隆明の「マス・イメージ論」でも取り上げられた。

「描線はたしかな輪郭をもち、計量された構成をもっている。〈夢喰い虫〉たちが街の辺縁から漏斗状にくぼんだ街の中心にむかって噂をささやきあうイメージはなにを象徴するのか。ポオのいう推理的な知力から無限に遠ざかって、幼児の夢を織りたい願望なのだ。これは街の構成と輪郭の確実さとうらはらに、縮小するイメージを与える。そして夜空も「白い線描きのヒトや獣の図形を一面に嵌めこんだまま、一夜かけて街の空をめぐる」幾何模様なのだ。この空想の計量された街と、そのうえをおおう空の象嵌が崩れはじめ、街の空想の住人たちもなんとはなしに不安に駆られたとき、物語はカタストロフに近づいてゆく。この作者にはポオのような世界把握の既往性は存在しない。そのかわりに〈夢喰い虫〉という設定自体が象徴している不安な、つかまえどころのない喪失感と、人間を背後から消滅のイメージで捉えようとする憧憬と、じぶんの内面を破滅へつれてゆきたい願望が作品に生命をふき込んでいる。」(「マス・イメージ論3　推理論」「海燕」一九八二年五月号)

月蝕

普通の日常を舞台に、少女期の精神の揺らぎの世界を描いた、ごくわかりやすいファンタジー。山尾悠子としてはそこがかえって異色の作品と言える。また、関西弁を用いているところも他の作品では見られない。

《まだ学生だったので、冗談冗談という感じで、仲間内でお気楽に書いたものです。『夢の棲む街』をハヤカワ文庫で出したときに、「短篇集の中に一つだけでもこういうものが入っていると、作者が普通の人だということがわかって、読者が安心するから良いと思いますよ」と編集者に言われたのを覚えていますが、そんなものだと思います。ごく普通の、どこにでもいる女子大生だったので。》

ムーンゲイト

これもまた終末が初めから約束されたような世界の物語である。作品全体が水に浸されているのが何よりも印象深い。二枚の写真からインスパイアされた作品だというが、高校時代から耽読し、卒論の対象ともした泉鏡花の影響を思わせる。

《「SFマガジン」の編集者に「あなたの水のイメージは鏡花でしょ」と言われて驚きました。世界の感じが違うからわからないだろうと思ったんですが……。卒論を書くからと言って、岡山に帰らずに京都の下宿に残っていたときに、卒論の下準備と同時進行で書いていたもので、京都の夏の夜の暑さとか、祇園祭から大文字焼きにかけて夜の人出をうろうろしたこととか、思い出します。この作品で目指したのは、澁澤龍彥さんの「マドンナの真珠」の、赤道の上を歩いていくシーンの存在感。自分が赤道の上を歩いていく時の足の裏の感触がまざまざと思い浮かぶ――そういうことが小説でできるのはすごいなと思ったんです。そんな文章の力、存在しないものがありありと存在しているかのように感じさせる言葉の力を、自分でも発動させたかった。結局「ムーンゲイト」でやりたかったのは、言葉の力で水の温度を下げるということなんです。最初の場面では生ぬるい水ですが、時間が経過すると、水温が下がる。冷たくなって氷点ぎりぎりまで下がるんですが、果して水はちゃんと冷えたでしょうか……。》

堕天使

山尾悠子の世界ではおなじみの天使＝天界のメッセンジャーという存在を残酷に扱った小品。ジュニア小説集『オットーと魔術師』（集英社コバルト文庫）から本集成に採られた唯一の作品である。初出は中間小説誌で、『オットー』収載の各篇とはもともと毛色の違う作品だからであろう。この作品のアイディアは「仮面舞踏会」にも使い回されており、作中に端役で登場する女性作家が、このストーリーの梗概を語るという仕組みになっている。「堕天使」における天使のありようもまた「仮面舞踏会」の登場人物の立場に似る。つまり、堕天使となったがゆえによんどころなく人間界に生息する天使が、地上で唯一無二の存在であるという自恃によって天使たることを保たれているという本篇の設定は、「仮面舞踏会」の主要登場人物のモンクが翼を切り落とすことによってその他大勢の異星人と一線を画そうとすることとパラレルなのである。飛べない天使、翼のない天使のイメージを、初稿執筆当時（一九七二年夏）の十代の山尾悠子は自らに重ね合わせていたのかも知れない。

《「堕天使」は高校生の頃にその原型を書いたもので、夢を記録していたら、なんだか物語のようになったというようなものです。主人公がKだったりするあたりは、誰の影響か一目瞭然ですね。高校生の頃には倉橋由美子をよく読んでいましたから。大学卒業間際の七六年の冬に書き直しました。》

ここでついでながら、本書には採られていない『オットーと魔術師』のほかの収録作について少し解説をほどこしておく。短篇「チョコレート人形」「オットーと魔術師」は「小説ジュニア」に発表されたもの、連作短篇集「初夏ものがたり」は文庫のための書き下ろしである。

《ジュニア小説を書くことには違和感はなかったですね。当時は、年上の読者に読まれるというのが非常に怖くて、自分が子供っぽいことを気にしていたので。それでジュニア小説の依頼が来たときに、読者は自分より年下、しかも女の子、私にぴったりではないかと、非常に安心して書いたものです。安心して地が出ると結構メルヘンっぽいところがあるんですね。》

最もページ数の多い「初夏ものがたり」は、時空を越えたような不思議な使者タキ氏が現世の人々と死者との仲介役を務めるという設定の作品。「第一話　オリーブ・トーマス」「第二話　ワン・ペア」「第三話　通夜の客」「第四話　夏への一日」で構成されている連作短篇集である。ミステリー・タッチで物語が幕開きを迎えるのが印象深いが、これはアガサ・クリスティの『謎のクィン氏』を多少意識したものだという。そう言われれば、主人公たちの前に現れる不思議な青年には、「死者の代弁者」であるクィン氏と共通するものを感じなくもない。ほのぼのと物悲しく、しかも後味のさわやかな好篇だが、本書に入ればいささかの違和感が感じられるに違いない。「チョコレート人形」はマッド・サイエンティストと人形愛とを組みあわせたもので、ホフマンの「砂男」を思い出させる設定である。ただしオブセッションにあふれる「砂男」とはだいぶ趣の異なるスラプスティックな短篇。「オットーと魔術師」は魔術師に病気の猫を治してもらいに行く話だが、ちょっと稲垣足穂を思わせるような、奇妙な展開の小品である。安心して地を出した作品ということなので、ファルス的なコントも嗜好にあっていたのかも知れない。また大学時代に耽読したらしい金井美恵子、森茉莉あるいは倉橋由美子といった女性作家たちに共通する、一種の女性嫌悪（女性軽侮と言い換えてもいい）的な一面が、これらの作品には仄見える。

遠近法

　代表作の一つである「遠近法」は、〈腸詰宇宙〉という円柱形の世界を描いたきわめて詩的な作品で、ボルヘスの「バベルの図書館」を思い出させる。だが、これは作中で言及されている通り、ジウリオ・ロマーノによるパラッツォ・デル・テ「巨人の間の天井画」からインスパイアされた作品であるという。執筆途中でボルヘスを読んでしまったがために、メタノヴェルの体裁を取らざるを得なくなり、結果として金井美恵子の「千の夢」や「薔薇色の本」を思わせるところもある短篇に仕上がった。設定が似ているだけにボルヘスとの差異が際立つが、山尾作品の特徴は、陰々滅々と暗いわりには、静謐な印象がまったくなく、狂躁的であることだろう。

《書き始めた時点では、不勉強なことにボルヘスを読んでいなかったんです。大学の図書館から澁澤龍彦さんの新刊の『幻想の彼方へ』を借りて、友だちと喫茶店でパラパラと見ていたら、「マントゥアの天井画」の写真があって、それを見た途端、「これで短篇が書ける、タイトルは遠近法とかシンメトリーとかそんなのが良いな」と宣言して、すぐ書き始めたんです。でも「バベルの図書館」について書かれた文章をどこかで読んでいて、頭の中にそれがひっかかっていたんですね。ボルヘスを読まないといけないという気がしきりにしたので、書店に行ってまず立ち読みをした。頭の中で「うっそー」と絶叫する声が聞こえました。まだ書いている途中だったので、作品としてはああいう形にならざるを得なかったんですね。》

だが基本はあくまでも〈腸詰宇宙〉のイメージをこの世に現前させること、そしてその宇宙を破滅へと導くことであったと思われる。この作品では随所に言語遊戯的なイメージが見られる。例えば、よだれを垂らし、意味不明な言葉をわめきちらしつつ雷撃を回廊に打ち込む狂気の〈神〉。「この世界は狂った神によって作られたのだ」などという紋切り型ともいえる抽象的、哲学的な表現を、言葉通りに生のイメージで描き出し、一つの表現へと還元させてしまうという手法がここには用いられている。山尾悠子自身が、世界は狂った神に作られたということを信じ、主張せんがために、このようなイメージが描かれているのではない。あくまでも主体は言葉によって紡がれてくるものなのである。言葉の内実ではなく、外面をすくいとって、それをイメージとして定着させる。しかもそれをスラプスティックなコメディにするのではなく、深刻な面持ちで貫き通すところに、山尾悠子の真骨頂がある。いわばまじめな顔でギャグをかまし、それがさも深遠な洞察であるかのように錯覚させる――というよりも、各読み手が所属する精神的位相によって勝手に誤読する。当然のことながら、優れた誤読は、正確な理解に遙かに勝る。まったくみごととしか言いようのない手際だ。この作品は、そのような意味でも山尾ワールドをよく象徴するものと言えよう。

シメールの領地

これもまた絵画的なイメージが強い作品である。『夢の棲む街／遠近法』の「後記」によれば、「絵画から小説のイメージを得るケースは割合多い」と言う。神殿の雰囲気はモンス・デシデリオかデ・キリコか、真円の湖の中央に島の浮かぶ情景はアルノルト・ベックリンか、あるいはその他のロマン主義的な絵画かと、イメージの原型であるかもしれない作品を探し求めたくもなる。だが、本作については残念ながら、インスパイアされたものが思い当たらないと言う。

《これは……まったく憶えていません。当時の日記帳が残っていて、そこに作品の下書きも一緒にびっちり書いていたんですが、これについては何も残っていないんです。ほわーっと書いたんでしょうね、きっと。》

一人称の「ぼく」による語りは、他の作品では見られないものなので、印象に残る。

ファンタジア領

夢と現実が互いを喰らいあい侵犯しあうような、あるいは夢見る人間と夢の中の人間とがもろともに実在して存在をせめぎ合うような、奇妙な世界を現出させている。山尾自身は習作だと語っており、確かに「PART4　邂逅」で作品構造をあっさりと種明かしししてしまい、抽象的な次元に作品世界を放り出したようなところがある。しかし、こうしたメタ構造の作品の試みは、当時の日本では安部公房、筒井康隆以外にはほとんど例がなく、たいへん興味深く読めたものである。

＊

耶路庭《えるにや》国異聞

至るところに世界があり、同時に終末を迎えている、という錯覚を起こさせるような、世界のループ構造に目を奪われる作品。世界の中に世界があり、その世界の中にまた世界があり……という無限に続く入れ子構造を予想させる世界設定は、閉じられた小宇宙を描き続ける作家としては当然の発想でもあろうか。SFではこのような世界設定は珍しくなかったかもしれないが、疑似科学的な仕掛に頼るのではなく、純然たるファンタジーとして世界を描き出し、イメージの鮮烈さだけで強引に世界のリアリティを納得させるのは、山尾悠子ならではである。世界を閉じこめた「継ぎ目のない半球型の黒硝子」はボルヘスの「アレフ」を思い出させる。モチーフ的にはさまざまな箇所でボルヘスを想起させ、時には手法的にも似通う山尾作品だが、作品の与える印象やモチーフから編み出された物語の内容がボルヘスとはまったく異なっているところが愉快である。またこの作品では「世界を終らせる」という自らの嗜好にも非常に意識的。《自分の願望の赴くままに書いてきて、気がつくとみんな世界が終る形になっていた。この作品ではそのあたりを変に意識しているから、ちょっと作り物っぽい》と語るが、意識化された、作り物めいた部分がむしろ醒めた効果を挙げ、魅力を発散しているように思われる。

街の人名簿

現実の裏側にある得体の知れないものを描き出すという点で、「初夏ものがたり」と系列的には近い作品とも言えるが、基調となっているトーンはファンタジーというよりもむしろホラーに近い。

《この少し前あたりに担当編集者が代わりまして、極度に人工的な作風ばかりでは無理があるから、普通に読めるものも書いてみては、と助言を受けたりしていたんですね。実にもっともな助言ではあるので、素直に聞けばよかったんですが、「普通って何なんだろう」と変に考えこんでしまった形跡がありますね。》

山尾悠子には現実に潜んでいる不条理に関わってしまった、あるいは関わらざるを得ない人間の運命を描くという方向へ行く力量もあったのだが、彼女はそちらを選ばなかった。というよりも、やってはみたが、自分ではうまくいったという感じがせず、その方向には興味がわかなかったということなのだろう。第一章「M商会の客」とそれ以後の章の間にやや断絶が感じられ、前半と後半のテーマに変化が見られるのもおそらくそのせいである。この作品はいわば、山尾悠子のうち捨てられた一面なのだ。

巨人

「仮面舞踏会」「堕天使」などと同系列とみなすことのできる、疎外をテーマとして扱った作品。構造的にみると、人間とは異質な存在が人間界で居場所を求めるというもので、「堕天使」とかなり似通う。モチーフに至っては、エージェント、支配者、鳥瞰する視点の獲得、唯一の存在としての自負など、「堕天使」とほとんど同一のものが散見されるが、本作ではラストにいくばくかの救いも残されている。追放された天使とは異なり、巨人には〈海〉という到達すべき夢の地が存在するからだ。《「街の人名簿」の反動が出たのが「巨人」》だと山尾悠子は語るが、してみると、この作品が描き出すものは山尾悠子にとってはかなり根源的なイメージなのだと言えはしまいか。

箍をはずして巨大化する巨人の造形は素晴しい魅力を湛えている。〈海〉を希求すべき巨人の意識が途中で多少の混乱を見せはするものの、巨人のキャラクターは現代の読者の心にもすんなりと入り込むのではないだろうか。
なお本書収録にあたり、「カジキ」とされていた巨人の名はKにあらためられており、「堕天使」との共通性がより強調される結果となった。

蝕

「夢の棲む街」「遠近法」「耶路庭国異聞」と同系列の、別世界の終末を描く作品であり、メッセンジャー、市長、天使など、山尾悠子が得意とする登場人物たちが次々と現れるが、スラプスティック・コメディに近い。喜劇的な様相が一瞬にして暗転し、腐臭に満ちるラストが印象的だ。
《このあたりまでの作品は、自分にとって第一期という感じがします。「SFマガジン」に書いていたものプラス『仮面物語』。第一期に書いていたあたりを今読み返すと、あ、あなたはだあれ、というような人格が混じっている気がする。こういう表現が当たっているのかどうかわからないけど、多重人格の中の一つの人格が第一期が終ると同時にいなくなっていくような感じがある。このあとの作品というのはもう今の人格と一致してますけれど、第一期の作品には誰か知らない人が一人混じっている感じがするんですね。それはなんとなく男人格のように思えるんです。》

スターストーン

SF作品につけられた有名なイラストをもとに作品を作るというシリーズ企画の一篇として書かれた。山尾悠子に与えられたイラストは、フィッツ＝ジェイムズ・オブライエンの「ダイヤモンド・レンズ」にヴァージル・フィンレイが寄せた、結晶体の中の美女を描いたものである。

黒金

これはアラン・ロブ＝グリエの「秘密の部屋」を下敷きに書いた作品だが、書いた当時は、そんなことは読めばわかるだろうと考え、注記を付さなかったという。今回は、初出時になかったエピグラフとして、「秘密の部屋」の一節が掲げられている。「秘密の部屋」はM・シュネデール編『現代フランス幻想小説』(白水社、一九七〇年)に収録された小品で、「ギュスターヴ・モローに捧げる」というエピグラフがあることから、モローの絵画世界(個別の作品とは限らない)を、ロブ＝グリエ独特の事物の綿密な描写によって言葉で再現したものだということが知れる。絵画をそのまま言語的に置換して詩的作品に仕立てるというのは、いかにも山尾悠子が好みそうな、山尾自ら考えつかなかった方が不思議に思われるほどの手法である。

《時間が逆転していて、視覚的な描写だけの文章で書いていく、それを真似してみたかったんですね。マンディアルグのエロティシズムに憧れた部分もあったと思います。「狼の血族」とか変身物の特撮映画がはやりだす以前に書きましたが、その後変身物の映画がいろいろと出たので、存在価値がなくなったなと思いました。》

似たようなモチーフの作品は世にごまんとあり、それは作品の存在価値とはなんら関係のないものであろう。敢えてこのように語るのは、山尾悠子には狼人間のようなものへの根深い執着があるということだろうか。

童話・支那風小夜曲集

軽いタッチで書かれた洒脱な掌篇集という印象の連作。

《注文があって書いたのではなくて、自分で勝手に書いて、こんなのが書けたから載せて、と頼んだものです。これを書く前に、「支那の禽」を書いたんですが、それがすごくおもしろかったんですね。それで支那趣味というのをもっとやってみたいなと。それも単に支那だけというのではなくて、和洋中華のごたまぜがおもしろいのではないかなと思って、支那趣味、支那趣味と考えているうちに、中国に吸血鬼というものがいたとして、当然ニンニクはきかないだろうし、宗教が違うから十字架も平気だろうし、このエリアで一本書けるなと。やっぱり龍かな、それから纏足ってやつをやってみようとか、とにかくもう楽しみながら書きました。まず辞書を用意して、支那趣味の言葉を片っ端からノートに書きだして。牡丹とか翡翠とか物品名称を大量に使うだけで一つの世界が出来るでしょう。ワイルドの童話みたいな、物品名称だらけの文章でやってみようと。》

透明族に関するエスキス

小説というよりは言葉でイメージと戯れていくような種類の作品で、入澤康夫の散文詩などを想起させる。もっとも山尾悠子は入澤康夫は読んでいないという。ホラー的とも言える異界の生き物を登場させながら、その生き物が次第に空間を占めていくさまをまったく淡々とした様子で、しかし無残さと腐臭とを漂わせながら、描き出していくところに特色がある。かつて『夢の棲む街』の解説で荒巻義雄は山尾作品を「幻想の種袋」と名付け、「厳密に言うならば短篇の体をなしていないように思われる。従ってこれは、やがて書かれるであろう、いやこの本を購入した読者に対して予告された数本の長篇のカタログ（商品見本）ではなかろうか、……と私はみる」と語ったものだが、このような作品を読むと、荒巻義雄がこのように発言したのも無理からぬことだと思われる。普通の物語作家なら、この幻想の生き物を核にスペクタクルを描こうとするだろうからだ。だが、山尾悠子はほとんど詩的な次元で充足してしまう。ここから先は読者が透明な生き物を身内で飼えばいいとでも言うように。

《こういう変な生き物のことを考えるのが好きなんです。これは誰も読んでくれなくて構わない、私はこういう書き方をしたいんだというつもりで書いています。だから愛着がある。作者の頭の中にあるイメージを文章にして、読者に文章を読みながら一緒になって頭の中にイメージを創って欲しいということを露骨に要求しているわけですよね。そういうことはしたくないという読者は読んでくれなくて構わない。登場人物を出したのはそれでも一応のサービスです。透明な生き物の描写だけで通すとあまりにも読みづらいだろうと思ったので。》

私はその男にハンザ街で出会った

クラシックな怪奇短篇を思わせるアイディア・ストーリー。

《エレベーターのアイディアを思い付いたので、ラストシーンから逆算して創ったものです。一回分身譚をやってみたかった――本当に、一回やってみたかったという程度なので。一人称でどんどん行動していくものにしたらいいんじゃないかと、いつもとは違う文体で書きだしたら、文章の方が勝手に走りだして、本人が頭で考えたものではないいろんなことをするものだから、困りました。文体としてはけっこう気に入っているのですが。》

山尾悠子は作品の内容によって文体も書き方も変えたいタイプの作家だが、文章が暴走するケースは珍しいという。読者の方もこういう作品は一気に読めるだろう。

遠近法・補遺

タイトル通り、「遠近法」外伝とでもいうべきもの。「誰かが私に言ったのだ／世界は言葉でできていると」という詩は、まさしく山尾ワールドを象徴している。終末の前に神はすでに死んでいるというフレーズとともに、一読忘れ難い印象を残す。

《「遠近法」を掲載したときは、作家の競作特集だったので、持ち分が五十枚と決まっていて、一人だけ長く書くわけにいかなかったんですね。それで下書きの段階で思い付いたいろいろなメモを適当に整理して、五十枚に納まるようにしたわけです。下書きで残った分を埋もれさせるのが忍びないという気持ちがあったので、後になって残りをまとめてみたものです。きりのない設定だから、これは続けようと思ったらいくらでも続けられるようなものですが、補遺の方は補遺の方で、一つのまとまりができるように選んでみました。》

＊

破壊王

山尾作品の中では『仮面物語』に次いで長く、物語的な作品が「破壊王」の一連のシリーズである。

古代の中国、中世の日本などを思わせる架空の世界を舞台にしたこの作品は、ある血筋の者が世界を滅ぼす契機となるという伝説をめぐって、螺旋状に展開していく。やはりイメージ先行型の作品であって、決して明かされぬ謎の周囲を堂々めぐりするような印象がある。このように破滅の予兆漲る薄暗い世界を描かせては、今も山尾悠子の右に出るファンタジストはいまい。

《『仮面物語』を書いて、長篇の構成力が自分にはないように感じました。どうやったら長いものが書けるのか、連作の形だったら書けるんじゃないか、と思って書いてみたのが『破壊王』です。この頃は個人的な状況により、躁状態だったんですね。それに何を書いてもいいと言ってもらえたので、それも嬉しくて。抑圧の箍が少し外れていた状態というか。こんなことを書いてあとで後悔するんだから、と思いながら書いていました。》

近年の流行である「やおい」としても読み込める世界になっている。あるいは、大学時代の森茉莉、塚本邦雄、金井美恵子などの一連の読書がこうした残酷耽美な世界を育んだものか。聖と賤、破壊と創造とが表裏一体であるという、背反的な世界律に貫かれているところも魅力。

《自分では何も意識していないんです、パーッと書いたもので。この作品では、差別用語とは気づかずに、〈非人〉という言葉を使ってしまって、ある作家の方から注意を受けました。倉橋由美子が初期作品の中で雑人とかなんとか書いていて、それが頭の中にあったんですよね。とにかく私は全然知識がなくて、実在していたものとは思わなかったんですよ。〈非人〉は自分にとってはまさに人ならざるものというイメージだったのに、一般の歴史認識がちゃんとある人には、まるっきり違う風に読めるのだということに気づいて、ものすごくショックだった。走っていて、ドーンと石につまずいたような感じ。それで、第四話「饗宴」のアウトラインは出来ていたんですが、第三話でこけた状態で、もう書けないって放り出してしまったんです。「饗宴」を完成させられなかったのが気になっていたので、ラストの部分だけかいつまんでまとめて書いたのが「繭」です。百何枚かの中篇が、十何枚の掌篇になってしまったんだけれど、とにかくこれだけ書いてしまおうというので、書いたものです。》

「繭」に関しては、明らかに前三作とは文体が異なり、あまりにもきらびやかである。「春の驕り」ではないが、自らの文体に対する一種の矜恃がこのようなものを書かせたのではあるまいか。そしてまたこのような文体が作品世界にぴたりとはまってしまうところが山尾悠子のすごいところだろう。

《ストーリーを物語る余裕がなかったので、長いものを凝縮して書いています。その都合上、言葉のイメージに寄りかかるような書き方になりました。さすがに無理があったようで、ちょっとやりすぎてますね。》

「繭」は謡曲の「松虫」のイメージを出発点にしているという。女と道行く男は、既に死んでいる存在であるということか、あるいは、いつしか死んでいたことにも気づかれぬまま時を過ごしたということか。いずれにせよ、一人は消え、一人は残る。ただ、この作品を単独で読むのと、「破壊王」の一部として読むのとではまったく読み方が違ってしまうだろうということは確かに言える。加筆を経た今回の収録に当たり、「繭」には〈「饗宴」抄〉というサブ・

タイトルが付けられたので、作者としては『破壊王』の一部として読んで欲しいもののようである。

＊

支那の禽

枚数は五枚とたいへんに短いながら、心憎いばかりに展開の形が整った、短篇の手本のような作品である。

本作の執筆以後、休筆するまで小品の創作を活動の中心としている。「幻想文学」3号のインタビューでは、掌篇集を出すという予告までしているのだが、それは果たされなかった。

《たまたま短い枚数の注文が続いたということと、書いてみると掌篇という形態が気に入って、掌篇集を作ってみたくなったんですね。それで意識して集中的に短いものを書いた。目次を作っては喜んでいまして、結局タイトルだけはあって書いていない作品が一杯ということに。短くなったのにはもう一つ要因があって、短歌にのめりこんだ影響が確かにありますね。》

山尾悠子は一九八二年に『角砂糖の日』という短歌集を深夜叢書社から出している。齋藤愼爾氏に「きれいな本を作ってあげるから」と唆されたのだと言う。

《齋藤さんから「あなた詩を書く人でしょ、詩集を出しませんか」とはじめ言われたんです。でも詩を書くのだったら、小説を書くのと変わらないんですよね。短歌には以前から興味があって少し作っていたし、一生出せないものを一冊作ってもらうというのも嬉しかったから、その気になったんです。で、ちょっとやりだしたらもうのめり込んでしまって。今になって思えば、労力を向ける方向が違っていたというか。》

その『角砂糖の日』より何首か紹介しておこう。

金魚の屍《し》　彩色のまま支那服の母狂ひたまふ日のまぼろしに

角《かど》砂糖角ほろほろに悲しき日窓硝子唾《つ》もて濡らせしはいつ

昏れゆく市街《まち》に鷹を放たば紅玉の夜の果てまで水《み》脈《を》たちのぼれ

北極星にブリキの喇叭《ラッパ》奪はれしなべて忘却をその
夜拒《こば》みき

　掌篇の執筆には塚本邦雄などの歌人が掌篇集を書いていたことの影響も考えられよう。

《塚本邦雄さんにはずいぶん私淑していますね。たとえば「支那風小夜曲集」の「貴公子」の中のヴィヨンが出てくるくだりは、そのままマネだったりします。》

　この小品集の頃になると、作品世界がとにかく完成された印象を与えるようになる。語り口にも淀みが無く、文体を確立してきたという意識があったのではないかとも思われるのだが、それは本人にはなかったようだ。山尾悠子のつもりとしては、作品の内容ごとに文体は変えるべきものであり、すべて一回限りなのである。そのような意識のもとでは、作品はそれぞれに詩的実験のごとき様相を帯びるのであり、それは永遠に完成されないということを意味するだろう。

《文体に意識をどんどん集中していくと、辿りつくものは散文詩になる、という感覚はあります。文章の美しい作家には魅かれますね、どうしても。三島の初期の、美の塊みたいな作品、「軽王子と衣通姫」とか「中世」とかは大好きで、ずいぶん暗唱したものです。ユルスナールもすごく好きですね。とにかく自分の文については、汗がだらだら出る。なんでこんなに長いのかとか意味が通らないとか……志があるというのはいいことだと思うけれども。》

秋宵

　一見ミステリー風の小品だが、むしろ怪奇趣味の作品。「新青年」系列の探偵小説は比較的読んだということだが、そうしたものの流れの中に位置づけたいような一作だ。

菊

　菊の花束と赤ん坊の取りあわせというイメージを思い付いたことから書かれた作品ではなかろうか。深読みを誘発するが、軽く書かれたもののように思う。

眠れる美女

　今はやりの残酷童話のようにも読めるが、ひねり方だけで勝負するその手の作品とは文章の質がまったく異なるので、同じ範疇に入れられようとは到底思えない。明るくきらきらしい世界が、瞬時に腐敗臭に満ちた殺伐としたものへと転換するその唐突さを、きわめて簡潔で硬質な文体が支えている。イメージの不意の暗転は「透明族に関するエスキス」にも通じているもので、おそらく山尾悠子お気に入りの趣向である。

《残酷童話というような意識は別段なかったです。実を言うと自信作。完成度が高いでしょう。これは今読み返してみても、もう動かない、という自信がある。だいたい十年ぐらい動かなければ、大丈夫かな、と思います。》

『幻視の文学1985』（幻想文学出版局、一九八五年）再録の際、僅かだが加筆している。だが、その時点でほとんど動かしようもない領域に達していたのだろう。それにしても、十年経って読み返してこれでよいと思えれば自信作となるとは、その完璧主義にはまったくもって驚かされる。《出来の悪い自作を読み返そうとするたびに、実際に体の具合が悪くなってしまうという病気持ち》であることがほんの少しだけ納得されるようだ。

傳説

この作品については、『夢の棲む街／遠近法』の「後記」で、楽劇から小説のイメージを得たことを明かしている。舞台を意識した設定になっているのも音楽用語を使用しているのも、そのためである。

《音楽作品にインスパイアされたのは初めての経験で、もちろん読んでわかるとおりワグナーの楽劇「トリスタンとイゾルデ」です。動機（モチーフ）という音楽用語にも興味があったので。永劫回帰、無限旋律、官能の大波、といった言葉で語られるあの音楽を聴いていて、廃墟世界とその果ての海のヴィジョンが産まれました。》

ワグナーにふさわしい、劇的なイメージを眼前に現出させるのに成功した作品。

本篇を初めて読んだときの衝撃は忘れ難い。泉鏡花や三島由紀夫など、その世代世代に天才的な言葉の紡ぎ手が神から与えられたように、私たちにも山尾悠子が与えられたのだ、そのように思ったものだった。イメージの喚起力だけで作品を屹立させるという荒業――まさに言葉だけで創られている世界であって、その余は何もないのだが、それこそが素晴しいのだ。

《これはヴィジョンが先にあって、それにふさわしい文体を見つけなければということで、夏目漱石の「幻影の盾」で行こうと。「盾の話しはこの憲法の盛に行はれた時代に起つた事と思へ」——これを一度やってみたかった。これを書いたときには、小説にこだわらなくてもいいんじゃないか、自分の本当に書きたいものを書いたら散文詩になってしまうんじゃないかという思いもありました。自分で意識的にテンションを高めて、大声でひとりごとを言ったりしながら書いてます。本当に、足が三十センチくらい宙に浮いている感じ。あのくらい徹底すると、書いていて気持ち良かったですね。先年「幻想文学」に再録するときに読み返してみたら、その頃影響されていたものがいろいろ混じり込んでるなと痛切に思いました。言葉の使い方がまるっきり高橋睦郎だとか、この部分はバラードの「時間の庭」だとか。本当は「NW-SF」に載せるつもりで書いたものでしたが、たまたまコピーを講談社の宇山（秀雄）さんにお見せしたら、「小説現代」に載せますということになって、非常に汗をかいた覚えがあります。》

高橋睦郎は山尾悠子が最も敬愛する詩人である。殊に「第九の欠落を含む十の詩編」にたいへんな衝撃を受けたと語っている。高橋睦郎の言葉を操る手つきに心底感服し、それを範としたもののようである。「こころという市街の／会堂の　めくるめく塔の柱に凭って／旅の天使は　顔をおおう／かれの足下　十七世紀腐蝕画風の／美しい市街図のうえに黄金の霧は動き／そびえる庁舎　時計台　その窓窓／正確な　幾何学風の運河のそば／広場に　いま人はひしめき／欲望の　血走る千の目の前で／鬻がれる　不逞の青春の肉」（「第九の欠落を含む十の詩編」その五より）と引けば、山尾悠子が影響を受けているのが歴然としよう。詩集『私』なども、また、山尾悠子の言葉遣いに大きく影を落としているのではないかとも思われるが、小説と限らず書かれたものは、さまざまな先行作の影響を受けずにはいないものである。山尾ワールドも例外ではないということに過ぎない。

月齢

冒頭からハイトーンできわやかな言葉遣いで引っ

張る、イメージ先行型の作品。ラストの一行の鮮烈さには言葉も出ない。
《出来不出来は別にして、情景描写が蜿々と続くようなものが好きなんですね。読み返してみると、ジュリアン・グラックとか海外翻訳小説の追憶の谺を聞きながら書いていたんじゃないかと思います。》

蟬丸

《日本の中世、王朝時代にも興味はあるが、知識もなく、調べて書くことが出来ないので、ストレートな過去を舞台にはできない》と語る山尾悠子が、比較的ストレートな中世日本を舞台にして描いた作品。とはいえ、描かれているのはやはり歴史的な世界というよりも心象風景に近い、純幻想の世界なのであるが。

赤い糸

ショートショートのセオリーに則った、とりたててどうということのない展開の作品だが、文体は山尾悠子のものである。
《歯科医の待合室で雑誌を読んでいて「赤い糸」という言葉がふと目に入り、そのとたんに出来た話。内容に見合った文体、ということで女っぽい文章で書いていますが、あまり性に合いませんでしたね。》

塔

恋愛(失恋)テーマの作品で、夢、塔、高圧線が形作る捕獲網のイメージは、エロティシズムあふれる道具立てと言えよう。雑誌掲載時には丸尾末広の挿画が付されていた。山尾悠子としては珍しいような淡々とした現実的な作風、しかも少女的な感覚が前面に出ているあたり、まったくなにげない作品ながら、味わいがある。

天使論

レスビアニズムの気配も漂う小品。それにしても天使もので創作を始め、天使もので区切りをつけるとは、呆れるばかりのこだわりぶりというべきか。ちなみに、山尾悠子の復活第一作として「幻想文学」54号に発表された「アンヌンツィアツィオーネ」も天使ものであった。(ただしこの作品の原型はかなり旧い時期に書かれたもので、ほとんど「夢の棲む街」と同時期であるという。)よほど天使が好きなのであろうか。

＊

ゴーレム

「巨人」「蝕」などと同様に、登場人物たちの正体も互いの位相もはっきりしないままに物語が幕を開け、謎めいた印象を与える作品である。ただ、「巨人」等と比べるとわかりやすい展開になっており、一種のサスペンス・ミステリーとしても読めてしまう。一方、Fの独りがたりに描かれるヴィジョンは奥深くて鮮烈である。全体としてはかなりの深読みを読者各人に許す、象徴主義的と言ってもいいほどの作品になっている。

本篇は、長篇『仮面物語』の原型となった中篇を完成させたもので、今回初めて活字にされることになった。成立事情がやや煩雑で、初めに未完成の中篇「ゴーレム」があり、それを長篇に展開させたのが『仮面物語』、中篇のまま予定されていた展開などを変えることなく完成させたのが本篇ということである。山尾自身のメモがあるのでそれを掲げる。

《①中篇バージョン1「ゴーレム」(未完成稿・百五十枚の予定で書きかけて八十枚あたりで中断)

主人公がG、その連れがF、市長代理がK、その妻M、少女B。葬儀店→Gの仕事場→市庁舎→ゲットーという場面展開は③とほぼ同じ。雰囲気としてやや近いのが「巨人」。深夜の市庁舎でGとKが延々と抽象的な議論を続けるあたりで中断して長篇に切り替えている。ゲットーの火事と海に至るラストは予定されていたが書かれていない。

②長篇バージョン『仮面物語——或は鏡の王国の記』

登場人物が大量に増え、全員に名前が与えられる。ストーリーラインも複雑に混交し、①とはほぼ別物。

③中篇バージョン2「ゴーレム」

①に変更を加えながら手を入れて完成させたもの。GとFは元どおり、Kを別人に変えてBを削除、Mは名無しになって元Kとともに背景に引っ込む。①との最も大きな差はKが別人になったことによるGの受難度の変化。文章のトーンが違うこと、「水の出た広場の家」の挿話が入ったことなどによる全体的な印象の変化も大きいが、基本構造で言えば①と③はほぼ同じと言える。海に至るラストがついに書かれる。》

なぜ中篇として完成されないまま、長篇へと移行してしまったのかについては、山尾は次のように語っている。

《長篇を書いて欲しいという話があったとき、長篇を書くのであれば、これで書くしかなかろうという必然が、私にはあったんです。というのも、主人公の設定に自身が反映されているんですね。魂の顔なんていうものが出てくるけど、実際にはそれはどうでもいいんです。そんなものが見えてしまうから自分には鏡を見ることが出来ない、というその設定が問題なんです。他人には理解できない自分だけの理由による禁忌がいろいろとあって、ぎくしゃくと生きづらい感じが、わりと正直に出ている設定なんですね。ところが、やっぱり長篇にはしきれなかった。もともとの形では、登場人物がアルファベットで、記号として動いている。それを長篇に書き直す時点で、アルファベットでは困るので名前を付けたわけですが、そうすると記号としての登場人物ではなくて、キャラクターという感じになるわけで、全然性格が変わってしまった。長さも足りないわけだから、水増ししたら、何とか長く出来るかな、という感じで、水増し要員とか、水増しアイテムとかやたらゴタゴタ入り込んでいる。枚数を増やすことが第一目的になって、全神経がそこに集中していましたから。長篇は、失敗作は失敗作だと思うんですね、すごく混乱してるし、欠点も多い。でもものすごく欠点が多い割に捨て去りがたくて、今回は原型の中篇の方を完成させたわけです。》

確かに『仮面物語』は混乱した作品で、登場人物のキャラクターが活かしきれていない傾向もあり、手放しで賞揚することは難しい。だが、インパクトのある作品ではあった。いわゆる水増し要素が、異様な熱気を持った〈過剰なもの〉となって作品から溢れ出してくるような印象があったのである。強引な展開も錯綜したテーマも、この狂躁的な熱意によって許されるだろうと思えるほどに。刊行当時には、朝日新聞の文芸時評欄でも取り上げられた(一九八〇年三月二十五日夕刊)。執筆者の井上ひさしは石川淳の『狂風記』と並べて次のように評している。

「山尾悠子の『仮面物語』もまた一貫して「過去を見すえること」の重要さを訴えている。もっともこの物語では「過去」は「現在の自分をそうあらしめている過去の総体」と読みかえられなければならないが。「狂風記」と同じように、この物語の要約もまったく不可能だ。要約によって、壮大な舞台装置や、二重館、石蚤《のみ》、自動人形、粘土人形、不可視の虎、運河、濃霧、影といったような目も綾な小道具類がすべて置き去りになってしまうからである。とりわけ、難解だが、その分だけ実在感のある、ノミで彫りつけたような文体を紹介できないのでは、何もいわなかったのと同じことになるだろう。そこでいっそ要約を避け、一息にこの物語の結構を言ってしまえばこうなるだろう。これは〈たましいの顔〉を彫る才能を持つ善助という若者の、立憲都市国家「鏡市」での転身の物語である、と。(中略)「現代SFの極北に挑む」というのが、この物語の肩書であるが、手に汗をにぎらせる、よくできた教養小説という言い方もできると思う。」

引用が長くなったが、『仮面物語』を評したこの言葉の半ばは「ゴーレム」にもあてはまるだろう。ただ、主人公の転身の中身が決定的に異なる。『仮面物語』では主人公は〈影盗み〉ではなくなるが、「ゴーレム」のGは自ら〈影盗み〉であることを受け入れようとしている。だからもしも「ゴーレム」を教養小説として読むのなら、いっそう説得力があるのは本篇の方ということになるだろう。『仮面物語』にはない、海へ向かうラストは、Gの解放を象徴するが、それは宿命を受け入れることによって到達できる解放である。深い魅力を湛えたこの部分が書かれたことで、「ゴーレム」は『仮面物語』とはまったく異なる新たな作品として完成した。作品の結構は完全に整ってテーマの核が鮮明となり、落ち着きのある美しい作品となって読者に手渡されることになったのだ。

山尾悠子著作年表

一、二〇〇〇年五月までに発表された山尾悠子の小説作品と単行本を年度別に収めた。発表紙誌の月号順に配列し、単行本をゴシック体で最後においた。エッセイ及び再録は省いた。

一、＊は本集成に未収録の作品を表す。

一九七五年（昭和五〇年）

＊仮面舞踏会　SFマガジン11

一九七六年（昭和五一年）

夢の棲む街　SFマガジン7

月蝕　SFマガジン10

ムーンゲイト　SFマガジン12

一九七七年（昭和五二年）

堕天使　カッパまがじん（早春号）3

ファンタジア領　SFマガジン7

遠近法　別冊新評7

＊ワンス・アポン・ナ・サマータイム　SFマガジン11

＊オットーと魔術師　小説ジュニア11

一九七八年（昭和五三年）

シメールの領地　SFマガジン2

＊チョコレート人形　小説ジュニア5

＊ハドンの肖像　SFファンタジア④幻想編5

耶路庭国異聞　SFマガジン7

街の人名簿　SFマガジン臨時増刊号10

★夢の棲む街　早川書房6

一九七九年（昭和五四年）

蝕　小説怪物②1

巨人　SFマガジン1

＊水棲期　SFアドベンチャー10

＊ヴァニラ・ボーイ　小説ジュニア12

一九八〇年（昭和五五年）

支那の禽　ソフトマシーン②1

破壊王――パラス・アテネ　奇想天外1

破壊王――火炎圖　奇想天外3

童話・支那風小夜曲集　奇想天外4

破壊王――夜半楽　奇想天外5

スターストーン　スターログ6
菊　ソムニウム③9
透明族に関するエスキス　奇想天外10
黒金　SFアドベンチャー12
★仮面物語　徳間書店2
★オットーと魔術師（註1）　集英社8

一九八一年（昭和五六年）

秋宵　ショートショートランド夏号
私はその男にハンザ街で出会った　奇想天外10

一九八二年（昭和五七年）

傳説　小説現代2
＊美女と野獣　野性時代11
月齢　NW-SF12
★角砂糖の日　深夜叢書社2
★夢の棲む街／遠近法（註2）　三一書房8

一九八三年（昭和五八年）

眠れる美女　綺譚⑤6

一九八四年（昭和五九年）

蟬丸　小説現代1
＊冬籠り　流行通信1
＊狼少女　流行通信2
塔　小説現代別冊春
赤い糸　ショートショートランド9

一九八五年（昭和六〇年）

天使論　ショートショートランド3&4

一九九九年（平成一一年）

＊アンヌンツィアツィオーネ　幻想文学(54)2
＊夜の宮殿と輝くまひるの塔　幻想文学(55)5

（註1）書き下ろしの「初夏ものがたり」（＊を含む。）
（註2）書き下ろしの「遠近法・補遺」「繭」を含む。

後記

思いもかけず多くの方々のご厚意によりこの本は産まれることになりました。長年埋もれたままになっていた作品が再び世に出るということは、周囲の支えなしにあり得ることではなく、これほどの僥倖に恵まれた経緯については感慨に耽らざるを得ません。振り返って自作を眺めると、いかにも未熟な作が多く忸怩たるものがありますが、ここは周囲の助言を受け入れてお任せすることにしました。なお、単行本未収録のままにしていた作が多いのは、本人の我儘と怠惰に責任があることを当時の担当諸氏のために書き添えておきます。

本書の編纂に当たっては、国書刊行会編集長礒崎純一氏に全面的にお世話になりました。記して感謝を捧げます。また《二大監修者》石堂藍氏と『幻想文学』編集長東雅夫氏に謝意を表します。石堂さんにはインタビューを含めて多大な労力をおかけしました。そして本書に関わったすべての方々にお礼申し上げます。

以前お世話になった方々のお名前すべてをここに挙げるべきかとも思いますが、特に代表して最初の担当者、「夢の棲む街」のこの世で最初の理解者である小山順一氏。

作品リストの作成等でお世話になった山本和人さん、また作者不在の間も作品を忘れずにいてくださった読者の方々。

すべてのかたに感謝が届きますように。

そして野阿梓さん。

もしも言葉が力を持つものならば、あなたの名が星月夜の砂漠を越えて届く百合の香の如くありますように、幸運が暖かい雨のように降り注ぎますように。
新鮮な酸素を湧かす舟路《ふなじ》がいつも共にありますよう、花降る巷をゆく時の足拍子がいつも軽やかでありますように。

この本が誰かの心に届くことを祈って。

二〇〇〇年五月

山尾悠子

付・《火の発見の日》

ある特別な日が人々の記憶に残る日として語り継がれることがある。月面に墜ちた男を人々が目撃した日、有翼人と神の手が遠近法の奥から出現した日、あるいは異常燃焼を起こした太陽が降下してきて人々が火を発見した日。その日、《腸詰宇宙》の全域にわたって太陽の異常は目撃され、焦げた木切れや布地は神聖遺物として後世に伝えられることになった。

最初は音だった、とすべての証言は一致して言う。蒼褪めた月球が降下していったあとの薄闇の領域で、ふと気づくと虚空の高みに発生していた不審な音。それは彼らが産まれて初めて耳にする種類の音であり、従ってそれを形容する言葉を持っていなかったとしても不思議はないのだが、それでも彼らは辛うじてこのように表現することが出来た、それは《雑音》だったと。

聞こえてくる遠い雑音は、不穏な気配を伴っていた。次第に音量が増すにつれて伝わってくる上層部からの人のどよめき、中に紛れもなく聞き取れる悲鳴、合わせ鏡の奥から滲み出してくる異常な色合いの太陽光。いつもとは違い、不安定に揺らぎながら増減する光量がそこには認められ、そしてもはや異変は誰の眼にも明白だった。

異常燃焼を起こした太陽は、磁気嵐のような激しい雑音に包まれながら回廊群の大光景のなかに姿を現わした。火の粉や火球を飛ばし、白熱しつつ影は濃く、一瞬ごとに燃え崩れて滝のように炎をしたたらせながら。無限に連鎖する回廊が劇場の桟敷席になぞらえられるのと同様、この宇宙には時どき発生源不明の比喩が紛れ込むことがあるが、この時にも同じ事が起きた。あれは移動していく一個の火山だった、と人々の口調が一致したのだ。

後になってその日の記憶を反芻した時、人々は次のようなことを思い出した。大気を掻き乱す雑音が、太陽の接近につれて次第に轟々と煮えたぎる燃焼音に呑み込まれていったこと。桟敷で熱風に髪を嬲られながら見上げていた人間たちが、やがて火の粉を浴びて奥へ逃げたこと。風は回廊の奥にも押し寄せて渦巻き、あたりにたちまち焦げ臭いにおいと煙が充満したこと。——火の粉は人々の頭髪を縮れさせ、皮膚を灼き衣類に焦げ穴を作った。幾つかの階では火球の直撃を受け、床に転げ込んだ火を畏れて人々は逃げまどった。可燃物に引火して燃え上がる炎もあり、その度に阿鼻叫喚が湧いた。

太陽が水平位置を通過していったあとの地帯では、辛うじて人々の好奇心が蘇り、幾つかの階では燃え続ける火を保存しようと試みる人間たちも現われた。人々は争って木切れや布を持ち寄って火にくべ、その度に痩せた炎がまた太って勢いを取り戻すのを凝視するのだった。しかし衣類や縄梯子や夜具は貴重品であり、それ以外の可燃物は宇宙にはほとんど存在しない。従って、人々の努力も多くは長く続かなかった。《中央回廊》にほど近い、ある階を除いては。

《中央回廊》の長老及び住人たちはその事実を認めたがらず、敢えて無視するという挙に出たのだったが、その階では貴重な布や縄を犠牲にして火を保存する道を選んだのだった。犠牲に見合う結果は得られないと判断することも賢明さだ、と後になって《中央回廊》の長老が負け惜しみを言ったと噂がたったが、その夜、上下合わせて数百層、総勢数千から数万に及ぶ住人たちがこのプロメテウスの火の目撃者になった。熱気と雑音が合わせ鏡の底に去った後、無限連鎖の回廊世界には再び闇の時間が訪れ、そしてただひとつの階にだけ欄干越しに漏れる小さな焚き火の明るさが存在していた。夜に瞬く智慧の火は、人々の眼に親しげな暖かい色に見え、人像柱の列が奈落に向けて静かに影を放射していた。むろん宇宙でこのような光景が見られたのは初めてのことだったが、桟敷席の人々が感じたのは何故か強力な既視感であり、魅入られたように眼を離すことができなかったのだ。後になっての調査によれば、火の存在は三百階離れた空域からも遠く認めることができたという。

階の近辺の回廊からも協力はあったが、それでも限界があった。やがて蒼褪めた月が降りてきた深夜、急に悲鳴混じりの残念そうな嘆声が一箇所から上がるのを人々は聞き、細っていた炎がふいと闇にかき消えるのを見た。世界で最後に残っていた火が、その時ついに絶えたのだ。

証拠の神聖遺物とともに、《火の発見の日》の伝説はこのように残ったが、さて太陽の一日限りの異変について理由が求められた事実はない。

*

かれの残した断片はさらに存在する。たとえば《腸詰宇宙》の人口分布が均一ではないことについての記述。《触》の現象を《中央回廊》で見物しようとして移動する人口は常に少なからず存在し、そのため《中央回廊》では一度の受け入れに人数制限を設けている。見物熱がピークに達した頃の宇宙では、中央付近で順番待ちをする多数の人口が存在し、その一帯は《騒音地帯》という別名で呼ばれていた。——あるいは雲に棲む《天の種族》の中に、ある頃から新顔が混じっていると噂がたったこと。人々の好奇の視線を受けて困惑顔をしたその男は、どうやらある階から出発していったまま行方知れずになった男であるらしいと認定されたこと。人々の《縁切り》の習慣について。ある地域で起きた回廊群建築の《大崩れ》の話。誕生の儀式、彗星が通過していった夜の話等々、断片は切りのない数だけ存在し、その果てはない。

山尾《やまお》悠子《ゆうこ》作品集成《さくひんしゅうせい》

二〇〇〇年六月二五日初版第一刷発行
二〇二三年二月一日　初版第七刷発行

著　者　山尾悠子
発行者　佐藤今朝夫
発行所　株式会社国書刊行会
東京都板橋区志村一―一三―一五
電話〇三(五九七〇)七四二一　ＦＡＸ〇三(五九七〇)七四二七
印　刷　㈱キャップス・株式会社エーヴィスシステムズ
製　本　有限会社青木製本
装　丁　柳川貴代

ISBN978-4-336-04256-9